이상의 무한정원 삼차각나비

펴낸곳 / (주)현암사
펴낸이 / 조근태
지은이 / 신범순

주간 / 형난옥
편집 / 김영화, 정진라
표지 · 본문 디자인 / 이기준
제작 / 신용직

초판 발행 / 2007년 9월 15일
등록일 / 1951년 12월 24일 · 10-126

주소 / 서울시 마포구 아현 3동 627-5 · 우편번호 121-862
전화 / 365-5051 · 팩스 / 313-2729
홈페이지 / www.hyeonamsa.com
E-mail / editor@hyeonamsa.com

ISBN 978-89-323-1456-3 03810

이상의 무한정원 삼차각나비

이상의 무한정원 삼차각나비

역사시대의 종말과

제4세대 문명의 꿈

신범순 지음

현암사

머리말

지난 겨울 어느 날이었던가. 조금 쌀쌀하고 고즈넉한 오후의 내 연구실 유리창으로 무엇인가 스며들었다. 기울어가는 젖빛 햇살이 마지막 남은 빛을 모아 어둠이 번지는 유리를 투과해 들어왔다. 그 빛은 내 책상의 나뭇결과 갈라진 틈 속으로 빨려들어가 사라졌다. 그 짧은 순간에 스쳐간 햇빛 속에서 나는 희미한 듯하면서도 분명한, 티끌처럼 빛나는 어떤 초대장이 허공 속에서 반짝거리고 있는 것을 보았다. 그것은 점차 우주의 광막한 어둠의 파도에 휩쓸리면서 창백해져가는 햇살의 도움으로 내 눈 앞에서 가깝게 빛나고 있었다. 그것은 내게서 너무나 멀리 떨어져 있는 어떤 야릇한 공간의 어둠 속에 있는 것처럼 느껴지기도 했다. 그때부터 나의 하루하루는, 멀고도 가까운, 빛과 어둠이 뒤섞인 우주 속에서 갑자기 다가온 초대장의 기호들을 해독하는 시간으로 채워졌다. 그것은 우주의 한 귀퉁이를 날아가는(이 헤아릴 수 없는 궤도의 성격과 목표에 대해 과연 우리는 무엇을 알고 있단 말인가?) 이 행성에 부딪쳐 오는 쓸쓸한 파도에 뒤채이며, 거대한 심연을 맛볼 수도 있을 그러한 난파의 위험에 시달리기도 하는 항해의 나날들이었다. 이상의 텍스트를 읽고 해독하는 시간은 바로 그러한 항해 속에 있는 시간이었다.

그 무렵 나는 몇몇 제자와 함께 내 연구실에서, 마치 문명의 오염된 물결을 막아내기라도 할 듯이 첩첩 장벽을 친 산맥 너머 깊은 골짜기에 숨어 있는 히말라야의 어느 이상향에 대한 영화를 보았다. 너무 오래되어 낡은 필름은 좀이 슨 책장처럼 군데군데 구멍이 뚫리거나 잘려나가 옛 추억의 장면들을 제대로 볼 수 없게 만들었다. 대학시절에 구식 텔레비전으로 보았던 내 안의 그 오래된 영상들을 떠올려보려 노력했지만 허사였다. 편집자는 세계 각국에 남아 있던 필름을 모아서 제대로 복원하려 노력했지만 세월에 뚫린 구멍들을 모두 메울 수는 없었던 것 같다. 여러 장면에서 정지된 화면 앞으로 스토리를 말해주는 글자만이 나타났다 사라져갔다.

그로부터 얼마 되지 않아서 나는 티베트에 대한 몇몇 책 속을 헤매 다니면서 이상향에 대한 간단한 소감과 오늘날의 문학에 깃들어 있어야 할 꿈에 대한 생각을 뒤섞어서 어떤 잡지에 보낼 원고를 마무리했다. 내 연구실의 오후 햇살과 함께 어딘가에 있을지도 모를 이상향과 그것을 찾아 헤매 다니던 수많은 목숨들이 실체를 잃어버린 그림자처럼 저녁의 어둠 속으로 사라지고 있었다. 나는 이상에 대해 그동안 썼던 논문을 모두 묶어 한 권의 책으로 내기 위해 미진한 부분을 틈틈이 보충하고 있었다. 그런데 티베트에 대한 글을 쓴 이후 이상의 상상계에 잠겨 있는 어떤 비밀스러운 부분들이 나의 깊은 어둠 속에서 조금씩 솟구쳐 오르는 것을 느끼게 되었다. 나는 거의 마무리 단계라고 생각했던 원고더미에서 손을 놓아버렸다.

그로부터 한 학기가 지난 지금에서야 나는 그때 솟구쳐 오르던 어떤 미지의 얼굴을 어느 정도 분명하게 그려낼 수 있다고 생각한다. 그렇게 그것이 뚜렷하게 될 때까지 다른 일을 거의 하지 못했다. 아마 나의 이 작업은 히말라야 계곡의 눈부신 백설 속에 자리잡은 낙원에 대한 아련한 향수, 내 고즈넉하고 우중충한 연구실 속에 젖과 꿀을 뒤섞어주던 오후의 햇살 속에서 싹텄는지도 모른다. 나는 광막한 밤의 깊이 속에서 이상의 작품들과 함께 지냈다. 그의 거울을 차갑게 얼어붙게 한 겨울을 겨우내 내 고독한 의자와 책상, 그 위의 원고지에 담아왔다. 그렇게 해서 나는 마침내 '그의 봄'을 알게 되었다. 나는 그것에 '삼차각나비'라는 이름을 붙여주었다.

이상의 무한사상이 표현된 「삼차각설계도」를 어떻게든 풀이할 수 있었던 것은 그동안에 나에게 얽혀 있던 여러 인연과 행운, 그리고 방황이 우연히 잘 어울렸기 때문이 아니었을까? 나는 이 글을 쓰던 초기에 「삼차 각설계도」의 첫 번째 시인 「선에관한각서1」의 '멱좌표'를 풀이하며 맛보았던 흥분, 이제 이상의 작품 전체의 비밀을 순식간에 알 수 있을 것만 같았던 기쁨의 순간을 기억한다. 몇몇 제자를 앞에 두고 멱좌표의 무한정원에 대해 설명해 주며, 이상의 무한사상이 얼마나 독자적인 것인가를 설득시켜 보려던 것도 생각난다. 그러나 지금 돌이켜보면 몇 개월 전에 내가 느꼈던 그러한 흥분과 기쁨은 6개월 이상을 끌어온 작업의 시작이자, 미지의 아득한 세계를 향한 입구였을 뿐이다. 나는 그 입구를 발견한 뒤에 비로소 앞으로 맞붙어서 씨름하고, 고민하며, 새롭게 탐색하고, 풀어야 할 난제들이 산더미처럼 쌓여 있음을 서서히 알게 된 것이다. 나는 이 어려운 길에 늘어서 있는 문제들에 부딪힐 때마다 힘에 부쳐서 주저앉고 싶은 경우가 많았음을 고백하지 않을 수 없다. 그러나 최선을 다해가면서 거기에 도전했으며, 적지 않은 성과를 거뒀다고 감히 생각해본다.

그런데 내가 격투하며 부딪혔던 물음들과 이상에게서 건져낸 사상의 여러 면모에 대해서 나는 독자들과 부담없이 대화를 나눌 만큼 그 모든 것을 일목요연하게 정리할 수 있었던가? 이 책을 읽는 독자 중에는 낯선 개념과 단어, 난해한 이미지, 필자의 둔한 필치로 인해 어지럽게 전개되는 글의 미궁적 난상 등에 부딪혀서 적지 않게 당황해할 사람들이 있으리라 생각한다. 나 역시 이상의 작품과 대면하며, 그것과 대화하고, 그 속을 탐색하는 과정에서 많은 괴로움을 겪었다. 그러한 괴로움을 독자에게서는 많이 덜어주고 싶었지만 나의 부족한 실력 때문에 그러한 난제를 말끔히 해결해주지는 못한 것 같다.

그러나 여러분은 이 글을 읽어가면서 적어도 이상이 꿈꾸고, 새롭게 제기하고자 한 혁신적인 비전과 사상에 대해서 어느 정도는 확실하게 파악할 수 있을 것이다. 나는 이상의 그러한 사상적 얼굴에 초점을 맞추었다. 그의 모든 작품과 그 작품을 써나갔던 그의 생애는 그러한 사상을 탄생시키고, 그것을 소리높이 외치며, 세상의 여러 방식, 세상에서의 삶 속에 그것이 자리잡을 수 있도록 노력해간 사상의 드라마로서 존재한다. 이상은 상상력과 문학적 창조력을 동원해 앞으로 도래할 새로운 세계에 대한 전망, 그러한 세계를 설계하기 위한 사상을 보여주고자 했다. 그러한 새 세계를 위한 길을 트기 위해 그것을 활용했다. 그저 문학 속으로 도피하며 거기 안주한 것이 아니라, 그것을 자신의 사상적 도구로 삼은 것이다. 예술지상주의자보다 더 깊은 문학적 실험을 통해서 그 길을 통과해갔고, 예술을 도구로 삼았던 사회주의자 이상으로 자신의 작품을 새로운 관념, 새로운 과학, 새로운 수학을 탐색하고 드러내기 위한 매개체와 도구로 삼았다. 지금까지의 모든 문학적 관념을 그렇게 해서 넘어서버렸다.

우리는 이상의 이러한 전위적 몸짓에 대해서 정확하게 파악하고 있지 못하다. 나는 이 책에서 '에피그람적 서사시'라는 새로운 장르적 관점을 제기하면서 이상의 그러한 실험과 전위와 도구의 한 면모를 드러내보고자 했다. 거기에는 그의 역사시대비판과 새로운 시대에 대한 전망이, 장대한 영역을 매우 작은 조각들 속에 압축하는 에피그람적 서사시 양식으로 아로새겨져 있다.

이 책에 들어가기에 앞서서 이 난해한 작가에 다가서기를 두려워하고 머뭇거리는 독자을 위해 몇 가지 요점만 먼저 제시하고자 한다. 내가 이 책에서 가장 강조해서 보여주고 싶었던 것은 이상의 사상적 가치이다. 과연 이상은 오늘날 우리에게 싱싱하게 살아 있는 어떤 관점이나 사유, 새로운 비전 같은 것을 보여줄 수 있는가? 이러한 물음을 좀 더 과감하게 밀고 나가면 이런 것이 된다. 즉 오늘날의 사조와 사상에 대해서 그는 어떤 할 말이 있었던가? 포스트모더니즘이나 페미니즘, 생태주의, 카오스이론과 끈이론 같은 것에서 제시된 현대적 사유와 개념, 여기서 제기된 문제 같은 것을 그의 사상이 감당해내고 나아가 그러한 것조차 넘어설 수 있겠는가? 아니면 그는 적당히 그 시대 수준에서, 이러한 것들이 오늘날 우리에게 제시한 개념이나 비전을 그저 조금 앞서서 징후적 수준 정도로 미약하게 보여주는 것으로 그쳤는가?

　　이 책의 첫머리에서 이 도전적인 질문에 답해보는 것이 중요하다고 여겼으며, 그것을 위해서 이상의 '나비' 이미지를 택했다. 이상은 '나비' 이미지를 몇 군데서밖에 보여주지 않았다. 그러나 그것은 그의 상상계를 주도하는 핵심적인 이미지이자 기호이며, 그의 다른 이미지와 기호를 자신의 둥우리에 품고 있는 모태적 상징이기도 하다. 김동인의 카오스적 나비 이미지가 계승된 것이 분명한 이상의 '나비'를 나는 그러한 카오스적 나비와 구별하기 위해 '수염나비' 또는 '삼차각나비'라는 말로 표현했다. 이러한 '나비'는 한 마디로 말해서 현대과학의 새로운 차원을 열었던 카오스 과학을 넘어서 있다. 카오스 이론을 대변하는 '나비효과'는 이미 대중적으로도 많이 알려져 있다. 그것은 한 마리 나비의 날갯짓이 점차 복잡한 파동으로 이어져 마침내 폭풍을 일으킬 수도 있다는 기상 운동의 비선형적 복잡성을 상징하는 것이다. 이상은 김동인의 소설 「태평행」을 통해 그러한 나비효과를 알게 되었는데, 그 소설은 1929년에 발표된 것이다. 카오스의 '나비효과'가 알려지기 40여 년 전이다. 그러나 이상은 그러한 비선형적 프랙탈 운동보다 더 절묘한 '먹에 의한 먹'의 운동을 제안했다. 그의 작품 전체는 이러한 생식적 결합운동을 지향하고 있다. 그것은 평면운동을 탈출한 다중차원의 결합운동이며, 그 결합에 의해 양적으로도 질적으로도 풍요롭게 불어나는 운동을 말해 준다. 나는 이렇게 카오스운동까지 포함된 거울세계의 평면운동을 넘어서는 이상의 새로운 운동론을 그의 「오감도」 중 「시제10호 나비」에 나오는 '수염나비' 이미지로 포착했다.

이 책은 이 '수염나비'(삼차각나비)가 카오스적 지평을 넘어서 우리에게 보여주는 새로운 사상적 지평이 과연 무엇인가에 대해 쓴 것이라고도 말할 수 있다. 이 문제는 저절로 '무한'의 문제를 다루지 않을 수 없게 한다. 카오스 사상의 예술적 상응물은 포스트모더니즘인데, 여기에는 보르헤스나 움베르토 에코의 작품에 흔히 등장하는 거울과 미로, 무한히 복제되는 시뮬라크르적 상들의 문제가 초점에 놓인다. 나는 이 책에서 수학적으로 흔히 쓰이는 '무한' 개념을 변형시켜서 그러한 예술 사상 문제들까지 다룰 수 있는 개념으로 확장해보았다. 무한을 악무한과 참무한으로 구별했는데, 평면의 차원에 갇힌 것을 악무한, 거기서 벗어나 있는 것을 참무한으로 정의했다. 카오스와 포스트모더니즘이 다루는 영역은 대부분 악무한적 한계 안에 있는 것으로 생각된다. 이상에게는 이러한 악무한적인 이미지와 기호들이 수없이 등장하기 때문에, 요즈음 여러 연구자는 그를 포스트모던한 범주에 들어 있는 작가로 분석하기도 한다. 그러나 이상은 이러한 것을 모두 그의 중심적인 이미지인 '거울'과 '종이'로 표상되는 평면세계 속에 집어넣었다. 그는 처음부터 끝까지 이 평면세계에서 어떻게 탈출할 것인가 라는 문제를 제기했다. 이 평면세계를 역사시대의 현실세계를 가리키는 상징물로 삼았다. 나는 그의 이러한 생각에 따라 악무한적 거울세계를 빠져나가지 못한 카오스이론과 포스트모더니즘까지를 역사시대의 마지막 단계인 근대적 사상이론으로 규정하고자 한다. 이러한 면에서 이상은 진정한 근대초극 사상을 제시한 혁명적 사상가의 면모를 띠게 된다.

그의 시편을 간단히 도식적으로 말해본다면 세 가지 정도의 주제를 갖는다고 할 수 있다. 첫째 주제는 '수염나비'(삼차각나비)로 표상되는 무한

사상의 개념과 상징(기호와 이미지)이다. 둘째는 그러한 사상이 펼쳐낼 새로운 세계에 도달하지 못한 역사시대에 대한 비판이며, 셋째는 이러한 시대의 한계를 탈출하고, 헤쳐나가려는 몸부림에 대한 것이다. 이러한 주제는 서로 다른 시편에 분산되어 있기도 하고 때로는 한데 뒤섞여 있기도 하다. 그의 어떤 시들은 역사시대 전체를 아우를 정도로 광막한 시기에 대해 언급하면서 서사시적 진폭을 갖는다. 그러나 그의 시들은 때로는 매우 파편적인 이미지의 조각들처럼 보인다. 이렇게 다양한 얼굴 때문에 자칫 그의 세계는 혼란스럽고 무질서한 것처럼 여겨질 수도 있다. 하지만 그의 작품 전체를 관통하는 일관된 주제의식을 파악하게 되면, 그 안에 숨겨진 질서가 드러나게 될 것이다. 유기적인 전체성 속에서 그 기호들은 숨 쉬고 있다. 그것들은 마치 '하나의 거대한 텍스트'가 붕괴되었을 때 발견되는 조각들처럼 전체적으로 이어 맞출 수 있는 의미의 장대한 흐름 속에 있는 것이다. 이상은 다양하고 다채로운 관점으로 이러한 작업을 했다. 유기적으로 연관되는 이 다채로운 장면을 전체적으로 잘 꾸려보면 그것은 매우 입체적인 모습을 띤다.

그는 우리들의 감각에 익숙하게 다가오는 개체적 현상과 사물의 개체성에 집착하는 근대적 관점을 해체하고 돌파하기 위해 노력했다. 그는 혼돈적 작업을 통해 그것을 수행했다. 서로 상이한 장면을 하나로 겹쳐놓고 종합해서 하나의 형상처럼 만들어놓았다. '수염나비'는 그 대표적인 형상이다. 그것은 얼굴과 생식기가 결합된 혼돈적 형상이다. 이 '혼돈'은 카오스와는 대립되는 것이다. 카오스가 동일성의 분화와 증식을 통해 복잡성을 구현하는 방식이라면, 혼돈은 서로 차이를 갖거나 대립되는 것을 하나로 조화롭게 결합하는 방식이다. 그는 이러한 혼돈적 형상들을 여러 가지로 보여주었다. 가령 사람과 동물과 식물의 이미지를 하나로 합쳐서 이미지화하기도 하며, 인체와 도시거리가 하나로 겹쳐진 풍경을 만들어 내기도 한다. 이러한 방식은 당시 그만이 보여줄 수 있었던 매우 의도적이고 독창적인 것이다. 이러한 방식 뒤에는 역사시대 비판과 새로운 사상에 대한 형상적 탐구라는 두 측면이 배경으로 깔려 있다. 즉 그는 역사시대 전체의 문제를 평면적 인식에 갇힌 것으로 파악했다. 그는 「오감도」의 「시제7호」와 「실낙원」의 「자화상(습작)」 등을 통해서 역사시대의 개막을 보여주는데, 그것은 모두 붕괴되고 폐허로 변한 하늘의 이미지와 연관되어 있다. 폐허의 하늘이 역사시대의 하늘인 것이다. 역사시대의 마지막인 근대의 삶은 특히 서로 분리된 개체들에 대한 인식에 지나치게 사로잡혀 있다. 근대인은 개체 사이의 내밀한 관계, 즉 숨겨진 전체성 속에서 개체를 인식하는 능력을 결여하고 있다. 이것이 역사시대의 마지막을 장식하는 근대의 상징인 '거울세계'에 대한 이상의 부정적 시각이다.

    역사시대는 그 출발점에서 하늘과 땅을 잇는 끈을 끊어버렸다. 나는 이 책의 뒤 부분에서 황제와 전욱(신화시대의 인물들이지만 후대의 역사시대를 형성하는 데 선도적 인물이라는 점에서)으로 이어지는 역사시대의 주체가 이 상징적 파괴작업을 감행한 것으로 보았다. 역사시대 이전에는 다양한 공동체가 다양한 관점으로 광대한 하늘의 우주적 시각을 통해 자신의 세계를 규정했다. 그들은 이 땅의 서로 분리된 것처럼 보이는 개체를 하나의 우주적 관계망 속에서 고찰할 수 있었다. 그러나 그 끈이 끊어지면서 역사시대의 인간은 직접 관찰하고 경험하는 물질적 경험적 인식(물질적 평면에 사로잡힌 우리 근대인은 이것만이 가장 확실한 것이라고 착각한다)을 통해서만 그러한 것의 관계를 더듬어 나갈 수밖에 없게 되었다. 이렇게 캄캄해진 인간들은 우주적 질서를 혼자 움켜쥔 제왕의 통치 질서에 복속되었다. 역사시대를 열었던 제왕적 통치자는 자신의 우월한 법질서를 통해서 지상의 여러 현상과 의미에 대한 일방적 규정을 깔아놓았다. 대개 인민은 거기 복속하고 살았으며, 그러한 법에 대한 주석과 해석만이 학자의 일이 되었다. 제왕의 법을 반사하는 이러한 거울평면 속에 모든 것은 사로잡히게 되었다.

　　근대는 이러한 관점으로 보면 역사시대의 데카당스적 단계로서 그 것의 마지막 장면에 불과하다. 민주화로 인해서 제왕의 권력은 분산되었지만, 동시에 너무 많은 작은 권력이 생겨났다. 마치 깨어진 거울처럼 서로 다른 반사상들이 생겨났지만, 그것은 여전히 비슷한 평면적 수준에 갇혀 있을 뿐이다. 근대과학은 직접적인 관찰과 경험이라는 역사시대의 새로운 경지를 찬양하면서 그러한 인식을 총체적 인식의 토대로 삼았다. 그러나 개별자에 대한 관찰과 인식을 쌓아올리면서 우주적 총체성에 닿으려는 노력은 별 성과를 거둔 것 같지 않다. 이러한 인식의 바벨탑은 이상에게는 껍질의 악무한적 퇴적일 뿐이다. 이상은 이렇게 우주적 하늘과 분리된 평면적 인식의 세계를 '거울'로 표상했다. 그 평면으로부터 더 높은 차원을 향한 인식으로 어떻게 나아가고, 더 광막한 우주적 인식을 통해서 더 높은 차원의 세계로 어떻게 나아갈 것인가 하는 문제로 고민했다. '삼차각'이란 말은 바로 이렇게 '더 높은 차원'을 지향하는 공간기하학적 기호로 제시된 것이다. 그것은 평면의 서로 다른 개체인 '가'와 '나'가 더 높은 차원에서 하나로 묶이게 되는 '다' 지점을 향한 각도를 가리킨다. 나는 본문에서 이 것을 계속 상승되는 차원을 향해 열려 있는 시선의 각도로 비유했다. 그것은 하늘과 땅을 잇는 각도이며, 그렇게 해서 형성된 하나의 세계인 '하늘 땅'에서 또 다른 차원으로 상승되는 각도이기도 한 것이다. 이 두 각도는 각기 서로 다른 세 개의 각도를 결합한 형태로 제시될 수 있다. 나는 이러한 삼차각적 도형에서 서로 분리된 개체의 점끼리 서로 연결된 '감침' 영역을 〈가ろ나〉라는 기호로 표시했다. 기호 ろ는 서로 다른 두 개체나 두 영역

을 서로 휘감아서 각기 자신 안에 타자를 내포하는 것, 그렇게 해서 겹쳐진 풍경을 만드는 감침작용을 가리킨다. 그것은 서로 다른 두 천을 용수철처럼 꿰매어서 하나로 붙들어매는 바느질 방식인 '감침질'에서 따온 것이다. 이것을 '감침기호'(또는 '감')라고 한다. 이상의 혼돈적 이미지는 바로 이러한 감침 영역에서 나온 것이다.

나는 이상의 이러한 독특한 감침적 사유와 이미지에서 역사시대에 대한 비판과 그 너머 세계를 향한 사유구조를 본다. 그것은 역사시대가 출발할 때 역사주체에게 비판되고 부정되었던 혼돈적 얼굴을 새롭게 혁신시킨 것이며, 근대과학이 발견한 새로운 카오스적 논리의 평면성(동일성의 평면)을 넘어선 것이기도 하다. 근대 이후 사회가 민주화 민중화되면서 다양한 권력의 평면이 전개되었다. 그러나 이러한 민주적 권력 평면이 제왕의 권력과 법질서의 평면으로부터 높이 솟구쳐 올랐다고 말하기는 어렵다. 왜냐하면 그것 역시 감침을 통한 우주적 총체성의 사유로 사람들을 이끌지 못하기 때문이다. 우리는 아직 분리와 구별의 사유, 서로 이해관계가 충돌하고 대립하는 차이의 장면에만 지나치게 주목한다. 타자와 나의 차이를 통해 분리되는 모습을 부각시키기에 바쁜 이러한 사유는 여전히 평면적인 사유이다. 이 평면에서는 더 높은 차원에서 서로를 묶어주는 우주적 끈을 포착하기 어렵다. 근대적 사유는 서로를 하나로 묶으려고 하면 '나'의 개성을 상실하는 것으로, 또는 전체주의적인 폭력 속에 '내'가 속박당하는 것으로 생각하려는 경향이 있다. 이들은 '묶는' 것과 '전체'에 대한 잘못된 편향에 여전히 사로잡혀 있다. 역사시대를 주도한 권력주체들이 꾸며온 부정적 전체성에 속아온 세월 때문에 우리는 진정한 '감침의 영역'에 발도 붙여보지 못하는 어리석음에 빠져 있다. 이상은 먹좌표를 통해서 '우주'의 본질은 서로 결합됨으로써 풍요롭게 진화되며, 그러한 쪽으로 무한하게 불어나는 것임을 설파했다. 거기에는 전체주의식의 약탈(주종관계를 포함한)적 결합이 아니라, 서로 사랑에 의해 평등하게 결합되는 진정한 감침의 방식만이 존재한다. 우주의 그러한 자연스런 운동에 유독 인간만이 참여하지 못한다는 것은 매우 이상한 일이다. 그의 사유는 인간의 역사시대에 잘못 길러진 선입견과 편견을 이러한 자연과 우주의 방향에 맞추어 수정하도록 요구하고 있는 것이다. 「삼차각 설계도」의 「선에관한각서6」은 '4의 방위학'을 통해 우주의 진화방향에 어울리는 사유체계를 보여준다. 이 '4의 방위학'은 우주를 파악하는 '주관의 체계'이기도 하다. 이상은 이러한 사유가 작동하는 시대를 암시한 듯 '제4세(第四世)'라는 말을 썼다. 나는 여기에 착안해서 이러한 새로운 사유체계에 의해 건설되는 문명을 '제4세대 문명'이라 부를 것이다. 그의 사상은 이렇게 광대한 안목으로 전개된 것이며, 미래적인 것을 이미 선취한 것이기도 하다.

나는 이 책을 꾸미면서 여러 사람의 도움을 받았다. 이 조촐한 자리에서나마 그들에게 고마움을 표하지 않을 수 없다. 우선 나의 시각이 여러 차원으로 활짝 열리도록 소중한 가르침을 베풀어주신 알라모퉁키 연구소의 스승님께 고마움을 전한다. 그분은 '무한'에 대한 나의 관념을 형성하는 데 절대적인 도움을 주었다. 그분과의 대화 속에서 내가 체득한 지식이 쌓이지 않았더라면 이 책의 사상적 깊이는 많이 엷어졌을 것이다. 나는 책을 써나가면서 그때마다 새로운 자료를 뒤지고, 열람해야 했는데, 그러한 구차한 일들에 드는 시간을 나의 제자들이 감당해주었다. 그들 중에 특히 조은주와 조규갑이 나의 귀찮은 심부름을 마다않고 성실하고 묵묵하게 수행해주었다. 그들이 아니면 내 연구는 이렇게 빠르고 쉽게 여기까지 오지 못했을 것이다. 조규갑은 내 책에 나오는 복잡한 도안을 컴퓨터 작업으로 옮겨주는 수고로움을 아끼지 않았다. 권희철은 참고문헌과 색인작업 등 귀찮고 힘든 일을 진두지휘하며 이 책을 마무리하는 데 도움을 주었다. 그와 함께 일한 내 방의 제자들 모두에게 고맙다는 말을 전한다. 이전부터 내 책에 관심을 보여온 금강새한빛 교수는 몇 편의 중요한 삽화(그는 '화망타'라는 새로운 회화양식을 개척하고 있다)를 그려줌으로써 내 책의 사상을 시각적으로 드러내주는 중대한 공헌을 했다. 그리고 거친 상태로 갖다준 원고를 수없이 고치고, 다시 개작하는 등 번거롭고 귀찮게 한 나의 행동을 별 불평도 없이 맞아주고, 기꺼이 좋은 책으로 내주기로 한 현암사의 형난옥 전무님을 비롯해서, 친절하게 여러 부분을 수정하고 교정하면서 내 어지러운 원고를 다듬어준 정진라 편집자, 김영화 팀장, 말끔한 디자인으로 멋진 책을 탄생시켜준 디자이너 이기준 씨 등에게 모두 고마움을 전한다.

　　이들 모두에게 빚진 것을 갚기 위해서도 나는 여러 번 밤을 새며 이 작업을 진행시켰다. 연구실에서 밤늦은 시간에 쫓길 때는 지나가는 시간을 붙잡아매지 못하는 내 능력이 한탄스럽기도 했다. 작업을 끝낼 때까지 과연 이 책을 끝낼 수 있을까 끊임없이 솟구치는 회의감과 싸워야 했다. 이제 완벽하지는 않지만 그동안 나 스스로에게 던진 과제들을 어느 정도 수습할 수 있었다는 생각으로 만족하고자 한다. 이 책에서 제대로 다루지 못했거나, 해결하지 못한 부분에 대해서는 또 다른 책을 쓴다는 기쁨으로 미뤄두기로 한다.

2007년 8월
회화나무 한 그루가 보이는
자하연 옆의 한 연구실에서

일러두기

1. 각주에서 '전집(1~3)'이라 표시한 것은 모두 『이상문학전집』(김주현 역해. 소명. 2005.)을 가리킨다.
2. 「선에관한각서」, 「선에관한각서(1~7)」와 「각서」, 「각서(1~7)」은 같은 작품을 가리킨다.
3. 인용한 작품 가운데는 본래 띄어쓰기가 없으나 이해에 특별한 문제가 없는 한도 내에서 현대식
   표기로 전환한 것들이 있다.

머리말　　　　　　　　　　　　　　　　　　　　4

1

근대세계의 찢어진 틈과　　　근대초극 사상의 상징, 수염나비　　　20

제4세대 문명　　　　　　　　세계사적 고뇌의 예술과 사상　　　　51

　　　　　　　　　　　　　　　제국주의의 식민지 정원　　　　　　　67

2

무한사상 설계의　　　　　　미완성 모델하우스「오감도」　　　　82

미완성 오감도　　　　　　　식민지 다락의 사상적 공허　　　　　96

3

근대초극 사상의 개념과　　　근대적 욕망의 꼭짓점　　　　　　　132

새로운 패러다임의 전개　　　근대초극의 개념과 새로운 문명 설계도　142

4

무한육면각체 –　　　　　　상업적 논리의 무한껍질　　　　　　246

제논적 거울무한　　　　　　근대의 바벨탑과 역사시대의 종말　　262

　　　　　　　　　　　　　　　수량적 인식의 질병과 거울수술　　　285

5

역사시대　　　　　　　　　　거울탈출로서의 ¿거꾸로 달리기¡　294

거울로부터의 도피선

6

거울푸가 이야기　　　　　　바다의 거울푸가(바흐적 거울무한)　316

　　　　　　　　　　　　　　　근대적 환상의 미로(거울의 거울)　　334

　　　　　　　　　　　　　　　거울 속 창문과 덧문의 깊이　　　　358

7

역사시대 비판의　　　　　　장난감 신부의 어두운 동화　　　　386

마지막 시도 –　　　　　　　역사시대의 종말, 서사시적 종생기　400

에피그람적　　　　　　　　근대적 풍경의 안개와 파이프의 연기　462

서사시의 세속적 전환　　　　물 속 오랑캐의 비단정원 짜기　　　506

참고문헌　　　　　　　　　　　　　　　　　　512

찾아보기　　　　　　　　　　　　　　　　　　516

이상은 날개가 가지고 싶다고 했다.—
그는 차라리 천공을 마음대로 날아다니는
새 인류의 종족을 꿈꾸었을 것이다.

김기림, 「여행」

어느날 거울 가운데의 수염에 죽어가는 나비를 본다.
날개 축 처어진 나비는 입김에 어리는 가난한 이슬을 먹는다.

이상, 「시제10호 나비」

근대세계의 찢어진 틈과 제4세대 문명

1

근대초극 상징, 사상의 수염나비

바람은 내게 검은 관을 내던졌다. 검은 관은 산산히 부서졌고 그리고 천겹의 웃음을 토해냈다. 어린아이들 천사들 부엉이들 바보들 그리고 아이만한 크기의 나비들로 이루어질 구의 낯짝들로부터 그것은 나를 향해 웃고 조소하고 거칠게 날뛰었다.

—니체, 『짜라투스트라는 이렇게 말했다』

. '수염나비'의 웃음과 사상

이상은 특유의 낄낄거리는 웃음과 성적인 웃음, 농담 등을 통해서 성좌들이 찢겨 하늘이 폐허가 된 시대, 모든 존재가 얇은 거울 평면 속에 갇힌 것처럼 깊이가 없어진 그 어려운 시대를 건너가고자 했다. 그에게는 질풍 같은 탄환이 되어 내달렸던 "황금 같은 절정의 세월"(「공포의 기록」)이 있었다. 그러나 그 '황금탄환'의 열기가 식으며 바람 사나운 밤마다 "불꺼진 탄환처럼"(「황의 기 작품제2번」) 고독한 산길을 타는 세월이 더 오래 지속되었다. 이상은 '황금 같은 삶'을 불가능하게 하는 것들에 대해 공포를 느끼고 분노하고, 자신에 대해 자조했지만, 그 모든 것을 '웃음'의 무대에 올려놓음으로써 가볍게 거기서 초극하고자 했다. 헛껍데기 같은 자신의 존재가 조각조각 해체되어 성난 모습이 되었을 때, "딱정벌러지에 묻은 각국 웃음"(『지도의 암실』)으로 그것을 덮어버렸다. 두 개의 태양처럼 낄낄거리는 지적인 농담들로 사상적 공허를 채우고 싶어했다. 그러나 높이 솟구치면서 웃었던 황금의 웃음은 대지의 심장에서 솟구친 것 같은 "삼림(森林)과도 같은 웃음"(『수염』)이었다. 그 웃음 속에 그의 사상이 있다.

해방 이후 정지용은 식민지 시기를 회고하면서 자신들의 처지를 '해학 유모리스트'에 비유했다. 그의 제자였던 김광현의 기록에 따르면 정지용은 이렇게 말했다. "일본놈이 무서워 산으로 바다로 피해 다니며 술을 고래로 마시고 조선서 제일가는 해학 유-모리스트를 자처해 왔던 것"[1]이라고. 이러한 해학적 웃음은 이상의 삶과 사상, 예술에서도 본질적인 것이다. 김기림은 이렇게 말했다. "그(이상)의 말은 그의 시와 방불해서…… 부드러운 해학 속에도 어느덧 독설의 비수가 번쩍이는가 하면, 신랄한 역설의 밑에도 아늑한 다사롭기가 봄볕처럼 흐르는 것이었다."[2]

사실 정지용이 은연중 자신을 염두에 두고 한 말인 "조선서 제일가는 해학 유-모리스트"란 명칭을 받아야 할 사람은 바로 이상이다. 이상은 이 세상의 습관과 질서를 거꾸로 뒤집는 행위를 함으로써 충격과 웃음의 장면을 보여준다. 천자문을 거꾸로 외웠으며(그의 친구 문종혁의 증언에 따르면), 낮과 밤을 뒤집어 살았다. '사치스럽다'의 '사치(奢侈)'란 말을 언제나 뒤집어서 '치사(侈奢)'라고 썼다. 사람들이 저절로 '치사스럽다'의 '치사'를 떠올리도록 이렇게 기묘한 창조적 뒤집기를 선보인다. 자신의 필명을 '하융(河戎)', 즉 '물 속의 오랑캐'라고 짓기도 한다. 이 필명의 이러한 속뜻은

1 김광현, 「내가 본 시인」, 『민성』, 1948. 10. 20.
2 김기림, 「이상의 모습과 예술」, 『이상선집』 서문, 백양당, 1949. 4쪽.

3 조용만, 「이상 시대, 젊은 예술가들의 초상」, 『문학사상』, 1987, 4~6쪽. 하융이란 필명은 박태원의 소설 「소설가 구보씨의 일일」을 연재할 때 삽화를 그리면서 쓴 것이다. 필자는 박태원의 「딱한 사람들」(『중앙』, 1934. 9.)에 그린 삽화도 이상(하융)의 것임을 확인할 수 있었다. 475쪽 그림 참조.

이상의 사상을 대변할 만한 것이기도 했다. '하융' 즉 '물 속의 오랑캐'3란 말은 정상적으로 땅을 밟고 살아가는 사람이 자신과는 너무 다른 방식으로 (물 속에서) 살아가는 자의 모습을 가리킨 말이라고 볼 수 있다. 이상은 일상의 정상적인 생활 풍속과 동떨어져 살아가는 자신의 모습을 '오랑캐'란 말 속에 함축시켰을 것이다.

이상이 그 명칭에 단지 경멸적인 어조만을 담은 것은 아니다. 그에게 '물'은 생명력이다. 그의 생각에 (근대)문명은 그 '물'을 차갑게 얼어붙게 만들거나 오염시켜버렸으며, 그 결과 이 세계는 황량한 극지나 사막 같은 풍경이 되어버렸다. 그는 이렇게 반생명적인 문명이 주도해가는 현실에 적응할 수 없었다. '물속의 오랑캐'란 말은 그러한 (근대)문명과 그에 적응한 일반인의 삶을 조롱하고, 그것을 뒤집어 살아가는 존재의 당당한 모습을 담아내고 있다. (근대)문명을 조롱하기 위해 '물속의 오랑캐'라는 일종의 카니발적 가면을 뒤집어쓴 셈이다. 이러한 농담과 가면 속에는 언제나 뒤집힌 모습으로 진실을 향한 이상의 예술적 사상적 추구가 숨겨져 있었다.

그가 개업한 카페 '식스나인69' 같은 것도 그러하다. 성적 농담이 진하게 스민 파격적인 이름을 카페 간판으로 달았는데, 조용만에 의하면 이 간판의 본뜻을 알아차린 종로경찰서에서 허가를 취소했다고 한다. 그러나 이러한 성적 농담의 기호 속에도 그의 사상적 맥이 흐른다. 이러한 가면적 언어와 기호를 분출시킨 밑바닥에는 그가 예술적으로 공들여 만들어 놓은 진짜 얼굴이 놓여 있다. 그것은 마치 69라는 성적 농담 속에 숨겨놓은 것 같은, 생식기와 얼굴이 한데 결합된 이미지이다. 그의 사유에서는 하늘과 땅처럼 서로 멀어져버린 얼굴과 생식기를 한데 겹쳐놓는 것이 매우 중대한 과제였다. 이러한 과제가 그의 상상력에서 중심에 놓여 있는 '수염나비'의 이미지로 나타난다. 이 책은 어떤 면에서는 바로 이 '수염나비'가 품고 있는 의미를 풀이하는 것이라고 할 수 있다.

이상의 기괴한 '거꾸로' 행각은 그가 화가를 꿈꾸던 시절의 그림에서도 드러난다. 그는 1931년도 조선미술전람회에 「자상(自像)」을 출품해서 입선한다. 그런데 이 「자상」의 색감이 온통 누런 것을 보고 서양화가 이승만이 "이 그림도 단단히 황달에 걸렸구려……." 하니까, "내 눈엔 온 세상이 노랗게 보이는 것을 어쩌오." 하고 응수하기도 한다. 자기가 아니라 거꾸로 이 세상이 황달에 걸렸다는 식으로 대답한 것이다. 그의 가장과 괴벽을 익히 알았던 김소운은 동경에서 이상의 주검을 앞에 놓고도 "하도 능청맞고 익살스런 친구라 그 특이한 쓴 웃음을 지면서 금시에 일어나 앉을 것만 같다." 할 정도였다.[4] 여동생인 김옥희의 증언에 의하면 이상은 자신의 책상 앞에서는 머리를 단정히 빗고 정좌해서 책을 보고 원고를 썼다고 한다. 자신의 책상 앞에서는 진지했던 그가 이렇게 다른 사람 앞에서는 웃음으로 자신을 포장한 것은 무슨 이유에서였을까?

서정주는 이상의 웃음 뒤에 있는 고통과 슬픔을 보았다. 그는 1935년 가을과 1936년 봄 무렵 이상을 방문한 일을 추억하면서 이렇게 말한다. "신경질적이기는 하지만 항용 낄낄낄낄 웃어제치기만 하던 이상이라는 새는 그 기묘한 웃음 하나를 투르게네프의 처형마당의 새보다 더 가졌었다. 물론 이것도 이때 많이 이러했던 이 민족의 가장 기막힌 상징인 것처럼……."[5]

근대초극 사상의 상징, 수염나비

4 김소운, 「李箱 異常」, 『그리운 그 이름, 이상』, 김유중·김주현 편, 지식산업사, 2004, 76~77쪽.

5 서정주, 「이상의 일」, 『서정주전집5』, 일지사, 1972, 86쪽.

.23

투르게네프는 높은 곳에 매달려 처형당하고 학살당하는 새의 떨리는 몸부림을 캄캄한 한밤중 창문에 비치는 번개의 모습에서 보았다. 그래서 서정주는 "이상 그를 번개에 비유해 맞을 것인지" 생각해보아야 하겠다고 했다. 어두운 먹구름에서 솟구치는 이 강렬한 번개는 니체의 짜라투스트라적 초인의 이미지와 흡사하다. 여기서 그것은 비극적 초인의 모습으로 비친다. 사실 이 번개 이미지는 김기림이 이상의 추도시로 쓴 「쥬피타추방」에서 이상에게 부여해준 신적인 가면인 쥬피타와 연관될 수 있다. 이 쥬피타(제우스)는 번개의 신이다. 김기림은 이 시의 끝부분에서 '쥬피타-이상'을 번개신의 본래 거처인 파르테논 신전으로 이끈다. 이상은 「얼마 안되는 변해」라는 초창기 수필에서, 창기(娼妓)들의 파라솔 끝에서 일어난 번개를 보여주었다. 그녀들은 빗속을 걷고 있었다. 마구 쏟아지는 이 세상의 험난한 빗줄기를 방패처럼 막아주는 파라솔 꼭대기에서 그녀들을 휘감아 세상의 빗줄기 속을 탄환처럼 꿰뚫고 갈 수 있도록 해줄 만큼 강렬한 번개 에너지가 방사된 것이다. 이상은 이 강렬한 에너지에 전율했으며, 자신의 우울한 행로를 변화시킬 수 있는 힘을 거기서 얻어내고자 한다.

근대에 개발된 첨단 에너지로 도시의 거리는 점점 가속화되었다. 이상은 '기차'와 '자동차' 같은 근대적 이동수단을 근대의 기계적인 운동 형태를 표상하는 기호로 사용한다. 그러한 기계적 운동과 대결하며 그것을 넘어서는 운동을 추구하는 것이 그의 목표이다. 초창기 시인 「선에관한각서」 연작은 그 전체 주제가 바로 이것이다. 이 연작 전체의 제목인 「삼차각설계도」의 의미는 그러한 자연의 본질적인 힘을 파악해서 담아낼 수 있도록 새로운 문명의 그릇을 설계하자는 것이다. 그것은 새로운 학문의 방향을 가리킨다. 그의 작품에서 '번개' 이미지는 근대문명의 인공적인 에너지와 대립하고 그것을 전복시키기 위해서 나타난다.

이상의 사상과 예술 전체를 이러한 두 에너지의 대립적 양상으로 바라볼 수도 있다. 그의 문학에 흩뿌려진 총과 탄환의 이미지는 이 두 가지의 대립과 전쟁 양상을 보여준다. 그가 타고 있던 기차 객실을 순식간에 태고의 무덤 속 공간으로 변화시킨 것은 파라솔이 방전시킨 강력한 번개의 힘이다. 근대적 현실에서 변두리로 밀려난 창기, 자신의 거대한 사상의 날개가 오히려 이 현실에서 거치적거리게 된 시인은 모두 이 시대의 어두운 질곡 속에 매여 비틀거리다 어떤 순간에는 자신 속에 깃들어 있는 신성한 번개를 발산하기도 한 것이다. 그러나 평소에는 오히려 자신 속에 깃든 그러한 것들이 웃음거리로 전락한 시대에 그들은 살았다. 그들은 세상에서 볼 때 자신들에게 맞는 피에로적 가면을 뒤집어쓸 수밖에 없었다. 세상 사람은 주로 이 뒤집어쓴 가면적 외관에 사로잡혔다. 그러나 우리는 이 가면에 깃들인 여러 이야기를 생각해보아야 한다. 피에로적 가면을 그러한 이야기들의 상징적 얼굴로 변형시켜야 할 것이다.

정지용이 말한 '조선서 제일가는 해학 유모리스트'라는 말에도 바로 이러한 상징적 측면이 분명 엿보인다. 그들은 식민지라는 압박 속에서 이렇게 해학적 웃음을 통해서 모든 어려움과 고통 그리고 고난과 슬픔을 참고 이겨나가지 않을 수 없었다. 그들의 작품 속에도 이러한 것들은 깊은 흔적을 남겼다.

이상은 「날개」의 서문에서 웃음의 문체인 위트와 패러독스를 바둑 포석처럼 늘어놓는다고 했다. 그 웃음은 이미 그의 초창기 시에서부터 본질적인 것이었다. 그의 성적인 농담은 삼각형 기호와 관련된 시들인 「신경질적으로 비만한 삼각형」과 「파편의 경치」, 「▽의 유희」 등에서부터 출발하였다. 「수염」이란 시는 얼굴과 생식기를 결합시킴으로써 '삼림(森林)과도 같은 웃음'이란 성적인 이미지를 만들어낸다.[6] 이러한 웃음들은 안에서

6 얼굴과 생식기가 결합된 이미지를 이 책 마지막 장에서 르네 마그리트의 그림 「강간」을 참조하면서 다룰 것이다.

폭발해 밖으로 터져 나온다. 웃음이 분출하는 그 틈(안과 밖을 이어주는)과 그 틈을 둘러싼 수염이 만들어내는 얼굴의 풍경이야말로 이상이 제안한 근대 초극적 '시인'의 상징적 모습이다. '수염'은 다른 작품에서 풀과 나무의 이미지로 연장된다. 그가 거꾸로 생활하면서 저절로 거칠게 자라난 수염은 자신의 생식력을 상징하며, 동시에 대지의 생식력을 상징한다. 이상은 이 얼굴의 풍경을 '생식기의 풍경'으로 바꿔놓기도 했다. 이러한 바꿔치기(또는 겹치기)를 통해서 그의 웃음은 더 광대한 규모로 터져 나왔던 것 같다. 웃음의 이러한 생식적인 분출을 '삼림과도 같은 웃음'이라고 한 것이다. 그의 '웃음이 분출하는 틈'은 이 세상의 황무지를 극복하기 위해 생명수를 분출시켜야 할 구멍이 되기도 한다. 따라서 이러한 '바꿔치기-겹치기'는 그의 상상력의 흐름 속에서 그가 일상에서 보여준 '거꾸로' 행태와 자연스럽게 어울리며, 그의 삶 속에 자리잡았다. 이러한 바꿔치기-겹치기를 통해 얼굴과 생식기의 풍경을 겹쳐놓게 된 것이야말로 그가 만들어낸 독창적인 경지이다.

이상은 자신의 수염과 나비를 결합시키기도 하는데, 그것은 수염의 생식적 웃음을 더 강렬한 창조적 힘으로 추진시키기 위해서이다. 그는 '수염나비'를 자신만의 독특한 상징적 자화상으로 만든다. 그것은 이러한 바꿔치기와 겹치기의 독특한 상상력을 통해서 개인적인 얼굴을 넘어서며, 그의 근대초극 사상을 대변하는 상징적 얼굴이 된다.

이러한 '수염나비'를 「오감도」 연작 열 번째 시 「시제10호 나비」에 나오는 '나비' 이미지를 통해서 만날 수 있다. 「봉별기」 같은 소설에서는 그 '수염나비'가 약간 해학적인 코밑수염으로 나타난다. 그는 이 독특한 나비 이미지를 통해서 과연 어떤 사상적 이야기를 펼쳐내려 한 것일까? 그의 '나비'는 도대체 어디서 온 것일까? 이러한 질문은 우리의 독자적인 사

근대세계의 찢어진 틈과 제4세대 문명

상적 흐름이 예술적 상상계의 차원에서 어떻게 펼쳐졌는지 물어보는 것이다. 이러한 질문에 간단히 대답하기란 어려운 노릇이다. 그러나 이상의 문학적 성취를 따라가며, 거기에 담긴 독자적인 사상의 면모들을 분석해가면 그 대답의 실마리를 잡을 수 있을 것이다. 그의 '나비' 이미지는 이러한 논의에서 가장 중심에 놓인다. 그것이야말로 우리의 독창성을 세계사적인 맥락에서 측정해볼 수 있는 지표이기도 하다. 우리는 이상의 문학적 사유가 펼쳐 보여준 독자적인 흐름이 고립된 우물에 갇힌 것이 아니라 오히려 세계의 사상적 흐름보다 앞서 있었던 것임을 알게 될 것이다. 그런데 과연 어떻게 그렇게 될 수 있었단 말인가?

　　이상의 '나비'는 사상적으로 몇 가지 차원을 함축한다. 첫 번째 차원은 흔히 카오스 이론에서 말하는 '나비효과'적인 것이다. 그는 이 카오스적인 나비의 이미지를 김동인의 미완성 소설인 「태평행」에서 따왔다.7 그것을 자신의 무한사상적 기호로 상승시켰다. 얼굴(특히 입과 뇌수)과 생식기가 결합된 '수염나비'는 바로 이상의 사상적 문학적 표지라고 할 수 있다. 그것은 근대적 논리(얼굴은 이때 이성을 표상한다)에 대한 생식적 성의 문제제기, 성적 육체성에 함몰되는 것에 대한 영적인 비물질 차원의 문제제기(이때 얼굴은 영혼의 표상이다)를 표현한 것이다. 물질적 육체와 논리적 이성, 그것을 초월한 정신 등의 경계와 구분을 뛰어넘어, 그것들을 미묘하게 통합한 '수염나비'는 '카오스적인 나비'의 한계를 넘어서 있다. 그의 나비는 김동인적인 '나비효과'를 뛰어넘어 근대초극적인 지평선 위를 날아다닌다.8

　　이상은 뇌수와 생식기가 통합된 이러한 수염나비의 이미지를 '삼차각 설계도'란 매우 독창적인 언어로 표현하고자 했다. 1931년도에 발표한

7 김동인의 문학적 상상계 속에 내포된 카오스적 사상의 문제는 다른 글을 통해서 논하고자 한다. 그는 「태평행」(『문예공론』, 1929. 6.)에서 파괴적인 카오스적 흐름을 보여주었다. 동시에 그와 대비될 만한 다른 흐름, 즉 '대동강의 흐름'을 다른 한 편에 간직하고 있었다. 개인의 자유의지로 어쩔 수 없는, 세계의 더 큰 운명적인 힘을 생성과 파괴의 두 측면에서 바라보았던 것이다.

8 이 책에서 우리는 이상의 '나비'에 대한 몇 가지 이야기를 할 것이다. 그것은 카오스의 쪽거리 운동보다 훨씬 광대하고 섬세한 초검선적 우주의

7편의 연작시 「삼차각설계도」(「선에관한각서1」에서 「선에관한각서7」까지의) 속에서 자신의 독창적인 사상을 여러 독특한 기호와 이미지를 통해 담아낸다. '폭통(瀑筒)'이나 '정육사탕(正六砂糖)' 같은 것이 바로 그것이다. '폭통'은 해면질처럼 탄력성 있는 물질, 즉 끈끈하게 결합된 액체의 폭포수 같은 흐름을 담은 역학적 통이다. '정육사탕'은 둥근 사탕입자 같은 것으로 가득 찬 정육면체(둥글게 부풀어난 육면체이다)이다. 이러한 것은 모두 뇌수와 생식기가 결합된 '수염나비'의 다양한 변주곡이다. 이상은 이러한 기호와 이미지를 통해 '사람'이란 존재를 새롭게 파악하고자 한다. 그것은 르네상스 이래 서구적인 사조의 중심적인 기치였던 휴머니즘을 새로운 차원으로 혁신시키려는 매우 야심차고 독창적인 기획이었다.

　　나는 여기서 이상이 선언한 새로운 휴머니즘을 '초검선적 휴머니즘'으로 정의하고자 한다. '초검선'은 물질적인 운동의 극한인 광선을 초월한 운동선이다(이 개념에 대한 좀 더 자세한 논의는 3장에서 할 것이다). 빛의 물리학적 한계 안으로 점차 축소되어가는 근대세계의 사유와 삶에 맞서면서 그는 사람의 삶(운동선)이 그러한 물질적 한계(그 극대치인 광선까지도 포함해서)를 초월한 것임을 시적인 수학과 시적인 기하학을 통해 말하고자 한다. '삼차각'이나 '전등형' 등 그가 새롭게 만들어낸 용어는 근대적 기하학의 추상적 체계를 넘어서기 위해 고안해낸 것들이다. 이러한 새로운 기하학과 시적인 수학으로 무장함으로써 자신의 제안이 그저 소박한 과거의 정신주의로 되돌아가는 것이 아님을 과시하고자 한다. 그의 '수염나비'는 이렇게 해서 그때까지 근대과학이 도달하지 못한 카오스적 지평을 잠깐 스쳐간 뒤, 아직 어둡게 가려져 있던 다차원적인 우주를 넘나들기 위해 솟구쳤다. '폭통'이나 '정육사탕' 등의 이미지 속에는 다차원적인 우주의 역학과 구조가 숨쉬고 있다. 따라서 그의 나비는 뇌수와 생식기가 결합된 표상이 보여주듯이 물질과 정

나비매듭으로 다시 탄생한다. 3장에서 이에 대해 자세히 논할 것이다. 여기서 '근대초극'이라고 할 때 '근대'란 개념은 흔히 사용되는 것보다 좀 더 확장된 개념이다. 이 '근대'는 카오스이론과 그에 예술적으로 상응하는 포스트모더니즘까지 포괄한 개념이다.

신의 결합에 의해 풍요롭게 창조되고 증식되는 세계를 가리킨다.

카오스가 동일성이 무한하게 쪼개지고 증식되는 쪽거리(프랙탈) 운동의 복잡한 질서(혼돈 속의 질서)를 파악한 것에 비해, 이 수염나비는 서로 차이나는 것들 간의 무한결합운동, 즉 곱셈적 증식에 의한 창조적 활동을 나타낸다. 카오스의 프랙탈이 동일성의 기계적이고 반복적인 전개 양상을 보이는 반면에 이상의 나비는 다양한 차이가 서로 동조(同調)하여 결합되고, 곱셈적으로 증식되는 양상을 보여준다. 나는 이것을 '멱운동'이라고 부를 것이다. 우리는 뒤에 이상의 「선에관한각서1」에 표현된 '멱(冪)좌표'[9]를 통해 이 문제를 논할 것이다.

이상은 시대를 너무 앞서간 자신의 사상을 당시로서는 잘 알아들을 수 없는 용어들을 동원하며 말해보려 노력했다. 그러나 곧 자신의 말들이 공허한 메아리처럼 아무 반향 없이 헛되이 떠돌고 있음을 알게 된다. 자신의 그러한 사상을 세상의 벽에 부딪혀 직설적으로 뿜어내지 못하게 되자 낄낄거리는 웃음의 가면을 뒤집어쓰고, 거리에 독기어린 웃음을 흩뿌리며 다녔다.

그의 시와 소설 전체에 깔린 이 웃음의 문체에는 이렇게 당대에 식민지인으로서 견뎌내야 할 압박과 굴욕감에 대해 그가 취한 삶의 방식이 담겨 있다. 웃음 속에는 많은 이야기가 담겨 있다. 이러한 문제가 얼마나 중요한 것이었는지는 해방 이후 김기림이 쓴 수필의 서문을 보면 알 수 있다. 그는 이상의 「날개」 서문에서 볼 수 있던 것과 거의 비슷한 이야기를 다시 하고 있다. 김기림은 『바다와 육체』라는 수필집을 내면서 서문에 이렇게

---

9 이 '멱좌표(冪座標)'란 말은 모든 것이 창조되고 증식되는 풍요의 좌표이며 축제적 좌표이다. 나는 이 '멱'이란 말을 생식적인 창조적 그물망으로 이해하고자 한다. 피와 DNA의 유전적인 흐름, 그러한 유전정보를 담은 꽃가루의 비행선 같은 것들, 많은 정보를 담고 흐르는 구름과 보이지 않는 수증기의 흐름들, 그리고 보이지 않는 중력선과 초검선들로 이 우주는 복잡한 그물을 짠다. 이러한 것들로 우리 우주는 풍요롭게 창조되고 진화되는 방향으로 흘러간다. 이 모든 것을 간단하게 도상화한 것이 바로 '멱좌표'이다.

썼다. "향기 높은 유머와 보석과 같이 빛나는 위트와 대리석같이 찬 이성과 아름다운 논리와 문명과 인생에 대한 찌르는 듯한 풍자와 아이러니와 파라독스와 그러한 것들이 짜내는 수필의 독특한 맛은 우리 문학의 미지의 처녀지가 아닐까 한다."[10] 김기림은 이상이 쓴 「날개」의 다음과 같은 부분을 연상한 것이 아닐까? "니코틴이 내 횟배 앓는 뱃속으로 스미면 머릿속에 의례히 백지가 준비되는 법이오. 그 위에다 나는 위트와 파라독스를 바둑포석처럼 늘어놓소." 김기림은 이상의 사상에 대해 가장 깊이 이해한 친구이다. 그러나 그가 과연 이상의 웃음 뒤에 숨겨진 사상의 진면목까지 알아챌 수 있었는지는 의문이다. 진정한 기쁨의 웃음을 희미하게 그림자처럼 껴안고 있는 그러한 웃음, 희극적인 얼굴로 뒤집혀 일그러진 모습이지만 여전히 그 안에는 본래의 향기를 간직하고 있는 그러한 웃음의 진짜 얼굴을 알았을까?

자수로 유명한 강릉에서 수집된 버선본집. 조선 후기 작품으로 밑에 버선 본이 깔려 있다. 여기에 수놓인 ×자형과 그 안에 마치 톱니처럼 물린 삼각형들, 그리고 ×자에 의해 만들어진 커다란 삼각형 안의 네 마리 나비는 앞으로 이상의 사상에 대한 우리의 논의에서 가장 중요한 상징들이다. 사실 이 나비 모습은 희(喜)의 고전체(古篆體)이다. 자수에서는 흔히 희(喜)와 수(壽) 같은 길상문자를 나비와 박쥐문양으로 만들곤했다. 우리는 여기 수놓인 기쁜 웃음을 웃는 나비문양을 이상의 '수염나비'의 표상으로 삼고자 한다. 그것은 얼굴과 나비와 꽃과 집의 복합 이미지로 생각해볼 수도 있다. 이 정교하면서도 예술적인 솜씨는 신사임당의 초충도 자수병풍을 떠올리게 한다. 유명한 강릉수보는 그러한 신사임당의 전통이 계승된 것이 아닐까? 강릉 김씨 가문인 김해경은 이러한 나비·꽃·집·얼굴의 복합적 상징을 상상력의 중심 기호로 삼았다. 그리고 자신의 수염이 자수처럼 아름답다고 표현할 만치 '자수의 상상력'을 펼치고 있었다.

10 김기림, 『바다와 육체』, 평범사, 1948, 9쪽.

. 이상의 몌좌표, 그리고 카오스적 근대를 넘어서기

김기림은 이상이 죽고, 10년이 지나서, 그때까지 발표한 자신의 수필을 모아서 『바다와 육체』를 펴낸다. 이상에 대한 추억이 깃든 여러 편의 글이 그 속에 있다. 그는 이상 특유의 '웃음의 문체'를 추억하면서 자신의 수필을 썼다. 그러나 정작 그 웃음을 불러온 '나비'의 사상적 본질을 건드리지는 못했다. 이상에 대한 추억을 담았을 그의 시 「나비와 바다」(1939)에서 나비는 다만 바다에 비친 청무우밭 이미지에 현혹된 것으로 그려진다. 공주같이 꿈에 젖어 헛된 가상의 꽃밭을 헤매다 지쳐버리는 이 나비의 불행은 나르시즘적 파탄을 그린 것이다. 바다의 표면에 비친 자신의 꿈 이미지에만 사로잡혀 바다의 깊이를 헤아리지 못한 이 나비는 어느 정도 이상의 생애를 견준 것이리라. 그가 해방 이후 쓴 「이상의 모습과 예술」[11]에서 그는 분명 이상을 과도한 나르시스트로 규정한다.

이상의 문학작품 속에 거울 이미지가 많이 나타난다는 것은 분명하다. 그러나 이상은 한 번도 거울을 나르시즘의 표상으로 그린 적이 없다. 그에게 '거울세계'란 언제나 물질적인 한계 안에 응고된 세계의 표상이었다. 마치 기계적인 반사물처럼 근대의 모든 운동은 탄력적인 생명력을 잃어버린 것이었으며, 그 세계는 차갑게 얼어붙어 굳어진 물속과도 같았다. 그는 바다같이 광대한 거울 이미지에 대해 언급하기도 한다. 그러나 그것도 나르시즘적 안주를 위한 것이 아니라 굳어진 거울세계 속에서 창조적 가능성을 바다의 '거울무한' 이미지를 통해 탐색해보기 위한 것이다. 이 '거울무한'의 세계가 카오스 이론의 차원과 어느 정도 상응하는 것으로 보인다. 그의 수필인 「무제－육면거울방」(필자가 임의로 붙인 제목임)에는 이러한 '바다거울'과 육면거울방 같은 거울무한의 세계가 그려져 있다. 그러나 그의 나비는 이러한 거울세계의 벽지를 찢고 벽을 깨뜨리며 참된 무한인 다차원적

11 김기림이 엮은 『이상선집』(백양당, 1949.)의 서문이다.

우주를 향해 날아오른 것이다.

이 '나비'에 담긴 먹좌표의 무한사상은, 근대의 결정론적 과학에 심각하게 도전하면서 1960년대에 막 태동한 서구의 카오스 과학을 넘어서 있다. 시기로 보아 40여 년 이상 앞선 일이다. 그러니 이상의 나비를 단지 나르시즘적 거울에 갇힌 것으로 그린 김기림의 실수를 우리는 용서해야 하리라.

이상의 '나비'는 카오스적 측면을 포함하고 있었는데, 그 문제에 대해 잠깐 언급할 필요가 있다. 그것은 문학청년기에 읽었던 김동인 소설 「태평행」과 관계된 것이다. 김동인의 「태평행」은 1929년 6월호 『문예공론』에 그 첫 회가 실렸다. 거기서는 한 마리 나비의 여행 때문에 수많은 연쇄반응이 일어나 여러 불행한 사건이 눈덩이처럼 불어나는 이야기(카오스적 '나비효과'를 소설적으로 전개한)가 전개된다. 당시는 카오스의 프랙탈 운동에 대해 아무도 알지 못했을 때이다. 아직까지 근대 과학이나 근대 예술을 알기 위해 많은 사람이 일본으로 유학을 가거나, 그와 관련된 책을 구해서 읽기에도 바쁠 때이다. 김동인은 이런 때 근대성을 넘는 그 선구적인 소설을 썼다. 이상은 이 이야기의 골격에 살을 붙여 더 과장된 카오스적 이야기를 만들어 친구이던 문종혁에게 구술한다. 문종혁은 이상이 스무 살 무렵 자기에게 해준 이야기라면서 이렇게 말했다. "그 이야기는 상의 창작인지 어디서 읽은 것인지 그 점은 분명치 않다. 다만 그것은 종이에 붓으로 쓴 작품화된 것은 아니었고 그의 마음속의 구상 정도였다. 고로 그의 구술에 의한 소설 이야기다." 그가 전해주는 대략적인 내용은 이렇다. 동경의 교외 초원에서 나비 한 마리가 날아갔다. 어떤 정원에서 놀던 아기가 그 나비를 잡으려 초원 끝까지 따라가다 낭떠러지에 떨어져 죽는다. 이 아기의 아버지는 동해선의 특급열차 기관사인데, 아이의 죽음에 충격을 받고 운전 중에 넋을 잃는다. 그는 정거해야 할 역을 통과해서 질주하다 임시열차와 충돌한다. 그 임시열차에는 당시 양국 간의 중대 문제를 정치적으로 타결해야 할 임무를 띤 상대국의 특명대사가 타고 있었다. 그가 죽게 됨으로써 이해관계에 얽힌 양국은 감정이 격화되어 전쟁을 일으킨다. 이 전쟁은 대대손손 전해져 백년대전이 된다. 드디어 양국의 민족은 전멸한다.12 문종혁은 이상이 구술해준 제목 없는 소설의 대략적인 줄거리를 이처럼 회고하였다.

　　문종혁이 전해준 내용을 보면 마지막 부분의 전쟁 이야기를 빼고는 김동인의 「태평행」과 스토리가 거의 같다. 이 소설의 첫 회 부분〔이 소설은 『문예공론』이 폐간됨으로써 지면을 『중외일보』로 옮겨(1931년 8월 14일부터) 연재했다.〕 줄거리를 읽어보면 이상의 구술소설이 「태평행」을 거의 그대로 차용했음을 알 수 있다. 아이가 나비를 잡으려다 화로를 엎질러 죽고(이상은 절벽에 떨어져 죽은 것으로 말했다), 기관사인 아기 아버지가 정신을 놓은 상태에서 기차가 충돌해서 다른 기차에 탔던 청나라 대사가 죽음으로써 일본과 청나라 관계가 악화되며, 이 기차충돌로 죽은 조선 사람들 때문에 조선에서는 또 다른 사건이 줄을 잇게 된다는 것 등이 「태평행」의 줄거리이다.

　　김동인은 인간계의 잡된 일을 초월한 듯이 날아다니는 한 마리 범나비의 여행 때문에 일파만파로 벌어진 이 엄청난 비극을 이렇게 묘사한다. "비극, 비극, 그리고 또 그 비극이 낳은 또다시 비극, 결과는 또한 그 다음 결과를 낳고, 다음 결과는 또 새로운 결과를 낳아서, 지금 일본뿐 아니라 온 세계에 그 결과의 또한 결과가 얼마나 영향되었는지 그것은 짐작도 못할 배다."13

　　이상은 이러한 줄거리를 좀 더 과장되게 변화시킨다. 본래의 사건 전개가 갖는 카오스적 쪽거리 운동을 좀 더 대담하게 밀어붙여 극단적인

12 이에 대해서는 문종혁의 「심심산천에 묻어주오」(『여원』, 1969. 4.)와 김유중·김주현 편의 앞의 책(124~126쪽)을 참조하라.
13 김동인, 「태평행」, 『문예공론』 2호, 1929. 6., 6쪽. 여기 등장하는 범나비는 일본의 무장야(武藏野) 벌판에서 팔왕자(八王子) 촌락까지 날아간 것이다.

사태로까지 확장시킨다. 이상이 덧붙인 부분에서 양국(여기서는 특정한 국가명이 쓰이지 않았다)은 전쟁에 돌입하고, 후손 대대로 그 전쟁이 이어져 양국은 마침내 멸망에 이른다. 이상은 여기서 '나비'(우주자연의 상징)와 '기차'(근대문명의 상징)의 대비 속에 나비효과 이상의 메시지를 감춰놓는다. 비록 구술로 끝난 것이지만 이 이야기 속에서 '나비'로 표상되는 자연의 힘을 무시한 문명의 길(기차로 대변되는)은 총체적인 몰락에 이른다고 경고하는 것 같다. 이상은 이러한 방향으로 자신의 독자적인 소설을 구상한 듯하다.

　　문종혁이 이상이 구술한 것을 완벽하게 전해준 것은 아닐 것이다. 그러나 그가 전해준 이야기는 대략적인 줄거리의 핵심을 간직하고 있을 것이다. 이상은 문종혁의 증언처럼 스무 살이 되던 1929년에 이 「태평행」을 읽고 깊은 인상을 받았음에 틀림없다. 이 카오스적으로 전개된 이야기를 그는 자기 식으로 다시 쓰고 싶었던 것이 아닐까? 아무튼 그 이후 '나비' 이미지는 그에게 매우 특별한 것이 되었을 것이다. 그러나 이상의 '나비'는 「태평행」의 그러한 카오스적 경계를 넘어갔다. 그의 '수염나비'는 무한결합에 의한 자연의 총체적 운동을 제시하게 된 것이다. 그것은 자신의 꽃을 찾아다니며 이러한 무한사상의 표상을 이 세상에 뿌리며 날아다녔다.

　　우리는 나바호족 인디언의 '꽃가루의 행로'를 여기 곁들여야 할 것 같다. 샤먼 앱트 러셀은 이들의 멋진 이야기를 한 대목 소개한다. "인생의 집 안에서 나는 방황한다. / 꽃가루의 행로 위에서 / 구름의 신과 더불어 나는 방황한다."[14] 러셀에 의하면 나바호족 인디언은 '꽃가루의 행로'가 신과 인간 사이에 놓인 샛길이며, 그것이 우리 사이에 존재해야 하는 조화라고 믿었다. 이상의 '수염나비' 사상도 그와 똑같은 것이다. 인생의 조화로운 결합을 꿈꾸었고, 우주를 곱셈적인 결합에 의해 불어나는 모습으로 포착했다. 그것은 「오감도」와 「산촌여정」, 「실낙원」 등에 여러 모습으로 나

14 샤먼 앱트 러셀, 『꽃의 유혹』, 서기용 역, 이제이북스, 2003, 145쪽.

타난다. 그의 무한사상은 「선에관한각서1」에서 보여준 것처럼 '멱(冪: 거듭제곱)15에 의한 멱'으로 풍요롭게 눈덩이처럼 불어나는 우주자연 현상에 대해 설파한 것이다. 우주자연의 조화로운 결합을 이끄는 강력한 곱셈적 끈들의 힘에 대한 사상을 '나비' 뒤에 숨겨 놓았다. 이상의 무한사상은 곱셈적인 끈들이 무한하게 결합되어 짜여진 풍요로운 그물망을 가리키고 있다. 그의 멱좌표는 바로 그러한 풍요의 그물망을 자신의 시적 수학과 시적 기하학으로 풀이한 도상이다.

카오스 이론의 대명사가 되기도 한 '나비끌개'는 로렌츠가 1961년 겨울에 발견하였다.16 로렌츠는 기상 자료를 컴퓨터에 입력해서 물리법칙의 결정론적 과정(뉴턴적인 법칙이 작용하는 계에서)을 지켜보다가, 그러한 결정론이 붕괴되는 것을 보고 경악했다. 자료 입력 시 약간의 오차가 완전히 다른 기상학적 결과를 가져온 것이다. 그 이후 그가 발견한 '나비끌개'는 카오스 이론의 상징처럼 되어버렸다. 지금은 익숙해진 '나비효과'란 말은 로렌츠의 1979년 논문인 「예측 가능성: 브라질에 있는 나비 한 마리의 날갯짓이 텍사스 주에 토네이도를 일으키는가?」에 처음 등장한다.17 '나비끌개'란 말은 그 뒤에 쓰였을 것이다.

김동인과 이상이 로렌츠보다 거의 50여 년 전에 그러한 카오스적 '나비효과'에 대한 생각을 소설로 쓰거나 구술했다는 사실은 놀랄 만한 일이다. 그런데 우리는 아직도 그러한 사실이 있었는지조차 잘 알지 못한다. 그러한 자료를 보았다 해도 그 의미에 대해 별로 깊이 생각해보지

15 멱(冪)이란 글자는 막(幕)을 본체로 한다. 이것은 본래 태양을 뜻하는 일(日)이 숲속으로 떨어져 내린 모습이다. '저물다' '허무하다' '천막' 등의 뜻은 모두 여기에서 파생되었을 것이다. 밤이 되면 이 세계는 어둠의 천막에 덮인다. '멱(冪)'은 이 막(幕)의 위에 그물 망(网)을 씌우고, 아래로 드리워진 천을 뜻하는 건(巾)을 막(莫)자 밑에 내려뜨린 것이다. 이상의 '멱좌표'란 이러한 보이지 않는 우주의 검은 끈들로 짜여진 우주의 천들이 어떻게 그물망처럼 서로 엮여 있는지를 도상적으로 파악하려는 시도이다.
16 제임스 글리크, 『카오스』, 박배식·성하운 역, 동문사, 1993, 28·67쪽 참조.
17 스티븐 스트로가츠, 『동시성의 과학, 싱크』, 조현욱 역, 김영사, 2005, 250쪽.

않았던 것이다. 지식인일수록 우리가 모든 면에서 대체로 후진적이었다고 평가해야 자신들의 발언에 대해 안심하게 되는 풍조가 식민지 시대 이후 이어져 왔다. 뿌리 깊은 사대사상의 병폐는, 근대 이후 그 숭배 대상을 중국에서 서양으로 옮겨왔을 뿐, 여전히 계속되고 있는 것이 아닐까? 그러한 사대주의는 사상적인 측면에서도 언제나 식민지적 종속을 인정할 자세

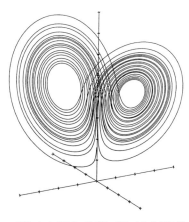

로렌츠의 나비끌개. 신비한 이중 나선 운동을 보여준다.

가 되어 있다. 그러한 사람들에게, 우리가 그러한 '근대초극'적 사상을 선취하고 있었다는 사실이 눈에 보일 리가 없다. 오늘날 사상적 식민지의 행태는 '세계화'라는 슬로건 아래 좀 더 강력한 형태로 불어나고 있다. 어떤 문학연구자들은 들뢰즈나 라캉 같은 서구이론가의 한쪽 면을 붙들고 마치 가장 전위적인 사상의 흐름 속에 자신도 있는 것처럼 포즈를 취하며 주위의 모든 것을 해결하려 한다.

　　이상에 대한 연구도 그러한 (사상이론의) 식민지적 종속의 역사와 같은 모습을 하고 있다. 어떠한 이론이나 사상이 수입될 때마다 이상의 모습은 달라졌다. 라캉과 들뢰즈 이론이 유행하면서 이상은 라캉과 들뢰즈의 옷을 입었다. 어느 누구도 이상의 고유한 사상에 대해서 생각해보지 않았다. 대개 연구자들은 이상이 이러한 옷 속에 얌전히 자리잡거나, 자신에 비해 이러한 서구 사상이 너무 화려해서 그 옷 속에 마치 수줍은 색시처럼 약간은 얼굴에 홍조를 띠며 있게 될 것으로 생각해왔다. 그러나 이제 우리는 이상을 이러한 식민지적 종속으로부터 해방시켜줄 때가 되었다. 그

의 사상은 지금까지 그에게 입혀온 서구적 사상의 옷들보다 훨씬 크고 정교하며, 그러한 서구이론이 제시하지 못한 진정한 근대초극의 방향을 제시하고 있다.

당시 서구의 선진적인 과학 지식과 전위적인 예술 이론에 매료된 김기림이 이러한 것들을 눈치 채지 못했다는 것은 어떻게 보면 당연한 일인지도 모른다. 그는 이상의 근대초극 사상에 적극적인 지지를 표명하지만 사실 그러한 근대 초극이란 슬로건의 내용 속으로까지 뚫고 들어가지 못한다. 그는 1930년대 후반부터 자신의 비평을 통해 더듬어가던 과학적 합리주의(서구 근대사상 체계에 속하는)에 대한 믿음을 계속해서 더 강렬하게 밀어붙이고 있었다. 그는 해방 이후 새로운 국가를 건설하려는 벅차고 혼란스러운 분위기 속에서 J.A. 톰슨의 『과학개론』[18]을 번역한다. 그 서문에서 이렇게 말한다. "과학사상의 계몽은 우리들의 '새나라' 건설의 가장 중요한 과업의 하나임에 틀림없다." 이러한 논조는 1937년에 쓴 「과학과 비평과 시」[19]에서 보여준 확신, 즉 비평은 가장 진지한 과학적 태도와 방법 위에서만 가능하다는 주장의 연장선에 있다. 이러한 서구의 근대적 과학적 태도를 수용하는 것만이 새로운 시대의 '최대의 과제'라고 생각한 것이다.[20]

김기림은 이 비평에서 이상의 「위독(危篤)」을 이처럼 칭찬한다. "우리가 가진 뛰어난 근대파 시인 이상은 일찍이 「위독」에서 적절한 현대의 진단서를 썼다. 그의 우울한 시대의 병리학을 기술하기에 가장 알맞은 암호

18 이 책은 을유문화사에서 1948년에 나왔다.

19 조선일보, 1937. 2.

20 김기림의 이러한 과학주의 노선에 따른 비평은 1940년에 발표한 글에서 '과학적 시학'이란 용어로 정립된다. 그는 「시와 과학과 회화」(새로운 시학의 기초가 될 언어관: 『인문평론』 2권 5호, 1940. 5.)에서 과학과 시의 언어에 각자의 독자적 영역을 정확하게 부여해주는 것을 '과학적 시학'의 임무라고 보았다. 그는 비엔나 써클의 논리실증주의에 함축된 범과학주의를 비판하면서도 I.A. 리처즈가 그 반대방향 즉 시의 정서적 기능을 지나치게 강조한 점도 비판했다. 그의 결론은 이처럼 요약된다. "과학적 시학은 언어의 논리적 구조의 분석과 함께 언어에 대한 신화를 깨뜨리고 그 대신 과학을 가져올 것이다."(위의 책, 10쪽)

를 그는 고안했었다." 이상이 동경에서 죽기 두 달 전쯤에 이 글은 발표되었다. 이상이 죽기 전에 이 글을 읽었는지는 모르겠다. 그러나 사실 이상이 「위독」을 '현대의 진단서'로 쓴 것은 아니다. 그것은 자신의 예술적 삶이 현실의 먹고사는 문제에 부딪쳐 봉착한 개인적 위기를 표출한 것이다. 이상은 제비다방의 파산 이후 경제적으로 점차 심각한 상황에 몰리고 있었다. 그가 현대의 병리적 진단서로 쓴 것은 「오감도」와 그 이전의 「조감도」 같은 것이다. 그의 시대 병리적 '암호'들은 모두 그러한 시 속에 담겨 있다. 그러한 암호적 시들은 모두 웃음에 의해 흔들린 문체들과 기호로 엮여진 것이다. 김기림이 포착한 '현대의 병리적 진단'은 날카롭게 그 속에서 작동하고 있었다. 김기림은 이상에 대해 거기까지(병리적 진단)만 알았다. 이상의 '암호'는 그러한 병리학적 진단 너머에 있는 그의 독자적이고 독창적인 사상에서 흘러나오는 것이다. 그 사상은 그가 문단에 진입하기 이전에 쓴 시들에서 이미 확립되었다. 그는 자신의 사상적 탐구를 결정적인 수준에까지 밀어붙인 결과물(2천여 편의 시)을 잔뜩 쌓아놓고 있었다.

　　문단의 친구들을 만나게 된 것은 그 이후이다. '낙랑파라'나 '제비다방'에 모여든 그 친구들에게 이상은 그러한 사상과 예술을 그 특유의 웃음을 동반한 이야기로 선보인다. 그들을 박식한 이야기들로 압도해나가면서 그들에게 인정받고, 이러한 분위기가 확산되면서 비로소 그러한 것을 밖으로 펼칠 수 있는 통로가 조금씩 열리기 시작한다. 그 첫 번째 통로를 마련해준 것은 정지용이다. 그는 아무도 접근하기 어려운 이상의 난해한 시들을 과감하게 자신이 주재하던 『가톨릭청년』에 실어준다. 한 걸음 더 나아가서 구보 박태원을 통해 자신에게 매달리는 이상의 부탁을 뿌리치지 못하고 『조선중앙일보』에 근무하던 이태준에게 그를 추천함으로써 「오감도」를 신문에 연재할 수 있도록 해준다. 그러나 정지용의 역할은 거기에서 끝났다.

정지용은 이상의 사상적 본질에 대해 깊이 생각해본 적이 없다. 그러한 것에 대해 그 후 진지하게 논해본 적도 없다. 아무튼 이상의 문단 진출에 따라 그의 웃음이 폭발하는 언어들이 퍼져나갔으며, 거기에 스민 그의 사상적 광채는 퇴색한 상태이긴 해도 세상에 빛을 발하기 시작한다.

. 이상이 꿈꾼 우리식의 창세기: 제4세대 문명

김기림이 판독하지 못한 이상의 사상적 내용은 과연 무엇이었을까? 무엇이었기에 그의 가장 친밀한 이해자인 김기림마저도 그로부터 비켜나가게 된 것일까? 만일 김기림이 이상을 제대로 이해하고 그에 공감했다면 절대 근대적 과학주의에 대한 신념을 그렇게 "새나라 건설의 가장 중요한 과업의 하나"로까지 설정할 수 없었을 것이다. 그 후 많은 지식인이 역시 그러한 김기림 식 과업에 동의하고 동참하면서 전개시켜 온 우리의 근대적 역사의 한 흐름에 대해서도 우리는 비판적인 생각을 가지게 되었을 것이다. 이렇게 가장 친한 친구에게조차 알려지지 못하고 파묻힌 이상의 사상이 지닌 의미를 파헤치려는 것은 이러한 우리 근대 역사의 흐름에 대해서도 근본적으로 비판적 성찰을 해보기 위해서이다. 이상은 단지 병리학적 진단만이 아니라 근본적 모순에 대해 말하고, 그것을 극복할 수 있는 세계관까지 제시했다. 따라서 그의 사상적 의미에 대해 연구해보는 것은 여전히 현재적이며 미래적인 과제이다.

　　정지용은 해방 이후에 쓴 「조선시의 반성」에서 새로운 시대를 열어갈 과제에 대해 고민했다. 해방이 된 시점에서 이제는 식민지 시대에 자신들이 취한 해학 유모리스트 같은, 그러한 도피적 부정적 행위에서 벗어나서 새로운 창세기적 시대를 열어야 할 것이라는 결단을 보여준다. 이상에 대한 정지용의 이해가 비록 깊지 않았다 해도 그가 펼쳐낸 문제의식을 따라가 보는 것은 앞으로 전개할 이상의 사상적 측면에 대한 논의에 어떤 시사점을 던져줄 것이다. 위 글에서 정지용은 해방 직후 쏟아져 나온 '해방의 노래'들이 대개 사상성이 빈곤하고 "민족해방 대도(大道)의 확호(確乎)한 이념을 준비하지 못한 재래 문단인의 단순한 습기적(習氣的) 문장수법에서 제작되었던 것"으로서 "막연한 축제일적 흥분, 과장, 혼돈, 무정견의 방가(放歌)"에 불과하다고 비판한다.[21] 그는 이러한 비판에 앞서서 해방 이전에 "친일도 배일도 못한 나는 산수에 숨지 못하고 들에서 호미도 잡지 못하였다." 하고 자기비판했다. 그는 위축된 정신으로 조선의 자연풍토와 정서와 감정 그리고 언어문자를 고수한 것으로 그 의의를 삼았다.[22] 해방 이후 그는 새로운 정신적 사상적 이념을 철저하게 준비하지 않으면 안 된다고 생각했다. 그는 해방 이후의 시기를 우리가 맞은 '제2의 창세기'[23]라고 선언한다. 그는 단지 정치적 이데올로기만을 염두에 둔 것이 아니고, 정신적 사상적 측면을 모두 포괄한 그러한 이념을 추구하고 싶었던 것이다. 신화나 성서도 정치 경제적 측면이 기저에 깔려 있다고 하면서[24] 그러한 성서식의 정신적 영혼적 도전(정치경제적 측면을 이끌어가는)을 새로운 시대의 화두로 삼고자 했다.

그는 다른 글에서, 새롭게 작가에 도전하려는 신인들에게 옛날 이광수의 어법을 흉내 내어 "창세기를 읽어라"라고 자기도 말해주어야 하는 걸까라고 묻는다. 정지용은 「'창세기'와 '주남(周南)' '소남(召南)'」에서 이광수에 대해 언급했다. 이광수는 문학 지망생이 오면 흔히 "구약 창세기를 읽어야 합니다." 하고 말해주었다는 것이다. 정지용은 왜 당시 꺼리는 인물이 된 이광수의 이 한 토막 일화를 화제로 삼은 것일까? 새로운 시대일수록 그러한 총체적 신화에 대한 안목이 필요하다고 생각했기 때문이었을까? 웬일인지 자기도 이광수처럼, 찾아오는 문학 지망생에게 '창세기를 읽

21 정지용, 「조선시의 반성」, 『산문』, 동지사, 1949, 94~95쪽.
22 위의 책, 86쪽.
23 위의 책, 104쪽.
24 위의 책, 90쪽.

어라'는 말을 해줄 수밖에 없었다고 고백했다.25 친일 행적 때문에 심각하게 비판받는 처지에 놓인 선배 문인 이광수에 얽힌 일화를 내세우는 것이 썩 내키는 일은 아니지만,26 그 '창세기'라는 것이 너무 중요하게 여겨졌기 때문인지, 정지용은 조금 해학적인 어조로 그것을 감싸서라도 되풀이하지 않을 수 없었다.

이러한 정지용의 관점은 이상에 대해 앞으로 펼칠 논의 방향에 한줄기 빛을 던져준다. 그것은 우리의 모든 혼란스러움을 극복하고, 강력하게 그러한 것들을 끌어갈 만한 총체적 이념은 과연 무엇인가에 대한 것이다. "구약 창세기를 읽어라", 이 말은 실제 『구약 성서』 「창세기」의 내용을 잘 알아야 한다거나, 그러한 경전 이해를 바탕으로 신앙심을 키우라는 뜻으로 한 것이 아니다. 단지 우리 민족의 처지를 그러한 창세기적 이야기 틀에 대입시켜 보자는 말일 것이다. 「창세기」에는 다른 민족에게 노예상태로 핍박받았던 한 민족의 수난과 방황 그리고 새로운 세계를 건설하기 위한 고투 등이 담겨 있다. 이러한 고난스러운 과정을 헤쳐나갈 수 있게 강력하게 이끌어간 우주적 총체성의 별빛이 광야의 하늘에 빛나고 있다. 자신들이 아무리 최하층의 노예상태에 있어도 우주론적 목표와 사명감으로 무장하여 자신의 주체적 창조정신을 유지해야 한다는 것이 이러한 이야기의 주제이다. 한 나라를 건설할 때 이러한 신화적 이야기가 없다면 그것처럼 현실적인 것은 없겠지만, 그것은 또 얼마나 무미건조하고 황량한 현실이란 말인

25 정지용, 위의 책, 154~155쪽 참조.
26 이광수는 식민지 말기에 철저히 일제에 영합했다. 창씨개명을 했으며, 전쟁예술을 선도했다. 그의 「신체제 하의 예술과 방향」(『삼천리』1941. 1)을 보면 당시 그가 얼마나 사상적 이론적인 측면에서도 신체제에 앞장섰는지를 분명히 알 수 있다. 그는 이렇게 말했다. "신체제 하의 문학과 영화도 개인주의 사상과 자유주의 사상을 버리고 전체주의 사상 밑에서 국가를 위하고, 다시 한 걸음 더 나아가서 대아세아주의 사상 밑에서 동아신질서 건설과 동아공영권의 수립을 근거로 한 문화활동을 계속해야 할 것이다. ……조선의 예술군(藝術群)도 내선일체의 기치 하에서 국가를 위해 그 보조를 같이해야 할 것이다." 이광수는 이러한 친일행위가 문제되어 해방 후 반민특위 재판정에 서게 된다.

가? 그러한 나라에서 살아간다는 것이 우리의 꿈과 이상에 얼마만한 힘을 줄 수 있겠는가? 나중에 거대한 국가로 일어선 나라를 보면 그 시초에는 언제나 이러한 낭만적 이야기가 있었다. 우주적 꿈을 그들의 이념 속에 깃들게 한 거대한 사상이 있었다. 스펭글러는 신화적 이야기들이 원시적 문화에서 나온 것이라기보다는 대문화(大文化)의 초기에 만들어진다고 보았다. "대(大)양식의 신화는 어느 것이나 깨어나는 영혼력의 초두에 온다. 그러한 신화는 영혼력이 갖는 최초의 창조적 행위이다."27 자신들이 처한 보잘것없는 현실을 뛰어넘는(냉정한 비판적 이성은 이러한 현실적인 것들에 대한 고려와 계산에 자주 발목이 잡힌다) 그러한 꿈과 이상만이 찬란한 국가와 문화를 만들어냈다. 그러한 것만이 그들의 꿈이 섭취한 우주적 요소들에 의해 빛나는 현실로 육화될 수 있었다.

　　새로운 세계를 건설한다는 것은 얼마나 벅차고 설레는 일일까? 하지만, 그러한 총체적 설계도를 꾸미고 그 꿈의 실현을 위해 모든 파도를 헤쳐 나가는 것은 결코 만만한 일이 아니다. 그 설계도를 그리기 위해서는 어떠한 참신한 정신적 빛이 필요한 것일까? 이상적인 세계를 만들기 위해서는 어떤 사상과 이념, 어떤 삶의 형태가 그려져야 했을까? 이러한 벅찬 고민이 정지용의 말 속에 깃들어 있다. 그러나 그러한 것들을 주체적으로 사유하고 계획할 수 있는 사람은 극히 드물었다. 근대 이후 해방 직후까지 생성 전개된 사상과 세계관을 모두 꿰뚫고 그러한 것들의 문제점을 돌파할 만한 역량을 만들어내기에는 당시 우리의 힘이 너무 부족했다. 식민지적 종속으로 우리의 주체적 창조력이 모두 바닥나 있었던 것이다.

　　지금 우리가 이상을 이야기해야 하는 이유는 그가 이러한 종속적인 분위기 속에서도 멋진 사상의 꽃을 하나 피워냈기 때문이다. 이상의 문학에서 이러한 창세기적 상상력과 사유가 얼마나 중요하게 작용했는지를 알

27 오스왈드 스펭글러, 『서구의 몰락』, 이선근 역, 대양서적, 1981, 470쪽.　　　　　.42

게 된다면 정지용의 말이 심상치 않게 들릴 수도 있다. 이상에게는 에덴의 낙원적인 생명력을 상징하는 과일인 사과를 새로운 형태로 재창조해야 한다는 과제가 주어져 있었다. 뉴턴에 의해 물리학적으로 오염된 사과는 원초적인 낙원의 생명력을 되찾아야 했다. 이상은 「최후」라는 시에서 지구의 생명력을 파괴시킨 뉴턴의 충격을 이렇게 표현한다. "사과 한 알이 떨어졌다. 지구는 부서질 그런 정도로 아팠다. 최후. 이미 여하한 정신도 발아하지 아니한다."(임종국 역) 유고작으로 발견된 이 시는 1933년에 쓰인 「각혈의 아침」, 「가구(街衢)의 추위」 등과 함께 이상의 사진첩 속에 끼어 있었다. 이러한 부정적인 사과 이미지는 1934년에 발표된 「보통기념」에도 보인다.28 유고작인 「실낙원」 중의 「월상(月傷)」에서도 비슷한 주제를 발견할 수 있다. 여기서는 '달'에 사과와 지구의 이미지를 함축시켰다. 이 시의 마지막 구절은 노아의 홍수처럼 새로운 창세기적 분위기를 연출한다. 그러나 기독교적 사상과는 전혀 다른 차원에서 이러한 창세기적 과제를 풀어나간다. 나는 이렇게 새로 창조되는 문명을 이상의 '제4세'((선에관한각서6))란 용어를 써서 '제4세대 문명'〔석기(1세대) / 금속기(2세대) / 전자(3세대) / 무한자(4세대)〕이라 부르고자 한다.

　　이상이 이룩한 독자적인 성과는 지금까지는 우리에게 아직 너무 높은 것처럼 보이는 봉우리 밑에 파묻혀 있다. 우리는 김기림이 이상의 그러한 작업에 부여한 '근대의 초극'이란 찬사를 단지 수사적인 것으로 생각해왔다. 그러한 세계사적 과제를 우리 같은 후진국 지식인 중의 하나가 어떻

28 박태원의 초기작인 「적멸」(1930년 2월 5일부터 『동아일보』에 연재된 것이다)에도 떨어지는 사과를 보고 뉴턴이 발견한 만유인력의 법칙 때문에 사람의 아름다운 꿈이 모두 깨어져버렸다는 이야기가 나온다. 이 소설의 주인공은 거리와 카페에서 만난 붉은 실감기 놀이를 하는 이상한 사람에게서 이 이야기를 듣는다. 박태원의 다른 소설에서도 이상과 비슷한 유형의 인물이 자주 나오는 점으로 미루어 「적멸」의 이 인물도 이상의 한 측면을 소설적으로 그린 것이 아닐까 생각해본다. 그러나 이상과 박태원이 만난 시기가 문제된다. 임종국은 이 둘의 최초 만남을 1933년으로 보았는데, 그에 대한 확증은 여전히 부족하다. 이 문제는 나중에 더 생각해보기로 한다.

게 감당할 수 있었단 말인가? 그러한 사상의 봉우리들 속에 우리의 자리가 감히 끼어 있을 수 있겠는가? 이러한 우리의 선입견에서 피어오른 구름들이 그 험준한 사상의 산맥들 속에 솟구쳐 있는 이상의 업적을 가려버렸다. 정지용도 이상 문학이 이러한 높이에까지 이를 수 있는 것으로 생각하지 않았다. 이러한 것을 알았다면 「창세기」 대신 이상을 읽으라고 했을 터이다. 이상이 그러한 정신과 이데올로기에 굴종적으로 종속되어 있지 않고, 그러한 것을 모두 용해시켜 자신의 새로운 창조적 지평의 거름으로 삼았다는 것을 정지용은 몰랐다. 이상은 전혀 새로운 '제4세대 문명'의 사상을 담아낼 이야기의 틀을 짜내고 있었으니 말이다.

　　식민지 시기에 우리의 지식인은 대개 부정적인 어법, 해학과 역설 등으로 점철된 글쓰기 너머로 나아가지 못했다. 새로운 이념을 창조하거나, 다방면에서 그것을 구체화할 때 전개되는 건설적인 과정에 참여하는 적극적이고 긍정적인 사유 활동을 하지 못하였다. 이러한 유의 창조적 일은 우리의 몫이 아니었다. 식민지에서 벗어난다는 것은 이제 새로운 세계를 건설하기 위해 행위와 사상의 주도자로 나서야 함을 가리켰다. 그것이야말로 진정한 우리식 창세기를 쓰는 일이 아니었겠는가? 그러나 과연 우리가 그 후 그러한 정지용의 꿈에 얼마만큼 부응한 것일까? 이미 오래 전에 만들어진 외국의 사조와 사상을 소개하고 흡수하기에만 급급하지 않았는가? 우리의 독자적인 생명력 속에 그러한 것들을 용해시켜 탄생시킨 사상이 과연 몇이나 있는가? 해방 이후 지금까지 우리가 주체적으로 전개한 그러한 사상운동이 있는가? 이러한 물음에 떳떳하게 답할 수 있는 사람은 여전히 많지 않다.

　　이 책에서 우리는 이상의 문학작품을 통해 그가 세계 어디에서도 보기 어려운 독창적인 수준에서 만들어낸 사상과 시학의 면모를 훑어보려 한다. 이러한 작업은 '제4세대 문명'을 위한 사상적 가능성을 가늠해보는 잣대로도 작용할 것이다. 그가 작업한 것은 대부분 흩어져버렸지만[29] 남아 있는 단편적인 조각을 꿰어 맞추면서 총체적인 면모를 복구하려 노력할 것이다. 그에 대한 이러한 측면의 연구는 우리가 앞으로 새롭게 탐색해야 할 주체적인 사상적 방향과 성격에 획기적인 빛을 비쳐줄 것이라고 기대한다.

　　이러한 이상의 사상적 측면에 대해 가장 잘 알았던 김기림은 이상

29「오감도」를 발표할 당시에 그는 이미 이천 점 이상의 작품을 쓴 상태였다. 그 이후에도 많은 작품을 썼을 것이라고 생각한다면(그가 발표한 것은 이러한 것들 가운데 극히 일부였다) 이 초고 중 우리에게 남겨진 것은 그의 전체 원고 중에 몇 퍼센트에 불과하다. 해방 이후 발견된 일본어로 쓰인 유고들(몇몇 사람에 의해 한글로 번역되었다)은 세월 속으로 사라져간 그의 전체 작품의 깨어진 잔해 가운데 간신히 수습된 것들이다. 이러한 유고의 행방에 관한 두 편의 이야기가 있다. 이상의 여동생인 김옥희는 이렇게 말했다. "오빠 가신 지 서른 해가 된 오늘날, 유물 중에서 가장 찾고 싶은 것이 있다면 오빠의 미발표 유고와 데드 마스크입니다. 오빠가 돌아가신 후 임이 언니(이상과 결혼한 변동림을 가리킨다)는 오빠가 살던 방에서 장서와 원고뭉치, 그리고 그림 등을 손수레로 하나 가득 싣고 나갔다는데 그 행방이 아직도 묘연하며"(김옥희,「오빠 이상」,『신동아』, 1964. 12.. 김유중·김주현 편, 앞의 책, 65쪽). 김주현은 조연현이 소장했다가『문학사상』지에 김수영과 유정에 의해 번역 발표되었던 이상 원고에 대한 기존의 정보를 간추려서 정리했다. 그 대략적인 내용은 어느 고서점에서 휴지로 쓰던 노트(대부분이 찢겨나가고 10분의 1만 남은)를 어떤 학생이 가져왔는데, 조연현이 그것을 이상 작품들과 대조하면서 그것이 이상의 노트임을 확인했다는 것이다(전집1. 150쪽). 문종혁의 회고담에서도 이상이 초창기에 자신의 노트에 깨알같이 작은 글씨로 작품을 썼다는 이야기를 한 것을 보면 이상의 노트는 여러 권 있었을 가능성이 있다. 조연현에게 온 노트는 그 중의 하나였을 것이다. 임종국이 1956년에 펴낸『이상전집』에 실렸던「유고집」(「척각」이하「최후」까지의 9편)은 이상의 유품인 사진첩 뒷면에서 발견된 것이라고 했다(전집1. 141쪽). 임종국은 1966년『이상전집』개정판을 냈는데, 거기서는 조연현 씨에게 수편의 유고작이 있었지만 조씨의 관리소홀로 흩어져 있어 싣지 못한다고 했다.『문학사상』에서 그 뒤에 몇 차례 조연현 씨 소장 원고를 싣게 되었는데, 그렇게 흩어진 것들을 어느 정도 수습했던 것 같다. 그러나 임종국이 조연현의 '관리소홀'을 탓한 부분과『문학사상』에 그것들이 한 번에 실리지 못한 것을 미루어볼 때 조연현이 소장한 이상 원고가 완벽하게 수습되었을지 의문이다.

문학의 아방가르드적 측면보다는 그가 일상에서 내뱉은 말들에서 보여준 정신세계에 더욱 깊은 인상을 받았다. 그것은 물론 어떤 완성된 체계를 갖춘 형식이 아니라 단편적으로 늘어놓는 잡담적인 것들이다. 김기림은 그러한 잡담조각 속에서 빛나고 있는 놀라운 생각들에 때로는 전율을 느끼기도 했다. 식민지 시기 말기에 김기림은 이러한 자신의 관찰과 판단, 느낌들을 정리하여 이상에 대한 추도시 한 편을 썼다. 「쥬피타 추방」, 이 시 한 편이야말로 친구 이상에 대한 각별한 애정을 나타낸 것이며, 이상의 사상사적 위상을 세계사적 수준에서 멋지게 드러낸 기념비적 시이다.

. 황금시대에 대한 꿈

김기림은 해방 이후 시편과, 그 이전 시 중에서 『기상도』 이후부터 1939년까지 발표된 것을 한데 묶어 시집 『바다와 나비』를 낸다. 그는 이 시집의 한 장(제4장)을 「쥬피타 추방」이란 한 편의 시에만 할애한다. 시집 서문은 이 시에 대한 짧은 정보를 전해준다. "4는 우리들이 가졌던 황홀한 천재 이상의 애도시(哀悼詩)여서 그의 사후(死後)에 발표되었던 것이다."[30] 하고 그는 썼다. 여기서 '4'는 이 시집의 제4장을 가리킨다.[31] 김기림은 이 서문을 해방의 감격 속에서 썼는데, 여기엔 자신의 사상사적 관점이 제시되어 있다. "1939년 제2차 세계대전의 발발(勃發)은 벌써 피할 수 없는 '근대' 그것의 파산의 예고로 들렸으며, 이 위기에선 '근대'의 초극이라는 말하자면 세계사적 번민(煩悶)에 우리들 젊은 시인들은 마주치고 말았던 것이다."[32] 그는 '황홀한 천재'라고 불린 친구 이상에게서 바로 그러한 '근대의 초극'을 위한 '세계사적 번민'의 한 정점을 보았다. 김기림이 강조한 이 '근대초극' 문제에 대해 우리는 아직 철저히 탐구해보지 않았다. 「쥬피타 추방」은 바로 그러한 주제를 담고 있다.

---

30 김기림, 『바다와 나비』, 신문화연구소 판, 1946, 4쪽.
31 이상에게 '4'는 「삼차각설계도」에서 수를 대표하는 숫자이다.
32 위의 책, 1~2쪽.

33 김소운 편역,『乳色の雲』, 河出書房, 1940. 5.

34 이활,『정지용 김기림의 세계』, 명문당, 1991, 271쪽 참조. 이활은『乳色の雲』이 나온 것을 1943년으로 기억하는데, 실제로는 1940년 출간되었다. 실린 작품에 대한 것도 착오를 일으키고 있는데,「공동묘지」 대신「나비와 바다」가 실렸다.「바다와 나비」(시집『바다와 나비』에 실린)는『여성』지 (1939. 4.)에 실렸을 때는 본래 제목이「나비와 바다」였다.『乳色の雲』에서도 이 본래 제목을 그대로 쓴 것이다.「추방된 쥬피터」는 원고상태로 있다가『乳色の雲』에 처음 실렸을 것이다. 나는 아직 이 시가 그 이전 처음 발표된 지면을 확보하지 못했다.

35 위의 책, 217쪽.

36 위의 책, 277쪽.

이활은「쥬피타 추방」이 시집에 실리기 전의 정보를 한 토막 전해 준다. 그는 김소운이 일역한 시집『乳色の雲(젖빛의 구름)』33 속에서 김기림의 시 세 편을 보았다고 한다. 그것은「추방된 쥬피터」와「유리창」,「공동묘지」이다. 그는「추방된 쥬피터」가 시집에 실릴 때「쥬피터 추방」으로 제목이 바뀌었다고 주장한다.34 함북 경성에서 한때(아마 동북제대를 다니다 전쟁 분위기 때문에 고향에 돌아왔을 때였을 것이다) 후배 문인들과 어울렸을 김기림은 여전히 이상에 대한 추억을 놓지 않고 있

었다. 그는 자신의 고향인 경성 지역 문단에서 후배 시인으로 촉망받던 황두권을 보고 마치 "이상을 보는 것같이 흙 속에 묻힌 쥬피터라는 상찬의 말을 아끼지 않았다."35는 것이다. 이활도 이상을 예술적 순교자처럼 생각했다. 그는 김기림의「바다와 나비」를 동경에서 죽은 이상의 삶을 그린 것으로 해석했다. "어쩌면 이 시는 시에의 아방튀르에 나섰다가 고작 바다 건너 도쿄에서 전사하고 만 우리의 최초의 순교자 이상을 시의 언덕 너머에 상기하면서 썼는지도 모른다."36 이러한 관점은 김기림이 퍼뜨린 것이었으리라 짐작된다.

　　김기림은 해방 이후 나온『이상선집』의 서문 격인「이상의 모습과 예술」을 썼다. 그는 이상의 일생을 회고하면서 그에게 나르시스적 측면과 순교자적 측면이 있다고 보았다. 이상은 자신의 시와 꿈과 육체, 그

근대초극 사상의 상징, 수염나비

육체를 갉아먹는 병균조차 거울 속에서 즐기고 있었던 나르시스였다는 것이다. 그러나 시대와 현실에 대한 고뇌와 억압적인 파괴자들에 대한 고발 등을 통해 점차 "비통한 순교자의 노기"를 띠게 되었다고 보았다.37 김기림은 파시즘의 탁류에 대결한 이 순교자적 시인의 죽음을 이렇게 묘사한다. "무명처럼 엷고 희어진 얼굴에 지저분한 검은 수염과 머리털, 뼈만 남은 몸둥아리, 가쁜 숨결 그런 속에서도 온갖 지상의 지혜와 총명을 두낱 초점에 모은 듯한 그 무적(無敵)한 눈만이, 사람에게는 물론 악마나 신에게조차 속을 리 없다는 듯이, 금강석처럼 차게 타고 있는 것이다."38 "그것은 인생과 조국과 시대와 그리고 인류의 거룩한 순교자의 모습이었다.

이상, 「자화상」, 『청색지』(1939. 5.)에 정인택의 「추방」이란 글과 함께 실린 것이다. 정인택은 이상이 동경으로 가기 전에 자신을 찾아온 이야기를 여기 썼다. 그는 이 글의 끝에 "물구나무 서서 용용 죽겠지 하는 꼴이 눈에 선하니 정말이지 생사만이라도 좀 알고 싶구나 알고 싶구나……."라고 했다. 이상이 죽은 지 2년 뒤에 발표된 이 글은 이상의 소식을 알지 못해 답답한 심정을 담은 것으로서, 아마 이상이 죽기 전에 쓴 것처럼 보인다. 위 자화상은 정인택이 간직했던 그림 같은데, 이 더부룩한 머리와 초췌한 얼굴은 김기림이 묘사하고 있는 것을 연상시킨다.

---

37 김기림 편, 『이상선집』, 6쪽. 김기림이 이상에 대해서 내린 이 두 가지 규정 가운데 그 이후 이상론은 유독 나르시스적 측면에 집중되어 왔다. 그것은 이어령의 '학살된 나르시스'의 개념으로 계승되었고, 그 이후 그러한 것의 연장선을 넘지 못했다. 나는 이 글에서 김기림의 이 규정이 매우 잘못된 것임을 밝힐 것이다. 나르시스에서 순교자적인 존재로 마치 순차적으로 넘어갔다고 보는 견해를 수정할 것이다. 그에게 나르시스는 없었다. 순교자적 측면은 거울 이미지 시대, 심지어는 그 이전부터 이미 결정되어 있었다.

38 김기림에게 남아 있는 이상의 마지막 모습의 핵심에 바로 이 '금강석 같은 눈동자' 이미지가 있다. 「쥬피타 추방」의 마지막 구절에 이것이 반영되어 있다. "길잃은 별들이 유목민처럼 / 허망한 바람을 숨쉬며 떠 댕겼다. / 허나 노아의 홍수보다 더 진한 밤도 / 어둠을 뚫고 타는 두 눈동자를 끝내 감기지 못했다." 별들의 이러한 혼돈은 이상 문학에서 기본적인

'리베라'에 필적하는 또 하나 아름다운 '쥬피타'였다."[39]

　　멕시코 혁명 이후 식민지적 유럽풍 문화들을 거둬내며 멕시코 원주민의 이상(理想), 고대 아즈텍 문명에 대한 새로운 해석 등을 장대한 프레스코 벽화 형식으로 이끌어간 디에고 리베라와 이상을 비교한 것은 좀 의외의 일처럼 생각될지 모른다. 그러나 이상은 아마 리베라에 대한 이야기들을 어느 정도 알고 있었을 것이다. 김기림과의 예술적 대화 속에

디에고 리베라, 「코르테스 궁전의 건설」, 「추에르나바카와 모렐르스주의 역사」 중 일부, 코르테스 궁 프레스코 벽화, 1930~1931.

서 그에 대해 언급했을 가능성이 있다. 「공포의 성채」와 「1931년(작품제1번)」에 나오는 '레브라'가 이 디에고 리베라일 가능성에 대해 생각해보아야 한다. "민족에게서 신비한 개화를 기대하며"라고 쓴 구절에는 리베라의 이러한 민족적 예술활동과 연관되는 부분이 있다.

　　"커다란 무어라고 형용할 수 없는 덩어리의 그늘 속에 불행을 되씹으며 웅크리고 있는 그는 민족에게서 신비한 개화를 기대하며 / 그는 '레브라'와 같은 화려한 밀탁승의 불화(佛畵)를 꿈꾸고 있다."[40] 이 구절에 대한

상상구도로 작용한다. 그것은 「오감도」의 「시제7호」에서 파괴되어 만신창이가 된 하늘의 풍경이나 그 이전의 「BOITEUX BOITEUSE」에서 찢어진 천체(天體) 등의 이미지로 나타난다. 유고작으로 발표된 「자화상(습작)」에는 그렇게 파괴되기 이전의 원초적인 하늘이 자신의 눈동자에 어떻게 각인되어 있는지 이렇게 묘사되어 있다. "동공(瞳孔)에는 창공이 응고하여 있으니 태고의 영상(影像)의 약도(略圖)다."(이상, 「실낙원」 중 「자화상(습작)」, 『조광』, 1939. 2.) 이 작품은 대략 1935년 6월 정도에 쓰인 것으로 추정된다. 이 작품에 대해서는 뒤에서 다시 한 번 논할 것이다.

39 위의 책, 361쪽.

40 이상, 「공포의 성채」, 전집3, 201쪽. 이 소설적 수필은 1935년 8월 3일 쓴 것으로 부기되어 있다.

해석은 아직 여러 가지로 갈려 있다. 그러나 화려한 황금빛(밀탁승은 누른 빛깔인데, 나는 이것을 리베라의 황금빛 분위기로 채색된 그림과 관련된 것으로 보고 싶다)의 그림은 리베라가 멕시코 원주민의 황금시대를 재현한 것과 관련된 것으로 보아야 하지 않을까? 리베라가 차핑고의 국립농업학교 프레스코 작업을 하던 때에 맞춰 테노치티틀란의 대형 피라미드 잔해 중 태양을 상징하는 돌이 발견되었다. 그 태양의 황금빛은 유럽의 제국주의적 침략에 맞서서 새롭게 웅비해야 할 고대 아즈텍의 사상문화적 상징이었다. "리베라는 그의 작품들로 코르테스의 반대 역할을 했다. 코르테스가 멕시코의 역사를 파괴했다면 리베라의 작품들은 멕시코의 역사를 20세기의 신화로 만들었다."[41] 한 말을 이러한 맥락에서 참조해볼 수 있다. 이상은「공포의 성채」에서 민족과 가족, 성(城)을 모두 부정하고 파괴함으로써 그 모든 것을 새롭게 껴안는다는 독특한 주제를 펼친다. 부정을 통한 긍정의 방식을 극단적인 상상력으로 전개한다. 1931년 선전에 입선한 그의 자화상은 온통 누런색이었는데, 아마 그것은 리베라가 그려낸 멕시코의 황금시대에 견줄 만한, 우리 민족의 황금시대를 꿈꾸고 있는 것이었을지 모른다. 그 누런색은 아직 그 황금빛을 선명하게 드러내지 못한, 그 황금빛이 탁하게 가라앉아 있는 그러한 색이었을 것이다. 그것은 황량해진 이 땅의 색깔이기도 했다.

41 한스 외르크 바우어 외, 『상거래의 역사』, 이영희 역, 삼진기획, 2003, 195쪽. 리베라는 1920년대 후반에서 1930년대 초에 걸쳐 멕시코 혁명을 찬양하고 멕시코 원주민의 문화적 색채를 강렬하게 드러내는 벽화들을 제작했다. 디에고 리베라는 멕시코의 페미니즘 화가로 잘 알려진 프리다 칼로의 남편이다. 그는「멕시코 민족의 서사시」라는 왕궁 벽화(1929)와「쿠에르나바카와 모렐로스주의 역사」(1930~1931)라는 코르테스 궁의 벽화로 유명하다(위의 책, 191쪽 참조).

세계사적 예술
고뇌의 사상
과

. 쥬피타 이상

김기림은 「쥬피타 추방」에서 이상을 희랍 최고의 신 제우스의 로마식 이름인 '쥬피타'라고 부른다. 이 시 전체를 통해 김기림은 현대를 고대적 이미지와 뒤섞으면서 매우 역동적으로 전개한다. 영국과 중국 등이 세계적인 전쟁 상황의 배역으로 등장하는 가운데, 주인공인 쥬피타 이상은 성스런 순교자 역할을 맡았다. 그는 "쥬피타 너는 세기의 아픈 상처였다." 하고 썼다. 왜 이상을 '세기의 아픈 상처'라고 생각한 것인가? 이 한 마디를 이 글의 출발점으로 삼고자 한다. 여기에는 많은 이야기가 숨어 있다고 생각되기 때문이다.

「쥬피타 추방」은 기본적으로 대영제국과 이상의 대립구도로 되어 있다. 대영제국과 관련된 영란(英蘭)은행42의 노오만 씨, 빅토리아 여왕 직속 군대, 록펠라 씨의 정원, 교통순사 로오랑 씨 등은 모두 이 시의 제8연에서 '대영제국의 태양'이란 이미지에 흡수된다. 이 태양의 살인적인 빛(세

---

42 1694년도에 설립된 Bank of England를 가리킨다. 이것을 당시 일본인이 '영란은행'이라고 번역했다. 이러한 명칭은 지금까지 쓰이는데, 이러한 일본식 명칭에 대해 비판하는 사람도 있다. '영란(英蘭)'은 영국과 북애란(北愛蘭) 합중국을 가리키는 것이어서, 그 명칭 자체로도 제국주의적 분위기를 풍긴다.

계를 황무지로 만드는)을 쥬피타의 눈동자는 견딜 수 없다. 그의 눈동자는 원초적인 낙원 시대 하늘의 영상을 담고 있었다. 「자화상(습작)」에서 이상은 태곳적 순수와 신비의 영상을 흐려버린 문명의 역사 즉 '문명의 잡답(雜踏)한 것'에 대해 말한다. 이 대영제국의 태양 역시 바로 그러한 '문명의 잡답' 속에서 빛나고 있는 것이 아니던가? 그것은 세계의 많은 부분을 침략해서 자신의 땅으로 만들어버린 제국주의적 논리와 힘을 가리킨다. 한때 영국은 아메리카와 중국, 인도, 호주, 아프리카 등 6대주의 모든 영역에 식민지를 구축했다. 해가 지지 않는 나라가 되었다. 후발 근대국가인 일본은 이러한 영국과 대결하면서 중국과 동남아 등 여러 곳에서 식민지 쟁탈전에 뒤늦게 뛰어들었다. 일본은 적대적인 관점에서 식민지 쟁탈전의 경쟁국인 영국의 제국주의적 속성을 비판할 필요가 있었다. 식민지 말기에 발표된 한 글에서 그것을 엿볼 수 있다. "영국은 세계 육지의 사분지 일, 인구의 사분지 일을 가지고 있다. …… 판도 내에는 태양이 몰할 때가 없었다. 19세기에는 세계 육지의 약 오분지 일을 영유(領有)하였고, 제1차 세계대전으로 독일 구영토 중에 많이 영 본국 또는 그 식민지 정부의 위원 통치자로 되었다. 그 전토를 대영제국이라 칭하고 영국왕은 곧 그 황제에 군림하여 있다."[43] 그러한 것들에 대한 비판적인 견해가 「쥬피타 추방」에도 기본적인 논조로 깔려 있다. 대영제국과의 대립적인 갈등이 고조되면서 쥬피타의 외침이 이렇게 튀어나온다.

쥬피타 너는 세기의 아픈 상처였다.
악한 기류가 스칠적마다 오슬거렸다.
쥬피타는 병상을 차면서 소리쳤다.
"누덕이불로라도 신문지로라도 좋으니

43 사공환, 「동요되는 英식민지」, 『조광』, 1940. 9., 58~59쪽.

저 태양을 가려다고.

눈먼 팔레스타인의 살육을 키질하는 이 건장한

대영제국의 태양을 보지 말게해다고"

    이 시를 글자 그대로 읽어서는 안 된다. 정지용이 말했듯이 식민지 시기 우리 지식인의 어법은 모두 일종의 '해학 유모리스트'의 발언처럼 뒤집히거나 뒤틀려 있다. 해학과 유머, 역설과 반어 등은 사회의 중심부에서 소외된 자들이 문단이란 뒷골목에서 붓으로 휘두르던 작고 슬픈 무기가 아니던가. 이상의 글은 언제나 이러한 무기들을 앞세워야 시작되고 진행되지 않았던가. 김기림은 이상의 추도시를 역시 그러한 이상의 반어법적 분위기 속에서 쓴 것 같다.

    위의 시에서 시사적인 상황을 환기시키는 단어들은 그렇게 무엇인가를 감추고 있다. 여기 언급된 단어들은 모두 당시 정치적 상황을 지시하지만 실제 시적인 문맥에서는 그 단어들의 일차적인 지시체를 넘어선다. '쥬피타'는 '대영제국'과 '팔레스타인' 등의 일차적인 문맥 너머에서 작동하는 좀 더 풍부한 의미의 영역 속에 존재한다. 여기 언급된 '팔레스타인'은 근동지역에 대한 영국의 집요한 식민화 정책과 관련이 있다.

    유광렬의 한 글을 보면 이에 대한 약간의 정보를 얻을 수 있다. 그는 근동지역의 이해관계에 얽힌 소련과 독일 그리고 영국에 대해 소개했는데, 그 중에 영국에게는 이 지역이 '해상 생명선'에 해당할 만큼 중요한 곳이라 했다. 제1차 세계대전 때 영국은 바슬라 항을 점령하고 모슬 방면을 지배함으로써 석유자원을 확보한다. 영국은 이 지역 수에즈 운하 중류와 남부 지역에 군대를 주둔시킨다. 알렉산드리아를 영 해군의 근거지로 삼았으며, 그 대안(對岸)에 있는 '팔레스티나'를 보호령으로 만들었다. 다음 구절

은 김기림의 위 시를 이해하는 데 도움이 될 것이다. "팔레스티나는 영국
의 보호령이 되었고, '이락'에서 산출하는 석유는 지하 송유관에 의하여 이
'팔레스티나'의 '하이퍼'로 오게 되어 뇌고(牢固)한 세력을 심어놓았다. 영
국은 이를 위하여 잔학과 기만을 계속하였으니 '이락'의 반영(反英)운동에
는 무수한 '아라비아'인을 학살하였고 팔레스티나는 제1차 대전 중 '아라
비아'의 자유국을 건설하여준다 약속하고 전후의 영내각(英內閣)은 재정곤
란으로 유태인 재벌에게 기채(起債)하기 위하여 이 지방을 유태인 조국건설
을 위하여 제공한다 하였기 때문에 세계각국에서 방랑하던 유태인이 속속
몰려들어서 '아라비아'인과 유태인 사이에는 유혈의 참극이 불절(不絶)히
일어나고 있었다."[44] 함상훈의 글을 보면 히틀러가 제작한 지도(그가 영미불
을 구축하고 구라파를 분할할 것으로 계획한)가 소개되어 있는데, 여기에서 근동지역
중 팔레스티나는 이탈리아 점령 지역에 소속되어 있다.[45] 따라서 '팔레스타
인'에 대한 영국의 입장이 이탈리아와 대립하고 있었음을 확인할 수 있다.

　　　　당시 세계적인 갈등 상황을 볼 때 영국은 유럽(발칸, 근동, 북아프리카 등
지)에서 이탈리아와 대립하고 있었다. 제우스의 로마식 표기인 '쥬피타'란
말 속에는 영국에 대한 이탈리아적 적대감이 내포되어 있지 않을까? 희
랍식으로는 '제우스'가 되어야 한다. 그러나 당시 희랍은 이탈리아와 대립
하고 있었고, 이탈리아와 적대적인 영국의 지원을 받고 있었다. 제2차
세계대전의 진원지인 발칸반도에서 이탈리아는 알바니아로부터 희랍으
로 진격했다. 희랍은 친영정책을 쓰

44 유광렬, 「전화(戰火) 절박한 근동정세
(近東情勢)」, 『조광』, 1941. 7., 42~43쪽
참조. 아라비아에서의 이러한 갈등은 이미
30년대 중반에 파악되고 있었다. 나진형은
「백인세력과 항쟁하는 아라비아의 근황」에
서 이렇게 그 상황을 전했다. "영국은 원래
터어키를 제어하면서 스웨즈 운하와 홍해에
대한 지배권을 유지해나갔는데 아랍군의 협
조 없이는 불가능했다. 그들은 아랍과 함께
예루살렘을 함락시켰다. 그러나 영국은 점
차 유대국 건국 원조에만 신경을 쓰고 그 지
역의 대다수를 차지한 아랍을 도외시했다.
그로 인해 아랍의 유태인 학살이 빈번하게
되고 영국은 팔레스타인을 위임통치하면서
갈등을 겪게 된 것이다."(『중앙』, 1934. 8.,
7~8쪽)
45 함상훈, 「구주(歐洲) 신질서건설운동」,
『조광』, 1940. 12., 35쪽.

히틀러가 그린 지도. 영국이 지도에서 지워졌다. 유럽과 아프리카가 독일과 이탈리아, 소련에 의해 분할되어 있다(『조광』, 1940년 12월호에 실린 것이다).

고, 배이배독(排伊排獨), 즉 반구축적(反樞軸的) 정책을 썼다. 이러한 이탈리아와 희랍의 대립 뒤에는 이탈리아와 영국의 지중해 패권 대립이라는 좀더 본원적인 갈등이 배경으로 놓여 있다. 이탈리아는 서반아 혁명에 출병했고, 1935년에는 에티오피아를 합병했으며, 모로코와 튀니지, 희랍과 아프리카 동해안을 장악하여 지중해를 자신의 호수로 만들려 했다. 이러한 행위는 영국에 심각한 위협이 되었다. 이탈리아가 이렇게 지중해를 장악하면 인도와 중국 등지의 식민지로부터 물자보급을 하는 데 필수적인 수송 통로인 수에즈 운하와 지브롤터 해협이 봉쇄되는 것이다. 이렇게 되면 이탈리아는 영국의 목덜미를 죄는 것이 된다. 이러한 비참한 처지로 떨어지기 전에 영국은 지중해 함대를 동원해서 이탈리아의 이러한 공격을 차단한다. 이렇게 해서 발칸반도가 제2차 세계대전의 가장 격렬한 장소가 된 것이다.[46]

이러한 것을 염두에 두고 다시 「쥬피타 추방」을 읽어보자. 김기림은 왜 '쥬피타'라고 썼을까? 이전의 다른 글에서는 분명히 이상과 관련해서 '제우스'란 말을 쓰지 않았던가? 김기림은 「고 이상의 추억」에서 이상 생전에 그에게 한 다음과 같은 말을 회고한다. "여보 당신 얼굴이 아주 '피디

46 당시 이러한 상황에 대해서 변성렬의 「풍운 새로운 세계」(『조광』, 1941. 1., 67쪽)와 함상훈의 「제2차 세계대전」(『조광』, 1939. 6., 21쪽) 등에서 개략적인 소개를 볼 수 있다.
47 『조광』, 1937. 6.
48 리오넬로 벤투리, 『미술비평사』, 김기수 역, 문예출판사, 1988, 66~67쪽 참조.

아스'의 '제우스' 신상(神像) 같구려." 그리고 이상에 대한 자신의 속마음을 이렇게 표현한다. "사실은 나는 '듀비에'의 '골고다의 예수'의 얼굴을 연상한 것이다. 오늘 와서 생각하면 상(箱)은 실로 현대라는 커다란 모함에 빠져서 십자가를 걸머지고 간 '골고다'의 시인이었다."[47] 김기림은 왜 피디아스의 제우스와 듀비비에의 '골고다의 예수'를 함께 떠올린 것일까?

먼저 고대 그리스의 가장 유명한 조각가인 피디아스의 제우스 상에 대해 간단히 언급해보자. 리오넬로 벤투리는 이렇게 말했다. "결코 '본 일도 없는 신'을 표현하도록 피디아스를 인도한 것은 도대체 누구였을까?" 지혜와 이성의 용기(容器)로서 비유되는 인간의 형체로 신을 표현한 피디아스에 대한 찬사는 현실적인 모방과 수학적 정신적 한계를 초월한 피디아스의 능력에 대한 찬사이다. 벤투리는 당시 감식가들의 찬사가 "(피타고라스는) 자신의 신성(神性)에 의해 자신의 완성에 도달했다고 알고 있었음"을 의미한다고 보았다.[48] 김기림은 이상에게서 바로 이처럼 현실의 모든 지적

인 한계를 초월한 어떤 신성을 포착한 것일까?

그러나 그는 이어서 당시 그가 본 영화 「골고다의 예수」를 떠올린 것 같다. 1930년대 프랑스 영화의 시적 리얼리즘을 주도한 듀비비에 감독은 「몽파르나스의 밤」(1935)·「골고다의 언덕」(1935)·「망향」(1936)·「무도회의 수첩」(1937) 등 대표작을 선보인다.[49] 김기림은 아마 이 「골고다의 언덕」을 보았을 것이다. 김기림은 이상을 이렇게 최고의 신격인 제우스와 그 인간적 수난상인 예수를 당대적인 문맥 속에서 실현한 것으로 그렸다. 그의 '쥬피타—이상'은 바로 그러한 합성품이다. 동경에 건너가서 어느 뒷골목 허름한 2층 골방에서 거의 죽어갈 정도로 참혹해진 이상의 마지막 모습을 보고 김기림은 위와 같은 말들을 건넨 것이다. 이러한 말들에는 병적인 개인적 예술 취미를 넘어서 무엇인가를 절실하게 탐구하고 계획한 시인이자 한 시대적 정신의 풍모를 갖춘 작가로 이상을 대하는 김기림의 진실한 태도가 깃들어 있다. 그는 이렇게 말했다. "그의 시는 드디어 시대의 깊은 상처에 부딪쳐서 참담한 신음 소리를 토했다. 그도 또한 세기의 암야 속에서 불타다가 꺼지고 만 한줄기 첨예한 양심이었다. 그는 그러한 불안 동요 속에서 '동(動)하는 정신'을 재건하려고 해서 새출발을 계획한 것이다. 이 방대한 설계의 어구에서 그는 그만 불행히 자빠졌다. 상의 죽음은 한 개인의 생리의 비극이 아니다. 축쇄(縮刷)된 한 시대의 비극이다." 김기림은 이상의 모습에서 '현대의 비극'을 느꼈고("흐릿한 담배 연기 저편에 반나마 취해서 몽롱한 상의 얼굴에서 나는 언제고 '현대의 비극'을 느끼고 소름쳤다.")[50], 그의 시에서 '시대의 깊은 상처'를 보았다.

49 로 뒤카, 『영화세계사』, 황왕수 역, 시청각교육사, 1980, 111~214쪽 참조 / 잭 씨 엘리스에, 『세계영화사』, 변재란 역, 이론과실천, 1993, 191쪽 참조.
50 이러한 묘사를 우리는 「쥬피타 추방」의 첫 부분 즉 "파초 이파리처럼 축 늘어진 중절모 아래서 / 빼여문 파이프가 자주 거룩지 못한 원광(圓光)을 그려 올린다." 하는 부분과 연관시킬 수 있을 것이다. 이렇게 몽롱한 상태로 담배 연기에 취한 모습을 그의 소설 「실화」에서도 연상해볼 수 있다. 이 소설은 첫머리에서부터 담배 파이프를 물고 의식이 몽롱해진 주인공 이상의 몽환적 양상이 전개된다. 여주인공이 읽어주는 영어소설의

이상에 대한 이러한 김기림의 느낌과 경외의 표현들은 그저 추도문에서 흔히 취하는 수사학적인 것이 아닐 것이다. 이 책에서 우리는 그러한 느낌과 표현들을 채울 수 있는, 이상이 실제로 탐구하고 성취한 사상적 내용을 거론하게 될 것이다. 김기림은 그러한 내용을 정확하게 이해할 정도로까지 이상에 대해 알고 있지는 못했다.51 그러나 그가 가장 가까운 친구로서 그러한 것들에 최고의 찬사로서 대우해주었다는 것이 한 고독하고 병든 시인에게는 얼마나 감격스럽고 고마운 일이었겠는가.

. 전위적인 모더니스트의 숨겨진 대립

아무튼 제2차 세계대전의 복잡한 상황과 그에 얽혀든 일본과 식민지 조선의 상황 속에서 김기림은 '쥬피타'라는 이 로마식 이름(희랍, 영국에 적대적인 이탈리아적 편향을 드러내는)을 택했다. 여기에는 그리스도와 그를 부인한 '성(聖)피타'(성 베드로)에 관한 이야기가 연관될 수도 있을 것이다. 이에 관련된 이상의 문학적 주제를 김기림은 떠올린 것이 아닐까? 이상은 「내과」, 「각혈의 아침」 같은 시에서 골고다의 십자가에 매달린 그리스도에 자신을 빗

줄거리와 자신의 담배 파이프가 타들어가는 장면을 겹치고 서로 뒤섞어서 전개한 것이다.

51 1930년대 말에서 1940년대 초에 이르는 전쟁기에 김기림은 동양주의에 대한 약간의 단상을 썼다. 수필 「산」(1939)과 평론 「'동양'에 관한 단장」(1941), 시 「청동」 등에서 그러한 것을 볼 수 있다. 서구 근대의 파탄을 전제로 해서 쓴 이러한 글에서 동양에 관한 김기림의 확고한 의식은 아직 정립되지 못한 상식적인 수준에 머물러 있는 것을 알 수 있다. 단지 「동양에 관한 단장」에서 동양의 함축적 포괄적 정신과 서구의 합리적 과학적 방법의 결혼을 주장했다. 그의 「청동」은 그 이전까지의 서구취향적인 모더니즘에서 동양주의로 돌아선 모습을 보여준다. "녹쓰른 청동 그릇 하나 / 어두운 빛을 허리에 감고 / 현란한 세기의 골목에 물러앉아 / 흡사 여러 역사를 산듯하다 // 도도히 흘러든 먼세월 / 어느 여울까에 피어던 / 가지가지 꽃향기를 / 너는 담았드냐"(『春秋』, 1942. 5.) 그러나 그는 「문화의 운명」(『문예』, 1950. 3.)에서는 다시 서구적인 과학적 측면을 강조한다. 새로운 시대의 에덴적인 열매, 새로운 지식의 열매인 양자론을 소개하고 있는 것이다.

낸다.52 하지만 그는 이 심각한 주제를 해학적인 장면들로 가볍게 처리한다. 자신의 폐병을 '펭키칠한 십자가'가 폐 속에서 발돋움을 하기 때문에 생긴 것이라고 묘사한 것이다. 그는 사과와 생명나무 이미지를 이 시 전체에 깔아 놓는다. 얼음처럼 냉랭한 사과와 인공적인 핏빛 십자가 나무 같은 부정적인 이미지가 이 시를 채운다. 그의 폐는 자신을 둘러싸는 이러한 차갑고 인공적인 냉랭함에 맞서서 세계를 뜨겁게 요리해야 하는 공간이다. "폐 속엔 요리사 천사가 있어서 때때로 소변을 본단 말이다 / …… / 하얀 천사가 나의 폐에 가벼이 노크한다. / 황혼 같은 폐 속에서는 고요히 물이 끓고 있다. / 고무전선을 끌어다가 성 베드로가 도청을 한다. / 그리곤 세 번이나 천사를 보고 나는 모른다고 한다 / 그때 닭이 홰를 친다. 어엇 끓는 물을 엎지르면 야단야단"53

세상은 구세주인 자신을 받아들이지 않고 이렇게 베드로처럼 세 번씩이나 부인한 것이다. 김기림이 쓴 '쥬피타'란 말에도 이러한 이상 식의 성서적 구원과 고난의 이야기가 담겨 있지 않았을까? 그렇다면 그것은 '주(主, 제우스이며 예수인) 피터' 즉 베드로의 주님이다. 그는 신성한 구세주이지만 반드시 세상으로부터 배반당할 운명인 것이다. 이렇게 보아야 김기림이 동경의 하숙집 골방에서 이상에게 느낀 두 개의 이미지, 즉 제우스와 골고다의 예수가 교묘하게 하나로 합성될 수 있다. 결국 이 세상의 상처를 안고 구세주적 정신을 지니고 있지만 세상에 배반당해 추방된다는 「쥬피타 추방」의 줄거리도 자연스럽게 여기 부합된다.

---

52 「내과(內科)」와 「각혈(喀血)의 아침」 이 두 시 모두 이상의 사후 1950~1960년대에 발굴된 것이어서 김기림이 이 작품을 지면에서 보지는 못했을 것이다. 그러나 그와 친한 사이였으니 평소 담화 중에 이 시와 비슷한 내용을 들어서 알고 있었을지 모른다. 「내과」에서 '성 피-타'를 하얀 천사로, 폐병을 앓는 자신을 십자가의 예수로 비유했다. 「각혈의 아침」에서는 "내가 가장 불세출의 그리스도라 치고"라고 했다. 이상은 이렇게 기독교 식 이야기 틀을 자신의 삶과 정신 그리고 시대 상황에 깔아 놓았다. 그러나 기독교 정신을 거기 내포시키지는 않았다. 이러한 면에서 카톨릭 정신에 순종한 정지용과는 사뭇 다르다.

53 전집1, 194~195쪽.

'쥬피타'를 당시 영국에 적대적이던 이탈리아(로마)식 표현이라고 가정했을 때에 여기에는 숨겨진 또 다른 의미가 있다. 김기림은 제2차 세계대전 당시 식민지 조선의 한 첨예한 지식인의 입장을 이 표현 속에 교묘히 숨겼다. 대영제국의 살인적인 태양을 증오하며 그것을 가려달라고 외치는 쥬피타는 분명 당시 '이탈리아-로마'의 분위기를 깔고 있다. 그런데 우리는 그러한 대립을 바라보는 김기림의 시선은 무엇인가 물어야 한다. 당시 일본이 '세계 신질서'를 외치면서 '대동아공영권'을 밀어붙이는 상황에서 식민지 조선의 모든 매체에는 친독일, 친이탈리아, 반영미 분위기가 팽배했다. 김기림이 이러한 분위기를 무시할 수는 없었을 것이다. 따라서 대영제국을 증오하는 쥬피타의 외침에는 이러한 영국과 이탈리아의 대립에 대한 일본의 입장이 겹쳐 있다. 1939년 이후 전쟁 분위기가 짙어가면서 일본은 점차 강력하게 영미 자본주의와 자유주의를 거세게 비난하기 시작한다. 응산준남은 중일전쟁과 유럽전쟁을 자유주의 민주주의를 기반으로 한 영국적 세계 질서로부터 전체주의적인 세계질서로의 '세기의 전환'을 위한 것으로 정의한다.[54] 그에 의하면 동아 신질서와 구라파 신질서란 말로써 표현되는 이러한 전쟁은 "영미불의 자유주의적 자본주의 진영의 압박으로 후진국이 저항하다 못하여 일어난 필연적인 일"이었다. 만주사변은 이러한 지금까지의 세계 구체제에 대한 신체제적 반격이 시작됐음을 의미하는 것이었다.[55] 사공환의 글은 유럽에서 독일과 이탈리아와 대립하는 영국이 중국에서 어떻게 일본과 적대적

54 응산준남, 「신체제 소화유신」, 『신시대』. 1941. 1., 39쪽.

55 위의 책, 41쪽.

56 사공환, 「동요되는 영식민지」, 59~60쪽. 사공환은 구라파에서 이탈리아와 대립하는 영국의 입장을 상세히 설명한 후 이렇게 덧붙인다. "차등(此等) 관계로 보아 지나(支那)에서의 입장이 영국의 권익을 지키기 위한 것이라 하지마는 일본과 대적적으로 되지 않을 수 없을 것이다." 독일과 이탈리아의 협정에 대해 1930년대 중반에 소개한 진우현의 글을 보면 히틀러와 무솔리니를 독재자로 지칭하고 있다(진우현의 「독이협정과 그 영향」(『중앙』. 1934. 8.)을 보라). 그러나 1930년대 말 일본이 축국 진영에 가담하면서 이들을 독재자로 지칭하는 현상이 자취를 감춘다.

이 될 수밖에 없는지에 대해 상세히 논하고 있다.56

　　이러한 것들을 감안하면서 위의 구절을 대하면 좀 더 깊이 읽힌다. 이 시에서 진술되는 이러한 표층 속에는 김기림이 진짜 말하고 싶은 다른 대상이 숨어 있다. 그것은 바로 식민지 조선과 일본이다. '쥬피타'란 말 속에 숨겨진 것은 식민지 조선의 지식인이던 이상이고, 그것과 대립해 있는 '대영제국'이란 말 속에 숨어 있는 것은 일본제국이다. 일본에 병합되어 황국 신민화가 진행되던 시기에 식민지 조선과 일본의 대립이란 명제는 지식인 사이에서 거의 사라진 듯 보였다. 이 숨겨진 대립을 어떻게 드러낼 것인가? 김기림의 문제의식은 바로 여기에 있었다. 대영제국에 대한 쥬피타의 적대감 속에 이 감추어진 대립을 집어넣은 것이야말로 절묘한 방식이 아니었겠는가? 그런데 식민지 지식인으로서 이상은 일본에 대해서라면 모를까 유독 영국에 대해서만 별다른 적대감을 가질 이유가 없었다. '쥬피타-이상'이란 세계사적 명칭 속에서 그는 식민지라는 좁은 범주를 탈피한다. 일본에 대한 감추어진 적대감은 이러한 시각에서 볼 때 대영제국에 대한 쥬피타의 노골적인 적대감 속에 녹아 있다. 그러나 전쟁 시기의 김기림에게 살인적인 이미지로 그려진 대영제국의 태양은 쉽게 대동아공영권을 외치는 일본제국의 깃발 속에 있는 태양을 떠올릴 수 있었을 것이다.

　　김기림은 이렇게 영국과 일본을 겹쳐놓음으로써 이상의 '근대초극'적인 이미지를 정확하게 드러낸다. 이 장면은 근대의 갈등적인 두 영역을 한꺼번에 모두 넘어서기 위해 만들어진 것이기도 하다. 선발 근대국가를 대표하는 '대영제국'과 후발 근대국가인 일본을 한꺼번에 처리함으로써 근대의 모순 전체를 이상이 감당하도록 한 것이다.

　　잘 드러나지 않지만 일본에 대한 이상의 반파시즘적 분위기를 김기림은 그에 대한 회고담에서 분명히 전한다. 이상은 현해탄을 건너갈 때

"새 생활의 꿈을 품고" 갔으며, 형편이 나아지면 자신과 함께 파리로 가자고 약속했다고 한다. 이 '긴 여행'의 의미를 '랭보의 실종'에 비길 것이라고 김기림은 말했다. 이상이 동경에서 김기림에게 준 편지에 어떤 내용이 있었는지 그의 다음과 같은 말에서 짐작해볼 수 있다. "이 긴 여행은, 구태 찾는다면 '랭보-'의 실종에라도 비길 것일까. 와보았댔자 구주문명의 천박한 식민지인 동경거리의 추잡한 모양과, 그 중에서도 부박한 목조건축과, 철없는 '파시즘'의 탁류에 퍼붓는 욕만 잠뿍 쓴 편지를 무시로 날리고 있다. 행색이 초라하고 모습이 수상한 '조선인'은, 전쟁음모와 후방단속에 미쳐 날뛰던 일본 경찰에 그만 붙잡혀, 몇 달을 간다(神田) 경찰서 유치장에 들어 있었다."57 지금은 남아 있지 않은 어떤 편지들을 언급한 듯한 김기림의 위 글에서 분명히 일본의 파시즘적 분위기에 대해 퍼부었던 이상의 욕설과 비난에 대해 말하고 있다.

이상의 이러한 편지들은 검열과정에서 분명 문제되었을 것이다. 얼마 동안 감시받다 붙잡혀서 취조 받고 결국 감옥에 갇히게 되었을 것이다. 이상은 총독부 기수직을 내놓은 이후부터 일본 기관의 감시 하에 놓였을 가능성이 있다. 식민지인으로서 식민지를 통치하는 총독부 행정기관을 들락거린 경력 때문에 더욱 감시 대상으로 떠올랐을 것이다. 제비다방에 여러 지식인이 몰려든 것도 그러한 것을 부채질 했을 것이다. 이 제비다방은 '9인회' 그룹이 새롭게 조직되고, 그들이 문단적 활동을 전위적인 수준으로 감행하는 데 촉매 역할을 했다. 이상 자신이 일종의 예술가 공동체인 '라보엠'을 항상 꿈꾸어왔다고 몇몇 사람이 증언한 바도 있다.58 이상과 함께 화가를 꿈꾸며 동거를 하기도 한 문종혁은 "그가 특히 좋아했던 것은 「라

57 김기림, 「이상의 모습과 예술」, 앞의 책, 7쪽.
58 당시 문인 예술가에게 이러한 카페나 다방의 거리에 대한 막연한 동경 같은 것이 일반적인 분위기처럼 번져 있었다. 예를 들어 김기림은 백석의 풍모를 그리는데 그 배경에 그러한 프랑스 풍의 카페 거리를 떠올렸다. "바다의 물결을 연상시키는 검은 머리의 웨이브를 휘날리면서 광화문통 네거리를 건너가는 한 청년의 풍미는 나로 하여금 그 주위를 몽파르나스로 환각시킨다."(김기림, 「사슴을 안고 - 백석 시집 독후감」, 『조선일

보엠」이었다." 하면서 다방에 대한 이상의 열정을 확인시켜주었다. 그는 이렇게 말한다. "나는 상의 스무 살 고개의 다방을 알고 있다. 그것은 실존의 다방이 아니요 상이 꿈꾸는 다방이다.—말하자면 「라보엠」에 나오는 그런 사람들이 모이는 곳이다. 모이는 곳보다 삶의 장소다. 그러한 다방을 구상하고 있었다. 상은 그러한 다방을 꾸미겠다는 것이었다."[59] 이상은 자신의 이러한 꿈을 어느 정도 실현한 것 같다. 자신이 꿈꾸던 그러한 수준에는 미치지 못했어도 이상은 제비다방을 그러한 '라보엠'적 활동공간으로 여겼을 것이다. 그는 거기서 문인들과 접촉했고, 그곳을 자신의 작업실로 삼았다.[60] 이상이 그 제비다방에서 문인들과 만났으며, 그 뒷방에서 '도깨비시'를 창조했다고 문종혁은 말했다. 이상의 여동생인 김옥희는 좀 더 자세한 내용을 전한다. "밤낮으로 문학하는 친구들과 '홀' 안에 어울려 앉아서

보』, 1936. 1. 29.). 이러한 프랑스 풍 카페에 대한 동경은 이후에도 지속되는데 김춘수의 시에서도 그러한 것을 확인할 수 있다. 그의 첫 시집 『구름과 장미』(1948)에 있는 「창에 기대어」에서 이렇게 노래한다. "보헤미아의 꿈같은 하늘이 / 여기에는 흐르고 있다 / …… / 파리로 가자 / 몽마르틀의 어느 으슥한 카페에서 / 셰리를 마시며 나는 / 유랑인의 눈물을 흘리자 / 짚시들의 애타는 곡조를 들으면서".

59 문종혁, 「심심산천에 묻어주오」, 김유중·김주현 편, 앞의 책, 97·118쪽.

60 「라보엠」은 앙리 뮈르제의 소설이다. 르페뷔르는 이 소설의 한 대목을 이렇게 소개한다. "카페는 그들의 것이었다! 조그만 대리석 테이블은 그들의 책상이었고, 테라스나 실내홀은 그들의 작업장이었다." 르페뷔르는 카페가 자유를 꿈꾸는 가난한 예술가의 보금자리였다고 말하면서 보들레르와 베를렌느, 랭보 등의 카페 애호와 그 이후 예술가의 카페에 대한 열기를 전한다. 끌로드 모네 같은 화가도 카페에서 열띤 토론을 벌이며 하나의 화파를 만들어갔다고 한다. 그는 모파상의 소설 「저녁」의 한 장면에 나오는, 몽마르뜨르의 전성기를 주도한 카페 풍경을 잠깐 소개하기도 한다. 몽파르나스의 한 카페는 아폴리네르 때문에 유명해진 뒤에 사르트르와 시몬 드 보봐르의 '서재'가 되었다는 말도 전한다. 카페를 자신의 서재와 작업실로 삼는 산책가에 대해 벤야민이 분석할 수 있었던 것은 바로 이러한 예술가들의 카페에 대한 사랑, 카페 거리에서의 삶과 예술 때문에 가능했을 것이다. (크리스토브 르페뷔르, 『카페의 역사』, 강주헌 역, 효형출판, 2002. 137·147·157쪽 참조)

무엇인가 소리높이 지껄이고 있었으니 더구나 다방이 될 까닭이 없었습니다." 거기서 이상과 어울리던 문인들이 주로 구인회 동인이었다고 한다.[61] 변동림은 "다방 '제비'는 일경의 감시의 대상이었으므로 장사가 될 까닭이 없었다."[62] 했다. 다수의 문인이 자주 출입하고 거기서 토론과 논쟁을 했기에, 이들의 모임에 대해 무엇인지 알아보려고 감시꾼이 들락거렸을 것이다. 순수한 예술가 그룹으로 논의되던 구인회도 이렇게 식민지 체제의 감시망에서 자유로울 수 없었다. 이들 역시 이러한 감시체제에 대해 아무 반응도 없이 순수하게만 있었던 것은 아니다.

　　지금까지 대부분의 연구자는 이상을 단지 전위적인 실험적 모더니스트로만 보아왔다. 그래서 그의 작품에는 일본에 대한 적대감이나 식민지 정권에 대한 비판 같은 것이 없는 것으로 생각하기 쉬웠다. 그러나 결국 그를 죽음으로 몰아간 것은 바로 그 식민지 권력에 대한 적대감어린 비판이다. 그는 식민지인으로서는 거의 꿈도 꾸지 못할 총독부에 들어갔지만 얼마 되지 않아 팽개치고 나왔다. 이것을 그저 폐결핵이란 원인으로만 간단히 환원시킬 수 있을까? 거기에는 더 근원적인 어떤 이유가 있지 않을까? 그의 초기 글들에서(미발표 원고들) 그의 수치심과 분노는 분명히 뚜렷하게 확인된다. 1932년 말에 쓴 「얼마 안되는 변해」가 특히 그러한 내용을 담고 있다. 이 글에서 "혹은 1년이라는 제목"이란 부제를 붙였다. 이 '1년'은 이상이 자신의 사상적 탐구의 꼭짓점을 보여준 「삼차각설계도」를 쓴 이후의 '1년'이다. 그 1년을 그는 서대문 의주통에 짓고 있던 전매청 본사 사옥 공사판에 매여서 사상적 탐구에 매달려야 할 시간을 헛되이 보내버린 것이다. 그는 자신이 몰입해 들어간 그 시적인 창조공간에서 멀리 떨어져 있을 수밖에 없었다. 이 식민지적 건축물을 지으면서 그 식민지 근대체제를 넘어설 사상에 박차를 가할 수 있는 시간을 모조리 뺏겼다. 그의 사상적 탐구

61 김옥희, 「오빠, 이상」, 김유중·김주현 편, 앞의 책, 60～61쪽.
62 김향안, 「이상(理想)에서 창조된 이상」, 앞의 책, 191쪽.

밑에는 바로 식민지인의 그러한 억압과 분노와 수치심이 자리잡고 있었다. 그러한 적대감이 쌓이고 쌓여 마침내 동경에 가 있을 때 김기림에게 보낸 편지에서 폭발했는지 모른다. 김기림은 바로 그러한 반파시즘적 언행들을 기억하고 있었고,「쥬피타 추방」에서 '대영제국'이란 말 속에 감추어진 '일본'에 대한 강렬한 비난을 형상화하게 된 것이다.

이 시는 제2차 세계대전이 발발한 직후 쓰였을 가능성이 있다. 이활은『젖빛의 구름』에서 일역된 시를 본 것을 1943년으로 기억한다. 그러나『젖빛의 구름』은 1940년에 나왔다. 이 시는 적어도 1940년 이전에 쓰인 것이다. 따라서 이러한 숨바꼭질 같은 중의법적 기교는 그 시기를 헤쳐가기 위해서는 당연히 필요했을 것이다. 김기림은 '쥬피타-이상'이 마치 제국주의 영국과 대결을 벌이는 듯이 보이도록 했다. 일본 본토에서조차 대동아전쟁에 대해 부정하고, 비판하는 세력이 있는지 검열의 칼날을 날카롭게 세울 때이다. 이렇게 해서 그는 대동아전쟁의 어두운 먹구름 속에서 무섭게 번뜩이는 일제의 검열을 피할 수 있었을 것이다. 김기림은 당시 공포의 분위기 속에서 '대영제국의 태양'이란 가면으로 포장해서 일본제국의 태양에 대한 이상의 비난을 교묘하게 나타낼 수 있었다. 일장기 속에서 사방으로 붉은 선으로 뻗어가는 그 태양(대화혼의 상징인)을 품게 된 '제국의 태양'은 이렇게 해서 우리의 특수한 사정과 세계사적 상황을 동시에 가리키는 상징이 되었다.

중의법적으로 표현된 대결과 갈등을 통해 일본에 대한 비판적 분위기를 조성하는 데 이 시의 목표가 있었던 것은 아니다. 김기림이 이 시에서 정작 말하고 싶었던 것은 그러한 것 너머에 있다. 그는 일본을 영국의 이름 속에 겹쳐놓는 중의적 표현을 통해 당시 세계적으로 정치와 경제 그리고 사상을 주도해 나간 힘들의 역학관계를 보여주고 싶었을 것이다. 결과적으로 식민지적 피압박민의 대명사이기도 한 팔레스타인 인민을 살육하는 처참한 장면으로 이끌어간 이러한 힘의 정체는 과연 무엇인가?

제국주의 식민지의 정원

. 식민지라는 호화 정원

제국주의적 투쟁의 분위기 속에서 김기림은 '록펠러 씨의 정원'을 등장시
킨다. 그동안 식민지 동양이 수입하고, 서구가 진행시킨 근대적인 가치와
사유체계에 대한 생각이 바로 이 한 마디 어구로 요약될 수 있다. 그것은
한 제국이 자신의 집 둘레를 호화롭게 꾸미게 해줄 식민지(그들의 방식으로 일
구는)라는 정원을 가리킨다.

> 쥬피타는 록펠라 씨의 정원에 만발한
>
> 곰팡이 낀 절조(節操)들을 도무지 칭찬하지 않는다.
>
> 별처럼 무성한 온갖 사상의 화초들.
>
> 기름진 장미를 빨아 먹고 오만하게 머리추어든 치욕들.

정치와 경제와 사상을 서로 밀접하게 관련시키고 그것들을 뒤섞으면서 이

시는 빠르게 진행된다. 여기서 '록펠러의 정원'은 제국주의가 악랄하고 비인간적인 약탈적 행위로 가꾸어 놓은 호화판 정원을 말한다. 1937년에 죽은 미국의 대재벌 록펠러는 수단과 방법을 가리지 않고 경쟁사를 파멸시키거나 흡수하면서 온갖 독점적인 행위를 자행한 냉혹한 자본가의 표상이다. 미국에서는 이 록펠러 때문에 반독점법이 만들어질 정도였다.

　　김기림은 식민지의 영토와 자산을 놓고 무자비한 전쟁에 돌입한 근대 국가들의 행태를 바로 이 '록펠러의 정원'이란 말 속에 담았다. '록펠러의 정원'이란 표현도 일본적인 입장을 표면에 내세운 말로 볼 수 있다. 당시 영국과 대결 양상으로 치닫던 일본에게 미국의 개입이라는 새로운 상황은 바람직하지 않은 일이었다. 그러나 미국은 1935년에 제정된 중립법을 개정한다. 무기공급을 할 수 없도록 한 중립법을 개정함으로써 전쟁에 개입할 수 있는 명분을 만든 것이다. 이것은 소위 미국의 고립주의인 먼로주의를 이탈한 것이다. 위의 시에서 '곰팡이 낀 절조'란 말에는 은밀하게 이러한 미국의 변절을 비판하는 목소리가 담겨 있다.[63]

　　록펠러의 정원은 제국들이 점령해서 자신의 뜰로 가꾸려 하는 식민지의 땅들이었다. 그것은 식민지를 경영하는 본국의 집에 딸린 정원이되는 셈이다. 그 정원에 있는 것들을 끌어 모아 자신의 꽃밭을 조성한다. 이 정원에는 "별처럼 무성한 온갖 사상의 화초들"이 피어 있다.[64] 식민지인을 경영하며 그들을 다스리기 위해 본국에서 수입되어 심겨진 이 꽃들은 무엇인가? 서구 근대를 추동시킨 사상과 이념들의 꽃, 마치 그것만이 문

[63] 미국 입장의 이러한 변화와 이에 대한 일본의 비판적 시각에 대해서는 온락중의 「전환과정의 미국외교」(『조광』, 1939. 9., 28쪽)와 「세계대전과 미국」(『조광』, 1940. 2., 38쪽)을 참조할 수 있다.
[64] 찰스 엑커트, 「셜리 템플과 록펠러 재단」, 『스타덤과 욕망의 산업1』, 크리스틴 글레드힐 편, 시각과 언어, 105쪽 참조. 찰스 엑커트에 따르면, 1936년경 미국의 모든 스튜디오는 모건 또는 록펠러의 재정적인 통제 하에 들어간다. 이때 미국의 영화는 더욱 상투적인 것, 유해하지 않은 것으로 강요되었다. 이들의 지배는 자본주의 이데올로기의 가장 보수적인 경전에 영합하는 관계 속으로 할리우드를 밀어 넣었다고 엑커트는 생각했다.

명의 꽃이고 약탈된 땅에는 야만적인 식물만이 어지럽게 우거져 있다고 식
민지인을 세뇌시키는 그러한 것들은 다 무엇인가? 김기림은 여기에 매우
독특한 표현을 하나 덧붙인다. "기름진 장미를 빨아먹고 오만하게 머리추
어든 치욕들"이란 표현이 바로 그것이다. 이 구절을 이해하기는 쉽지 않
다. 왜냐하면 '오만하게'라는 말과 '치욕들'이란 말이 잘 연결되지 않기 때
문이다. 어떻게 해서 치욕들이 오만하게 머리를 쳐들 수 있는가? '기름진
장미'란 무엇을 말하는가? 어쩌면 이 부분에 이 시의 가장 핵심적인 내용
이 깃들어 있는지도 모른다.

. 장미의 병과 오만한 치욕들

김기림은 언제나 이상의 지적 수준을 당대의 가장 첨예한 부분과 견주면
서 묘사한다. 그가 이상의 야유와 독설이 섞인 잡담 속에서 "오늘의 문명
의 깨어진 '메커니즘'이 엉켜 있었다."고 느낀 것, "번영하는 위선의 문명
에 향해서 메마른 찬 웃음을 토할 뿐"[65]인 비평적 얼굴을 대한 것 등에는
이상에 대한 그의 높은 가치평가가 스며 있다. 근대문명에 대한 이러한 비
판과 비난은 첨예하고 방대한 어떤 사상적 설계 속에서 나온 것이다. 쥬피
타가 간다라 양식을 흉내 낸 술잔을 거부하고, 다락에 얹어둔 사상들을 거
부하는 것은 그가 독자적으로 탐구하고 설계한 어떤 사상적 높이에서 생겨
난 태도였다. 김기림이 이 시에서 강조해 보여주고 싶었던 것도 바로 이것
이다. 대개의 아류들과 달리 서구에서 수입된 것들을 넘어설 수 있는 야심
찬 설계가 그에게 있었다! 서구에서 이식된 사상의 꽃들을 향해 얼마나 많
은 사람이 달려갔던가? 그것을 먼저 접한 사람들은 식민지에 돌아와서 얼
마나 뽐내며 으스대었는가? 거기에 취해서 예술적 황홀경의 가짜 낙원 속
에 틀어박혀 병들고 결국엔 그 제국의 정원 속의 꽃들에 거름이 되고만 사

람이 얼마나 많았던가?

　　김기림과 이상 같은 후배들을 이끌던 정지용의 초기 시에서 바로 그렇게 병적으로 치달리던 예술가들의 초상을 볼 수 있다. 김기림은 이상과 함께 자신들의 새로운 문학적 기풍을 인도해 줄 선배로서 정지용을 꼽았다. 그는 이렇게 정지용을 평가한다. "조선 신시 사상에 새로운 시기를 그으려고 하는 어린 반역자들의 유일한 선구자인 시인 정지용 씨의 뚜렷한 발자취 …… 벌써 20년대 후반기부터 그는 전연 빛다른 시풍을 가지고 잡지『조선지광』, 계간『시문학』 등을 무대로 초창기를 겨우 벗어난 조선 시단에 고만한 이단자의 소리를 보냈던 것이다……. 그는 실로 우리의 시 속에 '현대의 호흡과 맥박'을 불어넣은 최초의 시인이었다."[66]

　　1926년에 정지용은 「카페 프란스」를 썼다.

옮겨다 심은 종려나무 밑에
빗두루 슨 장명등,
카페. 프란스에 가자.

이놈은 루바쉬카
또 한놈은 보헤미안 넥타이
뺏적 마른 놈이 앞장을 섰다.
밤비는 뱀눈처럼 가는데
페이브멘트에 흐늙이는 불빛
카페. 프란스에 가자.

이 놈의 머리는 빗두른 능금

66 김기림, 「1933년의 시단의 회고와 전망」, 『조선일보』, 1933. 12. 7.~12. 13.(『김기림 전집』 2권, 심설당, 1988, 61~62쪽 참조)

또 한놈의 심장은 벌레 먹은 장미

제비처럼 젖은 놈이 뛰어 간다.

"오오 패롯(앵무) 서방! 꾿 이브닝!"

"꾿 이브닝!"(이 친구 어떠하시오?)

울금향 아가씨는 이 밤에도

경사(更紗) 커튼 밑에서 조시는구료!

나는 자작(子爵)의 아들도 아무것도 아니란다.

남달리 손이 히여서 슬프구나!

나는 나라도 집도 없단다

대리석 테이블에 닿는 내 뺨이 슬프구나!

오오, 이국종 강아지야

내발을 빨어다오.

내발을 빨어다오.[67]

제
국
주
의
의
식
민
지
정
원

이 시가 정지용의 일본 유학 시절 체험을 담고 있는 것은 분명하다. 그러나 여기에서 전개된 내용이 꼭 당시 일본에만 해당되는 것은 아니다. 카페라는 근대적 향락 공간으로 달려가는 젊은 지식인들의 풍조는 우리나라에서도 1920년대 후반에서 1930년대에 걸쳐 형성되어 있었다. 일본이나 식민지 조선의 경우에나 이 근대적 향락 공간은 서구에서 수입된 것이

---

67 정지용, 「카페. 프란스」 전문. 『학조』 창간호(1926. 6.)에 발표된 것인데 『정지용 시집』(시문학사, 1935. 10.)에서 인용했다. 강아지가 손님의 발을 빠는 풍경은 박태원의 「소설가 구보씨의 일일」의 다방 풍경에서도 보인다.

다. 위 시에는 두 개의 꽃이 등장한다. 장미와 튤립(위에서 '울금향'이라고 한 것)이 그것이다. 서구에서 들여온 이 화려한 꽃은 분명 단순한 꽃 이상의 의미를 지닌다. 이 화려하고 청순한 두 개의 꽃, 즉 장미(화려하게 열정적으로 타오르는)와 튤립(오롯하고 수줍게 속으로 불타는)은 서구적 예술 사조와 함께 들어온 상징적인 꽃이다. 사나다 히로코는 일본에서 전개된 하쿠슈 류의 예술운동에서 카페가 지녔던 의미를 상세히 보여주었다. 그녀는 파리의 몽파르나스 거리에 있는 일종의 '예술

장 콕토가 그린 몽마르트르의 한 카페, 장미꽃이 카페의 분위기를 장식하고 있다(이가림 역의 장 콕토 데상시집 『내귀는 소라껍질』에서 전재).

가 공동체'를 모방하면서 일본에서 전개된 보헤미안적 예술공간으로서의 카페에 대해 말했다. 그러한 분위기에서 정지용 시에도 등장하는 '보헤미안의 나비 넥타이'는 보들레르적 취향이 하쿠슈에게 전수된 것이다. 히로코에 의하면 당시 일본에서 루바쉬카는 대략 좌익적인 복장이었다.[68] 이러한 것들은 분명 정지용의 위 시에도 어느 정도 반영되어 있다. 그는 옮겨 심은 종려나무(남국의 이국적 정취를 풍기는)를 통해서 카페의 이국적인 분위기를, 빗두루 선 가로등을 통해서 이 현실의 중심에서 약간 기울어져 있는 카페의 퇴폐적인 분위기를 보여준다. 두 명의 등장인물은 두 연에 걸쳐 대조되면서 앞서거니 뒤서거니 하는 드라마를 연출한다. 그들은 카페로 달려가는 역동적인 장면을 만들어낸다. 루바쉬카를 입은, 머리가 약간 왼쪽으로 기울어져 있을 것 같은 좌익 청년[69]과 보헤미안 넥타이, 즉 나비 넥타이로

---

68 사나다 히로코, 『최초의 모더니스트 정지용』, 역락, 2002, 111∼113쪽 참조.

69 "이 놈의 머리는 빗두른 능금"이란 표현을 보라. 정지용은 『학조』지에 발표했을 때는 "갓 익은"으로 썼다가 시집에서 "빗두른"으로 고쳤다. 이

멋을 부린 퇴폐주의 예술가가 바로 이 시의 등장인물들이다. 하나는 가난을 상징하는 마른 놈이고, 하나는 심장이 벌레 먹어도 겉은 멋을 부린 '제비처럼 젖은 놈'이다. 정지용은 이들이 달려간 '카페 프란스' 속에 앵무새를 배치함으로써 이들 모두를 약간 우스꽝스런 존재로 만들어버린다. 이 해학적 표현이 절묘하다. 다만 흉내 내는 말만 할 줄 아는 앵무새가 이들을 맞이한다. 카페 문을 들어서면서 곧바로 인사를 한 이들의 목소리를 흉내 내어 앵무새는 똑 같이 "꾿 이브닝"이라고 대꾸하는 것이다. 괄호 속의 말("이 친구 어떠하시오.")은 앵무새의 것이다. 실제로 앵무새가 이렇게 말하지는 못하지만, 그러한 속내(어떻게 잘 지내는지 궁금하다는 식의)가 담긴 인사를 괄호 속의 말은 보여준다. 이 시가 앵무새를 실제 키우고 있는 카페를 그렸는지는 몰라도, 시에서는 그러한 지시적 기능 이상을 표현한다. 정지용은 이 모방과 흉내의 대가들, 그러한 취미에 몰입해 있는 자들이 여기 '프란스 카페'로 몰려들고 있음을 말하고 있다. 특히 나비 넥타이를 맨 제비 같은 놈은 이 시의 슬픈 주인공이다. 그의 심장은 "벌레 먹은 장미"인 것이다. 이것이 윌리엄 블레이크의 「병든 장미」와 연관된다는 것 등은 이 맥락에서는 별 상관이 없다. 이 '장미'는 수입된 서구적 예술과 사상의 화려한 빛깔과 향기를 상징하고 있다. 그러나 그러한 것의 본질 같은 것에 큰 관계없이 식민지 청년 지식인들은 다만 그 매혹적인 자태에 끌려가면서 결국에는 파멸한다는 것, 자신의 중심에서 이 세상을 제대로 잘 살 수 있도록 힘차게 맥동시켜야 할 심장을 그러한 이국적인 매혹 속에서 병들게 한다는 것이 문제이다. 대리석 테이블 같은 서구적 사치품과 부딪혔을 때의 차가운 감촉에서 비로소 번쩍 정신이 든 이 가난한 식민지 예술가의 슬픔을 어떻게 구제할 수 있단 말인가? 정지용은 자기를 포함한 식민지 지식인의 한 전형

가난한 청년의 사상을 이제 막 익기 시작한 이미지로 표현하는 것보다 한쪽으로 기울어진 것으로 표현하는 것이 시 전체의 대비법적 흐름을 부각시킨다고 생각한 것 같다.
70 김기림도 장미 이미지를 자주 사용했다. 그는 태양처럼 불타는 정열의 붉은 장미를 "나의 생활은 나의 장미"(「기상도4」(『삼천리』, 1935. 12.)의 「쇠바퀴의 노래」(원제는 "차륜을 듣는다"였다.))라고 노래했다.

을 여기 그려냈다.[70]

「쥬피타 추방」에 나오는 "기름진 장미를 빨아 먹고 오만하게 머리를 추어든 치욕들"이란 잘 이해되지 않는 구절을 풀어보기 위해, 좀 장황하게 정지용의 시 「카페 프란스」를 분석해보았다. 이 두 시의 연결고리는 '장미'다. 김기림이 '기름진 장미'라고 표현한 것을 정지용의 시에 나오는 것과 거의 동일한 맥락으로 생각해볼 수 있지 않을까? 그러나 김기림은 '벌레 먹은 장미'와는 다른 이미지를 여기서 선보였다. 동경 시절의 이상에게 함께 동인으로 참여해 달라고 다가온 『삼사문학(三四文學)』 동인도 이렇게 장미에 매혹된 부류였다. 자기들처럼 서구의 전위적 사조에 몰두해 왔다고 판단했기 때문에 자신들의 선배로써 그를 영입하려 한 것인데, 이상은 그러한 제안을 좋게 거절했다. 이러한 사정은 동경에서 김기림에게 보낸 편지(「私信(6)」, 1936. 11. 14.)에 나타나 있다. 이상은 그 편지에서 김기림에게 「삼사문학」 동인이 되어줄 수 없는지 묻고 있는데, 아마도 『삼사문학』 동인들의 부탁을 대신 전했을 것이다. 그들은 이상과 김기림을 동인으로 포섭하려 한 것처럼 보인다. 이상은 자신의 얘기는 빼고 김기림의 의사만 타진한 것이다.

그가 보낸 또 하나의 편지(「사신(7)」, 1936. 11. 29.)를 보면 이러한 구절이 보인다. "나는 19세기와 20세기 틈사구니에 끼워 졸도하려드는 무뢰한인 모양이오. 이곳 삼십사년대의 영웅들은 과연 추호의 오점도 없는 20세기 정신의 영웅들입디다." 그러나 이상의 이러한 진술은 반어법적 분위기를 띠고 있다. 여기서 '19세기'라는 말이 함축한 의미에 대해서는 좀 더 세

이와 반대로 낡은 왕국의 붕괴되는 운명을 '흰 장미'로 상징하기도 했다. "새까만 옷깃에서 / 쌩긋이 웃은 흰 장미"(「기상도」의 「자취」에서. 본래 이 시는 「기상도2」(『중앙』, 1935. 7.)의 「滿潮로 향하여」라는 제목이었다.〕 그는 여기서 이러한 장미꽃 속의 잠에서 소스라쳐 깨어나는 것에 대해 노래한다. "자려무나 자려무나 / 꽃 속에 누워서 별에게 안겨서— / …… 꽃은커녕 별도 없는 벤취에서는 / 꿈들이 바람에 흔들려 소스라쳐 깨었습니다. / 하이칼라한 쌘드위치의 꿈 / 탐욕한 비프스테이크의 꿈 / 건방진 햄샐러드의 꿈 / 비겁한 강낭죽의 꿈".

근대세계의 찢어진 틈과 제4세대 문명

심한 해석이 필요하다. 그의 「선에관한각서1」에서 "지구가 빈집일 경우 봉건시대는 눈물이 날 만큼 그리워진다" 한 것을 생각해보라. 그에게 근대적 진보와 전위 같은 것은 모두 '지구의 빈집'이라는 황무지적 기호 속에 포괄될 수 있다. 이러한 관점에서 편지를 다시 읽어보면, 그의 반어법이 느껴질 것이다. 그는 『삼사문학』 동인을 20세기의 영웅들이라고 추켜주면서 자신은 19세기적인 인물이라고 뒤로 두어 걸음 물러서버린다. 이러한 겸손 뒤에는 유행하는 전위적 사조에 대한 그의 거대한 비판적 사상이 숨어 있다. 타인이 본 이상의 전위적 성격과 이상 자신이 생각한 것은 서로 이렇게 어긋나 있다. 이상은 그러한 전위적 흉내와 모방 대열에 자신을 합류시키고 싶지 않았던 것이다. 사실 그가 20세기 전위 속에서 본 것은 껍질에 불과한 기교였다. 그가 어디선가 말했듯이 그것은 '절망이 낳은 기교'였다. 그의 독자적 영역에 대한 자부심이 이러한 때에는 겸양의 태도로 나타난다.

. 세계정신으로서의 새로운 휴머니즘

그 기름진 장미를 탐욕적으로 빨아먹고도 그 향기에 취하지 않고, 오히려 '오만하게' 머리를 추어드는 치욕이란 것은 퇴폐적 모방적 전위 예술가에게서 볼 수 있는 것이 아니다. 그러한 수입품에 매혹되고 사로잡히는 것을 치욕으로 알게 되는 깨우침은 그들에게는 낯선 경지이다. 이미 근대 체험이 백년 이상 된 지금조차, 식민지 시기로부터 몇 세대 이상 지난 지금에도 그것은 잘 볼 수 없는 현상이다. 따라서 그것은 얼마나 오만한 생각에서 나온 것인가? 서구의 제국이나 그들에게 종속되어 그들을 한편으로 섬기고 받들며, 그렇게 해서 얻어진 권력으로 식민지를 지배하는 자들에게 그러한 권력을 무시하는 오만한 높이가 과연 인정될 수 있겠는가?

그 높이에 오른 자만이 자신을 종속적인 존재처럼 내려다보는 시선에 치욕을 느낀다. 이상은 그러한 치욕으로 눈물을 줄줄 흘리며, 식민지 지배자에게 봉사하는 충복의 자리를 박차고 나와야 했다. 그러한 체험을 미발표작인 「얼마 안되는 변해」 속에서 기술한다. 그의 상상력 속에서 자연의 생명력을 상징하는 '개'의 이미지 속에도 그러한 치욕의 느낌이 스며들어 있다. 쥬피타-이상은 이 '오만한 치욕'을 알고 있었다. 그는 그러한 근대 사상의 꽃이 숨기고 있는 독에 중독되지 않았다. 오히려 그러한 독성분을 만들어낸 문제의 근원까지 탐색하고 그것을 해결할 방법을 모색했다. 그의 오만함은 이러한 추구 결과 획득한 지적인 높이에서 나온 것이다. 그의 사유는 단지 제국주의적 억압에 대한 식민지 피압박민의 입장만이 아니라, 그것을 넘어서는 영역에까지 펼쳐져 있다. 그 오만함이란 기름진 붉은 장미의 본질과 대결하고 그것을 넘어설 수 있다는 자부심에서 나온 것이다. 록펠러의 정원은 '구름' '장미' '별' '천사' 등의 이미지로 꾸며진 유토피아적 환상 세계이다. 김기림은 쥬피타가 결코 그러한 유혹적인 이미지에 속아 넘어가지 않았으며, 그러한 것들의 현실적 속성까지도 냉정하게 파악했음을 보여준다.

> 쥬피타는 구름을 믿지 않는다. 장미도 별도…….
> 쥬피타의 품 안에 자빠진 비둘기 같은 천사들의 시체.
> 검은 피 엉크린 날개가 경기구처럼 쓰러졌다.
> 딱한 애인은 오늘도 쥬피타더러 정열을 말하라고 조르나
> 쥬피타의 얼굴에 장미 같은 웃음이 눈보다 차다.
> 땅을 밟고 하는 사랑은 언제고 흙이 묻었다.

근대적인 온갖 사상의 유토피아적 열정을 표상하는 '기름진 붉은 장미'는

쥬피타에게 매혹을 불러일으키지 못한다. 그것은 단지 서구 제국 자신을 위한 이상과 열정을 그려놓은 것이다. 그것은 식민지인도 그러한 방향으로 달려가면 구원될 수 있다는 매혹적 환상을 보여준다. 이상은 그러한 것들에 대해 차갑게 조소하는 웃음, 오히려 그 열정을 얼어붙게 만들 정도로 차가운 웃음(눈보다 차가운 흰 장미 이미지로 제시되어 있다)만을 내비친다. 위에서 '딱한 애인'은 그러한 장미의 유혹에 쉽게 매혹되는 자들을 표상한다. 바로 그 '장미의 정열'에 사로잡힌 자들이 「카페 프란스」에 등장하는 것 같은 보헤미안인 것이다.

　　'기름진 붉은 장미'를 키우는 제국의 열정적인 행각은 결국 전쟁으로 치닫는 대립구도만을 낳았다. 제2차 세계대전의 불길이 여기저기서 솟구친 것이다. 세계 식민지에 흩어져 있던 '록펠러의 정원'은 그것을 탐내는 제국들의 전쟁터가 되었다. 이러한 전쟁의 폭풍이 이 시 첫 연에 암시되어 있다. "거리를 달려가는 밤의 폭행을 엿듣는 / 치껴올린 어깨가 이 걸상 저 걸상에서 으쓱거린다." 그런데 이러한 대결조차도 근대적인 세력 사이의 투쟁이었을 뿐이다. 식민지에 불과한 우리에게는 주도적으로 거기에 개입할 만한 아무런 여지도 없었다. 그러한 정원의 한 귀퉁이에 웅크리고 있던 식민지 지식인 이상은 새로운 세계 정신의 표상으로서의 '쥬피타'라는 이름으로 이러한 광범위한 이권투쟁의 혼란 한가운데에 자리잡게 되었다. 이러한 상황에서 어떻게 그는 '세기의 아픈 상처'라고 규정될 수 있는 것인가? 김기림은 이상의 어떠한 측면을 두고 이 말을 썼는가? 이 세계사적 혼란을 감당할 만한 어떤 사상사적 위상을 이상에게서 발견했단 말인가? 이상을 '세기의 아픈 상처'라고 규정한 김기림의 생각은 단지 시적인 언술에 불과한 것일까? 그의 날카로운 직관은 자신의 구체적인 분석을 너무 앞서고 있었던 것인지 모른다.

아즈텍 '꽃 축제'의 신인 소치필리. 꽃과 음식의 신인 소치필리는 축제 때 옥수수다발로 만들어진 가마를 탄다. 그의 앞에는 소라를 부는 악사가 앞장을 섰다. 그의 몸에 새겨진 꽃들은 아즈텍의 양식화된 꽃들이다. 뒤에 스페인에 점령당한 후 서양의 장미가 이러한 전통적인 꽃의 상징을 압도했다.

스페인에 정복당한 아즈텍 영주가 수입된 사상의 상징인 장미꽃을 들고 있다. 그의 복장은 스페인풍으로 변했다.

　　우리는 제2차 세계대전의 원인이 되는 근대 자본주의의 선두 국가와 그 대열에 합류하려 뒤늦게 뛰어든 후발 국가 사이에 찢긴 틈을 보아야 한다. 동양과 아프리카의 식민지를 놓고 벌인 이 전쟁에 대한 근본적인 통찰은 세계사적 문제에 대한 것이다. 그러한 것에 대한 고민은 식민지적 억압에 대해 단순히 저항하는 차원을 넘어서는 일이다. 이상이 매달린 부분은 바로 이것이었을 것이다. 그가 민족문제에 집착하지 않았다는 것, 동경으로 갈 때 '휴머니즘'을 외쳤다는 것 등도 이와 관련될 것이다.[71] 그의 '휴머니즘'이 매우 독창적인 것임을 우리는 뒤에 이야기할 것이다. 이 세계사적 과제를 해결하는 것만이 식민지 문제를 풀 수 있는 근본 열쇠였다.

[71] 임종국이 쓴 글에서 이러한 언급을 확인할 수 있다. 그는 이상이 동경으로 떠나기 위해 경성역을 출발할 때 "휴우매니즘은 최후의 승리를 가져온다"는 말을 남기며 떠났다고 했다. 이에 대해서는 임종국의 「이상의 생애와 일화」(『이상전집』, 문성사, 1966, 366쪽.)를 참조하라.

그는 김기림이 말했듯이 '근대의 초극'이란 과제에만 집착한 것 같다. 그의 비극은 근대사상의 꼭짓점들을 간파하고, 오만하게 거기 맞서며 그것을 넘어서려고 한 것에 있다. 그것은 근대의 선두 주자도, 그들에게 억압당한 식민국의 지식인도 별로 관심두지 않았던 미래적인 과제였다. 그러한 세계사적 상황을 주도하는 세력들에 대해 그저 유머와 해학, 역설 등으로 대응하는 차원을 넘어서는 어떤 대단한 추구가 거기에는 있었다. 우리는 이상의 문학 전반에 깔린 이러한 부정적 어법, 패러디와 아이러니, 중의법적 역설 뒤에 숨겨진 독특한 사상적 탐구가 어떠한 것인지 좀 더 깊이 탐색해보기로 한다.

●

제국주의의 식민지 정원

이것은 내 새길의 암시오. 호통을 쳐도 에코가 없는
무인지경은 딱하다.

이상, 「오감도 작자의 말」

불탄 날개를 퍼득이나 운명의 새야!—
축제있는 나라의 거리로 나두야! 갈까나 붉은 망토를 입고⋯⋯.

김진세, 「붉은 망토를 입고」

무 한 사 상 설 계 의

2

미 완 성 오 감 도

미완성 모델하우스 「오감도」

. 골고다의 시인

피골이 상접한 식민지의 한 시인에게 김기림은 "피디아스의 제우스 신상" "십자가를 걸머지고 간 골고다의 시인"이란 찬사를 주었다. 이상은 과연 이러한 최고의 찬사를 충족시킬 수 있는 것일까? 이에 대답하기 위해서 이 상의 생각과 상상을 하나씩 분석해보기로 하자. 어디에서부터 시작할 것인 가? 우선 쉽게 접근할 수 있는 지점을 찾아야 한다. 그의 작품 가운데 많은 것이 일반 독자의 눈길이 닿지 않는 곳에 있다. 우리의 논의를 위해서는 그 러한 것들을 본격적으로 다룰 수밖에 없지만 처음부터 어려운 문제 속으로 뛰어들지는 않겠다. 그보다 이상이 처음으로 대중적인 독자와 대면하려 노 력한 작품들에 대해 생각해보기로 하자.

이상은 신문지면을 통해서 「오감도」 연작을 발표하고, 자신의 야심 찬 작업을 세상에 공표하려 했다. 그러나 이 순진한 시도는 대중 독자들의 항의와 반발에 부딪혀 곧 좌절되었다. 「오감도」는 스캔들이 되었다. 「오감도」의 스캔들적 상황을 이태준에게 전해 들은 박태원이 이상의 안색을 살피면서 어느 술자리에서 조심스럽게 그 소식을 전해 주었다고 한다. 이상은 그 자리에서 「오감도」가 세상을 놀라게 할 것이라며 기염을 토하는 중이었다. "시인이라는 무리들이 이 걸작을 읽는 순간, 얼굴이 창백해져서 어찌할 바를 모를 것이고, 이런 무상유상(有象無象)들이 모조리 무색해질 것을 생각하니 참으로 통쾌무쌍이오!" 하고 큰소리 치고 있었다. 그러나 박태원의 말을 전해 들은 이상은 침울해진 채 나중에 집에 가 쓰러져 금홍이를 부르며 흐느꼈다고 한다. 이상은 그 후 박태원에게 르네 클레르의 「최후의 억만장자」라는 영화(이 영화는 프랑스가 독일의 히틀러를 풍자한 영화이다)를 보여달라고 해서 그들은 함께 명치좌에 갔다. 이상은 이때 박태원에게 이렇게 말했다. "천하사람을 우롱한 주인공의 행동을 한번 보고 싶단 말이오."[1] 이상은 자기도 그렇게 천하를 우롱하고 싶은 마음이 솟구쳤던 것일까?

이러한 사태에 대해 불복하는 심정으로 그는 「오감도 작자의 말」이란 일종의 비난성명을 준비했다. 그것으로 자신을 좌절시킨 '신문'의 대중적 통속주의에 맞서고자 했다. 그것은 나중에 박태원이 「이상의 편모」[2]라는 추도적 글에 끼워 넣음으로써 알려지게 되었다. 우리는 이 짧은 성명서에서 그의 작업 전체에 대한 자부심과 열정, 포부 같은 것을 잠깐이나마 엿볼 수 있다.

이렇게, 어떻게 보면 전위적인 스캔들로 보이는 현상을 통해서 이상의 '거대한 작업'은 어렴풋이, 또 어떤 면에서는 직설적인 토로 형식을 통해서 조금은 밖으로 드러나 보이게 되었다. 이상은 자신의 작업 전체를

1 조용만, 「이상 시대, 젊은 예술가의 초상」, 『문학사상』, 1987. 4~6쪽 / 김윤중·김주현 편, 앞의 책, 297, 304~305쪽 참조. 이와 비슷한 이야기가 윤태영의 글에서도 확인되므로 일말의 진실이 있을 것이다. 윤태영이 옮긴 부분은 이렇다. "나의 궐작(걸작)을 읽어봤오? 참 이제야 말로 점입가경이라, 바야흐로 광채를 발산할 단계에 이르게 됐지? 참 이제 유상무상들이 모조리 무색해질게야. 하하……"(「자신이 건담가라던 이상」, 『현대문학』, 1962. 12., 위의 책, 52쪽.)
2 『조광』, 1937. 6.

밖에서 바라보는 시선과 타자적인 언어로 말하기 시작한 것이다. 그는 과연 어떻게 말했던가?

. 미완성 모델하우스 「오감도」 건축

이상은 「오감도」가 자신의 '거대한 작업'을 사람들에게 인식시키기 위한 일종의 작은 모델하우스라는 생각을 가지고 있었던 것 같다. 「오감도」를 발표했을 때 이 연작시는 이미 쓰여진 방대한 양의 작품 중에서 신중하게 선택된 것들이다. 이러한 정황을 우리는 그의 다음과 같은 말에서 짐작할 수 있다.

> 이천 점에서 삼십 점을 고르는 데 땀을 흘렸다. 31년 32년 일에서 용대가리를 떡 끄내여 놓고 하도들 야단에 배암 꼬랑지커녕 쥐꼬랑지도 못달고 그만두니 서운하다.[3]

이상은 특히 최초로 시작(詩作) 활동을 했을 때인 1931년을 위에서 언급하였다. 이때 자신이 관계한 건축 관계 잡지 『조선과 건축』에 일어로 된 시들을 발표했다. 「조감도」와 「삼차각설계도」 같은 연작시가 그것이다. 아직 문단에 본격적으로 얼굴을 내밀기 전인 이해에 발표한 것은 모두 21편 정도이다. 1932년에는 연작시 「건축무한육면각체」와 소설 「지도의 암실」·「휴업과 사정」 등을 발표한다. 이때까지 한글 소설과 일문시를 발표한 셈인데, 좀 더 비중 있는 장르는 시였다. 그의 사상적 골자는 모두 시적인 형태를 띠었다. 그러한 것들은 대중에게 익숙한 시 양식에서 멀리 떨어져 있었다. 건축학과 수학, 기하학과 물리학적 지식은 그의 새로운 시적 사유들과 만나서 완전히 새롭고 독창적인 시적 우주를 형성해갔다. 이러한 색다

3 이상, 「오감도 작자의 말」(박태원, 「이상의 편모」 중에서), 『조광』,
1937. 6., 303쪽.

른 실험은 1933년에 발표한 최초의 한글 시들에 와서야 어느 정도 진정되는 양상을 보인다.4 이러한 시들에 와서야(그래도 일반 독자에게는 여전히 난해했지만) 대중에게 이야기할 때 어떤 방식을 취해야 하는지에 대한 약간의 배려가 보이기 시작한다.

　　　이러한 도정을 거쳐서 1934년에 「오감도」 연작을 발표한다. 「오감도」 연작에는 그가 앞서서 보여준 실험적 측면과 그것을 어느 정도 완화시킨 양식, 이 두 가지 측면이 함께 존재한다. 대략적으로 말해본다면 「오감도」는 「조감도」와 「삼차각설계도」, 「건축무한육면각체」 등의 실험적 양식의 작품과 그 이후에 발표한 「꽃나무」, 「거울」 등의 완화된 양식을 한데 엮은 것처럼 보인다. 이러한 양상은 분명히 「오감도 작자의 말」에서 그가 한 말, 즉 "이천 점에서 삼십 점을 고르는 데 땀을 흘렸다." 하는 것을 반증해주는 듯하다. 만일 이러한 것이 확실하다면 그는 자신이 특별히 언급한 1931년5에서 그 다음 해인 1932년까지 이천여 점의 작품을 썼다고 볼 수 있다. 매일 쉬지 않고 평균 세 점 이상의 작품을 써야 가능한 일이다. 이렇게 2년여에 걸쳐서 방대한 작업을 한 것이다. "31년 32년 일에서 용대가리를 떡 끄내어 놓고"라는 수수께끼 같은 구절은 이러한 맥락으로 이해해야 할 것이다. 아무튼 1934년 『조선중앙일보』에 연재하다 중단된 「오감도」는 본래 30편을 연재하기로 계획한 것인데, 그 반절인 15편을 싣고는 비난 여론에 밀려 그만 중단되고 만다. 그는 "신문이라는 답답한 조건"을 깜박 잊어버린 것이 실수였다고 했다. 그만큼 대중과는 멀리 떨어져 있는 별세계인 자신의 시적 우주 속에 너무 깊이 들어가 있었다. 몇 천 편의 작품을 쓰면서 그러한 것이 그 자신에게는 익숙한 것이 되었을 것이다. 그는

---

4 「꽃나무」·「이런 시」·「1933.6.1」 세 편이 1933년 7월에, 「거울」이 10월에 정지용이 관계하고 있던 잡지 『가톨릭 청년』에 발표되었다.

5 이상에게 1931년은 특별한 해였다고 볼 수 있다. 그는 「1931년(작품제1번)」이란 작품을 남겼으며, 자신의 작품에서 매우 중요한 역할을 하는 생식적인 이미지인 '개'에 대해 '황(獚)'이란 이름을 붙여준 것도 바로 이때다. 「황」과 「1931년(작품제1번)」 「황의 기(작품제2번)」 등은 바로 이러한 주제를 갖는 동일 계열의 시이다.

개개의 작품을 모두 이어 붙였을 때 비로소 확연해질 수도 있을 어떤 통일적인 내용의 시적 우주를 잘 알고 있었을 것이지만, 그것을 대중에게 쉽게 전달할 수 있는 방법은 쉽게 찾을 수 없었다.

그가 "신문이라는 답답한 조건"을 깜박 잊어버렸기 때문에 자신의 그러한 시적 별세계를 무심코 지면에 올린 것일까? 그렇지는 않을 것이다. 그는 『가톨릭 청년』지에 몇 편의 시를 발표했을 때 이미 독자의 기대지평을 염두에 둔 듯 그 이전의 난해한 모습을 상당히 완화시켜 선보이지 않았던가? 신문보다 전문적인 독자가 보는 잡지에 그럴 정도로 신경을 쓴 사람이 좀 더 대중적인 '신문의 조건'을 '깜박' 잊어버렸다는 것은 이해가 되지 않는다. '깜박'이란 말은 본래 알고 있던 것을 잠시 잊었다는 것인데, 그렇다면 평소에는 신문의 그러한 조건을 충분히 인식하고 있었다는 이야기가 된다. 「오감도」의 연재 시작부터 그러한 스캔들적 조짐이 있었고, 그것이 점차 증폭되어간 것으로 보아, 이상은 그러한 독자의 물의에도 불구하고 자신의 의도를 집요하게 관철시키려는 태도를 보였다고 하겠다. 따라서 '깜박' 잊었다는 말에는 그의 본심이 들어 있지 않다. 그것은 자신의 행위에 대해 별로 깊이 반성하지 않는 자가 가볍게 형식적으로 자기 실수를 인정하는 말에 불과하다.

정작 자신의 심정을 표현한 구절은 그 다음 부분에 있다. "제 아무에게도 굴하지 않겠지만 호령하여도 에코-가 없는 무인지경은 딱하다." 그는 독자 대중에게 호소하거나 그들을 설득하려는 것이 아니라 '호령'하려는 입장에 서 있는 것이다. 그는 애초부터 독자의 환심을 사려하지 않았고, 다만 성급하게 무엇인가를 알리고 싶어했다. 독자가 알아듣지 못해도 자신이 파악한 당대 세계의 위기와 공포의 문제를 자신의 말로 외칠 수밖에 없었다.

「오감도」는 비참한 세계의 심연에 떨어져 내린 자의 언어로 이루어져 있다. 그것은 사실 이상의 시적 출발점이 아니라 일종의 종착점이다. 그가 발견한 별세계적 우주로부터 떨어져 내린 자로서 우울한 노래를 시작한 것이다. 「오감도」 앞에 쓰여진 방대한 작품들 속에는 그러한 별세계의 발견과 그 이후의 좌절, 두려움과 슬픔이 기록되었을 것이다. 이미 이러한 추락을 겪은 자로서, 독자 수준을 의식하며 그들의 환심을 사려고 한다는 것이 얼마나 부질없는 일이겠는가? 그는 다만 시급히 자신의 추락에 대해서, 이 세계의 황무지적 위기와 공포에 대해서 말하지 않을 수 없었다.

어찌되었든 자신의 다락에 쌓인 '거대한 작업'의 원고들을 그냥 방치할 수는 없었을 것이다. 자신의 이미 지나가버린 열정과 발견의 흔적을 어떻게든 조금이라도 세상에 공표하고 싶었을 것이다. 그가 선택한 시 양식은 자신의 그러한 발견을 감당하기에는 완벽한 것은 아니었을지 모른다. 하지만 어느 정도 자유롭게 그것을 기술할 수 있는 것으로 여겼고, 골치 아픈 논쟁들을 피해갈 수 있는 한적한 양식으로 생각했을지 모른다. 그리고 그것은 기존의 논리와 사상체계를 꿰뚫고 나가기에 적합한 바늘끝처럼 날카로운 양식이기도 했다. 그에게 시는 니체의 짜라투스트라적 에피그람〔警句〕과 닮아 있기도 해서, 이 세상의 봉우리서 봉우리로 건너다니는 거인적 행보이기도 했다.6 그러나 그의 새로운 혁신적 사유를 담아낸 이 시적인 기호의 너무도 낯선 얼굴을 보고 대중은 비난하고 비아냥거렸다. 이상은 구라파의 다다이스트나 초현실주

6 니체는 정신의 높은 봉우리들을 건너다니며 이야기하는 방식을 택했다. 그의 철학적 담론은 '피'와 '경구(警句)'로 쓰여진 것인데, 그는 '경구'를 산봉우리에 비유한다. "경구는 산봉우리여야 한다. 그리고 그 경구를 듣게 되는 자는 몸이 크고 키가 큰 자라야 한다."(니체, 『짜라투스트라는 이렇게 말했다』, 최승자 역, 청하, 1992, 79~80쪽.) 이상의 글쓰기는 기본적으로 이러한 경구적 특징을 갖는다. 그는 마치 파편들처럼 날카로운 사유의 꼭짓점을 갖는 단편들, 그 꼭짓점을 이해하지 못하면 서로 잘 이어지지 않는 그러한 난해한 단편을 모아 한 편의 글을 완성했다. 따라서 「종생기」에서처럼 "한 구의 에피그람을 얻지 못하고" 있다는 것이 그에게는 하나의 중대한 문제적 사건이 되는 것이다.

의자처럼 대중의 그러한 소동을 일부러 바란 것이 아니다. 자신의 발견을 그들에게 전달하고 싶었을 뿐이다.

우리는 이러한 좌절된 양상보다는 어느 정도는 그러한 대중의 반란을 예상하면서까지도 자신의 작업을 보여주고 싶었던 배경에 더 관심을 기울여야 한다. 그는 도대체 어떻게 그러한 방대한 작업을 추진할 수 있었는가? 그러한 창조적 열정의 정체는 무엇인가? 어떻게 해서, 대중적인 매체의 한계를 예상했으면서도, 자신의 실험적 작품을 발표하도록 밀어붙일 수 있었는가? 자신의 「오감도」를 '용대가리'라고 자신 있게 말할 수 있었던 근거는 도대체 무엇인가?

그는 이렇게도 말한다. "이것은 내 새 길의 암시오 앞으로 제아무에게도 굴하지 않겠지만 호령하여도 에코-가 없는 무인지경은 딱하다." 이상이 푸념하듯 지나치면서 한 이 말에 대해 지금까지 누구도 심각하게 귀를 기울이지 않았다. 누구에게도 굴하지 않겠다는 이 자신만만한 단언을 그저 한 청년기의 반항아적 치기 정도로 생각해야 하는 것일까? 아무튼 이상은 자신의 '새 길'에 대한 자부심이 대단했음을 여기서 분명히 보여준다. 그러한 자신의 시도에 대해 아무도 반응하지 않는 싸늘한 침묵에 대해 깊은 좌절감도 보여준다. 여기에는 그의 지적인 사유와 선구적인 사상적 탐구에 대한 대단한 열정과 자신이 획득한 높이에 대한 자신감 등이 어우러져 있다. 시대를 너무 앞서간 자의 외로움과 막막함도 있다. 점차 그러한 자신의 고지 둘레를 감싸며 차오르는 외롭고 막막한 물결을 느끼고 있는 것이다.

. 사상과 사랑이 박제된 날갯짓

이상이 「오감도」의 스캔들을 통해서 문단에 자신을 알렸다면, 1936년에 발표한 「날개」는 그의 문학적 능력을 인정받게 한 작품이다. 그는 좀 더 당대적인 수준을 감안하면서 「오감도」의 하늘에 떠 있을 까마귀의 눈높이(아무에게도 굴하지 않을 용대가리의 사상적 높이)를 사람들의 세태를 호흡할 수 있는 곳까지 내려 보내야 했다. 이에 대한 여러 비평가의 찬사와 비난이 잇따르면서 이상의 작가적 명성이 높아졌다. 이제 그는 더 이상 스캔들을 일으키는 작가만은 아니라는 긍정적인 평가가 문단에 퍼져나갔다. 그렇게 되기 위해 이상은 이 작품의 주인공에게 '박제된 천재'라는 독특한 이미지를 부가한다. "박제가 되어버린 천재를 아시오? 나는 유쾌하오 이런 때 연애까지가 유쾌하오." 하는 「날개」의 이 첫 줄은 이 작품의 표제처럼 되어버렸다. 「오감도」에서 긴장되게 유지된 실험적 사상과 사유를 '천재적인 것'으로 보았을 때 이 '박제된 천재'라는 말의 뉘앙스를 이해할 수 있다. 별세계에서 떨어져 내린 이 비참한 현실의 바닥에서 천재적인 사유와 감각을 계속 유지한다는 것은 너무나 괴로운 일일 것이다. 이 현실에 익숙한 대중과 함께 호흡하기 위해서라도 그러한 천재성은 너무나 거추장스러운 것이 되지 않았겠는가? '박제'된 천재는 자신의 창조적 사유와 사상의 날개를 접어버린 자이다. 이상은 그러한 극단으로서 마치 어린아이 같고 바보 같기도 한, 순진무구한 듯 어리벙벙해 보이는 주인공을 만들어낸다. 세상에 대한 지식이 거의 제로 상태인 그의 시선에 세상은 어떻게 비치는가? 「날개」는 이렇게 그의 모든 천재성을 일상의 흐린 물 속에 가두어 놓음으로써 세상에 대한 지식의 영점(零點, 지식의 零度)이란 관점, 즉 의도적 무지(無知)란 관점을 펼쳐 놓는다. '박제'라는 말에는 이렇게 그의 실험적인 사유와 심연의 공포 등에서 빠져나와 그러한 격렬한 것들을 진정시켜 놓은 이미지가 들어 있다. 그의 작품은 꿈틀거리는 날개를 세상의 조롱 속에 가둬놓았을 때, 그리고 좀 더 극단적으로 박제화시켰을 때 비로소 많은 사람의 주목을 받았다.

　　김기림은 이 '박제된 천재'의 이미지를 연상하면서 「쥬피타 추방」

에서 이렇게 썼을 것이다. "검은 피 엉크린 날개가 경기구처럼 쓰러졌다."
김기림은 자신의 어떤 수필에서 이상의 '날개'를 경기구와 연관시켜 쓰기
도 한다. 김기림은 '경기구'의 이미지를 보들레르의 「여행」에서 가져온다.
어디든지 세상 밖으로 가볍게 탈출해가는 숙명적인 여행자의 이미지가 거
기 스며 있다.

> 근대인을 위해서 여행의 성서(聖書)를 기초한 것은 아마 보들레르일 것이다.
> …… 여행에 구원의 혈로(血路)를 구한 것은 보들레르에서 시작한 것 같다.
> 그러나 진짜 여행가는 다만 떠나기 위해서 떠나는 사람이다.
>
>> 경기구처럼 가벼운 마음, 결코 운명에서 풀려나지 못하면서도
>> 까닭도 없이 그저 '가자'고만 외치는 사람이다.
>
> 이것은 『악의 꽃』 속의 「길」의 일절이다. …… 이상은 날개가 가지고 싶다고
> 했다. …… 이상이 그리워한 것은 반드시 괴로운 꿈 많은 계절조의 날개가 아
> 닌 것 같다. 그는 차라리 천공(天空)을 마음대로 날아다니는 새 인류의 종족을
> 꿈꾸었을 것이다.7

이상은 「동해(童骸)」라는 소설에서 장 콕토의 어떤 글을 인용하는데, 거기
에 날개와 경기구가 함께 언급되어 있다. 장 콕토의 말은 황막한 지상에서
탕진된 자신의 언어를 대신해 줄 말이었다. 그는 잠시 이 황막한 지상을 탈
출할 사상을 외국에서 빌어온 것이다. 자신의 텅 빈 정신, 빈곤한 사상을 장
콕토의 언어로 채워 넣었다. 그러나 이렇게 패러디적으로 빌려오는 지적인

7 김기림, 「여행」(『조선일보』, 1937. 7. 25.~28.), 『바다와 육체』, 18~
19쪽. 여기서 김기림은 보들레르의 「여행(Le Voyage)」을 「길」이라고
번역했다.

언어유희에는 아무런 힘이 없다. 거기서(「동해」에서) '날개' '경기구'는 보들레르의 「여행」에서 보여준 열정과 호기심, 숙명 같은 것을 잃어버린 죽은 단어들이다. 그것들은 수사학적 유희 속에서 나열될 뿐이다.

그가 사랑하고 싶어한 한 '규수작가'와의 연애(「동해」에서)도 이러한 지적인 언어유희의 게임에서 벗어나지 못한다. 이상은 한 여인과의 이러한 연애 유희를 통해서 도달할 수 없는 진실한 사랑에 대한 갈증을 계속 연기(延期/演技)시킬 수밖에 없었다. 그러한 것들은 진정한 사랑을 위해 자신의 모든 것을 바칠 수 있는 기회를 갖지 못한 자, 열정적인 행위로 달려가지 못하는 자에게 남아 있는 유일한 가능성이다. 그에게 사랑은 단지 남녀 간의 문제만은 아니다. 사랑은 미시적이고 거시적인 측면으로 활짝 펼쳐지는 부채꼴의 무한 에로티시즘이다.

「날개」에서 몸을 파는 여인과의 사랑이란 문제는 좀 더 깊숙하게는 주인공 '나'라는 주체를 어떻게 해석해야 하는가라는 문제와 닿아 있다. 그것은 또한 그 여인이 갇혀 있는 식민지 근대의 현실적 굴레라는 외연적 풍경에도 맞닿아 있다. 어린아이같이 무기력한 지식인인 '나'는 과연 몸을 팔며 살아가는 한 여인(이것은 식민지적 체제에서 밑바닥의 삶을 가리킨다.)을 사랑할 수 있는가? 사랑의 뜨거움은 비참한 식민지 현실의 차가운 압박 속에서 부서진 삶의 단편을 과연 통합시킬 수 있는가? 그렇게 조각난 나의 단편을 끌어모을 수 있는 참된 사랑의 사상은 과연 무엇인가? '참 나'는 이 비참한 세상의 차가운 유리 거울 속에 갇힌 유령적인 '나'들을 구할 수 있는가? 이러한 문제들은 「날개」 이전의 여러 시편에서 분명하게 확인되는 것이다. 이러한 주제를 좀 더 깊이 있고 야심적으로 다룬 작품들 속에 파묻혀 있는 자신의 사상을 이제 그는 「오감도」 때처럼 자신감에 찬 언어로 확고하게 밝힐 수 없었다. 그러한 것을 박제화함으로써 비로소 자신을 세상에 드러낼 수 있었고, 또 인정받을 수 있었다.

　이 작품 서두에는 희미하게 그러한 것을 암시하는 이미지가 있다. "그런 생활 속에 한 발만 들여놓고 흡사 두 개의 태양처럼 마주 쳐다보면서 낄낄거리는 것이오." 지성의 극치를 흘낏 들여다본 그러한 '여인의 반'만을 영수(領受)하는 그러한 생활에 대해 말하고 있다. 여기에 등장하는 태양은 생명력이 넘치는 이미지가 아니다. 그러한 태양에 대한 염원을 이 유머적 이미지는 희미하게 반영하고 있기는 하다. 그의 다른 소설 「단발」이 이러한 문제들을 마치 거울처럼 비쳐준다. 그 소설에서 지적인 여인과의 연애유희는 바로 위의 '두 개의 태양'을 생각나게 한다. 거기서 이상은 자신의 진실을 이렇게 토로한다. "요컨댄 우리들은 숙명적으로 사상, 즉 중심이 있는 사상생활을 할 수가 없도록 돼먹었거든. 지성—흥 지성의 힘으로 세상을 조롱할 수야 얼마든지 있지, 있지만 그게 그 사람의 생활을 '리-드'할 수 있는 근본에 있을 힘이 되지 않는 걸 어떻거나?"

　바로 이 부분에 이상의 문학 전체에 울려 퍼지는 주제음이 깃들어 있다. 식민지인으로서 우리 자신의 사상 생활을 우리가 바라는 방향으로 이끌어갈 수 없다는 무력감이 여기 배어 있다. 이 사상적 좌절감이야말로 식민지 지식인의 모든 지적인 탐구가 빠져나갈 수 없는 막다른 골목이다. 숙명적으로 "중심이 있는 사상생활"을 할 수 없도록 되어 있다는 것. 그러한 중심적 사상생활의 몫은 모두 식민지를 지배하는 일본인을 위해서만 남겨져 있다는 것. 이 문제가 식민지 지식인의 모든 생활 속에 우울한 그늘을 깃들게 한다. 심지어는 여인과의 사랑 문제마저도 이 그늘에서 빠져나갈 수 없다. 한 여인을 진정으로 사랑할 수 있는가라는 문제는 이 그늘을 거둬내려는 열정적인 시도와 전혀 다른 차원에 있는 문제가 아니다.

　'박제된 천재'의 진정한 의미는 바로 이러한 부분에 연관되어 있지 않을까. 그저 낄낄거리는 수준으로 떨어진 지적 유희의 태양은 중심적인 사상생활을 이끌어갈 수 없는 모든 지적인 것에 대한 희화화이다. 숭고한 행위로까지 승화될 수 없는 지식과 지성에 대한 자조 섞인 웃음이 그러한 차가운 태양의 낄낄거리는 웃음 속에 있다. 이상의 지독한 역설은 모두 이곳에서 발생한다. 「날개」 서두에서 '싫어하는 음식에서 맛을 찾아낸다'는 아이러니는 「단발」에서도 똑같이 제시된다. "그대가 제일 싫어하는 음식을 탐식하는 아이로니를 실천해보는 것도 좋을 것 같소. 윗트와 파라독스……."[8] "가령 자기가 제일 싫어하는 음식물을 상 찌푸리지 않고 먹어보는 거 그래서 거기두 있는 '맛'인 '맛'을 찾아내구야 마는가, 이게 말하자면 '파라독스'지."[9] 이 부분은 우리가 바로 위에서 언급한 '중심 사상생활'에 대한 이야기 바로 앞에 놓인 것이다. 따라서 이상이 '맛'에 대해 언급한 것은 '사상생활'과 연관된 것이다. 생활을 주도적으로 이끌어갈 수 없는 식민지 지식인의 사상과 지적인 감식안은 자신이 추구하는 최고의 맛을 향해 나아갈 수 없다. 완전히 반대적인 최악의 맛을 추구해보는 역설적인 몸짓에서 우리는 스스로에 대한 그의 조롱을 보아야 하는 것일까? 아니면 최악의 생존조건까지 미리 탐색해서 삶의 비참한 영역까지 자연스럽게 감내할 수 있도록 준비하려는 눈물겨운 맛의 추구를 보아야 하는 것인가? 「날개」와 「단발」에서 언급되는 주제는 바로 그것이다.

. 해학과 유머로 하는 슬픈 말

정지용이 해방 이후 언급한 식민지 시대의 해학과 유머에는 좌절감에 따른 이러한 반항적 몸짓이 실려 있다. 정지용은 그러한 식민지 지식인의 슬픈 초상화를 「카페 프란스」와 「말」에서 그려낸다. 거기에는 그가 일본 교토에서 유학하던 시절에 겪은 감정들이 스며 있다. 이상은 식민지 경성을 탈출

8 「날개」 서두. 전집2. 529쪽.
9 「단발」. 전집2. 286쪽.

하듯 동경으로 가서 소설 「실화(失花)」를 썼다. 거기서 자신이 겪는 슬픔을 정지용의 「말」과 「카페 프란스」를 통해 담아낸다. "다락 같은 말아!"라고 이상도 외쳤다. 그는 동경의 일고를 거친 일본의 한 천재 앞에서 식민지인의 좌절을 느꼈다. 자신을 앞에 두고 별로 심각한 대화를 나누고 싶어하지 않는 이 오만한 일본인에게 지적인 온갖 재주를 다 피워본다. 그러한 자신의 모습에 대해 이상은 일본인의 눈으로 이렇게 말한다. "당신의 턱석부리는 말을 연상시키는구려. 그러면 말아! 다락 같은 말아! 귀하는 점잖기도 하다마는 또 귀하는 왜 그리 슬퍼보이오? 네?" 정지용의 「말」을 부분적으로 인용한 이 패러디적 문구에도 「날개」와 「단발」의 주인공에게 있던 그러한 좌절감이 들어 있다. 자신의 모든 지적인 추구가 단지 식민지인이라는 이유만으로 격하되고 물거품처럼 스러진다는 느낌이 여기 있다.

　　'말'은 여기서 근대문명에서 뒤떨어진 존재이기도 하고, 여전히 야생적인 생명력을 갖고 있는 고대적 존재이기도 하다. 자신의 근원을 잃고 (자신을 누가 낳았는지 모르는) 슬프게 엎드려 있는 말은 이 세상에서 고립되어 있다. 정지용의 「말」 연작은 이러한 말의 입에 바다의 푸른 생명력을 함빡 머금게 한다. 야생적인 달음질을 치게 하며 고대적인 나그넷길을 갈 수 있게 한다. 식민지 지식인에게 이 '말'은 언어(言)로서의 '말'이기도 하다. 정지용이 「말」에서 "사람편인 말아"라고 한 것은 바로 그 때문이다. 이렇게 이중적인 기호로서 '말'은 놀라운 변신술을 보여준다. 이상 역시 정지용의 그러한 이중적 기호로서의 '말'을 알았던 듯하다. 자신의 '턱석부리'에서 '말'을 연상한 것부터가 그러하다. 그것은 말의 갈기를 연상한 것이면서 동시에 문명에 길들여지지 못한 자신의 언어기관(입)을 가리킨다. 식민지 지식인의 입은 어디서나 당당하게 자신의 말을 외칠 수 없다. 점차 웅크리고 소외되어 마치 버려진 땅처럼 풀만 우거지게 된다. '점잖지만 슬픈 말'은 이렇게 이상의 「실화」에 와서 자신의 사상을 당당하게 외칠 수 없는 식민지 지식인의 표상이 되었다.

이제 그의 지적인 추구는 방향을 바꿔 자신이 진지하게 추구해야 할 것에 대한 반어법적 도발로 방향을 바꾼다. 이상 문학 전체에 스며 있는 이러한 반어, 역설, 아이러니, 패러독스(「날개」의 주인공이 늘어놓는) 등을 단지 그의 문학적 기법으로만 파악할 수 없다. 이러한 형식 속에는 사상적 좌절이 놓여 있으며, 그렇게 좌절된 자의 의도적이고 계산된 도발(심리적 문체적 도발)이 스며 있다. 이러한 문체적인 반어와 역설에는 좀 더 깊이 숨겨진 다른 맥락이 또 하나 있다. 이상이 진지하게 추구한 사상적 탐구 속에 이러한 '역설'이 깊이 자리잡고 있었다. 그것은 과연 무엇에 대한 탐구였는가?

말아 사람편인 말아

검정콩 푸렁콩을 주마

—정지용, 「말」

너무 점잖기만 한 말

내가 가서 네 상처를 핥아주랴

—마리 로랑생, 「말」

. 서투른 흉내 내기

이상이 「실화」에서 턱석부리 수염난 얼굴을 '다락 같은 말'이라고 한 것에
는 이중의 의미가 숨겨져 있다. 그것이 슬퍼보이는 식민지인의 얼굴이라
는 것은 이미 말했다. 텁수룩한 얼굴은 일상의 격식을 벗어남으로써 그 자
체로 현실의 질서 밖으로 빠져나가려는 모습을 보인다. 그러나 '다락 같은
말'이란 표현에는 그 밖의 다른 의미가 있다. '다락'이란 말이 과연 어떤 문
맥을 갖는 기호인지 정지용의 「말」과 김기림의 「쥬피타 추방」을 함께 엮어

서 생각해보자. 이 같은 읽기를 통해 그것이 함축하는 좀 더 풍부한 의미영역을 만날 수 있다. 그 속에는 이상의 독자적 사유 공간이 감추어져 있다.

김기림은 「쥬피타 추방」에서 이상의 그러한 사상적 독자성을 이렇게 표현한다. "응 그 다락에 얹어둔 등록한 사상을랑 그만둬. / 빚은 지 하도 오래서 김이 다 빠졌을걸. / 오늘밤 신선한 내 식탁에는 제발 / 구린 냄새는 피지 말어." 이것은 "쥬피타 술은 무엇을 드릴까요?"라는 물음에 대한 쥬피타-이상의 대답이다. 그 이전에 마셔본 중화민국의 술잔을 들이키고 이미 쥬피타는 한번 찡그린 이후이다. "깐다라 벽화를 흉내 낸 아롱진 잔에서 / 쥬피타는 중화민국의 여린 피를 들이켜고 꼴을 찡그린다." 하고 그 앞부분에서 언급했다. 이 '간다라 벽화'에 대해서 앞으로 여러 논의할 문제가 있다. 그것은 상식적으로는 그리스적 양식과 불교적 정신의 결합을 뜻한다. 그러나 이 시의 문맥에서 중화민국의 술잔에 새겨진 간다라 양식은 서구적인 문명과 동양적인 것을 적당히 뒤섞은 혼합물을 가리킨다. 어설픈 혼합물에는 서투른 흉내 내기 수준에 머무른 '맛없는 성분'이 들어가 있다. 이 섣부른 서구적 모방, 후발 근대주의자의 서투른 흉내 내기에 대한 강렬한 비판이 이상의 문학 전반에 깔린 기조저음이다. 창조적 정신과는 거리가 먼 이 저열한 사상과 문화를 김기림은 중화민국의 간다라적 술잔으로 표상한다.

김기림은 「기상도1」의 「시민행렬」에서 중국에 대한 이러한 풍자를 보여준 바 있다. 거기서는 장개석의 부인 송미령 여사의 패션을 일종의 속류적 근대, 즉 어설픈 서구 양식의 모방으로 풍자하였다. "넥타이를 한 흰 식인종은 / 니그로의 요리가 칠면조보다도 좋답니다. / …… / 필경 양복 입는 법을 배워낸 송미령 여사". 「자취」에서도 '중화민국'의 파탄적인 행보가 풍자된다. 김기림에게 중화민국의 '간다라'적 양식은 이처럼 어설픈 동

식
민
지

다
락
의

사
상
적

공
허

서 혼합적 양식을 비유하는 기호이다.10

　　이 시는 쥬피타의 음료는 그러한 모든 서투른 모방작을 넘어서야 한다는 것, 새롭고 신선한 독창적인 것이어야 한다는 것에 대해 말한다. 여기서 '다락'은 이미 오래된 음료들이 보관된 장소이다. 서구적인 것을 흉내낸 사상(이미 구린 냄새가 나는)에 대해 쥬피타-이상은 찡그린다. 그에게는 진정으로 새롭고 독창적인 어떤 음료가 필요하다. 그의 '신선한 식탁'은 그러한 음료를 위해 마련된 것이다. 김기림은 여기서 신선한 식탁 위에 올릴 음료의 내용에 대해서는 미처 말하지 않았지만 이상에게는 실제로 그러한 새로운 사상에 대한 추구가 있었다. 김기림은 막연하게나마 그러한 것의 분위기에 대해 알고 있었다.

　　김기림의 시에서 '식당'이란 기호는 매우 중요한 자리를 차지한다. 그는 「식당」, 「자취」, 「기차」 등 여러 시에서 '식당'을 다룬다. 대개 이러한 '식당'에서 냉정하고 기계적인 자본의 논리를 뒤집는 시적인 식사의 장면을 보여주고자 한다. 「식당」에서는 기차 식당칸에서 알루미늄 주전자가 "폐마(廢馬)같이 덜그럭거린다"라고 함으로써 기차와 말을 대비시켰다. 그는 근대적인 궤도를 달리는 기차 속에서 장 콕토처럼 메뉴판을 뒤집어 시를 쓴다. "인디언처럼 변신시켜줘"〔「정오의 고동소리」, 원제는 「Batterie」. 그의 1916년에서 1923년까지의 시편을 모은 『Poesies』(1925)에 들어 있다〕라고 외치고 싶은 욕망이 거기서 분출한다. 이러한 그의 '식당'의 시학이 「쥬피타 추방」에서 새로운 차원으로 상승한다.11

　　「쥬피타 추방」이 매우 중요한 시가 될 수 있는 것은 그것이 단지 이상에 대한 추도적 내용을 담았기 때문만은 아니다. 김기림은 여기서 세계의 축도를 그렸다. 하나의 작은 도시(마을) 거리에 전쟁을 향해 줄달음치는 세계의 분위기를 한데 담아낸 것이다. 바로 이 점이 이 시를 탁월하게 해준

10 『중앙』 3권 5호, 1935. 5.
11 이 '식당'의 기호학에 대해서는 필자의 「야생의 식사」(『바다의 치맛자락』, 문학동네, 2006.) 95쪽을 보라.

다. 그는 시장과 정원과 식당이 있는 어느 도시의 한 동네처럼 시적 무대를 꾸민다. 여기서 복잡한 교통을 정리하는 교통순사 로오랑 씨는 아마도 대영제국의 각료 중 하나일 것이다. 이 근대적 세계의 교통 속에서 내달리는 경쟁적 흐름들은 점점 더 복잡하게 부딪치고, 거기서 마침내는 싸움으로 파열되는 폭발음이 터진다. 제2차 세계대전을 향해 치닫는 불길한 움직임들로 이 시는 가득 차 있다. 이상이 앉아 있는 식당도 그러한 불안한 움직임들로 들썩인다.

. 거룩하지 못한 동그라미

이 시를 보들레르의 「잃어버린 원광」과 비교해볼 수 있다. 이에 대한 벤야민의 탁월한 분석과 마샬 버만의 정교한 해석이 있다. 이들이 해석한 바의 요점은 바로 근대적 교통에 대한 것이다. 전광석화처럼 내달려가는 마차들의 복잡한 교통 한가운데에서 한 신성한 시인이 쫓기듯 피하다가 비에 젖어 진창이 된 쇄석 포장 도로[12]의 진흙 수렁에 자신의 후광(원광)을 떨어뜨린다. 그는 이제는 자신의 그러한 신성한 표지(원광)를 포기한 채 일상적인 군중 속에 숨어들었다. 그들과 한데 뒤섞여서 타락한 분위기에 싸인 술집 같은 곳으로 들어간다. 거기서 자기를 알아보는 사람과 만나서 대화하는 내용을 보들레르는 이렇게 말한다. "오, 이런, 내 친구여, 자네가—여기에? 이런 지저분한 곳에서 자네를 보다니—자네는 정수(精髓)만을 마시고 암브로시아를 먹는 사람이 아닌가? 정말! 정말 놀랐는데!"

　　마샬 버만은 이 시에 대해 이러한 해석을 달았다. "수렁에서 사람들은 살기 위해 죽을힘을 다해 내달림으로써 자신들의 존재를 잊어버리게 된다. 번화가를 만들어내는 새로운 세력, 영웅의 원광을 벗겨버리고 그에게 새로운 세속적 정신상태를 부여하는 세력은, 현대적인 '교통량'이다."[13] 이

---

[12] 잘게 깬 돌들로 포장한 도로를 말한다.
[13] 마샬 버만, 『현대성의 경험』, 윤호병 역,
현대미학사, 1999, 193쪽.

도로의 진흙탕인 '수렁'은 근대적인 속도에 의해 파여진 구덩이다. 서로 앞질러 가려함으로써 이 도로의 교통은 점점 더 복잡해지고 과열되며, 곳곳에서 충돌하여 파열음을 낸다.

보들레르는 「지나간 여인에게」에서 도로의 거대한 소음을 이렇게 그린다. "거리는 내 주위에서 아우성치고 있었다, 귀청도 째어질 듯이."[14] 마치 거리는 생존투쟁적인 몸부림의 장처럼 느껴진다. 투쟁과 폭력적인 분위기와 그러한 갈등이 폭발되는 소음 속에서 거리가 어두운 지옥의 풍경으로 떨어져내리는 것을 느낀다. 이러한 거리의 우울한 폭력 속에서 자신의 삶에 활력을 줄 수 있을 만한 어떤 것을 과연 발견할 수 있을까? 그는 이러한 도시 거리 군중 전체를 물들이는 우울한 죽음의 분위기를 입은 것 같은 한 여인을 만난다. 그러나 검은 치맛자락 사이로 살짝 드러난 그녀의 매우 관능적인 미끈한 다리를 보는 순간 번갯불 같은 충격을 받는다. 그녀의 매혹적인 눈길에 빨려 들어가면서 갑자기 거대한 에로티시즘의 태풍 속으로 말려들어간 것이다. 대도시 우울한 죽음의 무리 속에서 순간적으로 삶의 격정이 태풍처럼 솟고 관능적 사랑이 번개처럼 자신을 강타하는 것을 느낀

14 샤를르 보들레르,『악의 꽃』, 정기수 역, 정음사, 1969, 92쪽. 벤야민은 이 시가 도시거리에서 만날 수 있는 현대적 사랑을 그린 것으로 보았다. 모든 상품과 유행처럼 현대 도시거리의 사랑의 리듬은 짧고 격렬하다. 군중의 물결 속에서 스쳐지나간 상복을 입은 한 관능적인 여인에게서 느낀 보들레르의 격렬한 에로티시즘 충격을 벤야민은 이렇게 해석한 것이다(벤야민, Der Flaneur, *Gesammelte Schriften Band 1·2*, Suhrkamp, 1974, 547~548쪽 참조). 그러나 다른 해석이 더 타당할 수도 있다. 보들레르는 이 검은 상복을 입은 여인을 군중 속에 그들과는 특이하게 다른 존재로 심어놓았을 수도 있다. 그 여인은 이 거리 군중의 '죽음의 운명'을 자신의 옷처럼 걸치고 있다. 그러나 그 옷 사이로 그녀의 관능적인 살결이 번개 같은 에로티시즘적 에너지를 발산한다. 보들레르는 죽음의 상복 속에 깃들인 번개 같은 생명력을 들이마셨다. 이 군중의 시대에 이러한 시적인 황홀경은 너무나 순간적으로 찾아오며, 너무나 빨리 사라진다. 군중과 상품의 거리에는 이 번개 같은 생명력이 존재하지 않는다. 이상도 기차 선로를 건너는 빗줄기 속의 창기들에게서 그러한 번갯불 같은 에너지, 황량한 근대의 거리를 변화시킬 수 있는 그 환상적 에너지를 순간적으로 맛볼 수 있었다.

다. 아, 그러나 대도시 거리에서 순간적으로 붙잡아낸 이 격렬한 사랑의 감정은 오래 지속되지 못한다. 대도시를 덮은 죽음의 우울한 물결은 너무 거세며, 이 모든 관능적 생명력의 폭발들은 거세된 군중의 물결 속으로 순식간에 모두 사라져버린다.

보들레르는 거리의 충격적인 소음과 군중의 맹목적인 물결 속에서 발견한 이러한 강렬한 에로티시즘의 너무나 짧은 운명에 대해 노래한다. 군중적인 흐름은 너무나 두꺼운 외투로 그러한 관능적인 육체를 억압해버린다. 보들레르는 이 기계적이고 둔중한 대도시의 흐름에 맞서 그것을 순간적이나마 깨뜨리고, 잠깐 동안의 격렬한 황홀경이나마 맛볼 수 있게 해주는 사랑의 드라마를 연출해보인 것이리라.[15] 그러나 군중의 물결과 도로를 질주하는 마차들의 폭력적인 속도 사이에서 어쩔 줄 모르고 헤매는 이 시인은 점차 거리의 그 '수렁' 속으로 빠져든다. 고답적인 천상적 세계를 노닐던 '시인'은 이렇게 거리에서의 번갯불 같은 사랑을 맛본 후 이 세상의 거리 바닥으로 영원히 추락했다.

버만은 신성한 시인의 이러한 추락을 일종의 블랙코미디 같은 것으로 보며, '보들레르의 파국'을 거기서 읽었다. 벤야민은 거기서 군중에 떠밀린 산책가의 경험을 보았다. 보들레르의 다른 시 속에서 자신이 꼼꼼히 분석해낸 '산책가의 영웅주의적 면모'[16]가 이 장면에서는 사라져버린 것을

15 벤야민은 이 시를 보들레르적인 '대도시의 종교적 황홀 상태'와 연관시켜 해석한다. 그는 거리에서 스쳐간 이 여인과의 순간적인 사랑이 대도시에서 사람들을 자극하는 상품의 황홀경과 관련되어 있다고 본 것이다(벤야민, 앞의 책, 547·559쪽 참조). 그러나 이 여인이 군중 속에서 나타났다고 해서 그녀를 단순히 군중적인 속성을 지닌 존재라고 파악할 수 있을까? 마치 진흙에 파묻힌 보석의 이미지처럼 그녀는 대도시 거리의 우울한 죽음의 외투 속에서 빛나고 있지 않은가! 흙탕물에 휩쓸려 함께 떠내려가는 꽃을 발을 동동 구르면서도 붙잡지 못하고 그저 멀리 바라다만 보는 그러한 체험이 우리에게 한 번쯤은 있지 않은가?

16 군중 속으로 들어가 그들과 하나가 되면서도 동시에 정신적으로는 그들로부터 거리를 두며 거리의 모든 것을 면밀히 관찰하는 이중적인 태도를 말한다(벤야민, Der Flaneur, 앞의 책, 538~543쪽/Über einige Motive bei Baudelaire, 앞의 책, 627쪽 참조). 벤야민은 파리 산책에서

느꼈다. 니체 같으면 근대적 천민인 이러한 대중(군중)과 함께 식사하는 것에서 구토증을 느꼈을 것이다. 그는 자신의 한 글에서 소란스런 천민의 시대에 "우리에게 맞지 않는 식탁"에서 어떻게 할 것인가라고 말했다. "우리 가운데 가장 정신적이며 가장 까다로운 입맛을 가진 사람은 ─ 그들과 한자리에서 먹고 싶어하지 않을"것이다.17 보들레르 역시 그러한 '까다로운 입맛'을 가진 귀족적 존재였지만, 근대의 복잡한 교통량 속에서는 어쩔 수 없이 자신의 고결함을 포기할 수밖에 없었다. 이러한 쓰디쓴 파국을 「잃어버린 원광」에서 그려낸 것이다.

벤야민은 자신의 현대예술론으로 정립한 '아우라의 상실'을 바로 이 시에서 읽어낸다.18 벤야민은 오히려 이 '아우라의 상실'을 긍정적인 시각

특별한 시각을 보여준 아라공에게서 이러한 '산책가'의 주제를 암시받았다. 브르통은 아라공이 파리풍경을 매혹적인 것으로 바꾸는 낭만적 상상력의 소유자라고 찬양했다. 레베카 솔닛은 이러한 독특한 상상력에 의해 "오스만은 파리의 신비를 벗겨버렸지만, 파리는 신비를 되찾아 다시 한번 파리의 시인에게 뮤즈로 봉사했다." 했다(레베카 솔닛, 『걷기의 역사』, 김정아 역, 민음사, 2003, 324쪽.).

17 프리드리히 니체, 『선악의 피안』, 청하, 1987, 229~230쪽.

18 벤야민은 자신의 독특한 개념인 '아우라'를 이렇게 정의한다. "첫째, 참된 아우라는 모든 사물에서 나온다. 둘째, 아우라는 수시로 모습을 바꾼다. 셋째, 참된 아우라를 특징짓는 것은 장식이다. 즉 사물이나 본질이 마치 주머니에라도 들어 있듯 그 안에 확실히 들어앉아 있는 장식적인 원환(Umzirkung)이 바로 아우라이다. 아마도 반 고흐의 후기 작품만큼 참된 아우라가 무엇인지 보여주는 적절한 개념은 없을 것이다. 고흐의 후기 작품에 그려진 모든 사물에는 아우라가 함께 칠해져 있다고 말할 수 있으리라."[벤야민, 「해시시에 관하여」(알렉산더 쿠퍼, 『신의 독약』), 박민수 역, 책세상, 2000, 428쪽에서 재인용]. 여기서 벤야민이 '장식'이라고 한 것을 '관습화된 상징적 이미지의 기교'라고 해석할 수 있을 것이다. 그런데 벤야민은 아우라의 창조력을 예술적 본질로 만드는 데 실패했다. 그는 사물들의 질적 차이에서 나오는 아우라의 차이를 말하지도 않았다. 결국 아우라가 상실된 복제적 예술에서 현대적 해방의 가능성을 꿈꾼 것은 예술의 참된 방향을 매우 그릇되게 오도한 셈이 된다. 왜냐하면 그러한 복제들은 사물의 질을 평가하지 못하도록 유도하기 때문이다. 그의 변증법적 광학은 낮은 계층과 대중을 향한 방향을 진정한 해방적 목표로 설정함으로써 이 세계의 사물과 그것들로 둘러싸인 인간의 삶을 질적 창조의 방향으로 이끌지 못했다. 그의 변증법은 이러한 면에서 비판받아 마땅하다.

무한 사상 설계의 미완성 오감도

.102

으로 보았다. 현대적 복제 예술의 대량생산 양식이 대중을 깨어나게 할 것이며, 그로 인해 더욱 해방적인 사회가 도래할 것으로 생각했다. 그는 초현실주의 운동에서 가져온 개념인 '세속적인 트임(Profane Erleuchtung)'으로 그것을 정의한다. 그것은 물질과 정신의 상호침투를 인식하여 이 두 가지를 종합적으로 사유하는 것이다. 이러한 두 가지 즉 일상과 꿈(정신적인 불가사의)의 결합을 '변증법적 광학'이라고 부른다. 현대적 해방의 새로운 가능성을 거기서 읽어내고자 한 것이다. 초현실주의자들이 목표로 삼은 '일상과 꿈의 결합'을 이 색다른 방식으로 어느 정도 달성할 것으로 생각했다.19 과연 그의 그러한 희망이 현대세계의 암울한 추락을 바라보고 있는 오늘날의 많은 예술가에게, 그러한 예술을 즐기는 대중에게 그대로 적용될 수 있을까? '아우라의 상실'을 슬로건으로 내건 예술은 범람하지만 세상은 점점 더 어두워가고 있는 것은 왜인가?

식
민
지
다
락
의
사
상
적
공
허

19 그는 나중에 아라공에 대한 초창기 관심에서 벗어났는데, 변증법적 사유 속에서 꿈 이미지를 각성된 상태로 만드는 쪽으로 작업하기 시작했다. 그는 "아라공의 '신화'에 맞서서" 신화를 역사의 공간으로 해소했다. 「파사겐베르크」는 바로 이러한 작업이었다. 수잔 벅 모스, 『벤야민과 아케이드 프로젝트』, 김정아 역, 문학동네, 336~337쪽.

김기림은 「쥬피타 추방」에서 이상에게 담배 연기로 된 "거룩지 못한 원광"을 씌워주었다. 「쥬피타 추방」의 첫 행에서 김기림은 "파초 이파리처럼 축 늘어진 중절모 아래서 / 빼여문 파이프가 자주 거룩지 못한 원광을 그려 올린다."라고 이상의 모습을 그렸다. 이상은 실제로 자신의 시에서 담배 연기로 만들어진 선사시대의 신성한 숲의 이미지를 보여준 적이 있다. 1931년도에 쓴 「황(獚)」에서 이렇게 노래했다. "내가 피우고 있는 담배 연기가, 바람과 양치류(羊齒類) 때문에 수목과 같이 사라지면서도 좀체로 사라지지 않는다. / …… / 아아, 죽음의 숲이 그립다." 그는 양치류의 거대한 수목으로 우거졌던 선사시대의 숲, 이미 오래 전에 지구상에서 사라져버린 그 숲을 '죽음의 숲'이라고 표현했다. 그의 다른 시 「무제 – 고왕(故王)의 땀」에도 이 양치류 숲이 나온다. "양치류는 선사시대의 만국기처럼 쇠창살을 부채질하고 있다." 우주자연을 호흡하던 자신의 또 다른 측면을 반영하는 동물적 존재인 '황'이란 개는 그 숲을 바라보며 쇠창살 속에 갇혀 있다. 근대문명의 굴레를 암시하는 이 쇠창살로 된 우리 밖에 이상은 상상적인 원시의 풍경을 펼쳐놓았다. 양치류 식물로 뒤덮인 선사시대의 숲은 마치 부채처럼 펼쳐져 흔들리며 이 쇠창살에 갇힌 '황'에게 바람을 불어넣고 있다. 이러한 원시적인 숲의 부채 이미지에 이상의 사상적 본질이 숨겨져 있다(이 '부채'에 대해 뒤에 말할 것이다). 이상의 이 '부채'를 김기림의 '원광' 이미지와 연관시켜볼 수 있지 않을까?

불교 미술에서 원광은 간다라적 양식으로 알려져 있다. 불교적 원광의 발상지인 간다라의 불상 중에서 수목과 원광이 결합된 조각상이 있다. 특이하게도 상투를 튼 이 불상은 머리 위에 펼쳐진 성스러운 숲의 이미지를 보여준다. 마치 부채처럼 하나의 중심에서 크게 세 갈래로 펼쳐진 이 수목은 그 한가운데에 매우 독특한 원광을 걸고 있다. 이 원광의 고리는 연꽃으로 뒤덮여 있다. 이 연꽃

간다라 초기 불상. 삼존불. 1세기 전반. 후대 불상에서 흔히 볼 수 있는 원광 대신에 뿔 모양 고리가 상투에서 자라난 것 같은 우주목 줄기에 걸려 있다(이주형의 『간다라미술』에서 전재).

고리 속으로 붓다의 정수리 상투에서 자라난 줄기가 뚫고 올라가 솟구친다. 이 연꽃 고리는 마치 뿔처럼, 초승달처럼 위로 갈수록 뾰족하게 가늘어진다. 이 독특한 원광은 분명히 원시적인 수목신앙과 결합되어 있는 것처

럼 보인다. 한 시베리아 샤먼의 무복(巫服)에 이와 비슷한 원광이 있다. 원광은 샤머니즘에서 대우주의 상징이었다. 이 샤머니즘적 상징체계가 간다라 초기 불상에도 작동하고 있었던 것은 아닐까? 위 불상에서 우주목과 결합된 꽃의 고리는 아직 불교적 순수 사유 속으로 진입하지 않은 샤머니즘적 풍경을 보여주는 듯하다. 여기에는 나중에 둥근 원반처럼 양식화된 간다라적 원광보다 훨씬 풍부한 상징이 존재한다. 이 붓다상은 1세기 전반에 조성된 것으로서 불교 미술사에서 가장 이른 시기의 불상에 해당된다고 한다.[20] 이 초창기 불상은 대지적 생명력과 붓다의 깨우침을 분명히 연관시키고 있다. 그것은 둥근 천체(하늘의 별들)와 땅의 식물(꽃과 나무) 그리고 사람의 육체와 영혼 등에 대한 이야기를 담고 있다. 본래 원시적인 추상적 회화에서 이 원광은 인간이나 신의 영혼을 가리켰다.[21] 간다라 양식의 불상에서 원광이란 이러한 영혼의 신성한 광채를 가리키는 것 이상이다. 거기에 비해서 이 수목과 결합된 원광은 훨씬 구체적으로 그러한 영혼의 내용에 무엇이 담겨 있는지 말해 준다. 이상의 담배 이미지와 파초 잎처럼 생긴 부채꼴 모자 이미지를 통해서 우리는 이상의 '거룩지 못한 원광'에 그렇게 어떤 풍요로운 내용을 담을 수 있을 것이다.

　　　이상의 초기 시편인 앞의 「무제 ─ 고왕의 땅」은 어떤 고대적 건축물 주위를 산책하는 이야기를 담고 있다. 그는 그곳을 산책하면서 "제천(祭天)의 발자욱소리를 작곡"하기도 한다. 어렴풋하게 들려오는 어떤 존재〔故王〕의 기침소리를 들으며 양치류 식물로 가득 찬 원시적 풍경을 상상해 보았을 것이다. 그는 철조망으로 가려진 담 안 어딘가에 오래 전에 살고 있

20 이주형은 스와트에서 출토된 이 불상을 소개하면서 이렇게 말했다. "이 인물을 붓다를 나타낸 것으로 본다면, 이제 우리는 불교 미술사에서 가장 시기가 올라가는 불상을 샤카, 파르티아 시대, 적어도 기원후 1세기 초에는 실물로 대할 수 있게 된 셈이다."(이주형, 『간다라미술』, 사계절, 2003, 67쪽.). **21** 이에 대해서는 골로빈의 『세계신화이야기』의 272쪽 참조. 여기 소개된 선사시대 암각화(시베리아 코랴크인들 그림)에서 매우 추상화된 사람과 신의 머리 둘레에 크게 그려진 원광을 볼 수 있다.

던 어떤 신성한 존재를 마음 속에 그려보았다. 그 존재를 위에서 논의한 바로 그 간다라 불상의 이미지로 연상해볼 수 있지 않을까?

그러나 그러한 신성한 숲의 시대는 이미 멀리 사라져버렸다. 그러한 시대의 분위기를 향수처럼 그리워하는 존재인 '황'은 이 시대에는 쇠창살 감옥 안에 갇혀 있다. 단지 담배 연기의 소용돌이에서 그러한 원시적인 양치류 숲을 꿈꿀 수 있다는 것, 그 담배마저도 이제는 타락한 향락의 방식으로만 존재한다는 것이 이 시대 시인의 비극이다. 김기림은 이러한 비극을 희극적인 무대 위에 올렸다. 신성한 시인의 존재를 희극적인 광대의 풍모로 바꾸어버린 것이다. 파초 잎을 구겨버리거나 찢어버리게 해서 그의 신성한 모자를 품위 없게 만든다. 그의 원광은 신성한 빛이 아니라, 누구나 쾌락적으로 즐기는 담배 연기로 비슷하게 흉내 낸 동그라미로 존재한다. 보들레르의 시인처럼 진흙 수렁에 떨어뜨린 자신의 원광을 방치하고 돌아보지 않는 것보다 이러한 희극적 원광이라도 걸어놓는 것이 좀 더 나은 것일까?[22] 바로 이러한 차이점에서 우리는 이상과 보들레르의 사상적 차이를 읽어낼 수 있을지 모른다. 이상은 근대세계의 바닥으로 떨어져 내리는 곳에서조차, 바로 그 바닥에서 찢겨지고 구겨진 것들을 붙잡아서, 하늘로 오르는 담배 연기의 길로 이끌어야 했다. 그 타락한 방식의 황홀한 흡연이 뿜어내는 연기를 통해서라도 자신의 신성한 사상을 꾸며내지 않으면 안 되었다. 그는 보들레르의 타락한 시인과는 다른 자세로 근대의 그 소란스럽고 어수선한 식당 속

22 이상은 「조감도」의 「LE URINE(오줌)」에서 파초선(芭蕉扇)을 "비애에 분열하는 원형음악"과 연관시켰다. 오줌에서 시작된 '실과 같은 동화'가 흘러가 도달한 황량한 바닷가에서, 바다의 거품에서 태어난 사랑의 여신 비너스의 춤과 노래를 가리키는 이 '원형음악'을 들려주었다. 그런데 이 '원형음악'을 그는 왜 파초선이란 부채 이미지와 결합시켰을까? 이상의 '부채'는 생식적인 힘을 갖는 전체성의 상징이 아닐까?

에 자리잡고 있다.

「쥬피타 추방」에서 점차 전쟁의 불안한 공기가 감돌고 있는 어느 도시 마을의 교통은 소란스럽게 들썩인다. 아마 그것은 「잃어버린 원광」에 나오는 이제 막 근대적으로 포장된 파리의 쇄석포장도로의 교통보다 훨씬 복잡하고 빠르며 요란해진 교통량을 보일 것이다. 마샬 버만은 이러한 교통량을 '움직이는 대혼란'으로 규정하고, 이러한 변화가의 모습을 자본주의의 내적 모순(무정부적 비합리성의 합리성)으로 파악한다.23

「잃어버린 원광」의 배경에 깔리는 '쇄석포장도로'는 나폴레옹 3세 때 황제의 요청으로 오스망이 실행한 도로망 정비에서 실현된 것이다. "화살처럼 똑바로 수 마일을 내닫는 굉장히 폭넓은 도로"는 마차를 전력 질주할 수 있는 환경을 제공한다. 교통량과 속도가 증가하면서 인도와 포장도로 사이의 경계선에 있는 수렁은 매우 위험한 장소가 되었다. 나중에 결과적으로 이러한 직선적 도로망은 서로 경쟁적으로 거기 뛰어든 자동차들 때문에 역설적으로 그 자체가 수렁이 된다. 속도를 가속화하기 위한 것이 속도를 더 늦추게 된 것이다.

바로크 시대 이후 유럽 도시들은 중세의 미로형 가로체계에서 탈피하여 기하학적 형태의 도로망과 광장을 갖게 된다.24 대도시 파리도 이러한 경향에 동참하게 되었다. 르 코르뷔지에는 과거 성채 도시에서 흔히 볼 수 있는 미로형 도로와, 빈둥거리며 감정적인 본능적 걸음으로 길을 가는 당나귀의 길 같은 과거의 도로망을 이러한 기하학적 형태가 극복할 수 있다고 생각했다. 그는 이성적인 판단에 의해 과거 도시의 미로적 형태에 대한 대대적인 수술이 필요하다고 주장했다. 그는 "이성의 체로 걸러지고 예의바른 서정(抒情)으로 활기를 되찾은 대도시의 도시화는 고도의 건축적인 것만큼 실용적인 해결을 제시한다." 하고 썼다. "인간은 이론적으로 생각

23 마샬 버만, 『현대성의 경험』, 194~195·197쪽 참조.
24 손세관, 『도시주거형성의 역사』, 열화당, 1993, 169쪽.

하고, 이론적 정확함을 획득한다." 할 정도로 이성적인 명료함에 대단한 가치를 두었다. 그러나 이러한 대도시의 기하학적 구축이 그 속에 몰려드는 사람들의 삶까지 그렇게 만들어주지는 못한 것 같다.

나폴레옹 3세 시절 오스망의 파리 도시 계획에 의한 도로망들. 르 코르뷔지에는 오스망 남작이 파리에 가장 넓은 구멍을 파고, 가장 뻔뻔스럽게 흠자국을 내었다고 비판했다.

버만은 이렇게 말했다. "인도에서 모든 유형과 모든 계층의 사람들은 앉아 있거나 길을 걸으면서 서로서로 비교함으로써 그들 스스로를 알게 된다. 수렁에서 사람들은 살기 위해서 죽을힘을 다해 내달림으로써 자신들의 존재를 잊어버리게 된다."[25] 르 코르뷔지에도 대도시의 새로운 특징을 '침투, 격변, 침입'이라는 은유로 설명할 수 있다고 보았다. 그는 대도시의 비인간성을 이렇게 고발한다. "대도시는 약자를 짓밟고 강자를 추켜세우면서 진동하고 동요한다. 여기 평화로운 오지(奧地)에서 강렬하게 생동하는, 탁월한 세포가 발견된다. 중심은 팽창하고, 확장된다. 사람들은 거기에 모여들어 서로 부대끼고 일하고 다투고, 종종 다양한 불꽃에 자신을 태우기 위해 온다. …… 그리고 이 대도시들은 서로 맞선다. 왜냐하면 압도하고 능가하는 마귀가 우리의 운명과 결부된 운동 그 자체의 법이기 때문이다. 사람들은 서로 맞서 싸우고 전쟁을 한다."[26] 보들레르의 '시인'은 대도시의 이 엄청난 혼란의 수렁 속으로 빠져든다. 이 '시인'의 파탄과 몰락은 대도시가 르 코르뷔지에적인 이론적 명료성을 증가시켜도 계속될 것이다. 우리의 시인 이상은 바로 그 "압도하고 능가하는 마귀"에 의해 침탈된 식민지 도시 속에 사로잡혀 있었다. 점차 근대적인 도시계획 하에서 기하학적인 도로망으로 정비되어 가는 경

25 마샬 버만, 앞의 책, 193쪽.

26 르 코르뷔지에, 『도시계획』, 정성현 역, 동녘, 2003, 93쪽.

무한사상 설계의 미완성 오감도

성의 거리에서 점점 더 깊은 '수렁' 속으로 빠져들고 있었다.[27]

　　버만에 의하면 보들레르의 '수렁'은 '원광'을 꼭짓점으로 하는 정신적 윤리세계가 추락하고 빠져든 절망적인 세계이다. 그는 스코틀랜드에서 들어온 '쇄석(macadam)'이란 단어도 '원광'에 대해서 파괴적인 것으로 작용한다고 말했다. 이 '쇄석'이란 단어는 파리를 포장하는 데 쓰인 돌들을 지칭하는 것이었다. 보들레르의 '시인'은 이 근대적인 포장도로에 깔린 쇄석과 그 옆에 파인 수렁에 의해 파탄을 맞은 것이다.

　　김기림 역시 근대화된 경성의 거리에서 이러한 '수렁'을 체험했다. 그는 북쪽 끝인 경성에서 처음 서울의 번화가에 진입했을 때 받은 충격을 이렇게 말한다. "나의 혼은 한 장의 압지(壓紙, 흡취지)와 같이 떨렸다. 이 도시의 모든 움직임을, 변화를, 가면을, 속삭임을 차별 없이 흡취할 수가 있을까?"[28]

김기림은 안국동 네거리와 광화문통에서 번잡한 교통량 속에서 헤매는 어느 시골 늙은이 모습 속에서 대도시 거리에 적응하지 못하는 자신의 처지를 보기도 한다. 경성의 도로 정비 이후 발전된 모습을 구경하러 온 시골사람도 많았지만 노인들은 흔히 이 복잡하고 혼란스러운 모습 속에서 어쩔 줄 몰라 했다.[29] 이미 경성의 교통량은 이렇게 시골사람이 적응하기 힘들 정도로 팽창한 것이다.

　　다음의 지도를 보면 경성의 중

27 이렇게 사람을 비참한 수렁으로 몰아가는 거리와 반대되는 거리도 있다. 그곳을 걸으면 점차 의식이 고양되고 존재가 상승되는 그러한 거리가 있다. 한 자이나교의 사원도는 그러한 거리를 주위에 깔아 놓았다. 이 사원의 잘 정돈된 거리는 자이나교 최고 위에 있는 교조들에게 바쳐진 것인데, 사람들은 이 거리를 거닐면서 이 세상의 미로에서 빠져나가는 방법을 배우게 된다. 이러한 길에서는 속도의 경쟁 같은 것이 무의미하다. 여기서 중요한 것은 우주적 명상에 침잠한 걸음걸이이다. 치열한 속도경쟁 속에서 점점 더 깊은 수렁 속으로 빠져들게 되는 근대 도시의 거리와는 반대이다. 탄트라적 정신세계를 추구하는 이러한 거리는 미궁에서 빠져나가는 아리아드네의 실을 이 길을 걷는 사람들에게 던져주는 것 같다. '탄트라'는 '실'을 의미한다(아지트 무케르지, 『탄트라』, 동문선, 1995, 170쪽 참조).
28 김기림, 「에트란제 제1과」, 『조선일보』, 1933. 1. 1.

1914년의 경성 중심시가도. 1911년의 시가도에 비해서 이미 많은 변화가 보이는 지도이다. 총독부는 경성시가지계획령을 발포했는데 위 지도에서 짙은 황색으로 그려진 것이 주요 도로망이다. 1920년대 말의 지도를 보면 거의 이러한 직선적인 대로가 뚫려 있음을 확인하게 된다.

심가는 직선적인 대로로 재편성될 예정이었다. 김기림이 경성의 거리를 거닐던 1931년은 이미 그러한 계획대로 도로망이 건설된 지 벌써 몇 년이 지난 뒤이다. 말하자면 파리의 오스망의 계획처럼 구시가지의 미로에 대한 대대적인 수술이 단행된 것이다. 이러한 대로 위를 질주하는 자동차의 행렬을 이상은 "발광어류(發光魚類)의 군집이동"〔「건축무한육면각체」의 첫번째 시인 「AU MAGASIN DE NOUVEUTE」(이후 간단히 「MAGASIN」으로 표기)의 마지막 구절〕이라고 표현한다. 우리는 여기서 어두워진 도시거리가 기괴한 어류들의 군집이동으로 뒤덮인 불길한 풍경으로 변한 것을 느낄 수 있다. 이것은 전기에 의한 인공조명에 의해 밝혀지

29 아래 그림은 「가로의 SOS」라는 글에 붙여진 그림이다. 글의 내용은 다음과 같다. "손잡고 안내라도 해줄 아무 하나 없는 서울을 뭣하러 오셨는지 알 길 없는 할머니 할아버님. 흔히 갈팡질팡 하시는 모습을 네거리에서 뵙는다. 꼬리를 물고 덤벼드는 '지붕차' 바람에 남녀가 유별해지니 도덕상으론 만점일지 몰라 큰 걱정이라 서로 쩔쩔매시는냥―가관(可觀) 중에도 딱한 사정 2급은 되고 남음이 있다."(『조광』, 1940. 12., 154쪽).

「가로의 SOS」(『조광』, 1940. 12.)에 그려진 삽화.

고 그로 인해 더욱 가속화된 근대 이후 도로망의 풍경을 보여준다. 이렇게 기괴한 전류와 기계적인 운동의 흐름으로 가득찬 경성의 거리를 어떻게 뚫고 나갈 것인가 하는 문제가 이상의 '질주'의 주제이다. 「오감도」 중 「시제1호」는 '13인의 아해'의 질주를 통해 이 주제를 다룬다.

이상은 근대의 비인간적 상황을 껍질적인 2차원 기하학으로 뒤덮어버리는 독특한 상상력을 「건축무한육면각체」의 첫 번째 시 「MAGASIN」에서 전개한다. 그것은 '사각형의 악무한 운동'이란 독특한 이미지로 나타난다. 직선적인 도로망의 건설과 그 위에 구축된 직선적인 선들로 둘러싸인 기하학적 건축물은 이상의 이러한 '사각형' 이미지에 포섭된다. 구불거리는 미로 같은 자연의 길에 익숙한 시골사람들이 이러한 낯선 사각형들에 마주쳤을 때 받은 충격을 김기림은 위의 글에서 보여준 셈이다.

이상은 이러한 거리의 생존투쟁적인 소음 때문에 자신이 받는 충격을 「가외가전(街外街傳)」에서 이렇게 표현한다. "훤조(喧噪) 때문에 마멸(磨滅)되는 몸이다."[30] 이 거리의 뒤엉킨 소음은 멀리서 은은한 포성처럼 들리기도 해서 그에게 대도시 거리가 '전장(戰場)'임을 알게 해준다. 그는 「보통기념」이나 「파첩」에서 '시가전(市街戰)'이란 말로 그러한 분위기를 표현한다. 이러한 도시풍경을 요약하자면 과열된 욕망과 생존투쟁을 위한 대결장의 이미지를 보여준 것이다. 도시 거리를 생존투쟁의 전쟁터라고 생각하는 것은 이미 관습적인 것이었다. 이전의 한 신문기사를 보면 동터오는 서울 사진과 함께 "도시인의 육탄전(肉彈戰) 백열화하기 전에"라는 타이틀로 어떤 기자의 '가두순례(街頭巡禮)' 기사를 다뤘다.

30 「가외가전」(『시와 소설』, 1936. 3.)의 첫 문장이다. 조용만에 따르면 이상은 이 시에 대해 상당한 자신감을 피력했다. "이번에 쓴 시 「가외가전」은 진실로 주옥 같은 시요. 박형 읽어보면 놀랄게요." 했다는 것이다(김유중·김주현 편, 앞의 책, 336쪽).

식민지 다락의 사상적 공허

김기림은 "도회의 흥분이 백도로 비등하는 복숭아빛의 시간"[31]에 대해 말했다. 함대훈은, 반찬도 서로 나눠먹는 시골의 미풍이 벌써부터 사라진 서울에서 "광란훤조(狂亂喧噪)의 이 거리를 머리를 찡그리며 걷고 있노라!"[32]라고 외쳤다.

『중외일보』(1929. 10. 4.) 삽화. 아래 삽화는 어떤 야외에서 거의 근거리까지 도달한 적병을 관찰하는 한 병사를 그린 것이다. 이것은 이제 도시 거리에서 서로 부딪쳐 '육탄전'에 돌입하기 전의 상황을 암시하고 있다.

거리가 주는 이러한 충격과 대결하거나 그로부터 빠져나가는 방식이 당시 시인과 예술가들의 주요 목표 가운데 하나였다고 할 수 있다. 김기림은 이러한 혼란스러운 교통량 속에서 산책가의 휴식공간을 찾아 몽상에 잠기는 방식을 택하기도 한다. "잠깐 다점의 소파에 깊이 잠겨서 나는 두 눈을 감았다. 그러면 나의 소파는 인도양을 건너는 정기항행(定期航行)의 상선이 된다. 코끝으로 스며드는 강렬한 '코코아'의 냄새가 나를 그곳으로 이끌어가는 것이다." 그는 자신의 이상향적인 섬인 '이니스프리'로 가고 싶다고 꿈꾼다.[33]

다른 한편으로는 이 복잡한 거리에서 파리의 예술가 거리를 꿈꾸어보기도 한다. 그러나 대개 거리의 예술가는 이 도시에 정착할 수 있는 존재들이 아니었다. 그들에게는 이 도시 거리 속을 보헤미안처럼 방황하며, 이 거리의 생태를 뒤집거나, 꿰뚫고 가려는 반항과 저항적 몸짓이 있었다. "파리의 러쉬아워가 몽파르나스의 포도 위에서 화죽(花竹)과 같이 폭발할 때 '무서운 어린애'인 장 콕토는 카페의 대리석 테블에 기대어 정가표의 뒷등

31 김기림, 「도시풍경 1, 2」 중의 '하', 『조선일보』, 1931. 2. 24.
32 함대훈, 「고독한 산보자의 환상」, 『조선중앙일보』, 1933. 9. 26.
33 김기림, 「봄의 전령」, 『조선일보』, 1933. 2. 22. '이니스프리'는 예이츠의 시 「이니스프리의 호도」에서 따왔다.

34 김기림, 「도시풍경 1. 2」, 『조선일보』,
1931. 2. 21.~24.
35 전집2, 220쪽. 이 소설은 이상이 죽은
뒤 얼마 안 되어 『매일신보』에 연재된 것이
다. 1937년 4월 25일에서 5월 15일까지 연
재되었다. 금홍이가 집을 나간 뒤 다시 찾아
온 이야기 등이 실린 것으로 보아서 1934~
5년 무렵이 배경인 것 같다.
36 김문집, 「꿈에 그리는 환상경」, 『조광』,
1936. 5., 49쪽.

에 시를 쓴다. 내 귀는 소라껍질. 언제
나 바다의 소리를 그리워한다."[34] '무
서운 아이들'은 대도시에서 새로운
형태로 다시 태어난 것이다. 이상은
「공포의 기록」에서 이 같이 말한다.
"밤이면 나는 유령과 같이 흥분하여
거리를 뚫었다 …… 공허에서 공허로
나는 말과 같이 광분하였다."[35]

벤야민이 파리에서 본 예술적
산책가는 이처럼 경성에도 있었다. 이상은 자신의 제비다방을 새로운 세계
를 꿈꾸고 기획하기 위한 작업실로 삼았다. 박태원에게는 거리가 바로 창
조적 작업장이었다. 그는 노트를 들고 다니며 산책하면서 관찰한 것들을
끊임없이 기록했다. 김문집도 카페에서 여러 작업을 했다. 그는 "서재의
연장으로서 티-룸으로 가는 일도 적지 않다."[36] 했다. 김기림은 장 콕토의
그러한 산책가적 모습을 우리 시인의 모습 위에 겹쳐놓는다. 어느 카페의
테이블 위에서 정가표를 뒤집어서 시를 쓴다는 이 시적인 창조행위는 이
거리를 지배하는 상업적 규율을 뒤집음으로써 비로소 시적인 서판(書板)이
마련될 수 있음을 보여준다. 김기림은 「기차」라는 시에서 그렇게 상업적인
서판을 뒤집어서 시를 쓰는 행위를 보여준다.[37]

이상은 「가외가전」(1936)에서 도시거리에 대한 초현실적 풍경을 그
려낸다. 그는 거리의 복잡한 풍경에다가 독특한 그만의 상상력을 덧칠해서
매우 특이하고 복합적인 장면을 만든다. 암울하게 채색된 도시 거리는 마치
꿈속에서 보듯 여러 가지가 뒤섞인 풍경으로 나타난다. 답교(踏橋)하는 모

37 김기림은 「기차」라는 시에서 콕토 식의 메뉴판 뒤집기를 선보인다.
"내가 식당의 '메뉴' 뒷 등에 / (나로 하여금 저 바닷가에서 죽음과 납세와
초대장과 그 수없는 결혼식 청첩과 부고(訃告)들을 잊어버리고 / 저 섬들
과 바위의 틈에 섞여서 물결의 사랑을 받게하여 주옵소서) / 하고 시를 쓰
면 기관차란 놈은 그 둔탁한 검은 갑옷 밑에서 커다란 웃음소리로써 그것
을 지워버린다."(『태양의 풍속』, 학예사, 1939. 21쪽.).

1940년 세말 종로 거리 풍경과 다방 풍경 그림. 오른쪽 다방 안의 복잡하고 어수선한 가운데 뒷모습만을 보이며 묵묵히 앉아 있는 두 사람이 원근으로 배치되어 있다. 그는 고개를 숙이고 무엇을 생각하는 것일까? 왼쪽 그림은 술 취해 비틀거리는 사람으로 붐비는 거리를 그린 것이다. 선술집과 카페가 좌우로 보인다. 멀리에는 인력거가 부산히 움직이고 있다.

습에는 도로의 다리와 유곽에서 벌이는 성적인 행위들이 혼합되어 있다.

> 그러니까 육교 위에서 또 하나의 편안한 대륙을 내려다보고 근근히 산다. 동갑네가 시시거리며 떼를 지어 답교한다. 그렇지 않아도 육교는 또 월광으로 충분히 천칭(天秤)처럼 제 무게에 끄덕인다.— 날카로운 신단(身端)이 싱싱한 육교 그 중 심한 구석을 진단하듯 어루만지기만 한다.[38]

이상은 이 시의 마지막 부분에서 '거리 밖의 거리(街外街)'가 무슨 뜻인지 보여주려 한다. 마지막 장면에서 책상 위에 놓인 방안지와 서류들을 뒤엎고 사방에 흩어지게 하면서 알에서 깨어난 새가 비상의 날갯짓을 한다. 여기에는 규격화된 사각형(책상과 방안지와 서류)의 틀 속에 갇히지 않고 거리의 모든 구속적인 틀을 깨고 찢어버리며 탈출하는 존재의 폭발음이 있다. 거리에서 은은히 들리는 포성과도 같은 생존투쟁의 소음들과 이 탈출의 폭발음은 선명하게 대립하고 있다.[39] 이상은 도시 거리의 혼란스러운 장면들을 한데 뒤범벅시켜 이러한 환몽적 풍경을 만들어낸다. 그러한 것들로

---

38 이상, 「가외가전」, 『시와소설』, 창문사, 1936. 3., 16쪽.

39 다음 구절에서 우리는 그 두 가지 대립적인 소리를 들을 수 있다. "어디로 피해야 저 어른구두와 어른구두가 맞부딪는 꼴을 안 볼 수 있으랴. 한참 급한 시각이면 가가호호들이 한데 어우러져서 멀리 포성과 시반(屍斑)이 제법 은은하다." "포크로 터뜨린 노란 자위 겨드랑에서 난데없이 부화(孵化)하는 훈장형 조류—푸드덕거리는 바람에 방안지(方眼紙)가 찢어지고 빙원(氷原) 위에 좌표 잃은 부첩(簿牒)떼가 난무한다 …… 여기 있는 것들은 뜨뜻해지면서 한꺼번에 들떠든다."(「가외가전」 5연과 마지막인 6연 부분,『시와소설』, 18~19쪽.).

부터 깨어나 새로운 존재로 변신해서 비상하려는 욕망을 새의 날갯짓으로 표현한다.

김기림은 「쥬피타 추방」에서 복잡한 교통량의 혼란스런 공간을 배경으로 깔아놓고, 그 거리의 어느 곳 식당(또는 카페) 속에 이상을 앉혀놓는다. 우리가 위에서 본 것처럼 대도시 거리에 대한 예술가의 긴장관계라는 기본적인 상황을 배경에 깔아놓은 것이다. 우리는 이 시의 '교통'이 무엇을 의미하는지 분명히 알아야 한다.

김기림이 이 시의 배경인 거리 속에 집어넣은 것은 식민지 말기 제2차 세계대전을 향해 치닫고 있는 세계 전체의 복잡한 정치 경제적 교통이다. 거리를 가득 채운 위기상황들에 대한 갖가지 소문이 식당의 의자를 들썩이게 하며, 탁자들 위를 어수선하게 흘러다닌다. 거리의 한 후미진 식당 속에서 '쥬피타-이상'은 파초 이파리처럼 찢어지고 후줄근해진 모자를 쓰고, 담배 연기로 만들어진 거룩치 못한 원광을 두른 채 흥분된 어조로 외치고 있다. 마치 이러한 위기를 몰고온 세력들에 대해 질타하듯, 또는 그러한 위기에 신음하는 사람들의 모든 고통과 고난을 짊어지며 절규하는 듯한 그러한 목소리로 말이다. 그는 마치 한 편의 블랙코미디 주인공처럼 등장한다. 이 시에 그려진 이러한 광대적 이미지는 평소 그의 피에로적 행태가 어느 정도 반영된 것이리라.

서정주의 회고담을 보면 이상의 그러한 광대적 행태에 대해 그 역시 깊은 인상을 갖고 있었던 것을 알 수 있다. 그는 이상을 방문해서 밤새 술집 골목을 누빌 때 그에게 이렇게 말했다고 한다. "너는 피에로가 아니냐?" 아마 1936년 봄 무렵 두 번째 방문 때 일인 것 같은데, 황금정통에서 종로로 내려오는 인도 상에서 술김에 이렇게 말했다는 것이다. 이상은 그에 대해 "피에로라니! 피에로라니!" 하고 외치면서 끝까지 자기는 피에로가 아니라고 부정했다.40 이 강력한 부정적 외침 속에는 약간 어처구니 없다는 생각과 자신의 본질을 사람들이 알아보지 못하는 것에 대한 안타까움과 약간의 분노 같은 것이 섞여있지 않았을까?

    그러나 「쥬피타 추방」에서 쥬피타 광대는 분노를 폭발시킨다. 이 희극적인 신성한 주인공은 여전히 자신의 까다로운 입맛을 과시하고자 한다. 그의 후광은 보들레르의 타락한 '시인'처럼 아직 길거리에 떨어져 내리지 않았다. 그는 근대의 소란스런 거리를 배경으로, 많이 추락한 모습이긴 하지만 여전히 그러한 소란스런 거리와 대결하는 자신의 공격적인 신성을 뽐내려 한다. 그의 머릿속에는 자신이 마실 암브로시아를 가져올 천사에 대한 꿈이 있는지 모른다. 앞의 그림은 바로 그 신성한 음료를 들고 달려오는, 영원한 젊음의 여신 헤베이다. 그녀는 감미로운 불멸의 음식을 올림포스 신들에게 가져다준다. 그녀는 열두 개의 어려운 과제를 푼 헤라클레스의 부인이다. 근대세계의 한계치를 상징하는 숫자 기호로 시계의 숫자인 12를 썼고, 또 그것을 13이란 초월적

40 서정주, 「속 나의 방랑기」, 『인문평론』, 1940. 4., 71쪽.

헤라클레스 부인 헤베. 그리스 꽃병에 그려진 그림.

숫자 기호로 뚫고 나가려 한[41] 이상에게는 과연 어떤 사상의 음료가 주어졌던가? 그의 다락에는 어떤 음료가 있었던가?

. 공허한 다락 같은 말

이상이 「실화」에서 자기 모습을 표현한 '다락 같은 말'의 '다락'이 물론 「쥬피타 추방」의 '다락' 같은 것은 아니다. 그러나 그 둘 사이에 서로 공유되는 기호적 영역이 있기는 하다. 그것은 높은 곳에 자리잡은 장소인 다락의 공간적 특성에서 발생한다. 「쥬피타 추방」에서는 '다락'이 별로 긴요하게 쓰이지 않는 물품들이 저장된 곳이라는 인상을 준다. 그것은 또한 '사상'이라는 정신적인 항목과도 연계되어 있다. 좀 더 낮은 차원의 현실 생활을 지도하고 틀잡아주는 높은 정신적 영역을 가리키는 것으로 생각할 수도 있다. 바로 이러한 두 가지 영역이 정지용의 '다락 같은 말'과 그것을 차용한 이상의 이미지에 공통으로 적용되는 것이다. 그런데 이상이 패러디한 정지용의 '말'은 과연 어떤 문맥을 갖고 있을까? 이상은 그것과 어떤 정도로 연계

41 그 유명한 「오감도」의 첫 번째 시 「시제1호」에서 "13인의아해가도로로질주하오."라는 구절이 던지는 강력한 충격파는 이와 관련될 것이다. 수의 역사에서 13은 무엇보다 선사시대 이후 여성의 신성한 생명력의 리듬을 대표하는 숫자였으며, 남성 중심적 체제가 들어서면서 그 이후 억압된 숫자였다[13의 모성적 의미에 대해 필자는 「실낙원의 산보로 혹은 산책의 지형도」(『이상. 문학연구의 새로운 지평』, 역락, 2006. 118쪽)에서 약간의 논의를 했다]. 대지와 우주의 생명력이 깃든 성배를 찾아 헤매는 이상에게 13은. 그것이 억압당한 세상에서, (12.12)라는 '가장 큰 좌표'(「12월 12일」에서 이상이 쓴 표현인)에서 솟구처 올라 찾아내야 할 숫자였다. 까마귀는 그 세상의 좌표를 초월해 있으며, 풍요의 숫자인 13을 관장한다. 그의 다른 시 「1931년(작품제1번)」에서는 "나의 방의 시계 별안간 13을 치다. 그때 호외의 방울소리 들리다. 나의 탈옥의 기사."라고 했다. 13시는 (12.12)의 좌표계에서 초월한 시간이다. 그것을 마치 거울세계의 감옥에서 탈출하듯이 '탈옥'했다고 한 것이다. 김광섭은 식민지 말기에 「13인행」이란 시를 발표했는데, 혹시 이상의 숫자상징을 이어받은 것은 아닐까? 그는 "나를 해치면서 돌아가는 지구 / 너의 상처에서 내가 났다. / …… / 나의 사상이 담배를 피운다. / 나의 감정이 홍차를 마신다./ 아아, 20세기에 불이나 붙어라." 하고 노래했다.

되어 있는 것일까? 이러한 문제는 그 둘이 다같이 식민지 지식인의 존재의 미를 따져보는 것이어서 매우 실존적인 것이기도 하다.

정지용은 1927년에 「말」을 『조선지광』에 발표했다. 이 시에 나오는 "검정 콩 푸렁 콩"이란 표현은 이상이 우리말의 아름다움을 이야기할 때 두 번씩이나 강조해서 거론한 부분이기도 하다. 이상은 이 '푸렁'이란 표현에 묘하게 이끌린 것 같다. 그가 서도지방의 사투리를 들었을 때 느낀 우리말의 미묘한 어감을 여기서도 느낀 것이다.[42] 이 시에서 정지용은 한 조각의 외래어나 한자어도 쓰지 않았다. 이 순수한 우리말로만 된 시의 울림 속에서 '말'이 어떤 의미를 드러내는지 살펴보자.

42 이상은 「아름다운 조선말」(『중앙』, 1936. 9.)에서 서도 지방 사투리인 '나가네'와 '댕구알' '엉야' 같은 소리들이 좋다고 하면서 정지용의 위 구절에 대해서도 말했다. 또 자신이 평소 말끝마다 '참 참' 하는 소리를 자주 한다면서 자신은 그것을 "참 아름다운 화술"로 알고 있다고 했다.

말아, 다락 같은 말아,

너는 즘잔도 하다 마는

너는 웨그리 슬퍼 뵈니?

말아, 사람편인 말아,

검정 콩 푸렁 콩을 주마,

※

이말은 누가 난 줄도 모르고

밤이면 먼데 달을 보며 잔다.

이 시는 『조선지광』 69호(1927. 7.)에 발표되었을 때 "마리-로-란산('마리 로랑생'을 가리킨다)에게"라는 부제를 달았다. 발표지에서는 첫 행 마지막과 4행 마지막 부분에 있는 '말아'를 '말이야'라고 했다. 후배 시인인 이용악은 "지용의「말」이 없으면 내가 지용을 숭배하지 않았을 것"이라고 할 정도로 이 시를 높이 평가했다. 정지용은 '다락 같은 말'이란 표현을 수필에서도 썼다. "안악 골에서 다락 같은 큰 말을 불러오라고 하여라. 너도 앞에 타잣구나! 말을 타고 나서량이면 화랑이 아니겠느냐! 언 궁둥이에 채찍을 감으며 찬 달을 떠받으며 흰눈을 차며 신천 평야 칠십리를 달리자쿠나!"[43] 이렇게 후배 시인들이 숭배할 정도였던 정지용의「말」은 그가 서북 지역을 여행할 때까지도 그것을 데리고 다닐 정도로 소중하고 사랑스런 이미지가 되었던 것 같다.

이 작품의 '말'은 분명히 야수파와 입체파 화가들과 관계하던 마리 로랑생의 시와 긴밀한 관련을 맺고 있다. 한때 아폴리네르의 연인이던 마리 로랑생은 당시에는 별로 흔치 않던 여성화가이다. 그녀는 시를 쓰기도 했는데, 『소동물지』라는 제목으로 묶인 작품 가운데「말」이 있다. 정지용의 위 작품은 바로 로랑생의 이「말」[44]과 연관되는 작품이다. 그녀의 작품을 보자.

> 상처뿐인 말이 죽어간다 큰 소리로 울지 않고
> 너무 점잖기만 한 말
> 내가 가서 네 상처를 핥아 주랴[45]

그녀가 스페인의 말라가에서 체류할 때 쓴 시라고 알려진 이 짧은 3행시는 정지용의「말」과 흡사한 분위기를 보여준다. 그것은 상처를 입고 죽어가지만, 고통을 표출하지 않고 참아내며, 마치 아무 일도 없다는 듯 점

43 정지용,「안악」,『문학독본』, 박문출판사, 1948, 72쪽.
44 시화집『소동물지』가 1926년에 출판된 것으로 보아 이 작품은 적어도 1926년 이전에 쓰였을 것이다. 이 연도는 히사오가 소개한 마리 로랑생 연보에서 참조했다(시와노 히사오,『무지개 위의 춤』, 박련숙 역, 근역서제, 1982, 224쪽 참조.).
45 앞의 책, 215쪽.

잖은 모습을 하고 있는 존재를 그리고 있다. 이 시가 쓰인 정확한 연대를 확인할 수 없지만, 그녀의 스페인 체류 시기가 1920년대 전반기에 걸쳐 있었으므로 그 시기에 쓰였을 것으로 짐작할 수 있다. 그녀는 당시 프랑스 시인 생-존 페르스와 사랑에 빠졌었다. 그녀의 전기를 쓴 플로라 그루는 생-존 페르스의 말을 인용해서 마리 로랑생이 말에 대해 어떤 감정을 가졌는지 보여주고자 했다. 생-존 페르

마리 로랑생, 「예술가 가족」, 1908. 여기서 마리 로랑생이 가장 뒤쪽에 배치되어 있고, 왼쪽으로 피카소가 있다. 그녀가 그린 피카소 초상화(1908)와 같은 얼굴이다. 마리 로랑생이 가볍게 손을 얹고 있는 듯한 정면의 남자는 아폴리네르이다. 그 옆의 여인은 피카소의 부인 올리비에이다.

스에 의하면 마리 로랑생은 이렇게 말한 적이 있다. "말들이 갈기를 휘날리며 달리는 모습을 보노라면 나는 미친 듯이 열광하게 돼. 이 짐승은 얼마나 특별하고 또 어리석은 동물인지⋯⋯."46 그녀는 「콜롱브의 사이렌」(1926)이란 그림에서도 말을 등장시킨다. 하트 형 리본을 머리 꼭대기에 매단 어느 소녀 인어(물의 요정인 사이렌)의 허리 부근에서 그녀를 포옹하는 듯한 말머리가 그녀를 감싸고 있다. 물결치는 말의 갈기와 물결치는 파도의 여성적 이미지는 서로 통하는 것이었을까? 생-존 페르스는 말의 아름다움에 매료된 그녀에게 비단 리본을 묶은 말의 머리를 그려 보내기도 한다. 플로라 그루는 그녀가 생-존 페르스와 관계를 끊었을 때 그 그림을 한 마디 말도 없이 되돌려 보냈다고 했다. 피카소의 걸작 「게르니카」(1937. 5.)에서도 전쟁의 광기 속에서 상처받고 울부짖는 말을 볼 수 있다.47 대체로 당대 입

46 플로라 그루, 『마리 로랑생』, 강만원 역, 까치, 1994, 219쪽.
47 「게르니카」 완성작에서는 목을 길게 빼고 일어서려는 몸짓을 하고 있는 말의 모습이 보인다. 이 작품은 여러 번의 수정을 거쳤는데, 중간 단계까지도 이 말은 바닥에 쓰러져 뒹굴고 있는 모습이었다. 이 장면을 그린 그림은 마드리드의 레이나 소피아 국립중앙박물관에 「Study for Guernica」라는 제목으로 남아 있다(*THE PORTABLE PICASSO*, Universe Publishing, 274~275쪽).

체파 화가와 시인 들의 영역에서 '말'은 순수한 생명력의 상징이 아니었을까? 그것은 근대의 기계화된 문명의 폭력과 대립된 원초적 생명력을 나타내는 이미지가 아니었을까?

마리 로랑생보다 연하였던 장 콕토는 마리를 위해 한 편의 시를 썼다. 그 시의 첫 구절은 "야수파와 입체파 사이에서 / 덫에 걸린 작은 암사슴"이다.[48] 그녀는 한때 야수파적인 자화상을 그릴 정도로 그쪽에 기울어져 있었다. 피카소와 브라크를 찾으면서 입체파에 경도되기도 했다. 나중에 연애에도 실패하고, 늙은 앙리 루소의 원시적인 화풍에 매료되며 그에게 끌려갔을 때 그녀는 자신만의 독자적인 화풍을 꿈꾸고 있지 않았을까? 마치 루소처럼 말이다.

그녀가 아폴리네르와의 연애에 취해 있었을 때 앙리 루소를 위한 파티에 그 연인은 함께 참여했다. 피에르 덱스는 이 파티를 피카소가 루소와 친한 아폴리네르의 작업실에서 열어주었다고 했으며, 이날의 이벤트는 역사적인 것이었다고 평가한다. 이 시기를 그는 대략 1908년 11월 중순 이후로 보는 것 같다. 피카소는 그때까지 자신이 그린 그림을 한 점도 팔지 못한 루소의 작품을 최초로 구매한 고객이 되었다. 그의 대형 작품인 「여인의 초상」을 5프랑에 산 것을 축하하기 위해 피카소는 여러 사람을 불렀다. 로랑생과 아폴리네르도 거기 참여했다. 피카소는 루소가 도착했을 때 자신이 작곡한 곡을 바이올린으로 연주하며 루소의 원시주의 예술에 찬사를 보냈다. 이 파티의 분위기가 후에 피카소의 「술집의 카니발」에 반영되었을 것이다. 피에르 덱스는 바토 라부아르에서 벌어진 루소를 위한 축하 파티의 후일담을 거기서 볼 수 있다고 했다.[49] 이 작품에는 피에로 옷을 입은 앙

---

48 시와노 히사오, 『무지개 위의 춤』, 박연숙 역, 근역서재, 1982, 199쪽. 양병도가 번역한 시 「화가 마리, 로랑상」에서는 이 구절을 이렇게 소개했다. "야수파와 입체파 사이에서 / 적은 암사슴이어 너는 계략에 넘어간다."

49 피에르 덱스, 『창조자 피카소』, 김남주 역, 한길아트, 207~209쪽 참조.

리 루소와 어릿광대 피카소 등이 등장하고 크론스타트 모자를 쓴 인물들이 나오는데, 피에르 덱스는 이러한 것을 세잔에 대한 경의를 표현한 것이라고 해석한 루빈의 연구를 소개했다. 리듬과 대조 등을 통해 형태들을 재해석해내는 미학적 힘이 거기서 느껴진 것이리라. 피에르 덱스는 피카소가 원시주의로부터 입체주의로 전환하는 극적인 과정을 이러한 축제적 과정 속에서 포착했다. 그런데 여기에는 브라크의 다음과 같은 중대한

마리 로랑생, 「콜롱브의 사이렌」, 1926. 이 물의 요정은 나비 모양의 리본을 달았으며, 마름모꼴 무늬로 장식된 옷을 두르고 있다. 머리를 뒤로 돌려 뒤쪽의 꼬리와 함께 전체적으로 둥글게 휘어 있는 탄력적인 원환적 형태를 보인다.

선언적 개념이 자리하고 있다. 그것을 소개한 부분을 잠깐 보자. 피에르 덱스는 이렇게 말한다. "원근법의 전도나 이동이 보는 이로 하여금 형태를 역동적으로 느끼게 하는 효과를 가리켜 브라크는 '날아가는 프레임(cadres en fuite)'이라고 명명했다."[50] 피에르 덱스에 의하면 바로 이것에 의해 피카소와 브라크는 세잔을 넘어서는 새로운 회화공간을 발견하였다. 이것을 '진정한 입체주의'의 탄생으로 본 것이다. 피카소의 창조작업이 1907년 가을의 야수적인 원시주의에서 확고한 세잔주의로 이행한 후 루소와의 파티 이후 이렇게 진정한 입체주의를 향한 발걸음이 극적으로 진척되었다.

　　로랑생은 루소와의 파티에서 완전히 취해 파이 위에 엎드려 잤다. 크림투성이가 된 그녀에게 거기 모인 예술가들이 꽃을 뿌렸다.[51] 그녀는 당시 아폴리네르의 그 작업실에서 거의 그와 함께 보냈다. 이 파티가 열린 해인 1908년에 그려진 그녀의 자화상은 매우 선명한 윤곽과 붉은 빛이 감도

50 위의 책, 210쪽.
51 시와노 히사오, 앞의 책, 109～110쪽 참조.

는 밝은 색조로 가득해서 행복한 느낌을 풍긴다. 그녀의 얼굴은 싱싱한 곡선의 매끄러운 타원형으로 뚜렷하게 드러난다. 마치 자신의 건강과 행복을 자신 있게 드러내듯이 그 얼굴은 당당하면서도 부드럽게 그것을 보는 사람들 앞에 내걸려 있다. 눈과 입술이 얼굴의 그러한 싱싱한 타원형을 다채롭게 변주함으로써 타원형 기하학의 여성적 음악을 부드럽고 화려하게 연주하고 있는 듯하다. 이 얼굴은 어느 정도는 입체주의적으로 해석된 형태들을 야수파적인 단순성과 열정

마리 로랑생, 「자화상」, 1908. 이 자화상은 야수파적인 단순성과 입체파적인 기하학적 변주가 여성적 부드러움 속에서 미묘하게 혼합된 듯한 느낌을 준다.

적 열기로 감싸서 표현한 것처럼 보인다. 이 자화상을 보면 그녀가 과연 콕토가 말한 것처럼 '야수파와 입체파 사이에서 덫에 걸린 암사슴'이었는지 의아해진다. 그 둘의 미묘한 곱셈적 조화가 이 그림에서는 분명히 엿보인다. 그녀의 그림은 흔히 '여성의 연약한 감정'을 표현한 것으로 언급되거나 장식적인 것에 높은 가치를 두는 것으로 평가받기도 한다.[52] 이러한 평가는 그녀의 이러한 독자성에 대해 세심하게 주의를 기울이지 못한 안목에서 나온 것이다.

이상은 마티스와 피카소 풍을 좋아한 것으로 알려져 있다. 문종혁의 회고에 의하면 이상은 회화사에 대해 이야기를 하다가 "마티스의 색채와 제작과정, 피카소의 입체주의에 이르면 그의 찬사는 절정에 이른다." 했다.[53] 제비다방에 걸렸던 이상의 자화상이 일종의 야수파적인 필치이지만

52 닐 콕스, 『입체주의』, 천승원 역, 한길아트, 2003. 206쪽.
53 문종혁, 「심심산천에 묻어주오」, 김유중·김주현 편, 앞의 책, 96쪽.

너무 부드럽게 느껴졌다는 문종혁의 증언이 있다. 문종혁은 이상의 「자화상」에 대해 이렇게 묘사했다. "이 작품은 10호가 좀 넘었다. 12호 정도였다고 회상된다. 그러나 세잔느의 자화상은 물감을 풀어서 그리기는 했지만 입체감이 있다. 딱딱한 예리한 맛이 있다. 그러나 상의 「자화상」은 마티스의 그림에서 보는 부드러운 맛뿐이다. 이 그림은 배색도 물체도 몽롱하다. 그는 선의 유영에서 빛깔과 빛깔의 교차에서 이룩되는 몽롱하고 아름다운 세계를 겨눈 것 같다. ─상같

이상, 「자상」, 1931년 조선미술전람회에 출품하여 입선한 작품. 나혜석의 「정원」이 이때 특선으로 뽑혔다. 제비다방에 걸려 있던 이 자화상은 박태원의 「애욕」에도 등장한다. 여러 사람이 이 그림의 특징인 '누렇게 떡칠한 듯한' 색채감을 떠올렸다.

이 자화상을 그린 화가가 또 있는지 모르겠다. 그는 그의 화인으로서의 전 생애를 자화상만 그렸다. 자화상과 씨름을 했다. 성장을 한 자화상이 아니라 반 고호와 같이 생겨먹은 대로 입은 그대로 그렸다."[54]

　　이러한 문종혁의 말을 존중한다면 이상도 마리 로랑생적인 그러한 길을 지향한 것은 아닐까? 야수파적이고 원시주의적인 지향점과 기하학적인 입체주의적 거울세계 사이에서 방황하며 자신만의 어떤 길을 모색한 것이 아니겠는가? 그런데 그의 「자화상」을 보면 문종혁의 말과는 달리 마티스적인 필치가 느껴지지 않는다. 복잡하게 얼룩진 것 같은 이 화폭은 뚜렷하고 단순하며 강렬한 마티스적 화폭과는 분명히 다르다. 이것은 오히려 공간 속에 미묘한 색감들을 풀어내서 공간에 미묘한 깊이와 다채로운 차원

을 부여하는 세잔느적 분위기를 보여주는 것 같다. 야수파적인 필치는 이 화폭을 전체적으로 강렬하게 점령한 누런 황색의 터치에서 엿보일지 모른 다. 바로 그 떡칠한 것 같은 누런빛에 대해 여러 사람이 이야기하지 않았던 가? 그는 이「자화상」을 제비다방에 걸어두었다. 단조로운 흰색의 벽면을 장식한 구본웅의 야수파적인 벽화(한 여인의 나상과 날아가는 제비를 그린)와 함께 이 그림은 제비다방을 예술가의 집합소인 라보엠적인 공간으로 꾸미려 한 이상의 염원을 한동안 담아내고 있었다. 1931년도에 조선미술박람회에 출품되어 입선한 이 누런 자화상은 그 당시에 자신의 내면에 갇힌 무한정 원적 존재인 '황'(자신의 목장을 지키는 개의 이름이라고 한)의 표상처럼 느껴진다.[55] 그는 정지용의「말」에 스며 있는 로랑생적인 문맥, 즉 야수파와 입체파의 창조적 결합을 이렇게 자신의 무한정원적인 동물인 누런 개 '황'을 통해 모 색해나간 것이다. 이렇게 색다른 차원을 모색해나간 그의 도정을 정지용의 「말」에 나오는 또 다른 문맥을 통해 좀 더 살펴보기로 하자.

정지용은 마리 로랑생을 의식한 것이 분명한데 과연 로랑생의「말」 에서 어떤 생각을 가져온 것일까? 그것은 분명, 어떤 이유로 상처 입었지 만 길길이 뛰지 않고 점잖게 참아내는 존재와 관련된다. 마리 로랑생은 '죽 어가는 말'이라고 했다. 정지용은 슬픈 모습을 한 '다락 같은 말'의 이미지 로 그것을 바꿨다. '점잖다'는 표현은 바로 이 '다락 같은'이란 말을 보충한 것이다. 육중한 체구로 서 있는, 크면 서도 말이 없는 이 짐승을 '다락'에 비 유한 것은 탁월한 솜씨이다. '다락'은 또한 달리지 않는 또는 달리지 못하 는 (상처입은) 말(그리하여 다락처럼 우두커니 서 있는 말)을 암시해준다. '상처입고 죽

식
민
지
다
락
의
사
상
적
공
허

[55] 이상은 이 독특한 자신의 분신적 동물인 '황'을 괴테의「파우스트」에서 가져온 것은 아닐까?「파우스트」제1부를 보면 부활제 구경에서 돌아오는 길에 파우스트 뒤에 한 마리 검은 개가 따라와 서재로 같이 들어가 는 장면이 있다. 괴테는 이 개를 악마 메피스 토펠레스의 변신으로 설정했다. 1934년에 조희순은「파우스트」제1부를 번역해서 실 었다(『중앙』, 1934년 9월호를 참조하라). 이상은「선에관한각서5」에서 '나'의 다수적 존재에 대해 언급하면서 이렇게 말한다. "파 우스트를 즐기거라, 메피스트는 나에게 있 는 것도 아니고 나이다."(전집1, 60쪽).

어간다'는 로랑생적인 표현이 정지용
의 시에서는 모두 이 '다락'에 흡수되
어 있다. 높은 곳에 위치해 있으면서
도 이제는 잘 쓰이지 않는 것들이 처
박혀 있을 것만 같은 공간이 '다락'이
다. 침묵한 채 서 있는 말의 표상 속
에 그것이 들어 있다. 이 '다락'의 이
미지에는 쓸모없이 버려진 낡은 것,
낯선 땅에서 떠도는 고아 같은 신세
의 내면 속에 담겨 있는 자신의 어두
컴컴한 출신배경 같은 것도 담겨 있
다. 정지용은 마리 로랑생의 사생아
적 처지를 알고 있었을 것이다. 버림

구본웅, 「여인」, 1935년 무렵. 이 그림을 통해서
구본웅이 제비다방에 그린 야수파적인 벽화(날아
가는 제비와 나무를 배경으로 한 나부상이 그려
진)를 어느 정도 상상해볼 수 있다.

받은 고아 같은 식민지 청년들의 쓸쓸함이 여기 배어 있다.56 「말」의 마지
막 구절에는 그렇게 해서 누가 자기를 낳았는지 모르는 비애, 세상을 떠도
는 뿌리 뽑힌 자의 슬픔이 있다.

　　　이상이 「실화」에서 이 대목을 패러디한 이유를 찾을 수 있을 것 같
다. 즉 '다락같은 말'은 자신의 내면에 간직되어 있는 높은 이상(理想)들이
실제 현실에서는 별로 쓰일 데 없게 된 식민지 지식인의 처지를 표상한
　　　　　　　　　　　　　　　　　　 것일 수 있다. 그들은 열정적으로 추
　　　　　　　　　　　　　　　　　　 구하고 내면 속에 소중하게 간직하게
　　　　　　　　　　　　　　　　　　 된 이상(理想) 때문에, 그리고 그것을
56 김소월은 육필 원고로만 남은 한 유고작　 실현할 수 없다는 현실적 절망 때문
에서 비슷한 감정을 노래했다. "우리는 아기　 에, 즉 감당할 수 없게 된 높은 이상
들, 어버이 없는 우리를― / 아직 어린 고아
들! 너희는 주린다. / 학대와 빈곤에 너희들
은 운다. / …… / 우리는 괴로우니 슬픈 노
래 부르자." 억지로 "나아가 싸워라, 즐거워
하라" 하는 부질없는 선동은 우리에게 독이
라고 하면서 치욕을 참고 인종하며 덕을 기
르고 힘을 갖게 된 어른이 되어 싸우자고 했
다(김용직 편, 『김소월 전집』, 문장, 1982,
298~299쪽).

때문에 상처받고 점차 정신적으로 죽어간다. 그들이 품은 사상은 식민지 현실을 주도할 수 없다. 그것이 바로 이상이 「단발」에서 다음과 같이 말한 요지이다. "우리들은 숙망적으로 사상, 즉 중심이 있는 사상생활을 할 수가 없도록 돼먹었거든." 그는 여기서 사상과 지성을 구분한다. 사상은 현실 생활을 이끌어가는 힘인 반면, 지성은 그렇지 않다. "지성—흥 지성의 힘으로 세상을 조롱할 수야 얼마든지 있지, 있지만 그게 그 사람의 생활을 '리드'할 수 있는 근본에 있을 힘이 되지 않는 걸 어떻거나?" 여기서 우리는 이상이 자신의 어법으로 개념화한 '사상'과 '지성'이란 단어를 마주한다. 그것에 대해 본격적인 철학적 분석을 하지 않더라도 우리는 대략적으로 그러한 구분이 무엇을 의미하는지 짐작할 수 있다. 사상은 세상을 이끌어가는 힘으로 작용하는 만큼 그것은 총체적 체계와 관련될 것이다. 그것은 사회생활의 여러 분야를 하나의 일관된 조직적 체계로 꾸며 마치 하나의 생명체처럼 이끌어갈 수 있는 정신적 방향타이자, 정신적 조직력일 것이다. 그러나 지성은 그러한 사상적 수준에 못 미치는 지식들, 미처 전체적인 체계를 갖추지 못한 사유들일 것이다. 지성은 아직 사상의 봉우리에 도달하지 못한 사유와 지식의 단편들과 관계된 것이거나 아니면 자신을 압도한 다른 사상에 밀려 붕괴되고 균열된 사상인 것이다.

이상의 문학작품은 대략 그러한 '사상'과 '지성' 사이의 틈 속에서 방황하며, 그러한 틈을 연결시킬 수 있는 고리들이 무엇인지에 대해 고민한 과정이나 그 결과에 대한 기록이라고 정의할 수 있을 것이다. 그의 수염이 텁수룩한 얼굴, 즉 슬픈 얼굴을 한 말은 우리를 식민화한 일본의 동경 거리를 방황하면서 그렇게 자신을 성찰할 수 있었다. 그는 이제는 높은 다락 속에 처박혀 있지만, 그 이전 언젠가는 열정적으로 야심찬 사상적 탐구를 했었다. 그것은 문학에 뛰어든 초창기 시절이었으며, 그 탐구는 시적 열정 속에 녹아 있었다. 그의 후기 소설들은 이미 그러한 사상적 시적 열정이 시들어가며 육체적으로나 정신적으로 죽음을 향해 자신의 삶을 소진시킬 뿐인 그러한 기록들에 불과했다. 「실화」에서 말했듯이 그에게는 지성의 힘으로 세상을 조롱하는 일들만이 남아 있었다. 그가 한때 추구해서 획득한 높다란 사상은, 그렇게 조롱받는 세상의 모든 것이 다만 실체 없는 껍데기에 불과하다는 것을 폭로해준다. 「봉별기」의 마지막 구절 "속아도 꿈결 속여도 꿈결 굽이굽이 뜨내기 세상"이란 금홍이의 노래 가사는 그러한 것을 압축해서 보여준 아포리즘이다. 「실화」에서 주인공과 다른 여인들의 존재 역시 그러한 거짓 행위들로 이루어져 있음을 보여준다. 여인의 얼굴을 '다마네기'라고 하지만 사실은 그 자신을 포함해서 세상의 모든 것이 그러하다는 것을 폭로하는 것이 이 소설의 주제이다. 껍질을 벗기면 나중에는 아무 것도 없다. 감추고 숨기는 껍질들 속에서만 이 시대의 모든 것은 존재한다. 그 껍질 때문에 비밀이 생기고 그것을 재산처럼 여기는 것이 세상에 남은 삶의 유일한 의미이다. 이 허무주의는 그의 소설 전체에 스며 있다. 과연 이 세상에서 어떤 여인과 진정한 사랑을 설계할 수 있단 말인가? 아무리 껍데기를 벗겨도 진정한 사랑의 실체가 남아 있을 그러한 사랑이 과연 가능한가? 그는 이렇게 불가능한 물음을 묻는다. 그의 소설은 바로 이 물음에 대한 세속적 탐구이다.

그의 '말'에게 유일하게 남겨진 길이 바로 이것이다. 이미 결정되어 있는 자신의 운명인 죽음을 함께할 수 있는 사랑이 과연 있겠는가? 「종생기」의 산호채찍은 그러한 죽음을 향해 달려가는 말을 채찍질하는 도구이다. 「실화」에서 C양에게 읽어주는 소설의 주제인 "죽도록 사랑할 수 있나요—있다지요"는 「종생기」에서도 이상이 찾아 헤매는 사랑의 길목에 놓여 있다. 그러나 그가 달려가는 길에 그러한 사랑은 존재하지 않는다. 바로 그러한 허무한 죽음에 대한 자신의 「종생기」를 쓴다는 것이 그가 꼭 쥐고 있는 마지막 산호채찍이다. 「종생기」의 마지막 부분은 자신의 마지막 삶을 이미 죽음 자체로 상상하는 자의 기록이다. "정희, 간혹 정희의 후툿한 호흡이 내 묘비에 와 슬쩍 부딪는 수가 있다. 그런 때 내 시체는 홍당무처럼 화끈 달으면서 구천을 꿰뚫어 슬피 호곡한다." 이 수수께끼 같은 구절은 무엇을 말하는가? 이미 자신과 연애하는 여인의 모든 거짓을 다 알아버린 자의 허무하고 쓸쓸한 죽음(살아있지만)의 폐허(무덤)까지도 뚫고 들어오는 한 여인의 향기 — 시체까지도 홍당무처럼 달아오르게 만들 만한—는 과연 무엇을 뜻하는가? 여기에는 앞으로 탐색해야 할 이상의 시적인 세계, 그가 시적으로 추구한 사상적 야심이 상처받고 죽어가면서도 흔적처럼 남겨놓은 강력한 생명의 냄새가 스며 있다. 그것 때문에 무심하게 스치는 듯한 사랑의 몸짓에서조차도 사랑의 진정한 가능성을 향해 마치 지푸라기 한 올이라도 잡으려는 심정으로 무덤 속에서 솟구치게 되는 것이다. 그것은 바로 우주의 무한이 품고 있는 에로티시즘이다. 이상은 자신의 소설들에 등장시킨 몇 명의 여인 속에 그러한 에로티시즘을 향한 희미한 실핏줄들을 살짝 새겨 놓았다. 어떤 순간에 그것은 선명한 빛으로 다가오다가도 다가서면 창백하고 냉담한 육체 속으로 사라져갔다. 그는 이 숨바꼭질의 미로 속에서 그것을 뒤쫓아 갔다. 바로 그것의 비밀스러운 영역, 근대적인 사유와 사상을 넘어설 뿐 아니라 그러한 것들을 파괴하고 극복할 수 있는 그러한 전위적인 사상이 거기에 들어 있다. 이러한 것들에 대해 논의하기 위해 우리는 이상의 초기 시편으로 다시 돌아가야 한다.

○

천만에, 나는 비록 호두 껍질 속에 갇혀 있다고 하더라도
무한한 우주의 제왕이라고 자부할 수 있는 사람일세.

『햄릿』 2막 2장

근대초극사상의 개념과 새로운 패러다임의 전개

3

근대적 망과 곽짓점의

. 이상의 '이상한 고리'

제2차 세계대전이 발발하기 전 오스트리아 빈에서 논리적 형식주의를 주도하던 빈 서클의 한 구석 자리에 쿠르트 괴델이 있었다. 그 서클의 카페 모임에서 괴델은 다른 사람들의 논쟁과 주장을 조용히 경청하기만 했다. 그러나 괴델은 1931년도에 서구적 이성이 근대적 유물론의 흐름 속에서 발전시키던 논리적 형식주의에 결정적인 타격을 가한다. '불완전성 정리'(후에 괴델정리라고 알려진)를 발표함으로써 모든 학문의 논리적 체계를 꿈꾸던 러셀과 비트겐슈타인 류의 철학과 수학, 논리학의 기초를 한 번에 붕괴시킨다. 고대 그리스에서 기원한 에피메니데스의 '거짓말쟁이 역설'을 교묘히 이용함으로써, 어떠한 완벽한 논리적 체계도 그 자체 내에서는 해결할 수 없는 모순적 역설이 반드시 생긴다는 것을 증명한다. 그러나 그가 그러한 논문을 발표했을 때 대부분의 사람은 물론 그 주변의 전문가들조차 그 중요성을 제대로 알아차리지 못했다. 몇 년이 지나서야 서서히 그 이론이 던지는 충격파가 점점 크게 퍼져나가기 시작한다. 그런데 이러한 괴델의 정리에서 핵심적인 원리는 '거짓말쟁이 역설'처럼 자기에게로 되돌아오는 재귀순환적인 논법이다. 나중에 에셔의 그림과 바흐의 푸가를 곁들여 괴델의 정리를 재미있게 풀어낸 호프스태터는 그것을 '이상한 고리'라는 용어 속에 함축시켰다. 그것은 한마디로 말한다면 무한을 유한한 형식으로 보여주는 형상이다.

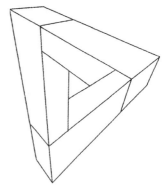

펜로즈의 불가능한 삼각형. 삼각형의 각변을 이루는 막대가 뫼비우스띠처럼 꼬여 있다. 펜로즈의 이 삼각형을 에셔의 무한폭포에서도 찾아볼 수 있다.

　　그런데 이러한 괴델적인 이상한 고리는 야릇하게도 같은 1931년에 전혀 다른 방식으로 동양의 한 귀퉁이에 있는 식민지 경성의 이상에게서도 나타났다. 그것은 '거울의 고리'와 '초검선1의 고리'였다. 식민지의 한 창백한 청년은 당시 식민지인으로서 출세할 수 있는 최고의 자리인 총독부 건

1 '초검선' 개념에 대해서는 다음 절에서 자세히 다룰 것이다. 이것은 광선으로 포착할 수 있는 세계를 넘어선 영역과 관련된 운동선이다. 우리 눈에 보이지 않는 좀 더 미시적이고, 더 광대한 우주 영역에서 진동하는 거미줄 같은 메커니즘을 섭렵하는 우주적 삶의 운동선과 관련된다. 나는 이 용어를 우리 민속에서 가장 신성시하는 '검줄'이란 말에 착안해서 만들었다. 흔히 '금(禁)줄'이라는 부정적 이름으로 불리는 이것을 이능화는 일찍이 '감줄'이란 신성한 용어로 해석했다. 이필영은 그것을 '검줄'이란 말로 바꿨다. 나는 이 '검줄'의 구조와 상징을 '초검선'의 개념에 상당 부분 수용하려 한다. 우리에게 '검'은 '단군왕검' 이래 신성한 명칭으로 쓰였다. 알타이어에서 '깜(감)'은 사면을 뜻한다고 한다. '검'과 '감'은 동일한 의미 영역에서 음운적으로 변주된 것이 아닐까? 이상에게 그것은 까마귀나 고양이같이 어둠 속을 뛰뚫는 검은 빛의 이미지로 나타나기도 한다. 광선을 초월해서 우주의 본질적인 영역까지 내밀하게 들여다보는 시선, 그러한 시선으로 포착되는 영역을 살아가는 운동선을 나는 새로운 용어인 '초검선'으로 정의하고자 한다. 이상은 초기 시인 「LE URINE」에서 오줌의 흐름, 뱀의 운동을 '실과 같은 동화'라고 표현한다. 이러한 이미지들은 초검선의 불완전한 이미지라고 할 수 있다.

·133

축과의 한 자리를 차지하고 있었지만 거의 사무적으로는 빈둥거리며 일을 하지 않았다. 그는 담배를 피워대며 계속해서 무엇인가 엉뚱한 것에 매달려 있었다. 그가 밤을 새우던 책상 위에는 건축관계 설계도면 대신 자신의 놀라운 착상을 받아적기 바쁜, 시를 위한 원고지가 놓여 있었다. 거기에서 그는 때로 시적 상상력으로 결합된 매우 색다른 새로운 기하학적 도면들을 그려냈다. 그의 수식은 매우 낯설고 기이한 시적 방정식과 시적 좌표들 속에서 빛나고 있었다. 우리

에서, 「폭포」, 1961. 자신이 출발한 원점으로 다시 되돌아가 떨어지는 이 폭포는 마치 펜로즈의 삼각형처럼 꼬여 있다. 물은 꼭대기를 향해 흘러내려간다. 이러한 역설적인 폭포를 에서는 그렸다.

에게 지금 남겨진 것은 그가 당시 2~3년에 걸쳐 쓴 몇 천 점의 시편 가운데 간신히 남아 있는 얼마 안 되는 일부분이다. 그러나 그의 그러한 열정적인 탐색의 방향과 성과를 어느 정도 유추해볼 수 있을 정도의 시적 기호들은 남아 있다. 그것만으로도 많은 논의를 할 수 있다. 거기에는 분명히 식민지의 하급 기술자직에 안주하지 않고, 그가 야심차게 도전하려 한 색다른 과제, 오히려 자신이 속한 그러한 식민지 근대체제의 논리를 내적으로 폭파시킬 만한 악마적(?) 논리가 펼쳐지고 있었다. 나는 그것을 우주적인 '무한에로티시즘'이라고 부르고자 한다. 사실 앞에서 논의한 「종생기」의 산호채찍은 이러한 에로티시즘의 화려한 끝자락으로 만들어진 것이다. 따라서 이 시편들을 이해하지 않고서는 그의 소설을 제대로 읽어낼 수 없다.

이상이 1931년도에 쓴 두 유형의 시를 주목해야 한다. 「삼차각설

계도」라는 큰 제목 하에 연작시 형태로 쓰인「선에관한각서」연작과「조
감도」(한글로 쓰인「오감도」와 다른)가 그것이다. 여기서 본격적으로 다룰 것들은
주로「선에관한각서」연작이다. 논의에 앞서 그보다 먼저 쓰인「조감도」의
시 중에서「광녀의 고백」과「흥행물천사」에 대해 잠깐 논해보자.

　　쓰인 날짜로만 보면「조감도」의 시들은 1931년 6월과 8월이고,「삼
차각설계도」의 시들은 1931년 9월이니「조감도」시편이 먼저 쓰였음을 알
수 있다. 그런데「삼차각설계도」의 시편 중 첫 번째인「선에관한각서1」에
는 ‘1931년 5. 31.’과 ‘9. 11.’ 두 개의 날짜가 부기되어 있어서 이 시에는
어떤 사정이 있었음을 보여준다. 혹 그가 이 시를 가장 먼저 구상하고, 어
느 부분까지 완성한 것이 아닐까? 이 시는 전·후반부가 상이한 구조로 되
어 있다. 전반부는 100개의 구체와 그에 대한 간략한 설명(세 개의 명제가 달
려 있다)이며, 후반부(‘스펙톨’이라는 부분 이후)는 광선과 그보다 빨리 갈 수 있는
사람에 관한 이야기이다. 이 뒷부분을 그는 다른 시편이 쓰인 9월 11일에
썼을 것이다. 따라서 이상의 모든 시 중에서「선에관한각서1」의 전반부가
가장 먼저 쓰인 것으로 볼 수 있다. 이 시들에서 우리는 이상에 대해 앞에
서 논의해온 주제의 선구적인 시적 형상을 볼 수 있다. 즉 허위적인 껍데기
만으로 이루어진 세상에 대해서 이 시들은 이미 매우 놀랄 만한 생각과 형
상들을 보여주었다. 이상은 자신이「종생기」에서 과시한 탕아의 체험담에
서 나올 만한 것을 일찍이 이 시들에서 선보였다. 그것도 매우 극단적인 황
홀경을 체험한 자에게서 나올 만한 그러한 것으로.

　　「광녀의 고백」은 창녀에 대해 노래한 시이다. 이 시의 현란하고 복
잡한 이미지들을 따라잡기에는 지금의 현대적 상상력조차도 너무 빈약할
정도이다. 그러니 이 작품을 완벽히 이해하겠다는 야심은 잠깐 접어두기로
하자. 다만 이 시의 요점이 창녀의 기계적인 몸짓과 그녀가 펼치는 차가운

황홀경에 있다는 것에 집중해보기로 하자. 그녀를 초현실적인 환상세계 속에 펼쳐놓음으로써 이상은 지금 보아서도 매우 현기증이 날 정도로 현란하고 독창적인 장면들을 보여준다. 웃음의 기계적인 폭발에서, 그리고 그녀가 미친 듯이 이끌어가는 기괴한 황홀경의 세계에서 발견되는 것이 모두 그렇다. 살바도르 달리의 그림에서 착안한 듯한 이러한 초현실적 풍경 가운데 가장 강렬하게 우리를 자극하는 것은 북극의 풍경이다.

이상과 살바도르 달리의 관련성에 대한 약간의 정보를 우리는 다음과 같은 언급에서 찾아볼 수 있다. 김기림은 어떤 자리에서 이렇게 말했다. "그러니까 이상과 구보(박태원)와 나와의 첫 화제는 자연 불란서 문학, 그 중에도 시일밖에 없었고, 나중에는 르네 클레르의 영화, 달리의 그림에까지 미쳤던가보다. 이상은 르네 클레르를 퍽 좋아하는 눈치다. 달리에게서는 어떤 정신적 혈연을 느끼는 듯도 싶었다."2 달리는 1954년에 그린 「십자가 위의 예수 – 하이퍼큐브의 육체」 이후 사차원적인 상징적 입체들을 그렸다. 일상적 감각 너머로 전개되는 이러한 고차원적 공간에 대해 자신의 생애 마지막 30년을 바쳤다. 그의 작품들은 원자와 핵에 관한 상

살바도르 달리, 「십자가 위의 예수 – 하이퍼큐브의 육체」, 1954. 사차원 입방체인 테서락에 못박힌 예수를 그렸다. 허공에 매달린 이 십자가는 바닥에 깔린 2차원적 평면 타일을 3차원 입체로 만든 것이다. 달리는 4차원적 느낌을 공중부양된 십자가를 통해 표현했다. 또 거기 못박힌 예수도 부양된 모습의 무중력 상태로 십자가 위에 떠 있는 것처럼 묘사했다. 바닥 타일의 평면 위로 3차원 세계의 빛이 저물면서 타일 위에 세워진 탑 위에 있는 두 사람은 더 높은 다른 차원의 빛 속에 떠오른 십자가상을 보고 있는 것이다.

징으로 가득차고 양자역학과 유전학적 상징들로 채워졌다.3 달리보다 앞서서 펼친 이상의 초검선적 우주의 주제가 달리의 후기 작품들의 주제였다는 것에서 우리는 그 둘 사이의 묘한 정신적 혈연을 느낀다.

. 차가운 쾌락의 무한원점

이상의 초현실주의적인 풍경을 계속 감상해보자. 「광녀의 고백」에서 광녀는 마치 북극 탐험가처럼 자신의 다른 모든 것을 포기하면서까지 북극의 한가운데로 달려간다. 거기에는 초현실적으로 과장되고 꿈처럼 은밀하게 치환된 성적 풍경들이 은유적으로 묘사되어 있다. 성적 쾌락의 극한적 풍경이 다음과 같이 펼쳐진다. "여자는 푸른 불꽃 탄환이 벌거숭이인 채 달리고 있는 것을 본다. 여자는 오오로라를 본다. 텍크의 구란(勾欄)은 북극성의 감미로움을 본다. 거대한 바닷개〔海狗〕잔등을 무사히 달린다는 것이 이 여자로서 과연 가능할 수 있을까. 여자는 발광하는 파도를 본다. 발광하는 파도는 백지의 화판(花瓣)을 준다. 여자의 피부는 벗기이고벗기인 피부는 선녀의 옷자락과 같이 바람에 나부끼고 참서늘한 풍경이라는 점을 깨닫고 사람들은 고무와 같은 두 손을 들어 입을 박수하게 하는 것이다." 여기서 오로라와 북극성의 감미로움은 극단적인 황홀경을 이미지화한 경치이다. 그러나 마침내는 그러한 쾌락의 껍질이 드러나고, 그것은 허무함의 바람에 서늘하게 나부낀다. 이 '서늘한 풍경'이야말로 이 현란한 시의 도달점이다.

3 이바스 피터슨, 『무한의 편린』, 김승욱 역, 경문사, 2005. 55~59쪽 참조. 달리의 그림에서 십자가는 8개의 정육면체가 연결된 4차원 입방체인데 이것은 일명 '테서락(tesserract)'이라고 한다. 이것은 정육면체를 펼친 그림에서 각 정사각형을 정육면체로 전환시킴으로써 만들어진다. 크라우스는 힌턴의 테서락에 대한 관점이 피카소나 브라크의 입체파적인 관점과 놀라울 정도로 닮아 있다고 지적한다(로렌스 M. 크라우스, 『거울 속의 물리학』, 고수영 역, 영림카디널, 2007. 123·129쪽 참조).

그것은 진정한 사랑에 의해 풍요롭게 열매 맺는 낙원적 풍경과는 멀리 떨어진 것이다. 돈으로 사는 쾌락, 교환가치에 의해 매매되는 육체와의 사랑은 마침내 그 허무한 껍질만을 남긴다. 그 속에 사랑의 실체는 없다. 앞에서 논의한 이상 소설의 주제, 즉 다마네기 같은 껍질로만 이루어진 허위적 세상이란 주제가 이미 여기서 강렬하게 선보였다. 이상은 성적인 쾌락의 한 극단적인 지점 속을 뚫고 들어가서 그 속에서조차 그러한 껍질의 속성을 내보인다. 소설에서는 그저 시시콜콜한 연애행각과 심리적인 탐색 등을 통해서 그러한 극단적인 깊이의 변두리를 맴돌 뿐이다. 소설에서 이러한 깊이를 드러내기 위해서는 세속적인 검열(일반적인 성윤리를 벗어난 노골적인 성적 표현을 통제해야 하는)을 피할 방법이 없었을 것이다. 무슨 이야기를 하는지 거의 알아차리지도 못할 정도의 난삽하고 초현실적인 현란한 이미지들을 통해서만이(즉 전위적인 시적 형식을 통해서만이) 그러한 극단적인 깊이 속으로 육박해갈 수 있었다.

이 시에서 우리가 주목해야 할 부분은 그러한 극단적인 깊이에 대응하는 북극의 하늘 꼭짓점에 대한 것이다. '북극성의 감미로움'이라고 노래한 이 지점이야말로 이상의 사상적 탐색이 험난한 극지의 황무지를 꿰뚫고 개척해 놓은 독창적인 풍경이다. 그것은 한마디로 말해서 차가운 쾌락적 세계의 '무한원점'이다. 이상은 다른 글에서도 이 세상을 전체적으로 포착하기 위해 흔히 지구적 형상을 동원하였다. 지구의(地球儀)라든가 지구의 남극과 북극이라든가, 생명의 북극 등의 용어를 쓴 것이다. 그가 근대적인 세계상을 천문학적 시야에서 펼칠 수 있었던 배경에는 천문학과 기하학, 수학 등 근대적 지식체계가 놓여 있다. 앞의 시에서도 이러한 지식체계가 작동하고 또 그것들이 선도하며 만들어낸 근대세계의 한 본질을 드러내려 했다. 즉 차가운 교환관계(모든 것을 수량화함으로써 등가로 여겨지는 것들을 교환함으로써 형성되는)의 바탕 위에서 근대사회가 추구하는 욕망의 극단적인 지점에 과연 무엇이 있는가에 대해 말하고 있다. 창녀는 교환가치가 지배하는 사회에서 인간 자신의 몸을 상품화한 것이다. 그것은 모든 것을 교환가치의 논리 속에 끌어들이는 근대사회의 극단적인 결과물이라고 할 수 있다. 교환가치가 지배하는 사회에서 과연 인간은 인간이란 상품을 통해서 어떠한 욕망의 극대치에 도달하는가라는 문제가 여기 놓여 있다. 이렇게 근대적인 교환가치의 세계 전체에 적용되는 일반적인 규정을 이상은 극한적인 지점까지 탐구했다.

　　쾌락의 북극이란 이미지는 따라서 이러한 세계 전체와 맞닿아 있다. 그러한 욕망의 무한한 속성과 다양한 형태, 또 추구되는 이 모든 것을 함축하는 이 욕망의 우주를 그것은 표상한다. 그 전체를 지배하는 법칙은 차가운 교환의 냉정한 논리이다. 이 얼어붙은 세계의 모든 것을 싸고도는 차가운 교환법칙의 공기 속에서 그러한 법칙을 지배하는 별인 북극성이 빛난다. 차가운 모든 법칙은 이러한 세계의 꼭짓점에서 차갑게 빛나는 그 북극성에 지배된다. 이 세계에서 추구하는 쾌락의 궁극적인 지점에 바로 이 별이 있다. 이러한 상상적 세계에 대해 우리는 '무한원점'을 포착한 새로운 기하학적 지식을 적용해야만 할 것이다. 직선들은 무한하게 연장될 때 모두 한 극점을 향해 휘어진다. 이 교환법칙의 세계에도 이러한 기하학을 적용시켜 볼 수 있다. 쾌락의 북극은 추구되는 욕망의 선들이 모두 한데 모이는 점, 즉 욕망의 '무한원점'이 된다.[4] 이상은 근대적 논리의 지평을 '무한'의 사유 속으로 이끌어감으로써 그것의 황무지적 성격을 극단화시켜 보여줄 수 있었다. 위의 시에서 그것은 탁월한 방식으로 적용되었다. 육체적 쾌락의 교환법칙(근대적 상업 논리의 극단적인 측면)을 극한적으로 추구해서 그러한 쾌락의 무한원점을 보여준다. 쾌락의 북극점이 바로 그것이다. 바로 그 위에 차갑게 빛나는 별이 있다. 이러한 세계는 단지 표면만으로 이루어진 껍질의 세계이다. 진정한 사랑에 의한 뜨거운 결합이 없이, 극단적인 차가운 교환의 꼭짓점에는 얼어붙은 극지의 황량한 풍경만이 펼쳐진다. 그

4 애머 악첼, 『무한의 신비』, 승산, 2005, 83쪽. '리만의 구체' 참조.

가 꿈꾸는 참된 무한의 풍요로운 우주와 완전히 반대되는 장면이다. 우리는 뒤에 이상이 진정으로 추구한 참무한의 우주적 표상인 무한정원의 과일들을 보게 될 것이다. 거기서 무한원점은 속이 꽉 찬 구체(球體)의 중력중심에 있게 된다.

이상은 자본주의 경제학 속에 용해되어 있는 유클릿적 기하학논리를 이렇게 완전히 붕괴시켜 보인다. 이러한 파괴적 힘은 단지 비유클릿적 기하학에 대한 지식에서 나온 것이 아니다. 그것은 그의 무한적 사유의 힘에서 비롯하였다.

「흥행물천사」는 그 부제('-어떤 후일담으로')처럼 그러한 쾌락의 극지탐험의 후일담 같은 이야기이다. 쾌락의 극지대로 마치 자신의 모든 것을 희생적으로 포기한 채 사람들을 이끌어가는 것 같던 광기어린 영웅 같은 창녀의 후일담이다. 영웅의 후일담은 언제나 꼭짓점을 지난 이야기처럼 시시하고 맥이 빠진, 그리고 일

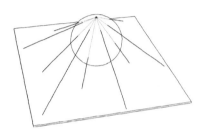

리만의 구체. 평행한 직선이 무한히 연장되면 모두 한 점을 향해서 휜다. 모든 직선은 따라서 한 점으로 모여든다. 위 그림의 구체 위쪽의 한 점은 바로 그러한 무한한 거리에 상정된 구체 위의 한 점, 무한원점이다.

상에서 평범하게 살아가며 겪는 평이한 고난으로 끝난다. 그렇게 쾌락의 극점으로 인도하던 창녀도 그 쾌락의 절정을 지난 다음 허무해진 일상의 삶들을 견뎌야 한다. 이제 쾌락은 극지탐험적 절정을 위한 모험이 아니라 자신의 삶을 위해 흥행적으로 연기(演技)되는 판매대상일 뿐이다. 일상적인 쾌락의 시시함과 살아가야 하는 절박함 사이에 그녀의 절망적인 생애가 자리잡는다.

이상은 도대체 이러한 통찰력을 어떻게 얻어낸 것일까? 이러한 날

카로운 시적 인식은 초현실주의를 이끌던 서구의 시인이나 그 지역의 철학자도 쉽게 도달할 수 없었던 경지이다. 그러나 근대세계에 대한 이러한 비관적인 인식에 너무 빨리 도달한 것이 그의 비극이다. 그러한 비극을 가져온 근본적인 원인 또한 그의 야심찬 사상적 도전에서 이미 싹트고 있었다. 「선에관한각서」 연작에서 그러한 사상적 도전의 면모와 그 성격을 살펴볼 수 있다. 거기에는 근대의 황무지적 무한원점에 대비될 만한 다른 어떤 것이 있다.

근대초극의 개념과 새로운 문명 설계도

① 초검선 선언(사람의 탄생)

사람은 절망하라, 사람은 탄생하라, 사람은 탄생하라, 사람은 절망하라

— 이상, 「선에관한각서2」

검구 안에 영정임네

검구 밖에 영정임네

— 영덕지역 「오구굿」

. 새로운 우주와 새로운 휴머니즘을 위하여

이제 사실상 이상 문학의 원천지에 해당하는 「선에관한각서」 연작을 논할 차례이다. 그는 이 연작 전체의 제목으로 「삼차각설계도」라는 낯선 용어를 썼다. 추상적 기하학적 용어인 '선'을 시적으로 확장시켜 거기 생명을 불어넣었다. 시간의 흐름을 만들어내는 수많은 운동선까지 포함하는 삼차각적인 '선'을 만들어낸 것이다. 「선에관한각서」에서처럼 스펙트럼으로 수

없이 갈라진 선들을 하나로 끌어모을 수 있는 상상력이 여기서 작동하고 있다. 이 미묘한 선들은 유클릿적 기하학 논리를 초극하는 매우 낯선 우주로 우리를 안내한다. "취각의 미각과 미각의 취각"(「각서1」), "속도를 조절하는 날 사람은 나를 모은다"(「각서5」), "주관의 체계의 수렴과 수렴에 의한 凹렌즈"(「각서6」) 등에서처럼 사람의 감각, 인식, 행위의 운동선들이 묘사되고 있다. 근대적인 학문체계가 발전시켜온 분리와 구분에 의한 인식형태를 전복시키고, 그렇게 분화된 것들을 수렴하는 전체적 인식을 지향한다. '삼차각'이란 용어는 그러한 수렴적 인식을 향한 새로운 기하학을 가리킨다. 이 연작 전체를 해석한 다음에야 이 용어에 숨겨진 의미를 어느 정도 알 수 있을 것이다. 마치 어떤 미지의 피라미드 속에서 발굴된 기이한 문서의 상형문자처럼 「삼차각설계도」의 시들은 그렇게 신비롭고 비밀스럽다. 그 것은 어떤 거대한 비밀을 담고 있는 듯하다. 「자화상(습작)」에 묘사된 것처럼 자신의 눈동자 속에 태고 하늘의 영상이 담긴(「각서7」에서는 이 하늘의 영상은 '시각의 이름'으로 지칭된다) 약도를 지닌 채, 피라미드 같은 코로는 그 태고의 공기를 숨 쉬던 것이니, 그의 얼굴은 어떤 미지의 세계, 고대적 폐허가 흩어져 있는 '어떤 나라'였다.5 다른 모든 문명의 발길을 거부한 채, 오래된 미라의 데스마스크처럼 방치된 이 낯설고 기이한 세계에 깊숙이 들어가본 사람은 과연 몇이나 될까? 「삼차각설계도」 전체에 깔린 미지의 기호들은 지금까지 방치된 채 거의 대부분이 유실된 광대한 폐허의 극히 일부이다. 이 파편 조각을 어떻게 해독하느냐에 따라 우리는 그렇게 사라져

5 「자화상(습작)」의 관련된 부분은 이렇다. "여기는 도무지 어느 나라인지 분간(分間)을 할 수 없다. 거기는 태고(太古)와 전승하는 판도(版圖)가 있을 뿐이다. 여기는 폐허다. '피라미드'와 같은 코가 있다. 그 구녕으로는 '유구(悠久)한 것'이 드나들고 있다. 공기는 퇴색되지 않는다. 그것은 선조가 혹은 내 전신(前身)이 호흡하던 바로 그것이다. 동유(瞳孔)에는 창공(蒼空)이 응고하여 있으니 태고의 영상(影像)의 약도(略圖)다. 여기는 아무 기억도 유언(遺言)되어 있지는 않다. 문자가 달아 없어진 석비(石碑)처럼 문명의 '잡답(雜踏)한 것'이 귀를 그냥 지나갈 뿐이다. 누구는 이것이 '데드마스크(死面)'라고 그랬다. 또 누구는 '데드마스크'는 도적맞았다고 그랬다."(『조광』, 1939. 2., 183쪽).

간 '시인의 나라'를 일부나마 복구시킬 수 있을 것이다.

해독은 쉽지 않다. 거기에서 볼 수 있는 기호 하나하나는 그 자체만으로는 모두 우리에게 익숙하다. 하지만 마치 어떤 다른 별에서 온 사람이 자기 별의 문법과 자신의 학문, 자신의 지식체계로 다시 쓴 것처럼 그것들은 우리에게 너무나 낯설다. 그것들은 전혀 다른 방식과 관점으로 코드화되어 있다.

이상의 이러한 시적 파편들은 한 개인의 사소한 실험적 몸짓이나 느낌, 감정의 기록이나 개인적인 자기만족적 유희에 그치는 것이 아니다. 따라서 개별적인 시 한 편 한 편을 그 자체로만 감상하는 것은 큰 성과를 거둘 수 없다. 실제로 이상의 작품은 다른 서정시처럼 편안하게 다가오지 않는다. 실험적인 유행처럼 한번 스캔들적 논란을 일으키고 사라져가는 것도 아니다. 그것은 그 자체로는 별로 사람들을 자극할 만한 것도, 감동시킬 만한 것도 없다. 이상의 작품은 오히려 사람들을 함부로 다가오지 못하도록 거부하는 듯한 모습을 띠기조차 한다. 이러한 것은 모두 그의 개별 작품들이 그 뒤에 숨어 있는 어떤 거대한 내용을 극히 부분적으로 전달할 수밖에 없었기 때문이다. 그는 익숙한 용어와 그것의 익숙한 쓰임새만으로는 자신의 사유와 사상을 적절하게 전달하는 데 막대한 곤란을 느낀 것은 아닐까?

나는 잘 읽히지도 않는 그의 작품을 이리저리 뒤적이고, 어떤 때는 무심코 그저 지나가는 식으로 훑어보았다. 어떤 부분에 이르러서는 고고학적인 탐사처럼 여러 조각을 맞추어보며, 그것이 속해 있을 지층에 대해 이것저것 추측해보기도 했다. 그런 과정에서 그러한 부분적 인상이 어느 순간 전체적으로 이어진 듯한 느낌을 받았다. 그것은 마치 거대한 하나의 이야기를 담고 있는 것처럼 보였다. 사실 이러한 작업을 시작한 지 꽤 오랜 시간이 흐른 뒤에야 나는 불현듯 이상의 작품 속에서 가장 순수한 동심의 세계, 이 우주 전체를 아무런 거리낌 없이 신비롭게 바라보고, 끝도 없이 몽상의 나래를 펴며, 하나하나 알아간다는 기쁨에 취하는 그러한 세계가 다가왔다. 우주를 자신의 정원으로 여기는 동심의 세계가 다가온 것이다.

그러나 「날개」나 「동해(童骸)」 같은 소설, 「권태」 같은 수필 등에서 이상은 그 동심의 세계를 짓눌린 모습으로 그려냈다. 동심의 순수와 신비를 파괴하고 억누르며, 단지 눈앞의 이해관계에만 목숨을 걸고 치열하게 투쟁하는 어른의 세계가 점차 모든 것을 둘러쌌다. 동심의 세계는 그 어른들에게 짓눌리고 변두리로 쫓겨났다. 이상은 그러나 그러한 어른 세계의 살벌한 풍경 속에서도 희미하게 '실과 같은 동화'처럼 이어지는 동심의 세계를 붙잡고 있었다. 이상은 그러한 동심의 세계를 통해서 어떤 원형적 낙원세계를 전해주려 노력한 것이다. 순수한 어린아이처럼 우주전체를 숨 쉬었던 어른의 세계가 있었음을, 그러한 태고의 황금시대가 있었음을 말해주려 애썼다. 단지 지나가버린 것만이 아니라 미래적인 것, 앞으로 다시 도래하게 될 것이라는 희망까지 곁들여서 말이다.

「삼차각설계도」는 바로 그러한 순수한 원형적 문명의 정신, 근대문명을 오히려 훨씬 뛰어넘을 정도로 고도의 지적인 체계에 대해 말하는 듯하다. 「선에관한각서5」는 바로 그 두 가지 측면, 즉 순수한 동심의 세계와 원형적 문명이 지닌 고도의 지적 체계를 결합해서 보여준다. 그것은 그 당대까지 이룩한 근대문명의 최첨단 지식의 차원 너머에 있는 더 높은 다른 차원을 가리킨다. 심지어는 괴델적인 우주[6] 너머로까지 비상하면서 과거

6 존 캐스티·베르너 드파울리, 『괴델』, 박정일 역, 몸과마음, 2002, 193~194쪽 그림 참조. 이 그림은 3차원 공간을 2차원으로 표현한 것이다. 따라서 빛은 광원에서 원 모양으로 퍼져나가며 그 결과 시간축(평면에 수직 차원으로 놓인)에 따라 그 원이 확장해서 원뿔이 생기는데 이것을 '빛원뿔'이라 한다. 그림에는 표시되지 않았지만 이 빛원뿔은 시간의 두 축 즉 미래를 향한 것과 과거를 향한 것 두 개가 있다. 미래로 가는 광선은 위쪽 원뿔이며, 과거 안으로 이동하는 광선은 아래쪽 원뿔을 만든다. 현재 순간에 이 두 원뿔이 만나는데, 그것이 원뿔의 꼭짓점이 된다(위의 책, 192쪽 참조). 괴델의 우주는 빛이 도달 가능한 영역 안쪽에 자리잡고

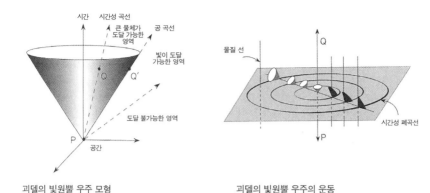

괴델의 빛원뿔 우주 모형

괴델의 빛원뿔 우주의 운동

와 미래 전체가 포괄된 우주를 살아가는 새로운 삶의 양식에 대해 그것은 이야기한다.

　　괴델 우주의 특징은 '빛원뿔' 형태에 있다. 케이스 데블린은 민코프스키 우주의 이중 원뿔 모형을 여러 입자의 '세계선'에 이르기까지 다양한 모습으로 포착한다.7 이렇게 물리학적으로 파악된 원뿔형 우주 이미지를 우리는 '삼차각'이란 독자적인 용어로 파악된 이상의 초검선적 우주 이미지를 이해하는 데 보조적인 자료로 삼을 수 있다. 더 나아가서 고대 샤먼적인 우주 이미지와 그러한 고대적 정신을 예술적인 차원에서 계승하고

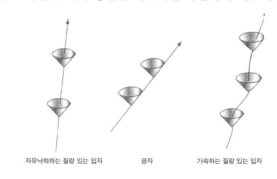

민코프스키의 입자들의
빛원뿔형 운동

자유낙하하는 질량 있는 입자　　　　광자　　　　가속하는 질량 있는 입자

있다. 그것은 빛의 속도 한계 안으로 좁혀진 원뿔형 영역만으로 한정된다.
그러나 이상의 원뿔형 부채꼴우주는 빛의 속도 한계조차 넘어선 것이다.
이 초검선적 원뿔형 우주에 대해 뒷장에서 논할 것이다.
7 민코프스키 원뿔형 우주에서 모든 물체는 '세계선(world line)'을 그리는데 위에 소개한 그림은 그 세 가지 경우를 보인 것이다(케이스 데블린,
『수학의 언어』, 전대호 역, 해나무, 2003, 486~497쪽 참조). 　　　　　.146

자 한 시인들의 우주적 이미지에서도 그러한 것과 흡사한 것을 발견하게
될 것이다.

　　이상은 자신만이 구사할 수 있었던 독자적인 과학과 수학, 기하학
등의 용어를 사용해서 새로운 우주관을 펼쳤다. 기존의 학문적 용어를 시
적인 용광로 속에 녹여 새롭게 변형시키거나 재구성하는 독특한 방식으로
말했다. 그가 창조한 술어 가운데 이러한 새로운 삶의 양식을 가리키는 핵
심적인 구절은 바로 '전등형(숲等形) 체조의 기술'이다. 그는 이러한 여러
개의 신조어를 마치 비밀스러운 문처럼 자신의 세계로 들어가는 길목에 배
치해 놓았다. 이러한 것들과 씨름하면서 그 비밀 코드를 풀어낸 자만이 그
세계로 들어올 수 있도록 교묘한 장치를 도처에 심어놓는다.

　　그러한 복잡한 암호를 설계한 이상의 정신적 본질을 어느 정도 알
아챘다면 그러한 코드들에 다가서는 것이 훨씬 쉬울 수 있다. 그것은 바로
'순수한 동심'일 것이다. 그 모든 복잡한 이야기는 대부분 순수한 동심의
세계에 포괄되는 어떤 것일지 모른다. 그는 「선에관한각서5」에서 바로 그
동심에 대해 노래한다. "동심이여, 동심이여, 충족될 수야 없는 영원한 동심이여."[8] 초문명적인 고도의 지적인 사유 영역조차도 순수한 동심의 영역을 완벽하게 충족시킬 수 있을 정도로 크지는 못하다. 나는 이 두 측면, 즉 순수한 동심의 영역과 고도의 지적인 문명 영역을 모두 포섭할 수 있는 하나의 개념을 제안하고자 한다. 그것은 바로 '무한정원'이란 개념이

8 이상은 「삼차각설계도」보다 「조감도」를 먼
저 썼는데 그 가운데 「LE URINE」(1931.
6. 18.)에는 이 동심에 관련된 최초의 이미
지가 펼쳐졌다. "가장 무미(無味)하고 신성
한 미소와 더불어 소규모하나마 이동되어가
는 실〔糸〕과 같은 동화(童話)가 아니면 아
니되는 것이 아니면 무엇이었는가."(전집1,
45쪽). 얼어붙은 땅에 오줌을 누면서 그 뜨
뜻한 오줌물이 흘러가는 것에서 연상한 이미
지이다. 그것을 "실과 같은 동화"라고 표현
했다. 이러한 동심의 세계는 그의 문학 전체
의 기저에 깔려 있다. 「동해(童骸)」라는 작
품에서 그는 '동해(童孩)'의 뒷 글자를 해골
해(骸)로 바꿈으로써 그러한 동심의 세계가
죽어버린 것을 암시하려 했다. 그의 문학적
추구의 끝자락에는 그 제목이 암시하듯 동화
적 분위기에 대해 더 이상 이야기할 수 없는
삭막함이 감돌고 있었다.

다. 이 무한이란 말에는 이상이 현란한 사유를 통해 근대과학의 한계를 뛰어넘으려 지적 곡예를 한 것이 모두 포괄된다.

　　여기서 다룰 '무한'(순한글식 표현)이란 개념은 기존의 '무한(無限)'과 다른 것이다. 기존의 '무한(無限)'이란 개념에서 무(無)는 부정적인 의미를 갖고 있다. 그것은 단지 '없다' '아니다' 등의 부정사로 기능한다. 그에 비해 무한정원의 무는 긍정적이고 그 자체로 창조적인 개념이다. 이 무는 비물질 세계를 활짝 열어주는 문이며, 거기서 모든 것이 새롭게 생명력을 얻어 다시 태어나는 자궁이고, 그 안에서 모두 편안하게 거할 수 있는 집이다. 「선에관한각서1」을 분석할 때 좀 더 자세히 논의하겠지만, 여기서 무는 마치 '사랑의 정원'처럼 거기 있는 모든 것을 소중하게 끌어안는 개념이다. 그 무에 담긴 것들은 그저 집합된 것만이 아니라, 서로 주고받는 상호작용을 통하여 유기적으로 통합된 하나의 계(界)를 형성한다. 따라서 이 계 안에서 모든 것은 더욱 풍요롭게 되고, 점점 더 진화하게 된다. 이 계는 이렇게 유기적인 전체, 즉 조화롭게 통합된 '하나'의 세계가 된다. 이것을 나는 한이라고 지칭하고자 한다. 이 두 가지 측면을 함께 말하면 바로 **무한**이 된다.

　　무한정원의 '정원'이란 말에는 우주를 자신의 정원으로 여기는 순수한 동심의 세계가 깃들어 있다. 따라서 이 무한정원이란 개념으로 이상의 모든 작품에 관류하는 거대한 사유와 사상에 접근해 볼 수 있다. 이것이 그의 기이한 나라로 들어가는 데 도움을 줄 수 있는 유일한 안내판이다. 이 개념을 통해 지금까지 낯설고 기이하게 느꼈던 많은 것의 비밀에 좀 더 바짝 다가설 수 있다. 자, 이제 무한정원의 세계로 들어가 보자. 먼저 무한에 대한 이야기에서부터 시작하자. 이 문제를 풀다보면 나중에 '비밀정원'의 문이 저절로 열리는 수도 있지 않겠는가?

　　「삼차각설계도」는 「선에관한각서1」에서 「선에관한각서7」까지 일곱 편의 연작시로 구성되어 있다. 이 제목이 가리키는 것처럼 여기에는 '선'에 관한 중대한 정의가 마치 '각서(覺書)'라는 대단한 문서 형식에 감싸이듯이 그렇게 소중하고 은밀하게 전달되고 있다. 여기서 선언된 '선'에 대한 새로운 정의는 무엇보다도 그것의 '무한'적인 성격에 대한 것이다. 그는 먼저 유클릿 기하학의 기본요소인 선으로부터 실제 현실에서 존재하는 극한적인 선인 빛의 선(광선)으로까지 나아간다. 그런데 이러한 극한적 한계를 초월하기 위해서 이러한 것들을 다룬다. 이러한 이해를 통해 우리는 나중에 이상의 궁극적 목표가 근대적 학문이 개척한 최대치를 비판하고 극복하는 데 있음을 알게 될 것이다. 이러한 목표는 우선적으로 사람에 대한 새로운 인식과 정의를 바탕으로 우주에 대한 새로운 규정이 필요함을 역설하는 것이다. 새로운 우주에서의 새로운 휴머니즘을 제창하고자 한다. 이러한 것에 접근하기 위해서 빛의 운동인 '광선'보다 무한대로 더 빨리 움직일 수 있는 무한적인 운동선에 대해 생각해보자. 나는 이러한 운동선을 나타내는 말로 '초검선'이라는 새로운 용어를 제안한다. 이것은 우리 고대 신화에서 신성한 어머니를 뜻하는 '검'이라는 말에서 나온 것이다.[9] 우리 눈에 보이지 않는 '검은 우주'의 자궁〔노자는 이것을 형이상학적 개념으로 현빈(玄牝)이라 했다.〕을 옛날 사람들은 '곰숭배'나 '곰축제' 같은 방식으로 우리에게 전해주었다. 그러한 신성한 우주적 자궁의 의미를 우리는 '곰' '검'

9 육당 최남선은 자신의 초창기 글인 「계고차존(稽古箚存)」(『청춘』 제14호, 1918. 6.)에서 '검'은 신(神)의 뜻이라고 했다. 그후 「단군론」에서 단군왕검을 풀이하면서 '왕검'의 '검'이 대읍(大邑)의 고어인 '금'이라고 추정했다. 그것은 신앙적 중심지라는 뜻을 내포하고 있다. 이 '금'의 기본체인 '구'는 국어에서 옛날부터 최고급의 뜻을 표하는 말인데, '大'를 주된 뜻으로 하고 견고(군), 정직(고드), 元首(고수) 등을 그에 종속된 뜻으로 갖고 있다고 보았다(현암사판 『육당전집』 2권, 109쪽 참조). 그런데 이 '검'의 기원은 생명을 탄생시키는 어두운 굴과 연관되어 있다. 정호완은 '검'이 '고마'(곰)에서 왔으며, 굴과 자궁을 뜻하는 '곰'은 웅녀와 연관되는 태음신으로 보았다(정호완, 『우리말로 본 단군신화』, 명문당, 1994, 114~117·193·237쪽 등 참조). 육당은 「만몽관계」에서 길리야크족과 골디족 등의 곰축제에서 '곰'이 신성한 대모신(大母神)을 표상한다고 했다(현암사판 『육당전집』 10권 371쪽 참조).

근대초극의 개념과 새로운 문명 설계도

'감' '금' 등의 용어로 표현했는데 그 기본형을 최남선은 '금'으로 보았다. 나는 이 용어 가운데 현재까지 가장 일반적으로 쓰임새를 갖는 '검'을 택하였다. 그것은 우주의 근원적인 색깔인 '검은 빛'과도 통하며, 이상이 자신의 중요한 상징물로 삼은 까마귀나 고양이의 어둠 속을 보는 시선과도 통한다. 우주전체를 진동하는 끈들로 거미줄처럼 엮어서 하나의 거미집으로 만드는 '거미'를 떠올리게도 한다.[10]

'검선'은 말하자면 이렇게 우주적 거미집을 구성하는 진동하는 거미줄과도 같은 것이다. 그것은 잘 이어져 있을 때 순간적으로 좋은 에너지와 정보를 서로 주고받는다. 어떤 하나의 사물이 생성될 때 이러한 검선이 얼마나 거기 많이 이어져 있는지 따져볼 필요가 있다. 그에 따라 사물의 질이 결정된다. '초검선'이란, 말하자면 이러한 검선의 작동영역을 무한대의 우주영역에까지 극한적인 수준으로 밀어붙인 것을 가리키는 말이다.

따라서 이 초검선은 바로 사물들의 최고 수준에 도달해 있는 존재인 사람(또는 사람의 삶과 관련되는 존재)의 속도와 관계된다. '사람의 속도'란 그의 신체를 이동시키는 속도(달리기나 다른 탈 것 등에 의한 이동 속도)를 가리키지 않는다. 외적으로 관찰되는 물질적 이동속도는 어떤 존재에 함축된 수많은 속도 가운데 하나일 뿐이다. 물질적으로는 천천히 움직여도 광대한 규모의 사유를 통해 무엇인가를 진척시키는 그러한 내밀한 속도도 있다. 물질적 신체의 이동 속도와 이러한 정신적 속도 사이에는 많은 다양한 속도가 있다. 한 존재의 단순한 움직임 속에도 수많은 움직임이 복합되어 있다. 하나의 꽃이 필 때도 거기에는 수분의 흐름과 세포의 분자적 흐름, 그러한 흐름을 진동시키는 별들의 중력선, 지구 중력의 강력한 끌어당김에 안기면서도 그로부터 용솟음치고 폭발하는 마그마 에너지 등이 함께 작동한다. 하나의 꽃은 너무나 많은 여러 속도를 한꺼번에 갖는다. 그보다 광대한 존재

10 탄트라적 사유체계에서는 우주는 진동하는 실들로 짜여진 거미집이다. 아지트 무케르지, 『탄트라』, 176~177쪽 참조.

인 사람의 경우에는 어떻겠는가? 그의 속도를 단순히 신체적인 움직임만으로 측정하는 것은 그의 수많은 속도 중에서 너무 표면적인 것에 불과한 물리적 속도 하나만을 따져본 것이다.

이상은 사람의 삶과 사람이 살아가는 우주가 대수적 영역, 유클릿 기하학과 뉴턴적 물리학으로 모두 다 해명되는 것이 아님을 알려주고자 한다. '초검선'은 근대세계를 형성한 그러한 명료한 이성적 논리 영역 밖으로 탈출하기 위해 제시된 것이다. 「오감도」 연작의 첫 번째 시인 「시제1호」에서 도로를 질주하는 '13인의 아해들'의 달리기는 그러한 '초검선'적 운동이었다. 이 '무서운 아이들'의 달리는 속도는 시계로 측정될 수 없는 것이다. 마치 그가 「조감도」의 「운동」이란 시에서 태양으로 대표되는 천체의 우주적 운동을 12개의 눈금을 통해 기계적으로 밖에 측정하지 못하는 바보 같은 시계를 내동댕이쳤듯이, 이러한 '무서운 아이들'의 달리기는 근대 도시 거리를 지배하는 기계적인 시계의 규율에 무섭게 도전하면서 달리는 것이다. 그렇게 근대적 속도의 논리를 꿰뚫고, 그것을 무너뜨리기 위해 달리는 행위를 과연 시계로 측정하는 것이 무슨 의미가 있겠는가!

이상은 초창기 시인 「LE URINE」에서, 북국의 하늘처럼 차가운 허공 속을 공작(孔雀)처럼 비상하여 날고 있는 까마귀, 그리고 신성한 미소를 띠고 '실과 같은 동화'처럼 황량한 땅 위를 가냘프게 이동하는 뱀의 이미지를 보여준다. 모두 약화된 모습이긴 해도 일종의 초검선적 운동이다. 그것들은 비록 빛보다 느리게 천천히 움직이는 것이라 해도, 빛의 속도로는 감히 넘볼 수 없는 여러 차원의 정보와 에너지들을 순식간에 호흡하고 있다. 「삼차각설계도」의 「선에관한각서4」에서 격렬하고도 끈끈한 해면질처럼 운동하는 폭포의 이미지나, 「오감도」의 「시제9호 총구」에서 우주적 에로티시즘의 열기로 발사된 탄환 같은 이미지 속에도, 「청령」에서 진공 속을 움직이듯, 누가 끈으로 잡아당기듯이 그렇게 날아가는 잠자리의 비행 이미지 속에도 그러한 것은 있다.

이러한 시적인 사유와 상상의 도움을 얻어서 이렇게 새로운 사상과 그것이 묘사하는 다차원적 우주를 향한 놀라운 비상을 시도한다. '초검선'에 대해 얼마나 깊이 이해하는가에 따라 이러한 다차원적 '무한정원'으로 들어가는 확실한 지름길과 통행증을 우리는 확보할 수 있다.

초검선의 문제를 제대로 알기 위해서는 먼저 '선'의 본질에 대한 기존의 수학적 논의를 다루어야 한다. 유클릿적인 기하학 개념으로 포착되는 '선'으로는 초검선의 성격을 알 수 없다. 유클릿 기하학이 뉴턴과 아인슈타인에 이르기까지 가장 기본적인 과학적 패러다임이었다고 본다면[11] 이러한 유클릿적 선 개념을 극복하는 것은 과학에 새로운 패러다임을 가져오는 혁신적인 사건이 될 것이다. 이상의 초검선이 과연 그러한 새로운 패러다임을 감당할 수 있을 만한 것일까?

이상은 대수적인 한계를 비판함으로써 (대수적인 성격을 띠는) 유클릿적 선을 극복하기 위한 문을 나선다. 그는 분명히 「선에관한각서6」에서 대수적인 수리학을 비판한다. 숫자로서의 1234…… 등을 질환(疾患)이라고 규정하고, 그러한 대수적 논리 속에는 '시적인 정서'가 포함되지 않는다고 말한다. 대수적 수학에 대한 비판은 그가 기존 수학계에서 서로 대립하고 있던 대수학과 해석학 양 진영 중 해석학 쪽에 가담하고 있음을 보여준다.[12] 이상은 물론 해석학이란 용

11 『괴델과 아인슈타인』, 34쪽 참조. 여기서 유클릿 기하학은 뉴턴과 아인슈타인에 이르는 과학의 기본적인 패러다임이라고 하였다. 아인슈타인은 12살 때 유클릿의 『기하학원론』을 읽고 경이감에 사로잡혔다고 한다. 그래서 그는 그 책을 '거룩한 기하학책'이라 불렀다는 것이다.

12 애머 악첼, 『무한의 신비』, 승산, 2005, 91·100~103쪽 참조. 애머 악첼은 현대 해석학의 시조인 바이어슈트라스와 그를 비판하려고 집요한 노력을 펼친 크로네커의 갈등을 소개한다. 베를린 대학 교수였던 크로네커는 나중에 무한에 대한 연구와 연속체 가설로 유명해진 칸토어의 교수채용을 방해했다. 크로네커는 '신은 정수만을 창조했다'고 함으로써 대수적인 진영을 확고하게 지키고자 했다.

어는 쓰지 않았다. 그 대신에 우리는 '시적인 수학'이란 용어를 쓰기로 하자. '시적인 정서를 포함해야 하는 수학'이란 이상의 생각을 이 단어로 따라잡을 수 있을지 모르겠다. 「선에관한각서」 연작을 통해서 되풀이되는 일관된 주제는 빛의 흐름인 광선을 초월하는 운동에 대한 것이다. 뉴턴은 공간을 여행하는 점의 궤적으로서 선을 인식했다.[13] 광선은 이러한 뉴턴적 운동선의 극대치일 것이다. 이러한 의미에서 이상의 운동선은 뉴턴적 운동선을 초월한 것이다. 나는 이것을 '초검선'이라 부른다. 물론 이것은 해석학적인 수직선[14]의 개념으로는 포착할 수 없다. 이상은 그러한 무한한 수직선과 대응될 수 있는 초물리학적인 운동선을 구상한 것 같다.

13 리처드 만키에비치, 『문명과 수학』, 이상원 역, 경문사, 2002.
14 칸토어는 어떤 방정식의 근으로도 산출되지 않는 비대수적 무리수(초월수)에 대해 다뤘다. 수로 이루어진 실직선의 구조는 불가사의하다고 파악했다. 그것은 악첼이 정리한 바에 의하면 "무한히 조밀하고 무한히 농축되어 있고, 무한히 얽힌 구조를 지니고 있다." 악첼은 유리수를 모두 제거해도 수직선은 그 직선의 전신을 유지하며 수직선은 피륙처럼 짜여져 있다고 설명했다. 위의 책, 100쪽 참조.

여기서 운동에 대한 명쾌한 대수적 논리와 대립하는 해석학적 논리는 과연 어떤 것일까에 대해 잠깐 생각해보자. 그 다음에 이러한 것으로부터 껑충 뛰어 초검선적 운동의 논리로 나아갈 수 있는 발판이 마련될 것이다. 유클릿적인 선 위에서의 운동은 대수적인 수학적 계산에 의해 명쾌하게 정리된다. 유리수의 범위 내에서 속도와 거리의 비례관계는 정확한 함수로 표시된다. 아킬레스의 빠른 걸음은 순식간에 50미터 밖의 거북이를 추월할 수 있을 것이다. 이 정도의 속도와 거리 간의 함수 문제는 누구나 쉽게 풀어낼 수 있다. 그러나 무리수까지 포괄해서 모든 수로 꽉 채워진 불가사의한 실직선(實直線) 위에서의 운동은 어떻게 정리될 수 있는가? 칸토어의 '연속체 가설'은 수직선(數直線)의 성격을 "무한히 농축되어 있고, 무한히 얽힌 구조"라고 규정한다. 여기서 유독 정수만이 자신의 왕좌를 고집할 수는 없다. 무한한 수들은 모두 저마다 자신의 자리를 차지하고, 자신의 존재를 내세우고자 한다. 이 '수의 바다'에 촘촘히 자리잡고 있는 수의 물결 속에 파묻혀 정수들은 흔적도 없이 보이지 않게 된다.

제논은 수직선의 이러한 무한성에 대해 알고 있었던 것 같다. 그는 몇 가지 비유로 이러한 실직선의 무한성에 대해 알려주고자 했다. 가령 사람은 자신의 방에서 영원히 빠져나가지 못한다거나, 날아가는 화살은 정지해 있다거나, 아킬레스는 영원히 거북이를 따라잡지 못한다는 것 등이 그것이다. 이러한 비유는 무한히 조밀한 수들에 대해 생각해보도록 유도하기 위한 것이다. 아킬레스의 발걸음에 대한 제논의 설명은 실제 사람의 발걸음에 대한 것이 아니다. 그렇게 보면 아킬레스는 순식간에 거북이를 추월하게 된다는 것을 삼척동자도 다 안다. 제논은 단지 아킬레스와 거북이의 보폭을 반절씩 줄어들게 하는 감소 무한급수의 마법 속에 빠뜨렸을 뿐이다. 이 마법 속에서 아킬레스의 영원한 달리기가 진행된다. 아킬레스가 자신의 속도로 아무리 영원히 달려도 그는 자기보다 느린 거북이를 절대 따라잡지 못할 것이다. 이러한 우화는 아킬레스가 점차 앞의 보폭보다 반절씩 줄어드는 운동으로 어떤 한 지점에 무한히 접근하는 모습을 보여준다. 그것은 그 점에 무한히 접근하지만(나중에 그의 보폭은 너무나 작아져서 아무리 작은 바늘끝도 그 보폭 안에 들어가지 못할 것이다) 여전히 그 점에 도달하지는 못한다. 만일 그 점이 수직선 위에 있는 50이란 숫자라면 바로 그 숫자에 무한히 접근한 어떤 수란 과연 무엇인가? 즉 50 바로 앞의 수는 무엇인가? 이러한 것이 바로 해석학적 수학이 탐구하는 영역이다. 우리는 이러한 제논의 논법을 밖으로 펼쳐낼 수도 있다. 어떤 한 점에 무한히 접근하는 것이 아니라 이러한 실직선이 뻗어나가는 방향(즉 수가 증대되는 방향)으로의 무한에 대한 이야기가 그것이다.15 실제 물리학적 현실에서 물질적 운동의 최대치는 빛의 속도인 30만 킬로미터/초로 규정되어 있다. 우리의 물리학적 우주는 바로 이러한 빛의 속도 한계 내에 존재한다. 이것보다 2배 정도 빠른 중력의 속도를 상정하기도 하지만, 우리가 시선으로 확보할 수 있는 우주상(이상이 「각서7」에서 '시각의 이름'이라고 한 것이 바로 이것이다)은 그러한 빛의 반사상 내에서 존재한다. 중력장으로 포착되는 우주는 좀 더 미묘해서 시각적으로 그것을 포착할 수 없다. 그것은 보이지 않는 세계이고, 단지 이론적으로 추적되고 개념적 이미지로 표상될 뿐이다.

악첼은 신적인 빛인 '무한한 광선(=무한광선)'에 대해 소개한다. 이러한 광선으로 만들어지는 우주상을 포착할 수 있다면 우리는 매우 색다른 삶을 살 수 있을지도 모른다. 그는 카발라적인 이론에서 '아인 소프'란 무엇인가에 대답하는 과정에 이렇게 말한다.

> 빛은 공간을 채우고 무한을 향해 휘어진다. 무한한 빛의 둘레에서는 공간이 수축된다. 이 수축은 절대적 하나인 신의 완전성 속에 깃들어 있는 불완전하고 유한한 세계의 존재라는 패러독스를 언급하는 것으로 이해된다.16

만일 이러한 신적인 무한광선이 존재한다면 이 속도를 명시할 수 있는 실

---

15 찰스 사이프, 『0을 알면 수학이 보인다』, 나노미디어, 2000, 51~57쪽 참조. 찰스 사이프는 서양의 지성사에 뿌리깊이 내재된 아리스토텔레스적 논리체계의 한계를 지적했다. 바로 0과 무한이란 개념을 배제한 것이 아리스토텔레스 사상의 중대한 결함이었는데(사이프에 의하면 아리스토텔레스는 수학자들이 "무한을 사용할 필요가 없다"고 간단히 선언했다), 서구 지성사는 그 한계를 뛰어넘는 데 오랜 세월이 필요했다는 것이다. 그는 그러한 아리스토텔레스적 사상체계에 대한 도전은 그리스 시대 엘리아의 철학자 제논에서 시작되었다고 보았다. 서양세계는 아리스토텔레스적 사상 때문에 무한 혹은 무한대를 받아들일 여지가 없어졌지만, 페르시아와의 전쟁 무렵 탄생한 제논 덕분에 무한이라는 것이 서양 사고에 뿌리내리기 시작했다는 것이다. 그러나 그 시대에 그리스인들은 제논을 귀찮은 존재로 여기고 말았다.
16 애머 악첼, 앞의 책, 51쪽.

직선 상의 수는 어떤 것인가? 우리는 그러한 무한속도를 실직선 상에서 포착할 수 있는가? 이러한 문제들이 대두되면 갑자기 유클릿적인 선 위에서 논의되던 것이 우리의 상식적인 영역에서만 명쾌한 것처럼 보이기 시작한다. 우리의 명료한 이성은 그러한 평범한 상식적 현실에서만 통용되는 것일까? 명료하고 엄밀하며 촘촘하게 짜인 논리인 것처럼 보이는 것도 이러한 무한적인 영역에 한번 발을 들여놓으면 자신이 걸친 옷이 누더기처럼 보여 모두 말을 잃게 되는 것일까?

이상은 「선에관한각서」 연작에서 감히 이러한 문제에 도전장을 내민 듯하다. '초검선'이라는 좀 더 복잡한, 단지 수학적인 사유만으로는 해결할 수 없는 '시적인 선'을 제시한다. 대수적인 명료함의 극한인 빛의 속도를 초월함으로써 들어서게 된 우주의 모습은 매우 색다른 것처럼 보인다. 이것을 이상이 쓴 용어인 '사람의 속도'와 관련시켜 풀이해보자. 「선에관한각서1」은 일단 이것을 빛의 속도와 대결시키면서 풀어나간다. 빛의 속도에 대해 말한 다음 그는 "사람의 발명은 매초600000키로메터 달아날 수 없다는 법은 물론없다. 그것을 기십배기백배기천배기만배기억배기조배하면 사람은수십년수백년수천년수만년수억년수조년의 태고의사실이 보여질것이 아닌가". 하고 말한다. 이 시에서 이상이 말하고 싶은 것은 물리학적 세계 안에 사로잡혀 있는 사람은 아직 '사람으로 태어나지 못한 것'이라는 사실이다. 「선에관한각서2」에서 "사람은 절망하라, 사람은 탄생하라" 하고 선언하는데, 이것은 유클릿적 기하학과 뉴턴적 물리학이 지배하는 세계에 사로잡힌 것에 대한 절망을 선언한 것이다. 그러한 세계에서의 삶은 진정한 사람다운 삶이 못 된다고, 그러한 세계를 탈출함으로써 사람으로 다시 태어나야 한다고 선언하는 것이다. 이것이 그의 새로운 우주적 창세기, 우주적 휴머니즘(사람주의) 선언문이다. 「각서1」에서 "입체에의 절망에 의한 탄생" "운동에의 절망에 의한 탄생"이라 한 것은 바로 그러한 표현이다. 입체와 운동에 대한 유클릿적이고 뉴턴적인 규정으로 도배된 우주는 진정한 사람에게는 살 만한 곳이 되지 못한다. "지구는 빈집일 경우 봉건시대는 눈물이 나리만큼 그리워진다"(『각서1』)란 표현에 바로 그러한 내용이 담겨 있다. 근대문명으로 도배된 지구는 빈 집과도 같다. 거기에는 **사람**이 살지 않고 있는 것이다.

　　우리는 경쟁적인 속도와 시간에 쫓기는 삶으로부터 빠져나와 휴식을 위해 가끔 산속으로 들어가고, 봉우리에 올라가기도 한다. 빨리 가야 한다는 속도의 강박관념에서 벗어나서 자연 속에 들어서면 어떤 때는 자신의 사람다운 존재를 잠시 되찾는 듯한 느낌이 들기도 한다. 물소리, 새소리, 온갖 미묘한 소리로 가득한 숲, 미묘한 색채와 빛으로 가득차서 넘실대는 광막한 하늘, 그 속의 색채와 빛의 커튼 뒤에 숨어 있는 무한대의 우주공간이 갑자기 우리 곁에 다가서는 것 같다. 우리가 잊고 살았던 그 광막한 공간이 바로 옆에 있는데, 도시의 쫓기는 듯한 일상 속에서 이러한 것들을 모두 잊어버린 것이다. 이상이 "사람은 탄생하라"한 것은 이러한 우주의 광막한 공간을 숨 쉬고 살아가는 존재가 되라고 말하고 있는 셈이다.

　　나는 이러한 광대한 삶의 우주적 운동선을 우리의 민속적 상징으로 이미지화시켜보고 싶다. 충남 금산 지역의 한 마을 의례에서 만들어낸 금줄에는 길대 장군의 짚신을 매달았다. 이 신성한 짚신이 매달린 금줄을 '초검선'의 상징으로 삼고 싶다. 짚신의 앞 뒤 끈은 이 금줄에 매달림으로써 절묘하게도 하트 모양을 만들고 있다. 마치 영생불사의 과일인 천도복숭아처럼 생긴 이 부드럽게 피어난 하트형의 고리는 우리 삶의 운동선(인생의 길)을 황금빛 '검줄'이 이끌어가는 대로 안내해줄 것이다. 광대한 우주의 창조력과 생명력을 숨 쉬며 살아가는 자의 발걸음을 상징하는 이 금빛

충남 금산군 남이면 성곡리의 금줄. 이필영은 이렇게 해설했다. "길에는 길대장군이 있다고 하여 마을 입구 동제 잡숫는 숲에 짚신을 매단 금줄을 드리웠다."

짚신만이 그러한 검줄 위를 걸어가게 해줄 수 있다. 이 초검선적 줄의 상징을 깊이 헤아려볼 때 우리는 '초검선'의 개념을 좀 더 깊이 있게 알게 된다. 한때 우리가 미신적이고 미개한 풍속이라고 여겨 부끄러워하거나 감추고 심지어는 경멸하기까지 한 것들 속에 사실은 이렇게 더 큰 차원의 빛나는 세계관이 숨겨져 있다.

　　이상은 다른 전통주의자처럼 그러한 옛 봉건적 풍속에 대한 무조건적 애착에 빠지지는 않는다. 그는 회고적 낭만주의자는 아니다. 그러나 근대성에 대해서는 철저히 비판적이었으며, 회고적 취미에서 근대성에 대한 대안을 찾고자 하지도 않았다. 근대적 사유의 꼭짓점들을 돌파하고, 뒤집으며 극복하는 논쟁적인 어법으로 그에 도전했다. 「각서」의 언어들은 모두 그렇게 근대성의 꼭짓점에 대한 논쟁과 근대초극을 향한 열정적인 사유로 가득하다. 이러한 이상의 논쟁적인 시들 속에서 구사된 어휘는 딱딱한 논리적 언어 주변에 있는 것들이지만 거기 담긴 생각은 너무나 철저하게 그 시대 문명의 비인간성을 고발하고 있다. 치열한 감정들은 이러한 전위적인 이론의 얼굴로 무장한 수사학 뒤에 숨어 있다.

. 새로운 사람주의

그렇다면 '사람의 속도' 즉 사람의 운동은 구체적으로 어떻게 설명될 수 있는 것인가? 사람의 사람다운 삶이란 이러한 이상의 시적 물리학에서 어떻게 기술될 수 있는가? 이러한 물음에 대해 대답해보자. 이상은 「각서5」에서 이렇게 말한다.

> 사람은 광선보다도 빠르게 달아나면 사람은 광선을 보는가, ─사람은 광선보다도 빠르게 달아나라.
>
> 미래로 달아나서 과거를 본다, 과거로 달아나서 미래를 보는가─광선보다도 빠르게 미래로 달아나라.

그가 빛보다 빨리 움직이는 운반체에 대해 언급하지 않고 있기 때문에 이와 같은 언급은 물리학적 언급이 아니다. 아인슈타인의 상대성원리와는 상관없이 사람이 빛보다 빨리 움직일 수 있는 운동에 대해 말하고 있다. 이 시적인 진술은 (빛의 한계 내에서의) 물리학적 법칙을 초월한 '사람의 세계'에 대해 언급한 것이다. 즉 사람은 육체의 물질적인 조직으로 만들어진 존재만은 아니라는 언명이 여기 내포되어 있다. 우주 역시 그렇다. 이 놀라운 선언에 들어 있는 중대한 의미를 알아차리기는 쉽지 않다. 그 역시 이러한 깨달음을 몇 마디 말로 포착하고 선언하기 바빴지 이러한 것들에 대한 앞뒤 설명이나 당대적인 문맥 속에서 적절하게 계산된 언술로 바꿔치기할 만한 여유를 갖지는 못했다. 그러기에는 그는 아직 너무 젊고, 그러한 생각을 펼치기에 바빴으며, 억압적인 분위기에 지배당한 비참한 식민지 하에서 너무 많은 제약 아래 놓여 있었다. 더군다나 이러한 문제를 알고 있는 유일한 인물이었다. 그는 혼자였다. 누가 그 옆에서 함께 이러한 창세기적 선언에

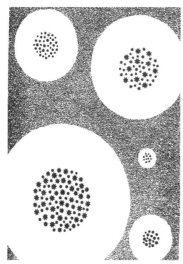

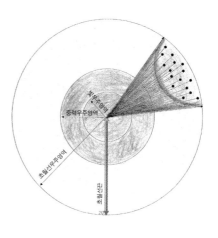

뉴턴이 초기에 상상한 에테르 구로 된 천체. 이 에테르 구는 플라톤이 말한 '천구의 혼' 개념이 후대에 변형된 것처럼 보인다.

초검선 부채꼴 우주. 이상은 오목렌즈처럼 수렴되는 시각의 한 점을 설정했다. 이 우주도 중심은 바로 그 시각의 무한원점에 자리잡고 있다. 원뿔형으로 우주의 많은 정보가 수렴되는 모습을 여기 그려보았다.

힘을 보탤 수 있었겠는가!

　'사람의 속도'는 이렇게 우리가 앞에서 보았던 아인소프적인 무한광선에까지 이르는 것처럼 기술된다. 그러나 단지 그것만은 아니다. 이상은 사람이 자유로운 존재임을 바로 그 속도의 문제로 해결한다. 그는 사람이 빛보다 무한히 빨리 갈 수 있는 능력이 있지만 그러한 속도를 조절할 수 있는 능력도 있다고 했다. "속도를 조절하는 날 사람은 '나'를 모은다"라고 했다. 속도에 따라서 사람은 여러 가지 다양한 '나'와, 따라서 다양한 (나의) 우주를 생성하게 된다고 할 수 있다. 이 시간의 선 위에서 이러한 '나'는 무한하게 배열될 수 있다. 그렇다고 이 '나'들이 마치 대수적인 수직선 위에 있는 유리수처럼 순차적으로 질서 있게 나열되는 것도 아니다. 마치 모든 것을 한꺼번에 쏟았다가 재구성할 수 있는 장기판처럼 이 '선' 위의 사건들은 얼마든지 재구성될 수 있는 것 같다. 우리는 "자꾸만 반복되는 과거, 무수한 과거를 경청하는 무수한 과거" 같은 수수께끼 같은 말을 그와 같은 방식으로 이해해야 하지 않을까? 이러한 양상을 한마디로 표현한 것이 바로 '전등형'이란 말이 아니겠는가. 이상의 신조어 중에서 '삼차각'과 함께 가장 난해한 수수께끼를 담고 있는 것이 바로 이 '전등형'이란 말이다. 뒤에 보겠지만 사실 이 두 용어는 밀접하게 관련된다.

주체에 대한 이상의 또 다른 독특한 생각을 보자. 「선에관한각서6」에는 "주관의 체계의 수렴과 수렴에 의한 오목렌즈." 하는 구절이 나온다. 이 부분은 「선에관한각서7」에서 "시각의 이름은 사람과 같이 영원히 살아야 하는 숫자적인 어떤 일점(一點)이다." 한 것과 함께 읽혀야 한다. 여기서 '시각의 이름'은 '나'의 한 부분이다. 이러한 부분들은 모두 사람, 주체, 주관 등에 대해 이상이 새롭게 정의하고 있는 것들이다. 이상의 새로운 사람주의는 우주적인 역학 속에서 재구성된 휴머니즘이다. 사람의 존재론에 대해 언급한 '나를 모은다'는 구절은 모든 대상에 대한 이미지를 끌어 모으는 '시각의 이름'이란 인식론으로 보완된다. 여기서 '숫자적인 어떤 일점'이라는 것은 무한구체적 존재의 무한원점에 해당한다. 그것은 우주적 정보들이 취합되는 중력중심이기도 하다. 이상에게 존재론과 인식론은 이렇게 통합되어 있다. 이상의 시에서 고양이의 눈과 까마귀의 시선은 바로 이러한 초검선적인 '시각의 이름'과 관련될 것이다.

장 콕토 그림(162쪽)이 이상의 이러한 생각을 시적 이미지로 보여주는 것 같다.[17] 원뿔 대롱들로 이루어진 사람의 형상은 마치 초검선적인 '시각의 이름'들로 구성된 존재를 보여주는 듯하다. 왼쪽 그림에서는 무수한 시각의 원뿔대롱이 눈 부근에 집중되어 있다. 그 중에 양쪽으로 뻗어 나온

---

17 원뿔 대롱들로 이루어진 사람들에 대한 이 그림들은 모두 시집 『아편』에 실린 것인데, 거의 대부분 1929년에 그린 것이다. 장 콕토, 『阿片』, 學大口堀 역, 第一書房, 1936.

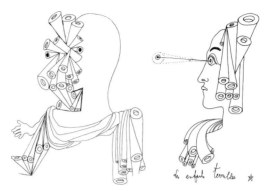

장 콕토, 『아편』에 실린 「무서운 아이들」. 눈에서 방사된 시선에 의해 포착된 원뿔형 도상 속에는 어떤 우주가 들어 있을 것인가? 이 원뿔형 파이프들로 휘감은 인간은 악물적인 도취의 시선으로 포착된 독특한 우주를 살고 있는 것 같다.

© Jean Cocteau / ADAGP, Paris – SACK, Seoul, 2007

두 개의 대롱에는 마치 눈동자처럼 검은 원이 들어 있다. 이 원뿔 대롱을 숫자적 일점으로 수렴되는 초검선적 부채꼴 원뿔우주로 생각해보자. 오른쪽 그림은 자신의 시선이 확보한 원뿔들이 머리 타래처럼 머리부위를 장식하고 있다. 그의 옷도 이러한 원뿔대롱들로 짜인 것이다. 콕토의 원뿔을 위의 그림에 있는 삼차각 부채꼴 우주와 연관시켜보면, 이 원뿔 대롱으로 이루어진 사람은 수많은 '시각의 이름'들로 구성된 사람, 즉 수많은 부채꼴 원뿔우주로 구성된 수많은 '나'의 집합체라고 할 수 있다. 그는 말하자면 전등형적 존재이다. 이상은 '숫자의 방위학'이란 신조어를 통해서 구체의 중심에서 어떤 방향으로든지 숫자의 방향을 설정할 수 있었다. 바로 이것이 '전등형 체조의 기술'이란 말을 해석할 수 있도록 해준다. 이 시는 "사람은 전등형의 체조의 기술을 습득하라"고 권유한다. 과거의 모든 나를 모두 '나'의 전체적 구성에 참여시키는 것, '나'의 이러한 총체적 춤이야말로 이 시의 '선'에 내포된 시적 물리학, 초월적 물리학의 주제이다. 이것만이 이상이 생각한 진정한 사람의 삶, 즉 참다운 휴머니즘이 되는 것이다.

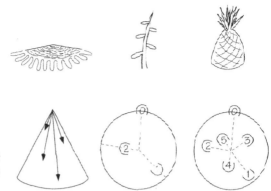

존코웨이와 리처드가이의 『수의 바이블』에서 소개한 식물의 눈과 줄기, 꽃, 열매 등의 원뿔 형태.

먼저 삼차각을 플라톤의 '입체각'이란 용어와 관련시키면서 풀어보자. 플라톤이 입체에 대해 설명한 것을 따라가다 보면 '입체각'이란 말을 볼 수 있다. 관련된 부분을 잠깐 인용해보자.

이 등변 삼각형들이 넷이 합쳐지면, 세 개의 평면각이 함께 하나의 입체각을, 즉 평면각들 중에서 최대 둔각인 것 다음에 오는 각을 만듭니다. 두 번째 것은 ─ 등변 삼각형(정삼각형) 여덟 개로 구성되는데, (이때의) 하나의 입체각은 네 개의 평면각으로 이루어집니다. 그런 입체각이 6개 생기게 되면 또 두 번째 물체(soma)가 이처럼 완성을 봅니다.[18]

플라톤은 이렇게 우주의 생성을 기하학적으로 설명하는데, 나중에는 26면체 이상으로 계속 분화되는 어떤 입체를 상정한다. 마치 코흐의 눈송이처럼 무수히 많은 쪽거리로 분화되는 정사면체들에 뒤덮이는 그러한 입체가 있다. 플라톤은 이렇게 무한히 분화되는 입체들로 뒤덮이는 결정체 운동에

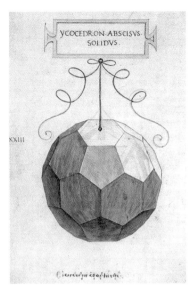

레오나르도 다빈치, 「정20면체」

레오나르도 다빈치, 「속이 빈 돌출 26면체」, 플라톤의 입체를 그린 것.

대해 말했다. 그는 여러 다면체에 대해 말한 다음 "그러나 아직도 하나의 구조가, 즉 다섯 번째 것이 남아 있는데, 신은 이것을 우주를 다채롭게 그려내느라 이용했다."19 했다. 이 책의 주석자는 데미우르고스의 견해("그는 정12면체를 우주전체를 위해 사용했는데, 이것은 구에 가장 가까운 정다면체이다")20를 따라 이 '다면체'를 12면체로 보았다. 그것은 소크라테스가 지구를 12조각의 천으로 기워진 것처럼 설명한 것을 따른 것이지 않을까? 소크라테스는 12면체를 구체에 가장 가까운 것으로 생각했다고 한다. 그러나 플라톤 입체를 그려보려 한 레오나르도 다빈치의 그림을 보면 무한다면체의 가능성을 점쳐볼 수 있다. 갈릴레오도 원을 무한소의 삼각형으로 분할한다는 생각을 했으며, "원이란 곧 무한수의 변을 가진 다각형"이라고 했다.21 이상의 '전등형'이란 아마도 이러한 플라톤적 입체와 갈릴레오의 무한다각형의 개념에

19 앞의 책, 155쪽. 플라톤은 이러한 정다면체들로 우주를 설명하고자 했다. 그에게 사면체는 불, 6면체는 흙, 8면체는 공기, 십이면체는 우주, 20면체는 물이었다.

20 앞의 책, 155쪽 각주 366 참조.

21 애머 악첼, 앞의 책, 67쪽.

.164

가까운 것이 아닐까? 우리는 이상의 초검선적 부채꼴 우주의 모습이 플라톤의 천체 개념과 어떤 한 측면에서는 흡사한 것을 발견하게 된다. 그것은 바로 초검선적 우주가 상정하는 비물질적 영역(중력 우주 영역 밖의 부분까지 펼쳐져 있는)에 상응하는 플라톤의 개념이 있기 때문이다. 플라톤에게는 천구를 둥글게 에워싸는 우주혼이란 것이 있다. 그의 언급을 보자.

> (우주)혼은 천구(ouranos)의 중심에서 바깥 쪽에 이르기까지 모든 방향으로 엮
> 이어 있고 또한 천구 바깥 쪽에서 둥글게 에워싸고 있어서, 자신 안에서 스스
> 로 회전하면서, 영원히 끝나지 않는 슬기로운 삶의 성스러운 시작을 보게 되었
> 습니다. 사실 천구의 몸통은 가시적인 것으로서 생겨난 반면에, 그 혼은 비가시
> 적이고 헤아림과 조화에 관여하고 있는 것이어서, 지성에 의해서(라야) 알 수
> 있고, 언제나 존재하는 것들 중에서도, 최선의 존재에 의해서 생겨난 것들 중
> 에서는 최선의 것입니다. 그런데 혼은 동일성, 타자성 및 존재, 이들 세 부분으
> 로 혼화되어 있으며, (적절한) 비율로 나뉘고 결합되어 있고, 또한 스스로 자
> 신으로 회전하여 돌아오는 운동을 하므로, 그것이 분해되는 존재(ausia)를 갖
> 는 어떤 것에 접하게 될 때에도, 자신의 회전 전체를 통해서 운동을 하여 알려
> 줍니다."22

이러한 우주혼의 개념은 뉴턴의 초창기 우주론에 남아 있던 에테르 구체 개념에까지 이어져 왔던 것이 아닐까? 뉴턴은 그러한 전통적인 개념을 부정하면서 좀 더 철저한 물리적 천체 개념으로 나아갔다. 이상의 초검선적 우주는 이러한 플라톤적 천구의 혼이나 뉴턴의 에테르 같은 것으로 어느 정도 유추해볼 수는 있지만 사실은 이러한 것과 상당히 다른 모습을 띤 것이다. 왜냐하면 이것은 천구를 감싸는 것처럼 물질적 천체 외부에 있는 것

만은 아니기 때문이다. 오히려 이 초검선적 우주는 그러한 천구 전체 속에 속속들이 스며 있으며, 모든 물질 속에 스며 있기도 하다. 그것은 그 모든 것과 겹쳐 있으며, 그 속에 삼투되어 있고, 그 모든 것을 포괄하는 광대한 바다 같은 것이다.[23]

　　이제 '초검선'의 성격에 대해서 좀 더 깊이 있는 이야기를 할 수 있게 되었다. 이것은 단지 속도만으로 말한다면 빛의 선(광선)을 초월한 선이다. '사람의 속도'로 그것을 설명했듯이, 그것(초검선)은 바꾸어 말해서 사람의 삶으로 짜인 피륙으로서의 선이다. 여기서 사람의 삶은 생각, 정신, 마음, 몸 등의 복합적 활동으로 생각해볼 수 있다. 속도가 조절되는 것이 그러한 삶의 특징이니 이 '초검선'은 유클릿적인 선처럼 명료하거나 균일한 것도

---

23 앞에서 제시한 초검선 부채꼴 우주 도상에서 '빛 우주 영역'은 4-5차 원에 걸쳐 있는 것으로 설정할 수 있다. 크라우스는 칼루차와 클라인의 견해를 소개하는데, 그에 의하면 빛의 광자장은 우리 눈에 보이지 않는 5차 원적인 중력장의 일부로 만들어 전자기력을 4차원에서 재구성할 수 있다고 한다. '중력우주 영역'은 10~11차원으로 설정할 수 있다. 질량이 없는 입자로 설정된 가상입자인 중력자(graviton)는 끈이론에서는 닫혀 있는 고리가 되어 진동하는 끈처럼 작용한다. 이러한 끈이론에 의하면 3차 원 공간에 미세하게 접혀 있는 여분의 공간차원이 존재한다(로렌스 M. 크라우스, 앞의 책, 219~220·235·247·287쪽 참조). 이러한 여분의 차원을 생각하면 11차원의 초중력 우주 영역을 상정해볼 수 있다. 크라 우스는 한때 유행한 에테르적 우주에 대한 몇 가지 견해도 소개했다. 주로 에테르가 고차원으로 통하는 통로일지 모른다는 전통적인 생각에서 파생된 것들이다. 그 가운데 "우리의 영혼이 에테르 속의 소용돌이 고리의 매듭으로 존재한다" 하고 주장한 스튜어드와 테이트의 견해가 주목된 다. "신이 만든 이 매듭은 고차원으로 들어갔을 때만 풀 수 있다" 하는 독특한 견해는 입체파와 관계했던 알프레드 쟈리의 책에 영향을 주었다고 한다(위의 책, 124~125쪽). 뉴턴의 초창기 우주론을 담고 있는 우주도에서 천구를 감싸고 있는 에테르 구의 개념도 이러한 맥락 속에 있는 것 이리라. 여기에는 플라톤의 우주혼의 개념이 반영되어 있는 것 같다. 물 리학의 발전 도상에서 모두 폐기된 이러한 논점들이 여전히 우리에게 많은 상상력을 촉발시키는 것은 무엇 때문인가? 이상의 초검선 우주는 그가 개척한 독자적인 모형인데, 그것은 이러한 에테르적 우주와 어떤 면에서는 닮아 있다. 위에서 언급된, 고차원적 우주와 연관된 영혼의 에테르 적 매듭 대신 이상에게는 '초검선적 줄끈'이 있으며, 그 줄끈이 펼쳐지고 접히는 부채꼴 운동이 있다.

또 순차적인 것도 아니다. 해석학적 실직선처럼 무한히 조밀하겠지만 그저 숫자들의 점들만으로 밀집되어 있는 것도 아니다. 여기서 해석학적 실직선으로부터 유추해낼 수 있는 하나의 성격이 있다면 그것은 칸토어가 집착한 실직선의 '연속체'적 성격 정도이다. 마치 무한히 긴 실처럼 실직선 위의 그 모든 점은 한 치의 틈도 없이 끈끈하게 또 무한하게 이어져 있다. 그런데 그 가운데 어떤 것 하나가 빠져나가도 그 구멍 때문에 이 연속체가 절단되지는 않는다. 이것이 실직선의 미묘한 성격이다. '초검선' 역시 그렇다. 우리 삶의 흐름은 그러한 의미에서 실직선의 연속체와 같다. 그러나 이러한 해석학적 수직선이 감당할 수 없는, 그보다 더 다양하고 풍요로운 성격이 '초검선'에는 있다. 실제로 이 '초검선'은 점들의 집합이 아니다. 누가 사람의 삶을 아무리 순간적으로 포착한다 해도 그것을 단지 하나의 '점'(사실 거기에는 위치 표시 이외의 아무 내용도 없다)에 불과하다고 말할 수 있을 것인가! 초검선 위에서의 삶의 운동은 아무리 짧은 순간에도 전우주적인 행위이다.

　　　지구 위에 있고 육체로 산다고 해서 사람이 그러한 물질적 존재 영역에만 갇혀 있는 것은 아니다. 이상이 말했듯이 '전등형체조의 기술'로 살아가는 사람은 물질적 3차원에 갇혀 있는 삶보다 훨씬 광대한 시공간을 숨쉬고 활보한다. 그러한 사람은 물질적인 한계에 그대로 갇혀서 수동적으로 살아가는 인간들을 (특히 근대인들의 삶을) 마치 3차원 인간이 2차원 평면 위에 있는 2차원적 존재를 보듯이 답답하고 동정어린 시선으로 내려다본다. 이것이 바로 까마귀의 시선으로 세계를 내려다본 오감도인 것이다. 이 검은 시선은 무한적 우주의 영역을 숨 쉬면서 살아가는 사람의 시선이다. 물질적인 시선으로 세계를 바라보는 조감도의 차원을 훨씬 뛰어 넘어서 빛보다 빨리 전 우주를 주유(周遊)하는 자의 시선이다.[24] '초검선'이란 이렇게

[24] 이상의 '날개'는 이런 의미에서 '오감도'의 시선에 어느 정도 관계된 이미지로 보아야 한다. '조감도'의 시선보다 한 차원 높은 것이다. 소설 「날개」가 바로 그러한 내용을 담고 있다. 거기서 백화점의 옥상정원은 조감도적 세계의 꼭짓점이다. 이러한 근대적 교환가치의 세계(치밀하고 냉정한 상업적 논리에 의한) 너머로 날아오르려는 것, 그러한 몸짓과 절규를 그 소설 끝 부분에서 읽을 수 있다.

보면 무한적인 시야를 열어놓고 오감도를 그리며 살아가는 자의 삶, 그러한 사람의 운동선이다.

. 우주뱀과 검줄

잉카의 결승(結繩) 문자 끈의 이미지와 우리의 검줄 및 줄다리기의 암숫줄을 통해서 이러한 초검선 개념을 좀 더 명료하게 정리해볼 수 있다. 먼저 잉카의 결승 노끈에 대해 알아보자. 옆 그림을 보면 잉카인이 들고 있는 결승문자 끈(새끼줄 모양의)은 뱀 모습으로 만들어졌다. MIT 키푸 연구팀이 제시한 키푸의 몸줄 역시 뱀 모양이다. 이것을 우리는 일종의 우주뱀으로 해석하고자 한다. 잉카인은

잉카의 키푸 카마욕(키푸를 조작하고 관장하는 사람)

이것으로 상상할 수 없을 정도로 복잡한 계산까지 할 수 있었다. 이 키푸의 수직선은 이렇게 뱀의 몸체를 이루는 우주적 수로 가득 차 있다. 즉 생명의 수들로 그것은 짜여 있다. 암줄과 숫줄 두 가닥을 꼬아서 만든 것 같은 이 결승 노끈은 무한한 수들이 곱셈적으로 결합되어 있는 일종의 초검선적 끈이다. 아즈텍의 여신인 코욜사우키의 형상을 보면 그녀의 허리와 사지의 마디에 감긴 뱀들을 볼 수 있다. 이 여신의 뱀 허리띠는 매우 독특한 형상이다. 그것은 두 마리 뱀을 하나의 동체(同體)처럼 나란히 합쳐서 하나의 띠로 엮은 것이다. 그것은 머리와 꼬리가 맞닿는 곳을 묶어 매듭을 만들었으며, 그 매듭에서 아래쪽을 향한 뱀의 머리 반대쪽으로 하나의 고리를 솟구치게

아즈텍의 여신 코욜사우키 석조 그림. 멕시코시
티, 마이요르 신전 박물관. 코욜사우키는 '황금방
울'이란 뜻이다. 뱀의 여신이며 대지의 여신인 코
아틀리쿠에의 딸이다. 그녀가 둥근 원 모습으로
그려진 것은 '달의 여신'임을 나타낸 것이다. 그
녀의 원뿔형 유방이 강조되어 있어 풍요의 여신임
을 보여준다. 이상은 달과 대화하면서 자신의 사
상에 대한 꿈을 키웠다.

잉카의 한 키푸. 마치 태양 광선이 방사되는 것처
럼 키푸의 술을 둥글게 배치했다.

했다. 뱀 두 마리를 이렇게 하나의 띠로 엮는 방식은 어딘지 우리의 민속놀
이 줄다리기 때 쓰는 암숫줄이 엮인 형태와 흡사한 점이 있다.

키푸의 뱀 모양 몸줄에 술처럼 매달린 끈들은 모두 수를 갖고 있다.
마야의 한 사본에는 이러한 뱀숫자가 있다. 위 그림은 서로 다른 두 개의
뱀 숫자를 보여준다. 하나는 마야의 번개신 차크의 숫자이고 다른 하나는
창조적 신인 토끼의 숫자이다. 이 둘은 광막한 우주적 시간을 표시하는 숫
자의 뱀 형상 위에 앉아 있다. 키푸에 매달린 끈들 역시 이러한 뱀숫자들
로 가득하다고 할 수 있다.

잉카의 한 키푸(결승문자 끈) 사진을 보면 태양처럼 둥글게 말아놓은
것이 있는데, 거기 달린 술들은 마치 태양 광선이 방사되는 것처럼 사방
으로 뻗어 있다. 그 태양처럼 생긴 원 가운데로, 뱀의 꼬리처럼 결승 노끈
의 끝 부분이 태극모양으로 구불거리며 가로지르고 있다. 뱀의 생명력과

태양의 우주적 에너지가 합쳐진 모습의 이 키푸에서 우주적 수의 상징을 볼 수 있다. 키푸의 기본끈(우주뱀 형상인)에 매달린 술들은 모두 살아 있는 수들로 이루어져 있다.

이러한 술 모양의 선을 아무르 지역에서 나온 뼈 조각에 새겨진 신성한 산(삼위산 혹은 삼각산) 모양의 도상에서 살펴볼 수 있다. 거기서 삼각형들이 서로 겹쳐지며 이어진 벨트에 매달린 선들은 이러한 키푸의 술처럼 보인다. 삼각형들을 교차시키고, 또 서로 겹쳐 놓은(삼각형들이 상하좌우로 교차되거나 겹쳐 있다) 이 둥글게 돌아간 띠는 마치 거기서 흘러내린 듯한 빗줄기 같은 선들을 매달고 있다. 그 선들의 끝에는 둥근 구체 모양의 홈이 파여 있어서 마치 흘러내린 것들이 저

드레스덴 사본에 나오는 뱀숫자 여행의 일부. 번개신 차크와 토끼가 우주적 시간의 뱀형상 위에 있다.

장되는 장소, 또는 그러한 것을 담은 열매나 씨앗처럼 보인다. 이것들을 일종의 무한구체 형상으로 볼 수도 있을 것이다. 우리의 이러한 가설을 어느 정도 용인한다면 이 띠를 '아무르의 비너스 띠'(풍요와 생식을 관장하는)라고 이름붙일 수도 있을 것이다.25 사실 그렇게 보면 우리가 위에서 본 잉카의 키

25 아무르 강 하류 지역의 꼰돈 유적에서 작은 크기의 신석기 시대 토제 여인상이 하나 발굴되었는데, 학자들은 이 멋진 여인상에 '아무르의 비너스'란 이름을 붙였다. 이 아무르의 비너스는 흔히 마야의 귀족들에서 볼 수 있던 편두(偏頭) 모양의 머리를 하고 있다. 그것은 바로 성스러운 뱀의 머리를 하고 있는 신성한 존재를 가리키고 있다. 연해주 꼰돈 문화 이외의 다른 지역문화에서도 위의 '아무르 비너스띠'와 거의 동일한 문양이 일반적으로 발견된다. 사실 이 문양은 샤머니즘 세계에서는 거의 보편적으로 나타나는 문양처럼 보인다.

푸와 이 아무르의 비너스 띠가 크게 다르지 않다고 생각할 수 있다. 키푸의 뱀 모양 기본 띠는 바로 아무르의 비너스 띠가 되는 셈이다. 이 둘의 긴밀한 연관성은, 뱀 중에서 기하학적인 상징문양으로 숭배된 것이 있다는 것을 알게 되면, 좀 더 증대된다.

아무르스카야의 이바노브카 지대 모호 묘지에서 출토된 골편. 유라시아의 스텝투르크족의 유품 (A.D. 1세기)으로 소개되어 있다.

　　　　마야 연구가인 돈 호세에 의하면 마야인이 숭배한 방울뱀은 카나마이테 무늬를 갖고 있는데, 그 신성한 방울뱀은 마야인에게 기하학을 가르쳐주었다고 한다.26 '아하우 칸'(위대한 신 같은 뱀)이라 불린 이 특별한 방울뱀은 '크로탈루스 두리수스 두리수스'라는 학명을 가진 특별 종이었는데, 그 등줄기에 마름모꼴 무늬와 그것이 교차된 X자 모양의 무늬가 있다. 돈 호세는, 이러한 무늬가 중앙아메리카와 남아메리카 등지의 광범위한 영역에서 발견되는 것이며, 아메리카 전통미술의 중심적 영감의 원천이라고 말했다.27 돈 호세는 유카탄 일부 지역의 독특한 입문의식을 전해주는데, 그것은 방울뱀과 관련된 것이다. "이 의식에서는 오른손을 들어 뱀 위로 왼쪽으로 아홉 번 지나치며, 그 다음 왼손을 오른쪽으로 똑같이 행한다." 이 의식은 예술적 재능이 있는 사람, 특히 자수(刺繡)의 달인에게 베풀어지는 의식이다.28 이러한 뱀 숭배의 아득한 기원에 마야 종교의 우두머리인 삼나(이참나)가 있다. 그가 인류에게 역법, 수학, 미술 등을 가르쳤다. 나중에 그는 케찰코아틀이란 이름으로 다시 나타난다.29 돈 호세는 이 방울뱀 무늬의 기하학에 대해 더 이상 세밀한 지식을 전해주지는 않고 있다. 돈 호세의 이야기를 전해주는 책의 저자들도 마찬

26 에이드리언 길버트, 모리스 코트렐, 『마야의 예언』, 김진영 역, 넥서스, 1996, 166쪽.
27 위의 책, 164쪽.
28 위의 책, 169쪽.
29 위의 책, 170~171쪽.

가지이다. 그런데 이 교차된 마름모꼴 무늬가 바로 아무르의 비너스띠에 새겨진 도상과 거의 같은 것처럼 보인다. 이 뱀의 기하학은 바로 삼각형의 수학과 관련되었을 것이다. 유카탄 반도의 자수의 달인에게 베풀어지는 뱀 의식은 이 삼각형 수학의 비밀스런 지식 속으로 입문하는 것이 아니었을 까? 수많은 끈을 직조해서 만드는 키푸 역시 그러한 자수의 달인이 삼각수 의 지식을 공부하거나, 터득한 지식을 활용하기 위한 것은 아니었을까? 그 렇게 보면 이 키푸의 기본띠가 뱀모양이라는 것이 매우 설득력이 있게 된 다. 그것은 대지를 풍요롭게 만들기 위한 수들을 관장하는 띠이다. 거기 매 달린 술들은 생명력의 마디들을 측정하고, 그러한 것들을 곱셈식으로 결합 하기 위한 복잡한 계산(우주적 계산)들을 수행하게 될 것이다.

우리의 경우에도 이러한 신비한 뱀허리띠나 뱀의 생식력 상징이 풍 부하게 존재한다. 고구려 고분의 역사상(力士像) 중 하나는 뱀허리띠를 두 르고 있다. 무녀도에서도 그러한 뱀 끈이나 띠를 볼 수 있다. 이런 그림에 서 뱀은 대체로 강렬한 에너지의 상 징일 것이다. 신라 시대의 한 토우 항 아리에는 성행위하는 남녀상과 개구 리를 물고 있는 뱀 등이 장식되어 있 다. 이러한 토우들은 모두 풍요의 상 징이다. 이 항아리에는 서로 교차된 물결무늬가 위와 중간쯤에 띠처럼 둘 러쳐져 있다. 이 무늬는 '아무르 비너 스 띠'와 같은 형태인데, 우리의 경우 이러한 무늬의 기원은 천전리 암각화

신라의 토우 항아리. 성교하는 상과 뱀을 물려고 하는 개구리 등의 토우가 장식되어 있다. 서로 겹 치게 그려진 물결무늬에서 마름모꼴과 X자형을 볼 수 있다. 이 비너스띠를 둘러친 항아리를 우 리의 '풍요의 항아리'라고 할 수 있다. 고대로부 터 우리에게 전해내려온 부루단지가 바로 이러 한 것이리라.

천전리 암각화. 맨 윗부분의 겹친 물결무늬. ×와 마름모꼴 무늬가 겹치고 이어진다. 병풍처럼 넓게 펼쳐진 바위면 맨 꼭대기에 있는 이 네 개의 마름모(세 개의 ×) 형상은 그 밑에 전개되는 여러 기하학적 문양 속에 담겨 있을 서사시적 이야기 전체의 제목처럼 배치되어 있다.

에까지 거슬러 올라간다.

　이러한 풍요의 띠를 우리는 민속놀이 줄다리기를 통해서 꾸준히 전승시켜 왔다. 김택규는 자신의 책에서 이장섭이 조사한 '줄당기기' 사례를 소개하였다. 여기서 그가 제시한 줄다리기의 숫줄 모형은 위의 그림에서 보는 것과 같다. 이장섭의 조사는 이 줄다리기 줄이 부락민 간의 긴밀한 협동관계 속에서 완성된다는 것을 잘 보여준다. 처음 가장 원초적인 재료인 짚을 모으는 것은 소년들의 몫이다. 그들은 가가호호 다니면서 부정 탄 집을 빼고 나머지 집에서 좋은 짚만을 끌어 모은다. 이러한 짚을 얻어온 소년들이 가장 기본적인 줄인 '골목줄'을 만든다. 이 '골목줄'이 줄다리기 줄의 기본 단위가 되는 셈이다. 마을의 여러 곳에서 각기 만들어진 이러한 '골목줄'을 한데 모아 집대성함으로써 줄다리기의 '몸줄'(조사자는 '원줄'이라 했는데 필자가 논의 전개 필요상 이렇게 바꿨다)이 만들어진다. 이렇게 몸줄이 만들어지면 이것을 절반으로 접어서 타원형 고리를 만든다. 그리고 나서 각기 길이가 다른 종줄(새끼줄)을 그 몸줄에 줄줄이 매단다. 사람들은 바로 이 종줄을 붙잡고 승패를 가늠하는 자리에서 열심히 당기는 것이다. 그런데 이 줄다리기는 두 가지 상징을 갖는다. 하나는 뱀이며, 하나는 성교행위이다. 김택규는 "줄은 그 형태에 있어서 우선 뱀을 상징하는 동시에 남녀의 성기를 상징하고 있으며"라고 했다. 줄다리기가 일종의 기우(祈雨)하는 방법이며, 용과 뱀을 상징하는 줄을 당겨서 그들을 자극함으로써 비를 얻을 수 있다고 믿었던 방법이라고 한다.30 이 줄다리기 줄은 매우 상징적인 줄이며, 민속학자에게는 일종의 '모방주술적 행위'로 비칠 정도로 마력적인 줄이기도 하다. 이 모방주술적 줄다리기 행위는 남아프리카 로디지아 지역 암각화에 새겨진 하늘뱀을 자극하는 제의와 닮아 있는 듯하다. 거기서는 희생제의를 통해 하늘뱀을 자극해서 그 뱀과 연결된 땅의 뱀을 되살리게 한다. 우리는 정성스럽게 만든 암숫줄(용과 뱀의 몸체를 상징하는)의 성교적 놀이가 그러한 하늘뱀을 꿈틀거리게 해서 비를 가져온다고 보았다. 이 줄다리기의 줄은 이러한 측면에서 매우 우주적인 줄이라고 할 수 있다.

　우리는 이 줄다리기 암숫줄의 구조를 좀 더 정교하게 이해할 필요가 있다. 아직 그것에 대한 본격적인 해석이 우리에게는 하나의 과제로 남아 있다. 민속적인 보고들은 여전히 그러한 것을 일종의 오래된 풍속, 과거의 미개한 주술적 전통에 뿌리박은 놀이 정도로 이해한다. 이러한 인식은 근대론자들의 시각에서 나온 것이다. 프레이저는 자신의 유명한 책인 『황금가지』에 끌어 모은 세계의 숱한 민속을 그러한 근대적 시각에서 평가하고, 그것들을 모두 인류의 그릇된 오류의 역사로 생각했다. 우리의 경우에도 식민지 이래 이렇게 철저하게 서구 중심주의적인 시각이 수용되어 한때 주류를 형성했다. 이제 우리는 이러한 주술이란 부정적 딱지 속에 숨겨진 과학이 어떤 것인지 알아볼 때가 되었다.

　줄다리기의 줄을 만드는 방식에는 무엇인가 매우 독특한 것이 있다. 그것은 마치 피라미드를 쌓아올리듯이 가장 원초적인 재료들을 끌어 모으며 시작된다. 가장 연배가 낮은 소년들이 재료를 모으고, 가장 기본 단위의 줄을 만든다. 그러한 기본 단위의 '골목줄'들을 모아서 몸줄을 구성한다.

30 김택규, 『한국농경세시의 연구』, 영남대출판부, 1991, 224~230·301쪽 참조.

하나의 정교한 생명체를 만들어내듯이 이러한 구성방식은 부분적인 요소들을 긴밀하게 유기적으로 엮어서 전체적인 완결체를 만들어낸다. 이 완결체를 만들 때에는 마을에서 선발된 자들, 이러한 놀이의 정점에 있는 자들이 동원된다. 이 줄을 만드는 방식 역시 금줄(검줄)을 만들 때와 마찬가지로 일정한 방식을 택해야 한다. 보통 금줄은 볏짚을 이용하여 왼쪽으로 꼬아서 만든 새끼줄이다. 이것은 볏짚을 오른손 바닥에 놓고 왼손 바닥으로 비벼서 꼰다.[31] 이러한 금줄은 해로운 것들을 막아내는 힘이 있으며, 어떤 사물에 신성한 힘을 불어넣기도 한다. 이필영은 한 조사자의 보고를 이렇게 소개한다. "금줄은 불완전한 상태의 생물과 사물을 완전한 상태로 변화시키는 주술적 용구로도 쓰인다. 갓난아기나 송아지의 출생, 새로 담근 장이나 술 등에 치는 금줄은 그 대표적인 사례이다. 미완의 생명체, 어떻게 숙성되어갈지 아직 두고 보아야 할 장에 금줄을 치는 것이다."[32]

이러한 금줄을 만드는 방식이나 그 특성은 기본적으로 줄다리기 줄에도 적용될 것이다. 이 금줄의 '주술적' 측면에 대해 과학적인 시각으로 다가서야 한다. 거기에는 현재 과학으로는 인식할 수 없는 중대한 현상이 도사리고 있다. 짚이라는 원초적 재료에 대해서도, 그것을 꼬아서 만드는 방식에 대해서도 거기 숨어 있는 어떤 보이지 않는 작용에 주의를 기울여야 한다. 나는 이필영이 제안한 대로 이 줄을 '검줄'이라고 부르는 것에 찬성한다. 우리에게 흔히 접근을 금하는 금지의 표지가 앞서는 '금줄'이란 명칭은 그것의 이러한 초과학적 본질을 잘 드러내주지 못한다고 생각하기 때문이다.

앞에서 논의한 바에 따라 이 '검줄' 역시 천전리 암각화나 신라의 '풍요의 항아리'에 새겨진 '교차된 물결무늬'의 상징과 같은 방식으로 짜여 있다. 나는 길대장군의 짚신을 한짝 매달아 놓았던 성곡리의 '검줄' 이미지

31 이필영, 『마을 신앙의 사회사』, 웅진출판, 1995, 72쪽.
32 위의 책, 73쪽.

(158쪽)를 통해서 이러한 물결무늬의 흐름(물의 길)을 상상해본다. 물들이 서로 빈틈없이 하나로 결합해서 흘러가는 강물의 모습을 보라. 거기에는 여러 복잡한 흐름이 존재하지만 그것들은 모두 하나의 연속체로 짜여진다. 계곡과 들판에 펼쳐져 있는 강물은 그 자체가 거대한 하나의 띠이다. 그것은 기본적으로 서로 곱셈적으로 결합하는 그러한 운동이다. 줄다리기 줄을 만드는 방식이나 검줄을 꼬는 방식이나 모두 그렇게 서로 곱셈적으로 결합하는 양상을 보여준다. 줄이 형성되는 방식뿐 아니라 그 줄을 만드는 것에 동참하는 사람들까지 모두 그렇게 화합되며 하나의 유기적 전체로 결합된다. 이러한 모습은 우리가 이 책의 첫머리에 제시한 화려한 버선본집을 생각나게 한다. 무수한 버선을 만들어내기 위해 존재하는 이 하나의 버선본은 이렇게 곱셈적인 결합의 표시인 ▲▽으로 조합된 ×자형의 지퍼를 열고 그 안에 소중히 간직된다. 이 ×자형은 마치 톱니처럼 서로 맞물린 삼각형들로 채워져 있다. 이것은 아무르의 비너스띠와 같은 문양이며, 천전리 암각화의 물결무늬와 신라의 '풍요의 항아리'에 새겨진 물결무늬와 같은 것이다. 우리 여인네들이 신는 버선은, 이 풍요의 띠로 장식된 집 안에 모셔진 본에 따라 만들어진다. 그 버선을 신고 가는 길은 바로 거기 새겨진 것과 같은 그러한 물결의 흐름을 따라가는 것이다. ×자형에 의해 만들어진 네 개의 삼각형에 수놓아진 네 마리 나비가 그러한 흐름을 주도한다. 이 버선본집의 형상이 함축한 기하학은 다음과 같은 것이다. 서로 다른 두 항목의 곱셈적 결합은 그저 그 둘이 각기 혼자 있거나 그저 같이 한데 모여 있는 것보다 한층 풍요롭고 창조적인 국면을 낳게 된다는 것이다. 우리는 그것을 '제3의 경지'라고 일컬을 것이다. 삼각형의 밑변의 두 점에 대해서 꼭짓점이 바로 그것을 표상한다. 버선본집은 이러한 곱셈적 결합인 ×에 의해 그러한 삼각형이 네 개 만들어짐을 보여준다. 네 마리의 나비가 네 방

향으로 펼쳐진 그러한 삼각형의 꼭짓점(곱셈적 결합의 중심)을 향해 날아다니게 될 것이다.

마야의 한 사본에는 이러한 곱셈적인 일을 주도하는 벌이 나온다. 스페인이 정복하기 이전에 만들어진 한 달력 그림에는 마치 상자들이 쌓인 것 같은 줄기 위에 ×자형이 있고, 그 위로 솟아나 ㄱ자로 구부러진 꽃 같은 것이 있다. 그 꽃들에는 수분처럼 생긴 많은 점이 있고, 그것을 받을 듯이 날개 위에 독특한 모양의 카펫을 펼쳐놓은 한 거대한 꿀벌이 악어 위를 날고 있다. 악어의 모습은 옥수

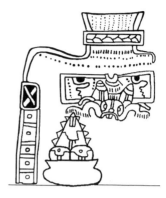

유카텍의 그림책에 있는 역서(曆書)의 일부. 여기 그려진 거대한 벌은 대자연의 꽃밭을 여기저기 날아다니며 꽃들의 수정활동을 돕는 중일 것이다. 벌의 날개에는 마치 카펫 같은 것이 있는데, 그 위에 펼쳐진 거대한 꽃의 수분이 이 날개의 카펫 위에 담겨있다. 아즈텍의 1달 개념에 따르면 악어는 그 첫째날이고 꽃은 마지막날(20번째 날)이다. 벌은 그렇게 20일로 분배된 각 날의 생명력의 수레바퀴를 돌리는데 매우 중대한 일을 하는 셈이다.

수 열매 모양이기도 해서, 악어로 상징되는 풍부한 물을 공급받아서 잘 자라난 옥수수를 보여주는 듯하다. 벌은 한쪽 발에 묻힌 수분을 이 악어-옥수수 끝에 묻히고 있는데, 이러한 결과 옥수수가 성장했음을 보여준다. 이 벌은 발에 묻힌 꽃가루의 사랑을 뿌리며 삼각형 형태의 열매를 애무한다. 그는 날개 위에 사랑의 지도가 그려진 사각형 카펫을 지고 날아다닌다.

나는 마야의 그림책에 있는 이 용맹한 모습의 꿀벌을 보면서 이상이 평안도 성천에서 본 호박벌의 이미지를 떠올린다. 그는 수수깡 울타리와 여주, 땅콩 등이 어우러진 한 폭의 병풍을 배경으로 용감무쌍하게 날아다니는 꿀벌을 이렇게 묘사했다. "그 소박하면서도 대담한 호박꽃에 '스파르타'식 꿀벌이 한 마리 앉아 있습니다. 황금색에 반영되어 세실 B. 데밀

의 영화처럼 화려하며 황금색으로 치사(侈奢)합니다. 귀를 기울이면 '르네 쌍스' 응접실에서 들리는 선풍기 소리가 납니다."[33] 이상은 여기서 자신의 초검선적 상상력을 매우 공격적인 이미지로 펼쳐낸다. 마치 스파르타 병사 같은 꿀벌이 대담하게 생긴 호박꽃에 달려든다. 그는 곧 이어 갑옷과 투구 가 부딪치는 소리가 나는 옥수수 밭을 군대의 열병식을 보는 것처럼 묘사 하기도 한다. 원뿔형 옥수수를 애무하며 눈을 부릅뜬 병사처럼 또는 맹렬 한 전투기처럼 날고 있는 마야의 꿀벌은 이상의 이러한 공격적인 자연의 이미지와 매우 잘 어울린다.

. 삶의 물방울로 짜여진 초검선

나는 이상의 「선에관한각서」가 '삼차각'이란 제목을 달았다는 것에 주의하 면서 우리의 이러한 삼각형 상징의 의미들을 풀어나갈 것이다. 그 삼각형 이 주도하는 흐름이야말로 이상이 「각서」라는 심각한 표현을 써가며 말하 고자 한 바로 그 '선' 즉 초검선이다.

　　　'검줄'의 상징을 빌려와 '초검선'의 한 측면에 접근해 보자. 사람의 '삶의 총체적 운동선'을 가리키는 '초검선'은 우리의 검줄이나 줄다리기 줄 처럼 곱셈적인 선, 삼차각들로 꼬인 선, 물결처럼 흘러가지만 우주적 풍요 로움을 담아내는 총체적 운동을 하는 선, 나비의 나선형 운동처럼 가장 강 력한 태풍도 뚫고 나가는 독특한 파동의 선이다.[34]

33 이상, 「산촌여정」, 『매일신보』, 1935. 9. 27.~10. 11., 전집3, 47쪽.
34 강력한 돌풍 속에서도 그에 지향하면서 나비들이 꿀을 빨고, 짝을 찾기 위해 산봉우리로 이동하는 모습을 커트 존슨과 스티브 코츠는 이렇게 묘 사했다. "나비란 섬세한 생물이라고 생각했던 그 어떤 이의 눈에도, 그 나 비들은 거센 바람을 타고 흐르면서 그곳에 산재된 나지막한 덤불들을 덮 고 있는 작은 꽃무리에 사뿐히 내려앉아 화밀(花蜜)을 빨아들이고 있는 것처럼 보인다. ─나비들은 폭풍이 치는 날씨에도 꿀을 빨고 있었던 것이 다."(『나보코프 블루스』, 해나무, 2007, 289쪽.) 이 책의 저자들은 『롤리 타』의 작가인 블라디미르 나보코프의 나비연구를 추적했는데, 이 나보코 프 프로젝트를 추진시킨 힘은 생물다양성의 위기(이들은 지금 세계가 6번 째 멸종의 단계에 와있다고 선언했다)를 진단하고 그에 대한 해결책을 찾 기 위한 것이었다. 그들은 안데스 산맥의 우아칼레라 계곡에 있는 세로아

이상은 「시제10호 나비」에서 이 나비의 상징을 자신의 수염 이미지에 겹쳐 놓는다.35 "어느날 거울 가운데의 수염에 죽어가는 나비를 본다." 이 거울 속 나비는 김동인의 「태평행」에서 암시받은 '카오스적 나비'가 유리 속에 갇힌 모습이다. 이 '거울유리'는 근대적 현실세계를 '얼어붙은 물' 이미지로 나타낸 것이다. 그 나비의 초검선적 운동은 이 얼어붙은 공간에서 질식당하고 있다. 이상은 이 폐쇄적 공간을 벽의 이미지로 제시한다. "찢어진 벽지에 죽어가는 나비를 본다. 그것은 유계(幽界)에 낙역(絡繹)되는 비밀한 통화구(通話口)다." 물질적인 벽 너머의 세계를 가리키는 유계에까지 도달하는 통화구의 이미지를 나비는 갖고 있다. 여기서 이상은 '낙역'이란 단어 속에 줄과 끈의 이미지를 숨겨 놓았다. 이 '낙(絡)'은 생명주로 된 실, 두레박끈, 얼레에 감은 실 등의 뜻을 갖는다. '역(繹)'은 실마리를 이끌어낸다는 뜻이 있다. '낙역'은 유계로 통하는 이 찢어진 틈(나비 형상을 그는 여기서 본 듯하다)을 통해 마치 실이나 끈 같은 것이 끊임없이 소통하고 있음을 나타낸다. 나비는 바로 그러한 유계로 통하는 실이나 끈의 운동과도 같은 것이 된다. 거울 속에 비친 수염에서 나비를 본 것도 이러한 유계를 향한 틈을 자신의 입(참된 시가 노래처럼 솟구쳐 흘러 나와야 하는)36에서 보았기 때문이다. 수염은 나비 날개이며, 입은 나비의 몸통이다. 이 매우 특이하고 독

마리요(3,199미터)를 등정하며 '나보코프 블루'를 추적했다.

35 이상의 '나비수염'은 소설 「봉별기」(『여성』, 1939. 12.)에도 등장한다. 이 소설 첫머리에서 자신이 스물세 살 때 배천 온천으로 떠나기 전 긴 수염을 면도로 자른 것을 "코밑에다만 나비만큼 남겨가지고"라고 표현했다. 그러한 말끔한 용모로 배천온천에 가서 금홍이를 만난 것이다. 그런데 금홍이가 자신의 나이를 실제보다 많이 보았기 때문에 "그 나비같다면서 달고다니든 코밑 수염을 아주 밀어버렸다." 했다.

36 이상은 「자화상(습작)」에서 이렇게 말했다. "죽엄은 서리와같이 내려있다. 풀이 말라버리듯이 수염은 자라지 않은 채 거칠어 갈 뿐이다. 그리고 천기(天氣) 모양에 따라서 입은 커다란 소리로 외우친다─수류(水流)처럼"(『조광』, 1939. 2., 183쪽.) 이 시에서 자신의 눈에는 태고 하늘의 야도가 응고되어 있다고 했다. 이 초검선적 자화상은 문명의 황무지적 힘에 맞서며 태고의 때묻지 않은 우주를 지속시키려 노력하고 있다. 문명의 역사와 대결하는 이러한 사상적 전쟁이 그의 상상력 속에 깃들인 공격적 이미지들의 원천이다.

창적인 나비 이미지를 통해서 자신의 삼차각 초검선 나비 이미지를 만들어 낼 수 있었다. 이상의 '초검선' 이미지는 「오감도」의 「시제10호 나비」를 통해서 이렇게 상당부분 구성할 수 있다.

　　그러나 이상이 「선에관한각서」에서 시도한 시적인 수학(근대적 수량화의 수학을 초월한)을 따라잡으면서 '초검선'의 수학적 의미를 먼저 검토해보기로 하자. 거기에 근대적인 운동의 물질적 한계를 넘어서는 그의 시적인 운동이 근대적 수학이나 물리학과 대결하는 소중한 장면이 들어 있다. 이러한 작업을 위해 일단 우리가 앞에서 제시한 잉카의 키푸의 끈을 무한정수 초검선의 형상과 연관시켜볼 필요가 있다.

　　이상의 초검선 개념을 형상화한 나의 수직선(數織線)은 '무한정수'로만 이루어져 있다. 이 '정수'는 일반 수학의 '정수' 개념과 전혀 다르다. 일반적인 수직선에서 '정수'는 한 개씩만 존재한다. 1, 99, 3498 등 그 어느 것도 단 하나만 존재한다. 그러나 '무한정수' 개념은 무수히 많은 1, 무수히 많은 2, 무수히 많은 99 등을 상정한다. 어떤 정수이든 그것은 그 자체로 무한하게 많다. 이것이 바로 이상의 수학에서 '숫자의 역학'이란 개념을 나의 방식으로 푼 것이다. 예를 들어 하나의 정수 2는 역학적으로 '-무한대'에서 '+무한대' 걸쳐 있다. 그것이 정수 2의 존재 영역이다. 2는 역학적으로 계속 상승해서 '+무한대' 영역을 지나 마침내 3이 된다. 이렇게 숫자는 역학적으로 상승하고 자라나며 생식력을 갖는다. 이러한 수의 역학이 우주의 창조적 힘이다. 바로 이러한 관점이야말로 이상이 플라톤을 넘어서는 지점이다. 플라톤은 기하학을 전개하면서 천체의 둥근 구체를 만드는 운동에 대해서만 이야기했을 뿐이다. 그의 수는 아직도 정태적인 역학, 즉 정력학적인 수준에 머물러 있다. 이상의 역학은 그 각기의 수에 창조적 힘을 부여하여 살아있게 만든 것이다. 마치 잉카의 우주뱀으로 된 수직선

무한정수 역학 초검선

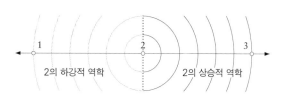

무한정수의 초검선

처럼 이 수들은 생명력이 있다.

　　우리는 이 수의 역학을 어떻게 포착할 것인가에 대해 생각해보자. 가령 2는 어떤 한계까지 그 힘이 상승할 수 있는가? 그 마지막 한계를 우리가 셀 수 있는 마지막 극한적인 정수인 '무량대수'로 설정해보자. 그렇다면 우리는 2의 수많은 역학적 수준들을 등급화할 수 있다. 그것을 2_1, 2_{10}, 2_{100}, 2_{1000} …… $2_{경}$ …… $2_{항하사}$ …… $2_{불가사의}$, $2_{무량대수}$로 나열할 수 있을 것이다. 2의 마지막 극한인 $2_{무량대수}$가 바로 3_1이다. 하강적인 방향은 그 반대로 생각하면 된다. 따라서 무한정수의 '역학 초검선'은 무한정수의 무한한 점들로 이루어져 있다. 그 무한정수는 무한하게 끝없이 전개되어 있기 때문에 이 초검선의 길이는 무한하다. 우주의 모든 곳에서 어떤 사물이나 동물과 사람에 이르기까지 특정한 순간에 이들은 모두 이러한 초검선의 특정한 상태를 갖게 된다. 예를 들어 어떤 텅스텐의 몇 개의 원자들은 이 초검선의 특정한 상태로 포착될 수 있다. 가장 중앙에 있는 텅스텐 원자의 역학을 기본으로 삼아보자. 그것을 10이라고 한다면 다른 원자들의 10의 역학과 그것을 등급화 할 수 있다. 위 점들의 크기에 따라 10의 역학을 1에서 무량대수까지 무작위적으로 선택해서 그 속에 기입해보라. 텅스텐 원소의 초검선적 역학 좌표도를 하나 그릴 수 있게 될 것이다.

　　그런데 우리는 이렇게 무한정수가 무한하게 나열된 초검선을 간략하게 만들 수 있다. 무한한 길이를 20개의 정수만이 나열된 한정된 끈으로 축소시키는 것이다. 나는 이것을 '초검선 줄끈'이라고 정의하고자 한다. 잉카의 결승 노끈도 20개의 술이 달린 것이 있다. 그들은 이 20개의 술로 모든 수를 세었다. 그것은 태초부터 사람이 셈을 할 때 동원할 수 있었던 가장 원초적 기관인 손가락과 발가락을 합친 숫자일 것이다. 우주뱀인 초검선 줄끈은 이렇게 20개의 긴 다리로 되어 있다. 이것으로 우주의 모든 것을 헤아릴 수 있다. 이 우주뱀의 다리는 무한히 많은 마디를 갖고 있다. 20개의 다리 각각은 마치 카오스의 쪽거리처럼 무한하게 분화되어 있어서 그것의 가장 작은 마디에 난 미세한 털의 숫자까지 모두 다 센다는 것은 불가능하다. 우리는 대략적으로 그러한 것의 이미지를 이와 같이 그려볼 수 있을 뿐이다.

　　이 그림의 기본 개념은 줄다리기의 암숫줄에서 나왔다. 암줄과 숫

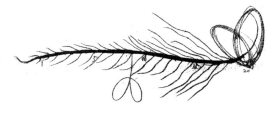

초검선 줄끈. 마치 자라나서 떡잎이 두 장 열린 것처럼 된 이 줄끈의 머리 부분은 일종의 나비끌개형 매듭으로 되어 있다. 아랫부분의 하트형 매듭은 초검선 신발의 매듭이다. 그것은 이 줄끈에 매달린 수를 상징한다.

줄을 한데 합쳐서 하나로 만들었다. 대신 암줄의 줄목과 숫줄의 줄목이 결합되는 모습을 여기서는 나비끌개 식의 도상으로 대체했다. 이 나비끌개 식의 도상을 나는 '초검선 나비매듭'이라고 이름 붙이고 싶다. 이 초검선의 뱀머리는 '나비매듭'으로 만들어진 셈이다. 여기에서는 1에서 20번까지의

각 번호에서 작용하는 다양한 힘이 한데 모여 폭발적으로 회전한다. 줄다리기도 그 다양한 힘의 합에 의해 승패가 갈린다. 나는 그러한 힘의 한 상징으로 우리가 앞에서 보았던 검줄에 매달린 짚신 형상을 걸어놓았다. 그 짚신 형상은 여기서 부드러운 하트 모양처럼 변했다. 마치 시계 태엽을 감아 밥을 주는 태엽감기 장치처럼 생긴 이것은 이 초검선 뱀의 힘을 작동시키는 장치이다. 물론 이 장치는 1에서 20번까지 모두 다 달려 있다. 우리의 삶이 어떤 길을 어떻게 걸어갈 것인지는 바로 이것에 달려 있다.

　　이렇게 우리는 이상의 새로운 수학적 개념을 통해서 수와 힘, 그리고 우주적 생명력 등을 통합시켜 보았다. 다음에 볼 그림은 이상의 여러 가지 사유와 이미지들을 통합시켜본 만다라적 도상이다. 서로 같은 마음으로 진동하는 것들을 같은 선 위에 배치했을 때 만들어진 그림이다. 일종의 동심결(同心結) 같은 이 끈들은 만다라적 도상을 만들어냈다. 나는 여기서 까마귀와 뱀, 그리고 나비와 잠자리를 각각 하나의 끈에 서로 반대 방향이 되게 배치했다. 하나의 초검선조차 이러한 이중적 운동으로 꼬여 있는 것을 표상한 것이다. 그리고 서로 다른 방향의 힘들이 잘 엮여지지 않는다면 이 중심부의 꽃은 만들어낼 수 없다. 길이 다르다고 투쟁만하면 어떤 것도 창조되지 않는다. 이 도상이 말하는 것은 일종의 전방위적인 것을 고려한 통합이다. 생명력 있는 꽃을 만드는 일은 이렇게 무한적인 사유를 향해 열려 있어야 한다. 그리고 고도의 정밀한 수학적 계산이 없이는 그것은 불가능한 일이다.

　　이러한 통합적 사유야말로 바로 「각서3」에서 말한 것처럼 뇌수를 부채처럼 전개하고 회전시키는 운동이다. 이 '뇌수'의 회전운동은 플라톤적인 '혼의 회전운동'과 닮아 있다. 플라톤이 천체의 회전과 사람의 혼의 회전을 막연하게 상응시키고 있는데 반해서, 이상은 부채의 상징적 도상을

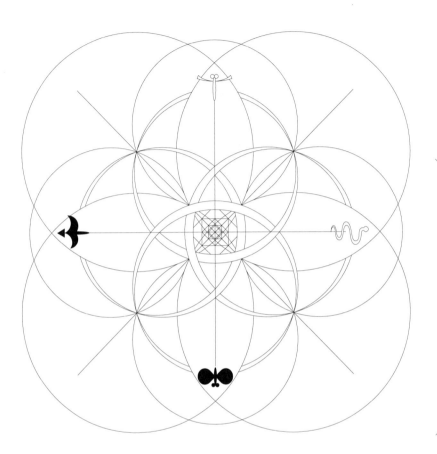

초검선 만다라 도상. 이 만다라 도상은 기본적으로 텅스텐 원자와 고구려 안악2호분 천정의 말각조정 양식을 통합해서 만든 것이다. 네 장의 꽃받침에는 이상의 상상체계에서 중요한 나비, 까마귀, 뱀, 잠자리가 놓여 있다. 그 꽃받침을 휘감은 네 개의 고리가 서로 결합된 부분이 초검선 매듭으로 된 꽃이다. 이 꽃의 중심부는 네 개의 매듭으로 싸여 있는 무한호텔의 방이다.

펼침으로써 '뇌수의 회전'에 대해 매우 독특한 방식으로 풀이했다. 그는 주체의 우주적 인식 활동을 수학적 기하학적 상징으로 섬세하게 전개했다. 이러한 도발적인 생각은 기존의 학문 체계를 뒤흔들고 그러한 학문 체계가 이끌어가는 삶의 구조들까지 뒤흔들 수 있는 것이다. 그는 많은 것을 혁신시킬 수 있는 생각을 우리 모두에게 제시하고 있는 셈이다.

　이렇게 이상의 혁신적인 생각들을 담은 '초검선'을 우리는 '무한정수의 역학 초검선'과 초검선 만다라의 이미지로 정리해보았다. 이상은 이 '초검선'에 담긴 형언할 수 없는 뉘앙스를 몇 가지 다른 이미지로 포착하기도 한다. 해면질로 된 폭포와 정육면체로 된 사탕의 이미지가 바로 그것이다. 이 특이한 이미지에 내포된 그의 생각이 무엇인지 살펴보자.

　이상은 「각서4」에서 매우 짧은 한 장의 스케치를 보여준다. "폭통(瀑筒)의 해면질전충(海綿質塡充, 폭포의문학적해설)". 폭포의 물줄기를 보고 이런 멋진 이미지를 만들어냈다. 혹시 그는 이러한 이미지로 '초검선'에 대한 시적인 형상을 얻어내려 한 것은 아니었을까? 그는 '미정고(未定稿)'라는 말을 제목 밑에 썼다. 여전히 흡족하지 않았던 것이 분명하다. 그가 시도한 것은 물로 채워진 원기둥 같은 이미지로 폭포를 그리는 것이었을 것이다. 왜냐하면 이 시의 첫줄에 탄환이 원기둥을 질주한다는 이미지를 보인 뒤였으니 말이다.

이 그림은 몇 가지 다른 그림을 복합시킨 것이다. 이 폭통의 왼쪽 단면에는 물입자로 가득한 그림이 들어갔다. 폭통 속은 혼돈적인 소용돌이를 일으키는 두 가지 서로 다른 액체의 흐름을 복합시켰다. 거기에 입자가 총알처럼 방출되는 선운동을 가미했다.

탄환이 달리는 이 원기둥은 일종의 '탄도선(彈道線)'이라 할 텐데, 그는 이 이미지로 탄환의 질주를 유클릿적 직선으로 묘사하는 것이 오류임을 지적하려 했다. 그러나 그는 그러한 원기둥의 기하학적 형태보다는 그 안에 들어 있는 해면질적인 흐름에 더 관심이 있었을 것이다. 해석학적 수학자라면 그것을 '물방울들로 짜인 피륙'이라고 하지 않았을까? 그러나 해면질이란 단어에는 좀 더 탄력적인 역동성이 있다. 폭포의 역동성을 드러내기에는 이것이 더 적절하다. 김수영의 그저 쉼 없이 곧게 떨어지는 폭포에 비해37 이 해면질 폭포는 얼마나 자연적인 생동감으로 넘쳐 보이는가? 그런데 우리가 이 이미지에서 정작 찾아내야 할 것은 바로 그러한 해면질을 구성하는 물입자들이다. 물방울들, 어디에든지 물길을 따라 자유롭게 굴러가며 부드럽게 때로는 격렬하게 운동하는 존재, 그러나 다른 물방울이 다가오면 완벽하게 결합하는 이 곱셈적인 존재는 우리가 뒤에 말할 무한정원의 검은 구체(곱셈의 활동으로 만들어지는)의 이미지를 다른 방식으로 보여준다. '초검선'은 말하자면 이러한 삶의 물방울들로 짜여진 피륙, 일종의 해면질 같은 선일 것이다.38

「선에관한각서4」는 이러한 역동적인 초검선 운동의 다른 한편에 매우 정돈된 이미지를 하나 갖다 놓았다. 그것은 "정육사탕(正六砂糖, 각사탕을 칭함)"이란 매우 간략한 구절 속에 있다. 나는 그 이미지를 초검선 만다라의 중앙 부분을 참조해서 그려보았다. 이상은 맛있는 사탕으로 가득한 '정육사탕'이란 독특한 시적 도상을 하나 만들었다.

이러한 초검선의 문제는 이상

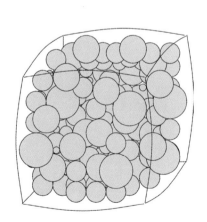

정육사탕(각사탕). 폭통의 이미지가 동적인 것이라면 이것은 정적인 것이다. 폭통의 복잡하고 격렬한 운동이 사랑스러운 열매들로 가득 맺힌 상태를 그린 것이다.

37 김수영의 폭포는 고집스럽고 용감한 그리고 언제 어디서나 변함없는 삶의 직선적인 달리기를 표상한다. 관련된 부분만 보기로 하자. "폭포는 곧은 절벽을 무서운 기색도 없이 떨어진다 // 규정할 수 없는 물결이 / 무엇을 향하여 떨어진다는 의미도 없이 / 계절과 주야를 가리지 않고 / 고매한 정신처럼 쉴 사이 없이 떨어진다. / 금잔화도 인가도 보이지 않는 밤이 되면 / 폭포는 곧은 소리를 내며 떨어진다."(「폭포」 1~3연) 이러한 폭포의 목표가 자유든, 일정한 질서든 상관없이 그것이 지향하는 방향을 향해 일관된 논리를 철저하게 밀고나가는 이 직선적인 태도를 그는 '고매한 인격'으로 표현했다. 이 직선적인 폭포를 이상의 해면질 폭포와 비교하면 좀 경직된 인상을 받는다. 사실 김수영은 이상의 이러한 초점선적 우주론을 알아차리기엔 너무 좁혀진 세계관에 머물러 있었다. 여전히 근대 시민사회적 자유를 지향하고 있었다. 우리의 논의 속에서 '시민사회'란 '쥬피타-이상'의 상처를 오슬거리게 하는 근대적 모순의 진원지이다. 그것은 여전히 오감도에 미달하는 세계, 즉 조감도적 세계이다. 해방 이후 우리의 역사는 이렇게 근대적 모순이 빚어낸 여러 상황, 파시즘적 전체주의, 사회주의, 시민적 자유주의 같은 것들의 복잡하고 어수선한 투쟁 속에서 빠져나가지 못하고 있다. 그 가운데 어떤 것도 '근대의 초극'을 감행할 수 없다. 그러한 것들은 서로를 짓밟는 투쟁의 진흙탕 속에서 각기 낡은 진보의 깃발을 들고 '근대의 찢어진 틈'을 빠져나가려 헛되게 몸부림치고 있다. 사실은 이 모든 것은 '근대'의 변형들이자 근대적 세계관이 관리하고 있는 이데올로기이다. 김수영의 안목은, 이상을 배웠으면서도 그가 '근대의 초극'을 어떻게 감행했는지 거의 눈치조차 채지 못할 정도로 좁았다. 그 이후의 많은 김수영주의자도 크게 보아 이 범주에서 벗어나지 못한다.

38 우리는 이 해면질로 된 폭포의 이미지를 하나의 폭통(폭포의 원통)으로 그려보았다. 그 안에 복잡한 나선파를 넣었는데, 스티븐 스트로가츠에 의하면 나선파는 매체가 허용하는 거의 최대 속도로 파동을 방출한다. 그러므로 나선파는 다른 파동을 막아내며 최대의 속도로 움직인다. 그는 파동과 입자의 관계를 이렇게 설명했다. "우리에게 원소란 두루마리 링과 매듭이 허용된 형태가 복잡도가 증가하는 계층구조를 이루는 것을 말한다." 이렇게 해서 그는 두루마리 파동의 운동으로 입자운동을 해소했다(스티븐 스트로가츠, 『동시성의 과학, 싱크』, 조현욱 역, 김영사, 2005. 297·299·307쪽). 우리는 이상의 '폭통'에서 그러한 입자의 나선적 파동운동을 볼 수 있다.

문학 전반에서 중요하게 작동하는 거울 이미지와도 밀접하게 연관된다. 여기에는 빛에 의한 물리적 반사상을 보여주는 거울 속 이미지들에 대한 이상의 부정적인 태도를 알 수 있게 하는 내용이 있다. 즉 광학적인 세계상(우리의 시선이 포착하는 세계상—망막의 스크린에 투영되는)의 차갑고 서로 거부하는 듯이 분리된 상들은 일종의 껍질들로만 이루어진 세계를 보여준다. 이 세계의 모든 것은 빛에 적셔졌을 때만 드러나며, 그것도 흡수되지 않고 표면에서 반사된 빛에 의한 모습만을 보여준다. 이상은 이러한 광학적 시선에 의해 포착되는 시각적 상들을 별로 좋아하지 않는다. 볼록렌즈의 초점에 수렴되는 광선들은 우리의 시각적 렌즈(눈의 수정체)에 지나치게 즉물적으로 다가옴으로써 미처 그것에 대해 깊이 생각할 여유조차 주지 않는다. 현미경적 세계[39]와 망원경적 세계는 전체보다는 개체를 확대시켜 거기에만 사로잡히게 만든다. 개별적으로는 확대시키고 전체적 계(界)에서는 분리시키는 이러한 볼록렌즈의 관점을 이상은 '인문의 뇌수'를 태워버리는 '유클릿의 초점'이라고 비판한다.[40] 이 즉물적인 상들, 본질적인 힘을 드러내지 않는 표면의 이미지들은 그러한 사물들의 생성과 변화, 발전 등의 내

---

[39] 이상의 첫 번째 시가 바로 이 현미경의 원 이미지를 다루고 있다. 「이상한 가역반응」이 바로 그것이다.

[40] 「각서2」에서 이렇게 말한다. "유우크리트의 초점은 도처에 있어서 인문의 뇌수를 마른 풀과 같이 소각하는 수렴작용을 나열하는 것에 의하여 최대의 수렴작용을 재촉하는 위험을 재촉한다."(전집1, 58쪽)

[41] 거울상에 대한 이러한 부정적 인식은 니체의 짜라투스트라에게서도 나타난다. "너희 둘레엔 오십개의 거울들이 있어. 그것들이 너희의 색깔 변화를 부추기며 흉내내고 있다."(니체, 『짜라투스트라는 이렇게 말했다』, 최승자 역, 청하, 1993, 160쪽.) 빛의 반사상에 사로잡힌 이러한 것들에 대해 이상도 "사람은 거울"(「선에관한각서」)이란 표현 속에 담았다. 니체는 이러한 거울을 논리적인 이성과 지성의 인과론에도 적용한다. "우리가 거울 그것 자체의 관찰을 꾀하면, 우리는 결국 거울에 비친 물(物) 이외의 아무 것도 발견하지 못한다. 만약 우리가 물을 파악하려 하면, 우리는 결국 거울 이외의 어떤 것에도 도달하지 않는다. —이것이 인식의 가장 일반적인 역사이다."(170쪽). 그는 과거의 기호들만을 반영하는 '현재의 인간'들을 마찬가지로 비판한다. "너희 현재의 인간들이여! 온몸에 과거의 기호로 잔뜩 써놓고 그 기호들 위에 새로운 기호로 덕지덕지 칠을

밀한 역동성(그것은 개체적 수준에서 독립적으로는 획득될 수도, 포착될 수도 없는 것이어서)을 보여주지 않는다.41 여러 개체 간의 내밀한 연관관계에 대해서도 별로 말해주는 바가 없다.

이상은 이렇게 광학적 세계상을 특징짓는 시각적 이미지들을 그 특유의 극한적인 방식으로 몰아갔다. 그렇게 해서 모든 것이 그 안에 갇혀 있는 일종의 감옥인 밀폐된 '거울세계'가 만들어졌다. 초검선에서 내려다보면, 물질적 시선에는 밝은 빛으로 선명하게 드러나는, 다채로운 형상으로 된 이 세계는 너무 얇은 껍질처럼 보인다. 초검선의 깊이 꿰뚫는 듯한 검은 시선(까마귀의 시선인)은 그러한 반사상들에 사로잡히지 않고, 그 표면을 뚫고 들어간다. 그것은 내부적 물질을 보는 것이 아니라42, 그 대상의 비물질적 무한의 깊이를 본다. 이 세계와 우주는 수많은 개체의 무한적 깊이들이 무한하게 중첩되어 겹쳐 있는 복잡성의 바다이다. 이상의 작품에서 이러한 시선은 어둠 속에서 유난히 빛나는 고양이의 눈에서 뿜어져 나온다.43 초월적인 무한적 검은 시선으로 보았을 때, 광학적 한계 안에 있는 물리학적 세계는(근대적 인식이 다루는 한계인) 이렇게 얇은 표면적 껍질들로 이루어진

하고, 이렇게 하여 너희는 모든 기호 해독자들로부터 자기자신을 잘 숨겨 놓았던 것이다!"(161쪽). "너희는 종이조각들을 아교로 하나로 붙여 물감을 발라 구워만든 것처럼 보인다. —누군가가 너희의 베일과 겉가리개와 색깔과 몸짓을 벗겨버린다면 겨우 새나 놀라게 할 정도의 것 밖에 남지 않으리라. —나는 그 해골이 내게 추파를 던지자 날아가 버렸던 것이다." 현대의 '역사적 인간'에 대한 니체의 비판은 이상에게는 고고학적 인간에 대한 비판으로 계승된 것 같다. 대지의 생식력이 결여된 고고학적 관점에 대해서는 「LE URINE」에서, 역사적 인간에 대한 비판은 「오감도」의 「시제14호」에서 볼 수 있다. 이상에게도 표면적인 반사상만으로 이루어진 껍질들의 세계, 껍질들로 된 인간은 무한 에로티시즘을 결여한 존재이다. 그것은 우주적 생식력을 지니지 못한다.

42 해부학적이고 분석적인 시선은 물질의 표면을 뚫고 들어가지만 그 안에서도 역시 물질의 표면에 부딪친다. 현미경적 시선은 아무리 깊이 뚫고 들어가도 물질적 반사상만을 볼 뿐이다.

43 「무제-죽은 개의 에스푸리」(1932. 11. 15.)를 보라. "어느 사이에 돌아온 고양이는 맑은 눈동자를 달빛에 반짝이면서 숙수(熟睡)하는 개들을 어머니처럼 지키고 있다. 나는 황홀하게 멈추고 서 있었다." 이 고양이

세계이다. 이상은 그 특유의 방식(우리가 「광녀의 고백」 같은 시를 분석하면서 살펴보았던 그 극한적 사유방식)으로 이러한 세계의 모든 것을 한 장의 얇은 거울 속으로 밀어 넣었다. 이러한 대담한 발상은 초검선적인 시선으로 광학적 세계 전체를 내려다보며, 그 모든 현상(그것이 그 한계 안에서 아무리 다양하고 복잡해도)을 자신의 초월적 문법으로 간단한 틀 속에 넣어 정리할 수 있는 자에게서만이 나올 수 있다.

우리는 나중에 이상이 이러한 거울세계 밖으로 탈출하려는 힘을 잃었을 때, 그리고 자신의 초검선적 방사선이 메말라갔을 때, 거울 속의 반사상적 조율의 대가인 '악성(樂聖, 아마 바흐의 이미지를 가져왔을 것이다)'과 대결하는 장면을 보게 될 것이다. 우리는 '거울푸가 이야기'라는 제목으로 이 문제를 다룰 것이다. 이상은 황량한 근대의 유물론적 거울세계 속에서 표면만이 있는 얇은 감옥을 어떻게 하면 무한한 깊이를 갖는 것으로 변화시킬 수 있는지 알아내고 싶었다. 그것이 바로 '거꾸로' 살아가는(그의 반일상적 삶) 역설적 삶의 방식이다. 그러한 것의 하나로 그는 낮과 밤을 뒤바꿔 지냈다. 낮에 자고 밤에 무엇인가를 하였다. 그처럼 근대적 거울세계의 규칙과 질서, 리듬을 거꾸로 뒤집으면 과연 그 거울 속에서 빠져나올 수 있을까? 바로 이것이 '거울푸가'적 주제이다. 그것은 그 자신의 내면 속에서 상처받고 죽어가면서도 간신히 살아남아 있는 초검선적 존재인 '황'이란 개와도 관련된다. 그는 그 개를 되살려 내려고 거꾸로 살아갔지만 그것은 결국 '역도병(逆倒病)'으로 귀결된다.44 역설적인 '거꾸로 살기' 자체가 활력적인 모습을 잃고 일종의 타성에 떨어진 것이 바로 이 역도병이다.

는 이상의 '목장(牧場)'을 지키는 개들을 돌보고 있는 동물이다. 우리는 '달빛에 반짝이는' 고양이의 눈이 사물과 세계를 좀 더 신비로운 깊이까지 들여다보는 시선임을 알게 될 것이다. 그것은 깊은 어둠의 시선, 즉 초검선적인 시선이다. 보들레르와 릴케는 사물을 꿰뚫는 이러한 고양이의 시선을 시인의 눈으로 확보한 유일한 시인이지 않았을까? 이상에게 사람을 자연과 연계시키는 이러한 동물들은 사람 속에 내재된 자연적 성질을 이미지화한 것이다. 고양이는 눈이 강조되고 개는 코와 입과 생식기가 강조된다. 이상에게서 고양이와 개는 사람에게 있는 그러한 기관들의 자연적 성질을 드러내고 있다.

이렇게 그의 거울 이미지는 우리가 일상에서 마주치는 하나의 사물이 아니다. 그것은 물질적 확실성을 포착하는 근대의 시각적 활동 일반에 대한 과장된 은유법적 이미지이다. 그는 그러한 세계상을 포착하는 자기 자신을 그러한 시선의 거울 속에 집어넣음으로써 거울공간을 비판적인 방식으로 새롭게 구성할 수 있었다. 그의 거울들은 단순히 나르시즘이나 자기분열의 공간이 아니다. 그에게 거울은 매우 집요하게 구성된, 근대적 시선 일반에 대한 극한적 비판, 반사상들의 무한퇴영이라는 황무지적 죽음의 공간이다.45

44 "얼마 후 나는 역도병에 걸렸다. ―하루 아침 나는 식사 정각에 그만 잘못 가수(假睡)에 빠져들어갔다."(「황의 기(작품제2번)」중 「記2」, 전집1, 180~181쪽)

45 시선의 반사상적인 세계의 황무지적 이미지는 이상의 성천 기행문에서 탁월한 표현을 얻었다. 가령 다음과 같은 부분을 보자. "이 무슨 바닥 없는 막대한 어둠일까. 들판도 삼켜졌다. 산도 풀과 나무를 짊어진 채 삼켜져버렸다. 그리고 공기도 보아하니 그것은 평면처럼 얄팍한 것 같기도 하다. 그것은 입체가 없기 때문이다. 그것은 이미 헤아릴 수 없는 심원한 거리를 그득히 담고 있다. 그 심원한 거리 속에는 오직 공포가 있을 따름이다."(「첫번째 방랑」에서) 그는 식민지의 어느 가난한 시골 풍경을 대했을 때 목가적 풍경 대신 황량한 어둠과 공포의 심연만을 보았다. 그는 입체적인 두께와 깊이를 모두 삼켜버리는 '평면적 어둠'이란 미묘한 이미지를 만들어냈다. 모든 것의 두께와 깊이를 소멸시키는 거울 평면의 이미지가 여기서는 밤의 어둠까지도 흡수하고 있다.

말해보라, 그대들이 사과라고 부르는 것을,

이 단 맛, 처음엔 빽빽하게 들어 차 있다가

맛보는 사이 슬며시 일어나서는

깨끗해지는, 깨어 있는 투명한 그 맛,

두 가지 의미를 지닌, 태양과 땅과 이승의 맛을

— 릴케, 「오르페우스에 부치는 소네트」

네이트(Neith)는 이집트에서 처녀신으로 여겨지지만

두 개의 화살이 교차하는 머리 장식물은 천(물질)을 만드는 데

필요한 씨실과 날실, 곧 남성과 여성이 극점에서 교차하는

것을 상징한다. 이 교차는 곱하기와 마찬가지로 수정(受精)을

나타낸다.

— 마이클 슈나이더, 『자연, 예술, 과학의 수학적 원형』

. 이상의 비밀정원

초점선적 우주에서 내려다본 광학적 세계(근대세계를 물리학적으로 규정해본)는
이렇게 우울한 빛으로 가득 차 있다. 이 거울세계의 감옥을 파괴하거나 탈
출하려는 시도인 이상 식의 '거꾸로 살기'는 해체적이며 파괴적이고 유목
주의적(노마디즘)이다.[46] 우리는 해체주의와 포스트모더니즘의 주제들을 거
기서 엿볼 수 있다. 그러나 의도적인 '거꾸로 살기'도 나중에 기계적인 습

---

[46] 신범순, 「이상문학에 있어서의 분열증적 욕망과 우화」, 『국어국문학』
103호, 1990. 이 논문 2장에서 필자는 「지주회시」와 「날개」의 동물적 퇴
화를 들뢰즈적 탈주 개념인 카프카적인 '동물되기'와 관련시켜 분석했다.
「날개」에서 이상은 "나는 가장 게으른 동물처럼 게으른 것이 좋았다. 될
수만 있으면 이 무의미한 인간의 탈을 벗어버리고 싶었다." 했다.

관이 되며, 일종의 병인 '역도병'으로 변화된다. '거꾸로 살기'조차 이러한 기계론적 반사상의 리듬 속으로 떨어지는 것이다. 이러한 문제에 대해서는 다른 곳에서 본격적으로 다루기로 하자. 우리는 그보다 먼저 그가 힘들게 발견해낸 비밀정원에 들어가 보아야 한다. 이 비밀정원의 낙원에서 추방된 이후의 일은 모두 후일담에 불과하다. 일상에 뒤섞인 낙원에 대한 추억을 시시껄렁한 소설들로 꾸며낸 것에 대한 이야기는 뒤로 미루자. 이상의 본질은 무엇보다도 자신이 발견한 시적 '낙원'으로서의 무한정원 속에 있다.

앞서 '초검선'을 논의한 것은 그러한 무한우주로 들어가기 위한 것이다. 그것은 근대적인 한계를 모두 초월함으로써 근대적 세계를 지탱하는 모든 논리와 사상을 폭파시킬 만한 강렬한 개념이다. 동시에 무한적 우주와 소통하는 세계를 창조하는 적극적 긍정적 세계관이기도 하다. 이러한 점은 지금까지 서구에서 전개된 탈근대론의 한계를 넘어선다. 해체주의적 논리, 포스트모더니즘의 시뮬라크르적 세계는 모두 '거꾸로 살기'와 '거울푸가'라는 이상 식의 부정적 탈출 시도 속에 포섭된다. 이것들은 모두 이상에게는 초검선적 무한정원에서 추방된 뒤의 후일담에 불과하다. 이러한 실낙원적 후일담은 이 세계에서 그에게 남아 있는 유일한 삶의 방식이었다. 이 세계 속에서는 죽음을 향해 달려감으로써만이 자신의 무한정원에 가까이 다가갈 수 있다는 삶의 역설적 방식, 따라서 자신의 죽음의 방식에 대한 글쓰기만이 유일하게 의미 있는 것으로 남아 있다는 것이 이러한 후일담의 주제이다. 여기서 그러한 후일담은 일단 제쳐두기로 하자. 이상이 발견한 낙원에 대한 이야기를 우리는 아직 본격적으로 시작하지도 않았지 않는가. 그의 순수한 동심의 동산에는 과연 어떤 풍경이 자리잡고 있는가? 빛의 광학적 반사상들 대신, 초검선적인 검은 시선에 의해 포착된 세계는 과연 어떤 것일까? 이러한 물음을 갖고 그의 '정원'으로 들어가 보

자. 우리는 먼저 그 동산을 적셔 그곳을 풍요롭게 만드는 초검선의 물줄기들을 보게 될 것이다. 그 해면질적 흐름은 곳곳에서 용솟음치고, 꽃으로 피어오르며, 폭포처럼 떨어져내리거나 부드럽게 노래하며 흘러갈 것이다. 이상은 자신이 발견한 이 동산의 첫 번째 아담이다.[47] 그는 자신의 이브도 만나지 못한 채 거기서 추방되었다. 그러나 그의 손엔 생명나무 열매인 사과(기독교적인 윤리의 이분법이 스며 있는 선악과가 아니다)가 쥐어져 있었다. 그 사과는 바로 무한정원의 과일이다. 그것은 '무한구체'라는 매우 독특한 과일이다. 「각서1」은 바로 그것에 관한 시이다. 이 시의 비밀지대는 아직 사람에게 잘 알려지지 않았다. 마치 처녀지를 답사하듯이 두근거리는 마음으로 그 속에 들어가 보자.

. 무한정원의 사연 있는 검은 과일들

이상이 「각서1」에 숨겨놓은 메시지를 읽어내기 위해 우리는 먼 길을 걸어왔다. 100개의 검은 원(사실은 검은 구체의 과일이다)으로 가득 채워진 비밀정원 속에 이상은 과연 무엇을 숨겨 놓은 것일까?[48] 여기에는 이 연작시 전체 제

[47] 그는 초창기 글인 「얼마 안되는 변해」(1932. 11. 6.)에서 이렇게 말한다. "드디어 그는 결연히 그의 제 몇 번째인가의 늑골을 더듬어보았다. 흡사 이브를 창조하려고 하는 신이 아담의 그것을 그다지도 힘들어서 더듬어보았을 때의 그대로의 모양으로……"(전집3, 145쪽)
[48] 이러한 형이상학적 정원에 근사한 것이 있다면 중국의 전설적인 황제의 현포(玄圃; 곤륜산 위의 하늘에 있는)를 들 수 있다(우주목과 상징적인 꽃들이 있는 정원의 의미에 대해 다룬 글로는 필자의 「은자(隱者)의 정원, '안빙몽유록'의 상징과 꿈」(신범순, 『바다의 치맛자락』, 문학동네, 2006)이 있다. 나는 곤륜산에 있는 황제의 정원과 선비들의 별서정원의 상징적 의미를 거기서 논했다). 자크 브누아 메상은 조로아스터의 낙원을 별과 유대를 맺은 정원으로 생각했다(자크 브누아 메상, 『정원의 역사』, 이봉재 역, 르네상스, 2005, 145~153쪽 참조). 이상은 성천에 가서야 실제적인 에덴적 정원 이미지를 확보하게 된다. 그러나 그것은 자신이 발견한 무한정원의 풍요로움을 많이 상실한 모습에 지나지 않았다. 그는 「삼차각설계도」에서 발견한 무한정원에서 곧바로 추락한 삶을 살아가게 되었는데, 그것이 그의 작품들에 지속적으로 나타나는 '실낙원' 혹은 '최저낙원'의 이미지이다.

목으로 쓰인 '삼차각'이란 미묘한 어법의 비밀이 함께 들어 있다. 그 초검선적 기하학이 펼쳐내는 마법적 세계에 우리는 매우 가까이 다가서고 있다.

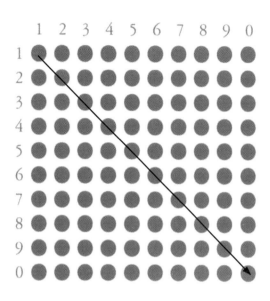

「선에관한각서1」의 앞부분. 100개의 무한구체로 가득 찬 곱셈적인 무한정수 멱좌표이다. 이것이 이상의 무한정원/무한호텔의 기본적 표상이다. 화살표 방향에 배치된 구체들은 같은 성격의 숫자들이 결합된 것인데, 이러한 것들은 서로 다른 숫자들의 결합보다 훨씬 강력한 에너지장을 갖는다. 이 화살표 축선상의 지점들은 같은 정신으로 동조되는 사랑의 삼차각 좌표 위에 있다.

이 시의 형식적 특성에 대해 먼저 말해보자. 먼저 눈에 띄는 것은 10개의 숫자가 가로와 세로로 나열되어 있고, 마치 (x.y)좌표처럼 한 쌍의 숫자쌍에 해당하는 자리에 검은 원(●)이 배치되어 있다는 점이다.[49] 우리는 (1.1)(2.3)(4.8)…… 등 100개의 숫자쌍에 해당하는 좌표를 읽어낼 수 있다. 그 각 좌표에 100개의 동일한(실제로는 모두 다른 내용을 갖는다) 검은 원(●)이 자리잡는다. 이 무한정원의 시적 좌표는 데카르트적인 좌표와는 분명히 다른 방식으로 설정되어 있다. 데카르트적 좌표는 기하학적 도형을 수학적인 수식으로 치환시킬 수 있도록 만들어졌다. 그 좌표의 어떤 점, 예를 들어 (2.3)은 x축과 y축에 대응하는 각각의 숫자가 함께 병존해 있는 방식으로 표기된다. 그것은 단지 한 점의 위상학적 표지에 불과하다. 반면

---

49 김주현 교수의 꼼꼼한 텍스트 확정 작업은 내가 이 비밀정원에 들어서는 데 바로 이 부분에서 적절한 도움이 되었다. 기존의 텍스트에서 단지 점(·)으로 표시된 것을 그는 ●으로 수정해 놓았다. 이렇게 해서 이상의 진실에 우리는 한걸음 더 바짝 다가서게 되었다.

이상의 삼차각 좌표계는 그러한 대응적인 병존이 아니라 곱셈적인 결합방식을 표시한다. 그것은 가로 세로 두 축선 상의 숫자들이 곱셈식으로 결합되는 양상을 나타낸다. 데카르트 좌표와 달리 예를 들어 (2.3)이란 점(·) 대신 그 자리에 ●로 표시된 것은 그렇게 단일한 한 쌍의 숫자만이 ● 자리에 들어가지 않음을 나타낸다. 즉 (2.3)은 그 자리를 대표하는 한 개의 표지판에 지나지 않는다. 이미 해석학적 실직선에 대해 알고 있는 우리로서는 가로축 선 위의 '2' 주변에 있는 무한한 수(2의 무한정수)와 세로축 선 위의 '3' 주변에 있는 무한한 수(3의 무한정수)를 상정해볼 수 있다. 따라서 ● 속에는 무한수의 쌍들이 존재한다고 할 수 있다. 그리하여 ●은 꽉 찬, 농밀한 밀도를 갖는다. 왜 하필 둥근 모습이어야 하는가? 무한수의 쌍은 다른 모양의 도형들, 예를 들자면 ■▲◆ …… 등과 같은 것에도 들어 있지 않은가? 이에 대한 답변은 이렇다. ● 형태는 그 극한적 중심을 향해 모여든 숫자 쌍들이 중력에 의해 강력하게 결합된 모습이라는 것이다. 이러한 결합은 중심으로부터 동일하게 불어나는 모습을 띨 수밖에 없다. 따라서 별이나 열매나 원소처럼 둥글게 되지 않을 수 없다. 이러한 원리로 그것은 저절로 구체(공 모습)가 될 수밖에 없다.

「각서1」의 평면좌표는 입체적인 차원을 평면에 투사한 것이다. 실제로 이 구체를 만들어내기 위해서는 중심에서 볼 때 구체 표면의 전 방향에서 중심을 향해 모여드는 점들을 상정해야 한다. 따라서 이 구체 속에서 결합된 숫자들은 다양한 방위와 각도와 힘을 갖고 있다. 각 숫자의 각기 자신의 X·Y·Z 축을 갖고 있으며, 그 축선상에 그 숫자의 여러 성질, 즉 힘(역학)과 방향(방위학)을 표시할 수 있다. 이상은 숫자의 이 다양한 성질과 행태에 대해 언급함으로써 기존 수학의 차원을 껑충 뛰어넘고 있다. 그는 「각서6」에서 숫자의 방위학과 역학에 대해 말한다. "방위와 구조식과 질량으로서의 숫자의 성태(性態) 성질(性質)에 의한 해답과 해답의 분류".[50] 수에 대한 이러한 독창적인 발언은 대수학을 비판한 해석학 진영에서조차 찾아볼 수 없다. 숫자들의 방위와 힘, 성질 등에 대한 이야기는 바로 이 검은 구체(●)를 형성하는 비밀인 셈이다. 앞서 필자가 이것을 마치 작은 한 점에서 점차 불어난 공 모양의 열매처럼 묘사한 것과 이상이 숫자에 대해 역동적으로 묘사한 것은 상당히 통하는 점이 있다. 이 검은 구체는 위상학적으로 구체 속을 가득 채운 점들의 집합만이 아니다. 집합이란 그냥 모여 있을 뿐 그 이상 아무 것도 아니다. 거기에는 생명력에 얽힌 어떤 드라마도 없다. 그러나 우리가 설정한 구체의 중심은 그냥 위상적인 의미만을 갖는 기하학적인 자리가 아니다. 그 중심은 역학적 장의 중심, 즉 중력적 중심이다. 그곳으로 모여드는 것들을 수렴시키는 강력한 힘이 거기 존재한다. 그 중심을 향해 우리는 극한적인 여행을 해야 한다. 제논의 아킬레스적인 발걸음으로 그 중심에 도달하기까지 무한히 접근해야만 하며, 완벽하게 중심의 0지점에 도달해야 한다. 바로 여기에 이상이 숨겨 놓은 비밀의 중심 장소가 있다. 나중에 우리는 바로 이 지점이 그의 모든 창조력이 솟구쳤던 신비의 '감실(龕室)'이었음을 알게 될 것이다. 그는 「황」에서 바로 그 '감실'에 대해 말한다. "나는 나의 꿈까지도 나의 감실로부터 추방했다."[51] 그는 다른 글에서 "절대에 모일 것"이라고도 했다.[52] 이 절대의 자리, 모든 것이 모여드는 신비스런 자리란 무엇인가? 이상은 바로 그

---

50 「각서6」, 전집1, 63쪽.

51 전집1, 169쪽. 이 감실의 의미에 대해서는 뒤에서 더 살펴보겠다. 이 우주적 방은 무한공간인데, 그것을 표상하는 것은 바로 용(龍)이다. 이 용은 머리 위에 합(合)이란 글자를 이고 있는데, 이것은 곱셈식으로 화합하는 것을 말한다. 용이 깃들인 이 방은 곱셈적인 연금술의 방이다. 운주사에는 서로 등을 대고 있는 두 개의 미륵부처상이 하나의 감실에 들어 있다. 이 특이한 양식을 우리는 이러한 곱셈적 화합의 상징으로 삼을 수 있다. 나는 이러한 연금술적 사각형의 기호학을 다룬 글에서 이러한 '용의 우주'에 대해 논했다. 이에 대해서는 필자의 「혼돈의 카니발적 탁자」(『바다의 치맛자락』에 있는)의 2장과 3장을 볼 것. 이러한 용의 이미지는 범우주적 교접이라는 음탕한 성격으로 흔히 표현되어왔다. 용의 변신술과 범우주적 교접의 의미에 대해서는 위의 책 25쪽을 보라. 우리의 전통 무

곳에 한때 자리잡을 수 있었으며, 거기서 이 우주의 비밀을 어느 정도 엿볼 수 있었던 것은 아닐까?

　　이제 우리는 이 비밀스러운 중심의 '무한원점'으로부터 부풀어난 검은 구체의 구조에 대해 말해보자. 숫자의 역학과 방위학이란 무엇을 가리키는 말일까?53 기존 좌표계에서는 듣도 보도 못한 이 단어들이 가리키는 바는 과연 무엇이란 말인가? 「각서6」에서 이상은 '숫자의 방위학'이란 구절 밑에 4를 상하좌우 네 방향으로 이리저리 돌려 배치한다. 대수적인 차원을 넘어선 숫자의 상징적 의미에 대해 고려하면서 이상의 작품 속에 등장하는 숫자들을 되새겨볼 필요가 있다. 그의 첫 번째 작품은 「12월 12일」이다. 「날개」에는 주인공의 방에 할당된 '33번지 18가구'라는 번호표(팻말)가 있다. 이러한 숫자들은 어떤 상징적 의미를 갖는 것인가? 이상에

가(巫歌) 가운데 가장 오랜 역사를 가진 것으로 알려진 「황제풀이」(성조가의 일종)에서는 이러한 공간에 신들을 배치하고 "대활(大活)에루 노루소서"라는 후렴구로 그 신격들을 놀린다. 이 공간은 이렇게 해서 대자연 속으로 활짝 열린 커다란 삶의 공간이 된다.

52 이상, 「무제 – 죽은 개의 에스푸리」, 전집1, 152쪽.

53 이상의 독창적인 수학 체계는 바로 이 부분에서부터 풀어나가야 할지 모른다. 나는 이러한 숫자의 방위학과 역학에 대해 상세히 풀이할 만한 능력이 없다는 것을 먼저 고백한다. 그에 대해 일부 진행된 연구를 이 자리에서 밝힐 수 없다는 것도 말해야 하겠다. 그의 이 독창적인 수학을 나는 '살아 있는 수학'이라고 부른다. 왜냐하면 거기서 '수'는 성장하고 전개되며 서로 유기적인 관련성을 갖고 있기 때문이다. 실제 우주 자연에서 일어나는 현상에 더 구체적으로 접근하며, 그것을 설명할 수 있기 위해서는 이렇게 역동적이고 유기적인 수학이 필요할 것이다. 이러한 맥락에서 서양에서는 칼 융만이 약간의 암시점을 주었을 뿐이다. 로버트슨은 융이 파악한 원형적 수학에 대해 이렇게 말했다. "융은 정신과 물질에 깔려 있는 단일세계가 있다고 생각했고, 이 단일세계의 최초 원형은 단순한 셈수라고 판단했다. 이 경우, 각 수는 그 자체가 사실적인 상징이다. 사실적인 상징이란, 정의될 수 없고 다함이 없는 것을 의미한다. 모든 실제가 논리학으로 환원될 수 있다는 것보다 훨씬 덜 환원적인 입장이다."(로빈 로버트슨, 『융과 괴델』, 이광자 역, 몸과 마음, 2005, 332쪽) 로버트슨은 이러한 융에 따라서 "우리는 수를 심리학적으로 의식화된 질서의 원형이라고 정의할 수 있다."(321쪽) 했으며, "대상들에서 최종적으로 남는 것은 수이다."(320쪽)라고도 했다.

게 12는 대수적 수량만을 가리키지 않는다. 이상에게 그것은 언제나 시계의 숫자판이 암시하는 기계론적 시간의 계량적 표시였다.「날개」의 마지막 부분에 나오는 백화점 장면에서도 열두시에 맞춰 사이렌이 울리고 그때 모든 것이 끓어오른다. 이러한 숫자의 상징체계에서 4란 무엇일까? 4의 방향을 네 방위로 향하게 한 것으로 보아 그것은 동서남북(상하좌우)을 가리키는 것일까? 4는 그러한 숫자의 방위학을 가리키는 대표숫자이다. 그는 「각서6」에서 숫자의 4방향을 지적함으로써 무수히 많은 방향에 대해 말할 수 있는 기초를 마련했다.

그는 '숫자의 역학', '시간성'과 '속도와 좌표와 속도'라고 쓰기도 했다. 그 구절 밑에 각기 서로 대립적인 방향의 숫자들을 결합시켜 놓았다. 이러한 것들은 모두 수량을 기계적으로 표시하는 대수적 숫자에 다양한 얼굴과 성격을 심어 놓은 것이다. 마치 살아 있는 것 같은 생명력을 갖는 숫자들에 대해 말하고 있는 것이다. 두 개의 숫자가 서로 살아 있는 것처럼 묘사하기도 했다.「지도의 암실」에는 이러한 구절이 나온다. "확실치 아니한 두 자리의 숫자가 서로 맞붙들고 그가 웃는 것을 보고 웃는 것을 흉내내여 웃는다."[54] 숫자를 대수적인 선에서 해방시켜 이렇게 다채로운 생명력을 주면 우리는 이러한 것을 통해 단지 위상학적 좌표에 찍혀 있는 점들의 평면적 차원을 넘어선다. 그러한 표면성 너머로 점들에 깃들어 있는 숫자들의 육체와 얼굴, 힘들이 작동하기 시작한다.

이러한 숫자의 다양한 방위학 문제는 (특수한 경우를 빼고는) 지금까지는 아직 어떤 분야에서도 시작도 되지 않았다.[55] 따라서 검은 구체(●)에 가득 찍혀 있는 점들은 그저 위상학적으로 빼곡히 들어차 있을 뿐인 죽은 점들이 아니다. 거기 있는 점들은 모두 사연이 있는 것들로 변화된

54 이상,「지도의 암실」,『조선』, 1932. 3., 전집2, 149쪽.
55 나는 '알라모 퉁키 연구소'의 '얼과학 이론'에서 이것을 알게 되었다. 스승의 신비스럽고 명쾌한 가르침에서 너무나 많은 미지의 언어를 알게 되었고, 그 무한한 미궁 속을 헤매게 되었다. 이상의 시에 대해서도 여러 측면에서 조언을 해준 것에 대해 이 자리에서나마 고마움을 표시하고 싶다.

다. 절대적인 중심에 모여들면서 그 주변에 정착하기까지 그것들이 이끌어온 모든 사연이 그 구체의 품 속에 모두 안겨 있다. 얼마나 강렬한 힘으로 어디에서 여기까지 올 수 있었던가? 그러한 여행의 의미와 목적은 무엇인가? 어떤 비바람을 헤쳐온 역정이던가? 어떤 다른 점들과 결합할 수 있었던가? 이 모든 것은 생생한 그리고 상당히 복잡미묘한 드라마가 되지 않겠는가! 사과나무에 열린 한 알의 사과에도 그렇게 무한한 사연이 깃들어 있지 않다고 어떻게 말할 수 있단 말인가? 이러한 사연을 모두 제거한 채 그 안의 점들의 위상학만을 문제 삼는 것은 그저 '검은 덩어리'(그 안의 질료가 무엇이든 상관없는)에 대한 재미없고 딱딱한 이야기일 뿐이다. 유클릿 기하학과 무한을 다루는 해석학적 수학의 영역마저도 여전히 그러한 추상적인 영역, 아무런 힘도 생명력도 없는 죽음의 영역만을 건드리고 있을 뿐이다. 그러한 것들로 생명력이 넘치는 우주와 사물들에 대해서 깊이 있게 접근한다는 것은 아직도 요원한 일이다. 이상은 여기서 새로운 수학과 새로운 기하학 즉 구체적인 생명에 접근할 수 있는 그러한 과학을 요청하고 있다. 시적인 정신만이 그러한 것들의 추상적인 얼굴, 기계론적인 평면성을 용해시켜 생명의 세계에 근접시킬 수 있는 매개항이 될 수 있다.

. 우주의 축제적인 풍경

이러한 논의만으로는 아직 이 무한과일의 비밀을 다 풀었다고 말할 수 없다. 그러한 과일의 과육에 접근할 수 있는 시적인 수학과 초검선적 기하학의 빗장을 막 풀었을 뿐이다. 그 안으로 들어가면 거기서 관찰하고 배우고 분석해야 할 산더미 같은 일이 우리를 가로막는다. 이러한 일들은 뒤에 올 다른 많은 사람에게 무한하게 남아 있다.

이제 이러한 숫자의 방위학과 역학과 성질의 문제를 앞에서 다루었

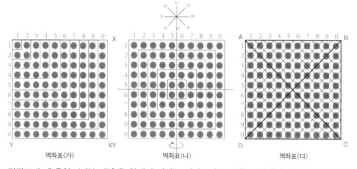

멱좌표의 세 유형. (가)는 Z축을 향해서 커지는 멱좌표이고, (나)는 안에서 밖으로 커지는 멱좌표이다. (다)는 네 개의 직각삼각형이 겹쳐진 멱좌표이다. 각 삼각형의 내부에 있는 삼각수들을 모두 이으면 전체적으로 커다란 X자형을 중심으로 한 그물망이 생긴다. 멱이란 이러한 그물망으로 만들어진 공간에 무언가를 담는 것을 가리킨다. 이 세 멱좌표는 한 축을 중심으로 다양하게 회전함으로써 '멱에 의한 멱'의 규모로 불어난다. 이상의 「각서1」에서 "우주는 멱에 의한 멱에 의한다" 한 것은 이러한 곱셈 영역의 무한증식에 의한 차원 변화를 가리킨 것이다. 3차원에서 4차원, 그 이상의 차원으로 넘어가기 위해서는 '멱에 의한 멱' '멱에 의한 멱에 의한 멱' 등이 필요하다.

던 초검선적 우주 속에 자리잡게 하는 일이 남았다. 그러한 시적인 수학은 바로 이러한 초검선적 우주 속에서 지금까지와는 전혀 다른 수학적 차원, 즉, 무한수학의 진면모를 보여주기 때문이다. 바로 여기에 이상의 천재적 창조성이 있다. 이러한 것은 지금까지 무한의 문제에 도전한 그 누구도 다루어보지 못한 부분이다. 칸토어 이후 무한의 문제에 매달린 사람들은 모두 여전히 수량적인 한계와 수량적인 질서같이 명백한 틀 속에 그 무한을 사로잡아와 어떻게 배치할 수 있는지 하는 것에 매달려 왔다. 그들은 모두 가능하지도 않은 일들에 몰두함으로써 우울증과 광증에 빠졌다. 그들의 이성이 붕괴되는 가운데 그들은 점점 비참해졌고, 때로는 절망 속에서 죽어갔다. 그들과 비교하면 이상의 「각서」들이 보여주는 명쾌함과 간결함 그리고 생명력 넘치는 휴머니즘적 분위기는 너무나 아름답고 탁월하며 찬란하기까지 하다. 그에게 그러한 것들은 모두 추상적인 평면적 차원을 떠나서 우주의 실제 운동과 사람의 실제 삶과 그 모든 것을 포괄하는 사람의 진정한 정신적 추구 활동에 완벽하게 결합되어 있다. '시'가 바로 그러한 독창적인 결합력을 그에게 가져다주었다. 그는 또 '시'를 전혀 다른 방식으로 창조했기 때문에 이러한 일이 가능했다. 그것에 대해 그 시대의 독자는 물론 문단 동료와 비평가들조차 눈치 채지 못했다.56 그럴 수밖에 없지 않았겠는가! 시대를 너무나 앞서서 그러한 일을 했으니 말이다.

앞서 이상의 무한정원 좌표계는 곱셈적인 멱의 좌표들을 갖는다고 말했다. 그런데 그가 "우주는 멱에 의한 멱에 의한다" 하고 선언한 것의 의미는 무엇일까? 이것이야말로 구체 속의 점들이 결합하는 방식을 가리키며, 그러한 구체들이 긴밀하게 연결된 다양한 계(界)의 생성과 존재 양식을 가리킨 것이다. 이것을 우리는 흔히 '차원'이라는 개념으로 생각해왔다. 이상은 '멱'이란 말로 곱셈 영역이 무한히 불어나 형성된 하나의 차원을 가리켰다. 따라서 '멱에 의한 멱'은 그로부터 한층 더 상승된 차원의 세계상과 존재 양식을 말하는 것이다. 이러한 구체 안에서 생명력의 곱셈적 증대, 그리고 이러한 구체들의 집합인 다양한 계가 서로 곱셈적인 상호작용에 의해 더욱 강력해지고 생명력이 한결 증폭된 계로 변화될 수 있다는 것을 말해준다. 이 선언은 너무나 중대한 내용을 담고 있다. 이 선언은 근대적인 여러 논리를 모두 뒤엎을 만한 내용이다. 다원적인 생존투쟁적 진

근대초극 사상의 개념과 새로운 패러다임의 전개

56 「오감도」에 대한 독자의 항의가 빗발치듯해서 중도 하차하게 되었을 무렵, 이상과 친한 몇몇 문인이 모여 술자리를 갖게 되었다. 거기서 김소운이 「오감도」의 문학적 수준에 대해 묻자 정지용은 이처럼 말했다고 한다. "요새 유행하는 일본 젊은 시인들의 시를 흉내 내는 것 같은데, 우리나라에도 그런 시가 한두 편 있는 게 괜찮아요. 그정도로 알면 돼요."(조용만, 「이상 시대 젊은 예술들의 초상」, 김유중·김주현 편, 앞의 책, 285쪽). 물론 조용만의 이러한 언급이 기억에 의존한 것인 만큼 정확한 것이라 보기는 어렵다. 그러나 이상에 대한 정지용의 견해를 어느 정도 보여주고 있다고 생각한다. 이러한 정지용의 견해는 이상의 작품에 대해 통찰할 수 없었던 여러 문인에게 하나의 심판관적 판결처럼 작용하지 않았을까?

화론, 모순적인 대립과 투쟁을 강조하는 변증법, 눈에 보이는 인과론적인 꼼꼼함에만 근시안적으로 내달리는 논리실증주의 등이 이 무한정원의 사상이 갖는 우주론적 후광 앞에서는 빛이 바랜다. 차가운 기계론적 논리와 철저한 이해타산적인 이기주의가 기반인 서구적인 논리들은 모두 곱셈적인 우주적 결합력에 대해 외면했다. 그들은 설혹 우주에 이러한 부분들이 조금 있더라도 그것은 주도적인 흐름이 아니고 극히 예외적인 것으로 다루었다. 그들은 모두 한 존재의 생존을 위해 다른 것들에 대립하고 투쟁하는 논리를 개발하였다. 자신의 그러한 이데올로기로 자연까지 측정하려 했다. 자연의 논리에조차 그러한 논리를 기계적으로 적용해서 파악하고 오염시켰다. 서구의 이러한 근대적 논리는 지구 각지에 식민지를 만들면서 지구 전체에 침략적으로 퍼져나갔다. 나아가서는 자기들끼리 식민지 쟁탈전으로 두 차례 세계대전까지 치루지 않았던가! 김기림은 이상에 대한 추도시 「쥬피타 추방」에서 그러한 근대의 찢어진 틈을 자신의 상처처럼 앓는 이상의 신적이고 동시에 순교자적인 모습을 그렸다. 김기림은 이상의 이러한 무한정원 사상이 내포한 진실과 그 경지를 알지는 못했지만, 직관적으로 이상이 추구한 방향과 목표를 알았던 것이다! 이상은 그러한 친구를 둔 만큼의 행복을 가졌다.

곱셈이란 서로 각자의 것을 상대편에게 나누어 줌으로써 각자는 물론 그 둘이 함께 영위하는 영역까지 거듭제곱(멱)으로 풍요로워지는 것을 말한다. 나는 이러한 것을 다른 글에서는 '축제적'인 개념으로 다루었다.[57]

57 나는 이러한 주제에 대해 몇 편의 글을 써왔다(「원초적 시장과 레스토랑의 시학」(『한국현대문학회』 12집, 2002), 「축제적 신시와 처용신화의 전승」(한국문학연구소 발표 논문), 「문학적 언어에서 가면과 축제」(김상태 교수 퇴임기념논문집)). 이 논문들은 『한국 근대문학의 정체성』이란 제목의 강의 교재(2006년 2학기)로 묶었다. 「혼돈의 카니발적 탁자」와 「야생의 식사」, 「문학의 황무지를 건너기」 등은 『바다의 치맛자락』의 1장에 들어가 있다. 이상의 무한사상을 논하는 이 책은 이러한 축제적 주제를 심화시키기 위한 것이다. 앞으로 언젠가 그동안 전개해온 것을 묶을 수 있게 되기를 바라면서, 나는 조금씩 이론적인 심화작업을 진행시켜왔다.

축제는 각자 자신의 것들을 다른 사람들에게 모두 나눠줌으로써 서로 강렬하게 결합하려는 충동이다. 자신의 배타적인 울타리를 거둬내고 타자의 영역과 자신의 영역을 뜨겁게 뒤섞는 이것은 자연의 창조적 융합을 사람의 입장에서 연장하고 완성시키는 일이다. 이때 축제에 참여한 사람은 모두 많은 사람이 주는 다양한 것을 얻게 됨으로써 풍요롭게 된다. 사과 과수원을 하는 사람은 자기 창고에 사과밖에 없고, 물고기를 잡는 사람은 물고기밖에 없다. 서로 교환하지 않으면 그들은 자신이 수확한 것밖에 먹을 것이 없다. 그러한 고립적인 단일성과 자기만을 위한 고립적인 축적성이 바로 문제이다. 이러한 교환의 문제는 단지 소비재에만 국한되지 않는다. 사람간의 관계, 지식, 노동, 자본 등 여러 가지도 그렇게 교환될 수 있다. 축제적 교환은 자기의 이익에만 집착하는 냉정하고 이해타산적인 자본주의적 교환과는 다르다. 이것은 '뜨거운 교환'이다. 자신의 이익에만 집착하지 않고 자신의 것을 나누면 오히려 각자 모두가 더욱 풍요로워지며, 갈등과 투쟁의 여지가 별로 생기지 않는다. 이러한 축제적 경제활동을 근대 제국주의가 침략적으로 확장하면서 모두 파괴시켰다. 서구 제국들에 의해 식민화되기 전까지 아메리카 인디언이나 멜라네시아인, 에스키모와 시베리아 소수민족은 그러한 축제적 경제활동을 상당부분 지속시켜 왔다. 이 고대적인 축제적 문명의 산물이 서구 근대인의 논리 앞에서 야만시되고 약탈되었으며 결국 파괴되었다.

이상은 이러한 축제적인 뜨거운 교환을 곱셈적 결합이라는 자신의 독특한 언어로 말한 셈이다. 근대 서구인들이 개발해 놓은 언어와 지식체계를 이용해서, 오히려 그러한 언어와 지식체계가 구축한 논리를 부정하고 뛰어넘었다. 따라서 우리는 이 무한정원 사상이 얼마만큼 세기적인 위대한 사상인지 되짚어볼 필요가 있는 것이다. 이러한 것을 방치한 책임은 결국 우리 스스로에게 있다. 서구 근대인의 논리를 뒤따라가기에 바쁜 사람들의 눈에는 절대로 이 신비로운 영역이 보이지 않는다. 우리는 김기림이 이상을 가리켜 '세기의 아픈 상처'라고 한 말을 반절만 인정해야 할 것이다. 이제 우리는 그의 사상이 '세기의 구원적 사상'이라고 말해야 한다. 그는 상처를 치료할 수 있는 사상을 발견했으며, 오만하게 그 모든 것을 내려다볼 수 있었다. 그러나 치욕들이 (식민지 지배세력들이 자신을 비웃으며 깔아뭉개기 때문에) 고개를 들기 시작했다.

무한정원 사상은 사람의 정신적 능력에 대한 이상의 획기적인 논리를 바탕으로 펼쳐졌다. 그는 빛의 선(광선)을 뛰어넘는 사람의 정신적 운동에 대해 초물리학적 언어를 동원해서 말했다. 이 초검선적 관점만이 물리학적 우주에 대한 유물론적 한계를 뛰어넘을 수 있다. 이 한계를 넘지 못한 광학적 반사상들의 세계는 유리거울 속에서 여전히 싸늘하게 차갑다. 그 껍질들의 세계는 서로 결합하지 않으며, 서로 나누어줄 내용을 갖고 있지도 않다. 그는 서로 위장하며 속고 속이는 자본주의적 세계에 대해 몇 편의 소설을 썼다. 「선에관한각서」 연작은 일종의 정신물리학(그것은 '얼과학'의 한 분과이다)이다. 초검선은 물질적 운동의 한계치인 빛의 선 너머에 있다. 광대한 우주 전체를 순식간에 자신의 마당을 돌아다니듯 주유할 수 있는 이 능력을 그는 무슨 신이나 초인적인 존재 같은 것에 한정시키지 않았다. 그것은 어떤 사람에게든지 주어진 본래의 능력이다. 근대 이후 많은 사람이 그러한 것을 도외시함으로써 스스로 그로부터 멀어졌다. 그러한 능력을 자기도 모르게 상실해갔다.

이러한 초검선적 능력은 모든 사물에도 그것의 역할과 목적에 맞는 정도로 배당되어 있다. 무한정원의 구체는 사람과 사물(동물을 포함해서), 원소와 별 등, 이 모두를 포괄하는 일반적인 형상이다. 그 검은 구체 과일의 무한원점에 모여드는 점들은 물질적 요소만이 아니다. 이미 '무한'은 물질적 차원을 포함하면서 그것을 초월하고 있다. 이상은 그래서 숫자의 속도와 좌표에 대해 말한 것이다. 무한구체의 무한원점을 향해 모여드는 점들은 초검선적인 속도를 갖는다. 물질적인 한 점은 그러한 초검선적 힘들을 바탕으로 비로소 생기 있게 될 수 있다. 물질이 그러한 힘을 바탕에 깔고 있지 않으면 그것은 단지 껍질에 불과하다. 모든 물질은 그러한 초검선적 삶의 수준과 밀도를 갖고 있다. 눈으로는 똑같이 보인다고 해서 다 똑같지는 않다. 그러니 어떻게 단지 껍질에 불과한 물질적 점의 위상학만으로 무한 구체 과일의 점들을 표시할 수 있겠는가. 눈에 보이지 않는 초검선적 에너지와 정보가 빠져나가고 껍질만 남은 물질은 여전히 그 이전과 똑같은 위상을 갖는다. 생명력이 사라졌는데도 위상학적으로는 똑같다. 따라서 이러한 물리학적 위상학은 생명을 다루지 못한다.

　　초검선적 위상학은 하나의 점에 전혀 다른 좌표를 부여할 것이다. 거기 배당될 우주적방위학과 역학을 측정한다는 것은 지금의 과학 수준으로는 거의 불가능에 가깝다. 따라서 무한구체의 좌표는 우주적 좌표이다. 거기서 결합되는 점들은 자신의 형식적 좌표에 해당하는 좁은 영역의 숫자

마야 창조신화의 한 장면. 끈을 배치해서 밤하늘을 설치하는 세 명의 신이 보인다. 이 우주적 구조물의 형이상학적 재료인 끈이 바로 우리가 이야기하려는 '초검선 줄끈'이다. 중심부에 있는 신은 다른 두 신을 지휘하고 있는 모습인데, X자형 무늬로 장식된 기둥 위에 올라타고 있다. 이 기둥은 불꽃 날개와 불꽃 다리들로 되어 있어서 어디든지 갈 수 있을 것이다. 끈들도 이러한 불꽃 날개들을 달고 있어서 우주의 광대한 영역 어디든지 순식간에 이 끈이 도달할 수 있음을 보여준다. 세 명의 신은 이 우주의 설계도대로 끈을 어떻게 배치하고 엮을지에 대해 진지하게 논의하고 있는 것 같다.

적 성격만을 갖고 있지 않다. 사실 그 형식적 좌표의 숫자는 별 의미 없이 다른 것들과 구별하기 위한 방편일 뿐이다. 무한구체 속의 점들이 갖는 숫자는 훨씬 신비하고 심오하다. 우리는 거기에 대해 말할 아무런 학적 체계도, 언어도 수리학도 갖고 있지 않다. 이상은 그러한 것을 암시할 만한 몇 개의 개념만을 몇 조각 보여주었을 뿐이다. 그러나 그러한 암시조차도 이미 그러한 새로운 차원에 대해 인식한 자가 아니면 꿈도 꾸지 못할 만한 것이다. 우리도 대략 우리의 시적인 언어로 그러한 무한구체에 대해 약간의 이야기만을 할 수 있을지 모르겠다. 즉 검은 과일들의 중심에는, 그 극한적인 무한원점의 절대적인 0도의 지점에는 우주전체가 자신의 진화를 위해서 퍼뜨린 초검선적 생명의 씨앗(우리 눈에는 보이지 않는, 그러나 먼 미래의 과학자는 그 지점을 분명 객관적으로 포착할 수 있을 것이다)이 있을 것이라는 이야기를. 부피도 없이, 두께와 무게도 없이, 거기 무한공간 속에 자리잡은 한 무한원점, 그 초검선적 블랙홀로 우주 전체에서 일정한 목적을 갖고 몰려오는 힘과 정보들이 있다. 그 무한원점의 중력에 이끌려 그러한 것들이 모여든다. 서로가 강력하게 그곳에서 결합함으로써 점차 불어나 하나의 구체를 형성한다. 화학적인 결혼들이 그 속에서 이루어진다. 무한적인 에로티시즘 속에서 황홀한 맛이 그곳에 쌓이고 저장된다. 마침내 부피와 맛과 에너지로 둥글게 결실을 맺은 그 열매는 다른 생명체의 양식이 되고, 그것을 먹은 생명은 더욱 진화된 창조력을 발휘해서 자신의 열매를 만들어내며, 그것들을 세계에 퍼뜨려 나눠준다. 이러한 결합과 나눔이 점점 더 활발해지고 더 광대하게 퍼져나가면서 우주는 점점 더 풍요로운 풍경으로 발전한다. 이것은 우주의 축제적 풍경이다.

> 뇌수는 부채와 같이 원에까지 전개되었다. 그리고 완전히 회전하였다
>
> —이상, 「선에관한각서3」

> 나의 배의 발언은 마침내 삼각형의 어느 정점을 정직하게 출발하였다.
>
> —이상, 「황의기(작품제2번)」

> 언젠가 가우스는 우리 우주를 과연 어떤 종류의 기하학이 지배하는지 단숨에
> 확인하려고, 세 개의 정상(頂上)으로 이루어진 거대한 삼각형의 내각의 합을 재
> 려고 했다. 그 뒤 천 년 후 아인슈타인은 우주의 기하학은 내용물에 의해서 정
> 의되어서 우주공간 자체에는 그 어떤 기하학도 내재하지 않는다는 일반상대성
> 이론을 제시했다. 그렇다면 "어떤 기하학이 참인가?" 하는 질문에 대하여 자연
> 은 수학뿐 아니라 물리학에서도 모호한 답변을 준다.
>
> —더글러스 호프슈태터, 『괴델 에서 바흐 - 영원한 황금노끈』

. 문명의 전환을 위한 설계도

지금까지 빛의 운동인 광선을 뛰어넘는 사람의 운동선 즉, 초검선에 대해
알아보았다. 그러한 초검선적 우주의 정원에서 열리는 무한구체라는 검은
과일에 대해서도 알아보았다. 우리가 무한정원에 대한 장을 시작하는 입
구에서 '무한정원'의 개념에 대해 어떻게 규정했는지 되돌아보자. '무한'이
란 문명적 지적 체계와 '정원'이란 순수한 동심의 동산은 유기적으로 연관
되어 있다. 사실 우리는 '순수한 동심'의 자리에 사람의 초검선적 활동을

갖다 놓았을 뿐이다. 사람은 어른이
되어도 순수한 동심의 세계를 잃어버
린 냉혹한 존재가 되어서는 안 된다.
그러한 냉혹한 존재가 건설한 문명은
자연의 전체성과 창조력을 훼손시키
며 오염시킬 뿐이다. 우주에서 우주
적 존재로 태어난 아이의 마음이 그
러한 우주자연에서 일탈한 어른으로
자란다는 것은 불행한 일이다. 그러
한 어른들을 키워낸 사회와 문명은
건강하지 못하다.

우주를 측량하는 신을 그린 그림.

　　루소가 '자연으로 돌아가라'라고 외친 것에는 일말의 진실이 있다.
노자 역시 문명을 거부하고 자연으로 돌아갈 것을 외쳤다. 그러나 원시자
연적인 소박한 사회로 돌아가는 것만으로는 끊임없이 진화하는 사람의 목
표를 충족시킬 수 없다. 문명은 사람의 진화를 위해 필요하고, 바로 진화
그 자체의 표출이기도 하다. 그러나 역사적으로 많은 문명이 항상 그러한
진화를 실현한 것은 아니다. 아무리 대단한 기구를 만들고 바벨탑 같은 구
조물을 만들며, 파괴력을 가진 무기를 만들어내도 그것이 곧 진화를 보여
주는 것은 아니다. 그러한 것이 아무리 대단해 보여도 자연과의 전체적인
조화와 균형을 깨트리는 것이라면 단지 야만적인 괴물 덩어리에 불과하다.
그러한 야만적 문명은 타자를 적대시하거나 야만시하고, 자연을 단지 대
결해 싸우고 정복해야 할 상대, 아니면 개발하고 단지 거기서 무엇인가를
빼내 이용해야 할 대상으로만 여긴다. 이러한 행위들은 초검선적 관점에
서 보면 너무나 미개한 야만적인 것일 뿐이다.58 우리는 한동안 그러한 서

58 초검선적 관점은 무엇인가? 자연 속의 여러 대상을 꿈꾸는 자에게 그 모든 것은 그저 나의 이익을 위해 파괴하거나 정복해야 할 것으로 비치지 않는다. 마치 어린아이처럼 그는 진딧물에서도 신기한 삶을 보고, 바위 속에서 아름다운 그림과 무한히 전개된 세월의 기록을 보게 될지 모른다. 그러한 시적인 시선 속에는 대상과의 깊이 있는 대화가 숨쉬고 있다. 그렇게 소중한 대화 상대를 어떻게 자기이익만을 위해 함부로 파괴하고 오염시킬 수 있겠는가. 근대 도시문명과 산업문명은 자연을 단순한 환경과 도구로 전락시킴으로써 그러한 파괴와 오염을 자행해왔다. 그러한 생각과 행위는 초검선적 관점에서 볼 때 너무나 미개한 일이다.

구 근대문명을 우러러보면서 그것을 추종해왔고 지금도 그러한 분위기에서 거의 벗어나지 못하고 있다. 이상의 '무한정원'에 대한 연구는 이러한 맥락에서도 우리에게 시급하고 절실하며 중대한 의미가 있다.

이제 이야기를 시작하려는 '무한호텔'에 대한 것도 그렇다. 우리는 지금까지 이상이 발견해낸 우주 자연의 신비로운 정원에 대해 말하였고, 이제부터는 그가 설계하는 새로운 문명의 설계도에 대한 이야기를 시작할 참이다. 그가 '삼차각 설계도'라고 전체 제목을 붙인 것은 무한수학과 초검선적 기하학에 의해 포착한 우주자연의 신비를 어떻게 하면 사람의 문명생활에 적용할 수 있을 것인가 탐색해본 것이라고 할 수 있다. 이 부분부터는 근대적인 이성적 사유를 훨씬 뛰어넘는 초이성적 논리를 필요로 한다. 따라서 근대적인 학적 체계에 적응되어 있거나 그 신념에 사로잡힌 사람이 '무한호텔'로 가는 길을 찾아낸다는 것은 거의 바다 속에 빠진 반지를 찾는 것만큼이나 어려운 일이 될 것이다. 아예 그러한 것이 있다고 믿지도 않을뿐더러, 그러한 것에 대한 이야기를 하는 사람들에 대해서 오히려 정신이상자처럼 생각하게 될지도 모른다. 그만큼 지금으로서는 그러한 문명적 전환을 위해 우리가 헤쳐 나가야 할 장애 요인이 너무 많다. 그러나 결국 그러한 길을 향하지 않고는 지금 우리가 맞닥뜨린 수많은 문제와 세계적인 혼란, 잘못된 문명에 의해 자연을 훼손시킨 대가로 닥쳐올 것 같은 거대한 재앙 같은 것을 피해나갈 방법이 없다. 그렇다고 이상을 끌고 들어온 나의 이 글을 그러한 심각한 것으로만 이끌어가는 예언서나 위기 진단서, 환경 보호론자의 피켓 속에 쓰인 외침 같은 것으로 생각하지 말기를 바란다. 이 제 그러한 것에 대해서조차 우리는 너무 익숙해져서 그들의 말이 별로 심 각하게 들리지 않을 정도가 되었으니 말이다. 그들에게 별 뾰쪽한 해결책 이 있는 것도 아니다. 그저 무엇을 금지하고, 무엇을 하지 말자는 부정적인 이야기로 가득한 율법서처럼 그들은 우리의 '죄'가 될 만한 것을 열거하기 에 바쁘다. 그래도 사람들은 하루하루 살아가기 바쁘니, 자신들의 생활패 턴을 하루아침에 바꾼다는 것은 불가능한 일이다. 사회구조라는 느릿한 발 걸음과 당장 눈앞의 이해관계에 더 집착하는 인간과 집단의 방해공작 때문 에 자신의 금기사항과 죄에 눈을 감을 수밖에 없다.

　　율법적 금기보다는 근본적인 해결책을 제시하고 문명의 방향을 바 꾸려는 논리의 전환이 필요한 때이다. 자연을 보호한다고 그곳으로 들어 가지 못하게 줄을 쳐놓기만 해서야 되겠는가? 본래 우리는 그 자연 속에서 살았고, 거기에 집을 짓고 밭을 갈며 마당과 길을 내면서 살지 않았던가? 그렇게 살아가면서도 자연과 조화를 이룰 수 있는 문명의 방식을 개발해야 하는 것이 더 중요하다. 자연을 파괴하지 않고도 더 멋지고 행복하게 그 속 에서 살아갈 수 있는 문명에 대해 생각해 보기로 하자. 그러한 방향이 있다 면 그것이야말로 이 세상에 낙원을 건설하는 첩경이 될 것이다.

　　이상은 사람의 생과 사와 존재의 문제에 대해 스쳐지나가듯이 짧 게 한 마디 했다. "생사의 초월 ─존재한다는 것은 생사(生死) 어느 편에 속 하는 것인가. 그것은 푸로톤의 일차 방정식보다도 더 유치(幼稚)한 운산(運 算)이었다."[59] 사실 초검선적 우주에서 생과 사의 구별은 절대적인 것이 아 니다. 이러한 생각은 지금 우리에게는 매우 낯선 것이다. 물질적 육체의 죽

59 이상, 「무제 ─ 죽은 개의 에스푸리」, 전집 1, 154쪽.

음 이후의 세계는 근대 이후 허무가 되었다. 그에 대해서 논할 수 있는 것은 과학의 영역이 아니었다. 죽음은 모든 이야기의 끝인 것이다. 물질 이외의 세계는 근대 과학과 철학의 '존재론' 영역에서 확고한 자리를 차지할 구석이 없었다. 이렇게 냉대받은 죽음과 영혼의 문제는 여전히 근대 이전의 유산을 물려받은 관습과 종교 혹은 미신의 영역으로 치부되었다. 그러한 것은 그저 관습적으로 존중되었을 뿐, 엄밀한 학문적 영역에서 그에 대해 말하는 것은 좀 이상한 일이 되었다. 그만큼 근대는 철저하게 광학적인 우주 안에 밀폐되었다. 이상이 그러한 유물론적 세계에서의 극한적 운동인 광선의 문제를 정면으로 다룬 것은 대담한 것이며, 유물론의 한계치를 정확하게 알고 있었다는 표지이기도 하다. 그 누구도 빛의 운동과 경쟁하며 그것을 초월하는 사람의 운동(삶)에 대해 생각해보지 못했다. 그저 정신이나 상상력, 관념 같은 것은 객관적인 현실과는 동떨어진 추상적인 것으로 보았다. 그만큼 그러한 것은 주관적인 것으로만 여겨진 셈이다. 이상은 바로 이러한 이분법을 돌파했다. 그가 삶을 물리학적 운동에 비유해서 풀이한 것, 그러나 단지 삶을 그러한 객관적인 물리학적 운동만이 아니라 주관적인 측면과 함께 통합해서 제시한 것은 근대 철학의 한계를 뛰어넘은 대단한 일이다. 이러한 일은 모두 '초검선적 우주'를 상정함으로써 달성할 수 있었던 부분이다. 도대체 이상은 사람의 삶을 어떻게 파악했기에 이러한 획기적인 관점에 이를 수 있었는가?

　　　가장 놀라운 점은 그가 이미 그 시기에 주체를 어떤 '역동적인 체계'로 파악했다는 것이다. 대상과 분리되어 있는 주체, 어떤 고정된 실체로서 일정한 시각으로 대상을 바라보고 분석하며 이해하고 판단하는 그러한 주체상을 해체시켜버렸다. 앞에서 잠깐 언급하고 지나친 '전등형 체조의 기술'은 매우 역동적인 주체, 우주 전체를 파악하고 그 전체를 자신의 삶의 무대로 삼는 그러한 삶의 기술을 가리킨 것이다. 이 '기술'은 단지 기교를 말하는 것이 아니다. 고도로 발전된 삶의 양식, 높은 정신적인 깨우침을 동반하지 않으면 달성할 수 없는 양식이다. 그는 전통적인 윤리와 철학, 종교적 관념을 붕괴시키기 위해서 그러한 영역에서 쓰이는 말 대신에 기술적이고 과학적인 용어만으로 자신의 생각을 전개했을 뿐이다. 그는 바로 그러한 과학적 기술적 용어 속에서 새로운 철학과 윤리를 세우고자 했는지 모른다. 그것도 과학과 기술 같은 영역과 완벽하게 통합되는 방식으로 말이다. 따라서 '전등형 체조의 기술'이라는 용어에 포섭되어 있을 그러한 두 영역의 사유를 함께 따라잡아야 할 것이다.

　　주관과 객관의 통합, 생사의 통합, 과학과 철학의 통합이라는 과제를 이상은 어떻게 알았고 또 그것을 어떻게 풀어나갔을까? 이러한 정황에 대해서 우리에게는 거의 알려진 바가 없다. 그는 「삼차각설계도」 속에서 그러한 과제의 많은 부분을 설계했다. 이 시가 나오게 된 배경에 대해서도 우리는 별다른 정보가 없다. 그런데 그는 어떤 과정을 통해서인지 몰라도 「각서」 연작의 전체 제목에 '삼차각'이란 말을 쓸 정도로 이 기하학적 용어를 매우 중대하게 내세운다. 그러나 정작 이 시 전체를 다 뒤져보아도 '삼차각'이란 용어는 없다. 이 용어는 그의 미발표 유고 시편 중에서 훨씬 뒤에야 수습된 「1931년(작품제1번)」에서 확인된다. 만일 이 원고까지 유실되었다면 '삼차각'의 정체는 더욱 미궁에 빠질 뻔했다. 바로 이것 때문에 우리는 '삼차각'이 평면이 아닌 입체, 즉 구체에서의 각도 문제이며, 회전의 문제임을 알 수 있었다. 즉 삼차각에 대한 발견, 삼차각의 여각과 보각에 대한 발견에 대해 그는 어떤 굉장한 것을 발견했다는 듯이 흥분한 어조로 그렇게 위 시에 썼다. 사실 이것은 무한정원에서 추방된 이후 현실의 반(反)무한정원적 분위기 속에서 쓰인 것이다. 삼차각적인 무한낙원의 그림자나 흔적 정도라도 이 비참한 현실에서 찾아내고자 했을 것이다. 그는 삼차각의 여각이나 삼차각의 보각이란 용어들을 썼는데, 이것은 바로 그러한 삼차각 세계와의 희미한 관련성이라도 붙잡고 싶은 욕망의 표현이었을 것이다. 현실에서 삼차각의 여각과 보각을 찾아냄으로써 그는 현실적인 것들을 가지고 그러한 무한정원적 무한구체 속에 통합시킬 수 있는 여지를 생각해보게 되었다.

도대체 왜 이렇게 흥분한 것인가? 이 '삼차각'의 정체를 알지 못하면 그 이유를 알 수 없다. 왜 그가 「각서」 연작 전체의 제목으로 그것을 썼는지에 대해서도 짐작조차 해볼 수 없다. 이상, 그는 자신의 '무한정원'을 발견한 기쁨이 붕괴될 무렵, 너무나 삭막한 이 현실세계, 자연으로부터 너무나 멀어져버린 이 지나치게 인공화된 세계에서 새로운 문명을 구축하기 위한 설계도면을 그리고 싶었을 것이다. 그의 폐가 망가지기 시작하고 육체가 뒤죽박죽되는 것 같은 세월을 견디며 그는 자신의 뇌수를 교체하고 싶어 했다.[60] 그리고 현실적인 시간의 질서 밖으로 탈출하는 이야기[61]에 뒤이어 '삼차각'에 대해 말했다. 이 시의 11번에서 이렇게 썼다. "삼차각의 여각을 발견하다. 다음에 삼차각과 삼차각의 여각과의 화(和)는 삼차각과 보각이 된다는 것을 발견하다. 인구문제의 응급수당 확정되다." 이 시

---

[60] 이 시의 1과 2에서 폐와 심장, 맹장과 위 등이 제자리를 잃고 혼란된 모습을 보인다. 그는 4에서 뇌수에 대해 말하기도 했다. "뇌수체환(腦髓替換)문제 드디어 중대화되다."(「1931년(작품제1번)」 4 첫행, 전집1, 175쪽). 이러한 언급은 초검선적 우주와 조화로운 관계 속에 있던 우주적 신체의 혼란과 파탄된 모습을 그린 것이다.

[61] 이 시의 10에서는 '13시'라는 비현실적 시간이 나온다. "나의 방의 시계 별안간 13을 치다. 그때, 호외의 방울소리 들린다. 나의 탈옥의 기사(記事)." 그의 탈옥은 12라는 수량으로 계산되는 시간의 질서에 의해 관리되는 현실에서 탈출했다는 것을 의미한다. 이것은 우리가 논의해온 「각서」에 따르면 물질적인 한계 안에서만 영위되는 세계로부터 초검선적 우주로 이행한 것을 말한다. 그의 첫 번째 작품인 소설 「12월 12일」은 물질적인 거울세계의 '가장 큰 좌표'인 (12.12)를 가리킨다. "이 죽을 수도 없는 실망은 가장 큰 좌표에 있을 것이다. 펜은 나의 최후의 칼이다."(「12월 12일」 서문에서) 거울세계의 꼭짓점 좌표에서 그 한계를 적시는 죽음의 강물로 펜을 적셔 그의 글쓰기는 시작되고 지속되며 끝난다.

의 마지막인 12는 거울의 반사법칙과 '거울의 수량'과 '거울의 불황'에 대해 이야기한다.

이렇게 1931년, 자신의 거대한 사상적 발견으로 대단히 흥분한 지경에까지 도약했다가, 거기서 현실의 바닥으로 떨어져 내렸을 때, 다시금 우울한 현실 세계의 장벽을 그만큼 더 크게 느끼지 않을 수 없었을 그해에 그는 너무나 많은 이야기를 남겼다. 「황」과 「황의 기(작품제2번)」 등과 같은 계열에 속하는 이 시는 1932년 5월 이후에 쓰였을 것이다. 왜냐하면 이 시의 3에 '1932년 5월 7일'이란 부친 사망일이 언급되어 있기 때문이다. 「황의 기(작품제2번)」는 1932년 3월 20일 쓴 것으로 원고 끝에 부기되어 있다. 제목만으로 보면 '작품제1번'이 그보다 날짜가 앞서야 할 것 같은데, 바로 본문에 나오는 부친 사망일 때문에 이 시의 창작 일은 오히려 그보다 뒤로 잡아야 할 것이다. 이러한 날짜 확정 그 자체가 중요한 것은 아니다. 1931년에 이상은 사상의 꼭짓점에 있는 무한정원 위에 있었지만, 바로 그 해에 거기서 추방되었다. 무한정원의 즐거움을 오래 지속시키지는 못했다. 「1931년(작품제1번)」은 그러한 무한정원의 낙원에서 근대문명의 인공적인 것들로 가득한 현실세계로 추락한 이야기이다. 「황」은 자신이 '목장'(우리의 '무한정원'을 그는 이렇게 목가적인 이름으로 불렀다)이라고 부르는 곳을 지키는 개에 대해 쓴 것인데, 그것은 「황의 기(작품제2번)」와 함께 자신 속에서 숨 쉬는 무한정원 지킴이인 '황'의 상처와 병, 죽음 같은 것을 다룬다.

「황의 기(작품제2번)」의 부제에는 이렇게 쓰여 있다. "황은 나의 목장을 수위(守衛)하는 개의 이름입니다."(1931년 11월 3일 命名) 이 날짜는 「황」이 쓰여진 때이다. 이러한 토템적 동물은 자연의 대지적 생명력을 인간 속에 불어넣는 표징였다. 프레이저는 오스트리아 북부 토착민과 멜빌 섬의 토템 속에서 기능하는 개 인간, 악어 인간, 새 인간 등에 대해 보고한 바 있다. 이러한 토템들은 모계를 통해 전승되는 것이었다.[62] 이상에게 중요한 상징으로 작동하는 수의 가장 오랜 기원 역시 그러한 모계적 기원을 갖고 있는 것이 아닐까? 노자 『도덕경』에서 도(道)를 상징하는 현빈(玄牝)은 신성한 토템적 암소에 숨겨진 숫자인 무(0과 무한)를 가리킨다. 서양에서 수에 대한 신비주의적 탐구의 기원에 있는 피타고라스는 음악과 수의 관련성에 주목했다. 그러한 수의 음악적 신비주의는 오르페우스에게까지 거슬러 올라가며, 오르페우스는 아홉 뮤즈 여신의 하나인 칼리오페의 아들이다. 그녀는 오르페우스에게 자신의 지혜를 가르쳤다.[63]

　　이상은 이 '황'이란 이름을 어떻게 붙이게 되었을까? 그는 이 개의 이름을 자신의 (무한정원적 이미지를 갖는) '목장'과 연관시키려 했을 것이다. 그래서 자신의 목장을 지키는 개의 이름이라고 말한다. 이보다 뒤에 쓰인 성천기행문인 「어리석은 석반」 같은 것에서 보듯이 이 개는 황량하게 변한 대지를 상징하기도 한다. '황'은 바로 그러한 황량한 대지를 가리킬 것이다. 이상은 1931년에 조선미술박람회에 출품해서 입선한 「자상(自像)」을 제비다방 벽에 걸어놓고 있었다. 이 그림을 본 여러 사람은 한결같이 그 그림이 거의 누런색(조용만에 의하면 탁한 노란 색깔)만으로 칠해져 있었다고 한다. 박태원은 이렇게 말했다. "황색 계통의 색채는 지나치게 남용되어 전 화면은 오직 누-런 것이 몹시 우울하였다."[64] 이 갈색에 가깝게 짙은 누런색의 자화상은 이상 안에서 무한정원의 숨결을 지속시키려는 힘겨운 노력을 하는 '황'의 이미지가 겉으로 드러난 것이 아닐까? 박태원은 1934년에 조선일보에 연재한 소설 「애욕」에서 이러한 분위기를 주인공 '하웅'의 이야기 속에 끼워 넣었다. 그는 "하웅은 분명히 '회의' '우울' 그 자체인 듯싶다." 하고 썼다. 박태원이 자신의 소설에서 '하웅'이라고 한 것은 이상이 삽화를 그렸을 때(「구보씨의 일일」에 그린) 쓴 필명인 '하융(河戎)'에서 따온 것이

62 제임스 조르쥬 프레이저, *TOTEMICA*, Macmillan and Co. Limited, 1937, 11~14쪽 참조.
63 이광연, 『피타고라스가 보여주는 조화로운 세계』, 프로네시스, 2006, 70쪽 참조.
64 박태원, 「이상의 편모(片貌)」, 『조광』, 1937. 6.

다. 이상은 이 '하융'을 '물 속의 오랑캐'라고 풀이했는데[65], 이것은 대지의 구멍 속에서 나온 개 이름인 '황'과 짝을 이루는 이름처럼 보인다.

이상은 이렇게 대지적 생명력을 추구하는 「황」 계열의 시와 그러한 분위기를 담은 자화상을 통해 그러한 자신 속의 무한적 우주 존재들을 파괴하고 말살시키는 황무지적 문명을 고발하고자 한다. 이 황무지적 세계를 대체할 수 있는 것은 무엇일까에 대해 고민하며, 식민지의 인공적인 거친 물결을 필사적으로 헤쳐 나가고자 한다. 이러한 분위기 속에서 '삼차각의 여각'과 '삼차각의 보각'을 발견한 것이다. 이 난해한 구절은 무엇을 의미하는 것일까? 「삼차각설계도」에서 무한정원의 비밀에 대해 많은 이야기를 한 뒤 '삼차각'으로 무엇을 설계하려 한 것인가? '삼차각'이란 과연 무엇인가? 이러한 물음에 대답해보기로 하자.

. 조화와 균형의 곱셈 세계

무한정원 좌표계가 곱셈 영역 즉 멱의 영역이라는 것에 대해서는 여러 번 강조한 바 있다. 그것은 서로 다른 것들이 완벽하게 결합하는 방식을 가리킨다. 마치 물방울이 둘 모이면 틈 하나 없이 완벽하게 한 덩어리로 결합하듯이 그러한 모습의 결합을 가리킨다고 보면 된다. 이상이 폭포를 해면질의 이미지로 제시한 것도 그러한 것을 염두에 둔 것인지 모른다. 물은 그러한 신비로운 지속과 완벽한 결합을 실제로 보여준다. 우리는 무한정

---

65 조용만은 이상의 필명에 얽힌 일화를 이렇게 전한다. "요새 「소설가 구보씨의 일일」에 나오는 하융의 삽화, 참, 멋지지? 실로 이 삽화에다가 이 소설이거든! 금상첨화(錦上添花)가 아니라 화상첨금이 바로 이 경우란 말야." 다방 레지에게 자랑하듯이 이렇게 말하고 이상은 자신의 필명을 이렇게 풀어주었다. "응, 하융이란 팬네임 말이지. 물 속에 사는 오랑캐란 말이지." 의아하게 그 뜻을 묻는 레지에게 이상은 "허허, 내 꼴이 물 속에 사는 오랑캐 같지 않아?" 했다는 것이다(조용만, 앞의 글, 김유중·김주현 편, 앞의 책, 308쪽). 그런데 조용만은 이상이 거꾸로 뒤집어쓴 '화상첨금'을 '화상첨금(花上添錦)'처럼 한자만 순서를 뒤바꾼 것으로 생각했는데, 이상 식의 어법으로는 아마도 '화상첨금(畵上添金)'이 아니었을까? 그는 자신의 그림으로 구보의 소설에 금칠을 해주었다는 표현을 하고 싶었던 것이다.

66 ∴ 이러한 삼각수는 '접신론적 덧셈'으로 불리고 '성스러운 수'라고도 불린다
(마르크 알랭 우아크냉, 『수의 신비』, 변광배
역, 살림, 2006, 277쪽). 열 개의 점으로 된
삼각수인 테트라크티스는 피타고라스가 가
장 완벽한 것으로 여긴 것이다. 그는 "침묵
의 조화와 참된 하나인 테트라크티스"라고
말했다(이광연, 앞의 책, 51쪽). 마이클 슈
나이더는 이것이 세계를 눈에 보이는 형태로
발현시킨 것으로서, "원형을 포함하는 전체,
단일체, 전체의 요약을 나타낸다" 했다(마이
클 슈나이더, 앞의 책, 336쪽). 흔히 피타고
라스 삼각형으로 알려진 직각삼각형은 그가
이집트 등지에서 공부할 때 이시스 삼각형
에 대한 지식을 가져온 것이라 한다. 이집트
의 세 신인 오시리스, 이시스, 호루스를 지칭
하는 세 변으로 이루어진 이 직각삼각형에서
각 신에게 3, 4, 5의 숫자가 배당되었다. 이
세 숫자는 완전수 6과도 관련된다. 즉 3, 4,
5의 각 세제곱의 합은 6의 세제곱과 같다(마
르크 알랭 우아크냉, 위의 책, 295쪽).

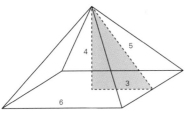

피라미드 구조

원의 검은 구체 과일에 대해 그러한
관점에서 무한한 점들이 어떻게 결합
되어 만들어지는지 대략 말했다. '삼
차각'이란 말에는 기본적으로 이러한
곱셈적 결합의 의미가 내포되어 있
다. 즉 1+1=2이지만 1×1=3·1인 것
이다. 3·1이란 두개의 1이 결합해서
생긴 제삼의 1이란 뜻이다. 그것은
앞의 두 1과 다르다. 그것을 고대에
는 태일(泰一)이라고 했다. 3이란 숫
자는 숫자 피라미드를 상징하기도 한
다.66 우리 선조들은 3의 역학을 통해
고인돌을 건설했다. 고인돌은 서로
나란히 평행한 상태로 서있는 두 개
의 받침돌 위에 큰 지붕 돌 하나를 얹
어놓은 것이다. 그것은 나란히 서 있
는 두 돌이 큰 돌 하나를 떠받치기 위
해서 서로 하나가 되어 미묘한 균형
잡기를 하고 있는 꼴이다. 즉 그 두 개
의 돌은 그저 아무렇게 놓인 것이 아
니고 하나의 지붕을 이기 위해서 서
로 간에 완벽하게 하나로 될 만큼 조
화와 균형을 갖추고 있어야 한다. 우
리의 선조들은 언뜻 보면 그저 아무

렇게나 세워 엎어둔 것 같은 이 투박한 자연석 같은 것들로 이렇게 미묘한 역학을 만들어냈다.

사실 이집트의 피라미드처럼 정교하게 다듬은 돌들로 이러한 균형을 이루도록 건축하는 것이 훨씬 더 쉽다. 자연석들은 불규칙적인 형태 때문에 유클릿적인 기하학에 맞출 수 없다. 따라서 무게중심 자리를 그러한 자연석에서 정확히 포착하기란 결코 쉽지 않다. 사람들은 대략 맞추었을 것이라고 생각하기 쉽지만 커다란 지붕돌을 보면 그렇게 대략 맞춘다는 것이 거의 불가능해 보인다. 한 번 실패하면 그 어려운 작업을 처음부터 다시 해야 하고, 또 실패하면 그 어려움은 되풀이된다. 그러니 어리짐작으로 어떻게 그렇게 힘든 일을 할 수 있었겠는가. 고인돌 공학은 자연 속의 곱셈적인 역학을 꿰뚫은 자만이 이룩할 수 있는 지혜를 담고 있다. 그것은 3을 표상한다.[67] 따라서 3이란 숫자는 이렇게 완벽한 결합을 상징하는 숫자가 될 수 있다.

우리의 고대사 영역 속에 들어가기도 하는 아무르 지역의 모호(Moh-hoh)묘지에서 출토된 뼈에서는 독특한 삼각형들이 발견되었다.[68] 여기 새

[67] 고인돌은 이러한 물리학적 역학을 초월해서 초검선적 공간을 건축한 것이다. 이 비밀을 푸는 날 초검선적 과학이 이미 고대 시기에 꽃을 피운 사실을 알게 되리라. 고인돌은 그 자체의 감실을 갖고 있으며, 초검선적 우주와 일치되게 설계되어 있다. 때로 그것은 판돌(덮개돌) 위에 정교하게 파인 성혈들을 마련하기도 한다. 이 풍요의 구멍은 일종의 무한구체이다. 나는 고인돌의 구조가 후대에 발전된 탑 구조의 기본이 된 것으로 생각한다. 탑은 이 고인돌 구조를 위로 중첩시킨 구조에 불과하다. 피라미드는 이러한 고인돌/탑에서 분화된 것이 아닐까? 이상은 자신의 감실을 갖고 있었는데, 그가 3이란 숫자를 중시한 것과 연관될지 모른다. 「오감도」중의 한 시에서 '탑배(搭配)한 독사와 같이 땅에 뿌리를 내렸다'고 했다. 그의 뱀 이미지는 △과 ▽ 등의 기호와 밀접한 관련을 갖는다. 이러한 것은 모두 대지적 생식력의 상징이다. 불과 나무는 그러한 뱀 이미지 둘레에서 대지의 생명력을 다양하게 퍼뜨리는 기호이다. 위 그림은 그루테 아일란트 섬의 미니미니족이 소가죽에 그린 그림인데, 플레이아데스 성단을 그린 것이라고 한다(골로빈, 『세계신화이야기』, 까치, 105쪽 참조). 뱀들로 둘러싸인 땅과 바다의 주머니 속에는 별들이 들어 있다.

미니미니족이 그린 플레이아데스 성단

[68] Alxexei Oklandnikov, *ANCIENT ART OF THE AMOUR REGION*, Au-rora Art Publishers, Leningrad, 1981, 도판 125.

69 『산해경』에 나오는 '대인지시(大人之市)' 를 생각해보자.

아무르스카야의 이바노크카 모호 묘지에서 출토된 골편

겨진 그림은 서로 겹쳐진 삼각형들이 꼭대기에 세 개의 봉우리를 갖는 성스러운 산(일종의 삼위산(三危山), 또는 삼각산이라 할) 모습을 보여준다. 이것을 '아무르 피라미드'라 불러도 좋지 않겠는가? 그 밑에는 삼각형들이 위 아래로 교차되어 띠를 이루고 있다. 아래 삼각형과 뒤집힌 위의 삼각형이 교차됨으로써 X자 모양이 생기게 된다. 이러한 것이 좌우로 연속됨으로써 독특한 기하학적 무늬를 갖는 하나의 띠를 만든다. 세 꼭짓점을 갖는 신성한 삼위산은 이 벨트 위에 떠 있다. 하나의 직선이 벨트를 장식한 삼각형의 한 꼭짓점에서 위로 솟구쳐서 이 삼위산에 닿아 있다. 이 기하학적 도상은 백제의 용봉향로를 극도로 추상화시킨 것처럼 보인다. 마치 어떤 샤먼의 고깔모자와 허리띠를 기하학적 도상으로 그린 것 같기도 하다. 이것과 한 쌍으로 출토된 다른 뼈 조각에는 새 같기도 하고 화살 같기도 한, 극히 추상화된 사람 모습이 새겨져 있다. 이것은 한자의 큰 대(大) 자의 원초적 형태처럼 보인다. 이 추상적 도안은 일종의 신화적인 대인(大人)69을 가리키는 것이 아닐까? 한자의 기원과 상관없이 독자적으로 이러한 기호 표상이 개발되었는지 모른다. 대지를 상징하는 빗살무늬 위에 그는 서 있다. 이 당당한 존재는 그 옆에 새겨진 도상에 있는 신성한 산을 마음대로 오르내릴 수 있는 신성한 존재인지 모른다. 그의 형상이 그것을 말해준다. 대

(大) 자의 다리 부분은 대지면(大地面)과 함께 삼각형을 이루고, 삼각형 꼭짓점을 통과하는 가느다란 수평선이 지면의 선과 함께 전체적으로 띠를 만든다. 삼각형 꼭짓점 위로 솟구친 선은 이 띠와 머리 쪽의 화살표 모양을 연결시킨다. 이 대(大) 자형 기호는 그 옆의 뼛조각에 새겨진 피라미드 도형과 긴밀하게 조응한다. 즉 그러한 '아무르 피라미드'의 대우주를 이 대인(大人)은 자신 속에 담고 있다.

아무르 피라미드의 삼각산과 그 밑의 삼각형 산악 벨트가 모두 삼각형들의 곱셈식 결합체로 만들어져 있다는 것이 우리의 주목을 끈다. 말하자면 이 뼛조각 그림은 삼각형의 곱셈식 우주도이다. 삼각형들로 직조된 이 벨트 아래로 여러 개의 직선이 매달려 있는데 그 끝에는 구체 모양의 홈들이 파여 있다. 마치 샤먼의 허리띠나 옷자락 끝에 매달려 있는 수많은 술처럼 보이는 이것은 무엇일까?[70] 신성한 존재인 대인이 밟고 있는 땅에도 그러한 선들이 그어져 있다. 이 뼈의 주인공은 삼각형의 비의(秘義)를 관장한 샤먼이었을 것이다. 벨트의 삼각형들에 매달린 그 술들은 마치 하늘에서 내려오는 빗줄기처럼 그렇게 이 신성한 존재가 무엇인가를 베풀어주는 통로인지 모른다. 삼각형들이 교차하며 직조된 띠 아래로 대지와 그 위에서 살아가는 존재들에게 무엇인지 그 술을 통해 내려온다. 구체 형태로 파인 홈 속에 그러한 것들이 저장된다. 땅 위의 존재들은 모두 그러한 구체의 홈들을 가져야 한다.

야쿠트(사하)족 샤먼의 코트

70 Andrei A. Znamenski, *SHAMANISM IN SIBERIA*, Kluwer Academic Publishers, 2003, 85쪽. 위에 소개한 그림은 야쿠트 족(사하족) 샤먼의 코트이다. 소매자락에 X자형 무늬가 있는 사각형 판들이 매달려 있고 허리 밑으로 수많은 술이 주렁주렁 매달려 있다. Agapitov and M.N. Kangalov의 「Recording Shamanism in Old Russia」에 실린 사진에서 따왔다.

이상은 수량에만 집착하는 대수적 숫자체계를 비판하였다. 그는 서로 조화되지 못한 채 불안하게 동거하거나, 서로 어긋나 있는 좌우, 남녀, 안과 밖에 대한 주제를 여러 작품을 통해 표현한다. 그렇게 소통되지 않는 둘 사이의 중간을 마치 차가운 극지처럼 표현하기도 한다. 그의 거울 시편은 모두 거울세계와 그 바깥 사이의 차가운 단절과 봉쇄라는 '거대한 문제'를 다룬다. 그가 삼각형에 대한 시들로부터 자신의 시세계를 열어간 것도 이러한 것들과 함께 생각해보면 충분히 수긍 가는 일이다. 삼각형과 삼차각 등의 용어에 등장하는 3은 그의 문학 전체에 깃들어 있는 본질적인 숫자이다. 그 3의 상징을 풀어내야 그의 문학이 풀린다.

우리는 이미 이상의 초창기 시에서 독특한 기하학적 상징으로 등장하는 두 개의 삼각형을 알고 있다. 「신경질적으로 비만한 삼각형」의 ▽, 「▽의 유희」의 ▽과 △ 등이 그것이다. 「▽의 유희」는 이러한 계열에서는 두 번째로 쓴 것인데, 여기서 ▽은 뱀의 표상이다. 성교를 암시하는 춤과 동면(冬眠), 성적으로 흥분된 것을 암시하는 전구의 필라멘트를 가리키는 '텅스텐' 등이 나온다. 이상은 분명 이 두 삼각형 도형을 통해서 성적인 문제를 다룬다. 그러나 「조감도」에 함께 들어가 있는 시 「LE URINE」(「신경질적으로 비만한 삼각형」 바로 뒤에 쓴 것임)에 나오는 황무지 위를 기어가는 뱀처럼, 여기서의 성교는 유희적인 수준으로 떨어진 황량한 것이다. 그것을 이상은 '종이로만든 배암'이라고 표현했다. "종이로만든 배암을 종이로만든 배암이라고하면 / ▽은 배암이다"(「▽의유희」 첫연). 그에게 이 두 삼각형의 성교(곱셈)는 깊이가 없는 껍질적인 것, 즉 납작한 2차원 평면의 수준에 머물러 있다. 사랑이 없는 성교, 계산이 앞서는 사랑은 진정한 우주적 황홀경에 이르지 못하고, 다만 육체적 유희 수준으로 전락한다. 이러한 유희 수준을 극복하고 진정한 사랑을 찾아나서는 것이 바로 이상의 주제이다. 그가 「삼차각설계도」에서 추구한 것은 바로 이러한 평면적 삼각형에 깊이를 부여하는 일이다. '삼차각'이란 그렇게 삼각형의 납작한 종이 평면을 탈출하면서 시작되는 초점선적 기하학을 가리키는 용어인 것이다. 이상은 "△은 나의 amoureuse이다"라고 하였는데, △과 ▽의 사랑이란 주제, 즉 그의 기하학적 사랑의 주제는 우리가 앞에서 본 아무르 비너스따나 우리의 성배인 사랑의 금구(황금그릇)에 새겨진 기하학적 도상의 주제와 같은 것이다.

무한호텔을 짓기 위한 기하학과 역학, 방위학 같은 것이 무한구체의 비밀을 들여다본 이상에게 '삼차각'이란 말로 표현되었다. 이것을 설명하기 위해 「각서6」으로 다시 한번 돌아가보자. 거기서 이상은 '주관의 체계의 수렴'에 대해 말한다. "사람은 사람의 객관을 버리라" 한 다음 이렇게 '주관의 체계'라는 용어를 꺼낸 것은 무엇 때문이었을까? 이 부분을 다시 잘 읽어보자. 이상은 숫자의 방위학과 역학, 속도와 좌표 등을 이야기 한 뒤, 정력학(靜力學)적인 객관을 버리라고 말했다. "사람은 정력학의 현상(現象)하지 아니하는 것과 동일(同一)하는 것의 영원한 가설(假說)이다, 사람은 사람의 객관을 버리라."

이미 말했지만 이상은 고정된 주체를 극복했다. 위에서 숫자의 역학, 방위학 등에 대해 말한 것은 바로 주체와 객체의 역동적인 변화 가운데서 모든 것을 포착해야 한다는 것을 말해준다. 그는 이러한 복잡한 역동성을 좀 더 역동적인 체계로 포착하기 위해 '주관의 체계'란 말을 썼다. 이것은 객관을 완전히 배제한 그러한 주관이 아니다. 단지 역동적으로 객관을 포착하려는 그러한 주관을 건축하는 것에 대해 말한 것일 뿐이다. 그런데 이 주관의 체계는 수렴과 관련되며, 수렴은 오목렌즈로 표상되어 있다. 이상에게 볼록렌즈는 현상들의 전체적인 관련성을 파열시키는 부정적 이미지이다. 왜냐하면 그것은 전체보다는 개별적인 것을 좀 더 확대하여 개별적인 것의 세밀한 풍경에만 집착하도록 하기 때문이다. 이러한 볼록렌즈의 관점은 이 세계를 전체적인 관점으로 포착하면서 살아가려는 사람의 삶, 무의식적 전체성으로서의 삶을 부정한다. 그는 이 볼록렌즈의 관점을 인문의 뇌수를 태우는 유클릿의 초점이라고 비판했다. 오목렌즈는 이와 반대로 여러 사물을 한데 모으고 하나로 수렴시키려는 속성을 가리킨다. 이러한 수렴작용을 추상적이나마 도상화할 수 있을 것인데, 그러면 한 점으로 수렴되는 부채꼴의 이미지를 얻을 수 있다.

　　삼차원 도상에서 그 부채꼴은 원뿔 모양 비슷한 것이 될 것이다. 이 부채꼴의 삼차원 도상에서 '삼차각'이 출현한다. 그것은 입체각이다. 여기서 '주관의 체계'라고 한 것은 바로 이 삼차각적 원뿔도형의 역학적 구성 체계를 가리킨다. 이 부채꼴의 삼차원 도상에서 '삼차각'이 출현한다. 그것은 입체각이다.

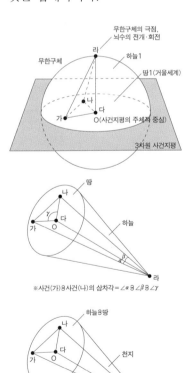

옆의 그림은 대략적으로 삼차각에 대한 개념을 도상화해본 것이다. 맨 위 그림에서 3차원 사건 평면에 의해 절단된 구체는 무한구체로 설정된 것이다. 나는 이상이 「삼차각 설계도」의 여러 시편을 통해서 전개한 사유를 이 그림 속에 집어넣어 보았다. 무한구체의 꼭짓점은 삼차각의 중심이 된다. 뇌수의 전개와 회전을 통해 우주적 전체성의 사유가 가능해지는 전등형적 꼭짓점이라고 생각할 수 있다. 삼차원 사건(존재) 평면으로

삼차각 개념도.

절단된 무한구체의 면을 '땅1(거울세계)'로 표시했다. 그것이 우리의 현실평면(우주에 대한 물질적 인식을 포함해서)이 된다. 그 아래 배치된 두 개의 원뿔은 삼차각적 시각이 더 높은 차원에 대한 인식으로 상승하는 모형을 그린 것이다. 여기서 삼차각은 언제나 낮은 차원의 인식평면에서 상승될 수 있는 각도를 가리킨다. 위에 있는 원뿔에서 사건 '가'와 사건 '나'는 서로 분리된 개체적 사건이다. 그러나 그 사건 평면을 초월한 차원에서 그것은 하나로 묶일 수 있게 된다. 삼차각은 서로 분리된 사건들이 서로 조화롭게 하나로 묶일 수 있는 세계상을 형성시켜준다. 이러한 조화는 '가'와 '나'가 서로 같은 정신으로 결합할 때 강력한 힘을 발휘하게 되며, 그 두 사건(존재)이 서로 다른 정신으로 결합하는 경우 그 힘의 강도는 훨씬 약해진다. 이러한 삼차각적 위상에서 증폭된 힘을 우리는 실제 실험으로 확인해 볼 수도(증명해 보일 수도) 있다. 내 연구실의 한 삼차각 도면 위에 놓인 우유는 몇 주일째(몇 달 몇 년이 지나도) 썩지 않고 있다.

이렇게 서로 하나가 되도록 묶이는 것을 '감침'이라고 한다. 나는 'ʒ'이란 기호로 '감침'이라는 것을 표시하고자 한다. 이 '감침'이란 말은 우리의 전통적인 바느질 방식인 '감침질'에서 따온 것이다. 그것은 서로 다른 천을 용수철처럼 휘감도록 바느질하는 방식을 가리킨다. 'ʒ'은 바로 그 나선형 용수철 모습과 삼차각의 3을 하나의 이미지로 만든 것이다. 이 기호로 표시하면 '땅1'은 임의의 사건인 '가'와 '나'가 서로 하나로 결합될 수 있는 영역으로서 〈가ʒ나〉 영역으로 표시할 수 있다. 삼차각은 사건 '가'와 '나'가 결합되는 각도로서, 무한구체의 극점인 '라'와 사건 '가' '나'가 사건평면의 중심인 '다'와 연결시켜 만들어낸 서로 이어지는 두 개의 삼각형의 꼭짓점의 각도와 사건 '가' '나'가 중심인 '다'를 향한 각도가 서로 결합된 것으로 표시될 수 있다. 그것을 그림에서는 ∠'알파ʒ베타ʒ감마'라고 표시했다.

　이 감침 영역을 통해서 우리는 새로운 세계상에 대한 개념도를 그려볼 수 있다. 나는 삼차원 사건평면을 '땅1'로 규정하고, 이 삼차원 영역에서 일어난 사건들을 서로 조화롭게 묶일 수 있도록 해주는 삼차각적 영역을 '하늘1'로 규정했다. 이러한 것들은 어떤 관점을 중심에 두느냐에 따라 여러 영역을 만들어낼 수 있기 때문에 '땅2' '땅3' '하늘2' '하늘3' 등이 가능할 것이다. 아래 원뿔은 위의 원뿔보다 한 차원 상승된 세계도를 그린 것이다. 이상의 사상이 궁극적으로 지향하는 정신적 꼭짓점이 있다면 바로 이 도형의 '라'지점이 된다.

　우리는 앞서 이러한 원뿔형 이미지로 감싸인 존재의 이미지를 장 콕토의 그림을 통해서 설명했다. 아마 그러한 이미지를 위에서 내가 제시한 도형과 더불어 생각해본다면, 삼차각의 시적인 의미와 분위기를 어느 정도 추정해볼 수 있을지 모른다. 장 콕토는 아편의 취기를 통해서 간신히 얻어진 삼차각적 꼭짓점들로 자신을 휘어 감고 싶었을 것이다. 그러나 아편의 취기는 삼차각적 꼭짓점을 향한 완벽한 비상을 가져올 수 없다. 그가 그려낸 원뿔인간들은 그러한 삼차각적 비상에 대한 욕망들을 휘감고 있지만, 그 원뿔형 파이프 대롱들이 점차 무겁게 그를 짓누르게 되는 형상으로 추락한다. 그것들은 아편의 물질에 점점 더 고착되어서 주체의 진정한 정신적 비상을 가로막는다. 아편 같은 약물을 수단으로 한 정신적 비상은 정신력

장 콕토, 「부채꼴처럼 펼쳐진 원뿔형 파이프들로 구성된 인간」. 『아편』에 실린 이 그림은 약물의 힘에 의존함으로써 샤먼적 혼의 비행을 시도해보려는 시인의 안간힘을 표현하고 있다. 그러나 그의 파이프들은 너무 무거워서 이 비행은 성공할 것 같지 않다.

자체의 능동성을 약화시킨다.

이상의 삼차각을 주체의 정신적 측면에서 좀 더 심도 있게 이해할 필요가 있다. 이 삼차각 원뿔 도형은, 그의 다른 글에서 암시된 바에 따르면, 꿈의 방사선으로 이루어져 있다. 그것은 무한구체의 '무한원점'으로부터 뿜어져 나온다. 그는 이러한 방사선의 움직임을 숫자의 방위학과 각도, 역학 등으로 포착할 수 있다고 생각한 것이다. 주관의 체계는 이렇게 과학적으로 객관적인 방식에 의해 설명된다. 이러한 꿈의 방사선의 방사에 따라 마련된 그 원뿔의 삼차각 내에서 초검선적 우주의 상들이 수렴된다. 그렇게 수렴되는 우주상의 운동을 '초검선 우주선'이라고 명명할 수

나나이족 샤먼의 무복. 에벵키 퉁구스 무당의 말에 따르면 샤먼의 무복에 매달린 종들은 '혼령의 세계로 가는 다리'를 만들어준다. 다른 지역의 알타이 샤먼에 의하면 종(소리)에 의해 샤먼의 옷은 갑옷이 된다. 그것은 여러 영적 차원의 힘을 얻게 된다는 의미이다.

있다. 이렇게 우주에 대한 초과학적 이해를 통해 우리는 근대적 과학의 한계와 오류를 극복할 수 있을 것이다. 이상은 자신의 시 「자화상(습작)」에서 말했듯이 그것을 태곳적 존재의 사유에서 찾아낼 수 있었다. 우리는 그러한 원시과학에 대해 다른 시각을 가져야 할지 모른다. 한 시베리아 샤먼의 무복(巫服)71을 보면 우리가 논의한 그 삼차각적 원뿔 대롱이 달려 있다.

위의 그림을 보자. 샤먼들은 여러 방식을 통해서 자유롭게 '혼의 여행'을 했는데, 이 샤먼의 복장에도 그러한 여행에 대한 상징들이 그려져 있

71 이 샤먼의 무복은 아무르 강을 따라 살아가는 골디족(현 나나이족) 샤먼의 것이다.

다. 이 샤먼의 코트 아래쪽으로부터 솟구친 우주목에는 동심원으로 된 천체들이 매달려 있다. 이 우주목 꼭대기 위쪽에는 가장 커다란 구체 우주가 자리잡고 있다. 그 윗부분에는 신령스런 네 마리 동물과 그 동물들을 관장하는 신성한 존재가 배열되어 있다. 이러한 우주목은 흔히 시베리아 샤먼의 혼의 여행을 상징하는 것이다. 샤먼의 옷에 그려진 우주목은 샤먼의 여행통로였다. 그것은 하늘과 땅을 연결하는 길이며, 사람의 세계(소우주)와 영혼의 세계(대우주)를 서로 조응시키며 통합해주는 통로이다. 어떤 곳에서는 그것을 투우루(turu)라고 한다.72 대샤먼만이 이 우주목의 꼭대기까지 여행할 수 있다. 그보다 낮은 수준의 샤먼은 자기 수준에 따라 그 중간까지 혹은 그보다 더 밑의 가지부분에 매달린 천구에까지 여행할 수 있다.73 이 우주목의 약간 상단 부분에 샤먼의 허리띠가 둘러쳐져 있다. 거기에는 장 콕토의 위 그림(이 그림에서 콕토는 마치 부채처럼 펼쳐진 원뿔형인간을 그렸다)에서 보는 듯한 원뿔 대롱들이 돌아가며 매달려 있다. 이 샤먼은 삼차각 원뿔 우주 대롱들을 허리에 두른 것이다. 이것은 그가 전체 우주를 관장할 수 있는 전등형적 능력의 소유자라는 것을 과시하는 표징이 아닐까? 이상의 초현대적 사유들은 고대적 사유와 이렇게 밀접한 관련성을 보인다.

이제야 우리는 「각서3」에서 제시된 문제들을 풀 수 있게 되었다. 여기서 이상은 "뇌수는 부채와 같이 원에까지 전개되었다. 그리고 완전히 회전하였다" 하고 썼다. 「1931년(작품제1번)」에서도 언급된 '뇌수'가 여기 언급되어 있다. 이것은 분명 '주관의 체계'와 관련되는 부분처럼 보인다. 그는 '뇌수'라는 생물학적 용어로써 여러 정신활동 영역을 (밖에서 보는

72 캠벨이 소개한 퉁구스 샤먼 세묘노프세묜의 말을 보자. "저 높은 곳에는 샤먼들이 자신의 힘을 얻을 때까지 그들의 영혼을 길러주는 나무가 한 그루 있다. 이 나무의 가지에 누워서 보살핌을 받는 영혼들의 둥지가 있다. 이 나무의 이름은 '투우루'이다. 둥지가 높이 있으면 있을수록, 그 둥지에서 자란 샤먼은 더욱 더 힘이 강해지고, 더 많이 알고, 더 멀리 볼 수 있게 된다."(조셉 캠벨, 『원시신화』, 이진구 역, 까치, 2003. 291쪽.).
73 Mihaly Hoppal, Cosmic Symbolism in Siberian Shamanhood, Juha Petikainen ed. *SHAMANHOOD SYMBOLISM AND EPIC*, Academiai Kiado, Budapest, 2001. 85쪽.

생리적 시선으로) 지칭하려 했을 것이다. 여기서 주목할 부분은 '뇌수의 회전'이다. '부채'의 이미지가 여기에서 제시된 것도 의미심장하다. 그가 『조선과 건축』 권두언에서 '부채꼴인간'이란 용어로 원시 인간의 총체적 존재를 가리켰던 것[74]이 생각나는 대목이다. 접었다 폈다 할 수 있는 부채의 원산지는 우리나라다. 유자후는 『해동역사』 29권 '선조(扇條)'를 참고해서 이렇게 말했다. "접는 부채는

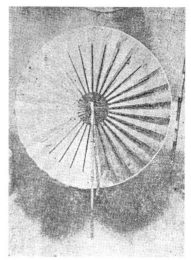

유자후가 소개한 대륜선.

우리 동방에서 기원된 것이니 즉 삼국시대에 백제에서 창작되어 당시 일본으로 이 접는 부채의 제도가 수출되어 독특한 발달을 보았다."[75] 유자후는 이러한 접는 부채 가운데 완전히 360도 회전하여 원형을 이루는 부채를 소개하기도 했다.[76] 마치 공작의 꼬리처럼 활짝 펼쳐지는 이러한 부채는 단지 기하학적 설명을 위해서만 제시된 것은 아니다. 이것은 접히고 펼쳐지는 움직임이 갖는 철학적 의미를 보여주기 위한 것이다. 즉 이러한 접는 부채에서 접히는 부분인 작은 부채꼴들은 접었을 때 모두 하나로 모인다. 펼치면 그 부채꼴들이 한데 모여 전체 원을 이룬다. 어떻게 보면 360도 회전하는 이 부채의 움직임은 결국 자신의 출발점으로 되돌아가는 것처럼 보인다. 머리와 꼬리가 만나는 우로보로스 뱀처럼 이 운동은 완벽하게 전개되면 원점으로 돌아간다. 우리가 앞에서 제시한 '우주뱀 초검선끈'이 이렇게해서 새로운 모습으로 다시 등장한 셈이다. 그 초검선 끈의 출발점에 있는 뱀의 머리가 꼬리를 삼키면 바로 이러한 부채꼴 운동처럼 된다.

74 이상이 썼다고 생각되는 이 권두언에서 그는 원시인을 '전적(全的)인 인간'으로 보았고 그것을 '부채꼴의 인간'이라고 표현한다. 그는 이러한 인간형이 미래에 요구된다고 보았다(전집3, 263쪽 참조).

75 유자후, 「선자고(扇子考)」, 『조광』, 1940. 9., 118쪽.

76 위의 책, 116쪽 그림 참조.

「각서3」은 바로 이러한 원점 회귀 운동을 설명한 것이다. 위 아래로 배치된 무한정원의 축소판 같은 좌표는 그렇게 부채처럼 회전한 모습을 그린 것이다. 위 먹좌표를 가령 (2.2)를 중심으로 회전운동을 이리저리 해본다고 하자. (3.3)과 (1.1)을 자리바꿀 수 있게 회전시키면 위의

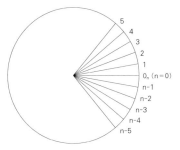

부채꼴의 전개에 대한 도상. 부채꼴의 무한한 결합을 도상화한 것이다. 완전히 360도 전개시키면 n은 0에 도달한다.

먹좌표는 아래 먹좌표로 바뀔 것이다. 밑에 쓰인 수식은 그것을 무한한 곱셈으로 표현했다. $nPn=n(n-1)(n-2)\cdots(n-n+1)$이라고 한 것을 잘 보면 마지막 항이 1이며, 바로 그 앞은 2, 3, 4 등이다. 따라서 이것은 1에서 n까지의 곱셈을 가리킨다. 이상은 이러한 수식을 부채꼴 도형과 결합시키고자 했다. 그는 이 수식 바로 밑에 이러한 설명을 달았다. "(뇌수는 부채와 같이 원에까지 전개되었다, 그리고 완전히 회전하였다)". 360도까지 완전히 전개되는 부채(유자후의 글에 소개된 원형부채)꼴 도형을 생각해보자. 이 도형에서 무한수까지 전개시킬 수 있는 이 n은 바로 0에 겹쳐진다. 즉 n은 0이다. 이 무한곱셈은 따라서 0이 된다. 이것은 모든 것이 함축된 블랙홀적 0이다.[77] 여기서 n을 n보다 무한히 큰 어떤 수로 가정해도 그렇다. 이것을 부채에 대입하면 부채의 회전하는 출발점의 각도에 해당된 수를 0이라고 하고, 360도를 무한히 쪼개서 무한한 수 n을 완전히 회전한 자리에 대입시킬 수 있다. 이 원을 완전히 펼쳤을 때 이 원 전체는 이 모든 수의 완벽한 결합을 상징한다. 결국 이렇게 원으로 펼쳐져 전개되었을 때 360도 회

77 우리는 원근법으로 그려진 그림에서 소실점을 이렇게 0과 무한대가 합쳐진 것으로 생각해볼 수 있다. 사이프는 이러한 소실점을 현대 과학에서 중요한 개념이 된 '특이점'과 관련시키기도 했다. 그는 0과 무한을 관련시키면서 논의를 전개했다. "무한은 매우 신중하게 다루어져야 하지만, 그것은 0의 도움이 있다면 정복할 수가 있다." 했다. "0이 제논의 수수께끼를 푸는 열쇠이다"라고도 했다(찰스 사이프, 앞의 책, 54·102쪽 참조).

전하면 무한수 n은 0의 자리와 합친
다. 즉 n=0인 것이다.

이상, 「선에관한각서3」 부분

그런데 위의 수식에서 이상은
왜 마지막을 (n-n+1)로 나타낸 것일
까? 이 수식은 1에서 n까지의 수를
계속 곱한 것인데, 그는 이 마지막 항
을 1로 쓸 수도 있었는데, 구태여 (n-n+1)로 썼다. 이것은 n에서부터 거꾸
로 360도 돌아와 도달한 마지막 항을 보여준 것으로 보인다. 즉 그것은 바
로 그 뒤의 항인 (n-n)의 앞이라는 것을 가리킨다. 0지점의 앞자리인 셈이
다. 이 뒷자리인 0지점은 바로 n의 출발점이다. 이상은 이렇게 순서를 한
번 뒤집어 보임으로써 출발점과 도달점 즉 0과 무한(n)을 하나로 합치시켰
다. 이 우주 전체의 완벽한 전개는 또한 0에 도달한 원점회귀라는 것을 암
시하는 이 수식을 이상은 부채의 이미지와 함께 우리에게 제시했다. 이것
으로 그는 무한우주의 모든 전개과정의 비밀을 간단한 부채꼴 공식으로 담
아냈다고 생각한 것은 아닐까?

유자후는 신라가 당나라에 보낸 만불산(萬佛山)을 보고 당나라 사람
들이 천신의 조화물로 여겼다고 했다. 『삼국유사』에는 그들이 수많은 조형
이 저절로 움직이고 질서 있게 돌아가는 것에 혀를 내두르며, 그것을 신의
솜씨라고 여겼다고 적혀 있다.[78] 유자후는 이 만불산이 당나라 일세(一世)에
'구광선(九光扇)'이란 신성한 이름으로 불리며 예배를 받았다고 했다.[79] 그
들은 수많은 부처로 가득한 우주산의 이름으로 왜 최고의 숫자인 9와 결합
된 빛의 부채를 떠올린 것일까? 부채의 상징에는 그렇게 무한한 빛을 사방
으로 퍼져나가게 하는 무한원점이 있다. 그것이 이미 당대에도 인식되었던
것은 아닐까? 우리에게서 건너간 접는 부채만이 우주의 그러한 미묘한 전

78 일연, 「사불산, 굴불산, 만불산」 조, 『삼국유사』, 이민수 역, 을유문화
사, 1978, 227~228쪽.
79 위의 책, 123쪽 참조.

근대초극의 개념과 새로운 문명 설계도

개를 더욱 잘 표현할 수 있었던 것은 아닐까? 이상이 「각서3」에서 제시한 무한정원의 축소형도 9개의 무한구체로 되어 있다. 그는 이 9라는 마지막 숫자로 그러한 구광선 같은 의미를 암시하려 한 것은 아닐까?

우리가 삼차각 원뿔에 이어 이렇게 회전하는 부채 이미지를 갖다놓은 것은 바로 무한구체를 형성하는 원리를 그것이 보여주기 때문이다. 부채 같은 문명적 도구를 가지고 자연의 무한정원에 형성된 무한구체 과일 같은 것을 만들 수 있을까? 이상이 '삼차각 설계도'라는 말로 꿈꾸었던 것은 바로 그러한 무한적 문명에 대한 설계도였던 것이 아니겠는가. 그는 그러한 삼차각 원뿔을 부채처럼 전개하고 회전시킴으로써 완벽하게 전 우주를 자신의 마당으로 삼을 수 있는 주관의 운동을 꿈꾸었던 것이다. 그러한 '주관의 체계'의 운동을 완벽하게 드러내기 위해서 부채와 같이 원으로 전개되고 또 완전히 회전하는 이야기, 자신의 뇌수 즉 정신활동을 그렇게 전우주적으로 전개하고 회전시켜야 한다는 명제를 제시한 것이다.[80] 그의 '전등형 체조의 기술'은 바로 이러한 부채의 움직임을 가리킨다. 사람의 전등형 체조란 그러한 정신적인 활동을 가리킨다. 초검선적 우주에 대한 완벽한 이해까지는 아니더라도, 그렇게 우주의 전체적 전개를 염두에 두고 정신활동을 펼치는 것이야말로 그 한 티끌 조각에 불과한 현재의 삶을 그러한 우주 전체 속에서 위치시킬 수 있는 우주론적 위상학에 해당한다. 그것도 광학적 우주를 뛰어넘는 초검선적 우주에서 말이다.

[80] 이러한 '뇌수의 회전'은 플라톤의 '혼의 회전'과 닮아 있다. 플라톤은 원운동(회전운동)을 지성 및 지혜와 가장 많이 관련된 것으로 생각했다. 그에 의하면 원운동은 "스스로 자신으로 회전하여 돌아오는 운동"이다(플라톤, 『티마이오스』, 92·100·129쪽에 이에 대한 플라톤의 자세한 언급이 있다.). 플라톤은 불사하는 혼의 회전들과 그렇지 못한 인간적인 혼의 회전에 대해서도 말했다. "인간 혼은 몸에 결합될 때 감각의 흐름에 영향을 받아서 혼의 회전들이 온갖 방식으로 뒤틀려 원활히 움직이지 못하게 되고 참된 인식을 못하게 된다."(위의 책, 118~119쪽). 그에게 참된 인식이란 "혼을 구성하는 동일성과 타자성의 두 원이 본성에 따라 회전할 때 성립한다."(위의 책, 119쪽 각주 227의 해설).

. 삼차각 안경

이쯤 되면 이상의 '삼차각 설계도'는 어떤 문명적 구조물을 설계하려고 한 것인지 궁금해지지 않는가? 어떤 문명적 오감도를 그려내려 한 것인가? 그는 먼저 자신의 감실을 설계한 것 같다. 그것은 대단히 작은 방이다. 그는 「각서1」에서 이렇게 말했다. "고요하게 나를 전자(電子)의 양자(陽子)로 하라". 그는 멱에 의한 멱 급수로 전개되는 우주의 무한한 현상을 앞에 두고 이렇게 가장 작은 원소 속으로 숨어들었다. 우주가 아무리 무한히 광대하게 펼쳐지는 운동을 해도 그 가장 기본 원소는 바로 원자일 것이다. 그러한 근본적인 자리 속에 자신을 숨긴 것이다. 이 원자는 우주에 가득하다. 무한히 많은 방의 하나에 그는 투숙한 것이다. 그러나 그는 이 무한호텔 속의 가장 작은 방에서 고요히 휴식을 취할 수 있었다. 어떤 방에서도 다 똑같다. 무한하게 많은 방 중에서 어떤 방에 투숙해도 똑같은 휴식을 취할 수 있다. 삼차각 설계도에 그려진 주관의 체계를 자유롭게 전개하고 회전시키는 부채 자루를 쥐고 있다면 말이다. 가장 작은 방에서도 그는 전 우주를 관람할 수 있다. 그의 꿈의 방사선이 방사되면 그 방향의 삼차각 범위 내의 초검선적 우주선이 다가온다. 전등형 체조의 기술은 바로 이러한 부채 자루를 회전하는 간단한 기술이었다. 그는 무한한 무한호텔에서 이리저리 길을 잃고 헤매지 않는다. 거기에는 책도 거울도 없다. 보르헤스가 바벨의 무한한 육각방에 배치한 책들의 미로가 이 호텔에서는 위력을 발휘하지 못한다. 그 도서관 곳곳에 걸려 있던 복제 마법 기구인 거울도 여기서는 힘을 잃는다. 이러한 이상의 무한호텔에 비하면 보르헤스의 바벨의 도서관은 얼마나 비참한 풍경인가? 보르헤스가 구축한 문명구조물은 여전히 전우주의 전개에서 외따로 떨어져 있는, 버림받은 어떤 행성처럼 보인다. 그 행성 안에서는 무한히 많은 반사상에 의해, 시간의 흐름에 따라 무한히 많은 복제물이 생기겠지만 우주의 싱싱한 원기와는 모두 상관없이 인위적인 조작들로만 번식하는 것들이다. 그것은 어떻게 보면 창조적 우주의 진정한 운동에서 볼 때 골치 아픈 쓰레기 더미에 불과할 수도 있다. 수많은 지식과 사상이, 역사와 철학이, 진정한 우주적 전개과정에 동참하지 못하면 그렇게 눈 밖에 나는 골치 아프고 쓸모없는 덩어리처럼 보이기도 하는 것이다.

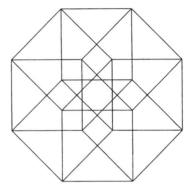

초검선 만다라의 중앙에 있는 방은 수많은 차원이 겹쳐 있다. 그 중 어떤 차원과 연결된 방에 들어갈지 알 수 없다. 동일한 방에 들어가지만 너무 많은 방이 있는 것이다.

사차원 하이퍼큐브. 8개의 입방체가 서로 겹쳐 있다. 가운데 별처럼 된 곳이 공통적으로 겹친 부분이다. 만일 여기 문이 있다고 하면 여기로 들어간 사람은 8개의 방 어디에도 들어갈 수 있다.

이 무한호텔에 대해 약간의 소설적인 사족을 붙여보자. 「각서1」은 무한정원이지만 동시에 무한호텔일 수도 있다. 왜냐하면 무한정원의 비밀을 파악한 이상은 무한구체를 형성하는 원리를 무한기하학으로 포착해서 삼차각설계도에 의해 무한정원과 동일한 방식으로 무한호텔의 방들을 만들었기 때문이다. 이 100개의 구체 과일은 무한호텔에서는 100개의 방이 된다. 이 100개는 동시에 무한한 방을 갖는다. 왜냐하면 예를 들어 이 무한좌표 (3.3)호실에 이상이 들어가면 거기에는 또한 무한하게 많은 방이 있기 때문이다.[81] 따라서 똑같은 방에 뒤따라 들어간 구보(박태원)는 순식

·234

간에 거기서 이상을 잃어버린다. 그리고 바로 뒤에 정지용이 구보가 흘리고 간 산책가 노트를 들고 들어가 보면 이미 구보는 그 방에 없다. 아무리 기다려도 이들의 소식이 없자 김기림이 한숨을 쉬고 그 방에 들어간다. 혹시 무슨 일이 벌어졌나 근심하고 조심스러운 태도로 말이다. 그는 언제나 다른 술자리에서도 뒤처리를 감당하곤 했다. 마치 보채는 아이들을 달래줘야 할 책임이 자신에게 있다는 것처럼, 보모 같은 역할이 그의 몫이었다. 그러나 그 역시 아무도 발견하지 못한다. 이상은 한동안 그 방에서 이것저것 만져보고 돋보기로 장난도 하다 문을 나서서 다른 방들을 기웃거린다. 구보도 자신의 노트를 잃어버리고 온 것이 생각나서 문을 열고 나온다. 그들은 서로 아무도 만날 수 없다. 왜냐하면 이 호텔에는 너무 방이 많기 때문이다. 그들은 하나의 방인 (3.3)호실 속에 있는 무한한 방에 각기 투숙한 것이다. 방을 열고 무한하게 많은 방 중에 하나를 들어가 봐도 그 방을 나서면 또 다른 무한한 방이 있다. 도대체 이러한 무한급수의 방들 속에서 서로를 어떻게 찾아낼 수 있단 말인가?

여기서 끝나면 이 무한호텔은 보르헤스의 바벨의 도서관과 다를 것이 없어진다.[82] 그러나 무한호텔에는 전혀 다른 장치가 되어 있다. 즉 삼차

---

81 우리는 위에 그려진 하이퍼큐브를 통해서 이러한 무한호텔의 방 이미지에 조금은 접근해볼 수 있다. 크라우스는 로버트 하인라인이 1940년에 쓴 공상과학소설 『그리고 그는 구부러진 집을 지었다』를 소개했다. 4차원 입체인 테서락에 기초하여 혁명적인 집을 설계한 캘리포니아 건축가 퀸터스 틸의 이야기인데, 그는 이렇게 소개했다. "만약 테서락 주택을 지을 수 있다면 3차원 세상에서 이 집은 단순한 육면체일 것이다. 그러나 4차원의 테서락은 여덟 개의 3차원 육면체를 가지고 있기 때문에 방 하나만이 가능한 공간에 여덟 개의 방을 만들 수 있을 것이다." 위의 하이퍼큐브 그림에는 그렇게 8개의 정육면체가 서로 겹쳐 있다. 가운데 별 모양은 그렇게 8개의 육면체가 모두 겹쳐 있는 8각형에서 나온 것이다(이에 대해서는 크라우스의 앞의 책, 201쪽 참조).

82 바벨의 도서관의 구조는 이렇다. "도서관이라고도 불리는 이 우주는 불확정 수의, 아니 아마도 무한수의 육각진열실로 만들어져 있고, 그 진열실의 배치는 변화없이 일정하다. 모든 진열실은 두 면을 제외하고는 모두 각 면마다 다섯 개씩 도합 스무 개의 서가가 벽면을 장식하고 있다. ―진열실들은 처음부터 끝까지 모두 똑같다. 현관의 좌우로 두 개의 작은 방이

각 안경이라는 것이 방마다 비치되어 있는 것이다. 이상과 그 동료들은 아직 침대 옆의 안내판을 제대로 읽지 않았던 것이다. 결국 김기림이 이들을 찾아냈는데 그는 자주 외유를 하곤 했기 때문에 이러한 호텔의 방 안에 익숙해 있었다. 그는 다른 촌뜨기들과 달리 재빨리 침대 옆 사이드 테이블에 놓인 안내판에서 삼차각 안경에 대한 정보를 읽을 수 있었다. 그는 사실 안경에 관심이 특별히 많았으며, 한때 그 안경에 독특한 자신만의 상상력을 덧붙여서 「미래투시기」라는 수필〔戱文〕을 쓰기도 했다.83 그는 자신의 안경을 벗고 삼차각 안경을 썼다. 그리고 그 용법대로 마음속으로 이상이 있을 만한 방향으로 방사선을 쏘았다. 삼차각 안경을 통해 자신의 생각 속에 있던 이상의 영상들이 몇 장의 필름처럼 지나가다 한 장면에서 멈추더니 순간적으로 방사되었다. 삼차각 안경 속의 어떤 이미지가 순식간에 현재 이상의 모습을 포착한 것이었는데 어떻게 그리될 수 있는지 김기림은 짐작조차 할 수 없었다. 아무튼 그 안경은 이상의 이미지를 하나의 초점 속에 집어넣고 순간적으로 자신의 1미터 전방에 만들어진 거대한 구체를 향해 방사했다. 그 구체 속의 한 티끌 같은 점 속에 바로 이상이 있었다. 김기림은 1미터 전방 내에 있는 무한구체 속의 그 점 속으로 자신도 모르게 순식간에 들어갔다. 자신이 그렇게 순간적으로 티끌 같은 점 속에 들어갈 정도로

있다. 하나는 서서 잠자기 위한 방이고 나머지 하나는 용변을 보기 위한 화장실이다. 까마득한 곳까지 펼쳐져 있는 나선형 층계로 여기를 지나간다. 현관에는 거울이 하나 있는데, 이 거울을 보고 도서관이 무한하지 않다는 사실을 추론해낸다.(만약 정말로 무한하다면, 그 환상적 복제는 어떻게 가능할 것인가? 나는 오히려 저 번쩍거리는 거울면들이 무한을 상징하고 확신시켜주는 것이라고 꿈꾸고 싶다.—도서관은 하나의 구체이다. 그 정 중심은 각각의 육각 열람실들이고 그 구체의 변방 한계선에는 결코 다다를 수 없다.—사실, 도서관에는 모든 말의 구조와 스물 다섯 개의 철자 부호가 허용하는 일체의 다양한 조합이 소장되어 있지만, 절대적인 넌센스는 단 하나도 없다.—모든 것이 이미 씌어져 있다는 확신은 우리의 존재를 말살하거나 기껏해야 유령물로 만든다."(호르헤 루이스 보르헤스, 『바벨의 도서관』, 김춘진 역, 글, 1992, 101~110쪽)

83 김기림은 「붉은 울금향과 '로이드 안경'」(『신동아』, 1932. 4.)이란 글을 썼고, 그 뒤 「미래투시기」(『신여성』, 1933. 8.)라는 넌센스적인 이야기를 쓰기도 한다.

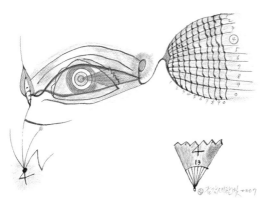

금강새한빛, 「삼차각안경과 무한호텔」, 2007. 왼쪽에 추상화된 선형 인간은 삼차
각안경을 쓴 김기림이다. 그의 눈이 따로 확대된 그림에 부드럽게 열린 삼각형의
렌즈가 씌워져 있다. 부채꼴의 초검선 빛이 방사되고 그것은 마치 그물망처럼 펼
쳐진 무한호텔의 방들을 순식간에 검색한다.

줄어들 수 있다는 사실이 믿기지는 않았지만 그래도 일단은 이상을 찾아내
야 했으니, 그러한 불안하고 신기한 모험을 감수해야 했다. 사실 그는 이러
한 모험적인 세계관을 별로 좋아하는 편은 아니다. 이상은 봉두난발의 머
리를 하고 어떤 복도에서 외국인과 만나서 때가 낀 손톱(그가 어느 다방에서 한
묘령의 여인을 소개받는 자리에서 당황해서 말도 못하고 계속 각사탕만 주물렀던 바로 그 손톱이
다)으로 머리를 긁적이며 무엇인가 대화하려 애쓰는 표정이 역력했다. 그
는 재빨리 문을 나서서 삼차각 안경이 자신의 마음속에 투사해서 그려주
는 약도대로 복도를 이리저리 내려갔다. 그곳에서 한 외국인에게 멋쩍은
표정으로 인사하고 막 돌아서는 이상을 붙잡을 수 있었다. 이상은 막 안경
을 벗은 김기림의 맨 얼굴을 보고 그 특유의 껄껄거리는 웃음을 웃다가 김
기림이 손에 든 안경을 보고 자신이 설계한 그 안경이 어떻게 해서 김기림
의 손에 들려 있는지 의아한 표정을 지었다. 자신만이 그 안경을 갖고 있다
고 생각했기 때문이다. 그것은 이상의 착각이었다. 그는 삼차각을 설계했

고, 또 무한정원을 모방한 무한호텔까지 구상했지만 그것은 아직 실현되기에 요원한 일이라고 여겼다. 그러나 이상은 자신도 모르게 광학적 우주와 초검선적 우주 사이에서 깜박 자신의 위치가 어디에 있는지 잊어버린 것이다. 지금 초검선적 우주에 들어와 있다는 것을 잠시 잊은 것이다. 이 우주의 특징은 어떤 설계도가 어느 정도 완성되면 그에 덧붙여질 우주의 많은 정보가 저절로 모여든다는 점이다. 그렇게 해서 벌써 그 설계도면은 누군가에 의해 완성되고 필요한 사람에게 저절로 배포된다. 물론 초검선적 우주를 향상시키려는 사람들에 한해서 그러한 일들이 벌어진다. 만일 이러한 우주의 법칙에 어긋나는 방식으로 그러한 설계도면을 훔친다거나 멀리에서 삼차각 안경으로 훔쳐보려 하면 그 도면의 그림은 저절로 훼손된다. 따라서 그는 그 호텔을 지을 수 없다. 이상은 설계까지는 어떻게 해냈지만 이러한 호텔이 그렇게 쉽게 건설될 수 있을지에 대해서는 자신이 없었다. 그러나 자신의 품을 떠난 꿈이 눈 앞에서 실현된 것을 보게 된 것이다. 날씨가 화창한 어느 날 구보와 그 외 구인회 동인 몇몇을 불러서 양평으로 야유회를 나갔다가 그럴듯한 호텔이 있어서 들어갔는데, 그것이 바

금강새한빛, 「무한호텔」, 2007. 가운데 여섯 개의 구체로 둘러싸인 것이 나비날개처럼 펼쳐진 이 무한호텔의 출입구이다. 10개의 방이 미묘하게 배치되어 우주공간을 떠다니고 있다. 배경에는 무한광대한 우주의 회전체가 부분적으로 보인다. 여러 차원의 우주가 중첩된 이미지로 나타난다. 위쪽으로 이 전체를 가로지른 푸른 선이 있는데, 이것이 바로 초검선이다.

로 자신이 대충 설계한 그러한 무한호텔이었다. 그는 그것이 무한호텔인지도 모르고 피곤한 몸을 쉬기 위해 잠시 들어간 것이다. 물론 방 번호를 다른 친구들에게 알려주었다. 구보는 지용과 기림의 열띤 논쟁을 귓등으로 들으면서 그 앞 정원에서 멀리 강을 따라 펼쳐진 기름진 들판을 자신의 노트에 스케치 하고 있었다. 자신의 소설 「강물의 무한한 노래」에서 전개될 풍경을 어떻게 그릴지 생각하며, '물의 노래'를 작곡할 수 있는 독특한 악보를 구상하고 있었다.

　　김기림은 얼마 전에 발간된 『시와소설』 창간호에 실린 정지용의 「유선애상」에서 그가 과연 무엇을 말하려 했는지 논리적으로 이해가 가지 않았다. 그래서 지용에게 지나친 시적 모호성은 시적 진실을 피땀 어리게 추구하려는 진지한 시도를 훼손시킨다고 주장하며 논쟁을 주도하려 했다. 그에 대해 정지용은 선배답게 미소 지으면서 안경을 닦았다. 호텔 방으로 들어가버린 이상 쪽을 턱으로 가리키면서 그가 우리의 동인으로 들어왔는데 그 정도 모호함을 내가 좀 부린 것이 무슨 대수냐는 표정이다. 그러나 논쟁이 더욱 진지해지면서 결국 그 시의 '나비'와 이상의 「오감도」의 「시제10호 나비」가 혹시 무슨 관련이 있느냐는 물음으로 이어졌다. 그런데 정지용은 이상의 그 시를 자기는 모른다고 했다. 김기림은 고개를 갸우뚱했지만 그의 진지한 표정을 보아서 그 말이 사실인 것처럼 느껴졌다. 정지용은 그리고 「오감도」가 과연 시일 수 있냐고 되물었다. 김기림은 이상의 '나비'와 정지용의 '나비'가 무슨 연관이 있는지 열심히 생각하고 있었다.84 그

84 이상의 '나비'는 「1931년(작품제1번)」에 처음 나온다. "철늦은 나비를 보다"라는 짧은 구절 속에 그의 나비는 스치듯이 지나갔다. 김기림은 이 시를 본 적이 없기 때문에 「오감도」의 「시제10호 나비」를 말한 것이다. '철늦은 나비'는 꽃이 이미 지고 있고 점차 낙엽이 떨어져 을씨년스런 겨울 입구로 들어가는 마당에 방황하는 나비이다. 잠깐 이상의 작품 이곳저곳을 원용해서 소설적으로 말해보자. 이 '나비'는 무한정원에서 이상과 마주친 이후 여기까지 따라왔는데 이상은 그녀를 처음 보았을 때 두 날개가 부채처럼 접혀서 완벽하게 결합하는 것을 보고 '무한정원삼차각부채꽃나비'라는 약간 긴 이름을 붙여주었다. 그 이후 그녀는 이상을 따라다니며 그 주변에 수많은 자신의 그림자(분신)를 뿌려놓았다. 그러나 점차

아프리카의 나비탈. 곡식을 심을 때와 추수할 때 비와 풍성한 수확을 기원하는 의식에 사용한 탈. 가운데 삼각형으로 된 얼굴이 흥미롭다. 얼굴 주위에는 마치 원뿔 대롱들처럼 생긴 문양들이 테두리를 하고 있다. 나는 이상의 '무한정원삼차각부채꽃나비' 이미지를 여기서 본다.

현실의 차가운 공기 속에서 그러한 그림자들이 활기를 잃고 거기 새겨진 무한정원의 영상들도 흐려졌다. 이상은 주로 방 안에 침거하면서 자신의 책과 원고를 찢으며 '무한정원삼차각부채꽃나비' 모양을 꾸며보곤 했다. 그러나 그러한 것에도 곧 실증을 내고 계속 잠만 잤다. 또 자기가 거울을 보았을 때 가장 멋지게 보였던 나비넥타이가 생각나서 '무한호텔초검선매듭나비'라는 별칭을 부여했다. '무한정원뱀까마귀수호천사'라는 또 다른 별칭도 지었다. 이상이 무한정원에서 추방된 후 현실에서 그 비슷하게 모방된 북극무한낙원이란 곳을 방문했다. 거기서 그는 놀랄 만큼 아름다운 불나비 한 마리를 보았다. 그녀는 매혹적인 자태를 뽐냈지만 그 화려한 색채가 지나쳐서 마치 독기를 방사하는 듯했다. 그는 그 나비가 무한정원 수호천사나비의 이상한 복제물처럼 느껴졌다. 황급히 그녀에게서 시선을 돌렸다. 왜냐하면 그녀에게 잘못 홀리면 그녀가 방사하는 이미지들의 세계 속에 영원히 갇히기 때문이다. 그래서 그는 그녀에게 '얼음오로라광녀불나비'라는 이름을 붙였다. 그녀를 쫓아간 자들은 모두 북극의 황홀경을 보고 죽을 것이다. 그녀는 미친 듯이 그 극지의 차가운 별빛을 향해 불나비처럼 날아가기 때문이다. 이상은 「실낙원」의 「소녀」에서 이러한 '나비'를 피하며 살아가고 싶어했다(여기까지 나는 이상의 작품들 전체 속에 흩어져 있는 '나비'의 이미지들로 짧은 이야기를 만들어 보았다). 그의 무한정원적인 사유를 현실 속에서 지속시키며 살아간다는 것 자체가 그를 너무 괴롭게 했고 슬프게 만들었기 때문이다. 그는 문학에 입문하려던 갓 스무 살 무렵에 김동인의 「태평행」(『문예공론』 2호, 1929. 6.)을 읽고 그만 거기 나오는 '나비' 이미지에 사로잡혀버리고 말았다. 이상의 '나비'의 기원은 이렇게 그의 문학입문시절에까지 거슬러 올라간다.

때에 구보가 갑자기 이상을 소리 높이 찾았던 것이다. ㅺ적거리던 노트를 놓고 황급하게 이상을 찾았는데, 그것은 '강물의 노래'에 대해 구상하면서, 구불거리며 고즈넉하게 흘러가는 강물에 비친 저녁놀을 보고 갑자기 무릎을 탁 친 후였다. 그는 강물의 구불거리는 표면에 반사된 저녁놀의 이미지에서 이상이 전에 언뜻 이야기한 '거꾸로 된 악보'를 발견하였다. 이상에게 이 풍경을 보여주고 싶어 그는 호텔로 달려갔다. 그 뒤의 일은 앞에서 서술한 대로이다.

이상은 김기림의 손에서 삼차각 안경을 빼앗은 이후 김기림의 손을 잡고(여기서 길을 잃으면 큰 일) 복도 속의 미로를 헤매는 동료를 하나씩 모두 찾아낸다. 그리하여 모두 (3.3)호실로 다시 모였다. 구보는 자꾸만 이상을 정원으로 끌고 나가려 했다. 그 강물의 악보를 실제 풍경으로 보여주고 싶었기 때문이다. 이상은 자신이 앓고 있던 결핵 때문에 그러한 핏빛 이미지에 좀 신경증적인 반응을 보이곤 했었다. 그러나 흥분한 구보를 할 수 없이 따라 나섰다. 그는 삼차각 안경을 쓰고 다른 친구들을 안내하며 정원으로 내려갔다. 그러나 구보가 스케치하던 노을진 강물은 온데간데 없었다. 그들이 내려간 정원에는 그 앞으로 마치 고흐의 그림처럼 보리밭의 광막한 풍경이 펼쳐져 있었다. 그것은 이상이 학창시절부터 너무나 좋아하던 그러한 풍경이었다. 정원에는 많은 꽃이 피어 있었고 여러 종류의 나비가 날아다녔다. 이상하게도 그때 김기림의 눈에는 강물의 악보가 영상처럼 피어오르고 있었다. 그 영상은 점차 확대되면서 무한한 바다처럼 펼쳐졌다. 그는 자신이 나비가 되어 그러한 환상적인 음악적 풍경 위를 날아다니는 것처럼 느껴졌다. 무한호텔에서 자신들이 원하는 것들은 이처럼 쉽사리 영상적인 이미지로 눈앞에 펼쳐진다. 이상은 자신도 모르게 자신을 치료해줄 풍경을 펼쳤고, 김기림도 자신이 꿈꾸는 방향으로 이미지가 전개되었다. 그는 '나비'에 대한 미묘한 의미를 추적하고 싶어했다.

무한호텔에 대한 소설적 사족이 너무 길어졌다. 그러나 이러한 이야기를 무한하게 전개시킬 수 있을 정도로 이곳에는 무한한 가능성이 있다. 이상은 이 호텔의 다른 방들에 투숙하고 있는 무한히 많은 자기를 만날 수도 있다. 그러나 너무 많은 그 방을 이리저리 모두 찾아다니는 일은 피곤한 일이다. 단지 자신의 방에서 삼차각 안경을 끼고 그저 가끔씩 그러한 곳들을 바라보는 것이 더 낫다. 구인회 동인들은 이 무한호텔 속에서 자신들이 계획하고 꿈꾸던 것들이 어떤 것들은 저절로 전개되고 또 어떤 것들은 갑작스럽게 단절되기도 하는 것을 느꼈다. 이러한 일이 어떻게 일어나는 것일까 그들은 궁금했다. 여기서는 서로 상대방의 생각을 어느 정도 읽을 수 있어서 쉽게 의견을 조율할 수 있었다. 그러나 억지로 무슨 일을 하려거나 일부러 무엇인가를 훼방하려 하면 그러한 사람은 점점 더 이상한 미궁으로 빠지거나 자신이 추진하던 어떤 일이 갑자기 단절되었다.

이러한 무한호텔의 의미에 대해 생각해보자. 이상은 그 호텔의 가장 작은 방에 잠깐 투숙한 그 희열을 아마도 영원한 기억으로 간직하고 있을 것이다. 그는 「삼차각설계도」를 쓴 1931년 9월 이후 몇 달이 지나지 않아 그러한 낙원에 대해 벌써 희미해진 꿈만을 지니고 있었다. 「황」은 1931년 11월에 쓴 것인데, 그는 벌써 이렇게 말하고 있다. "발견의 기쁨은 어찌하여 이다지도 빨리 발견의 두려움으로 또 슬픔으로 전화한 것일까, 이에 대해 숙고하기 위해서 나는 나의 꿈까지도 나의 감실로부터 추방했다. / 우울이 계속되었다."[85]

「무제 – 죽은 개의 에스푸리」는 이러한 주제의 변주이다. "나의 구각 전면(軀殼 全面)에 개들의 꿈의 방사선의 파장의 직경을 가진 수없는 천공(穿孔)의 흔적을 나는 느끼지 않을 수 없었다."[86] 여기에는 분명하게 '꿈의 방사선'이 나온다. 이것은 앞에서 말한 바로 그 삼차각 원뿔 모양의 방사선 다발이다. 지구 대지의 깊은 구멍 속에서 나온 개에 대해 이상은 나중에 성천기행문의 몇 구절에서 말했다. 대지적 생식력과 에로티시즘의 상징인 이 개들은 꿈의 방사선을 뿜어낸다. 이미 그러한 방사선들이 사라진 자리, 그 방사선들이 뚫고 나간 구멍들만을 허무하게 바라보는 비참한 처지가 1931년에 시작되었던 것이다. 이상은 이렇게 1931년에 자신의 사상적 꼭짓점까지 올라갔다가 추락했다. 이후 그는 추락한 세계에서 자신의 설계도를 이리저리 뒤적이면서 새로운 가능성을 모색하였다. 삼차각의 여각과 보각은 바로 그러한 거울세계에 추락한 이후 만들어진 것이다.

●

'제논'의 화살에 맞은 그의 심장에선 피가 흘렀다.

이성범, 「李箱 애도」

나의 산책은 자꾸만 끊이기 쉬웠다.
十步, 혹은 四步, 마지막엔 一步의 半步······.

이상, 「무제 – 故王의 땀」

무 한 육 면 각 체

4

제 논 ^적 거 울 무 한

정말로 괴롭다. 고통의 도시의 뒷골목은 낯설기만 하구나,

그곳엔 넘쳐나는 소음으로 만들어진 거짓 고요 속을

공허의 거푸집에서 나온 주물들이 마구 활보하며 걷는다.

―릴케, 「두이노의 비가」

. 이상이 걸어 들어간 실낙원

이제 이상의 '실낙원' 이야기를 할 차례가 되었다. 그는 「실낙원」이란 에피
그람적 서사시를 유고작으로 남겼다. 거기에는 신화적 낙원시대의 꿈을 담
은 「자화상(습작)」 같은 시가 들어 있다. 사실 그의 무한정원과 무한호텔
은 우리가 보기에는 잠깐 동안의 꿈에 지나지 않을지 모른다. 물론 우리가
점검할 수 있는 현실적 생애와 그의 작품에 새겨진 기록만을 두고 볼 때 말
이다. 그의 사상과 그것을 실현하려던 소망은 현실의 방대한 악무한적 황

무지 위에 하나의 외로운 꿈나무처럼 가냘프게 서 있었다. 그렇다고 그러한 것이 모두 물거품과 같이 허망한 것은 아니다. 실제로 여전히 그가 발견한 초검선적 우주의 무한함은 그 자체로 영원무궁하다. 그것은 물질주의에 갇힌 황무지 세계, 자연과 어울리지 못한 근대문명에 의해 오염된 지구라는 별이 그저 한낱 점처럼 그 위에 떠 있을 뿐인 무한한 바다인 것이다. 그 무한함은 티끌 같은 지구를 포함하고 그 속에 속속들이 스며 있다. 그러나 다만 물질적 한계 안에 갇힌 근대인에게 그것은 너무나 멀리 떨어져 있는 미지의 세계일 뿐이다. 이상은 그렇게 파악했다.

우리 각자에게 자신의 세계가 있듯이 지구 위의 인류에게도 자신의 우주가 있다. 아무리 초검선적 우주의 바다가 무한하게 펼쳐져 있어도 오염된 지구 위의 인간이 그것을 인식하지 못하고, 그 광대한 우주조차도 물질적인 차원에서만, 즉 광학적 반사상으로만 파악한다면, 초검선적 무한우주는 인간에게는 없는 것이나 마찬가지가 된다. 우주는 곱셈적인 영역이니 지구의 이러한 문제는 다른 것과의 조화와 결합을 깨뜨리게 되어 우주의 질서 자체를 상당 부분 오염시키게 될 것이다. 지구가 포함되어 있을 곱셈적인 계는 앞으로 진화하는 것이 아니라 퇴화하게 되는 것이다.

이상이 가냘프게 이 황무지 위에 심어놓은 초검선적 생명나무는 이러한 면에서 너무나 중대한 의미가 있다. 그는 점차 파괴되어 가는 자신의 몸을 이 지구 속에 깊이 심고자 했다. 자신의 무한정원적인 사상과 함께 말이다. 잠시 그것은 흙으로 덮여 있을지 몰라도 뒤에 올 누군가가 자신의 광맥을 찾아내 주기를 바라면서, 자신을 깊이 파묻었다. 우리의 작업은 바로 그러한 그의 광맥을 파들어 가는 일이다.

그는 삼차각적인 설계도면을 창조함으로써 새로운 문명적 구조물, 즉 무한정원적인 우주적 풍요로움을 삶의 문명적 양식으로 만들어낼 모델인 무한호텔을 만들어냈다. 앞으로 이러한 모델을 다양한 방식으로 우리의 학문, 사회구조, 생활양식 등에 적용시킬 수 있을 것이다. 우리는 이상이 남겨 놓은 광맥을 파내서 그것을 가공하고 여러 물건과 도구, 구조물로 변화시켜야 한다. 이상은 자신의 이러한 모델을 설계한 뒤 세상에 공표하지 않았다. 「삼차각설계도」는 자신이 전공한 건축관계 잡지에 게재한 것이고, 그것은 대중과는 아무 상관도 없었다. 이상의 전체 시 중 극히 일부인 그 시조차 세상에 널리 공표될 기회는 없었고, 그는 그 뒤에 대중과 대면할 수 있는 자리에서 거의 이러한 시들을 내놓지 않았던 것이다. 그것은 발표되자마자 파묻힌 셈이다.

이상은 그러한 사상을 뒤에 감추고 이 세상 사람들과 그래도 같이 살아갈 만한 문제가 없을지 생각했을 것이다. 이러한 행위는 현실적인 것이다. 왜냐하면 자신의 그러한 예술적 사상적 깃대에 같이 동조할 만한 약간의 패거리조차 만들어 낼 수 없는 판에, 그러한 혁신적 사상을 그저 혼자서 밀고 나갈 수는 없었기 때문이다. 현실적인 차선책을 택한 셈이다. '삼차각의 여각'을 발견했다는 것은 바로 그러한 의미가 아니겠는가? 삼차각이란 개념이야말로 무한호텔을 설계하는 핵심이다. 그러한 것의 여각이란 도대체 무엇을 가리키는 것일까?

이상이 걸어간 실낙원 이후의 여정을 다루는 데 가장 주목해야 할 부분은 그가 황무지적 현실을 어떤 방식으로 형상화하고, 거기서 탈출하거나 그 가운데 새롭게 안주할 수 있는 방식에 대해 어떻게 말했는가 하는 것이다. 나는 이것을 '거울무한'의 두 가지 양상과 이 세상에서의 초점선적 도피로이자 탈출구, 혹은 구원처인 죽음[무덤 속(幽界로의 통로인)으로의 여행]으로 구분해서 논할 것이다. 거울무한은 광학적 반사상의 세계 속에서 그가 택할 수 있는 무한적 삶의 추구인데, 나는 이것을 두 가지로 구분하고자 한다. 즉 제논적인 악무한적 양식과 반사상의 율동적인 펼쳐짐인 '거울푸가'적 양식이 그것이다. 마지막으로 그의 유계적 탈출로, 즉 그의 서사시적 산문인 「종생기」에 대한 집착을 살펴보겠다. 그것은 이상에게 소설적 산문의 세계에 시적인 것을 깃들게 하는 방식이다. 이상의 소설은 이러한 면에서 일반적인 소설 양식에서 벗어나 있다. 그는 거울과 시계 이미지로 광학적인 반사상적 공간세계와 기계적인 수량화로 시간을 분절시키고 관리하는 그러한 세계를 그렸다. 마지막 소설인 「실화」는 시계 이미지에 담배 연기를 대비시킴으로써 그의 마지막 장면들에 시적인 여운을 풍겨줄 수 있었다. 말채찍인 산호편(珊瑚鞭)은 죽음을 향해 달려가는 자신의 마지막 무한사상의 발길에 박차를 가하고자 한 멋진 장면이었다. 이러한 것도 그의 사상적 추구에 대한 집요한 의지를 알지 못하면 그저 기교적인 수사법 정도로 보인다. 수많은 연애행각에 대한 이야기도 시시한 부랑아나 탕자 정도의 이야기처럼 읽히게 된다. 그러나 이 모든 것이 그저 한 개인의 사적인 체험담만은 아닌 것이다. 그러한 것 모두 그의 사상적 추구와 그가 겪은 현실체험에 대해 그가 파악한 형상이거나 알레고리이다. 그의 소설은 무한정원 사상의 입구에 뚫린 작은 구멍을 통해서 다시 들어가 보아야 제대로 읽힌다.

'삼차각'에 대한 추구 이후에 펼쳐질 시적인 풍경도 이렇게 단순하지만은 않다. 그 가운데 가장 눈에 띄는 것은 언젠가 상영된 영화의 제목이 되기도 한 「건축무한육면각체」이다. 이것을 어떤 사람들은 많은 비밀이 숨겨진 이상의 독특한 세계라고 생각할지 모른다. 사실은 전혀 그렇지 않다. 그의 중요한 비밀과 핵심은 「삼차각설계도」에 있지 여기 있는 것이 아니다. 단지 그의 무한적인 화법 때문에 그렇게 보일 뿐이다. 이 시에서 말하는 것은 오히려 근대적인 현실 그 자체에 대한 이상 식의 화법과 표현이다. 여기서 이상이 말하고자 한 것은 '세계의 황무지화'이다. 그는 두 가지 측면에서, 즉 구조적 양식에서 핵심 부근에까지 파고들어가는 '사각형의 악무한적 운동'에 대해 말했으며, 그러한 운동이 부채처럼 펼쳐지고 전체로 확산되는 현상, 즉 사각형의 악무한적인 원운동에 대해 말했다.

이것은 이상 식의 기호체계에서는 껍질들이 심화되고 확산되는 모습이다. 깊이와 두께와 내용물이 없는 이 껍질의 세계는 서로 결합되거나 융화되지 못하는 세계, 고립되고 서로 투쟁하며, 위장하는 세계이다. 그는 근대적인 세계관과 그 생활양식을 바로 이러한 방식으로 파악했다. 그의 상상체계에서 이러한 것들은 차갑게 결빙되고 인공화·기계화되는 이미지를 갖는다. 그의 작품 전체에서 이러한 인공화 이미지를 찾아낸다는 것은 매우 쉬운 일이다. 그만큼 이 인공적인 상상력은 전반적인 흐름을 형성한다.

우리는 이러한 것이 무한에로티시즘과 반대되는 것임을 직감할 수 있다. 앞에서 분석한 「광녀의 고백」은 무한에로티시즘을 흉내 낸 것처럼 보이지만 결국 마지막 결론은 껍질들의 세계이다. 즉 쾌락의 상업주의는 낙원으로 이끈다는 표정과 몸짓을 짓지만 마지막 도달점에서 그 모든 것은 가짜라는 허울을 드러낸다. 자신의 이익에 사로잡힌 근대적인 교환관계는 진정한 낙원, 무한정원의 낙원에 도달할 수 없다.

이 악무한적인 운동을 전형적으로 보여주는 「AU MAGASIN DE NOUVEAUTE」(앞으로는 줄여서 MAGASIN이라 함)에 대해 본격적으로 분석하기에 앞서서 여기에 등장하는 '차가운 사각형'이란 기하학적 도형에 대해 생각해보자. 이것은 차갑게 굳어버린 사과라는 기호와 함께 앞으로 다루게 될 황무지적 세계의 가장 기본적인 도형이 될 것이다. 이 둘에 이상은 유클릿과 뉴턴이라는 두 이름으로 대표되는 근대적 이론 체계를 숨겨

놓았다.

이상은 이 차갑게 얼어붙고 어두워져가는 세계를 이미 「조감도」1 시기에 명확하게 그려놓았다. 「조감도」는 「이인(二人)」, 「신경질적으로 비만한 삼각형」, 「LE URINE」, 「운동」, 「광녀의 고백」, 「흥행물천사」 등으로 되어 있다. 이 중에 「광녀의 고백」, 「흥행물천사」 같은 작품에 대해서는 이미 앞에서 다루었다. '조감'이란 이상의 문맥에서 '오감'과 어떻게 다른가 하는 것도 대략 이야기했다. 이 작품들은 초검선적 우주로부터 떨어져내린 세계, 광학적 반사상인 물질적 세계의 이야기를 다룬 것이다. 「운동」이란 시는 「LE URINE」와 「광녀의 고백」 사이에 끼어 있는 시이다. 「LE URINE」는 차갑게 얼어붙은 대지에 오줌을 누면서 대지의 생식력인 뱀을 깨어나게 하려는 주제를 갖는다. 까마귀가 태양 빛을 받으며 날고 있는 장면도 그러한 분위기를 보여준다. 그의 생식력인 성기는 졸아든 채로 이 얼어붙은 세계와 대결한다. 「운동」은 이러한 결빙적인 이미지와 달리 기계적인 수량화적 운동을 보여준다.

일층우에있는이층우에있는삼층우에있는옥상정원에올라서남쪽을보아도아무것도없고북쪽을보아도아무것도없고해서옥상정원밑에있는삼층밑에있는2층밑에있는일층으로내려간즉동쪽에서솟아오른태양이서쪽에떨어지고동쪽에서솟아올라서쪽에떨어지고동쪽에서솟아올라서쪽에떨어지고동쪽에서솟아올라하늘한복판에와있기때문에시계를꺼내본즉서기는했으나시간은맞는것이지만시계는나보담도젊지않으냐하는것보담은나는시계보다는늙지아니하였다고아무리해도믿어지는것은필시그럴것임에틀림없는고로나는시계를내동댕이쳐버리고말았다.2

1 『조선과 건축』지에 1931년 8월에 실렸다. 이 「조감도」는 이상의 시 중에서 가장 먼저 쓰인 「신경질적으로 비만한 삼각형」(1931. 6. 1.)에서부터 「흥행물천사」(1931. 8. 18.)에 이르는 8편의 시를 모아놓은 것이다.
2 전집1. 49쪽.

. 죽은 것들의 향연장, 백화점 옥상정원

무한정원에서 이상이 내려간 곳은 바로 백화점 옥상정원이다. 우리는 이 「운동」에서 옥상정원의 첫 번째 출현을 본다. 「MAGASIN」에서 이 옥상정원은 차가운 도형인 사각형의 악무한적 운동 꼭대기에 자리잡고 있다. 「날개」에서는 주인공이 집에서 쫓겨나 방황하며 헤매는 길에 도달한 꼭짓점이다. 그는 그 꼭짓점, 차가운 이해타산이 지배하는 상업적 논리의 꼭짓점에서 이러한 현실세계 전체에 대해 조감한다. 여기에서 작동하는 시선은 초검선적 시선이 아니다. 삼차각적인 무한적인 사유체계도 작동하지 않는다.

「운동」은 어떻게 보면 너무나 단조롭고 유치한 어법으로 쓰여진 것처럼 보인다. 그런데 김기림은 이 시를 제비다방에 딸린 뒷 골방에서 보고 그만 충격을 받았고 감동했다 한다.[3] 그럴만한 이유가 이 시에 있는가? 여기에서 쓰인 언어는 마치 수식화된 언어처럼 기계적이고 논리적이다. 유치원 학생도 다 알 정도의 수식과 논리이기는 하지만 말이다. 1층 위에 2층 그 위에 3층이 있고, 3층 밑에 2층 그 밑에 1층이 있다는 것이다. 너무나 당연한 이 말을 이상은 태양의 운동에도 그대로 적용한다. 태양이 동쪽에서 떠서 서쪽으로 진다는 이 너무도 당연한 말을 그는 세 번이나 반복한다. 한 번 더 하다 중단한 것처럼 마지막엔 하늘 한복판에 와 있는 태양에 대해 말한다. 즉 정오를 가리키는 시간, 백화점의 꼭대기에 떠 있는 시간의 꼭짓점에 대해 말한다.

너무도 상식적인 이 공간적 운동과 그것을 수량적으로 측정하는 시계에 대해 말함으로써 이 세계의 논리를 가장 간단한 화법적 공식 속에 밀

3 박태원의 기록에도 비슷한 내용이 있어서 정확하게 누가 거기서 「운동」을 보고 충격을 받았는지는 확실하지 않다.

어 넣는다. 무슨 복잡한 말이 필요 있느냐 하는 표정으로 말이다(즉 근대세계
에서 우리가 사용하는 논리는 이정도 수준으로 유치하다는 말이다). 그는 그러한 공간적
운동에 대해 기계적으로 측정하는 시계와 달력에 대해 줄기차게 비난을 퍼
붓는다. 그것은 무한하게 다양한 우주와 세계 그리고 사람의 복잡미묘한
삶의 운동을 획일적인 수량화의 기계적인 논리 안에 가두고 있다. 근대인
은 더욱 철저하게 이러한 논리를 밀고나가며, 더 치밀하게 다듬고, 그 속으
로 점점 더 깊이 빠져든다. 그가 이 시 마지막 부분에서 시계를 내동댕이친
것은 그것이 자신의 생애, 즉 사람의 속도와 운동을 측정할 수 없다고 보았
기 때문이다. 사람의 속도와 운동 그것은「삼차각설계도」에서 보았듯이 바
로 초검선적인 무한우주적 운동이다.

　　　김기림은 같은 잡지에 실린「광녀의 고백」,「흥행물천사」,「LE
URINE」등도 함께 보았을 것이다. 그런데 다른 현란한 시보다 이 시를 언
급한 것은 매우 도식화된「운동」의 화법이 근대세계 전체의 논리를 간단명
료하고 함축적으로 비판한 것이라 여겼기 때문일 것이다. 이러한 의미가
내포된 것을 직관적으로 깨달았을 것이다. 당시에 그도 원시적인 단순성
같은 것에 관심이 있었으니 그럴 만도 하다.「운동」에서 우리는 매우 단순
하고 기계적인 논리가 백화점의 구조물과 태양의 운동, 시계의 시간 등에
함축되어 있음을 알게 된다. 근대세계의 복잡성은 바로 이러한 기본적인
논리를 확장하고 변화시키고 증폭시킨 것에 불과하다. 이러한 문제는 변증
법적 논리와 사회주의적 사회구조에도 다같이 적용된다. 그것들 모두 유물
론적 관점과 기계론적 관점, 광학적 한계 속에 내포되기 때문이다. 파시즘
이나 군국주의적 전체주의는 이론적으로 이러한 것을 지양하려 했지만 그
이론 자체의 문제점과 제국주의적 침략의도 때문에 결국 더욱 나쁜 파괴적
운동으로 귀결되었다. 그것은 근대를 비판했지만 또 다른 근대에 불과한

것이 되었다. 포스트모더니즘적인 운동까지 결국에는 이 범주에 포섭되었다. 그것에 대해서는 다음 절의 '거울푸가' 이야기 속에서 다룰 것이다.

「MAGASIN」은 이러한 「운동」의 논리를 좀 더 복잡한 양상으로 포착한 것일 뿐이다. 이 시는 간단히 말한다면 백화점 풍경을 그린 것이다. 백화점 안의 구조와 운동, 거기 놓인 상품과 매혹된 여인들, 광고표지 등에 대해 말하고, 그 절정에 있는 옥상정원을 등장시킨다. 이 시의 중간쯤에 옥상정원이 나온다. 그 뒤로는 백화점 외부 풍경이 묘사되며, 마지막으로 거리로 내려간다.

이 시의 첫머리에 나오는 구절이 여러 연구자를 괴롭혔다. 아직 시원하게 그 복잡한 구절의 의미가 밝혀진 것 같지는 않다. 나는 사각형의 이 무한운동을 제논적인 악무한적 운동으로 풀이해보겠다. 그 시의 첫 부분인 "사각형의내부의사각형의내부의사각형의내부의사각형의내부의 사각형"에서 '사각형의 내부'를 몇 번이나 되풀이했는지는 별로 중요하지 않다. 그것은 무한히 되풀이될 수 있다는 정도의 의미일 것이다. 마지막 항에 나오는 사각형을 수식하는 말로서 이 '사각형의 내부의'가 되풀이된 것이다. 가장 깊은 곳에 뿌리박히게 된 이 '사각형'은 무한하게 많은 사각형의 껍질(포장) 속에 들어 있다.4 다음 그림을 통해서 이러한 사각형의 무한운동

4 백화점적 건축물에 대한 이러한 무한적 서술은 이상만의 독자적인 것이다. 이러한 것과 비교할 만한 것이 있다면 피터슨의 다음과 같은 언급 정도일 것이다. "사차원 공간에서 하이퍼큐브에 빛을 비추었을 때 나타나는 그림자를 3차원으로 보면 마치 작은 유리 정육면체가 좀 더 커다란 유리 정육면체 안을 떠다니는 것 같아 보인다."(이바스 피터슨, 『무한의 편린』, 김승욱 역, 경문사, 2005, 71쪽. 그림은 73쪽) 물론 이상의 건축물은 이러한 하이퍼큐브는 아니다. 그러나 그러한 다차원적인 사유가 아니면 「MAGASIN」의 그러한 독특한 이미지가 가능하지 못했을 것이다. 이상은 이러한 면에서도 매우 선구적인 모습을 보여준 것이다.

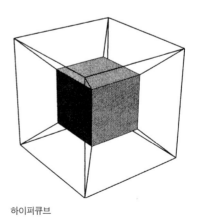

하이퍼큐브

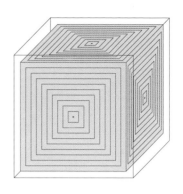

'사각형 속의 사각형'을 무한하게 되풀이해서 만들어진 껍데기 입체. 위에 그려진 작은 입체는 그 무한 운동에 의해 마지막 도달한 입체.

옆에서 만들어진 껍데기 입체의 무한운동1

을 도상화시켜 보았다. 첫 번째 그림은 각 면에서 사각형의 내부를 향한 사각형의 무한운동이 만들어낸 면들로 이루어진 육면체(속이 빈 껍질인)이다. 아래 그림은 그러한 육면체의 내부를 향한 무한운동을 도상화한 것이다.

이 무한사각운동을 멩거의 스폰지로 설명해볼 수도 있다. 멩거 스폰지의 한 면은 무한하게 많은 사각형을 점점 더 많이 만들어내는(사실은 그러한 무한한 사각형을 무한히 잘라 없애는) 방식이다. 이것은 무한히 많은 사각형의 구멍을 냄으로써 결국에는 전체 부피가 0으로 수렴되는 3차원 육면체를 만들어낸다.

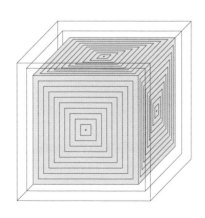

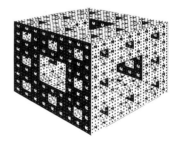

멩거 스펀지. 위쪽에 그려진 시어핀스키 카펫을 무한히 반복함으로써 만들어진 입체이다. 이상의 사각형의 무한운동을 이러한 방식으로 상상해볼 수도 있다. 결과는 부피가 0으로 수렴되는 껍데기 입체가 된다.

껍데기 입체의 무한운동2. 이러한 운동이 무한하게 내부를 향해서 되풀이된다는 것을 보여준다.

이상의 사각무한운동은 상업적 운동을 무한적인 시선으로 포착한 것이다. 그것은 무엇인가를 포장하는 껍질의 운동이니, 멩거 스폰지와는 반대로 무한하게 껍질들을 뒤집어 쓴 다마네기 구조를 떠올리게 한다. 이 무한사각운동의 결정체가 바로 이 백화점 세계의 근본적인 논리이다. 그것은 모든 것의 원소이다. 즉 백화점 건물과 그 안의 공간, 그 안에 놓인 가게와 그 안에 놓인 상품, 그것을 사고파는 교환법칙, 그러한 교환법칙에 길들어 있는 직원과 고객의 생각과 마음속에까지 그 사각형은 박혀 있다.

두 번째 행은 이러한 사각의 원 운동에 대해 표현한다. "사각이난원운동의사각이난원운동의 사각이 난 원." 여기서 '사각이 난 원운동'을 표현 그대로 이해하려고 하면 이상의 시적인 맥락에서 벗어난다. 그에게 원운동은 무한구체에 대해서 보았듯이 부채처럼 펼쳐지는 운동을 말한다. 그것은 어떤 것의 확산과 전개 운동인 것이다. 사각형이 백화점 구조 즉 냉정한 교환법칙과 가치의 수량화적 측정 같은 것을 상징하듯이, 여기서도 마찬가지이다. 그러한 사각적인 논리의 범세계적 전개에 대해 말한 것이다. 이 구절도 마지막에 있는 '사각이 난 원'을 수식하기 위해 '사각이난원운동'이 되풀이 되었다. 근대자본주의 논리의 전개와 확산을 말한 것인데, 원운동은 구체적으로는 전지구적 확산을 가리킨다. 그것은 사각형 건축구조물의 확산, 그러한 것끼리의 교통로의 확산, 그에 따른 물류의 이동, 사람의 이동 그 모든 것을 포괄할 수 있다. 그렇게 무한하게 확산됨으로써 전체적으로 완결된 모습이 '사각이 난 원'이다.[5]

이 운동은 백화점 내부에서도 발견될 수 있다. 그 다음 구절에서 그것이 확인된다. "비누가통과하는혈관의비눗내를투시하는사람." 이러한 백화점 풍경에 몰입해서 끌려 들어온 사람은 다른 사람까지 그러한 풍경의 관점으로 바라본다. 도시인의 창백한 피부, 마치 몸 속의 피까지도 비누로

---

5 「얼마 안되는 변해」에서는 "사각진 달의 채광(採鑛)"이란 표현도 보인다.

세척된 것처럼 보이는 그러한 피부에 대해 이상은 이렇게 표현했다. 거기에는 똑같이 백화점의 논리가 적용된다. 그 안에서 파는 육면체 비누가 사람들의 육체의 원기둥 속에서 원운동을 한다. 그 사람의 몸 밖으로까지 그 냄새가 퍼져 나올 정도로 이러한 백화점 풍경은 강렬하게 사람들 속까지 스며들어 있다. "거세된 양말"이나 "빈혈면포" 같은 표현도 백화점의 상품을 마치 생명력을 상실한 인간 형상에 비유한 것이다. 생식적인 힘과 생명력의 상실이 백화점의 상품에 널려 있다. 백화점 논리에 흡수된 인간은 그렇게 될 수밖에 없다. 그러한 상품의 통로를 거쳐서 평행사변형으로 오르고 내리는 계단을 통해 옥상정원에 도달한다.

> 옥상정원. 원후(猿猴)를흉내내이고있는마드무아젤.
> 만곡(彎曲)된직선을직선으로질주하는낙체공식
> 시계문자반(文字盤)에XII에내리워진2개의침수(浸水)된황혼
> 도아—의내부의도아—의내부의조롱(鳥籠)의내부의카나리야의내부의감살문
> 호(嵌殺門戶)의내부의인사.

백화점 꼭대기에 있는 옥상정원의 풍경이다. 이상의 역설법적 표현은 여기에도 자리한다. 원숭이가 사람을 흉내 낸다는 표현을 뒤집어서 원숭이를 보는 아가씨가 원숭이를 흉내 낸다는 것이다. 프랑스식 어법으로 마드무아젤이라고 한 것은 그녀가 백화점의 프랑스식 패션을 모방하는 것에 익숙해 있음을 가리킨다. 최첨단 유행을 좇기 바쁜 모던 걸인 것이다. 흉내와 모방의 양식은 백화점의 근본적인 양식이다. 그것은 반사상에 지배되는 근대적 논리가 자기를 일상생활에서 꾸며나가는 최첨단 양식이기도 하다. 패션의 유행은 바로 그러한 양상을 보인다. 근대적인 여성일수록 이러한 모

방에 익숙하다. 개성을 찾을수록 그러한 유행적인 패션을 휘감게 된다. 패션은 그렇게 개성을 주장하며 선전한다.

'만곡된직선'이란 표현도 역설적인 표현이다. 직선이 어떻게 구부러질 수 있는가라는 문제는 비유클릿 기하학에서는 기본적인 공리이지만 여기서는 그러한 기하학적 표현이 아니다. '사각이 난 원운동'이란 역설에도 상징적인 의미가 내포되어 있듯이 이것도 마찬가지로 역설적 표현이다. 이상은 구부러진 운동에도 단순한 기계적 논리를 표상하는 '직선'의 상징성을 부여한 것이다. 황혼이 오는 것을 수량적으로 가리키는 시계바늘의 운동을 그는 낙체공식으로 표현한다. '침수된 황혼'이란 표현 속에는 태양의 원운동이 포함되어 있다. 시계바늘의 원운동이 태양의 원운동에 겹쳐 있다. 이것이 '만곡된 직선'을 가리킨다. 그것은 분명히 둥글게 휘어져 있지만, 단지 기계적인 운동으로 파악되며, 그것은 '직선'처럼 단순하다는 것이다. 황혼의 시간은 태양이 떨어지는 운동의 '낙체공식'처럼 기계적인 공식의 수치로 시계문자판에 표시된다.

옥상정원의 마지막 풍경은 카나리아가 들어 있는 새장이다. 여기에도 처음 사각무한운동의 표현처럼 내부로 무한히 반복될 것처럼 표현된 감금잠치들이 있다. 따라서 카나리아는 무한한 감금장치로 만들어진 감옥 속에 갇혀 있다. 자유롭게 하늘을 날아다녀야 할 새가 그 반대의 지옥에 갇혔다. 백화점은 자연의 아름다움까지 이렇게 감옥 속에 집어넣고 바라보도록 만든다. 이것이 자연에서 멀어진 근대인의 생활양식이다. 이상은 이러한 비인간적이고 기계적인 운동을 흔히 자동인형이나 군대 등의 이미지로 표현한다. "명함을짓밟는군용장화" 같은 표현도 그래서 나온 것이다. "가구(街衢)를 질구(疾驅)하는 조(造) 화(花) 금(金) 련(蓮)"은 여성의 인공적인 이미지이다. 이 시의 마지막은 사각형의 운동으로 마무리한다. "사각이난

케-스가걷기시작이다.(소름끼치는일이다) / 라지에타의근방에서승천하는꾿빠이. / 바깥은우중(雨中). 발광어류(發光魚類)의 군집이동." 그는 비가 내리는 밤 거리에서 헤드라이트를 켜고 달리는 자동차의 무리를 이렇게 표현했다.

비인간화된 시장논리는 이미 「황의 기(작품제2번)」 같은 시에서도 엿보인다. 거기에 이상이 자연적 생식을 본능적으로 표출하는 존재인 개인 '황'을 데리고 화원시장을 걷는 장면이 나온다. 대리석 모조종자를 거기서 산다. 이러한 극단적인 역설적 표현은 그렇게 인공화되어가는 세계를 과장한 것이다. 봄이 와서 "꽃이 매춘부의 거리를 이루었다" 하고 표현하는 것도 그렇다. 계절의 흐름조차 이러한 인공적인 리듬 속에서 포착됨으로써 이러한 표현이 가능해졌다. 매춘부를 꽃에 비유한 것이 아니라, 자연물인 꽃을 매춘부로 비유한 것은 이러한 역설적 과장에 의한 것이다. 태양과 달의 운동 같은 자연의 광대한 운동도 한 장의 캘린더로 포착한다는 것, 이것이 「습작 쇼오윈도우 수점」 같은 시의 표현법이다.

이렇게 해서 이상은 두 가지 문제를 그 특유의 극한적인 방식으로 이끌어간 것 같다. 하나는 무한정원과 무한호텔적인 그의 사상에서 가장 핵심적인 무한구체의 무한원점이란 극한적 중심, 초검선적 우주의 중력적 중심인 씨앗을 붕괴시킨 것이다. 그는 이 무한구체의 중심에 껍질적인 사각형 논리의 결정구조를 심어놓았다. 앞에서 언급한 사각형 내부의 악무한적 중심에 새겨진 '사각형 내부의 사각형'이 바로 그것이다. 다른 한편으로는 그가 무한호텔을 설계할 때 중심적인 개념이던 부채꼴의 전개와 회전이란 것을 악무한적인 사각형의 원운동으로 대체시킨 것이다. 그것은 무한구체 대신 껍질적인 것으로 도배된 '사각이 난 원'을 갖다놓았다.

지구는 그러한 사각적인 논리로 도배되고 오염되었으며 차갑게 냉각되었다. 지구는 차갑게 얼어붙은 뉴턴의 물리학적인 사과가 떨어져 내려 거대한 충격을 받는다. 어떠한 새로운 사상도 그 충격으로 싹트지 못한다. 이것이 「최후」라는 시의 내용이다. 무한정원에서는 원자에서부터 과일과 지구, 달과 해, 별들과 성운에 이르기까지 모든 것이 무한에로티시즘으로 조화되고 서로를 숨 쉴 수 있는 것인데 반해, 이제 그러한 시적 유기적 관련은 모두 차가운 논리적 시선 앞에서 붕괴되어버렸다. 하늘의 그러한 풍경은 찢어졌다. 그는 '찢어진 천체'에 대해 「BOITEAU BOITEUSE」에서 말했다. 평면기하학적 이미지를 거기에 덧붙였다. 「황의 기(작품제2번)」에서는 황량해진 하늘을 이렇게 표현한다.

> 붉은 밤, 보랏빛 바탕
> 별들은 흩날리고 하늘은 나의 쓰러져 객사할 광장
> 보이지 않는 별의 조소(嘲笑)
> 다만 남아 있는 오리온좌의 뒹구는 못 같은 성원(星員)6

눈보라 흩날리는 하늘에서 비틀거리는 별들의 혼란스런 풍경은 「오감도」 중 「시제7호」에서도 보인다.7 그러나 위의 구절이 더 멋들어지게 표현했다. 폭풍우 같은 휩쓸림 속에서 거의 모든 별이 비틀거리며 숨어버렸다. 그렇게 찢어진 듯한 하늘에 못처럼 뒹구는 오리온좌의 별들만이 남아 있다. 별을 뒹구는 못으로 비유하다니 이 얼마나 비참하고 슬픈 풍경인가! 그러한 것들은 무너져 폐허로 변한 하늘에서 이리저리 헤매는 우리 정신의 발에 밟히는 것들이 아닌가? 그러나 남아 있는 별들인 오리온좌는 나중에 그 하늘을 되살릴 희망이 되기도 한다. 요리인의 단추에는 그 오리온좌의 약도가 새겨져 있는 것이다. "요리인의 단추는 오리온좌의 약도다"8. 이러한

무한육면각체 — 제논적 겨울무한

---

6 이상, 「황의 기(작품제2번)」, 전집1, 183쪽.
7 이러한 작품에 담긴 서사시적 내용에 대해서는 7장에서 다룰 것이다.
거기서 우리는 역사시대 전체에 대한 이상의 비판을 보게 될 것이다.
8 「황의 기」 중 「記 4」에서, 전집1, 182쪽.

이미지를 보면 이상의 기호들에는 유사성의 흐름이 존재하는 것 같다. 즉 나비날개와 오목렌즈 그리고 오리온좌 등에는 그가 말한 수렴과 융합적인 형상이 깃들어 있는 것처럼 보인다. 어떻게 보면 이것은 모두 비슷한 형태가 아닌가?

. 꿈꿀 수 없는 두 문명의 결혼

무한육면각체, 즉 조감도의 악무한적 기하학의 세계는 바로 근대적인 현실을 이상의 무한사상적 시각으로 포착한 구조, 즉 악무한적 구조이다. 이러한 구조에서는 무한정원/무한호텔적인 세계의 무한원점(중력중심)이 제거된 것은 물론, 무한구체를 만들어내는 방식인 '부채꼴의 전개와 회전' 운동도 붕괴되었다. 현실적인 역사 과정에서 그렇다는 것이 아니고, 이상의 사상적 우주에서 볼 때 그렇다는 것이다. 이러한 근대적 현실을 무한적 시각으로 포착한 형상은 매우 특이해서 어디에서도 그 선례를 볼 수 없다. 그가 살았던 시대로부터 한참 지난 지금까지도 그러한 시선에 도달한 사람은 없다. 따라서 그의 특이한 사유와 상상력이 그려낸 이 무한육면각체의 구조물이 도대체 어떤 것인지에 대해 그저 가볍게 지나칠 일이 아니다. 그것은 그러한 무한적인 사유로 포착한 만큼, 그러한 근대적 대상에 대한 무한 사유적 관점과 비판적 견해가 거기 담겨 있다.

근대성을 모두 뒤따라가기에 바빴던 시대에 이러한 사유는 우리 눈에 거의 띄지 않았다. 근대성에 대해 비판한 사람들조차 이상의 무한적 사유와 그것으로 포착한 근대의 악무한적 형상이 무엇을 의미하는지, 그것이 근대를 어떻게 비판하고 있는지 잘 알지 못했다. 이상을 옆에서 지켜보며 그를 가장 잘 알고, 그의 정신세계에 대해 경이감을 느꼈던 김기림도 그의 비판적 사유가 무엇을 말하는지 정확하게 알지 못했다. 이상이 죽은 해인 1937년에서 2년이 더 경과된 후 김기림이 발표한 「산」 같은 수필을 보면 그렇다. 김기림은 서양의 근대문명에 대해 비판하면서 그것을 '인간의 기계화의 길'이라고 지적한다.[9] 그는 랭보와 고갱의 반열에 이상을 올려놓는다. 근대적인 서구 문명을 탈출한 이 전위적인 시인과 화가에 이상을 합류시킨다. 랭보와 고갱, 그들은 서구 문명의 답답한 공기에 질식되기 전에 야생적이고 원시적인 아프리카의 오지와 태평양의 타히티로 떠났다. 그러나 김기림은 이상의 「날개」를 단지 그러한 탈출 시도로만 파악하지는 않고, 새로운 인류와 새로운 세계를 꿈꾼 더 거대한 비상으로 파악한다. 그런데 그것으로 끝이었다. 도대체 그러한 꿈이 내포한 사상의 정확한 얼굴을 묘사할 수는 없었다. 단지 그러한 서구 근대문명의 몰락을 대치할 수 있는 '동양의 소리'가 무엇이겠는가라는 상식적인 선을 넘지 못했다.

이러한 한계는 그보다 2년 후 쓴 「'동양'에 관한 단장」에서도 마찬가지로 나타난다. 대동아공영권이라는 일본의 제국주의 신질서 구상이 동양주의 깃발을 내세운 가운데 여기저기 우후죽순으로 동양주의에 대해 많은 글이 쏟아질 때 김기림도 한마디 하지 않을 수 없었다. 그는 루소나 로렌스의 원시주의를 비판하면서 고갱의 타히티 행과 야수파의 원시주의에 대해서도 비판한다. 그러한 원시주의를 일종의 '도피행위'로 간주한다. 서양 근대의 극복을 위해 그가 내세운 것은 그러나 너무 상식적인 수준에 머

9 김기림, 「산」, 『조선일보』, 1939. 2. 16., 전집5, 177쪽 참조.

물러 있다. 그는 동양주의 바람을 경계하면서 '동양'은 경도되어야 할 대상이 아니라 새롭게 발견해야 할 대상이라고 말했다. 서양의 과학을 통속성과 형이상학에서 끌어내어 새롭게 해야 할 것이라고도 했다. 그는 이제 새롭게 창조될 문화는 과연 어떤 것인가에 대해 이렇게 말했다.

> 이제 새롭게 창조될 문화는 서양문화의 말로를 당하여 지리멸렬해진 현대인의 정신을 다시 풍부하게 하고, 심화하고 희망과 용기와 건설과 인간성의 충실과 동(動)하는 질서와 조화를 가져올 수 있으며, 근대문화보다도 다시 더 높은 단계 함축 있고 포괄적인 것이라야 할 것이다.10

그는 서양문화를 극복할 새로운 문화는 이렇게 "더 높은 단계의 함축 있고 포괄적인 것"이라고 분명히 말했는데,11 이것은 서양문화를 부정한다고 해서 원시문화로 돌아가서는 안 된다는 발상에서 나왔다. 결국 그의 결론은 그러한 '함축과 포괄' 즉 전체성을 동양 정신에서 찾을 것으로 생각했다. 거기에 원시성을 극복하는 데 필요한 서양 문명의 유산, 즉 합리적인 과학적 방법을 결합시켜야 할 것으로 보았다. 이것이 "동양문화와 서양문화의 결혼"으로 귀결되었다. "동양문화와 서양문화의 결혼—이윽고 세계사가 구경하여야 할 한 향연일 것이고, 동시에 위대한 신문화탄생의 서곡일 것이다."12 어쩐지 이 동서의 '결혼'이 「쥬피타 추방」에서 이상의 담배 연기가 만들어낸 원광의 간다라 양식을 떠올리게 하지 않는가? 중화민국의 어설픈 간다라 양식에 꼴을 찡그린 '쥬피타-이상'의 담배 연기로 만들어진 이 '원광'이야말로 새로운 간다라적 문화양식을 암시한 것이 아니겠는가?
　　김기림의 이러한 판단은 그 시기의 사상적 분위기를 반영한 것이다. 그러나 동양주의가 '대동아공영권'이란 슬로건 아래 일본 중심의 아시아

---

10 김기림, 「'동양'에 관한 단장」, 『문장』, 폐간호, 1941. 4., 215쪽.
11 여기서 '함축'과 '포괄'이란 말은 당시 압도적 이데올로기이던 '전체주의' 때문에 오염되어버린 '전체'라는 말을 슬쩍 비켜간 것이다. 김기림은 본래 '전체성'에 대한 이론을 전개했다.
12 위의 책, 217쪽.

신질서 체제를 위해 이용당하는 시점에서, 어느 정도 그에 대해 경계심을 가져야 한다는 비판적 논리가 슬쩍 끼어들어간 것이기도 하다. 우리는 물론 루소의 원시주의가 김기림이 생각했듯이 그저 원시야만 상태로 돌아가자는 것이 아님을 안다. 레비 스트로스는 루소가 지향한 '원시상태의 인간' 혹은 '고결한 야만인' 같은 것이 다만 인간의 원시적 덕성을 회복하는 데 있다고 생각했다. 루소가 지향한 것은 그러한 원시사회가 아니라 원시와 문명의 중간적 사회라고 보았다.[13] 레비 스트로스는 바로 그러한 루소적 이상사회가 있을 만한 곳을 뒤지고 다녔다. 남미 정글을 누비고 다닌 것도 바로 그 때문이다. 그것은 새로운 사회 모델을 위한 루소적 탐색이고, 여러 소수 종족 속을 누비며 중간사회적 관점을 더 치밀히 구성하기 위해 필요한 것을 채집하러 다닌 답사여행이다. 그러한 과정에서 그는 서구 문화와 이러한 원시적인 종족의 문화가 구조적으로는 거의 동일한 형태(의미와 가치가 포함된)를 지닌다고 판단했다.

근대의 바벨탑과 역사시대의 종말

13 레비 스트로스는 루소적인 '중간 상태'의 사회에 대한 관심으로 인류학적 탐사 여행을 시작했다. 그는 이렇게 말했다. "만약 인간성이 미개상태의 태만과 우리들의 자부심에 의해 가속되고 있는 추구활동 사이의 중간지역을 고수하는 것이라면, 우리의 행복에 더 좋을 것이라고 루소가 주장한 것은 틀림없이 옳은 생각이었다. 루소는 그 중간상태가 인간에게는 가장 좋은 것이라고 말했다." 그러나 자기가 볼 때 지금까지 기술된 어떤 사회도 그 중간상태의 특권적인 이미지에 일치하지 않는다고 아쉽게 말했다(레비 스트로스, 『슬픈 열대』, 박옥줄 역, 한길사, 1998, 703쪽).

그때까지 서구 근대인이 지니고 있던 편견인 '문명과 야만이란 이분법'을 폐기시켜야 한다고 생각한 것이다. 어떤 문명이 더 발전되고 진화된 것이 아니라, 거의 동일한 삶의 구조와 의미가 다만 상이한 구조적 기호형태로 발전되어갔을 뿐이라는 것이다. 그는 이렇게 구조적 평준화를 이룸으로써 서구 중심주의를 벗어났다. 그러나 그가 이러한 구조주의로써 새로운 사회에 대한 획기적인 전망을 보여준 것일까? 그는 새로운 문명에 대한

14 레비 스트로스, *STRUCTURAL AN-THROPHOLOGY* Volume 2, The University of Chicago Press, 1983, 272~274쪽. 레비 스트로스는 여기서 고전적 휴머니즘, 근대 부르조아 휴머니즘 이후 서구 중심주의를 벗어난 새로운 구조적 휴머니즘을 제안하고 있다. 그는 신대륙과 극동, 오세아니아 등의 여러 다양한 종족의 관점을 대등하게 인정하고 그러한 것을 조화시킬 수 있는 휴머니즘에 대해 생각한 것 같다.
15 스티븐 F. 아이젠만, 『고갱의 스커트』, 정연심 역, 시공아트, 2004, 150쪽.

설계도를 그릴 수 있었던가? 그가 비록 제3의 휴머니즘14을 선언했지만, 그 내용은 빈약하다. 다만 그의 신화 연구가 원시적 종족이 우주자연에 대해 무한하게 구축해온 상상체계를 끌어 모아 인류의 보석상자 속에 여러 모로 분류해서 소중하게 보관했다는 공적에 찬사를 보내기로 하자. 그는 그러한 신화를 광범위하게 탐색함으로써 그러한 상상적 우주를 창조하고 생동하게 하는 기호를 우리의 도서관에 보관할 수 있게 해주었다.

아이젠만에 의하면 고갱은 이러한 레비 스트로스적인 관점을 이미 선취했다. 그는 고갱의 「마나오투파파우」를 "사물과 정신이라는 두 영역을 융화시킨 실험작"15이라고 평가했다. 고갱이 그 그림 속에 나오는 타히티 어린 신부(고갱은 10대 소녀 테후라와 결혼했다)에 대해 "내 몫의 생선은 요리된 것(문명)이고 그녀의 생선은 날 것(야만성)이다." 했다고 하면서 레비 스트로스를 예상한 이러한 구분과 그 결합이 바로 고갱의 진정한 지향점이었다고 말했다. 고갱은 이 그림 속에서 노란 침대 위에 누운 타히티 신부의 벌거벗은 몸을 그렸다. 그는 홀로 남은 방에서 공포와 기대감에 떨고 있는 신부의 원시적인 몸뚱이를 신비로운 타히티 신화 속에 배치한다. 침대의 노란 색과 대비되는 보랏빛 어둠 속에 깊이 박혀 있는 신화 속의 유령이 신부를 바라보고 있다. 이 타히티 신화의 분위기는 레비 스트로스가 이성적으로 분석한 '구조' 그 이상의 것을 보여준다. 그는 자신의 어린 신부와의 사랑을 통해 그녀의 마음속에 잠겨 있는 원시적 신화의 세계 속으로 빨려 들

고갱, 「마나오 투파파우」, 1982.
강력한 노란색 침대 위에 엎드려
있는 갈색 피부의 테후라는 보라
빛의 어둠에 갇혀 있다. 침대 한쪽
귀퉁이에 서 있는 유령을 피하려는
듯 그녀의 하반신이 침대 바깥쪽으
로 밀려나 있다.

어갔다. 고갱은 학술적 탐구만도 예술적 취재만도 아닌 삶 자체, 즉 원시적
신부와 육체적 영적으로 결합된 그러한 삶을 선택한다. 타히티 섬의 원시
적 삶 자체 속에 뿌리를 내리고 싶었던 것이다. 그것은 타히티의 신화적인
삶 속에 깊이 참여해서 원주민처럼 그렇게 살아가고자 한 결단을 말한다.
그러나 프랑스 식민지가 된 작은 섬에서 유럽에서 홀로 떨어져 나온 한 고
독한 유럽인에게 그러한 삶이 어떻게 가능했겠는가? 그러한 정복자 국민
의 한 사람이 어떻게 식민지 원주민과 완전히 하나로 융합할 수 있었겠는
가? 김기림이 꿈꾼 두 문명의 결혼이란 것은 이렇게 모험적인 추구 속에서
도 실현되기 어려웠다.

. 깊이가 없는 사이비 높이

우리는 이상의 무한사유적 비판이 과연 김기림에게, 또는 근대를 대체할
새로운 문명에 대해 관심을 가진 다른 자들에게 어떻게 비쳤을까 하는 것
에 대해 잠깐 생각해보았다. 레비 스트로스와 고갱을 예로 든 것은 그들에
대한 김기림의 관심 (레비 스트로스 대신에 루소이기는 하지만) 때문이다.

그러나 이들의 사상과 이상의 그것은 현격한 차이를 보인다. 나에게는 루소 이후 탐색된 그러한 '중간적인 사회' 즉 문명과 야생이 결합된 그러한 사회에 대한 지향이 너무 추상적인 것으로 보인다. 루소와 고갱의 실패는 너무 확연하며, 레비 스트로스의 구조주의 역시 학문적 방법론으로 확산되는 것 이상의 성과를 가져오지는 못했다. 그것은 새로운 문명에 대한 창조적 사상에까지 도달하지는 못하였다. 구조주의는 그 이후 탈구조주의 혹은 해체주의, 포스트모더니즘 등의 사조로까지 발전했다. 그러나 구조주의에 대한 그러한 해체적 혁신이 정말 완전한 혁신이었을까? 그러한 것들은 구조주의적 이성을 해체함으로써 새로운 창조적 사상으로 발돋움할 수 있었던가? 단지 근대를 부정적으로 '해체'하는 데만 능했던 것은 아닌가? 근대적 이성의 논리와 명료한 질서를 해체한 뒤 그것은 우리에게 너무나 복잡한 미로와 시뮬라크르적인 환영적 반사상으로 가득 채워진 거울세계만을 남겨 놓은 것은 아닌가?

따지고 보면 이상의 거울 이미지도 바로 이러한 탈근대 혹은 포스트모더니즘 사조를 이미 선취한 것이 아닌가? 오히려 그보다 더 위에서 설계된 어떤 명료한 창조적 세계를 꿈꾸던 자로서 그러한 미로와 거울의 헛된 그림자놀이를 위에서 내려다본 것이 아니겠는가! '무한육면각체' 건축물은 그러한 높이에서 내려다봄으로써 해체적 미로와 시뮬라크르적 거울세계의 악무한적인 성격을 드러낸다. 보르헤스와 움베르토 에코 등의 도서관들 속에 펼쳐진 광대한 미로를 이상은 절대 긍정적인 것으로 용납하지 않았을 것이다. 그에게 그것은 이미 근대성 자체 속에 포함되어 있는 것이었다. 근대적인 명료한 질서와 논리가 이미 사람들을 그러한 반사상의 미로 속에 가둬버렸다. 해체주의와 포스트모더니즘은 그러한 질서와 논리 속에 포함되어 있던 그 미로의 괴물을 밖으로 끄집어낸 것에 불과하다.

우리는 이상의 '무한육면각체'에 담긴 사상을 좀 더 정확하게 포착할 필요가 있다. 그래야 이러한 서구 근대 (혹은 근대를 넘어섰다고 주장하는) 사상과 그의 사상을 세밀히 비교할 수 있다. 그의 「MAGASIN」이 보여주는 악무한적인 사각형의 무한한 포개짐 위에 구축된 '옥상정원'은 과연 어떤 풍경을 숨기고 있는가?

이 근대적 정원의 풍경을 좀 더 광대한 지평에서 바라보기 위해 이상의 다른 글 「얼마 안되는 변해」를 살펴보아야 한다. 거기에는 근대 식민지를 지배하는 두 축의 하나인 정치적 권력기구와 관련된 건축물이 나온다. 이미 「MAGASIN」을 통해 식민지를 지배하는 두 축의 하나인 상업자본의 권력을 대표하는 백화점에 대해서 분석해보았다. 그것에 대응하는 건물은 위 글에 나오는 전매청 본사이다. 이상은 자신의 최초 작품인 소설 「12월 12일」에서 이 건축물 공사현장을 잠깐 등장시킨다. 이 건축물 공사판에서 잠깐 쉬는 틈을 타서 무엇인가 문학적인 작업을 하던 상황을 전해준 것이다. '의주통 공사장'이라는 말이 나오는데[16] 그것은 바로 전매청 본사 사옥 건설 현장이다. 미당 서정주는 이상의 집을 방문한 적이 있는데, 청계천 4가 어느 골방에 처박힌 이상을 찾아보고 그의 방이 박쥐소굴같다는 인상을 받았다고 한다. 서대문을 지나면서 본 전매청에서도 비슷한 느낌을 받았다고 했다. 전매청 사옥을 이상이 설계하고 감독했다는 것을 언급하면서 그렇게 회상한 것이다.[17]

16 「12월 12일」에서 이상은 '어의주통공사장(於義州通工事場)'이란 문구를 두 번 삽입한다. 이 소설을 쓰면서 한 번은 자신의 일기식 메모를 한 것 같다. "나의 지난날의 일은 말앗케 잊어주어야 하겠다. 나조차도 그것을 잊으려 하는 것이니 자살은 몇 번이나 나를 찾아왔다 그러나 나는 죽을 수 없었다.─ 펜은 나의 최후의 칼이다. / -1930. 4. 26. 어의주통공사장─ (李 0)"(전집2. 74쪽). 소설의 뒷 부분에도 이 문구가 또 한 번 나온다. 이상은 서대문의 의주통에 있었던 전매청 건설공사 현장에서 이 소설을 틈틈이 쓴 것 같다. 그는 자신의 이 소설 내용이 '무서운 기록'이라고 하면서 이 기록을 끝까지 해나가는 것으로 자신의 자살충동을 이겨나간다고 말했다.

17 서정주, 「이상의 일」, 『월간중앙』, 1971. 10. / 『서정주문학전집』 5권. 일지사, 1972. 87쪽. 1935년 가을 어느날 해질 무렵 서정주는 후

이상은 바로 그 건물 낙성식 자리에서 수치스런 눈물을 흘리면서 박차고 나왔다. 그 건물 계단을 줄달음쳐 내려와 교외의 어떤 무덤 속으로 들어가게 된 이야기를 위의 글에서 썼다. 그는 왜 수치를 느꼈을까? 그가 들어간 무덤은 과연 무엇이었을까? 이 무덤 이야기에 대해서는 뒤에서 자세히 다루기로 하고, 여기서는 그 건축물에 관련된 것에만 주목해보자. 그는 이렇게 시작한다. "배선공사(配線工事)의 '1년'을 보고하고 눈물의 양초를 적으나마 장식하고 싶다." 글 말미에 1932년 11월 6일 쓴 것으로 부기되어 있는 것으로 보아 이 전매청 사옥의 배선 공사는 1931년 말쯤 시작한 것 같다. 이 1년 동안 그는 '치졸한 시'나 쓰면서 무의미하게 보냈다고 자책하고 있다.

> 무의미한 1년이 한심스럽게도 그에게서 시까지도 추방하였다. 그는 '죽어도 떨어지고 싶지 않은' 그 무엇을 찾으려고 죽자하고 애를 썼다.
>
> 하지만 그에게 있어서의 '그것'은 시 이외의 무엇에서도 있을 수 없었다."18

에 「시인부락」 동인이 된 함형수, 이성범 등과 청계천 4가와 을지로 4가 사이에 있던 이상의 집을 방문했다. 그 집에 대한 인상을 그는 이렇게 적었다. "장마 뒤의 그의 집 앞 좁은 골목은 유난히 질척질척한 데다가 맞추어 모든 게 까맣게 낡아빠지고 망가져 들어가는 최하급 일본식 건물인 그의 집의 인상은 거기 사람 아닌 동물이 살기라면 역시 할 수 없이 박쥐나 한두 마리 넣어둠직한 그런 것이었다." 전매청에 대한 인상도 적어 놓았는데 그 대목을 조금 보면 이렇다. "건축 이야기가 나왔으니 또 기억이지만, 왜 서대문에서 서울역으로 향해 가자면 서대문경찰서에서 그 쪽으로 얼마 가지 않아서 서울 연초전매청이라 하는가 하는 그런 우중충한 여러 채의 붉은 벽돌집이 있지. 이것이 하필이면 겨우 스무 살 남짓한 우리 이상의 주 설계로 지어졌다는 것도 어쩐지 익살인 것만 같다. 내부시설을 어떻게 정교하게 꾸미었는지는 안 보아 모르지만 그 겉모양만을 지나면서 보면 이상 그가 살던 입정정의 그 박쥐집 같은 구중충한 오막살이가 생각나고, 이 연초전매청도 어딘지 그의 그 주거를 닮은 것만 같아 익살맞아만 보이는 것이다."

18 전집3, 141쪽.

그는 위에서 「삼차각설계도」를 쓴 이후의 세월에 대해 이야기하였다. 사상적 절정기 이후 보낸 '무의미한 1년'에 대해 말한 것이다. 이처럼 그의 사상적 절정기는 매우 짧았다. '이 1년' 이전에 그는 무엇을 했던가? 그의 초창기 시편들을 통해 치열했던 창작활동의 단편이나마 추적해보기로 하자.

「삼차각설계도」 가운데 첫 번째 시인 「각서1」은 그의 시 가운데서 가장 먼저 쓰인 것처럼 보인다. 그 시의 끝에는 1931. 5. 31.이란 날짜와 9. 11.이란 날짜가 병기되어 있다. 이 시만이 특이하게 두 개의 날짜가 쓰여 있다. 「각서2」와 「각서3」도 1931년 9. 11.로 되어 있어서 이 세 편의 시가 같은 날짜에 쓰인 것으로 생각할 수 있다. 나머지는 하루 뒤인 9월 12일 쓴 것으로 되어 있다. 이렇게 거의 이틀 만에 7편의 가장 중요한 시를 쓸 수 있었던 것은 오랜 사유과정이 그 이전에 축적된 결과라고 할 수 있다.

첫 번째 시인 「각서1」은 5월 31일에 초고 상태를 완성했을 것이다. 그러나 그의 사상이 완벽하게 체계를 갖추기 위해서는 4달 정도의 시간이 필요했을 것이다. 이러한 시에 담긴 사상을 구상하고 탐색한 기간까지 합친다면 훨씬 거슬러 올라갈 것이다. 「이상한 가역반응」 이외의 몇 편의 시는 1931년 6월에 썼고 7월에 발표되었다. 「조감도」는 1931년 6월과 8월에 썼고 8월에 발표된다. 「삼차각설계도」는 9월에 썼고 10월에 발표된다. 이듬해인 1932년에 「건축무한육면각체」의 여러 시편을 7월에 발표한다. 「1931년(작품제1번)」도 1932년 정도에 발표한 것으로 추정되는데 그가 위에서 1년 동안 쓴 '치졸한 시'라고 한 것에 위 두 시편[즉 「건축무한육면각체」(7편의 시를 묶은 제목임)와 「1931년(작품제1번)」]이 해당하는 셈이다. 1931년 11월에 쓴 「황」도 그 '1년 동안'에 들어간다고 보면 우리가 확인할 수 있는 '치졸한 시'는 총 9편이다. 그 밖에 확인되지 않는 작품도 많을 것이다. 이러한 상황을 통해서 우리는 그가 자신의 무한정원을 지키는 '황'이란 개로써, 자신 속의 무한정원적 존재가 상처받고 죽어가는 상태이긴 해도, 여전히 지속되고 있다는 것을 보여주려 했음을 알 수 있다. 다른 한편으로는 자기를 에워싼 식민지 근대 현실의 대표 구조물에 대해 무한사유적 관점에서 비판적인 탐구를 시작했다. 그러한 구조물을 비판적으로 바라볼 수 있게 하는 시선은 바로 '황'의 시각이었다.

그는 「얼마 안되는 변해」에서 그러한 식민지의 구조물(전매청 사옥)에 참여한 자신의 모든 것을 무(無)로 돌리고 싶은 심정을 토로한다. 자신을 "양처럼 유순한 악마의 가면"을 습득한 사람으로 비판하기도 한다. "양처럼 유순한 악마의 가면의 습득인인 그를 벗이어 기념해야 할 것이다." 이 구절은 그가 참여한 전매청 사옥 건설 낙성식에서 그가 식민지인에 불과한 비천한 신분임을 뼈저리게 깨우치게 된 비애와 분노의 상황 속에서 다시 한 번 읽혀야 한다. 그는 이렇게 말한다.

> 지식의 첨예각도 0도를 나타내는. 그 커다란 건조물(建造物)은 준공되었다. 최하급기술자에 속하는 그는 공손히 그 낙성식장에 참예하였다. 그리고 신의 두 팔의 유골을 든 사제(司祭)한테 최경례(最敬禮)하였다. 줄지어 늘어선 유니폼 속에서 그는 줄줄 눈물을 흘렸다. 비애와 고독으로 안절부절 못하면서 그는 그 건조물의 계단을 달음질쳐 내려갔다.19

그가 설계하고 감독했으니 거의 그의 손으로 된 것이지만, 정작 그것이 완공된 것을 축하하는 낙성식에서 그는 가장 뒷줄로 떠밀려 완전히 소외된다. 그는 식민지 출신으로 그저 그들의 지도에 따라 봉사할 뿐인 노역꾼이었던 셈이다. 마치 사제처럼 거기 참여한 최고위급 간부는 신성하고 위엄 있는 식민지 본국의 행식을 거행한다. 이 장면은 식민지 권력기구의 신분

19 앞의 책, 142쪽.

질서를 매우 선명하게 드러낸 것이어서 주목할 만하다. 소금과 담배 같은 것을 사설시장의 자유로운 교환관계로부터 격리시켜 국가기관의 통제 밑에 두려는 이 전매청은 권력기구의 재정확보를 위해 중요한 역할을 했을 것이다. 이 세상의 무엇보다도 담배를 제일 좋아한다고 「실화」에서 말한 이상이 이러한 전매청을 설계하고 감독했다니 이 무슨 얄궂은 운명이란 말인가. 자신의 취향을 좀 더 자유롭고 쉽게 해줄 수 있는 기회를 박탈할 기관을 제 손으로 지을 수밖에 없었다니! 그는 이 건조물의 계단을 줄달음치며 내려갔다. 어떤 황폐한 무덤 속으로 들어간 것이다. 그 이후 묘사는 수치스런 눈물에 이어지는 비와 파라솔과 번개와 무덤의 이미지로 엮어지는 그의 도피선(이에 대해서는 5장에서 논할 것이다)에 관한 이야기이다.

이렇게 해서 우리는 식민지를 지배하는 두 영역의 대표 건축물에 대한 이상의 생각을 추적해볼 수 있다. 「MAGASIN」이 마치 포장 상자처럼 겹겹이 쌓인 무한사각형의 꼭대기에서 패션의 모방과, 자연에서 격리된 감옥의 이미지를 보여준다면, 위에서는 정치적 권력기구의 신분 피라미드인 일종의 카스트적 구조를 보여준다. 이 카스트는 식민지 권력기구가 만들어놓은 권력의 꼭짓점에 그들의 '신(神: 아마 신사(神社) 예배를 했을 것이다)'과 그것을 집전하는 사제 그리고 행정기구 최고 관리의 높은 신분으로부터 최하층 신분까지 그렇게 위계적으로 나열시킬 수 있다. 이상이 줄달음쳐 내려간 '계단'은 바로 그러한 신분 피라미드의 하이어라키적 구조를 상징한다고 볼 수 있다. 이 강제적으로 고정된 신분구조, 식민지인을 그 구조의 최하층에 밀어 넣어 자신들의 노예로 삼는 이러한 제국주의적 카스트는 그 구조를 완벽하게 융합시킬 정도의 유기적 전체를 만들어내지 못한다. 제2차 세계대전의 주축국이 기조사상으로 삼은 전체주의 사상은 사실 그들이 주장한 '유기적 전체성'을 진정으로 성취하지 못한다. 그렇게 강요된 유기적 전체는 사이비 전체성이다. 이러한 사이비 전체성의 문제점을 유기적 전체성 일반의 문제로 오독하는 것은 더 큰 문제이다. 우리는 뒤에 개미 군락의 카스트를 다루면서 이 문제를 좀 더 정교하게 논의할 것이다. 개미의 카스트는 일방적으로 위에서 강요되지 않는, 매우 탄력적이고 유동적인 카스트이다. 그것을 구성하는 개미는 상황에 따라서, 자신의 판단에 따라 적절한 형태의 카스트를 주체적으로 형성한다.

이상은 백화점 옥상정원을 암시하는 「MAGASIN」의 무한육면각체 옥상 정원에 시계를 배치한다. 시계는 정원의 모든 질서를 기계적으로 관리하고 규율한다. 시계는 하늘에서 움직이는 해의 운동을 대수적인 숫자에 할당해서 '낙체공식'으로 표현한다고 썼다. 해의 움직임은 별 신비할 것도 없는 시간의 계기판 숫자로 전환된다. 그는 이 무한육면각체의 옥상정원에서 거리를 조감하는 시선을 「날개」 마지막 장면에서 보여주기도 한다. 그 옥상정원에서 본 어항 속의 금붕어처럼 그는 '회탁의 거리' 속에서 흐린 물 속에 갇힌 듯이 흐물거리는 사람들을 보았다. 이 장면에는 매우 뜻 깊은 의미가 있다. 즉 우리가 분석했듯이 껍데기만으로 무한하게 쌓아올려진 높이, 바로 근대적인 바벨탑의 꼭대기 아래 거리의 모든 것이 다 포괄되어 있기 때문이다. 옥상정원의 작은 감옥인 어항의 이미지는 거리의 모든 것을 가두고 있는 것으로 확장되어 있다. 옥상정원의 시계도 그렇게 모든 곳을 관리하고 있을 것이다. 이 옥상정원의 높이는 진정한 높이가 아니다. 거기에는 무한한 높이 속에 떠 있는 태양과 달과 별이 정원에 열린 과일처럼 열려 있지 않다. 옥상정원은 무한정원에 이르지 못하는 것이다. 그 높이는 단지 그러한 것들의 움직임을 평면적인 계기판의 숫자로 수량화해서 측정할 뿐이다. 그것은 멀리 떨어져 있는 대상이나 길거리의 시간을 재기 위해 살펴보는 눈금만을 가지고 있을 뿐이다. 이러한 사이비 높이가 어떻게 대지

속에 깊이 뿌리박을 수 있겠는가? 이 사이비 높이는 진정한 깊이를 갖지도 못한다. 우리는 전매청의 카스트에 대해서도 마찬가지 이야기를 할 수 있다. 그것의 하이어라키는 서로 유기적으로 결합되어 형성되는 참된 높이를 갖지 못한다. 강제적으로 점령하여 복종시키고 굴종시켜 식민지인을 노예처럼 부리는 제국주의의 포악한 주인은 식민지 사회에 자신들이 만든 카스트 구조를 일방적으로 강요한다. 이 강제력에 의해 형성된 카스트의 계단은 위에서 강요되는 강제력이 사라지는 순간 무너진다.

. 모순으로 쌓은 근대라는 바벨탑

나는 이상의 이 두 건축물이 제국주의 본국과 식민지를 포괄하는 근대의 상징물로 매우 적합하다고 생각한다. 이 둘을 함께 융합해서 하나의 근대적 바벨탑을 만들 수 있지 않을까? 「MAGASIN」에 대해서도 이러한 관점을 갖게 되면 그것의 카스트적 구조에 대해 어느 정도 말해볼 수 있다. 그것은 식민지 본국에서 발달한 거대자본이 그 하위자본, 그리고 식민지의 자본을 밑으로 깔며 점차 높은 곳으로 올라가는 구조이다. 이 책의 첫 장에서 다룬 '록펠러의 정원' 같은 것이 바로 그 대표이다. 록펠러는 무수히 많은 하위자본을 희생시키면서 그것을 자신의 하부구조로 흡수하여 높이 솟구쳤다. 그는 독점자본의 대명사가 되었다. 「MAGASIN」은 최고의 패션을 마치 신처럼 모시게 함으로써 모두 그것을 본받고 따르게 하여, 모방적 풍경을 확산시킨다. 그렇게 상품을 퍼뜨림으로써 그것은 자신의 탑을 높이 쌓을 수 있게 된다. 프랑스 패션에 몰입한 모던 걸이 그 옥상정원에 올라가 있는 것은 그러한 것을 표상한다. 거기 쇠창살에 감금된 원숭이는 그러한 모방적 인간을 패러디하기 위해 배치된 것이다.

　　에서의 「바벨탑」은 이러한 근대성의 높이에서 어떤 일이 벌어지

에셔, 「바벨탑」, 1928.

는지 설명해준다. 에셔의 그림을 보면서 「MAGASIN」과 전매청 사옥이 합쳐진 바벨탑을 연상하도록 해보자. 흉내와 모방 또는 강제력에 의한 통합구조물은 높이 올라갈수록 점점 더 그 모순적 무게의 압력 때문에 틈이 벌어진다. 에셔의 바벨탑은 아득하게 올라간 꼭대기에서 어떤 혼란이 벌어지는지 보여준다. 그 꼭대기 중앙에서 두 사람은 논쟁을 벌인다. 한 사람은 허리를 뒤로 젖히고 마치 무엇인가 설교하고 지시하는 듯한 몸짓을 하고 있다. 맞은편 사람은 약간 허리를 굽히고 있어서 신분이 앞사람보다 낮은 것임을 알아챌 수 있다. 그는 무엇인가 마음에 들지 않는다는 듯이 앞사람에게 따지고 있다. 이 중앙의 논쟁 때문에 다른 사람들의 모든 일이 중단되고 있다. 이렇게 중단된 원인이 다른 몇 곳에서도 확인된다. 이 그림은 여러 곳에서 다른 원인을 보여준다. 바로 밑에 층 모서리 난간과 또 그 아래 층 아치 형 난간에서도 흑백 두 사람 간의 언쟁이 벌어지고 있다. 이 꼭대기 세 층에서 무엇인가 심각한 혼란이 생겼다. 그 밑에 층들에서는 인부들이 아예 누워 있거나 앉아서 쉬고 있다.

에서는 이 「바벨탑」의 벽면을 몇 가지로 처리했다. 이 건물은 무한하게 많은 벽돌을 쌓아올려 만들어진 것임을 마지막 층, 아직 외장재로 마감하지 않은 부분에서 알 수 있다. 이 벽돌을 감싼 외장재는 이 건축물을 까마득한 수직선들로 감쌈으로써 꼭대기에서 밑을 향해 아찔한 높이를 연출시킨다. 이 수직선(垂直線)들은 무한히 밑으로 뻗어 내려감으로써 원근법적인 소실점에서 만나게 될 것이다. 이 수직선은 바벨탑의 '높이'에 대해 생각하게 만든다. 이 '높이'는 무엇을 위한 것인가? 누구를 위한 것인가? 이 꼭대기에서 허리를 뒤로 젖히고 설교하듯이 말하는 사람은 과연 누구인가? 이 유클릿적 기하학적 구조물의 꼭대기가 별로 평온하지 않다는 것은 이 건물에 위기가 닥쳐온 것을 말해준다.

유클릿과 뉴턴적인 지식체계가 이끌어온 이 바벨탑 건축은 제국주의적인 정치기구와 거대자본의 합작이라는 현실적인 역사로 채워질 수 있다. 이 근대적 상징물의 꼭짓점에서 벌어진 갈등이야말로 근대 자체의 모순을 상징한다. 그것은 두 차례 세계대전과 그 이후의 냉전을 모두 포괄하는 모순이다. 선발 자본주의 국가와 후발 자본주의 국가 사이, 이 두 국가와 식민지 사이의 국가적 '계급' 갈등, 그러한 국가 내의 사회적 계급 갈등(여기서 '계급'이란 말을 우리는 좀 확장해서 쓴 감이 있다)이 바로 그것이다. 우리는 근대의 모순을 단지 자본의 문제라거나 아니면 자본가와 노동자 사이의 문제로만 좁혀서는 근대 전체의 모순을 이해할 수도 해결할 수도 없다. 이 근대 전체의 모순은 근대적 세계관 전체의 모순이다. 근대를 추진시킨 근대적 이성(변증법적 유물론, 즉 사회주의적 이성까지 포함해서) 자체의 모순인 것이다.

우리는 이상의 견해를 빌어서 그가 대수적 수량화의 논리를 얼마나 심각하게 비판했는지 보아왔다. 이러한 논리는 자본주의와 전체주의, 사회주의 그 어디에서도 통용되는 방식이다. 전체주의와 사회주의를 주장하는 이론가들은 이러한 수량화적 논리를 자본주의적 모순으로 비판했지만, 그렇다고 그들이 근본적으로 그러한 대수적 수량화논리를 극복한 것은 아니다. 자본주의적 교환관계의 폐지만으로 근대적 수량화 논리가 어떻게 모든 측면에서 사라질 수 있겠는가? 결국 그러한 대수적 논리의 흐름 속에서 그들 역시 자신의 정치경제학을 진행시킬 수밖에 없었다. 거기에는 이 논리를 치밀하게 주도한 부르주아 상인적 세계관이 담겨 있기 때문에, 그 논리에 따르는 한 모든 것을 자기 이해관계(혹은 계급을 통한 자기 이해관계) 본위로 따질 수밖에 없다. 다른 사람과의 진정한 융합 이전에 먼저 눈 앞의 이득을 따지는 이러한 행위는 결국 궁극적으로는 침략적이고 약탈적인 행위로까지 나아가게 한다. 이러한 이해관계를 바탕으로 한 차가운 교환관계가 근대 이후 모든 것을 지배해왔다. 이 잘못된 교환관계 때문에 사람들은 서로 손해 보지 않으려고 자신을 위장하고, 타인을 속이려 든다. 이러한 껍질을 뒤집어쓰고 사람을 대하기 때문에 서로 진정한 통합적 관계를 형성하기는 매우 어렵다.

이상의 소설은 바로 이러한 차가운 교환관계 속에서 위장하며 사는 삶 즉, 껍질적 존재의 문제를 다루었다. 그의 소설이 언제나 속고 속이는 문제에 집착하는 것은(「봉별기」의 마지막 장면에서 금홍이가 부르는 노래 "속아도 꿈결 속여도 꿈결 굽이굽이뜨내기 세상"이란 구절을 보라) 그가 자신의 사상적 근거를 어디에 두고 있는지 분명히 보여준다. 그는 이러한 껍질적인 가면의 세계, 그러한 껍질만이 서로 거울처럼 반사되는 사회를 비판하고, 그러한 껍질 속에 진정한 과육을 채워 넣어 속이 꽉 찬 열매를 만들고 싶었던 것이다. 그렇게 자신을 먼저 꽉 찬 존재로 만들기 위해서는 근대적인 세계관을 극복해야 했다. 식민지를 탈피해서 다른 근대국가와 동등한 지위로 올라가보았자, 이 문제를 해결하지 못하면 점차 심화되어가는 근대적 모순에 부딪치게 된다. 결국 식민지나 그 이후나 근본적인 문제는 여전히 남는다. 이 문제는 순차적으로 해결해야 할 것도 아니다. 우리는 문명의 단계론, 즉 고대로부터 근대, 그 이후의 시대 식으로 순차적인 단계로 발전한다는 근대의 선조적 역사 개념부터 비판해야 한다. 그것은 그들의 근대 논리를 처음부터 인정하고 그것을 뒤쫓자는 것 밖에 안 된다. 결국 그들과 치열하게 경쟁하면서 그들을 따라잡아야 하니 근대적 모순은 점점 더 증폭되고, 결국 총체적으로 모순이 확장되어 터질 것이다.

사회주의 이론가들은 자신들의 체제가 이러한 순차적인 역사관에서 볼 때 자본주의를 대체할 새로운 시대의 체제라고 선전했다. 그것은 그들에 따르면 '근대 이후의 역사'에 해당할 것이다. 그러나 그 결과는 참담하다. 근대의 가장 후발 국가에서 꽃 핀 사회주의는 제국주의와 전체주의를 극복하여 가장 선진적인 사회를 건설하는 듯 보였다. 그러나 사회주의 선발국가는 그들보다 근대화에 뒤지거나 아예 근대화에 관심을 두지 않던 다른 여러 나라를 강제적으로 자신들에 종속시킴으로써 새로운 국가간 카스트를 형성했다. 결국 또다시 새로운 계급들이 만들어졌다. 소련은 시베리아에 흩어져 있던 수많은 소수민족을 침략하고 약탈하며, 그들의 세계관과 종교, 풍속 등을 모두 강제로 폐기시켰다. 중국 역시 그러한 전철을 밟았다. 이렇게 강제적인 통합은 항상 모든 것을 획일적으로 단순화시켜서 점점 다양성을 잃게 만든다. 다양한 것이 서로 자신의 특수한 것을 교환함으로써 자연은 점점 더 다양하고 복잡한 모습으로 진화해왔다.[20] 근대문명의 첨단적인 국가들은 이러한 자연의 진화 방향을 퇴화되는 방향으로 되돌려 놓았다. 자본주의나 전체주의 그리고 사회주의 등 근대의 제 양식은 모두 자기의 방식으로 강제적인 통합, 모든 다양성을 소멸시키는 통합 방향을 택함으로써 자연의 진화방향과 어긋난 쪽으로 문명의 물길을 돌렸다. 문명의 진화가 자연의 진화방향과 전혀 상관없다면 그러한 일도 용인될지 모른다. 그러나 결과는 참담하다. 자연환경은 끊임없이 근대문명에 의해 오염되며 파괴되고 있다. 이러한 문명에 대한 자연의 거대한 반발적 재앙이 인간을 삼킬지도 모른다는 공포가 사람들의 무의식 속에 차오르고 있다. 근대문명 자체의 모순 때문에 국가간 계급간 갈등도 여전히 줄어들지 않고 있다.

　　자본주의적 교환관계를 자본가 계급의 이익이라고 보아 아예 시장

20 빅터 샤우버거는 자본주의 시장 경제와 근대적인 과학 기술의 반자연주의적인 속성을 비판하면서 이러한 것들이 자연의 진화방향을 파괴시켰다고 했다. 그는 "단순한 것에서 치밀한 것으로, 즉 원초적인 재료를 바탕으로 격조 있고 발전된 체계와 새로운 종을 만들어내는 것이 자연의 진화 방향이다. 자연의 진화방향은 다양성을 한층 더 증진시키는 과정이다." 했다(56~67쪽). 그에게 이러한 다양성은 차이로 인한 분화와 그렇게 분화된 것 간의 유기적인 관련성이다. 그는 다원적인 생존경쟁을 비판한다. 근대적 과학은 모두 이러한 경쟁적인 관점에서 이룩된 것이어서 실제 자연의 조화롭고 유기적인 실체를 이해하는 데 실패했다. 그는 인류의 파멸을 면하기 위해서 "경쟁적인 세계관에서 벗어나 종합적이고 조화로운 세계관을 추구해야 한다" 하면서 자연의 상호교환 즉 '적절하게 주고받음'에 대한 자연의 교리를 설파한다. 그에 의하면 "반드시 받는 것보다는 주는 것이 많아야 한다."(283쪽) 그에 의하면 자연이란 "서로 자유롭게 주고받을 수 있는 열린 계, 활력이 넘치는 계, 정신적인 대통합이 이루어지는 계"이다. 콜럼 코츠, 『살아있는 에너지』, 유상구 역, 양문, 1998.

을 폐지시키려 한 사회주의 체제도 이러한 반자연주의적 관점, 즉 다양성을 소멸시키는 나쁜 통합 쪽으로 나아감으로써 나중에 저절로 붕괴되었다. 그것은 개인끼리의 자유로운 교환 대신 국가가 관리하는 배급으로 전환했다. 이것은 자유로운 교환이 갖는 다른 생명력을 무시함으로써 사회 전체의 생명력을 훨씬 후퇴시켰다. 자유로운 교환은 재화와 지식 등을 유통시키는 세밀한 핏줄들과 그 속의 흐름을 역동적인 것으로 만들었는데, 그러한 역동적인 흐름을 차단함으로써 사회적 활력이 사라진 것이다. 사람들은 모두 똑같이 배급을 받기 때문에 자발적인 창조력을 발휘하지도, 애써 노력하지도 않게 되었다. 사회계급을 폐지한다고 했지만 사회주의 사회를 관리하는 계층과 노동하는 계층이라는 또 다른 카스트가 생겼다. 자본가 계급만이 없어졌다고 할 수 있다. 사회는 자발적인 교환이라는 실핏줄과 시장이라는 심장을 잃어버림으로써 창백하고 무기력하며 우울한 구조가 되었다. 자발성이란 것은 그만큼 한 유기체의 생동력을 위해서 너무나 중요하다. 우리가 지금까지 계속 강조한 곱셈의 영역이란 자발성을 기초로 한다. 국가라는 거대기관의 지시와 명령에만 따르는 사람들은 자발성을 잃어버림으로써 자신의 생명력의 기초를 없애버린 것이라 할 수 있다.

이제 우리는 자발성을 기초로 한 진정한 유기적 통합의 문제가 무엇인가에 대해 말한 셈이다. 자본주의의 기초인 개인주의는 이러한 유기적 통합의 문제를 해결하지 못하고 고립적인 자발성만을 내세운다. 눈앞의 이득을 위해서만 자발적이다. 이러한 세계관이 결국 그러한 고립적인 여러 자발성의 충돌을 가져오고, 엉성하게 '사회계약'이라는 임시변통적인 구조로 얼기설기 엮인 사이비 통합구조를 만들어 냈다. 이러한 통합은 언제나 한 개인 혹은 한 집단의 이익 때문에 뒤흔들린다. 자유로운 교환체계 내에서는 언제나 이러한 다양한 자발성의 충돌에 의해 가장 강력한 존재가 다른 것들을 억압하고 종속시킨다. 자본주의 세계가 제국주의적인 방향으로 가게 되는 것은 필연적인 일이다.

우리는 에셔의 「바벨탑」에서 이러한 근대의 세 가지 체제가 갖는 모순을 형상화할 수 있다. 이 세 체제는 어떤 방식으로든 강제적인 통합에 의한 사이비 전체성으로 귀결된다. 그러한 체제가 확대되고 심화되면 될수록 그러한 통합에 균열이 가는 여러 갈등 요인이 점점 더 증폭된다. 왜냐하면 그 높이에 오르게 될 만큼 켜켜이 쌓인 강제적 하이어라키의 압력이 중력의 무게로 내리누르기 때문이다. 그러한 압력에 의한 고통과 신음이 쌓인다. 괴로움과 불만, 저항이 점차 위로 솟구쳐 올라옴으로써 상층부에서는 위기를 느끼고, 이 건축물을 계속 쌓아올려야 할 것인가를 두고 갈등이 생긴다. 에셔의 「바벨탑」꼭대기에서 벌어진 풍경이 바로 그러한 것이다. 중앙의 논쟁들에 지쳐서 이 건축물을 쌓고 있던 맨 꼭대기 지점에 앉아 있는 사람은 하늘을 향해 두 손을 활짝 펼치고 있다. 어렵게 바벨탑을 쌓아 올린 모든 땀과 희생과 노동이 한 순간에 실종된 목표 때문에 갑자기 방향을 잃고 쌓아올린 높이 이상으로 깊이 파인 허무 속으로 추락한 것 같다. 그는 아예 퍼질러 앉아서 그 모든 것을 잊어버리고 그로부터 이제는 초탈해야겠다는 듯이 하늘을 향해 두 팔을 벌리고 있다. 이 사람은 바로 에셔 그 자신일 것이다. 그는 도대체 이렇게 쌓아올려서 '우리가 과연 하늘에 도달할 수 있단 말인가' 라고 외치는 것 같다.

. 문명의 방향 전환

무한육면각체의 이러한 바벨탑적 모순을 이상의 무한기하학으로 새롭게 풀어보자. 이 건축물은 기하학적·물리학적으로 볼 때 어떤 문제를 갖고 있는가? 수많은 악무한적 사각형 운동으로 만들어진 껍질의 무한한 쌓임으로 이루어진 이 건축물은 그 자체로도 유기적인 통합력을 상실하고 있다. 이러한 건물은 지구와 다른 별들의 유기적 전체성에 참여할 수 없다. 새로운 문명의 건설은 물질적인 부의 평등한 분배 같은 문제 이전에 이러한 유기적 통합의 문제에 관심을 쏟아야 한다. 이것이 새로운 문명의 진정한 기초이다. 아무리 우리가 선진국을 따라 잡아도 이 새로운 문명의 기초에 결코 더 빨리 도달하지는 못한다. 선진국을 쫓아가면 갈수록 오히려 더 늦기 십상이다. 누가 빨리 그러한 방향으로 전환하느냐 하는 문제만이 남아 있다.

이러한 유기적 전체성의 확보는 모든 건축물에도 적용되어야 한다. 그것을 구성하는 재료와 구조, 양식 등 이 모든 것이 무한정원/무한호텔적인 것이 되지 않으면 안 된다. 모든 건축물은 정확하게 지구의 중력중심을 향하도록 설계되어야 한다. 모든 재료와 구조에 이르기까지 그 모든 것이 그러한 중력중심을 향하도록 해야 한다. 그러한 구조물과 재료 자체 또한 자신들 속에 무한원점을 확보한 것이어야 한다. 이러한 것을 만족시켜야 무한적 우주 속에 통합되어 생명력을 갖게 될 것이다.

이러한 것은 단지 물질적인 차원의 계산만으로는 정확하게 측정되지 않는다. 이상의 무한수학, 무한기하학은 고도의 정신적인 참여 없이는 이루어질 수 없다. 너무나 복잡한 계산이, 전우주적 변수를 고려하는 계산이 한 건축물의 구조에도 있어야 한다. 참된 과일은 나무에서 그렇게 열리는 것이다. 그렇게 치밀하게 계산되어 설계된 건축물만이 하늘과 완벽하게 통합될 수 있다. 바로 이러한 문명이야말로 그들의 멋진 하늘을 건설하는 것이기도 하다.

이상은 뒹구는 못 같은 오리온자리의 별들에 대해 말했다. 그렇게 폐허가 된 하늘은 이러한 유기적인 우주적 통합을 상실한 문명의 하늘이다. 이상이 「1933.6.1.」이란 시에서 말하듯이 별들의 밝기와 수효만을 세는 문명은 참다운 하늘을 건설할 수 없다. 근대문명의 하늘이 바로 그렇다. 이상은 그 하늘을 멋진 모습으로 구축한 오리온의 못들이 빠져서 뒹구는 모습을 포착한다. 「권태」라는 수필에서 "향기도 촉감도 없는 절대 권태의 도달할 수 없는 영원한 피안"에 있는 별들을 묘사한다. 그는 우리로부터 완전히 분리된 하늘 세계에 대해 이렇게 노래했다. 그에 대해 우리는 둔감하다. 이상은 '공포'를 느꼈다. 이러한 도달할 수 없는 하늘을 뒤집어쓴 이 세계에서 '암석 같은 심연'을 보았다. 이 우주의 암흑 밑바닥에서 혼절할 것처럼 느꼈다. 그러한 풍경에 창백한 나비 한 마리를 날게 했다. 그는 "계시의 종이조각" 같은 흰 나비, 역사시대의 두 측면을 표상하는 '족보'와 '신문'을 찢은 것 같은 나비가 그 황량한 풍경 속에서 날아다니는 것을 보았다.

. 근대라는 환상

이상은 근대적 현실 일반을 자신의 무한적인 사유로 이끌어가 그것의 껍질적인 본질을 명백히 드러냈다. 특히 '무한육면각체'라는 독창적인 악무한적 입체는 그만이 그려낼 수 있는 멋진 이미지, 즉 무한껍질과 무한감옥의 이미지를 만들어 보여주었다. 어쩌면 그는 자신의 무한정원/무한호텔적인 꿈이 근대적인 현실을 이러한 악무한적 악몽 속의 이미지들로 보여준다고 생각했는지 모른다. 그렇게 보면 그의 무한적 사유와 상상력은 여전히 현실에서 작용하고 있었던 셈이 된다.

　　그것은 근대적 현실의 부정성을 무한적인 사유와 상상 속에 녹임으로써 그 악몽적인 악무한적 가상들로 바꾸어 보여준 것이리라. 사람들은 그러한 나쁜 꿈 속에서 어떤 무서운 것에 쫓기면 아무리 빨리 달리려 해도 발걸음이 점점 느려지고, 나중에는 거의 개미걸음같이 조금밖에 나아가지 못하게 된 끔찍한 경험을 모두 몇 번쯤은 갖고 있으리라. 이 악몽적인 쫓김은 제논의 아킬레스 달리기와 매우 닮아 있다. 그가 아무리 거북이를 잡으려 해도 어쩐 일인지 그의 발걸음은 점점 좁아들 뿐, 아무리 용을 써도 거북이를 잡을 수 없다. 이 아킬레스를 누군가 쫓아오고 거북이를 잡아야만 그것을 방패로 삼을 수 있다고 생각해보자. 그러면 이것은 아킬레스의 악몽이 된다. 제논도 혹시 그 비슷한 악몽을 체험한 뒤 자신의 그 이상한 논리를 개발한 것은 아닐까?

그러나 무한육면각체의 이러한 악몽적 이미지도 이상 같은 무한적 사유와 상상의 활동에 의해서만 포착될 뿐이다. 근대적 논리와 질서에 익숙해 있는 사람들에게는 현실의 일이 전혀 악몽이 아니고 매우 질서정연하며, 매우 합리적인 것이다. 바로 그러한 이성적 논리와 질서를 주장하고 나선 근대적인 이론가, 사상가(이상에게 이들을 대표하는 이름이 바로 유클릿과 뉴턴이다. 물론 이 두 이름은 근대 이후의 유클릿주의자, 뉴턴주의자들을 가리킨다)에 의해 구축된 현실이기 때문이다. 모든 신비와 마술, 직관이나 주관적인 상상력 같은 것을 변두리로 밀어붙인 근대주의자들은 근대세계라는 또 다른 마술21을 만들어냈는지 모른다. 우리 모두는 그러한 마술세계에 익숙하게 빠져들어 더 이상 그것이 하나의 환영일 수 있다는 생각조차 하지 못한다. 이상이 이러한 근대성을 더 이상 확고한 실체나, 명료한 형상으로 파악하지 않고 거울 속에 이 모든 것을 밀어 넣어 일종의 유령적인 이미지로 만들어버린 것은 대단히 경이로운 일이다. 그 얇고 차가운 유리감옥 속에서 모든 것은 실체 없는 그림자처럼 되어버린다. 근대주의자가 가장 확실하고 명료하며 실체적이라고 생각한 현실을 완전히 반대적인 것으로 바꿔치기 한 것이다. 이러한 과감한 전도(顚倒), 세계상 전체에 대한 역설적 전도를 그 말고 감행한 사람이 과연 누가 있었던가! 이것은 대단한 깨우침과 영웅적인 용기 없

---

21 존 브리그스는 *TURBULENT MIRROR*에서 중국 광둥 지역 전설에서 따온 황제 이야기를 통해 카오스론을 펼쳤다. 그 전설적인 황제는 거울세계 사람들을 마법으로 제압했는데, 존 브리그스는 이 황제의 마법이야말로 우주를 부분적인 것들의 집합으로 이해하려는 근대의 과학적 환원론으로 보았다. 이에 대해서 이 책의 '거울푸가 이야기' 장에서 더 설명할 것이다.

或る患者の容態に關する問題，
123456789 0・
123456789・0
12345678・90
1234567・890
123456・7890
12345・67890
1234・567890
123・4567890
12・34567890
1・234567890
・1234567890

診斷 0：1

이상, 「진단 0:1」, 1931.

이는 불가능한 일이다. 그는 근대적 현실의 악무한적인 악몽적 이미지 이외에 이렇게 명료한 실체적인 것(근대적인 확실성)의 유령화라는 또 다른 그림을 그려냈다. 그것이 바로 대수적인 숫자의 질병을 그린 「진단 0:1」이다. 1931년 10월 26일 쓴 것으로 부기되어 있는 이 시는 아래와 같다.

이 시는 대수적인 10개의 숫자를 10줄로 나열했는데, 마침표처럼 보이는 어떤 점이 끝 숫자 밖에서부터 점차 안으로 파고드는 모습을 그렸다. 이것은 이 대수적인 명료한 질서를 붕괴시킬 만한 어떤 미지의 수를 이 대수적 질서 속에 심어 놓은 듯하다. 즉 이 미지의 점은 처음에는 10개의 숫자 밖에 있지만 한 줄씩 내려갈 때마다 하나씩 안으로 파고들어 온다. 마지막엔 첫 숫자 1 바로 앞에 위치한다. 이렇게 해서 모든 숫자 사이에 한 번씩 있게 되는데, 그렇게 함으로써 이 명료한 질서로 이루어진(순차적으로 1씩 증감하는) 모든 대수적 숫자의 사이에 혼란스런 틈을 퍼뜨린다. 즉 모든 곳에서 숫자의 질서를 한 번씩 흔들어버린다. 이것이 바로 대수적 숫자에 사로잡힌 자들, 또는 대수적 체계 속에 들어 있을지도 모르는 이상한 바이러스를 끄집어내 보여준 것은 아니겠는가. 그 바이러스에 의한 질병을 대수 체계는 피할 수 없다는 것이 이상의 진단이다. 그런데 이 바이러스적인 점이「선에관한각서1」의 무한정원 좌표계의 ●으로 커지면 대수적 체계는 폭파되고 오히려 바이러스에 의한 그 병은 치료된다. 이상은 무한정원/무한호텔에서 현실로 내려왔을 때 더 이상 ●에 대해 말하지 않았다. 다만 그것이 무한히 줄어든 점만을 보여주게 된 것이다. 그는 세상의 그러한 질병을 자신의 상처처럼 앓으며, 그러한 병을 치료하는 문제에 대해 생각하게 된다.

　　이 시에 대해서는 다른 해석도 가능하다. 이 '진단'은 탄생 이후 죽음에 이르는 병에 대한 진단이라고 말이다. 숫자의 대수적 영역을 점차 확장하고 초월해야 하는 삶이 거꾸로 줄어들고 있다. 마침표가 0 안으로 파고들어가는 것은 그렇게 숫자적 영역의 수축이라는 질병을 보여준다. 그 마침표가 대수적 숫자의 출발인 1 앞으로 오면 사망이다. '진단 0:1'은 첫 줄 맨 끝에 있는 0.과 마지막 줄 맨 앞에 있는 .1의 결합이다. 이 시는「오감도」의「시제4호」에서 뒤집힌 모습으로 다시 쓰인다. 그런데 '진단 0:1'은 '진단 0.1'로 바뀐다. 이상의 이러한 뒤집기는 마치 거울상처럼 보이는데, 사실은「건축무한육면각체」의「진단 0:1」이 거울세계이며, 뒤집힌「시제4호」는 거울 밖의 '참 나'를 가리킨다. 이 시는 이상 자신의 죽음을 가리킨다. 천재적인 존재로 태어났다가 세상 사람들에 의하여 바보같이 되어 죽는다는 내용이다. 여기서 '0.1'은 '0'과 '.1'이다. 이 천재적 존재는 0 뒤에 어떤 마침표도 없이 무한수의 영역을 사유하는 존재로 태어났다. 그러나 점차 세상 속에서 인정받지 못하고 방황하다 결국 세상의 물결 속에서 좌초해 죽는다. '.1'은 그러한 죽음이다.

이상이 자신의 획기적인 해(무한사상의 결정판인 「삼차각설계도」를 쓴)로 내세운 1931년은 쿠르트 괴델이 불완전성 정리를 발표한 해이기도 하다. 괴델은 대수적인 수들, 즉 명료하게 계산 가능한 수들이 오히려 예외적인 수들이라고 역설적인 발언을 했다.[22] 러셀이 꿈꾼 수학적 논리처럼 엄격하게 논리적이고 명석한 언어와 세계에 대한 그러한 언어의 확실한 진술 같은 것이 가능하지 않다는 것을 증명했다. 오스트리아의 빈 서클[23]의 일원이던 그는 논리실증주의자의 그러한 수학적 언어철학을 그들의 논리로 붕괴시켰다. 마치 적군 속에 들어가서 그들의 무기로 그들을 폭파시키듯이 말이다. 그는 이렇게 말했다. "일련의 규칙을 따름으로써 사물의 핵심에 나아가려는 시도는 (피할 수 없는) 장벽과 마주친다."[24] 이렇게 괴델은 서구의 유물론적 분위기에서 점점 더 치밀한 논리, 인간이 개발할 수 있는 이성적 법칙을 수학적인 명료함으로 무장시키려는 모든 시도, 수학과 과학, 철학 모든 분야에서 전개되던 근대적 이성의 이러한 발걸음을 근본에서부터 붕괴시켜버렸다. 괴델 정리는 이성적 명료성을 추구하던 당대의 모든 철학자, 과학자, 수학자에게 전염병처럼 퍼져나갔다. 근대적 이성의 바벨탑, 즉 우

22 존 캐스티·베르너 드파울리, 『괴델』, 박정일 역, 몸과 마음, 2002, 137쪽.
23 러셀의 『수학철학입문』을 다루는 모리츠 슐리크의 세미나에 한 번 참여해본 괴델은 이후 그가 주도한 '빈 논리학 서클'에 자주 모습을 보였다. 빈에서 가장 폐쇄적이던 이 서클의 주제는 논리실증주의였고, 이 모임의 영웅은 루트비히 비트겐슈타인이었지만 괴델은 그에게 매료되지 않았다. 이 서클에 대한 이러한 정보를 나는 매우 흥미 있고 친절하며 심도 있는 책인 팰레 유어그라우의 『괴델과 아인슈타인』(곽영직·오채환 역, 지호, 2005)에서 얻었다. 이 책의 3장이 바로 빈 서클 시절의 지적인 풍경을 그린 것이다. 그러나 그 모든 지적 분위기의 일반적인 주조를 파괴할 수 있는 씨앗이 바로 그 서클의 일원인 괴델에 의해 뿌려졌다.
24 위의 책, 145쪽.

주의 모든 법칙에까지 올라가려 한 그 탑의 건설은 이렇게 해서 기초부터 금이 가기 시작한다. 그러나 괴델이 이 괴델 정리를 발표한 1931년 당시엔 그 주변의 전문가들조차 괴델 정리가 과연 무슨 이야기인지 잘 알아듣지 못했다. 그것은 몇 년이 지난 뒤에야 몇몇 사람이 그 중요성을 인식하였고, 그보다 한참 뒤에는 맹렬한 기세로 퍼져나가며 과학적 확실성을 뒤흔들어 놓았다.

이상은 1931년에 자신의 시에 근대적인 논리와 수식과 개념을 동원함으로써 그렇게 기묘한 괴델적인 행위를 하고 있었다. 그것도 적군의 언어(일본어)를 씀으로써 말이다. 그는 사실 괴델 이상의 여러 논리를 창조적으로 펼쳤다. 괴델은 단지 근대적인 이성을 붕괴시킬 수 있는 작업을 한 것에 그쳤다. 그러나 이상은 무한정원과 무한호텔이라는 근대 초극적 개념을 제시하였다. 그것을 당시엔 아무도 알아보지 못했으며, 그가 죽은 뒤 한참이 지난 지금까지도 그 상황은 크게 바뀌지 않았다. 그의 「조감도」는 그러한 괴델적인 작업처럼 보인다. 근대적인 체계와 언어, 그리고 논리를 무한적으로 확장시킴으로써 그에 대해 부정적인 파괴적 결론을 이끌어낸다는 것은 괴델과 무척 닮아 있다. 그의 결론에 따르면 그러한 근대적 명료성을 대표하는 대수적 숫자 체계, 명쾌하고 논리적인 수학적 이성은 질병이다. 「진단 0:1」은 간단 명료하고 시적인 이미지로 그 모든 사유를 압축해서 보여준다. 이 시의 숫자들을 거울에 비친 모습으로 뒤집어서 배열함으로써 「오감도」의 「시제4호」를 완성했다. 대수적 숫자의 질서정연한 얼굴에 거울 이미지를 첨가한 것이다. 이것은 대수적 체계로 파악된 세계와 광학적 반사상으로 파악된 세계가 동일한 것임을 가리킨다.

이러한 근대적 질병을 이상은 어떻게 치료할 수 있다고 보았을까? 그는 이러한 근대적인 시선에 의해 붕괴되고 만신창이가 된 하늘을 「오감

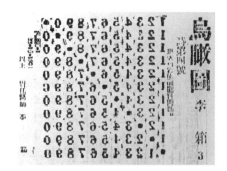

이상, 「오감도」 중 「시제4호」, 1934. 7. 28.

도」의 「시제7호」에서 묘사한 뒤 「시제8호」에서 이러한 질병과 상처를 치
료하고자 한다. 조금은 유머와 익살을 가미한 수술인데 그것은 거울에 투
영된 상에 또 다른 거울을 서로 마주보게 겹쳐놓는 수술(?)을 함으로써 그
반사상의 질병과 상처를 치료해보려는 시도였다. 물론 실제 있을 수 있는
일을 기술한 것이 아니며 시적인 기술이다. 이러한 일, 즉 거울에 거울을
마주 세우는 일이야말로 이상이 근대적인 현실에서 취할 수 있었던 유일
한 탈출구였다.

○

비의 전선에서 지는 불꽃만은 죽어도 놓쳐버리고 싶지 않아

이상,「얼마 안되는 변해」

오, 거꾸로 박힌 밤과 낮

희열과 침통의 순환소수

너 하나는 빛을 등지고 서서

관 속에 놓인 네 청춘에 저주의 쇠못을 꽂으라

김소운,「沈痛儀仗」─이상에게 주는 시

역사시대거울

5

로부터의 도피선

거울탈출로서의 거꾸로 달리기 ¡

. 극한적인 거꾸로 달리기

이상의 탈출은 일종의 '거꾸로 걷기'이다. 일상에서 모든 것을 반대로 하면, 거울세계(이것이 바로 근대세계의 일상인데)에서 빠져나갈 수 있으리라고 생각한 것이다. 이 역설적인 삶의 양식을 두 가지 측면으로 나누어 살펴볼 수 있다. 그 하나는 '거꾸로 걷기'와 '초검선적 걷기'를 결합함으로써 현실에서 탈출구를 모색한다는 것이다. 또 하나는 거울세계에 자신이 설계한 거울을 서로 마주보게 통합시킴으로써 무한한 반사공간을 만들어내는 것이다. 그것을 「얼마 안되는 변해」1의 한 장면에서 찾아볼 수 있다. 바로 이러한 부분이다.

> 어떤 그한테 끌리어서 그라는 골편(骨片)은 방향을 거꾸로 걸었다. 그는 일각(一刻)을 서두르면서 편안히 쉴 수 있는 숙소를 찾고 있었지만 도로는 삘딩에로 이어지고 삘딩은 또한 가랑비 속으로 이어져 있다. 발가락은 욱신욱신 쑤

1 1932년 11월 6일에 쓴 것이다. 유고를 김수영이 번역해서 『현대문학』(1960. 11.)에 게재했다.

시기 시작하였다. 이미 그는 한발자욱의 반조차도 전진할 수 없는 가련한 환자로 되어 있었다.

기적(汽笛) 일성(一聲) 북극을 향해서 남극으로 달리는 한대의 기관차가 제방 위를 질구(疾驅)해온다.

그는 최후의 몇방울 피에 젖은 손바닥을 흔들어 올리며 살려 달라고 소리를 질렀다. 다행히 기관차는 정거하고 석탄같은 기관차는 그의 편승(便乘)을 허락해 주었다. 기관차로 생각하고 있었던 그 내부는 소박하게 설비되어 있는 객차였다. 그는 어디로 가는 것인가. 이 선로는 역(驛)은 고사하고 대피선조차도 안가지고 있다고 한다.

……

승객이 한사람도 없는 차실내에서 그는 자유로운 에스푸리의 소생을 축하하였다. 창밖은 아직까지도 비가 오고 있다. 비는 소낙비가 되어 산천초목을 그야말로 적시고 있다. 그는 방긋이 웃었다. 그러자 두 사람의 나어린 창기(娼妓)가 한 대의 엷은 비단 파라솔을 받고 나란히 나란히 비를 피해가면서 철도선로를 건느고 있다. 그 모양은 그에게 어느 탄도(彈道)를 사상(思想)하게 하여 인생을 횡단하는 장렬한 방향을 그는 확인하였다. 그와 동시에 소리 없는 방전이 그 파라솔의 첨단에서 번쩍하고 일어났다. 그와 동시에 거실(車室)은 삽시에 관통(棺桶)의 내부로 화하고 거기에 있는 조그마한 벽면의 여백에 고대미개인(古代未開人)의 낙서의 흔적이 남아 있다. 왈 "비의 전선(電線)에서 지는 불꽃만은 죽어도 놓쳐 버리고 싶지 않아" "놓치고 싶지 않아" 운운.2

매우 혼란스러운 것 같은 위 글을 처음 읽은 사람은 미완성작을 읽는 것 같은 느낌을 받을지 모른다. 이 글에서는 치밀한 사유와 일관된 서술 같은 것을 거의 찾아보기 어렵다. 시적인 산문 양식을 즐기는 이상에게는 이러한

거울탈출로서의 *i 거꾸로 달리기 i*

일이 흔한 것이다. 그러나 여기서 그러한 혼란을 가중시킨 것은 그 특유의
'거꾸로 걷기' 주제를 초점선적인 것과 결합시켰기 때문이다. 그의 역설적
인 삶과 역설적인 서술방식 같은 것도 골치 아픈데, 거기에 초점선적인 '시
적 에스프리'가 첨가된 것이다. 우리는 "자유로운 에스푸리의 소생을 축하
하였다" 한 부분에서 그러한 자유로운 시적 정신을 확인할 수 있다.3 "북
극을 향해서 남극으로 달리는 기관차"라는 것은 '거꾸로 걷기'의 연장이며
그 변형인 것이 확실해 보인다. 그것은 지구적인 차원으로 확장된 거대한
'거꾸로 달리기'이다.

　　우리는 이것을 「MAGASIN」의 무한육면각체 운동 중의 '사각형의
원운동'과 연관시켜볼 수 있다. 기차나 자동차 등이 지구 위를 달리는 것을
생각하면 이러한 '사각형의 원운동'이란 표현이 상당히 정확한 것이라고
하겠다. 이러한 근대적 교통기관의 기계적인 운동을 거꾸로 전도시켜 본
것이 바로 "북극을 향해서 남극으로 달리는 기관차"라는 표현이다. 이상은
「얼마 안되는 변해」를 쓴 1932년 11월 6일보다 일주일 정도 뒤에 「습작(習
作) 쇼오윈도우 수점(數點)」(1932년 11월 14일 밤에 씀)을 썼다. 이 시의 첫 줄에
도 거의 비슷한 표현이 나온다.

> 북쪽을 향하고 남쪽으로 걷는 바람 속에 멈춰 선 부인(婦人)
> 영원의 젊은 처녀
> 지구는 그녀와 서로 맞닿을 듯이 자전한다.
>
> 운명이란 것은
> 인간들은 일만년 후의 그 어느 일년 칼렌다까지도 만들 수 있다.
> 태양이여 달이여 종이 한 장으로 된 칼렌다여.

3 이상에게 '에스푸리'는 시적인 정신을 가리키는 말이다. 그가 다른 글
에서 '꿈의 방사선'이라고 한 것, '개의 에스푸리'라고 한 것 등이 모두 이
러한 시적 정신을 가리킨다. 이러한 것만이 삼차각적인 초점선적 우주를
살아가는 정신인 것이다.

달밤의 기권(氣圈)은 냉장고다.

육체가 냉각한다. 혼백만이 월광만으로써 충분히 연소(燃燒)한다[4]

그의 다른 글에서도 마찬가지이지만, 근대화된 현실은 차갑게 모든 것을 얼어붙게 만들었다. 태양과 달의 기계적인 움직임만을 포착해서 만들어진 한 장의 달력은 시계와 마찬가지로 모든 운동을 수량적 평면으로 환원시키는 근대의 껍질적인 성격을 가리킨다. 대수적인 수량의 측정값만이 나열되는 이 평면의 세계 속에서 모든 대상과 그것의 운동은 실제 살아 있는 모습으로 포착되지 못한다. 그러한 것은 모든 실제적 특성이 삭제된 채 대수적인 번호표로 자신을 대표한 것처럼 된다.

이렇게 생생하게 살아 있는 존재의 활력과 특성이 제거된 것들을 그는 차갑게 얼어붙은 이미지로도 포착했다. 백화점 쇼윈도우의 마네킹을 노래한 이 시는 그렇게 냉각된 세계 속에서 얼어붙은 것 같은 한 부인을 표상한다. 마네킹 부인의 창백한 대리석 피부(셀룰로이드로 된 마네킹일 것이다)는 마치 이렇게 얼어붙은 세계와 함께 영원히 존재할 것처럼 묘사된다. 이상은 이 부인에게 그 특유의 '거꾸로 걷기'라는 시적인 삶의 방식을 부여해본다. 북쪽을 향해 남쪽으로 걷는다는 이 역설적인 삶의 방식을 그 마네킹에 부여하고자 한 것이다. 그러나 그녀는 바람 속에 멈춰 서 있다. 그는 이중의 역설을 여기 부여하고 있다. 바람은 북쪽을 향하여 남쪽으로 걷는 거꾸로 걷기의 흐름 속에 그녀를 담아낸다. 이 역설적인 흐름 속에서 그녀는 같이 흘러가지 않고 멈춰 서 있다. 마치 모든 것을 정지시킬 듯이 그러한 흐름에 요동도 하지 않는다. 이상은 강력한 화석적(化石的) 힘을 그녀에게 부여한다. 모든 것은 움직이는데 그녀는 움직이지 않는다. 지구의 자전에도 그녀는 따라가지 않을 정도이다. 이렇게 영원히 석화되어 그 자리에 못 박힌 듯

고정된 이 마네킹 부인을 '영원의 젊은 처녀'라고 했다. 백화점의 쇼윈도우 안에 있는 마네킹 속에서 이러한 반생명적 영원성을 본 것은 무엇 때문일까? 마치 북극의 얼음 속에 갇힌 듯한 이 너무도 차디찬 냉각이야말로 이상이 백화점의 상업적 논리의 본질적 특성을 자신의 시각으로 드러낸 것이다. 어떻게 보면 이 시는 「MAGASIN」의 악무한적인 무한육면각체적 구조 안에 들어 있는 상업적 논리의 극한적인 얼굴일 것이다. 그는 이러한 논리 속에서 "육체가 냉각한다."라고 썼다. "혼백만이 월광만으로써 충분히 연소한다"라고도 덧붙였다. 냉각된 하늘 속에서 차디찬 월광만으로 자신의 혼을 연소시켜야 한다는 것, 이 차가운 현실에서 시인의 혼은 그 식어버린 차가운 달빛만으로 무엇인가 생각하고 노래해야 할 것이다.

비슷한 시기에 시인의 시적 에스프리는 거꾸로 달리는 기차를 타고 있었다. "북극을 향해서 남극으로 달리는 기관차"라는 것은 근대적 교통기관을 전도시켰다는 점에서 더 큰 역설을 발생시킨다. 북극과 남극이라는 극한적인 방향 설정이 그 역설의 힘을 극한적으로 증폭시킨다. 역설의 증폭은 현실적인 논리로부터 더 강렬한 힘으로 빠져나가려는 그의 충동을 암시한다. 이러한 '거꾸로 가기'의 방향은 궁극적으로 어디를 향하고 있는 것인가? 자신의 일상적인 삶과 현실의 논리를 뒤집는 방향, 그러한 것들의 정상적인(?) 흐름을 뒤집는 방향은 과연 어디에 도달하려는 것인가?

이상은 이 글에서 '거꾸로 가기'의 도달점을 마치 세 장의 서로 다른 그림을 보여주듯이 세 가지 지점으로 나눠 보여준다. 그 하나는 무덤이며, 다른 하나는 거울 공간, 그리고 마지막엔 별의 광산이다. 뒤로 갈수록 '거꾸로 가기'는 본래 꿈꾸던 무한정원적 지평이 퇴색되는 방향으로 나아간다. 이 중에서도 첫 번째 등장하는 '무덤'이야말로 그가 무한정원/무한호텔에서 추방된 후 가장 집요하게 집착한 공간이다. 그것은 바로 초검선적 우주를 향한 입구 정도로 여겨진다. 「오감도」의 「시제10호 나비」에서 벽에 나 있는 나비 모양의 찢어진 틈도 바로 그러한 유계(幽界)로 통하는 입구처럼 묘사된다. 그에게 죽음의 세계란 모든 것이 끝나는 그러한 절망의 세계라거나, 아무 것도 없게 되는 허무라거나 하는 것이 아니다. 오히려 그것은 1920년대 김소월과 홍사용, 이상화 등에서 나타난 신비로운 유계, 즉 새로운 생명력을 얻을 수 있는 공간, 자연의 신비로운 힘이 꿈틀대는 공간 등과 통하는 것이다. 이러한 면에서 이상을 모더니스트로만 평가하는 것은 그의 정신사적 본질을 훼손하는 일이다. 그는 우리의 깊은 정신사적 저류 속에 뿌리를 내리고 있었다. 그는 그 무덤 속으로 들어가는 일을 마치 자신의 자궁으로 들어가듯이 그렇게 생각한다. 그의 '거꾸로 가기'는 자신의 생애를 거슬러가는 것이기도 하다.

. 새로운 삶에 대한 구상

이상의 문학은 이러한 측면에서 1920년대 몇몇 시인의 낭만주의적 전통을 이어간 측면이 있다. 그는 「봉별기」에서 금홍이와 마지막 헤어지는 술자리에서 영변가를 부른다. 다른 자리에서는 창부타령을 구성지게 불러 서정주 일행을 감동시키기도 했을 정도의 가창 실력이 있었다. 김소월은 어떤 시에서 이렇게 노래했다. "이 넋이 뉘넋이랴 / …… / 수심가나 부르리라". 이렇게 김소월의 유계적인 분위기에는 수심가의 분위기가 깔려 있다. 그의 「초혼」과 「산유화」 등에도 이러한 유계적 분위기가 팽배해 있음을 우리는 알고 있다. 홍사용은 「해저문 나라」 이외의 여러 시편에서 무덤과 죽음의 세계에 대해 노래했다.

내 맘의 어루쇠〔鏡〕는 녹이 슬어서

기꺼우나 슬프나 비추이든 얼골

다시는 그림자도 볼 수 없으니

......

나는 이제껏 그이를 찾아서

어두운 이 나라에 헤매이노라.5

　　마음 거울에 비치는 님의 모습이 사라져가는 불행에 대해 홍사용은 노래했다. "어두운 이 나라"는 그가 헤매는 유계이다. 다른 글에서 우리 민족(그는 '부루 종족'이라고 했다)의 유현(幽玄)한 낭만주의에 대해 말하기도 한다. 북방의 대륙에서 끝없이 쫓겨 내려온 '부루종족의 역사'가 낳은 이 독특한 낭만주의적 색채 속에서 그는 자신의 시를 썼다.6 그는 1920년대 말에 「조선은 메나리 나라」라는 글에서 그러한 전통의 살아 있는 흐름을 정리한다. 우리의 메나리들은 "우리의 넋을 울리는 소리"라는 것이다. 이상은 서도 기생인 금홍과 사귀면서 이러한 전통의 흐름 속에 자신의 사상적 추구를 한 가닥 담았는지 모른다. 그래서 「얼마 안되는 변해」라는 글에서 기찻길을 가로 질러 건너가는 창기들에게서 강렬한 탄도선을 떠올릴 수 있었던 것이 아니겠는가? 금홍과 만나고 헤어진 전말에 대해 쓴 소설 「봉별기」의 마지막 대목을 그래서 자신의 수심가인 「영변가」와 금홍의 「육자배기」로 마무리 했을 것이다. 1930년대의 문학적 장면 속에서도 우리의 메나리

5 홍사용, 「해저문 나라에」, 『개벽』 37호. 76쪽.

6 홍사용은 「백조 시대에 남긴 여화(餘話)」라는 글에서(「백조 흐르든 그 시대」, 『조광』. 1936. 9.) 이렇게 말한다. "부루 종족의 역사는 한가락 길고 느릿한 상두군의 소리였으니 애끓는 시름도 애오라지 20여 년 …… 옛날의 추방을 …… 동대륙 그윽한 땅에서 남으로 남으로 반도의 최남단까지 자꾸자꾸 올망올망 한 걸음 두 걸음 뒤를 돌아보면서 유리도망(遊離逃亡)하여 내려오던 그 기억을 시방도 아직껏 짐작하고 있었다." 그는 이러한 부루종족의 유울(幽鬱)한 분위기에 대해 말했다. 그것은 자연 속에 깃든 죽음의 세계까지 모두 포괄한 유현한 낭만주의적 분위기를 가리키는 것이다.

가락은 전통적인 유현한 낭만주의를 한 대목 솟구치게 했다.

아프리카의 짐바브웨 지역의 한 암벽에 그려진 선사시대 그림 하나는 그러한 유계와 자연과 인간 사회의 유기적인 관계를 잘 드러낸다. 마치 쌍무지개처럼 두 개의 반원형 고리 안에는 사람과 동물과 곡식 등이 어우러져 사람이 살아가는 모습을 보여준다. 이 둥근 영역의 아래쪽 입구에는 커다란 남성적 존재가 자신의 뒤에 광대한 자연을 등지고 앉아 있다. 그는 자연 전체의 생명력을 사람이 살아가는 둥근 영역에 이어주는 매개자이며, 이 영역 전체의 지도자처럼 보인다. 반원형 고리 쪽으로 올라가는 행렬 중에 선두에 한 사람이 큰 걸음으로 걸어 올라가며 반원형 너머의 세계를 올려다보고 있다. 그는 이 삶의 영역에서 영(靈)의 영역인 유계로 올라가려는 것 같다. 반원형 고리 위쪽으로는 마치 구름 같은 것이 하나 둘러쳐 있고 그 위쪽으로 여러 영이 보인다. 이 영의 대열 맨 오른쪽에 여신적 존재가 비스듬히 누워서 그들을 영접한다. 마치 그는 이 영들을 한 쌍씩 맺어주는 존재인 듯하다. 그 위로는 남신이 서 있고 이 둘 사이에 한 쌍의 영이 있다. 이 여신과 남신 뒤에는 마치 거대한 우주적 장미처럼 보이는 원이 있다. 수많은 꽃잎이 안으로 겹쳐진 듯이 보이는 이 그림은 매우 신비롭고 상징적인 이미지이다. 자세히 보면 마치 한 쌍의 거의 하나로 합체된 듯한 이미지가 여러 개 보인다. 이렇게 결합된 영이 모여들어 거대한 하나의 꽃을 만들어낸 것이다. 나는 이것을 우주적 무한장미로 이름붙이고 싶다. 이 무한장미가 광대하게 펼쳐진 대지 위에 떠 있다. 그 무한장미의 에너지와 정보가 나무와 풀과 꽃과 동물과 사람으로 가득한 이 대지 전체에 생명력을 불어넣고 있는 것처럼 보인다. 무한장미는 말하자면 영적인 태양이다. 나는 이 그림의 오른쪽 부분에서 무한정원의 이미지를 본다. 거대한 우주장미가 하늘에 떠 있는 그러한 대지의 정원은 얼마나 풍요롭고 아름다울 것

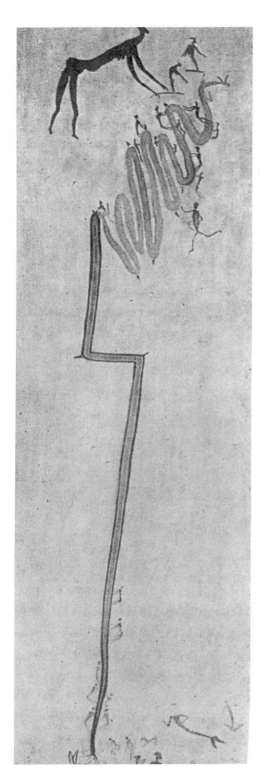

아프리카 남부, 로디지아 마란델레
스 지역 암각화.

인가! 이 그림은 이 우주가 물질적인 차원만으로 이루어진 것이 아님을 뚜렷하게 보여준다.

　　남아프리카의 한 암각화에서도 신화적인 형상으로 유계와 현실의 소통관계를 멋지게 보여준다. 이 그림에 대해서 한 해석자는 가뭄에 희생된 한 여성의 몸에서 자라난 나무를 샤먼들이 기어오르는 것으로 설명했다. 그러나 이것은 나무로 보기는 어려운 형상을 하고 있다. 특히 하늘 쪽의 구불거리는 형상은 더욱 그렇다. 이 그림은 물의 두 가지 형상을 보여준 것이다. 죽은 물과 살아 있는 물이다. 이 물들을 뱀의 형상으로 나타낸 것은 이 선사시대 화가가 대단한 예술적 창조력을 갖고 있음을 드러낸 것이라 하겠다. 땅에서 하늘까지 뻗어 있는 물의 통로인 뱀은 구불거리는 생명력을 잃고, 마치 죽은 것처럼 죽 뻗어 있다. 하늘의 영적인 존재들이 하늘의 구불거리는 뱀의 입을 이 축 늘어진 뱀의 입에 대준다. 그 일을 하는 선도자가 그 입 쪽에 있다. 구불거리는 여러 곳에 많은 영적인 존재가 매달려서 중요한 작업들을 한다. 이 작업 전체를 지도하는 세 명의 신이 맨 위쪽에 있다. 거기에는 가장 근원적인 하늘 여신과 그 여신의 명령에 따라 이 모든 작업을 감독하고 지휘하는 두 명의 신이 있다. 이 하늘 여신은 우리 신화에 나오는 마고와 영등할미 같은 최고의 신격일 것이다. 그 밑의 작은 두 신은 바람과 구름과 비의 신일 것이다. 축 늘어진 뱀의 밑에는 이러한 신들의 일을 위해 희생제물을 바친 여 샤먼과 여러 종족의 대표가 제의적 행위를 하고 있다. 캠벨은 이것을 나무와 뱀으로 해석하고 이 둘은 모두 번갯불을 나타낸다고 보았다.7 그러나 자세히 보면 '나무'라고 한 것과 뱀이 모두 머리와 꼬리를 갖고 있음을 알 수 있다. 캠벨은 직각으로 구부러진 모습에서 번개를 연상한 것 같다. 그러나 번개는 더 날카롭게 구부러진다. 이것은

7 조셉 캠벨, 『신화의 이미지』, 홍윤희 역, 살림, 2006, 502쪽.

8 전집3, 187쪽. 이 태고의 꽃은 그의 '뇌수에 피는 꽃'이었다. 그것은 그가 「각서3」에서 말한 뇌수가 부채처럼 원에까지 전개되고 완전히 회전하는 운동을 가리키는 것이기도 하다. 뇌수가 생식기처럼 흥분했다고 말한 것을 참조할 수도 있다. 꽃은 생식기이다.

다만 구불거리며 파동치는 힘이 직각으로 구부러진 직선적 형상 속에서 사라진 것을 암시하고 있을 뿐이다.

우리는 이러한 그림을 통해서 선사시대의 신화 속에 우주에 대한 전혀 다른 개념이 존재했음을 알 수 있다. 그것은 유계에 대한 지금과는 전혀 다른 인식이고, 그러한 영적인 존재와의 소통 속에서 우주적인 삶을 구상할 수 있었음을 보여준다. 이상의 사상은 바로 그러한 원초적 사유들을 다시 이끌어오는 통로를 제공한다. 그가 바라보는 근대세계는 말하자면 위 그림에서 메말라버린 물줄기인 축 늘어진 뱀으로 표상된다. 이 말라붙은 뱀의 이미지를 이상은 「첫번째 방랑」에서 보여준 바 있다. "적토(赤土) 언덕 기슭에서 한 마리의 뱀처럼 말라 죽을지도 모르지만, 나는 아름다운 ─ 꺾으면 피가 묻는 고대스러운 꽃을 피울 것이다."8 이러한 뱀의 이미지는 그의 초기 시편인 「조감도」 중의 「LE URINE」에서 나타난 뱀, 즉 생명력이 위축된 자신의 성기에서 흘러나온 물줄기가 간신히 구불거리며 흘러가는 것의 연장선에 있는 것이다. 여기서 "실과 같은 동화"라고 한 이 오줌의 물줄기는 '뱀'의 이미지를 통해 계속해서 그의 상상력 속에서 다양하게 전개되었다. 우리는 그것이 거기 등장한 까마귀라는 초검선적 존재와 하나의 짝이 된다는 것을 알 수 있다.

아프리카 암각화에서 이상이 전개한 사상의 시적인 모습을 신화적 형상으로 정리해볼 수 있다. 우주장미와 무한정원, 하늘의 뱀과 말라붙은 대지의 뱀 등의 이미지는 이상의 무한정원적 사상을 설명하는 데 매력적인 도구가 된다. 이 근대의 말라붙은 황무지 위에서 어떻게든 새롭게 꿈틀거리려는 뱀과 하늘의 우주장미나 하늘뱀을 다시 살아나게 하려는 까마귀의 날갯짓을 이상은 자신의 작품들 속에서 여러 이미지로 보여주려 했다.

. 파라솔의 탄도선과 새로운 탄생의 좌절

탄도를 잃지 않은 질풍이 가르치는대로 곧잘 가는

황금과 같은 절정의 세월이었다.

—이상, 「공포의 기록」

이러한 일은 우리가 「삼차각설계도」에서 논의한 '초검선'의 힘이 이 '거꾸로 가기'에서도 느슨하게나마 작동하는 것이 아닌가 생각해보게 한다. 아마 그렇다고 보아야 할 것이다. 이상의 작품에서는 '광선'과 '초검선' 그리고 거꾸로 가는 '역주행선' 등의 주제가 서로 경쟁하고 있었다고 보인다. 그가 자주 언급하는 이미지 가운데 '총알'이 있다. 이것도 그의 문학적 기호 가운데 매우 독특한 자리를 차지한다. 그것은 다분히 성적인 은유로부터 시작한 것이지만 그것을 떠나 좀 더 폭넓은 진폭을 갖는다. 「오감도」의 「총구」 같은 것에서는 미묘한 에로티시즘적 분위기로 달궈진 자신의 몸을 '총'의 이미지로 표상한다. 마침내 '그가 입에서 내뱉은 것은 무엇인가'라고 그는 묻는다. 에로티시즘적 열기로 충만한 이러한 육체에 대해 노래한 것은 그러나 그 이외에는 별로 찾아보기 어렵다. 그의 몸은 유령 아니면 골편처럼 죽음의 분위기로 대부분 채색되어 있는 까닭이다. 냉각된 현실에서 그의 몸은 점차 뼈대와 껍질만을 남기고 거기서 육체적 과육은 모두 빠져나가는 듯이 보인다. 「얼마 안되는 변해」에서 "그는 뼈와 살과 가죽으로써 그를 감싸주는 어느 그의 골격으로 되어 있었다."[9] 한 것에서 그러한 예를 볼 수 있다. 그의 거꾸로 가기는 바로 이러한 '껍질화'로부터 탈출하기 위한 것이기도 하다.

그렇다면 이 껍질적인 존재의 '거꾸로 가기'는 저절로 그 '무덤'에

거울탈출로서의 ¡ 거꾸로 달리기 i

9 앞의 책. 143쪽.

도달한 것일까? 그렇지 않다. "그라는 골편은 방향을 거꾸로 걸었"지만, "한발자욱의 반조차도 전진할 수 없는 가련한 환자로 되어 있었다." 그는 극한적인 거꾸로 달리기를 하는 기차를 얻어 타고서야 그 '무덤'으로 향할 수 있는 힘을 얻을 수 있었다. 그러나 그것만으로는 아직 '무덤'에 도달하지는 못한다. 기차 속에서 그가 비에 맞아 젖은 몸을 화로에 쪼여 녹이면서 "자유로운 에스푸리의 소생을 축하"했을 때 그 다음 장면에서 우리는 그를 그러한 무덤 속으로 이끌 수 있게 한 결정적인 빛을 보게 될 것이다. 그 빛은 기차 속의 광선을 모두 압도할 정도의 무한우주적 빛이다. 초검선적 우주의 검은 빛이 기차의 모든 빛을 억누르고 무덤 속같이 어둡게 한 것이다. 매우 짧은 장면이지만 여기에 등장하는 것은 그의 무한사상과 연관될 수 있는 인상적인 이미지다. 그는 창밖에서 파라솔을 쓰고 가는 두 명의 창기를 보았다. 그는 처음 추운 겨울의 가랑비 속을 헤맸던 것인데, 그 빗줄기가 이제 굵어져 소나기가 되었다. 산천초목을 적시는 이 빗줄기 속을 두 명의 어린 창기가 파라솔을 쓰고 철도 선로를 건너고 있었던 것이다. 그는 이렇게 묘사한다.

> 비는 소낙비가 되어 산천초목을 그야말로 적시고 있다. 그는 방긋이 웃었다. 그러자 두 사람의 나어린 창기가 한 대의 엷은 비단 파라솔을 받고 나란히 나란히 비를 패해 가면서 철도선로를 건느고 있다. 그 모양은 그에게 어느 탄도를 사상(思想)하게 하여 인생을 횡단하는 장렬한 방향을 그는 확인하였다. 그와 동시에 소리없는 방전이 그 파라솔의 첨단(尖端)에서 번쩍하고 일어났다. 그와 동시에 차실(車室)은 삽시에 관통(官桶)의 내부로 화(化)하고 거기에 있는 조그마한 벽면의 여백에 고대미개인의 낙서의 흔적이 남아있다. 왈 "비의 전선에서 지는 불꽃만은 죽어도 놓쳐 버리고 싶지 않아" "놓치고 싶지 않아" 운운.10

10 앞의 책, 144쪽.

이 장면에서 우리는 이상이 새롭게 샘솟는 시적 에스프리를 통해서 거꾸로 달리는 기차를 무덤 속의 관통으로 변화시켰음을 알 수 있다. 그 매개체는 달리는 기차의 선로를 횡단하는 두 명의 창기가 쓰고 있는 파라솔이다. 잠깐 동안 등장해서 스치듯이 지나간 이 이미지는 사실 우리가 어디선가 본 듯한 다른 장면을 연상시킨다. 이상은 이 파라솔 꼭짓점에서 일어난 번갯불이 기차를 무덤 속의 환상적인 장면으로 바꿔준 것처럼 묘사했다. 여기에는 분명히 삼차각 원뿔형 빛다발과 연관되는 무엇인가가 있다고 느껴지지 않는가? 마치 부채처럼 활짝 펼쳐진 파라솔은 분명히 삼차각의 원뿔이 회전하며 전개된 모

거울탈출로서의 *i* 거꾸로 달리기 *i*

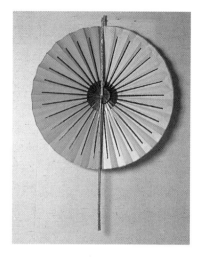

파라솔처럼 쓰이는 대륜선. 이것은 햇볕을 가리는 일산(日傘)으로도 쓰였다고 한다. 국립민속박물관 소장

습(활짝 펼쳐진 모습)을 연상시킨다. 파라솔의 꼭짓점은 그러한 삼차각적 수렴의 한 극점일 것이다. 초검선적인 우주선들이 그 한 점에 모여들어 강렬한 빛(일반적인 광선이 아니라 초검선적인 빛인)을 내뿜은 것은 아닐까? 그는 그 순간적인 불꽃을 노래한 원시 미개인의 낙서를 그 관통의 벽면 여백에서 발견했다고 썼다. 그는 이 활짝 펼쳐진 파라솔 속에 이제는 천민의 지위로 떨어진 두 명의 창기를 배치한다. 그녀들은 "나란히 나란히"라는 말이 보여주듯이 서로 하나로 합친 곱셈적 존재처럼 보인다. 이상은 이러한 그녀들의 발걸

음에서 "어느 탄도를 사상하게 하여"라고 했는데, 여기에도 그의 중심적인 이미지인 총알을 등장시켰다. 그는 '사상'이란 중요한 단어를 탄도, 즉 총알이 날아가는 선과 함께 썼다. 철길을 가로지르는 이 '파라솔의 탄도선'이야말로 그에게 강렬한 충격으로 다가왔다. 그것은 자신의 역설적인 거꾸로 달리기, 즉 역주행선보다 더 강력한 것이었음에 틀림없다. 왜냐하면 그 탄도선에서 이 거꾸로 달리는 기차를 '무덤'으로 바꿀 수 있는 강렬한 에너지가 발생했기 때문이다. 여기서 '무덤'은 초검선적 공간, 즉 물질적 차원인 3차원의 벽이 무너져 다른 차원의 세계까지 활짝 열린 공간을 말한다. 마치 강렬한 '빛의 총알'을 맞은 듯이 기차는 충격을 받았다. 그 내부는 삽시간에 무덤으로 변했다. 시간은 더 고대로 흘러 그 안에서 고대 미개인의 낙서를 볼 수 있기도 한다. 우리는 그 낙서에서 파라솔의 꼭짓점에서 일어난 불꽃의 노래를 확인할 수 있다. 초검선적 우주의 한 자락이 여기 희미하게나마 펼쳐져 있다. 이 무덤 속에서 이상은 마치 자신의 생애를 완전히 뒤집어서 새롭게 탄생하려는 듯이 자궁 속으로까지 들어가려 한다. 그는 자신의 뼈만 남은 육체 속의 늑골을 더듬으며, 마치 창조주가 이브를 만들려고 아담의 늑골을 더듬듯이 그렇게 더듬어본다. 그것을 나무뿌리에 삽입하였다고 했다. 그것은 "아름다운 접목(接木)을 실험하기 위해서"이다.

이 창조적 곱셈을 위한 실험은 실패한다. 그 다음에 시도한 것은 자궁 속으로 들어가려는 것이었다. "자궁확대모형(子宮擴大模型)의 정문(正門)에서 그는 부친(父親)을 분장하고 틈입(闖入)하였다. 탄생일을 연기하는 목적을 가지고—". 그는 초검선적 여행을 통해 자신이 태어난 자궁 속으로 들어가려 한 것처럼 보인다. 부친은 자신의 잉태를 연기시킬 수 있었을 것이다. 그의 이러한 시도는 실패한다. 자궁확대모형은 그 속에 들어가자마자 바로 밖으로 나가는 뒷문을 가졌던 것이다. 즉 이 자궁모형은 잉태 공간

살바도르 달리, 「무소뿔의 여인」. 창 밖을 보는 여인의 몸이 부드러운 원뿔 도형들로 해체되고 있다. 그녀의 욕망과 그녀에 대한 욕망이 미묘하게 결합해서 그녀의 몸과 남성 성기가 부드럽게 결합되기도 한다. 이 원뿔은 마치 탄환처럼 그녀를 묶고 있던 즈로오스 끈들을 산산조각내고, 그녀를 강하게 충격한다. 그녀는 마치 창 밖 하늘 멀리로 튕겨져 나갈 것 같은 자세가 된다. 몇 개의 원뿔은 벌써 그녀의 꿈 속 하늘로 날아간다. 이상의 초검선적 탄환과 삼차각 원뿔이 결합된 이미지처럼 보이지 않는가. 이상은 「총구」에서 자신 속의 무한 에로티즘적 탄환을 이렇게 노래했다. "매일같이 열풍이 불드니 드디어 내 허리에 큼직한 손이 와 닿았다. 황홀한 지문골짜기로 내 땀내가 스며드자마자 쏘아라, 쏘으리로다, 나는 내 소화기관에 묵직한 총신을 느끼고 내 다문 입에 매끄러운 총구를 느낀다"

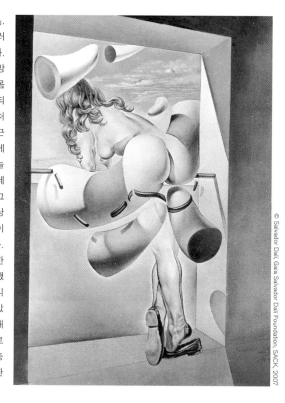

을 위한 내부가 없다. 들어가는 정문은 바로 나가는 뒷문이다. 이상에게 인공적인 모형은 언제나 껍데기일 뿐이니 이 자궁모형 역시 생명이 깃들 수 있는 '깊이'를 갖고 있지 못한 것이다. 이처럼 파라솔적인 탄도선의 초검선적 우주는 매우 불완전한 것이다. 그것은 현실의 인공적인 이미지들을 완벽하게 녹이지 못한다. 여기에 나타난 그의 총알 이미지는 이렇게 초검선적인 삼차각의 회전운동을 하는 듯하지만 완전치 못하다. 그는 폭발적인 초검선적 운동을 묘사하기 위해 총알 이미지를 가져왔다. 그러나 그것을 만족할 만큼 초검선적 형상으로 만들어내지는 못한 것 같다.

「삼차각설계도」 중 「각서4」(미정고)는 그러한 탄환의 운동선을 그렸지만 미완성작이란 느낌을 주게 했다. 그는 "탄환이 일원도(一圓壔)를 질주했다"라고 썼는데, 원기둥을 나선형으로 회전하는 이러한 이미지로 자신의 초검선을 묘사하는 데 흡족하지 않았는지 이 시를 '미정고(未定稿)'라고 했다. 그 이후 이 탄도선의 이미지는 여러 곳에 등장하지만 그것은 모두 이렇게 초검선적인 것을 지향하면서도 대개 완벽한 형상화를 보여주지는 못한다. 예를 들어 「황의 기(작품제2번)」에서는 "나는 불꺼진 탄환처럼 그 길을 탄다 …… 화살처럼 빠른 것을 이 길에 태우고 나도 나의 불행을 말해버릴까." 하고 말했다. '불꺼진 탄환'과 '화살'은 이러한 탄도선이 현실의 차가운 압력 속에서 냉각되어버린 것을 말한다. 그는 예술적 사상적 열기가 식어버린 탄도선의 불행에 대해 이렇게 노래했다. 탄도선이란 냉각된 현실에서 강렬하게 그러한 무한정원 세계를 향해 질주하는 이미지이다. 현실에서 그러한 이상세계를 향해 달려가는 사상적 예술적 달리기를 형상화하고 있는 것이다.

. 파편화된 근대적 시선 끌어안기

탄도선에 의한 환상적 무덤 공간에서의 초검선적 열림은 이렇게 불완전한 것으로 끝났다. 그가 그러한 환상적인 자궁에서 빠져나와 후퇴한 곳은 거울공간이다. 그는 정신적이고 "혹종의 종교적"[11]인 차원에 대해서는 체념한 채 냉정한 물리적 현실세계에서 새로운 생식적 공간을 구상한다. 특별한 거울을 설계한 것이다. "그는 한 장의 거울을 설계하였다. 그리고 물리적 생리수술을 그는 무사히 필료(畢了)하였다." 그는 정신적인 차원과는 상관없는 빛의 물리적 반사상의 세계 속에 돌입해서, 차가운 빛과 유리의 세계 속에 생리적인 힘이 작동할 수 있는 공간을 설계하려 한다. '생리수

11 앞의 책. 146쪽. 그는 "혹종의 종교적 체념을 가지고 왔다" 하고 썼는데, 이것은 그러한 시적 에스프리의 초검선적 공간에서 물질적인 법칙이 지배하는 냉정한 현실세계로 돌아온 것을 말한다.

술'이란 말에는 그러한 거울 속 차갑고 깊이 없는 반생명적 공간에 생명력을 깃들게 하려는 치료행위이다. 마치 「오감도」, 「시제7호 해부」를 생각나게 하는 장면이다. 이러한 수술을 통해서 "무한으로 통하는 방장(方丈)의 제3축"에서 그가 안주할 수 있는 공간을 발견한다. 그런데 이러한 시도도 역시 실패한다. 그는 "이 가장 문명(文明)된 군비(軍備), 거울을 가지고 그는 과연 믿었던 안주(安住)를 다행히 향수(享受)할 수 있을 것인가?" 하고 물었다. 이러한 물음 자체가 역설적인데, 왜냐하면 이 근대문명의 군대장비와도 같은 거울을 가지고는 도저히 그러한 안주 공간을 그 안에 만들어낼 수 없다는 어조가 이 문장에는 담겨 있기 때문이다. '군대' 이미지가 기계적인 자동인형 같은 것이라면 이 "가장 문명된 군비"라는 표현은 그가 부정하고자 하는 근대적 이미지를 매우 극단적인 수준으로 과장한 것이다. 결국 이 물질적인 반사상의 세계 속에서 무한적인 '방장의 제3축'에 안주의 공간을 구축하려는 것도 실패한다. 이 수수께끼 같은 '방장의 제3축'이란 것은 아마도 반사상이 무한하게 펼쳐지는 공간의 중심축을 가리킬 것이다. 이상은 음악의 대가인 악성(樂聖)에게 이끌려 그러한 거울무한 공간 속에 들어가 본다. 이후 거울 이미지는 그러한 체험의 산물이다. 그러한 거울 반사상의 푸가적인 음악적 향연이 현실에서 그에게 남겨진 유일한 예술적 추구 목표가 되었는지도 모른다.

탄도선이 불 꺼진 것처럼 식어서 도달한 마지막 도달점은 '별의 광산'이다. "문제의 그 별은 광산(鑛山)이라고 한다. / 채광학(採光學)이 이미 그 별을 발견하였다."[12] '찢어진 천체' 혹은 폭풍우처럼 휩쓸린 상태의 폐허 같은 하늘 이미지가 그의 시 여기저기에 있다. 이미 「습작 쇼오윈도우 수점」에서 그가 태양과 달을 한 장의 캘린더라는 수량화된 얇은 종이 평면으로 환원시킨 것을 보았다.

거울탈출로서의 ¿거꾸로 달리기¡

근대적 시선은 물질적으로 매우 좁혀진 시각으로만 하늘을 본다. 우리에게서 멀리 떨어진 별들까지도 자신의 현실적인 이해관계의 눈으로만 파악하는 근대적 시선이 아름답게 빛나야 할 별들을 칙칙한 광산으로 만든다. 그는 이 별을 광부가 채굴용 기계로 채광하는 장면을 묘사한다. 거기서 나오는 소음 때문에 음악적인 사상마저 그 별에서 뿔뿔이 흩어져버린다. "음악은 사상(思想)을 떨어버리고 우곡(迂曲)된 길 위를 질서없이 도망쳐 다니고 있었다." 그의 기차는 한 시커먼 광산 옆을 지나고 있었을 것이다. 우주에서 아름답게 빛날 이 지구라는 별이 이렇게 "곽란(癨亂)처럼 들끓는 음악" 속에서 파헤쳐진다. 그는 그 채광 대열을 감독하고 사열하는 싸늘한 권력의 압박을 느꼈다. 그의 중축은 폭발할 것만 같은 통증으로 아파왔다. 그는 "그는 조용히 사각진 달의 채광(採鑛)을 주워서, 그리고는 지식과 법률의 창문을 내렸다. 채광은 그를 싣고 빛나고 있었다." 하고 썼다. '사각진 달'은 「MAGASIN」에 나오는 '사각이 난 원'을 생각나게 한다. 이 역설적 표현도 '사각형'이란 규격화된 평면적 속성으로 파악된 전체를 가리킨다.13 "채광학이 발견한 별"이란 것도 그러하다. "지식과 법률의 창문"도 같은 이미지이다. 그는 이렇게 채광으로 부서져나간 별빛의 파편을 소중하게 손에 쥐었는데, 그 광선이 그의 몸 속 몇 억 개의 세포를 통과한 장면을 아름답게 묘사한다. "그의 몇 억의 세포의 간극을 통과하는 광선은 그를 붕어와 같이 아름답게 하였다. / 순간 그는 제풀로 비상하게 잘 제련(製鍊)된 보석을 교묘하게 분만하였던 것이다." 그가 파괴된 별의 파편을 소중하게 줍는다는 것, 그것의 생명력인 광선(광학적인 것이 아닌)이 자신을 꿰뚫고 들어와 마치 그러한 파편을 새로운 결정체로 변화시킬 수 있도록 해준다는 것은 얼마나 아름다운 이야기인가? 조각난 달의 파편이지만 그것의 생명력을 소중하게 생각해야 한다는 것, 그것을 품에 안음으로

13 우리는 뒤에서 이러한 부정적인 숫자로서의 4를 그의 마지막 소설인 「실화」에서 보게 될 것이다. 그의 숫자의 방위학에서 볼 때 이러한 부정적인 숫자인 4는 참다운 방위학의 4(그는 자신의 이름을 'ㅁ'라고 말하기도 했다)가 전도된 것이다.

써 그렇게 파괴된 조각의 본질적인 생명적 결정체를 새롭게 탄생시킬 수 있다는 것을 시적으로 너무나 멋지게 표현했다. 그러나 이것마저도 전체적으로 파괴되어가는 별의 황무지적 파편더미 위에서는 아주 사소한 일에 불과하다. 이 황무지 위에서 그러한 작은 보석의 결정체를 만들어내는 것이 무슨 소용이란 말인가?

거울들이여 : 그대들의 본질이 무엇인지
알면서 묘사한 사람은 아직 아무도 없다.

릴케, 「오르페우스에 부치는 소네트」

생활을 거절하는 의미에서
그는 축음기의 레코오드를 거꾸로 틀었다.
악보가 거꾸로 연주되었다.
그는 언제인가 이 일을 어느 늙은 樂聖한테
書信으로 써 보낸 일이 있다.

이상, 「무제 – 樂聖의 거울」

거울푸가

6

이야기

바다의
거울 푸가
(바흐적 거울 무한)

삼월 달 바다가 꽃이 피지 않아서 서글픈
나비 허리에 새파란 초생달이 시리다.

—김기림, 「바다와 나비」

. 새로운 가능성에 대한 기대

이상은 자신의 사업(제비다방)이 파산 지경에 이르고, 자신의 사상을 펼칠 수
있는 탈출구조차 가로막혀서 절망적인 상황에 빠졌을 때 모든 것을 잊고
싶은 심정으로 서울을 떠났다. 아폴리네르의 '학살된 시인'이란 주제를 마
음 속에 품고 평남 성천을 향해 떠난 것이다. 거기에는 고등학교 시절 동창
생인 원용석이 양잠 기술 등을 지도하는 농업 관리자로 파견되어 있었다.
원용석의 회고에 의하면, 어느 날 자기 사무실의 책상 앞에 한 사람이 찾아

와서 말도 없이 그저 멀거니 한참 서 있었는데, 바로 그가 이상이었다는 것이다. 어떤 사람이 사무적인 볼 일로 자신을 찾아온 것으로 생각해서 하던 일을 마저 끝내려 고개도 들지 않고 무슨 이야기인가 기다렸는데, 아무리 기다려도 말이 없어서 쳐다보니 초췌한 얼굴의 이상이 자기를 보고 있었다고 했다. 이상은 거의 폐인처럼 보이는 몰골로 성천 지역을 찾은 것이다.

그러나 이 시기에 대한 수필 중 하나인 「첫번째 방랑」을 보면 이상이 모든 면에서 완전히 절망적이었던 것만은 아니다. 그는 자신의 집안과 사업 그리고 문학 그 모든 것에서 절망적이었기에 (「오감도」 이후 「날개」를 발표하기까지 그는 문학 방면에서 그렇게 대단한 활동을 보이지 못했다) 자신의 모든 것을 버리고, 또 잊고 싶었을 것이다. 그러나 사상적인 발견(무한정원/무한호텔)을 잊은 것은 아니며, 오히려 그 모든 것을 버리고 떠나는 이 여행에서 그동안 상처받고 죽어가던, 거의 숨죽이고 있던 무한사상의 향기가 기억 속에서 다시 솟구치며 더 강렬해지는 것을 느꼈다. 그는 이렇게 말한다.

> 나는 나의 기억을 소중히 하지 않으면 안 된다. 나의 정신에선 이상한 향기가 나기 시작했으니 말이다.
> 이 뼈만 남은 몸을 적토 있는 곳으로 운반하지 않으면 안 되겠다. 나의 투명한 피에 이제 바야흐로 적토색을 물들여야 할 시기가 왔기 때문이다.
> 적토 언덕 기슭에서 한 마리의 뱀처럼 말라 죽을지도 모르지만, 나는 아름다운—꺾으면 피가 묻는 고대스러운 꽃을 피울 것이다.1

자신의 뇌수에 꽃이 피기를 기대하며 이 여행길을 더듬어 가고 있었다. 그 '뇌수'는 한때 무한구체를 만들어내며, 곱셈적 결합 영역으로 수렴시키는 삼차각을 부채처럼 전개, 회전시키던 것이다. 그의 정신은 이상한 향기를 뿌리며 다시 '시적 에스푸리'의 상태를 어느 정도 회복하는 것처럼 보였다. 그는 이러한 성천의 적토, 즉 황량하게 말라붙은 땅인 대지의 맨살에 더 깊이 뿌리박고 싶어 한 것 같다. 성천 기행문에는 생식력의 상징인 개가 여러 군데에 등장한다. 그가 1931년 이후 자신의 무한정원(그의 말로는 '목장'이다)을 지키는 개를 '황'이라고 이름 지은 뒤 그것의 분신들이 여기저기 떠도는 모습을 보는 것이다.

이 여행에서 겪은 시골체험을 바탕으로 그는 몇 편의 수필을 썼다. 그러나 그 글이 모두 동일한 분위기를 담고 있지는 않다. 어떤 것은 너무 황량하며 가난하고 낙후된 시골 풍경을 그대로 전해준다. 거기서 공포와 권태를 느끼는 자신의 모습을 그린다. 「권태」와 「어리석은 석반(夕飯)」 같은 것이 그러하다. 그의 모든 글 중에서도 가장 맑고 투명하며 아름다운 「산촌여정」은 그러한 것을 모두 (다시 샘솟기 시작한 시적 정신의 체로) 걸러낸 듯이 싱싱하고 생기 있는 풍경을 그린다. 같은 시기의 똑같은 곳을 이렇게 다르게 묘사할 수도 있다니 놀라운 일이다. 이러한 이중성이 그의 글에는 도처에 있다. 어떠한 관점과 시야를 열어놓느냐에 따라 같은 대상에 대해서도 이렇게 다르다. 그가 절망적인 이 세상의 관점에 자신의 초점을 맞추어서 성천 풍경을 보았을 때 그것은 너무나 황량하고 어둡다. 그러한 것을 다 인정하고 나서 껴안은 후, 아직도 거기 남은 자연의 생명력을 소중하게 감싸고 그것의 생기를 깊이 호흡하면서 찬양할 때 그것들은 다시금 빛난다. 이상은 같은 글(「첫번째 방랑」) 안에서도 "반짝이지 않는 별처럼 나의 몸은 오물어들면서 깜박거리고 있었다."[2] 하고 쓰는가 하면, "시원한 공기가 폐부에 흐르고, 별들이 운행하는 소리가 체내에 상쾌하다."[3] 하고 노래하기도 한다. 별들이 자신의 몸 속에서 운행한다는 이러한 이미지는 잠깐이긴 해도 그가 이 시골에서 자신의 '무한정원'적 분위기를 조금이나마 회

2 전집3, 185쪽.
3 전집3, 188쪽.

복한 것처럼 보이게 한다. 「권태」에는 완전히 그 반대되는 이미지가 나타난다. 그는 이렇게 말한다. "내게는 별이 천문학의 대상될 수 없다. 그렇다고 시상(詩想)의 대상도 아니다. 그것은 다만 향기도 촉감도 없는 절대 권태의 도달할 수 없는 영원한 피안이다." 하늘의 별에 대한 이 황무지적 인식은 그가 흔히 거울세계에 대해 말하는 것과 별 차이가 없다. 시각적 반사상 이외에 냄새를 맡을 수도, 만질 수도 없이 완전히 차단된 세계, 그 세계와의 차디찬 단절이 바로 그것이다.

성천의 이미지는 그에게 식민지 변두리가 지닌 현실적인 황량함과 무한사상의 새로운 가능성을 향한 모색이라는 두 차원 사이에서 흔들렸다. 성천 여행은 현실적인 절망과 허무, 공포의 연장선 위에 놓여 있지만, 우리 시골의 대지 그 가난한 맨살에 여전히 간직되어 있는 무한정원적 생명력의 부활가능성을 모색하기 위한 장소가 되기도 한 것이다.

이러한 그의 도정이 그대로 서울을 떠나 동경 여행으로 연장되었을 것이다. 좀 더 강렬한 희망도 있었지만 결국에는 더 커다란 절망이 다가왔다. 그러한 절망을 안고 그는 죽었다. 이활은 김기림의 「바다와 나비」가 바로 그러한 이상의 필사적인 예술적 추구의 마지막 몸짓을 그린 것으로 보았다. 그러나 이상이 바다를 건너간 것은 사상적 부활을 위한 마지막 투기였다. 그는 사상적으로, 지적으로 음울하고 황량한 식민지 서울보다 화려한 근대도시 동경에서 자신의 새로운 휴머니즘 사상, 즉 초검선적 휴머니즘과 무한정원의 사상을 인정받고 싶었던 것은 아닐까? 그의 성천여행이 적토, 즉 대지의 맨살과 접촉함으로써 자신의 피를 대지적 생명력으로 물들이려는 것(나의 투명한 피에 이제 바야흐로 적토색을 물들여야 할 시기가 왔기 때문), 즉 무한정원의 생명력 속에 다시 자신을 적셔보려는 시도였다면, 동경행은 자신의 무한호텔적 사상을 근대문명의 더 깊은 곳으로 밀어 넣음으로써 근대문명과의 극한적인 대결을 통해 새로운 자극제를 얻고 싶었던 것이 아니겠는가.

이상은 동경의 예술과 문학을 일별한 뒤 서구의 아류와 모방적 분위기들에서 썩는 냄새를 맡고 코를 쥐었다.4 그는 거기서 더 깊은 허무와 절망의 구렁텅이로 빠져 들어갔다. 마지막 시기에 그는 일본 동북 지역에 와 있던 김기림에게 편지를 띄우거나, 그 이전부터 써오던 성천 이야기를 다듬으며, 그 절망과 고독을 이겨나가고 있었다. 「종생기」, 「실화」, 「권태」 같은 마지막 작품들은, 동경행을 준비하면서 그 일부가 쓰여지고, 동경에서 계속 다듬어지고 있었다. 그의 마지막 이야기들은 좀 서글프다. 그것은 점차 죽음을 향해 다가가는 자신의 말에 박차를 가하며 채찍질하는 이야기였기 때문이다. 그에게 남은 유일한 방향, 무한정원의 초검선적 우주를 향해 이 황무지적 현실로부터 빨리 빠져나갈 수 있는 유일한 통로는 바로 죽음이었다. 사실 이 죽음을 향한 채찍질은 그저 허무주의적인 방향을 가리키는 것은 아니다. 그의 죽음은 무한우주로 빠져나가는 것이기 때문에, 그것은 텅 빈 허무를 의미하지 않았다. 그것은 불교적 무상도 아니고, 도가적 초월도 아니며, 유물론적 무도 아니다. 이 채찍질에는 그가 이 대지의 생명력을 사랑한 것만큼의, 또는 그보다 훨씬 더 큰 생명력이 깃들어 있다. 그가 자신의 이 산호채찍을 꽉 쥐고 놓지 않겠다고 자신 있게 말할 수 있는 것에는 이러한 그의 사상적 배경이 깔려 있다. 죽음의 세계를 현실보다 더 생명력으로 가득한 우주로 파악한다는 이 사상이야말로 그의 무한정원/무한호텔 사상의 가장 큰 특징이다.

---

4 그는 김기림에게 보낸 한 편지에서 두 번씩이나 동경에 대한 실망을 피력한다. "어디를 가도 구미가 땡기는 것이 없오그려! 같잖은 표피적인 서구적 악취의 말하자면 그나마도 분자식이 겨우 여기 수입이 되어서 진짜 행세를 하는 꼴이란 참 구역질이 날 일이오." "제전(帝展)도 보았오. 환멸이라기에는 너무나 참담한 일장(一場)의 넌센스입디다. 나는 페인트의 악취에 질식할 것 같아 그만 코를 꽉 쥐고 뛰어나왔오."(1936년 11월에 보낸 편지 중에서, 전집3, 251·253쪽 참조)

. 시적인 치료

이 마지막 산호편의 채찍질로 가기 전에, 우리는 그의 문학적 유산이 남긴 다른 가능성을 더 살펴보아야 한다. 그가 아직 완전히 현실과 자신의 삶을 포기하지 않으려 노력하면서 추구한 다른 지향점과 모색 속에 그가 남겨 놓은 예술적 흔적을 추적해보아야 한다. 그는 현실 속에서 자신의 사상을 실현시키기 위한 모든 노력을 포기해버리기 전에 그래도 몇 가지 중요한 시도를 했다. 그가 현실 속에서 타개책을 찾기 위해 몸부림 친 마지막 안간힘은 의외에도 그의 거울 이미지들 속에 깃들어 있다. 이 황량한 반사상적 감옥인 거울세계(바로 근대현실을 가리키는 이미지인)를 그냥 부정하기만 한 것으로 끝내거나, 그로부터 물러서려고 한 것만은 아니다. 그는 이 거울에 대한 몇 가지 주제를 발전시켰다. 우리에게 남겨진 그의 작품 가운데 덜 난해하고, 어느 정도 읽히면서도 또 때로 깊은 예술적 인상을 주는 작품이 바로 이러한 것들일 것이다.

이상의 거울 작품들은 기본적으로 어둡고 우울한 분위기로 채색되어 있다. 하지만 현실의 모순적인 것들을 이겨내려고 안간힘을 쓰는 가운데 빚어지는 심리적 드라마의 다양한 모습을 그것들은 보여준다. 그의 거울은 말하자면 그곳으로부터 탈출하려는 '나'의 꿈과 음모의 경연장이 된다. 거울 속의 '나'는 거울 밖을 꿈꾸는 '나'와 거의 겹쳐 있고, 이 거울 밖을 꿈꾸는 '나'는 거울 밖의 '나'('참 나' 또는 '황'이기도 한)와 겹쳐 있어서 이 탈출의 드라마가 거울면의 차디찬 표면에 이상한 진폭을 형성하는 듯 보인다. 거울 표면은 그 자체가 예술적 상징작용이 작동하고, 펼쳐지며 미끄러지는 기호 서판(書板)이 된다. 바로 이 부분에 이상의 거울주제가 열어 놓은 독창적인 예술적 풍경이 있다.5

5 우리는 이상의 '거울'에서 만들어지는 이러한 기호 서판들만으로도 독창적인 기호학을 펼칠 수 있다. 우리의 독자적인 문학이론의 출발점을 여기서 찾는다면 그것은 세계적 보편성을 띠게 될 것이다. 왜냐하면 근대의 여러 모순이 중첩된 식민지의 문학에서만이 그 전체의 모순적 압력을 감당하는 서판이 탄생하기 때문이다. 이 기호학은 근대전체의 모순을 비판하고 그것을 극복하려는 역동성을 내포한 이론의 탄생을 예기한

이러한 거울을 주제로 한 작품을 대략 세 가지 유형으로 분류할 수 있다. 이렇게 세 가지 정도로 분류해보는 것은 그가 '거꾸로 살기'라는 자신의 역설적인 삶의 방식을 거울세계 속에서 몇 가지 서로 다른 양상으로 드러냈기 때문이다. 이 서로 차이 나는 예술적 시도가 그의 작품을 더욱 개성 있고 다양하게 만든다. 나는 이 주제를 전체로 엮어서 '거울푸가'라는 이름으로 부르고자 한다. 이 이름은 바흐에게서 따왔다. 음의 전개에 수학적인 논리를 느낄 수 있을 정도로 규칙적인 화성을 배치한 바흐의 푸가 음악은 때로는 마치 거울의 반사상들처럼 일정한 주제가 다양하게 반사되고, 그것들이 다채롭게 변주되는 형식을 지닌다. 그의 「콘트라푼크투스 12」는 '4성 거울 푸가'라고 한다.6 이 거울 푸가 악보는 아래와 같다. 바흐의 음악이 이러한 푸가와 카논 형식에서 어떠한 거울상을 펼쳐내는지 참고할 필요가 있다.

콘트라푼크투스 12(4성 거울 푸가) 악보.

호프슈태터는 자신의 책에서 아킬레스와 게, 거북이를 등장시켜 바흐와 에셔의 푸가에 대한 이야기를 재미있게 풀어나간다. 그는 그 둘을 합성한 것 같은 '세바스티 개미' 이야기를 했는데, 그 가운데 24성 푸가에 대한 것이 나온다. 천부적인 작곡가라고 알려진 이 '세바스티 개미'는 "어마어마한 전주곡과 푸가"를 지었다는 것인데, 이 허구적 이야기를 호프슈태

다. 이 책의 6장에서 「종생기」 분석은 그러한 기호서판 이론의 출발점이 될 것이다.
6 여기 실린 악보 중 위의 것은 「푸가의 기법」에서 12번째 나오는 푸가이다. 이 악보의 렉투스(윗부분)는 중심주제를 변주한 것이다. 아랫부분인 인베르수스는 렉투스의 거울상처럼 뒤집혀 있다(이에 대한 정보는 폴 뒤부쉐, 『바흐, 천상의 선율』, 시공디스커버리, 2005, 122~123쪽 참조).

터는 이렇게 익살스럽게 떠벌렸다.

> 나는 정말로 놀라운 푸가를 작곡했다. 그 안에서 나는 24조성의 거듭제곱과 24 주제의 거듭제곱을 추가해서 24성의 거듭제곱을 가지는 푸가에 도달하게 되었다. 유감스럽게도 이 모서리는 그것을 다 적어놓기에는 너무도 비좁구나.[7]

이 글은 마치 이상의 무한좌표계 밑에 있는 선언문을 음악적인 방식으로 표현한 듯하다. 이상은 백 개의 무한구체를 무한좌표계 형식으로 벌려놓음으로써 그것을 형상화한 반면에 호프슈태터의 '세바스티 개미'는 궁색하게 좁은 종이 탓[8]을 하는 것이 다르다면 다른 점이다. 실제 24성의 거듭제곱으로 전개되는 푸가 악보를 있는 그대로 그려낼 수 있는 종이가 세상에 어디 있단 말인가? 이 세바스티 개미는 이상의 무한좌표계를 배웠어야 하지 않을까? 그 무한한 악보의 전개를 간략하게 상징적으로 압축할 수 있는 방법을 말이다.

물론 이러한 24성(또는 그것의 거듭제곱) 푸가 이야기는 그가 픽션적으로 끼워놓은 이야기를 재미있게 풀어나가기 위해 삽입한 허구적 푸가에 불과하다. 그렇게 많은 규칙을 우리의 이성이 어떻게 한꺼번에 감당할 수 있겠는가? 호프슈태터는 에셔(그도 바흐 음악을 매우 좋아했다)의 그림 「개미푸가」를 그 책에 실었다. 그는 개미 군락과 그것을 이루는 개미 사이의 이야기를 수많은 규칙이 무수히 반사되고 변주되는 푸가적 이야기로 만들었다. 모든 음이 하나하나 개체로 떨어져 있을 때에는 아무런 의미와 목표도 없던 것이 일정한 팀을 이루고 움직이기 시작하면 전체적으로 하나의 통일된 음악적 이야기를 만들어내는 것이다.

개미 군락도 그렇다. 하나씩의 개미는 처음에는 이리저리 우왕좌왕

---

7 더글러스 호프슈태터, 『괴델 에서 바흐』(상), 까치, 2006, 434쪽.
8 페르마의 정리 이야기를 패러디한 것이다. 페르마는 자신의 정리를 증명하기에는 그 공식을 적은 종이가 너무 비좁다고 탓했다.

하며 서로 스쳐 지나가다가도, 일정한 신호로 엮이기 시작하면 여러 마리가 하나의 팀이 되어 일사불란하게 움직인다. 이들은 군락 전체에서 작동하는 일정한 카스트(신분계층)에 의해 자신들의 역할을 분배받는다. 개미군락에서 독특한 것은 이 카스트가 경직되게 언제나 똑같이 유지되지는 않는다는 것이다. 카스트 분배는 상황에 따라서 탄력적이고 유동적으로 적용된다. 어떤 개미는 상황에 따라서 전과는 다른 카스트에 배속되고 따라서 다른 역할을 맡는다. 특정한 다른 갈등이나 대립, 투쟁 같은 것이 보이지도 않는다. 그들은 그러한 탄력적인 카스트 분배에 재빨리 적응한다. 무엇보다도 그들 자신이 그러한 카스트 분배의 주체이기도 하다. 어떤 지배자가한 개미에게 카스트를 일방적으로 결정해주는 것이 아니라 자신이 스스로특정한 카스트에 배속된다. 이렇게 개미집단과 군락은 전체적으로 매우 잘짜여지고, 교향악과 푸가처럼 조율되는 하나의 지적인 생명체가 된다. 이러한 개미사회는 오히려 그보다 훨씬 고등동물이라고 자부하는 인간사회보다 더 진화된 양식을 보이는 것 같다.9

에셔의 「개미푸가」는 6마리의 흰 개미와 6마리의 검은 개미가 서로

9 우리는 이러한 개미사회에 대한 호프슈태터의 견해를 따르면서 그가 기존 개미학자 중에서 데보라 고든 쪽의 견해를 택했음을 인정할 수 있다. 샬로트 슬레이는 데보라 M. 고든과 오스본 윌슨의 대립적인 견해를 소개하면서 개미사회를 '평등한 협력이나' '계급적 통제냐'라는 두 가지 관점으로 그들이 논쟁했다고 밝혔다. 이러한 견해 뒤에 숨겨진 이데올로기를 함께 분석해보기도 했다. 그러나 개미들 사회 역시 다양하며 어떤 경우는 퇴화하기도 한다는 것도 제시했는데, 예를 들면 '해적 개미' 같은 것이 그 예이다. 이들은 노예개미들에 의존하면서 나중에는 오히려 스스로 붕괴되었다(샬로트 슬레이, 『개미』, 문명진 역, 가람기획, 2005, 145·220쪽 등 참조). 호프슈태터가 분석하고 있는 개미사회는 가장 잘 진화된 모습 속에서 포착된 것인지 모른다. 아무튼 이러한 개미들이 진화하면서 만들어낸 그 사회조직의 의미를 배울 필요가 있다. 단지 호프슈태터가 개미군락과 집단 그리고 최소 조직인 팀에서 빠져나간 개별 개미들은 아무런 목적도 갖지 않는 존재로 그리고 있다는 점은 문제가 있는 것처럼 느껴진다. 그들의 무목적적인 방황 속에는 아무 목적이 없는 것일까? 그들은 단지 팀으로 엮일 때만이 비로소 어떤 목적이 창출되는 것일까? 개별 개미 존재의 허무주의를 우리는 극복해야 할 것 같다. 그들 속의 목적은 자신의 진화일 것이다. 그들은 팀을 통해서 그 길을 발견할 뿐이다.

빈틈없이 결합되어 전체적으로 하나의 멋진 결정체 그림을 보여준다. 자세히 보면 각 개미의 모습은 모두 똑같다. 그런데 그들이 서로 빈틈없이 결합되어 하나의 팀을 이룬 모습은 너무나 아름다운 질서를 보여준다. 각자 매우 역동적인 자세로 다리를 벌리고 있는데, 서로 결합될 때 아무런 불협화음도 없다. 그렇게 전체적으로 아름답고 완벽하게 결합된 어떤 결정체 구조를 「개미푸가」는 그려 보인다. 그것은 결정체만으로 끝나는 것이 아니다. 그 결정체 내부에는 더 중요한 아름다움이 자리한다. 그 개미 전체를 관통하는 매우 아름다운 선율로 가득 차 있다는 것이다. 바로 그 선율에 각 개미의 몸체와 다리의 여러 부분이 참여하고 있는 것이다. 이들은 자신의 몸을 여러 마디로 쪼개냄으로써 서로 간에 소통하며 이어지는 그러한 선율을 만들어낸다. 그러한 선율에 의한 완벽한 결합이야말로 「개미푸가」의 음악적 형태론이 지닌 의미이다.10

10 이 개미들은 활동적으로 움직이는 것들이다. 이들의 다리는 좌우 4개씩인데, 각 다리는 4개의 서로 다른 형태로 된 마디를 갖고 있다. 우리는 이러한 마디들을 일종의 음표의 성부로 볼 수 있을 것이다. 16개의 성부가 서로 아름답게 짜이면서 '개미푸가'는 연주된다.

이상은 거울세계인 근대적 광학 이미지를 혐오했다. 그가 그 세계를 탈출할 수 없다고 생각했을 때, 그에게 남겨진 궁극적인 선택은 죽음이란 극단적인 탈출구였다. 그러나 죽음으로 향하기 이전에 시도한 것이 바로 '거꾸로 살기'이며, 그것이 타성화된 것이 '역도병'이다. 그는 이러한 부정적인 몸짓을 넘어서서 좀 더 예술적인 치료법을 택한다. 거울상을 다양한 방식으로 또 다채롭게 반사시킴으로써 비록 생명력 있는 창조적 세계에는 도달할 수 없지만, 그 비슷한 세계를 만들어낼 수는 없을까 생각한 것이다. 그는 거울 이미지를 푸가적인 음악으로 이끌어갔다.

이상은 어떤 글에서 육면거울방의 비밀스런 공간을 지키고 있는 악성(樂聖)을 만나는데, 그에게 이끌려 그 육면거울방의 비밀을 보게 된다. 이상은 그 비밀을 보는 순간 그만 그 자리에서 졸도한다. 과연 이 악성은 누구였을까? 그의 다른 글을 아무리 뒤져도 여기에 대한 정보를 얻어낼 수 없다. 다만 그가 동경 시절 편지에서 언급한 모차르트가 어느 정도 근접하지만,[11] 모차르트의 소나타 형식은 너무 엄격한 규칙을 중요시하므로 그보다는 훨씬 다양하게 열려 있는 푸가 형식의 대가인 바흐가 이 악성에 해당할지 모른다고 추측할 뿐이다. 물론 악성이 실제로 누구를 가리키는가 하는 것은 별로 중요한 문제는 아니다. 이 악성이 등장하는 「무제-육면

11 그는 소설 「실화」에서 모짜르트의 「쥬피터」에 대해 잠깐 언급한다. "모짜르트의 사십일번은 목성(주피터)이다. 나는 몰래 모차르트의 환술(幻術)을 투시하려고 애를 쓰지만 공복(空腹)으로 하여 저으히 어지럽다."(전집2, 346쪽) 변동림의 회고에 따르면 이상은 베토벤보다 모차르트를 좋아했다. "모차르트를 들으면 천재의 초조한 모습이 그냥 보이는 것 같다고 했다."는 것이다.(김유중·김주현 편, 앞의 책, 185쪽)

거울방」(전집에서는 「무제」인데, 본래 제목이 없는 글이다. 필자는 다른 글들과 구별하기 위해 이렇게 이름을 붙여보았다)에서 확실한 이름이 거론되면 오히려 이 시적인 글의 신비스런 분위기를 몰아내게 된다. 내가 여기서 바흐의 「거울푸가」를 생각한 것은 악성이 처음 이상을 초대했을 때 보여준 지구의(地球儀) 때문이다. 악성은 일상생활에서 항상 모든 것을 거꾸로 살아가는 이상에게 그 지구의 위에서 자신의 주소 번지수를 찾아보라고 했다.

> "군(君)의 어드레스를 찾아보게" 하는 말을 듣고 그는 조용히 그 지구의를 조사하기 시작하였다. 오대주(伍大洲)의 대륙에서 최소의 산호초에 이르기까지 육지라는 육지는 모두 꺼멓게 칠해져 있었다. 그리고 다만 문자라고는 물이 된 부분에 "거꾸로 개록(改錄)된 악보의 세계"라고 쓰여져 있을 뿐이었다.[12]

12 전집3, 149쪽.

이상은(여기서는 '그'라고만 지칭된다) 평소 생활을 거절하는 의미로 축음기의 레코드를 거꾸로 틀었다고 한다. "생활을 거절하는 의미에서 그는 축음기의 레코오드를 거꾸로 틀었다. 악보가 거꾸로 연주되었다." 그는 이러한 것을 어느 늙은 악성한테 편지로 써 보냈는데, 그 편지를 보고 "한번 만나고 싶다"는 회답이 온 것이다. 이상에게 그는 왜 지구의에 있는 주소를 찾아보라고 한 것일까? 왜 육지는 모두 시꺼멓게 칠해 지워버린 것일까? 그것은 '육지에 대한 부정' 즉 '삶에 대한 거절'일 것이다. 악성은 이상의 '거꾸로 살기'를 간파한 것이리라. 지구에서 그러한 '거꾸로 살기'에 해당하는 공간은 육지 밖에 있는 '바다'이다. 거기다 이 '바다'는 '거꾸로 된 악보'의 세계이니, 바로 이상이 살 만한 공간인 것이다.

왜 하필 '바다'에 악보의 이미지를 붙였을까? 왜 '거꾸로 된 악보'인가? 나는 바로 이 부분에서 '거울푸가'적인 이미지를 찾아냈다. 물결과 파도의 무한한 반사상에서 바로 무한거울의 이미지를 연상한 것이다. 이 바다의 거대한 거울은 무수히 많은 물결(그것들은 그 하나하나가 모두 거울이다)의 조합이다. 그것도 순간순간 스러졌다 재구성되는 물결의 무한한 조합이다. 무수히 많은 물결이 포함된 커다란 파도(놀)들의 춤에서 더 큰 규모의 너울이 조직된다. 커다란 규모의 너울적인 리듬의 전개는 하위적인 파도와 물결의 무수한 쪽거리로 된 작은 리듬들을 품고 있다. 이 만큼 역동적인 리듬의 이미지를 어디서 찾을 수 있을 것인가? 물결치는 것에서 이렇게 리듬을 생각하기는 쉽다. 그러나 그것을 '거꾸로 기록된 악보'라고 생각하기는 쉽지 않다. 거울 이미지를 거기서 찾아냈을 때만이 그 물결의 음악적 리듬은 반사상적인 악보로 바뀔 수 있다. 이상은 이 '바다의 거울'에서 거울과 음악을 결합시킬 수 있었다. 이 음악적 선율로 흔들리는 거울에서 반사상의 이미지는 전혀 새로운 차원을 얻는다. 그것은 에셔의 「개미푸가」처럼 개미가

처럼 묘사한 정지용의 시가 이러한 이미지
를 잘 그려냈다. "고래가 이제 횡단한 뒤 해
협이 천막처럼 퍼덕이오."(「바다1」에서) 그
는 좀 더 잔잔한 바다를 치마폭처럼 그렸다.
"바다가 치마폭 잔주름을 잡아온다."(「말1」
에서) 바다의 춤과 선율이 펼쳐내는 이 아름
다운 이미지들을 모두 끌어모으면 우리는 바
다의 악보를 구성할 수 있을 것이다.

모여서 전체적으로 꽉 짜여지는 선율로 조직된다. 넓은 바다는 마치 하나의 천막 지붕처럼 출렁인다.13 그 출렁임은 모든 물결을 관통한다. 그러한 흔들림은 거기 비친 무수한 반사상이 엮인 춤이다. 그 모든 반사상이 하나로 짜여져 하나의 '거울푸가'를 연주한다. 모두 똑같은 모습을 되풀이할 뿐인 기계적인 혹은 자동인형 같은 그의 다른 거울세계보다 이 얼마나 역동적이고 다채롭고 화려한가. 기계적인 군대와 자동인형의 무미건조하고 딱딱한 움직임에 비해 이것은 얼마나 부드럽고 섬세하며 무한한가.

이상은 글에서는 미처 그러한 바다의 '거울푸가'의 예술적 성격에 대해 언급할 기회를 갖지 못했다. 그 괴팍한 악성이 말없이 그를 바로 그 옆의 거울방으로 밀어 넣었기 때문이다. 그 거울 방은 방에 있는 모든 것을 모든 방향에서 뒤집어 버리는 거울로 된 방이다. 천정과 바닥 그리고 사면 벽이 모두 거울이다. 악성은 이상에게 커튼 뒤에 감춰진 벽면의 거울들까지 모두 보여준다. 천정과 바닥에서 자신들이 뒤집힌 무한한 영상을 본 뒤 현기증을 느꼈을 이상은, 사면 벽의 거울까지 드러났을 때 그 자리에서 쓰러져 졸도한다. 아마 그는 거울 속 무한공간의 무한한 반사상들로 둘러싸인 순간 극한적인 어지러움 속에 빠졌을 것이다. 자신의 '거꾸로 살기'의 악무한적 극한 속에 빠져든 것이다. 악성은 바로 이 거꾸로 뒤집힌 세계를 지배하는 자이다. 그의 비밀은 바로 이 거울세계의 극한적인 지점이다. 그는 이 거울무한 세계의 주인이다. 그런데 감히 이상이 그러한 비밀 세계에 발을 들여 놓은 것이고, 자신에게 편지까지 띄웠으니 그의 도전장을 받아주지 않을 수 있었겠는가? 그는 자신의 최고 경지를 보여줌으로써 이상을 졸도시키고 나아가서 이상에게 다음과 같은 선고를 내린다. "나의 비밀을 언감생심히 그대는 누설하였도다. 죄는 무겁다, 내 그대의 우를 빼앗고 종생(終生)의 '좌'를 부역(賦役)하니 그리 알지어라." 이상은 악성의 이러한 질타에, 심장에 수없는 균열이 가는 충격을 받는다.

이상에게 '좌'와 '우'는 대개 물질적인 거울세계와 정신적인 세계의 대립을 가리킨다. '종생의 좌'를 부역한다는 것은 물질적인 거울세계의 삶을 이제부터 죽을 때까지 짊어지고 가라는 명령이다. 거울세계의 왕이 자신의 종을 하나 거느리게 된 셈이다. 그런데 그 이후 이상의 거울세계는 매우 다채롭게 전개되었다. 그의 독창적인 작품은, 우리에게 접근이 허용되지 않는 무한정원/무한호텔적인 것 이외에 이러한 길을 향함으로써 거울의 다채로운 음악을 들려줄 수 있었다.

김기림은 바로 이러한 방향에 들어선 이상의 본질을 어느 정도 알았는지 모른다. 그의 「바다와 나비」는 바다의 출렁이는 물결에 비친 반사상에 매혹되어 날아다니다 차가운 물결에 꿈을 깨고, 이제는 지쳐 힘겹게 돌아가는 나비 한 마리를 보여주었다.

아무도 그에게 수심을 일러준 일이 없기에
흰나비는 도무지 바다가 무섭지 않다.

청무우밭인가해서 내려갔다가는
어린 날개가 물결에 절어서
공주처럼 지쳐서 돌아온다.

삼월달 바다가 꽃이 피지 않아서 서글픈

나비 허리에 새파란 초생달이 시리다.[14]

이 시는 본래 발표 당시 제목은 「나비와 바다」(『여성』, 1939. 4.)였다. 김기림
은 「바다의 아침」(『태양의 풍속』(1939)에 들어 있는)에서 이미 "바다의 거울판"이
란 이미지를 만들어냈다. 그에게 '바다'는 일종의 '망각의 바다' 즉 수많
은 것이 그 무한한 심연에 휩쓸려 들어가 파묻히는 장소이기도 했다. 이
에 대해서는 그의 수필 「초침」을 읽어야 한다. 이 망각의 깊이 속에 이상
의 무한정원적 기억이 잠겨 있을지도 모른다. 김기림은 「상형문자」(『가톨릭
청년』, 1935. 3.)에서 구름 속에서 붙잡은 상형문자의 나비 이미지를 보여주
기도 했다. 하늘의 달을 배경으로 바다의 거울 이미지를 좇는 이 나비 이
미지는 보들레르와 스티브 스펜더의 나비 이미지를 변용해서 합성한 것처
럼 보인다.[15]

　　김기림은 이 시를 「쥬피타 추방」(1940년 김소운의 일역 시집인 『젖빛 구름』
에 「추방된 쥬피타」라는 제목으로 발표된)보다 먼저 썼을 것이다. 그 시의 분위기
가 제2차 세계대전의 폭풍우 같은 험악한 날씨를 배경에 깔고 있는 것에
비해, 이 시의 나비와 바다는 아직 낭만적이고 예술적이다. 김기림은 이상
의 그 유명한 「오감도」 속에 끼어 있는 '나비'를 알고 있었을 것이다. 「시제
10호 나비」는 자신을 가두고 있는 이 근대적인 거울세계의 감옥에서 빠져
나갈 수 있는 희미한 가능성을 노래한 것이다. 찢어진 벽지의 틈에서 '죽
어가는 나비'를 본다는 것, 그것은 바로 거울세계 속의 창백한 자화상 위

14 김기림, 「바다와 나비」 전문.
15 김기림은 스티븐 스펜더의 「시의 제작」을 읽지 않았을까? 스펜더는
바닷가 절벽 밑에 마치 하아프의 현(絃)처럼 누워 있는 바다를 노래했
다. 그 너울거리는 파도에 반사된 울타리와 장미, 말, 사람들의 영상들
을 그려놓았다. 이 반사상들은 하아프의 현처럼 주름잡는 파도에 비친
반사상들이다. 나비들이 이 파도를 "백악지대의 들판으로 잘못 알고 꽃
을 찾아다닌다." 하고 그는 노래했다(스티븐 스펜더, 「시의 제작」, 『예
술창조의 과정』, 부루스터·기셀린 편, 이상섭 역, 연세대출판부, 1980,
164~165쪽 참조).

에 자라난 수염이라는 것, 그것은 시인의 입에서 나오는 입김을 먹고 산다는 것 등이 이 시의 내용이다. 시적인 에스푸리의 말을 먹고 자라는 이 나비는 이렇게 간신히 물질적 거울세계와 그 밖의 유계 즉 초검선적 우주 사이의 경계에 걸쳐 있다. 벽지를 찢어서 만들어진 틈이 바로 '나비'의 표상이다. 이 나비의 마지막 여행이 바로 김기림이 노래한 바로 그 바다 여행이 아니었을까? 이상이 악성의 집에서 본 바다의 '거울푸가'를 김기림이 자기 식으로 한번 그려 보인 것은 아니었을까? 그러나 김기림은 이상이 언급하지 않은 '바다의 깊이'를 이 거울 속에 집어넣었다. 이것은 반사상들 뒤에 감춰진 죽음의 깊이/악무한적 깊이를 가리키는 것이었을까? 아무튼 이상은 그러한 거울세계 위에 푸가적인 몸짓으로 날아다니기 시작한다. 이에 대해서 하나씩 말해보자.

「오감도」의 여러 시편은 이러한 거울 속 무한세계의 가능성에 대한 우울한 결론을 변주한 것이다. 이미 시적인 산문을 통해서 제시한 주제와 결론이 「오감도」의 시편에서 시적인 압축적 진술로 표현되었다. 「시제4호」에 나타난 숫자의 거울상이 그 요점이다. 이러한 대수적 논리(이것은 여러 가지 다른 근대적 제도와 지식체계의 논리를 대표한다)의 질환이 다른 방식으로 여러 시편에 펼쳐져 있다. 「시제2호」와 「시제3호」에서 논리적 역설은 구문론의 기계적인 적용과 어울려 있다. 여기에도 거울상이 은밀하게 작용한다. 「시제2호」의 '나'는 결국 스스로를 삼키게 된다. 문법적인 차원에서 '나'는 여러 가지로 분리되어 있지만, 내용적으로 그것들은 서로를 반사한다. 나는 나의 아버지가 되니 문법적으로는 '나=나의 아버지'이다. 실제로 이 '나'는 최초에 진술된 '나'와 완벽하게 같은 것은 아니다. 단지 단어적으로만 같다. 이 시를 따라가면 '나'는 계속해서 거슬러 올라가서 '나의 아버지의 아버지의……아버지'가 된다. 아마 여러 '나'를 구분해야 한다면 '나의 아버지'가 된 '나'를 나2, 한 단계 더 위의 '나'를 나3, 이렇게 계속해 나갈 수 있을 것이다. 그 전체도 '나'이니까 이 전체 나all에 '나'는 포괄된다. 그러나 '나의 아버지'는 여전히 '아버지'로 존재하니까 문법적인 형식에서 볼 때에는 '나=나의 아버지'는 '나의 아버지'와 같다. 실제로는 나와 아버지는 다르다. 즉 나는 나의 아버지이면서 또 나의 아버지가 아니다. 이 시의 진술은 이러한 무수히 많은 역설을 만들어내는 구조이다. 언어의 논리적 진술이 모호함을 쌓아올린다. 「시제3호」도 마찬가지이다. 여기서 싸홈하는 사람을 A, 또 사홈하는 사람을 B라고 해보자. 그러면 싸홈하지아니하든사람은 A-, 싸홈하지아니하는 사람은 B-라고 할 수 있다. 그러면 언뜻 복잡해 보이는 이 시의 언술을 간단히 정리할 수 있다. 그것은 A와 A-, B와 B- 등이 순차적으로 나타나는 구조가 된다.

　　이상은 매우 단순하고 논리적인 진술을 계속 반복하는데, 그것이 진행될수록 점점 더 모호하게 들리도록 하는 전술을 쓴다. 좀 어처구니없는 것 같은 진술을 시라고 써서 대중이 읽는 신문에 실었기 때문에 그는 욕을 얻어먹었을 것이다. 물론 이러한 시들은 그 시대의 무서움(공포)과 싸움(전쟁)이란 주제를 매우 희극적으로 처리함으로써 어느 정도 막연하게 시대에 조응되기도 한다. 그러나 좀 더 근본적인 문제는 그러한 것 너머에서 진행되고 있는 이상 문학 전반적인 맥락에서 추구되는 주제이다. 그것을 이 갑작스러운 난해하고 치졸해보이기도 하는 시들 속에서 대중이 발견할 수 없었던 것은 당연한 일이다.

　　이상은 일상적인 생활이나 문단의 일반적 세태에서조차 거꾸로 달려가고 싶었는지 모른다. 그러나 그의 「시제7호」 같은 것은 그의 사상적 좌절을 심각하게 보여주는 풍경을 그려낸다. 이것은 그의 무한정원에서 벌어진 비참한 풍경처럼 보인다. 차갑게 얼어붙고 만신창이가 된 달 거울, 절름

윌리엄 블레이크, 「뉴턴」.

거리는 성좌들의 찢긴 골목들을 비틀대며 도망 다니는 눈바람. 하늘에 있는 것들은 영적인 생명력을 잃고 비틀거린다. 마치 어느 황량한 유배지처럼 그 하늘 밑에 황무지의 땅이 놓여 있다.

　　이 하늘은 바로 뉴턴이 시계장치처럼 사유한 우주이다. 그리피스는 근대의 이성, 남성적인 사유가 하늘을 남근 모양의 투시기구를 사용함으로써 별자리를 새롭게 편성했다고 말했다. 뉴턴 이후 하늘의 별자리에 망원경자리, 현미경자리 그리고 시계자리가 생겼다고 말한다.16 그녀는 마야의 천문학자들은 마치 거꾸로 된 망원경처럼 '어머니 대지'에 깊고 어두운 구덩이를 파고 밤하늘을 바라보았다고 했다. 이러한 언급은 이상의 거꾸로 뒤집힌 또 하나의 거울을 생각나게 한다. 이상은 한걸음 더 나아가서 실제로 대지의 깊은 구멍에서 나오는 강렬한 생명력을 표상한 개의 이미지를 다른 한 쪽으로 변주하고 있었다. 그의 거울과 시계 반대편에 그러한 '개'가 있었다. 「황의 기(작품제2번)」에서 그는 그러한 대지적 생명력을 하늘의 요리술로 요리하는 요리사의 단추에서 그가 진정 바라보아야 할 하늘의 별들의 약도를 본다. 거기서 그것은 오리온좌의 약도였다.

근대적 미로의 환상
(거울의 거울)

여기 한 페-지 거울이 있으니

잊은 계절에서는

없은머리가 폭포처럼 내리우고

울어도 젖지 않고

맞대고 웃어도 휘지 않고

장미처럼 착착 접힌 귀

—이상, 「명경」

. 근대라는 감옥을 부수는 절망

이상은 초창기 시 중의 하나인 「LE URINE」에서 황량하게 얼어붙은 황무지 위에서 "무미(無味)하고 신성한 미소와 더불어 소규모하나마 이동되어가는 실(絲)과 같은 동화"에 대해 노래했다. 자신의 왜소해진 성기에서 분출된 한줄기 오줌(urine)은 뱀과 '유리의 유동체'라는 이미지로 변주되면서 황무지적 산야를 뚫고 바닷가에 도달한다. 이런 행위를 통해 그것이 비록 이 황무지적 세계에 가느다란 실처럼 미미한 한줄기 흐름일지라도 거기에 미래의 희망을 담은 새로운 이야기가 시작될 수 있기를 소망한다. "실과 같은 동화"라는 말 속에는 여러 의미가 함축되어 있다. 그에게 '아이'의 순진무구함은 무한정원의 정신적 기반이다. 아이가 꿈꾸는 이야기인 동화적 세계야말로 무한정원을 수놓는 풍경인 것이다. 이 동화적인 선(線)을 '실'로 표현한 것은 가늘게 이어지는 이미지를 보여주기 위한 것만이 아니다. 동화적인 실은 우주적 풍경을 수놓기 위한 재료이기도 하다. 그러한 실들이 엮여서 무한적인 세계의 풍경을 짠다. 이상은 이 시에서 역사와 고고학을 대비시키면서 그 사이에 이 동화적인 실의 선을 배치한다. 이 "실과 같은 동화"는 황무지적인 역사, '잡답한 문명'(이상이 「자화상(습작)」에서 말한)의 퇴적 (껍질의 쌓임인) 속에 파묻혀서 말라붙은 고고학적 유물 속에 한 가닥 생식적인 물줄기를 스며들게 하려는 것이다.

황무지적 풍경을 강조하기 위해 수분이 모두 증발한 가문 날씨가 등장한다. 가물어서 모든 수분이 바짝 말라버린 고리짝, 휴업일의 조탕(潮湯) 같은 것들을 노래한 것도 이러한 대비법(오줌의 동화와 황무지적 역사의 대비법)을 위한 것이다. 휴일의 바닷물 해수탕은 사람이 오지 않는 쓸쓸한 풍경만을 드러낸다. 이 시의 마지막 부분에서 이상은 바다라는 대자연의 거대한 풍요로움을 이 적막한 풍경의 황량함으로 가려버렸다. 휴업에 들어간 해수탕 속에서 들려오는, 생기 잃은 레코드 판 노랫소리는 이렇게 쓸쓸한 풍경 속에서 점차 시들어가는 바다의 생식력을 보여주는 듯하다. 바다에서 태어난 풍요의 신인 '비너스'는 이제 자신의 힘을 잃고 한물 간 가수처럼 목쉰 소리를 낸다.

휴업일의 조탕은 파초선과 같이 비애에 분열하는 원형음악과 휴지부, 오오 춤

추려무나, 일요일의 비너스여, 목쉰소리나마 노래부르려무나 일요일의 비너
스여.17

이상은 "실과 같은 동화"의 힘으로 그렇게 말라붙은 대지와 대양의 힘을
조금이나마 회복해보려 한다. 쓸쓸한 바닷가에서 비너스에게 "목쉰 소리
나마 노래부르려무나" 하고 간청하는 것이다. 바로 이러한 것들이 앞으
로 이상에게 남아 있는 예술적 가능성이었다. 황무지적 현실 속에서 거의
모두 다 생식적인 힘(무한 에로티시즘)을 잃고 매장되어가는 풍경일지라도,18

18 "그러는 동안에도 매장되어가는 고고학
은 과연 성욕을 느끼게 함은 없는 바 가장 무
미(無味)하고 신성한 미소와 더불어 소규모
하나마 이동되어가는 실과 같은 동화가 아니
면 아니되는 것이 아니면 무엇이었는가."
(「LE URINE」, 전집1, 45쪽.)

가느다란 한 줄기 생명력의 끈(실)이
나마 붙잡으려 안간힘을 쓴다는 것,
이것이 그에게 남은 예술적 여정이었
다. 대개는 모든 것을 부정하며 쉽게
허무주의로 빠져드는 낭만주의 예술

가나 전위적인 예술가와 달리 그는 이렇게 마지막까지 그러한 긍정적 창조
적 가치에 대한 추구의 끈을 놓지 않았다.

우리는 이상이 끄떡 하면 '자살', '죽음' 등 절망적인 언어를 내세우
기 때문에 그를 허무주의자로 오해하기 쉽다. 그러나 그러한 판단은 잘못
된 것이다. 그의 자살과 죽음 같은 것은 대지와 우주 자연에 대한 허무주의
적 인식과는 아무 상관이 없다. 그것은 다만 그러한 대지와 우주에 대한 강
렬한 긍정 위에서, 그 대지와 우주 속에 황량해진 모습으로 떠 있는 근대세
계 속에서의 삶에 대한 절망이다. 그는 이렇게 절망적인 현실 속에서 마치
구원의 손길이 바다에서 오기를 기다리며 계속 천을 짜고 풀던 「오딧세이」
의 페넬로페처럼 예술적인 '자수의 정원'을 수놓고 또 해체했다. 그의 「수
인(囚人)이 만들은 소정원(小庭園)」에는 그러한 동화적 풍경이 수놓아져 있

다. "이슬을 아알지 못하는 다-리야19하고 바다를 아알지 못하는 금붕어하고가 수놓아져 있다. 수인이 만들은 소정원이다. 구름은 어이하여 방 속으로 들어오지 아니하는가. 이슬은 들창유리에 닿아 벌써 울고 있을 뿐." 이 거울세계의 감옥에 갇힌 시인을 그는 죄수처럼 표현한다. 이 시의 마지막에서 "죄를 내어버리고 싶다. 죄를 내어던지고 싶다."라고 한 것이다. 그의 '죄'는 「오감도」의 「시제15호」에서도 나타난다. "죄를 품고 식은 침상에서 잤다." 했으며, "악수할수조차 없는 두 사람을 봉쇄한 거대한 죄가 있다." 했다. 이 시는 거울을 감옥으로 묘사한 최초의 시이다. 그는 "나는 거울있는 실내로 몰래 들어간다. 나를 거울에서 해방하려고."라고 말했다. 거울 속의 '나'는 "나 때문에 영어(圖圄)되어 떨고 있다."고 했다. 사실 이 근대세계의 거울감옥은 이상의 사상이 만들어낸 이미지이다. 그의 무한사상적 시각에서 볼 때 근대적 현실은 황량한 반사상적 껍질의 표면세계에 불과하다. 모든 것의 두께와 깊이를 박탈해서 그 표면에 가둬버린, 그것은 말하자면 일종의 '거울감옥'이었다. 그는 무한정원의 낙원에서 추방된, 마치 죄를 짓고 에덴 정원에서 쫓겨난 아담과 이브처럼 그 현실에 갇힌 그러한 죄인이었던 셈이다. 이상은 현실에서 살아가는 것 자체를 그렇게 죄를 품고 그 거울 평면에서 살아가는 것으로 파악한다.20 '식은 침상'이란 바로 그 거울 평면이다. 그런데 위 시에서는 한 가지 죄가 더 추가되었다. 거울 속의 나

19 '다알리아'를 말한다. 이 시는 보들레르의 「여행에의 초대」에서 영감을 받지 않았을까? 보들레르는 그 시에서 '코카뉴나라'라 불리는 아름답고 풍요로우며 고요하고 화려한 이상향을 노래한다. 자연 속에 인공적으로 개조된 이 낙원의 공간에서 '검은 튤립'과 '푸른 다알리아'라는 환상적인 꽃을 찾았다고 노래했다. 이러한 환상적인 꿈을 이상 역시 우울한 공간에서 자수(刺繡)의 정원에 수놓았던 것은 아닐까? 당시 튤립과 다알리아는 사랑받는 이국적인 화초였던 것 같다. 김기림의 수필에도 이 두 꽃이 등장한다. "나는 튜립을 익애(溺愛)할 수밖에 없다. 실상 커다란 화분 위에 건방지게 머리를 추어든 '다리아'는 오만한 지나운단(支那軍團)을 생각게 하고"(「붉은 울금향과 '로이드' 안경」, 『신동아』, 1932. 4., 전집5. 346쪽) 다알리아에 대한 이러한 표현이 뒤에 「쥬피타 추방」의 "기름진 장미를 빨아먹고 오만하게 머리 추어든 치욕들"을 낳았을 것이다.
20 이 '거울평면'은 3차원 세계를 2차원적 이미지로 표현한 것이다.

와 거울 밖의 나를 손잡을 수 없도록 차단시키고 봉쇄한 거대한 '죄'가 덧붙여졌다. 왜 이것은 '거대한 죄'인가? 그것은 바로 이러한 거울 감옥을 만들어낸 죄를 가리킨다. 근대세계 전체를 감옥으로 만든 것, 즉 그 세계에 속한 사람 모두를 죄수처럼 가둬버린 것은 너무나 '거대한 죄'이다. 따라서 이 '죄'는 이 세계 사람들을 모두 죄인으로 만든 죄이다.

바로 이 두 번째 죄를 반성하고, 이 죄를 벗어나기 위해 노력하는 것이 그의 예술이다. 거울의 차갑게 얼어붙은 평면을 어떻게 녹이고, 그 거부하듯 딱딱한 것을 어떻게 부드럽게 만들 것인가? 그 속의 존재에 어떻게 부드러운 율동과 변신술적 꿈을 부여해줄 수 있겠는가? 이러한 물음이 그에게 있었다. 얼어붙은 대지 위를 흘러가는 오줌의 미미한 트임, 그 '실과 같은 동화'는 바로 이 거울표면에 아름다운 자수를 수놓으며 그러한 이야기를 시작하게 될 것이다.

. 잊혀진 계절

보르헤스는 이상의 거울과 반대되는 신화적 거울 이야기를 썼다. 그의 「거울 속의 동물들」은 예수회 신부인 P. 젤링거가 조사한 중국 광둥 지역 전설을 옮긴 것이라 한다. 대략적으로 소개하면 다음과 같다. 중국의 전설적인 황제(黃帝) 시대에 거울 속 세계와 인간 세계는 단절되어 있지 않았다. 성질과 색, 형태가 서로 다른 다양한 작은 통로가 있었다. 그러나 서로 자유롭게 왕래하던 이 두 세계 사이에 피비린내 나는 전쟁이 났다. 인간은 황제의 마법에 의지해서 간신히 거울세계를 제압할 수 있었다. 황제는 거울에 마법을 걸어 더 이상 거울세계 인간이 밖으로 나올 수 없게 하였으며, 그들의 힘과 형상을 빼앗아 다만 인간 행위를 똑같이 따라 하도록 만들었다. "인간과 사물에 종속된 단순한 그림자로 만들어버린 것이다." 그러나 거울세계의 "그들은 언젠가는 이 신비한 동면상태에서 깨어나게 될 것이다." 가장 먼저 잠에서 깨어나게 될 것은 물고기일 것이며, 그 거울세계는 더 이상 우리의 흉내를 내지 않게 될 것이다. 보르헤스는 그 거울 깊은 곳에서 무기 부딪치는 소리가 나게 되면 전쟁의 시기가 임박했음을 알리는 징조라고 썼다.[21]

존 브리그스는 카오스에 대한 이론에서 이 이야기를 소개한다. 그에 의하면 우주의 카오스적 형태와 성질을 파악하게 되는 것이야말로 바로 그러한 거울세계의 깨어남이며 황제의 마법이 풀리는 징조라고 해석한다. 존 브리그스와 데이비트 피트는 *TURBULENT MIRROR*의 머리말에서 이렇게 말했다. "이 전설은 예언하기를, 어느 날 이 주문이 심히 교란될 것이라고 한다. 처음에는 거울에 나타나는 상과 우리들의 모습이 분별하기 아주 어려울 것이나 차차 거울에 비친 일거일동이 조금씩 분리되기 시작하고, 색깔이나 형태가 완전히 바뀌고 오랫동안 감금되어 온 거울세계의 혼돈이 갑자기 우리 세계 속에서 들끓게 될 것이다. 어쩌면 이미 그때가 와있는지도 모른다."[22] 이 책의 저자는 이렇게 거울세계를 억압한 힘은 아리스토텔레스 이래 갈릴레오, 케플러, 뉴턴에 이르는 과학정신이었다고 주장한다.[23] 이 책은 "황제의 마법은 이러한 과학정신과 통하는 것일까"라고 묻는다. 그에 대해 이렇게 답변한다. "황제의 주문은 곧 과학적 환원론이고 이것은 우주가 부분들로 구성되었다는 믿음이다. 이 주문을 깨뜨리면서 과학자들은 주변에 가득한 새로운 종류의 마술을 발견하였다."

중국 광둥 지역에서 채집된 이 황제의 거울 전설은 아마 황제 족에게 병합된 (중국에서 볼 때) 남방 오랑캐 족의 설화에서 비롯한 것인지도 모른다. 이상의 거울세계와 완전히 뒤집혀 있는 이 전설은 본질적으로는 동일한 세계관을 다른 관점에서 서술하고 있다. 단지 황제의 전설은 중화

21 보르헤스, 『상상동물 이야기』, 까치, 1994, 24~25쪽 참조. 이 책의 원판은 부에노스아이레스에서 1967년에 나왔다.

22 존 브리그스·데이비드 피트, 『혼돈의 과학』, 김광태·조혁 역, 범양사, 1990, 13쪽.

23 위의 책, 21~22쪽.

적인 이성적 세계관에 대립하는 마술적이고 신비주의적인 거울세계에 대해 황제 족의 관점을 가미해서 기술한 것이 다를 뿐이다. 그 전설에는 언젠가는 황제의 마법을 극복하고 자신들의 독자성을 되찾으려는 남방 오랑캐의 염원이 숨겨져 있다.

이상은 이와 반대로 황제의 입장에 서 있는 인간 세계를 거울세계로 규정한다. 그는 자신을 하융(河戎)이란 필명으로 부르기도 했다. 그 이름을 '물 속의 오랑캐'라고 풀이해주기도 한다. 이상은 마치 위의 황제전설 속의 거울세계 속에 있는 것처럼 그렇게 자신의 존재를 규정하였다. 마치 때가 오면 거울세계 속의 물고기가 깨어나듯이, 이상의 '물 속 오랑캐'인 하융이 깨어날지 모른다. 이상의 나비 이미지는 바로 그 마법에 걸린 거울을 뚫고 나오려고 몸부림치고 있다.

이상은 이 차갑고 딱딱하게 차단된 경계선을 넘을 수 있는 '나비'의 이미지를 몇 군데서 보여준다. 「오감도」의 「시제10호 나비」에서 가장 뚜렷한 나비 이미지를 그려보인다. 그것은 분명 두 가지 측면을 갖는 듯하다. 그 하나는 물질적 세계에 생명력을 부여하는 부드러운 물의 이미지이다. 다른 하나는 그 물질 세계 너머의 유계와 연결되는 통로이다. 그는 비록 몇 편의 시와 수필에서 단편적인 나비 이미지를 보여주지만, 그 작은 이미지 속에 매우 중대한 의미를 담을 수 있었다. 「1931년(작품제1번)」과 「실낙원」 중 「소녀」에 나오는 '나비'는 "철늦은 나비"이거나 "부상당한 나비" 등이다. 이 '나비'는 위기에 빠진 존재처럼 나타난다. 우리는 이러한 '위기의 존재'가 만들어내는 예술적 추구가 무엇인지에 대해 논할 것이다. 사실은 이러한 나비와 연관된 시인의 이미지는 무한정원적인 추구에서 한걸음 후퇴한 이후의 일이다. 이 문제에 대해서는 다음 절에서 다루기로 하자. 여기서는 먼저 이 차가운 거울 표면에 뜨거운 입김과 생동하는 물의 흐름을 가져올 그러한 시적 정신이 어떻게 노래되는지에 대해 알아보자. '위기의 존재' 이전의 나비는 좀 더 활동적인 계절 속에 살고 있다. 비록 거울 속의 얼어붙은 추억이지만 그 아름다운 계절에 대해 먼저 이야기해야 한다. 폭포가 떨어져 내리고 장미꽃 향기가 진동하던 계절에 대해서 말이다.

이상은 거울 감옥에 갇힌 추억의 계절을 통해서 그러한 이야기를 한다. 그 계절을 호흡하고 보고 느끼던 기관도 갇힌 계절과 함께 그 거울 속에 있다. 「오감도」의 「시제10호 나비」와 「시제15호」 그리고 「자화상(습작)」, 「명경」 등에서 입과 눈과 귀와 손의 감각은 모두 거울 속에 갇히게 되었다. 그의 시는 그러한 것이 갇혀서 봉쇄된 '거대한 죄'로부터 출발한다. 잘 살펴보면 이러한 시들에서 이상은 여성적인 이미지와 남성적인 이미지를 변주하고 있다. 「명경」 같은 시에서는 거울의 유리 속에 석화된 모습이지만 과거의 아름다웠던 계절을 여성적인 풍모로 그려낸다. 반면에 「자화상(습작)」이나 「면경」 그리고 「시제10호 나비」 같은 것에서는 그러한 거울세계 속에서 어떻게 그 혹한의 계절을 견뎌내고, 그 속에서 그러한 거울세계의 차가운 기압에 맞서 영웅적인 투쟁을 벌이고 있었는지에 대해 말한다.

이상의 예술은 이 두 가지 측면의 미묘한 조율에서만이 참다운 빛을 발휘한다. 이 두 측면에 대해 제대로 아는 자만이 그의 예술이 추구한 목표와 방향을 정확하게 따라잡을 수 있다. 우리는 먼저 그의 여성적 측면, 즉 거울 속의 아름다운 계절에 대해 알아볼 필요가 있다. 그러한 아름다운 계절이 거울 속에 갇히고 점차 생기를 잃게 되며, 마침내는 어두운 극지의 계절로 바뀌고 만다. 그의 예술적 탐색은 그러한 옛 계절의 기억을 보존하는 것이고, 점차 어둡고 황량해가는 이 거울의 기압으로부터 그 계절을 지켜내는 것이다. 그의 시의 궁극적인 목표는 거울에 갇힌 자신(다른 사람들을 포함해서)의 감각을 거울의 잠에서 깨우는 일이다. 「시제10호 나비」

는 이러한 것을 보여주는 일종의 '시론' 격에 해당하는 시이다. 그것은 거울감옥 밖으로 내뱉은 시인의 입김이 마침내 수류(水流)처럼 강렬한 흐름으로 바뀌는 것에 대해 말한다. 이러한 남성적 계몽주의(시인은 거울의 잠에서 영웅적으로 깨어난다) 뒤에는 차가워지기 이전의 따뜻하고 아름다웠던 계절에 대한 낭만적 추억이 놓여 있다. 먼저 그의 아름다운 계절에 대한 추억에서부터 시작해보자.

여기 한 페-지 거울이 있으니
잊은 계절에서는
엎은머리가 폭포처럼 내리우고

울어도 젖지 않고
맞대고 웃어도 휘지 않고
장미(薔薇)처럼 착착 접힌
귀
들여다보아도 들여다보아도
조용한 세상이 맑기만 하고
코로는 피로한 향기가 오지 않는다.

만적 만적하는대로 수심(愁心)이 평행하는
부러 그러는 것같은 거절
우(右)편으로 옮겨앉은 심장일망정 고동이
없으란 법 없으니

설마 그러랴? 어디 촉진(觸診)······

하고 손이 갈 때 지문(指紋)이 지문(指紋)을

가로막으며

선뜩하는 차단뿐이다.

오월이면 하루 한번이고

열 번이고 외출하고 싶어하드니

나갔든 길에 안돌아오는 수도 있는 법

거울이 책장같으면 한 장 넘겨서

맞섰든 계절을 만나련만

여기 있는 한 페-지

거울은 페-지의 그냥 표지-24

이상은 이 시 이전에 이미 여러 편의 거울 시를 썼다.「거울」(1933. 10.) 에서부터「오감도」의 몇 편의 시, 1935년경에 쓰인 것으로 추정되는「실 낙원」의「면경」등까지 포함해서 적어도 5편 정도가 거울 관련 시이다. 그 가운데서 이「명경」은 가장 이상답지 않은 시다. 그는 이 시에 여성적인 아 름다운 자태, 그것도 고전적인 여성미와 현대적인 미가 묘하게 결합된 그 러한 모습을 그린다. 그가 이 시를 쓸 때『여성』지에 발표한다는 특수한 '환 경'에 대해 생각한 것이 아닐까? 이 시의 삽화로 그려진 안석영의 그림도 그렇게 약간은 고전적인 여성이 화장대의 거울을 보는 모습이다.

이상이 이러한 특수한 환경을 인식했다고 해서 자신의 주제에서 벗 어난 것은 아니다. 그는 이 시에서 자신의 자화상에 매우 독특한 여성적 얼

24 이상,「명경」,『여성』, 1권 2호, 1936. 5.

굴을 부여할 수 있었다. 그것은 이 여
인의 머리와 귀에 대한 묘사에서 확
인된다. "잊은 계절에서는 / 얹은머
리가 폭포처럼 내리우고"에서 '얹은
머리'는 조선시대 귀부인이나 기생에
게서 볼 수 있던 화려한 머리 패션이
다. 이상이 당시 모던 걸의 패션인 단
발과 대비될 만한 이러한 고전적 패션
을 보여준 것은 왜일까? 그것은 「자화

상(습작)」 같은 시에서도 그러하듯이

김홍도의 작품으로 전해지는 「거울 보는 여인」.
얹은머리가 클수록 아름답게 여겨서 구름채같이
가발을 얹었다. 이러한 가발들은 비싼 경우 집 한
채 값이 나가기도 했다.

자신의 얼굴에 깃들어 있는 정신세계를 태곳적인 이미지로 포착하고 싶었
기 때문이다. 즉 그의 사상은 무엇보다도 원초적인 것, 모든 문명 특히 근
대문명의 압력을 견뎌내면서도 지금까지 흘러온 자신의 그 원초적 이미지
를 함축하고 있기 때문이다. 아마 그가 '잊은 계절'에 그러한 시간의 오랜
흐름을 각인시켰다면, 거기 대응시킨 '얹은머리'는 그러한 시간을 견뎌낸
자신의 사상을 가리킨 것이 된다. 그가 그 '얹은머리'를 폭포와 연관시킨
것은 분명 그러한 관련성을 도드라지게 해주는 것 같다. 앞에서 보았듯이
그는 자신의 사상적 중심에 있는 「삼차각설계도」의 한 시에서 초검선적인
이미지로 그 폭포 이미지를 선보였기 때문이다. 이 유동하는 물의 강렬하
고도 복잡미묘한 흐름은 그에게는 중요한 이미지였다. 이 여성적인 머리
패션인 '얹은머리'는 그의 다른 시에서 '모자'가 나타내는 '사상'의 이미지
를 보여준다고 할 수 있다.

　　이상은 이 잊혀진 '사상'의 계절에 이제는 더 이상 다가설 수 없음
을 노래한다. 거울 속의 그 풍경은, 그 아름다운 여성적 자태는 만질 수도,

교감할 수도 없다. 그 안에 있는 여성적인 얼굴의 코와 귀는 폐쇄되어 있다. 그는 "장미처럼 착착 접힌 / 귀"라고 노래한다.25 장미처럼 아름답지만, 그것은 그 안에 있는 것을 꼭 잠가놓듯이 여러 겹으로 접는다. 여기에도 표면적인 이미지는 있다. 마치 종이를 접듯이 그녀의 귀는 접힌 것이다. 이 거울세계의 엎은머리에서 폭포처럼 내리쏟는 물소리를 들을 수 없다. 그러한 소리의 세계를 이 '착착 접힌 귀'가 차단한다. 그것은 스스로 자신이 속한 그러한 소리의 세계를 잠가버린다. 향기를 맡는 코의 후각적 세계 역시 그렇게 닫힌다. 심장이 뛰는 것을 느껴볼 수도 없다. 그렇게 촉감도 닫혀 있다.

이상은 다른 거울 시와 달리 여기서는 이렇게 차단된 거울세계 속에 음울한 자신의 그림자 상 대신 아름다운 여성적 이미지를 그려낸다. 이러한 시적 분위기는 이 거울의 유리 표면을 시적인 서정적 차원으로 승화시키려는 듯하다. "여기 한 페-지 거울이 있으니"라고 시작한 것이 바로 그러한 것을 말해준다. 차가운 유리는 시적인 종이의 이미지로 변모되고 있다. 물론 이 시에서 유리는 끝까지 저항한다. "거울이 책장 같으면 한 장 넘겨서"라고까지 시인은 노래한다. 그러나 '유리'는 자신의 표면주의를 밀어붙인다. "여기있는 한 페-지 / 거울은 페-지의 그냥 표지-". 이 마지막 구절의 묘한 여운을 느껴보자. 유리로 된 이 책의 내용을 읽을 수는 없다. 왜냐하면 그 책장의 표지(껍데기)를 넘길 수 없기 때문이다. 유리는 '표지'의 이미지만을 남겨두고 그 뒤의 깊이를 모두 지워버린다. 역시 '봉쇄한 거대한 죄'를 극복하기는 쉽지 않다.

어떤 아름다운 여인을 대하듯이 폭포와 장미의 잊힌 계절에 대해 이상은 이렇게 아름다운 노래를 남겼다. 부드럽고 애조를 띠면서도 아름다운 풍경이나 자태를 꿈꾸는 듯한 어조는 그의 다른 시에서는 보기 힘들다.

25 「슬픈 이야기」(『조광』, 1937. 6.)에서도 "장미처럼 생긴 귀"에 대해 말했다. "나는 야트막한 여인의 어깨를 어루만지면서 그 장미처럼 생긴 귀에다 대이고 부드러운 발음을 하였습니다." 여기서 이상은 이 여인과 "동화 같은 풍경"을 바라보는 가운데 이 말을 했는데, 이러한 동화적 분위기는 언제나 무한정원적인 것과 연관되어 있었다.

산문에서도 「슬픈 이야기」와 「산촌여정」을 빼면 이러한 어조를 기대하기는 거의 어렵다. 우리는 이 아름다운 계절, 그러나 점차 잊혀가는 망각의 계절이 또한 이상 자신의 또 다른 자화상임을 눈치 챌 수 있다. 그것은 「삼차각설계도」 이후 그의 무한정원에 대한 추억을 유지시켜주는 '황'의 계열 시편처럼, 그 절정기의 사상에 대한 추억을 회상시켜주는 '모자'의 이미지처럼 그 무한사상이 꽃피던 시절에 대한 추억인 것이다. 그의 뇌수에 피었던 그 꽃의 향기가 다시 피어오를 때 그는 성천을 향하고 있었다. 그는 「실낙원」(유고작으로 발표된)의 작품을 쓴 이후 그 여행길에 올랐을 것이다. 우리는 이상의 '꽃'들을 이러한 사상의 어려운 도정에 배열할 수 있을 것이다. 뇌수에 핀 꽃은 「삼차각설계도」에서 그 절정의 빛깔과 향기를 보여주었다. 그것은 「황」(1931. 11. 씀)에서 선사시대의 죽음의 숲 속으로 사라진다. 그는 "…… 아아, 죽음의 숲이 그립다 ……"라고 노래했다. 그렇게 사라진 꽃 대신에 현실에서 볼 수 있는 4월의 꽃은 그에게는 매춘부처럼 보인다. 그것은 진정한 계절을 위조하고 있는 껍질적인 꽃이다. 그는 "꽃이 매춘부의 거리를 이루고 있다."[26]라고 노래했다. 현실에서 마주한 계절을 '위조된 계절'이라고도 했다.[27] 이러한 표현은 모두 그의 무한사상적 본질에서 나온 것이어서 그것을 알지 못하고는 전혀 이해되지 않는다. 그는 「꽃나무」라는 매우 독특한 내용의 시를 썼다.

> 벌판 한복판에 꽃나무 하나가 있소 근처에는 꽃나무가 하나도 없오 꽃나무는 제가 생각하는 꽃나무를 열심히 생각하는 것처럼 열심히 꽃을 피워가지고 섰오. 꽃나무는 제가 생각하는 꽃나무에게 갈 수 없소 나는 막 달아났오 한 꽃나무를 위하여 그러는 것처럼 나는 참 그런 이상스러운 숭내를 내었소.

26 이상, 「황」, 전집1, 170쪽.
27 이상, 「산책의 가을」, 『신동아』, 1934. 10. "롤러 스케이트 장의 요란한 풍경, 라디오 효과처럼 이것은 또 계절의 윈 계절위조일까……. 어떻게 저렇게 겨울인체 잘도하는 복사빙판 위에 너희 인간들도 알고 보면 인간모형인지 누가 아느냐."(전집3, 41쪽)

'꽃나무'라는 정적인 식물을 이렇게 역동적인 창조적 활동으로 포착한 것은 그에게서만 볼 수 있는 매우 독특한 것이다. 여기서 꽃나무는 이상 자신이다. 그는 외따로 떨어져 있는 벌판의 꽃나무이다. 이것은 이 황무지적 현실에서 자신만이 갖고 있던 무한사상적 꽃을 가리킬 것이다. 그러나 그것은 무한정원의 꽃나무를 흉내 낼 뿐인 그러한 수준에 머물러 있다. "제가 생각하는 꽃나무"라는 것은 바로 그 무한정원의 꽃나무이다. 근대의 황량한 현실에서 그는 자기만이 생각할 수 있는 그 꽃을 생각하며 열심히 꽃을 피운다. 그러나 현실에서 그가 피운 꽃은 무한정원의 꽃에 도달하지 못한다.

. 세계를 감옥으로 만드는 것에 불과한 근대의 발전

이상은 「꽃나무」를 1933년 7월에 발표한다. 그는 1936년 9월에 「날개」를 발표해서 일약 문단의 총아로 떠올랐다. 결혼한 지 얼마 되지 않은 상황에서(6월 초순에 결혼한 것으로 알려져 있다) 그는 동경으로 떠난다. 10월 중순경 떠난 것으로 되어 있다. 그는 떠나기 전인 10월 초에 몇 편의 시를 연재한다. 「위독」이란 제목으로 11편을 조선일보에 연재했는데 그 중에 꽃을 노래한 「절벽」(1936. 10. 6.)이 끼어 있다. 무덤 속의 꽃에 대해 노래한 것이다.

> 꽃이 보이지 않는다. 꽃이 향기롭다. 향기가 만개한다. 나는 거기 묘혈을 판다. 묘혈도 보이지 않는다. 보이지 않는 묘혈 속에 나는 들어앉는다. 나는 눕는다. 또 꽃이 향기롭다. 꽃은 보이지 않는다. 향기가 만개한다. 나는 잊어버리고 재차 거기 묘혈을 판다. 묘혈은 보이지 않는다. 보이지 않는 묘혈로 나는 꽃을 깜빡 잊어버리고 들어간다. 나는 정말 눕는다. 아아. 꽃이 또 향기롭다. 보이지도 않는 꽃이 — 보이지도 않는 꽃이.

「꽃나무」의 후속편이라고 할 만한 이 시는 현실적인 삶의 절벽에 대해 노래한다. 그에게 더 이상의 삶은 남아 있지 않았다. 그는 자신을 가두었던 식민지의 서울을 떠났다. 거울에서 탈출하듯이. 그러나 결코 동경에서도 그 거울세계 밖으로 나갈 수는 없었다. 그는 더 철저한 '유리의 기압'[28]을 느꼈으리라. 「절벽」은 이러한 탈출적인 감행을 앞두고 쓰였다. 그의 동경행이 선진적인 근대를 체험하려는 것이라거나 그러한 것을 배우려는 것이었다고 생각하는 사람들은 그의 이러한 사상적 도정에 대해 무지한 것이다. 그는 동경에 있을 때 김기림에게 쓴 편지에서 이렇게 말하지 않았던가? "동경 첨단 여성들의 물거품 같은 '사상(思想)' 위에다 대륙의 유서 깊은 천근 철퇴를 나려뜨려 줍시다."[29] 하고 말이다. 이 익살맞은 어조는 자신의 사상적 자신감을 배경에 깔고 있다. "대륙의 유서 깊은 천근 철퇴"라는 것은 바로 자신의 무한사상을 가리킨 것이다. 그것이 동양적인(대륙의) 유서 깊은 것임은 「황」이란 시에서 동양인과 동양문자를 자신의 무한 정원적 근원에 연관시킨 것으로 보아 분명히 확인된다. 그는 자신의 사상을 발견한 '감실'에 대해서도 이야기했다. 이러한 자신의 사상을 대륙의 유서 깊은 것으로 내세움으로써, 순간순간 변하는 유행처럼 서구의 유행사

---

28 '유리의 기압'이란 표현은 거울세계 속에 갇힌 것들을 평면적인 유령적 존재로 만드는 압력이다. 이상은 다른 곳에서 '냉각된 수압'(「실낙원」 중 「소녀」에서)이라고도 했는데, 이러한 비유적 표현들은 모두 근대적 세계의 차가운 특징을 이미지화 한 것이다. 유클릿과 뉴턴적 사유체계와 이해관계를 철저히 따지는 자본주의적 교환관계 등이 이러한 유리의 기압, 또는 냉각된 수압의 정체이다.

29 이상, 「사신7」, 1936. 11., 전집3, 251쪽. 이상은 자신의 사상을 "대륙의 유서 깊은 천근 철퇴"라고 했지만, 이 '대륙'으로 중국이나 인도 등을 가리킨 것은 아니다. 그는 「황」에서 자신의 사상을 '동양사람'과 '동양문자'에 연계시키고 있지만, 그것은 시의 뒷부분에서 선사시대의 '죽음의 숲'에 대해 말하듯이, 막연하게 '동양적인 것' 또는 태곳적(선사시대)인 것을 가리키는 것이었다. 「무제-고왕(故王)의 땀」에서 연상되는 것도 역시 마찬가지이다. 따라서 그의 사상을 그의 시들에서 잠깐씩 언급되던 불교적인 것 또는 장자적인 것에 연결시킨다는 것도 어렵다. 그의 사상은 그러한 동양적 분위기 속에서 독자적인 영토를 새롭게 개척한 것으로 평가되어야 한다.

조를 받아들여 전시할 뿐인 동경 지식인의 지적 풍모를 물거품 같은 것으로 비판할 수 있었다. 마치 유행패션에 휘감긴 모던 여성을 정복하듯이 그렇게 '대륙'의 남성적인 철퇴(여성적 물거품에 대해서 얼마나 단단한 남성 성기적 상징물이랴!)를 내려뜨려주자고 외친 것이다. 그는 동경에서 이렇게 서구적 모방품의 유행밖에 볼 수 없었다. 그는 "어디를 가도 구미가 땡기는 것이 없오그려! 같잖은 표피적인 서구적 악취의 말하자면 그나마도 그저 분자식이 겨우 여기 수입이 되어서 진짜 행세를 하는 꼴이란 참 구역질이 날 일이오."[30] 하고 말한다.

이상의 무한사상이 이러한 근대의 첨단 모방품 밑에 있는 것으로 생각해서 근대의 미달이라고 해석한다는 것은 얼마나 잘못된 것이랴! 그가 자신이 20세기에 미달하는 19세기식 존재라고 외쳤다고 해서 그 말을 그대로 받아들이는 순진함으로 어떻게 그의 수많은 역설과 아이러니, 위트의 익살 속에 그가 파묻어 놓은 것들을 해석할 수 있단 말인가? 그의 사상의 꽃은 그때 이후 지금까지도 그에 대한 많은 연구자가 있었음에도 불구하고 여전히 이러한 황무지적 벌판에 서 있다. 그의 삶이 '절벽'일 수밖에 없는 이유이기도 하다.

그는 「위독」에 대해 김기림에게 절망적으로 말한다. "사실 나는 요새 그따위 시밖에 써지지 않는구려. 차라리 그래서 철저히 소설을 쓸 결심이오. 암만해도 나는 19세기와 20세기 틈사구니에 끼워 졸도하려 드는 무뢰한인 모양이오. 완전히 20세기 사람이 되기에는 내 혈관에는 너무도 많은 19세기의 엄숙한 도덕성의 피가 위협하듯이 흐르고 있소 그려."[31] 그의 '19세기'와 '20세기'라는 어휘를 근대적인 역사학이 파악하는 진보적 흐름 속에 위치시켜놓으면 이러한 진술의 표면적 의미를 따라잡을 수 있다. 그러나 이 평범해 보이는 진술 속에도 은밀하게 숨겨놓은 역설적 의미가

근대적 환상의 미로 (거울의 거울)

30 앞의 책, 250쪽.
31 앞의 책, 252쪽.

있다는 것을 알아야 한다.

이상에게는 근대적 시각으로 파악한 역사, 즉 직선적으로 발전해간 역사란 것은 근본적으로 잘못된 것이다. 그에게 근대적 발전이란 이 세계를 감옥으로 만든 발전이다. 이 발전은 발전이 아니다. 그에게 문명의 역사란 따라서 잡답한 것에 불과하다. 「자화상(습작)」은 그러한 문명의 역사에 오염되지 않았던 태곳적 풍경을 담고 있는 자신의 얼굴을 노래한 것이다. 그는 「오감도」의 「시제14호」에서도 마치 역사의 폐허 같은 어떤 고성(古城)에서 '역사의 종합된 망령'처럼 보이는 한 걸인을 본다. 그는 이 유령적 존재를 "종합된 역사의 망령인가" 하고 물었는데, 이러한 역사 비판 의식은 「자화상(습작)」과도 동일한 것이다. 이 시에서 그의 사상을 상징하는 모자(帽子)를 그 망령 같은 걸인이 밟았을 때 그는 기절할 것처럼 되었다. 그는 "공중을 향하여 놓인 내 모자의 깊이는 절박한 하늘을 부른다." 하고 노래했다. 그 모자 속에 역사의 망령인 걸인은 돌을 내려뜨린 것이다. 이러한 역사 비판 의식은 그의 무한사상(흔히 모자로서 상징되는)에서 솟구치는 것이다. 따라서 이상이 이러한 비판적 관점에서 '20세기'적인 사상적 유행품에 별 대단한 가치평가를 하지 않고 있음은 당연한 일이다. 그가 다른 사람들에게는 낡은 것의 대명사처럼 내세우는 '19세기'라는 것도 그렇게 낡고 부정적인 것만은 아니다. 그는 심지어는 봉건시대를 찬양하기조차 한다.[32] 이러한 그의 어법에는 그의 사상적 문맥이 깃들어 있다.

아무튼 그는 김기림에게 동경에 가기 전에 쓴 「위독」 시편에 대해 이렇게 절망적인 어조로 말했다. 뒤에 보겠지만 이것은 「지비」 계열의 종착지이다. 이제는 꽃으로 상징되는 사상적 탐구에서 내려와 현실에서 '가정'과 집을 이룰 수 있는지에 대해 탐색하는 주제의 종착지인 것이다. 이러한 주제는 이미 「날개」에서 성공적으로 성취했으니(문단의 관심어린 반응을 생

---

32 「선에관한각서1」의 마지막 구절을 보라. 그는 "지구는 빈 집일 경우 봉건시대는 눈물이 나리만큼 그리워진다" 했다.

각한다면), 그는 이제 본격적으로 소설을 써봐야겠다고 나선 것이다. 「위독」에 끼어 있는 「절벽」은 이러한 분위기 속에서 볼 때 '꽃' 주제의 마지막 모습을 보여주는 듯하다. 「절벽」은 '꽃은 향기롭지만 보이지 않는다'는 절망적인 명제를 남겼다. 그것은 그의 영원한 명제이다. 보이지도 않는 꽃의 향기를 맡는 곳에 묘혈을 파면서까지 안간힘으로 그는 꽃을 추구하지만, 그 꽃에 다다를 수는 없다.

그는 「건축무한육면각체」를 발표한 이후 얼마 안 되서 쓴 「얼마 안 되는 변해」에서 이미 무덤 속의 꽃에 대해 이야기했다. 그것은 앞에서 논의한 탄도선의 무덤에 관련된 것이다. "그는 생물적 이등차급수(二等差級數)를 운명당하고 있었다. 뇌수에 피는 꽃 그것은 가령 아름답지는 않을 것이라고 하더라도 그에게 있어서 태양의 모형처럼 그는 사랑하기 위해서 그는 가지고 있는 것이었다."[33] 무덤 속처럼 변한 기차 안에서 그는 과일과 칼의 무한한 변신술적 환상을 겪은 뒤에 이 꽃 이야기를 한 것이다. '뇌수에 피는 꽃'은 바로 이렇게 펼쳐지는 무한급수적 환상술을 보여준다.[34] 그는 그 꽃을 마치 태양의 모형처럼 사랑스럽게 간직하고 있다고 했다. 태양이 만들어내는 계절을 이 꽃은 순간적으로 무한히 펼쳐낼 수 있을 것만 같다. 그러나 이상은 이러한 꽃의 환상술에서 진정한 창조력을 찾아낼 수는 없었다. 그는 그러한 환상적 무덤 속에서 나와 세상의 한 그루 수목을 껴안고 접목을 시도해보았지만 실패한다. 그는 "수목의 생리에 하등의 변화조차도 없이 하물며 그 꽃에 변색은 없었다." 하고 말했다. 이러한 꽃(뇌수에 핀)의 창조적 환상술에서 무한정원적인 생명력을 발견할 수 없었던 그는

근대적 환상의 미로(거울의 거울)

33 앞의 책. 145쪽.
34 '생물적 2등차급수'라는 것은 무한한 변신술적 환상을 수학적 용어로 표현한 것이리라. 그것은 끊임없이 첫 번째 자리에 있는 대상의 본질에 다가서지 못하고 미끄러지는 운명을 가리킨다. 사과를 깎으면 사과의 본질에 도달해야 하는데 그것은 곧 '배'로 되고 그것은 석류가 되며 그것은 네블(오렌지의 일종)이 된다. 즉 그는 무한히 다른 것으로 대체되는 자리로 미끄러지며 떨어지는 현상을 '생물적 2등차급수'라는 말로 표현했을 것이다.

결국 거울의 세계로 다시 복귀한다. 그 이후 "한 장의 거울을 설계"하게 된 것이다. '거울무한'의 세계로 돌입한 것이다. 절망적인 시도가 되고 말았지만 '거울무한' 세계에서 새롭게 예술적 창조력으로 빚어낼 수 있는 가능성의 영역을 탐색하게 된 것이다.

그의 꽃은 이러한 거울세계 속에서 다시금 빛을 낸다. 그가 거울의 차갑게 응고된 유리질을 뜨겁게 달구고 용해시켜 종이와 잉크의 세계로 만들 수 있을 때, 그 꽃은 다시 향기를 뿜고 아름답게 빛난다. 「명경」의 거울은 바로 그렇게 시적인 종이와 잉크의 세계가 유리질 속에서 꿈틀거리는 것을 보여준다. 폭포와 장미는 여전히 잊힌 계절처럼 거울세계에 갇혀 있지만 그 세계 속에 아름다움을 깃들게 한다. 특히 "장미처럼 착착 접힌 귀"에서 '장미'는 무한정원의 꽃 이미지를 담고 있다.[35] 여기서 "착착 접힌"이란 말에는 단지 부정적인 차단이나 폐쇄 이미지 이상의 것이 담겨 있다. 장미의 접힌 모습은 곱셈적인 기하학으로 미묘하게 작도한 것처럼 보인다. 이것은 서로 단순하게 겹쳐 있기만 하는 껍질의 쌓임이 아니다. 이 미묘한 접힘은 소리의 흐름을 담아낼 수 있는 그릇의 형상을 만든다. 접힌 모습은 그렇게 파동과 조응하며 움직이는 생물학적 구조의 기하학적 선을 표상한다. 이러한 장미 기하학의 접히는 파동선은 무한의 소리를 담아낼 수 있을 것이다. 장미 같은 귀의 모습은 마치 그러한 소리를 모두 담아낸 그릇, 더 이상 그것이 빠져나갈 수 없게 문을 닫아건 어떤 집의 모습이다. 거울세계 속에서 이 장미는 그 속에 그저 갇히기만 한 것이 아니라 능동적으로 자신을 구조화한 것이다. 거울세계의 파괴적 오염으로부터 자신을 방어하기

거울 푸가 이야기

35 거울세계에 갇힌 이 무한정원적 꽃과 대립하는 인공적인 꽃들이 있다. 「황의 기」에서는 화원시장에서 대리석 모조종자와 같은 인공적인 꽃 종자를 선택하고, 역도병에 걸린 나의 입에 '황'이 '금속의 꽃'을 떨어뜨리는 장면이 나온다. 이것이 바로 거울세계의 꽃이다. 이상은 이 시의 4장에서 달력 속의 장미에 대해서도 노래했다. "그림 달력의 장미가 봄을 준비하고 있다." 그에게 시간을 수량화시켜 보여주는 시계와 달력은 거울세계의 일부이다. '달력의 장미'란 이미지는 따라서 수량화된 계절의 상징이다. 그것은 「명경」의 장미와 대립된 이미지이다.

위해서 말이다. 거기 담긴 소리들은 거울세계의 차가운 기압 속에서 파괴되지 않고 보존될 것이다. 이상은 이러한 아름다운 계절의 자화상을 거울 속에 수놓을 수 있었다. 많은 화려한 수식이 필요 없이 이 간단한 이미지 하나만으로도 무한정원의 계절을 거울 속에서 보존할 수 있었다.

「날개」를 쓰기 몇 달 전인 1936년 5월에 발표된 이 시는 「꽃나무」와 「절벽」 사이에 놓인다. 두 편의 시 모두 꽃에 대한 절망적인 탐구였지만 어쩐 일인지 「명경」에서는 그 어두운 분위기가 조금 밝아진 것처럼 보인다. 그 사이에 이상에게 어떤 참신한 빛깔의 세계, 자신의 꽃을 되살릴 어떤 가능성 같은 것이 다가왔던 것은 아닐까? 우리는 「산촌여정」을 읽으면서 그 가능성을 생각해야 하는 것은 아닐까? 성천을 향해 가는 여행길을 묘사한 「첫번째 방랑」에서는 자신의 뇌수에 핀 꽃이 다시 향기를 내기 시작했다고 했다.36 그의 성천길은 그가 다방과 카페 사업에서 거의 파산한 직후에 감행한 것이지만, 그 절망적 상황 속에서 오히려 그 모든 것을 포기한 자의 새로운 희망 같은 것으로 채색되어 있었다. 그의 문학 전체에서 성천 관련 글 가운데 몇 점은 가장 화려하며 생기에 넘친다. 「산촌여정」의 첫 부분에서부터 그 생동력은 경쾌한 어법에서부터 느껴진다. 그는 그 시골의 자연 속에서 우주적 생동감을 되찾는다. 그는 "하도 조용한 것이 처음으로 별들의 운행하는 기적이 들리는 것도 같습니다." 하고 썼다. 그는 이 수필에 짧은 시적 단문을 삽입한다. "그리고 비망록을 끄내여 머룻빛 잉크로 산촌의 시정(詩情)을 기초(起草)합니다." 산촌의 풍경에서 그는 다시금 시적인 정신을 회복한다. 그가 짧게 그 시적 흥취를 스케치한 부분은 이렇다.

---

36 관련 부분은 이렇다. "나는 나의 기억을 소중히 하지 않으면 안 된다. 나의 정신에선 이상한 향기가 나기 시작했으니 말이다." 그의 기억은 물론 그의 무한사상 시절에 대한 것이다. '황'이 지키는 목장이라고도 표현되는 무한정원에 대한 추억인 것이다. 자신의 성천여행길에서 다시 자신의 정신에 핀 꽃의 향기를 맡게 된 것이다. 그는 이어 이렇게 말한다. "나는 아름다운 — 꺾으면 피가 묻는 고대스러운 꽃을 피울 것이다." 이 태곳적인 꽃은 생명의 피를 담뿍 담고 있는 것이었다.

그저께 신문을 찢어버린

때묻은 흰나비

봉선화는 아름다운 애인의 귀처럼 생기고

귀에 보이는 지난날의 기사(記事)37

수필 속에 들어 있는 이 짧은 시적 단문 속에는 「오감도」의 '나비' 이미지가 계승되어 있다. 즉 벽지의 찢어진 틈에서 만들어진 「오감도」의 나비는 여기서는 신문을 찢어서 만들어진 것으로 바뀌었다. 그에게 신문이란 제도 역시 근대적 대중 매체의 거울감옥에 속한다. 신문은 그 감옥의 벽지인 것이다. 그것을 찢었을 때 "때묻은 흰나비"가 탄생한다. 이 나비가 누비며 날아다니는 화단에 봉선화가 피어 있다. 봉선화는 여기서 여러 사연을 듣고 담아낸 어떤 여인의 귀처럼 묘사되었다. 이상은 그 귀처

신사임당 그림으로 전해지는 「초충도」. 활짝 핀 봉선화를 향해 날아든 세 마리 나비와 한 마리 잠자리가 공간에 율동을 부여하면서 함께 춤추고 있다. 봉선화는 미묘하게 s자형으로 꿈틀거리고 잠자리 꼬리가 이러한 리듬을 이어받아 휘어져 있다.

럼 생긴 꽃에서 "지난날의 기사"를 읽는다. 이상은 성천에 와서 이렇게 시적인 종이의 탄생을 감격스럽게 노래하게 된 것이다. "머룻빛 잉크로 산촌의 시정을 기초(한다)"는 이러한 예술적 분위기 속에서 마치 새롭게 발견한 세계에 온 듯한 어조로 이야기하고 있다. 그는 수정처럼 맑은 별빛만으로도 누가복음의 깊이 속으로 빠져 들어갈 수 있다고 했으며, 석유등잔에

올라앉은 벼쟁이 한 마리가 연두빛 색채로 혼곤한 자신의 꿈에 영어 T자를 쓰고 밑줄을 그어놓는 것 같다고 느끼기도 한다. 그는 가을이 오는 것을 "엽서 한 장에 적을만큼식(式) 오는 까닭"에 벌레소리가 요란하다는 식으로 표현한다. 이 시골에서 냉수를 마시고 폐부에 짜르르하게 온 느낌을 "나는 백지 위에 그 싸늘한 곡선을 그리라면 그릴 수도 있을 것 갔습니다."라고 했다. 이러한 묘사 속에서 자주 등장하는 종이(엽서, 백지)는 시적인 종이이다. 그는 성천의 자연 속에서 다시금 광활하게 펼쳐진 자신의 무한정원적인 느낌을 이 시적인 종이와 교감시켰다. 그의 거울세계 속에서 이렇게 시적인 종이가 꿈틀거리고 있었고, 그 가운데 나비와 꽃이라는 중심기호가 있었다. 둘 다 이러한 시적인 종이와 긴밀하게 결합하고 있다. 나비는 거울세계의 종이인 신문을 찢음으로써 태어난다. 그 나비가 탐하는 꽃인 봉선화는 마치 아름다운 애인의 귀처럼 지난날의 사연을 담고 있다. 이상은 그 사연에 담긴 이야기를 마치 신문기사를 읽는(보는) 것처럼 표현한다. 그러나 이 신문기사는 이미 오랜 시간이 경과한 것이고, 퇴색한 기사이며, 애인의 마음 속에서 새롭게 엮인 기사이다. 신문을 찢으면서 태어난 나비는 좀더 오래되어 빛이 바랜, 그리고 사람들 사이의 오가는 사연 속에서 발효되어 색다른 이야기로 변모된 기사의 향기를 찾아다니는 것 같다.

　　이상의 성천 시기 글을 변형시킨 것으로 알려진 「청령」에도 이 봉선화가 나온다. "너울너울 하마 날아오를 듯 하얀 봉선화"라는 구절이 그것이다. 이상은 나비와 봉선화의 교감을 이 구절 속에 담아낸 것은 아닐까? 이상은 이 글에 해바라기 같은 화려한 꽃도 담았다. "그리고 어느 틈엔가 남으로 고개를 돌리는 듯한 일편단심의 해바라기 — 이런 꽃으로 꾸며졌다는 고호의 무덤은 참 얼마나 미(美)로우리까."[38] 그는 성천에서 발견한 태양꽃을 고호의 무덤과 연관시킨다. 그는 최초의 작품인 「12월 12일」의 첫

---

38 전집1, 137쪽.

회 머리 부분에 고흐의 「슬픔」을 모사한 그림을 삽입할 정도로 고흐에 경도된 적이 있다. 고흐의 불꽃 같은 예술적 생애를 그는 문학청년기에 자신의 가슴 깊숙이 받아들였을 것이다. 고흐의 해바라기 그림에 대해서 잘 알고 있었을 그가 고흐의 무덤과 해바라기를 함께 놓을 수 있었던 것은 자연스럽다. 마치 고흐의 예술혼처럼 태양을 향해 고개를 돌리는 이 꽃은 이상 자신의 예술혼을 표상하는 꽃이기도 했다. 그는 자신의 무덤 속에서 뇌수에 피었던 꽃을 '태양모형'이라고 하지 않았던가? 아직 진정한 태양에 미치지는 못한 이 꽃을 그는 열심히 피웠다. 자신이 생각하는 꽃에 다가가기 위해서 말이다.

「꽃나무」의 이야기는 무한정원의 꽃을 향해 걸어간 이상의 생애 전체를 압축한 서사시적 이야기를 담고 있다. 「절벽」은 그러한 시도의 절망적인 상황을 노래한 것이다. 「산촌여정」과 「청령」의 봉선화는 그 어려운 도정의 한 순간, 짧지만 다시금 신선한 공기를 쐰 듯 시적인 세계를 회복한 순간을 보여준 것이다. 성천 기행 후 그에게 시적인 종이들은 마치 꽃잎처럼 피어난다. 거울세계의 그 차가운 유리 표면에서 시적인 상상력과 사유의 흐름이 용틀임치며 시적인 종이를 형성하기 시작한 것이다. 「명경」의 장미는 그러한 종이들이 접혀서 만들어진 것처럼 보인다. 그것은 그러한 종이의 시적인 열기가 거울의 유리질들을 완전히 용해하지 못하고 다시금 위축되어 굳어져갈 무렵에 만들어진 것이기도 하다. 이 '종이 장미'는 냉담한 유리의 기압 속에서 자신의 기하학적 운동으로 접히면서 결정체 구조로 굳어진다. 그 특유의 시적인 기하학에 의해 거울의 압력에 맞서고 자신의 구조 속으로 후퇴하며 접힌다. 장미처럼 아름답게 착착 접힌 이 '장미의 미로'야말로 그의 거울 시학이 품고 있는 비밀인지도 모른다. 그 미로의 귀는 무한사상의 폭포소리를 비밀스럽게 지키고 있을 것이다.

지금까지 「꽃나무」에서 「절벽」에 이르는, 꽃을 찾아가는 어려운 도정에서 잠깐 있었던 아름답고 생동적인 시기의 꽃에 대해 말했다. 「명경」의 장미는 「산촌여정」과 「청령」의 봉선화를 이어받은 이미지이다. 이상은 성천을 여행한 후 의욕적으로 다시 예술적 생활에 뛰어든 것처럼 보인다. 그는 구인회 동인의 기관지 『시와 소설』을 주도하고 김기림의 『기상도』 장정과 편집일까지 맡아 해줄 정도로 새로운 문학적 기틀을 잡기 위해 뛰고 있었다. 「명경」은 이러한 흐름 속에서 점차 그 예술적 열기가 쇠퇴해갈 무렵에 쓴 것이 아닐까? 그러나 아직 「날개」의 '박제된 천재'라는 비참한 지경에까지 추락한 것은 아니었을 것이다. 그 시적인 여운의 마지막 열기가 마치 꺼져가는 황혼처럼 이 「명경」에는 아름답게 채색되어 있다.

펜은 나의 최후의 칼이다.

—이상, 「12월 12일」

. 벼랑에 서서 새로운 세기를 꿈꾸다

이상은 1934년과 1935년에 그의 짧은 생애에서 가장 어려운 시기를 겪는다. 문단에 본격적으로 얼굴을 내밀고 구인회에 가입했으며, 「오감도」를 연재한다. 총독부 기수직을 사임한 1933년 이후 금홍이를 데려와 개업한 다방 제비는 1935년에 폐업하게 되고, 그 이후 카페 「쓰루」, 「69」, 「맥」 등도 별 신통치 않게 되어 완전히 파산 상태가 된다.39 이상은 자신의 사상이 비판대상으로 삼은 냉담한 자본주의적 교환관계 속에 제대로 진입할 수 없었다. 그는 거기에서 철저한 이해관계 속으로 몰입하는 대신 예술적 보헤

39 이상의 동생인 김옥희는 1935년 9월경에 '제비'가 폐업했다고 회상했다. 그 후 인사동의 카페 '쓰루(학)' 인수에 실패하고, 명치정의 '무기〔麥〕'도 마찬가지가 되었으며, 그 후 "자학과 부정의 방랑생활이 시작되었던 것"이라고 했다(김옥희, 「오빠, 이상」, 『신동아』 1964. 12., 김유중·김주현 편, 앞의 책, 63쪽).

40 구인회 기관지 격인 『시와소설』에 발표된 박태원의 「방란장 주인」도 그러한 여러 문인 예술가들이 모이는 예술가 구락부로서의 다방을 그린 것이다. 박태원은 다분히 이상을 의식한 것은 아닐까? 그는 이 작품에 "성군(星群) 중의 하나"라는 부제를 달았다. 이 가난한 보헤미안들을 하늘의 별들로 비유한 것이다.

미안들의 집합소 비슷한 장소를 마련하는 것에 만족한다.[40] 우리는 이러한 그의 삶과 예술의 합치된 행보에 주목해야 한다. 그는 자신의 삶에 끌어들인 여인들마저 그러한 차가운 교환관계의 틀에 사로잡혀 있음을 보았다. 그녀들이 교환관계의 이해타산적 껍질을 어느 정도 뒤집어쓰고 있는지 철저하게 검색하는 색안경을 늘 끼고 있었다.

구인회 가입과 「오감도」 연재 등으로 문단에 진입할 때도 그에 대한 열정만큼이나 그 반대적인 냉담함을 함께 갖추며 움직이고 있었던 듯하다. 그가 과연 구인회 무리 즉 김기림과 이태준, 박태원 등과 사귈 때 자신의 속마음을 완전히 털어내 보일 정도로 그렇게 솔직하게 접근했을까? 그가 보낸 편지를 보면 가장 친한 김기림에게조차 그렇지 않았다. 그는 자신의 사상적 본질을 솔직하게 드러내는 어조로 말하지 않았다. 문단적인 시류에 어느 정도 부합하는 말들로 장식한 그의 말은 사실은 역설적으로 비틀려 있는 경우가 많았다. 서구와 일본의 근대주의를 따라가기 바쁜 모방적인 문단의 흐름에 대해 그는 노골적으로 자신의 의견을 내세우지 않았을 것이다. 김기림은 자신이 정신적으로 떠받든 친구 이상의 사상을 '근대의 초극'으로 평가하면서도 그 본질을 파악하지는 못했다. 그는 이상이 죽은 이후 제2차 세계대전의 파도에 흔들리면서도 (대동아전쟁 시기의 동양주의 깃발 속에서도) 여전히 서구적인 합리주의와 과학의 흐름을 계속 뒤쫓았다. 서구적 이성에 대한 추종은 해방 이후에 강도를 더해서 계속된다.

이상의 근대초극 사상은 이렇게 당대 지식인들에게조차 이해되기 어려웠다. 그는 「오감도」의 스캔들 이후 자신의 사상적 본질을 문단과 독자에게 드러내는 데 점차 소극적이 되었다. 그는 '호통'을 쳤지만 그에 대한 아무런 반응도 없는 냉담한 분위기 속에 빠져들었다. 그의 어법은 그 후 자신의 사상적 핵심에서 멀리 물러나와 그 당대의 시류적인 것과 자신의 사상을 적당히 뒤섞는 것으로 바뀌었다. 자신의 사상적인 시야가 그러한 시류적인 것 속에 역설을 집어넣었다. 우리는 이미 「날개」가 이상의 독자적인 사상적 흐름에서 볼 때는 그 정점에서 떨어져 내린 이야기임을 알았다. 그러나 이상은 바로 이 작품으로 널리 알려졌다. 그의 삶 속에서도 이러한 역설이 만들어졌다.

　　나는 「오감도」 이후 이상이 모색한 예술적 탐색이 과연 어떤 방향이었던가를 이러한 맥락에서 알아보고자 한다. 그가 사상적 본질에서 물러나 그로부터 어느 정도 거리를 두고 현실 속에서 헤쳐 나갈 수 있었던 길은 과연 어떤 것이었을까? 우리는 앞에서 「꽃나무」에서 「절벽」에 이르는 '꽃을 찾아가는 길'에 대해 알아보았다. 무한정원적인 꽃을 향해서 어려운 길을 걸어가는 이 도정은 '절벽'같이 절망적인 벼랑에 부딪치게 된 것인데, 이 '꽃'의 노래가 담고 있는 본질적인 사상을 과연 누가 알고 있었겠는가? 그것은 이상이 놓칠 수 없던 예술혼의 불꽃이었다. 그러기에 그것은 그의 예술적 도정에 항상 한번쯤은 추억처럼, 그리고 앞으로 가야할 영원한 방향처럼 한 옆에 깃발로 꽂혀 있어야 할 것이었다. 누가 그것을 알아주든 말든 상관없이 그는 그 노래를 때때로 추억하듯이 불렀다. 그러나 그는 본격적으로 다른 중간적인 길을 하나 찾아냈다. 우리는 그것을 거울에 얽힌 세 가지 주제로 정리해볼 것이다. 이것은 그가 거울세계 속에서 자신의 정원을 꾸밀 수 있었던 세 가지 예술적 방식이다. 이 중간적인 길을 가장 잘 보여준 것이 「실낙원」의 「소녀」이다. 그는 이 「실낙원」의 시편을 발표하지 않았는데, 여기에는 그만큼 문단과 대중을 배려하지 않은 자유로움이 깃들어 있고, 그의 사상적 깊이가 훨씬 짙게 배어 있다. 이 시의 주제를 우리는 지금까지 논의한 맥락에서 이렇게 정리할 수 있다. 그것은 거울세계와 무한정원적 세계의 사이에 놓인 중간적 길을 모색하는 것이라고. 이상은 그

거울 푸가 이야기

것을 군중과 나비를 피하는 길로 묘사한다. 이 시의 '소녀'가 어떻게 그 중간의 길을 가는지 보자.

소녀는 확실히 누구의 사진인가보다. 언제든지 잠자코 있다.

소녀는 때때로 복통이 난다. 누가 연필로 작난을 한 까닭이다. 연필은 유독(有毒)하다.
그럴 때마다 소녀는 탄환을 삼킨 사람처럼 창백하고는 한다.

소녀는 또 때때로 각혈한다. 그것은 부상한 나비가 와서 앉는 까닭이다. 그 거미줄 같은 나뭇가지는 나비의 체중에도 견디지 못한다. 나뭇가지는 부러지고 만다.

소녀는 단정(短艇) 가운데 있었다―군중(群衆)과 나비를 피하여. 냉각된 수압(水壓)이―냉각된 유리의 기압이 소녀에게 시각(視覺)만을 남겨주었다. 그리고 허다한 독서가 시작된다. 덮은 책 속에 혹은 서재 어떤 틈에 곧잘 한 장의 '얇다란 것'이 되어버려서는 숨고 한다. 내 활자에 소녀의 살결 내음새가 섞여 있다. 내 제본(製本)에 소녀의 인두자죽이 남아있다. 이것만은 어떤 강렬한 향수(香水)로도 헷갈리게 하는 수는 없을―

사람들은 그 소녀를 내 처라고 해서 비난하였다. 듣기 싫다. 거짓말이다. 정말 이 소녀를 본 놈은 하나도 없다.
그러나 소녀는 누구든지의 처가 아니면 안 된다. 내 자궁(子宮) 가운데 소녀는 무엇인지를 낳아놓았으니―그러나 나는 아직 그것을 분만하지는 않았다. 이런 소름끼치는 지식을 내어버리지 않고야 — 그렇다는 것이 — 체내에 먹어들어 오는 연탄(鉛彈)처럼 나를 부식시켜 버리고야 말 것이다.

나는 이 소녀를 화장(火葬)해버리고 그만두었다. 내 비공(鼻孔)으로 종이탈 때 나는 그런 내음새가 어느때까지라도 저회(低徊)하면서 사라지려들지 않았다.41

이 유고작의 정확한 연대를 측정할 만한 자료는 없다. 다만 이 시편 가운데 「자화상(습작)」을 개작한 것처럼 보이는 「자상(自像)」이 「위독」의 시편 속에 들어 있는 것을 확인할 수 있을 뿐이다. 적어도 이 「실낙원」의 시는 「위독」 이전에 쓰인 것임을 알 수 있다. 「실낙원」의 마지막 작품인 「월상」, 「최후」나 「각혈의 아침」과 연관될 수 있는 주제를 갖고 있다. 물론 이러한 연관성은 일반적인 주제적인 측면에서 포착될 수 있는 것이다. 이들은 뉴턴적인 물리학적 주제를 가리키는 상징인 냉각된 사과이미지와 달(이것도 뉴턴적 사과 기호와 연관된 것임)에 연관된 기호계열 속에 있다. 이들 가운데 「각혈의 아침」은 1933년 1월 20일에 쓴 것으로 되어 있어서, 「월상」을 「실낙원」 전체 시편의 한 부분으로 본다면 그것의 창작 시기를 이 시기 이전으로

41 이상, 「실낙원」 중 「소녀」, 『조광』, 1939년 2월. 이 유고작은 이 잡지에 '신산문(新散文)'이란 머리글 밑에 실렸다. 이전의 이상 전집 편집자들은 이것을 따라서 이 글을 모두 산문으로 처리했고 대개 수필란에 실었다. 후에 김주현은 이것을 '시'로 분류했다. 이상의 글들이 기존의 문학적 장르 규범을 순종적으로 따라가면서 만들어지지 않았다는 것을 염두에 둘 필요가 있다. 따라서 이러한 글들이 과연 '시'인가 아니면 '산문'적 수필인가 하는 구별의 문제가 본질적인 것이 될 수 없다. 오히려 이상은 그러한 장르적 틈들을 기웃거린 것이 아니었던가? 그가 발표하지는 않은 글 중에서 「목노의 마리아」 같은 것은 그 자신이 장르를 규정하지 않고 쓰던 것이다. "나는 그때 창작도 아니오 수필도 아닌 「목노의 마리아」라는 글을 픽 길게 써보든 중이오" 하고 이상은 말했다(그의 「血書三態」, 『신여성』, 1934. 6., 79쪽). 이상이 자신의 사생활과 연관된 것들을 소설적 형식으로 담은 것들, 예를 들어 「날개」와 「봉별기」, 「단발」, 「종생기」, 「실화」 같은 것도 이러한 관점에서 그 장르적 형태를 새롭게 규정해야 할지 모른다. 「종생기」와 「실화」의 에피그람적 서사시 개념에 대해서는 7장에서 분석해볼 것이다.

.362

내려보낼 수는 없다. 그렇다면 이 시
편을 1933년과 1936년 사이에 위치
시킬 수 있다. 「최후」는 뉴턴의 물리
학적 사과가 지구에 떨어져 그 충격
으로 사상적 황무지가 된 지구를 묘
사한다. 뉴턴에 대한 비판은 「보통기
념」에서 좀 더 명확한 어조로 표현된
다. 「월상」은 이러한 주제의 절정을
보이는 것이어서 「보통기념」이 쓰인
1934년 7월 이후로 이 시의 연대를
설정할 수밖에 없다.

칼 호퍼, 「시인」, 1942. 혼자만 탈 수 있는 '단정
(單艇)'의 이미지를 여기서 볼 수 있다. 이 시인
은 세상의 모든 것으로부터 떨어져 나와 고요한
물 한 가운데 앉아 있다. 어떤 책을 놓고 그는 삼
매의 경지에 빠져 있다. 이상의 '소녀'와 이 시인
은 닮아 있다.

　　이 작품이 쓰인 시기를 대략 1935년 중반인 6월 정도로 잡는 것이
어떨까. 이 시기는 성천으로 떠나기 2개월 전쯤이다. 이 정도 시기면 그에
게서 어떤 전환점에 이르렀다는 그러한 분위기를 느끼게 된다. 그때까지
여러 가지로 모색했던 것을 그는 이때 어느 정도 정리하고 결산하지 않을
수 없었을 것이다. 경제적인 몰락이 확인된 시기라는 것도 그러한 결산과
정리의 배경에 놓여 있다.

　　「실낙원」 시편 중에 끼어 있는 「면경」은 그의 '거울' 계열에 들어가
는데, 이 시의 특징으로 보아 「오감도」의 「시제15호」 이후의 것으로 생각
할 수밖에 없다. 「면경」의 주제는 거울 안에 있는 나와 거울 밖의 나 사이의
드라마(1933년에 쓰인 「거울」 이후의 일관된 주제인)가 다 끝나버린 상황을 보여주고
있기 때문이다. 거기에는 영웅적으로 그 거울세계 속에서 무엇인가 열심히
창조하려 한 작가의 비극적인 최후 모습을 추정할 수 있을 정도의 흔적밖에
남아 있지 않다. 따라서 「면경」은 「오감도」의 「시제15호」가 쓰인 1934년

8월 이후에 창작된 것이다. 이상은 그 이후 「소영위제」(1934. 8.), 「정식」(1935. 4.), 「지비」(1935. 9. 15.), 「지비 - 어디갔는지 모르는 아내」(1936. 1.) 등을 썼다. 그리고 「역단」을 1936년 2월에 발표한다. 이러한 작품 속에 어떤 일관된 하나의 흐름을 발견할 수 있다. 즉 1936년 9월에 출세작으로 발표된 「날개」에 이르는 주제 계열인데, 그것은 바로 '생활'과 '가정'이란 것이다.42 한 여인과의 삶을 설계한다43고 한 것이 바로 그것이다. 가정과 집이라는 공간을 과연 그가 만들어낼 수 있을 것인가에 대한 고뇌가 여기에는 있다. 그는 「소영위제」 이후 「날개」에 이르기까지 바로 그 문제, 서로 완벽하게 결합될 수 없는 한 쌍의 부부가 하나의 가정을 만들어낼 수 있는가 하는 문제에 매달렸다. 「날개」를 발표하기 몇 달 전에 그는 변동림과 결혼했다. 그러나 곧 동경으로 날아감으로써 이 주제를 완성시킬 수 없다는 것을 자신의 삶 속에서 확인한 셈이다.

이렇게 보면 「실낙원」의 주제는 여전히 「자화상」과 「거울」 주제에 머물러 있는 것이어서 이 「지비」 계열의 주제에 합류하지 못한다. 그는 이러한 「지비」 계열의 주제가 심화되기 이전에 「실낙원」을 쓴 것이 아닐까? 「소영위제」와 「정식」 등에서 「지비」 계열의 주제가 막 선보이기 시작하고 있을 때 거울 주제의 마지막을 정리하고 있었던 것이 아닐까? 그러한 것들에 대한 일단락 정리 즉 전환기에 도달한 시기인 1935년 중반인 6~7월경에 그의 마지막 자화상이 그려진 것은 아닐까? 그의 성천기행문의 첫머

---

42 이러한 계열의 작품은 그가 동경으로 떠나기 전 발표한 「위독」의 시편들에까지 이어진다. 「추구」(1936. 10. 4.), 「白晝」(10. 6.), 「생애」(10. 8.) 등에서 그러한 주제를 확인할 수 있다. 같은 달에 『34문학』에 발표한 「I WED A TOY BRIDE」는 이러한 계열의 마지막 발표작으로 보인다. 이것에서 우리는 이미 생활에 대한 그의 극한적 시각이 개입해서 만들어 낸 독특한 풍경을 볼 수 있다. 인공적인 이미지는 동화적인 분위기와 결합함으로써 내적인 드라마를 낳고 있다. 거울세계와 무한정원적인 이 두 이미지의 충돌과 결합이 어떤 의미를 갖는 것인지 우리는 이상의 동경행이 갖는 의미와 더불어 생각해보아야 할 것이다.

43 「날개」의 서문에 해당하는 글에서 이상은 이렇게 말했다. "나는 또 여인과 생활을 설계하오." 이 말은 이제 '박제된 천재'로서 연애의 기법에도 서먹서먹해진 여인과 '생활'로 돌입하는 일에 대한 이야기이다.

리에 놓일 「첫번째 방랑」은 이러한 시인의 자화상을 찢어버리면서 시작되는 것이다. 아폴리네르적인 '시인의 학살'이란 주제가 거기에는 있다. 그는 1935년 여름의 끝 무렵 성천을 향했을 것이다. 이러한 추정을 하면서 「실낙원」을 보면 그의 마지막 자화상이 많은 것을 정리한 것이었음이 드러난다. 「소녀」와 「육친의 장」, 「면경」, 「자화상(습작)」 등은 모두 자화상의 변주곡이다. 그 중에서 「소녀」는 '나'의 여성적 얼굴을, 「면경」은 남성적 면모를 드러낸 것이다. 이것들은 지금까지 자기가 열심히 독서하고 사색하며, 몽상하고 창작해온 모습들을 시적으로 요약해서 보여준다. 「월상」은 묵시론적 세계와 그 속에서의 삶의 전환적 양상을 그렸다. 「월상」은 드디어 자신의 거꾸로 가기를 끝내버린 것, 완벽하게 새로운 세계를 시작하기 위한 서곡과도 같은 것이다. 그는 이 시에서 "드디어 나는 내 전방에 질주하는 내 그림자를 추격하여 앞설 수 있었다. 내 뒤에 꼬리를 이끌며 내 그림자가 나를 쫓는다." 하고 노래했다. '거꾸로 가기'를 마감한 이 시에 대해 어떻게 주목하지 않을 수 있겠는가! 이 「실낙원」이 전환적인 작품이 되는 중대한 이유가 바로 여기에 있다.

앞에서 나비와 꽃의 기호를 통해서 이상의 탈거울적 행로를 한 자락 깔아놓은 것은 이러한 「소녀」(「실낙원」 중 첫 번째 작품)의 중간적 행로가 지닌 의미를 파악해보기 위한 것이다. '거울세계'를 봉쇄한 '거대한 죄'를 뚫고 나가기 위한 시인의 창조적 작업은 쉬운 것이 아니다. 그는 '나비'의 이미지를 통해서 자신의 그러한 시적 창조작업을 형상화할 수 있었다. 그것은 앞에서 '파라솔의 탄도선'이란 개념으로 논의해본 그러한 극한적인 탈거울적 행로가 많이 약화된 모습으로 보인다. 「소녀」에 오면 이렇게 약화된 '나비' 이미지가 부상당한 모습으로 나타나며, 소녀는 그것에도 견디지 못해서 나비를 피한다. 거울을 탈출하려는 시도 대신 그녀는 거울의 차가운 수압(냉각된 유리의 기압) 속에 짓눌린 모습으로 존재한다. 그녀는 얇은 한 장의 종이 같은 존재이다. 그 수압을 견디며 그 차가운 물 속에서 자신만이 홀로 앉은 배를 저어간다. 그것은 수많은 책 속을 헤매는 독서와 사색 행위를 가리킨다. 이러한 배의 행로를 그는 거울세계의 군중으로부터 멀리 떨어져 있는 것으로 그렸다. 「실낙원」의 「소녀」는 이렇게 거울세계에 밀착된 군중으로부터 거리를 두고, 동시에 거울세계를 탈출하려는 나비로부터도 거리를 둔다. 이 중간적 행로는 이미 몇 년 전에 시작된 것이지만, 이 「소녀」에 와서 마지막 불꽃을 태우며 끝난다. 「소녀」는 그러한 행로의 마지막 모습을 전해주는 것이다. "나는 이 소녀를 화장해버리고 그만두었다. 내 비공으로 종이탈 때 나는 그런 내음새가 어느때까지라도 저회하면서 사라지려 들지 않았다." 하고 이 시는 말한다. 이 중간적 행로에 놓인, 그의 독서와 사색, 습작이나 창작과 관련된 종잇조각을 모두 태워버린 것이다. 그는 다른 글에서 자신의 모든 책을 불태웠다고 하지 않았던가![44]

44 「공포의 기록(서장)」(1935년 8월 2일에 쓴 것임)에서 그는 이렇게 말했다. "책들을 불태웠다. 산더미 같은 편지를 태웠다. 그 밖에도 많은 그의 기념물들을 태워버렸다."(전집3, 198쪽).

「실낙원」의 「면경」에서도 이러한 창조적 종이의 마지막 모습을 볼 수 있다. 거울 속에 남아 있는 잉크병과 종이와 펜 등의 정물은 "비장한 최후의 학자는 어떤 사람이었는지 조사할 길이 없다."고 했듯이 어떤 학자나 문필가의 유품이다. 이상은 이 유품의 주인에 대해 "그 강의불굴하는 시인은 왜 돌아오지 아니할까" 하고 말하기도 한다. 거울 속의 유품은 비장하며 강의불굴한 학자이자 시인의 흔적이다. 그는 이 유품이 점차 굳어져서 정물로 변하는 모습을 그린다. 그것은 마침내 "골편까지도 노출한다."고 함으로써 창조적 흔적마저 거의 죽어가는 모습을 표현한다.

「실낙원」은 거울 속에서 최후까지 독서와 사색 그리고 창조작업을 통해서 그 유리의 차가운 기압에 저항하고 견뎌내며, 그 안에서 어떤 중대한 작업을 하던 사람에 대한 이야기이다. 그러한 작업의 최후 모습을 그는 위와 같이 전해주었다. 「실낙원」은 이상의 사유와 창작이 전개되는 과정에서 한 중대한 전환점을 보여준다. 그것은 한 마디로 「소녀」에서 보여준 '중간적 행로'의 종말을 가리킨다. 그 이후 그는 「지비」라는 제목으로 두 편의 시를 쓴다. 이 '지비'라는 단어가 의미하는 것은 바로 그러한 거울세계 속의 창조적 작업의 종말이 아니었을까?

「지비」라는 시부터 그는 아내와의 생활에 대한 이야기를 시작한다. 현실로의 복귀를 의미하는 '생활'이란 말을 그는 일찍부터 썼다. 그의 '거꾸로 가기'는 '생활을 거절하기'였다. 이 '거꾸로 가기'를 통해서 끊임없이 거울 밖으로의 탈주선을 모색한 것인데, 「지비」 계열에서 그러한 탈주선이 포기된 것이다. 물론 그의 모든 작품이 이러한 생활로의 복귀를 그린 것은 아니다. 그는 「지비」 계열과 더불어서 성천기행 이후 다시 꽃피어난 '시적인 종이'들을 노래하기도 한다. 그의 '나비'들은 「산촌여정」과 「어리석은 석반」 등에서 다시 보인다. 「청령」과 「명경」 등에서는 꽃이 보이기도 한다. 이 두 계열의 동시적인 지속이 없이는 그의 창조력이 별로 빛을 발하지 못했을 것이다.

. '사람'을 되살리는 역설의 방식

그렇다면 「실낙원」에서 최후를 맞았던 그러한 중간적 행로에는 어떤 비장한, 강의불굴한 창조적 작업이 있었을까? 이것을 알아보려면 「지도의 암실」 속을 뒤져야 한다. 그에게 '지도'나 '해부도', '조감도' 같은 것이 모두 같은 기호 계열체임을 생각하면서 이 작품에 들어가 보자.

1932년 3월에 발표한 이 작품은 그의 소설 중에서 가장 실험적인 것이며 전위적인 것이다. 그는 이 작품 하나만으로도 포스트모더니즘적 경향을 선취한 것으로 평가받을 수 있다. 여기에서는 주체의 해체, 통사론적 언어구조의 해체 등이 다양한 방식으로 선보인다. 이상은 현실적 의미를 구성하는 이러한 요소를 해체시킴으로써 기존의 '의미' 생산 체계를 붕괴시킨다. 자신의 '의미'를 어디서 어떤 방식으로 불러와야 하는가라는 근본적인 물음을 던진다. '죽음'과 '웃음'과 '밤'의 이미지를 통해서 근대적 현실의 명료한 기호체계를 무의미한 어둠 속에 파묻고, 웃음으로 조롱하며, 더 깊은 어둠 속으로 돌입해서 새로운 의미의 광맥을 찾아내려 한다.

이 소설의 서사적 줄거리는 희미하고 거의 내용이 없을 정도로 단조롭다. 주인공 '리상'과 자기 친구 K와 어떤 레스토랑의 여자 등이 등장인물의 전부이다. 물론 거울 속의 '리상'까지 합치면 4명이 된다. 이들 간에 무슨 특별한 사건이 벌어지는 것도 아니다. 다만 주인공의 의식의 흐름에 참여하는 복잡한 생각과 역설적인 구문의 현란한 전개만이 이 소설의 전부이다. 이러한 소설을 어떤 관점에서 읽을 것인가 하는 물음만이 이 복잡하고 현란한 것을 뚫고 갈 수 있는 열쇠를 찾도록 해준다. 그 열쇠는 바로 '의미'라는 것이다. '의미'란 말은 여러 곳에 등장한다. 그것은 이 소설 줄거리의 흐름을 잡아매고 조절하는 여울과도 같은 것이다. 이 소설의 주제는 한마디로 말한다면 이 세상에서 우리는 어떤 의미를 찾을 수 있느냐 하는 것이다. 주인공 '리상'의 고독은 세상 사람 속에서 그러한 의미를 찾지 못하기 때문에 생긴 것이다.

그는 이 세상을 원숭이와 앵무새의 세상, 즉 흉내와 모방만이 가득한 거울세계로 파악한다. 그런 흉내쟁이 원숭이로부터 사람이 진화했다는 것을 믿고 싶지 않다고 말하면서 리상은 "그의 의미는 대체 어데서 나오는가"라고 묻는다. 그는 혼자 살고 싶어하고, 낙타를 타고 사막너머에 있는 어떤 '친구처럼 좋은 곳'으로 가고 싶어한다. 그가 '죽음'에 대해 생각하고, 웃음에 대해 이야기하는 것도 모두 이 거울세계의 허망함을 넘어서고 싶어서이다.

자신의 주체에 대한 포스트모더니즘적인 성찰이 이 소설에서는 이미 극단적인 모습으로 제시된다. 자신의 신체 부분과 그것을 포장하는 옷 등이 해체된 주체의 다양한 기호로 등장한다. 심지어는 그의 생각의 단편마저 그러한 주체의 얼굴로 등장한다. 이 모든 것은 의미와 글자 사이의 관계로 압축해서 정리할 수 있다. 그는 이 거울 속 세계의 의미들을 무화시키기 위해 '죽음'의 경계를 설정한다. 여기에 '나비'의 이미지는 등장하지 않지만, 앞에서 논의해온 맥락에서 볼 때 이 죽음의 경계선은 '나비'의 영역에 속한다. 이 소설에서는 이 죽음의 경계보다는 죽음의 힘으로 이 세상에서 뚫고 나갈 수 있는 영역이 무엇인지 보여주고 싶어한다. 그는 "죽엄은 평행사변형의 법칙으로 보일 샤를의 법칙으로 그는 앞으로 앞으로 걸어나가는데 도왔다 떠밀어준다." 하고 말한다. 이 죽음의 '평행사변형의 법칙'은 그가 이 현실의 물질적 한계인 '죽음' 너머로까지 강렬하게 의미를 추구하는 힘을 보여준다. 그 힘이 강렬하면 할수록 현실에서 그를 살아가게 하는 힘도 강렬해진다. 물론 그것은 현실의 구태의연한 질서와 법칙과 의미를 전복시키면서 살아가는 힘이다. 이러한 '평행사변형의 법칙'이 거울세계 속에 그의 창조적인 백지를 펼쳐놓는다.

「실낙원」의 「소녀」와 「면경」에서 최후를 맞이한 그 백지에 대해 이 소설에서부터 논의하지 않으면 안 된다. 그는 새로운 의미를 창조하기 위해 자신의 글자들을 새롭게 만들고 새롭게 배열하지 않으면 안 되었다. "가장 넓은 이 벌판"[45]이라고 불리는 이 백지에서 자신만이 할 수 있는 "아름다운 복잡한 기술"을 부리면서 이 거울세계 속에 그만이 들어갈 수 있는 우주를 만든다. 그는 백지와 색연필을 들고 이 거울 세계 속에 덧문을 만든다. 그 속에는 또 문이 있고, 그 안에는 또 문이(또 그 안에……문이) 있다. 이 백지에 창조된 세계의 깊이는 거기 한번 빠져들면 다시 나오기 힘들 정도로 위험한 것이기도 하다. 그것은 거울세계의 경계를 흐르고 있는 죽음의 깊이와는 다른 것이다. 이상은 이 소설의 앞 부분에서 이러한 백지공간의 깊이를 만드는 복잡한 기술이 글자와 연관되어 있음을 밝혔다. "인류가 아직 만들지 아니한 글자가 그 자리에서 이랬다 저랬다 하니 무슨 암시이냐" 하고 말한 것이다. 그런데 이상은 이러한 글자의 색다른 기술에 자신의 생각을 고착시키지 않았다. 그가 주체성에 대한 사유를 글자 너머로까지 밀고 나간 점은 지금 보아도 탁월하다.

> 글자를 저것처럼 가지고 그 하나만이 이랬다 저랬다 하면 또 생각하는 것은 사람하나 생각둘 말 글자 셋 넷 다섯 또 다섯 또또 다섯 또또또 다섯 그는 결국에 시간이라는 것의 무서운 힘을 믿지 아니할 수는 없다……. 그는 아파오는 시간을 입은 사람이든지 길이든지 걸어버리고 걷어차고 싸워대이고 싶었다 벗겨도 옷 벗겨도 옷 벗겨도 옷 벗겨도 옷인 다음에야 걸어도 길 걸어도 길인 다음에야 한군데 버티고 서서 물러나지만 않고 싸워대이기만이라도 하고 싶었다.

그는 글자를 의미 생산에서 가장 앞자리에 세우지 않는다. '사람'과 '생각' '말' '글자'의 순서로 배열한 것을 보면 글자는 오히려 마지막 자리로 밀려나 있다. 이 부분에서 포스트모더니즘이나 해체주의자와 본질적으로 차이를 보인다. '안티 휴머니즘'으로 불리는 이들의 사조가 인간보다 언어구조에 주로 집착하는 것과 달리 이상은 여전히 '사람'을 강조한다. 이때 내세

운 '사람'이란 근대적인 휴머니즘의 주체인 '인간'과 다른 개념이다. 「삼차
각설계도」에서 내세운 '사람'이란 개념은 무한정원/무한호텔적인 범주에
서 펼쳐지는 것이다. 이 범주는 근대성이나 근대성을 비판한 탈근대적 사
조의 한계 너머에 있다. '사람'에 대한 이러한 강조점을 간과하면 이 「지도
의 암실」은 탈근대적 작품으로 읽히기 쉽다. 이상은 거울세계의 구조를 해
체하려는 측면에서 거의 그러한 사조와 비슷한 모습을 보여주기는 한다.
그러나 해체적인 풍경에 대한 가치평가는 전혀 다른 것이다. 그가 주체를
해체시켜 보여주는 신체적 파편과 저고리 같은 옷 등은 긍정적인 가치를
갖지 않는다. '리상'의 여러 분신도 마찬가지이다. 탈근대적 사유들은 이렇
게 해체된 것, 파편과 표면적인 것(가면과 가상들)을 긍정한다. 이상의 사유체
계에서 이러한 것들은 거울세계의 구조를 뒤흔든 것이긴 해도 여전히 껍질
적인 것이다. 그러한 껍질이 널려 있는 세계는 여전히 황무지이다. 아무런
생식력도 창조력도 거기에는 깃들어 있지 않다. 그저 모래알처럼 푸슬거리
면서 함께 모여 있을 뿐이다. 그러한 것들을 유기적으로 통합시킬 수 있는
힘이 거기에는 없다. 하나의 곱셈적인 계를 형성할 수 있도록 해주는 무한
적인 역학이 거기서는 작동하지 않는다.

　　이상은 거울세계를 이러한 파편과 모래로 해체했다. 그리고 이 모든
것을 '지도의 암실'이란 표제 아래 밀어 넣었다. 이 제목에 그의 생각이 들
어 있다. 그는 이러한 것을 그가 창조적으로 바라보는 '오감도'의 세계에 펼
쳐놓은 것이 아니라, 거울세계인 '조감도'의 암실 속에 집어넣었다.

　　이 작품에서 '지도'는 두 번 언급된다. 첫 번째는 어떤 방에서 펼쳐
놓고 손가락으로 짚어본 실제 '지도'이다. 두 번째는 자신이 입고 있는 저고
리에 얼룩진 무늬로 그려진 "한 성질 없는 지도"이다. 그는 이 세상의 무의
미를 뚫고 나가기 위해 죽음과 무덤의 이미지를 제시한다. 그의 '저고리'는

이렇게 현실적 존재의 의미를 모두 상실해버린 주체의 껍질을 표상한다. 그 껍질에는 이 세상에서 그가 다니며 적신 얼룩들이 새겨져 있다.

> 그의 뒤를 따르는 저고리의 영혼의 소박한 자태에 그는 그의 옷깃을 여기저기 적시여 건설되지도 항해되지도 않는 한 성질없는 지도를 그려서 가지고 다니는 줄 그도 모르는채 밤은 밤을 밀고 밤은 밤에게 밀리우고 하여 그는 밤의 밀집부대의 숙으로숙으로 점점 깊이 들어가는 모험을 모험인줄도 모르고 모험하고 있는 것 같은 것은 그에게 있어 아무 것도 아닌 그의 방정식 행동은 그로 말미암아 집행되어 나가고 있었다 그렇지만.46

이 두 장의 지도는 무엇을 의미하는 것일까? 두 개의 주체가 거기 대응한다. 하나는 손가락이고 다른 하나는 저고리이다. 손가락이 지도 위를 걷는 것처럼 묘사한 첫 번째 지도는 축척판 지도일 것이다. 그것은 근대적 척도에 의해 수량화된 모습의 세계도이다. 이 지도 평면 역시 거울세계의 표면을 형성하는 것이다.

　　이상은 '손가락'이란 신체의 한 파편적 부분을 주체화함으로써 근대적 사유의 한 특성을 부각시켰다. 어떤 한 부분에 대해 치밀하게 파고드는 근대의 분석적 사유가 근대과학을 물질적인 정교함의 세계로 안내했다. 물론 유기적인 전체성을 희생시킨 모습만 거기 남게 되지만 말이다. 손가락이 걷는 이 지도는 '사람'이란 전체성이 사라진 세계이다. 거기에는 물질적인 축척과 실제적인 기호로 가득하다. 그러한 것의 압력이 이러한 거울세계의 유리 속에 깃들어 있다. 이상은 그러한 세계의 압력에 짓눌린 밑바닥에서 해체되고 있는 것들을 살펴보는 것이다. '지도의 암실'은 그렇게 모든 것이 해체되는 지하실이다. 따라서 그의 두 번째 지도인 저고리 지도는 그 암실 속의 지도이다. 그 '저고리'의 껍질은 이미 지도의 세계에서 여기저기 헤매며 묻혀온 온갖 얼룩으로 복잡한 무늬를 만들고 있다. 그 저고리 속의 존재는 모든 의미를 상실한 채 죽음과 웃음의 주제를 통과하고 있었다. 그가 마침내 가야할 곳은 어디인가? 그가 등에 지고 있는 지도는 겹겹이 여러 층의 어둠으로 쌓인, 어떤 곳에 대한 지도를 그려놓은 것 같다. 그는 그 지도에 떠밀려 간다. "밤은 밤을 밀고"간다. "밤의 밀집부대" 속으로 떠밀려 들어간다. 이 모험의 길에서 그는 자신의 저고리 속에서 저고리에 떠밀려 가기 때문에 이 여행은 다만 '집행되는 것'일 따름이다. 그러나 이렇게 떠밀려가는 '그'도 여러 '리상'의 행렬 중의 하나에 불과하다.

　　　이상은 이렇게 근대적 거울세계의 또 다른 얼굴인 '지도'의 암실에 대해 이야기한다. 그 어두운 암실에서 거울의 명료한 질서와 법칙들은 균열되고 해체된다. 이 부분을 좀 더 쉽게 이해하려면 앞에서 논의한 근대적 바벨탑 이미지를 가져오는 것이 좋을지도 모른다. 그 무한하게 쌓아올린 껍질의 압력에 짓눌려 바벨탑의 지하층에서 균열이 시작된다. 이상은 그 암실에서 그러한 균열을 좀 더 확장해 보여주고, 그것으로 색다른 저항적 모습을 만들어낸다. 이 소설을 마무리하면서 그는 자신의 중심주제인 '광선'의 문제로 이것을 요약한다. "앙뿌을르에 봉투씌우고 옷벗고 몸뚱이는 침구에 떠내여 맡기면 얼마나 모든 것을 다 잊을 수 있어 편할까하고 그는 잔다."라고. '앙뿌을르'는 전구 또는 전기의 힘을 나타내는 암페어를 가리킨다. 그는 이 소설의 앞 부분에서 이 전구의 봉투에 대해 말했다. 자신의 몸이 침구 속에서 달구어지는 것을 거기 비유한다. 자신의 몸뚱이를 침구 속에 밀어넣으면서 자신을 달구는 사상적 전구의 힘을 잠재울 수 있을 것인가라고 묻는다. 그의 시 「파편의 경치」에도 담배를 피우는 전등의 이미지가 나온다. 「▽의 유희」에서는 "▽은 전등을 삼등(三等) 태양인줄 안다"

하는 구절이 나온다. 1931년도 6월에 쓰인 이 초창기의 시편에서부터 주체의 이러한 파편적 이미지가 나오는 것이다. 그는 '삼등태양'인 이 전구를 켠 방 속에 자신의 사상의 빛인 초검선적 빛을 가졌다. 그것은 껍질만으로 해체된 주체를 감싸는 어둠으로서만 존재했다. 죽음의 힘으로써 거울세계의 명료한 질서와 법칙을 꿰뚫고 가는 파괴적이고 해체적인 힘으로서만이 그것은 남게 된 것이다. 그러한 파괴와 해체 자체를 긍정하는 것이 아니라, 해체된 껍질을 다시금 새롭게 용해시켜 통합시켜야 할 '사람'이란 주체를 되살려내기 위해 역설적인 방식으로 그러한 껍질 세계 주위에 맴돌고 있었다.

. 타락한 교환가치의 구조

「지도의 암실」에서 이상이 실험한 전위적인 주제와 기법은 그가 그 후 전개한 모든 작품에 적용되었다. 지금 보아도 난해하고 급진적인 이러한 실험을 우리 문학사에서는 다시 경험하기는 어려울 것이다. 그는 이 실험적 글쓰기를 통해 한글이 지닌 많은 가능성을 함께 탐색했다. 언어의 한계를 다양하게 넘어서려 시도해본 이러한 실험들은 단지 언어학적 관심 속에서만 이루어진 것은 아니다. 그는 거울세계를 뒤흔들 수 있는 근본적인 혁신적 사상의 힘에 의해서, 그리고 현실에서 자신의 그러한 사상을 펼칠 수 없다고 보았을 때, 현실의 모든 것을 부정하고 넘어가려는 죽음의 힘에 의해서 그러한 한계를 돌파할 수 있었다. 단지 언어 구조를 해체 파괴하는 것에만 집착해서 그러한 한계를 돌파하는 것은 형식주의적 차원(기호평면)을 넘어서지 못한다. 이상 이후에 그를 모방한 여러 시인 작가가 그의 수준을 넘어서지 못한 것은 바로 그 때문이다. 어떤 면에서는 그보다 더 전위적인 것처럼 보이는 것들도 있었지만 그러한 파괴적 형식 뒤에 숨어 있는 이러한 사상적 높이에는 도달하지 못했기에 그들의 실험은 대개 기교로 끝났다. 『삼사문학』이나 김수영의 일부 시도 그러한 한계를 넘지 못했다. 그 이후 그를 모방한 여러 군소 시인도 마찬가지이다.

우리는 이 책에서 이상의 여러 기법이 어떻게 자신의 사상적 관심과 엮여 있는지 분석하고 있는 셈이다. 거울 푸가의 마지막 절인 이번 항목에서도 역시 마찬가지이다. 이상은 「실낙원」 이후 거울세계로 복귀하는 「지비」 계열의 작품을 썼다. 그것은 「소녀」에 나오는 창백한 '시인의 종이'들이 불타버린 이후의 일들이다. '종이 비석'이라는 의미를 갖는 이 특이한 단어 '지비(紙碑)'는 그가 새로 만들어낸 조어이다. 이러한 것도 「지도의 암실」에서 그가 언급한 언어 창조 실험에서 나온 것이다. 그러나 그는 이러한 실험적 탐구에 매달리던 비장한 그리고 '강의불굴(剛毅不屈)'한(「면경」에서 그린 어떤 '시인'의 모습을 이러한 수사로 꾸몄다) 시도들을 어느 정도 겪고 현실 생활로 복귀하지 않을 수 없었다. 지금까지 그가 생활을 거절하는 의미로 시도한 '거꾸로 가기'의 극한적인 방식과 어느 정도 완화된 방식[47] 두 가지 모두 포기해야 할 상황이 되었다. 그는 결혼해야 할 나이가 되었고, 가족을 책임져야 할 부담이 점차 현실적인 짐으로 육박해왔다. 그가 아무리 자신의 사상적 관점에서 이 모든 것을 가치 없는 것으로 생각했다 해도, 다른 한편으로 이 생활을 거절할 만큼 그의 정신이 가혹하지는 못했던 것 같다. 이러한 그의 성품을 윤리적 행위로 평가해서는 안 된다. 이것은 오히려 그의 사상적 본질인 곱셈적 통합 속에서 작동하는 우주적 사랑의 힘이었을 것이다. 근대적 현실의 여러 측면을 비판하는 것 이상으로 그러한 구조 속에 짓눌린 채 살아갈 수밖에 없는 불쌍한 가족들을 껴안고 사랑하고, 책임

[47] 거울세계와 무한정원의 중간. 즉 군중과 나비를 피했던 「소녀」에서의 '소녀'가 택한 중간적 길이다.

질 수밖에 없었을 것이다.

　　이상은 가정에 대한 이야기와 함께 아내에 대한 이야기를 시에 점차 쓰게 되었다. 「지비」에서 시작한 이러한 이야기들은 「역단」의 시편에서 더 강화된다. 이 중에서도 「화로」와 「가정」이 그러한 내용을 가장 잘 보여준다. 그의 '방'은 이제 「지도의 암실」에서처럼 자신의 사유와 상상의 공간으로 그치지 않고 생활의 공간이 된다. 「화로」에는 추위에 견디면서 책을 읽는 방바닥에서 마치 환상의 장면처럼 어머니가 솟아 나온다. "잘다져진 방바닥에서 어머니가 생기고 어머니는 내 아픈 데서 화로를 떼어가지고 부엌으로 나가신다. ─극한(極寒)을 걸커미는 어머니─기적이다." 자신의 독서는 이러한 어머니의 희생적 사랑 앞에서 의미와 위력을 잃는다. 「가정」에서 그는 자신의 집이 앓고 있다고 했다. 자신의 집 문 앞에서 매달려 그 안으로 들어가려 몸부림치는 이 역설적 장면은 그가 생활과 자신의 사상적 예술적 탐구 사이에서 얼마나 갈등하며 찢긴 존재로 살고 있는가 하는 것을 보여준다.

　　「역단」이란 시는 이제 이러한 생활 속으로 자신이 들어가게 되었을 때 인생의 전체적인 조감도를 펼쳐보인 것이다. 이 시의 제목인 '역단(易斷)'도 그가 만든 조어이다. 여기서 '역(易)'이란 글자는 운명을 점쳐 본다는 의미에서 썼을 것이다. "그이는 백지 위에다 연필로 한사람의 운명을 흐릿하게 초를 잡아놓았다." 했다. 그는 종이에 자신의 운명을 대략 점쳐서 그 대강의 모습을 그려놓았다. '역'에는 '거꾸로'란 뜻과 '바뀐다'는 뜻도 있다. 그가 생활로 복귀하는 문제를 다루고 있다는 면에서 이 두 의미는 모두 중요하다. 그가 지금까지 생활을 거절하는 방식으로 제시해온 '거꾸로 가기'가 여기서부터 바뀌고 있기 때문이다. '단'은 그러한 '거꾸로'를 단절하는 것이며, 새로운 방식으로 바꾸는 결단을 뜻한다. 언어의 이러한 다양한 의미중첩을 그는 이 새로운 단어 속에 집어넣었다.

우리는 이 시의 첫머리에 제시된 '백지'가 이제는 거울 밖을 향한 시적인 종이가 아님을 알 수 있다. 이것은 거울세계 속에서 여러 가지 실험을 하던 「지도의 암실」의 백지, 즉 수많은 문 속에서 언어실험이 진행되는 그러한 미로적 공간도 아니다. 이것은 반대로 거울세계 자체를 향하고 있다. 이 백지는 거울세계 전체를 비춰보는 조감도적 거울평면을 마련한다.

그이는 백지 위에다 연필로 한 사람의 운명을 흐릿하게 초(草)를 잡아놓았다. 이렇게 홀홀한가. 돈과 과거를 거기다가 놓아두고 잡답 속으로 몸을 기입(記入)하여 본다. 그러나 거기는 타인과 약속된 악수가 있을 뿐, 다행히 공란(空欄)을 입어보면 장광(長廣)도 맞지 않고 안들인다. 어떤 빈 터전을 찾아가서 실컷 잠자코 있어본다. 배가 아파 들어온다. 고(苦)로운 발음(發音)을 다 삼켜버린 까닭이다. 간사한 문서(文書)를 때려주고 또 먹살을 잡고 끌고와 보면 그이도 돈도 없어지고 피곤한 과거가 멀거니 앉아 있다. 여기다 좌석을 두어서는 안 된다고 그 사람은 이로 위치(位置)를 파헤쳐놓는다. 비켜서는 악취에 허망과 복수를 느낀다. 그이는 앉은 자리에서 그 사람이 평생을 살아보는 것을 보고는 살짝 달아나버렸다.[48]

거울세계 자체를 향해 방향을 바꾼 이 백지거울은 앞으로 다가올 생활의 전모를 조감한다. 그는 수많은 사람과 어울려 생활하는 것에 자신이 맞지 않음을 느낀다. 마치 글을 쓰듯이 자신의 인생행로의 글귀를 따라가다 그로부터 벗어난 것을 "공란을 입어보면"이라고 표현했다. 백지에서 그의 운명에 대한 기록이 써 있는 곳 밖으로 빠져나간 것이다. 타인과의 악수를 견디지 못하고, 더 집요한 '간사한 문서'의 농간에 시달리며 고투한다. 이러한 이해관계에 철저한 문서, 차갑게 이익만을 따지는 문서가 거울세계를 조직하는 것들이다. 그 차가운 종이들이야말로 바로 거울 유리의 차가운 기압을 만들어내는 것이다. 이상은 이 시에서 거울세계의 종이들을 비추는 종이거울, 거울세계에서 자신의 운명이 어떻게 될지 조감하는 종이거울을 한 장 만들어낸다.

거울세계에서 자신의 운명을 조감하는 이러한 종이거울로부터 이상이 마지막 도달한 곳이 거울의 최저낙원, 바로 거울 찌꺼기들이 쌓인 곳에 형성된 중층적 미로이다. 그의 작품 중 가장 난해한 「최저낙원」(유고작으로 1939년 5월에 『조선문학』에 발표된)이 바로 이에 해당한다. 이상은 「지도의 암실」에서 실험해본 모든 기법의 한계치를 이 작품에서 더 밀어붙였다. 4개의 장으로 분할된 이 작품은 1, 2장과 3, 4장이 거울상처럼 되어 있다. 그러나 정확하게 대칭적인 반사상을 보여주지는 않는다. 거의 비슷한 구절과 내용을 담아내면서도 약간씩 변주한 언어로 그러한 반사상을 만들어낸다. 그는 왜 1장을 3장에서 그리고 2장을 4장에서 모사하면서 이러한 반사상적 변주를 해본 것일까? 이러한 물음에 대해 이상의 거울 주제 전체의 흐름을 놓고 대답해볼 필요가 있다.

이 작품은, 이러한 전체적 인상을 떠나서, 도대체 구체적으로 무슨 말을 하는지 알 수 없을 정도로 언어의 의미영역과 지시영역을 너무 모호하게 만들었다. 언어를 너무 낯설게 배열해서 결합함으로써 그 난해함이 증폭되었다. 아무도 이 작품을 해석하려고 덤비지 못할 정도로 그는 이 무지막지한 실험을 감행했다. 물론 이 작품을 어디 발표할 엄두도 내지 못했을 것이다. 그러나 「광녀의 고백」 같은 초창기의 난해시를 분석해본 경험으로 이 작품에 도전한다면 조금씩 풀릴 만한 부분이 생길 것도 같다.

이 글의 전체적인 인상은 도시의 지저분한 유곽의 골목을 배경으로 성적인 것과 관련된 이야기를 하고 있다는 것이다. 그는 구체적으로 어떤 것을 묘사한 것인지 모를 정도로 에둘러 말하고, 마치 꿈작업처럼 응축과 치환의 기법을 교묘하게 사용함으로써 오히려 노골적인 성적 담론을 거기 담아낼 수 있었다. 그는 유곽의 골목과 건물의 어떤 장면에 대한 묘사를 성적인 장면에 겹쳐놓기도 한다. 이러한 것은 단지 성적인 것을 에둘러 말하기 위해서만이 아니고, 그 둘을 겹치게 함으로써 만들어지는 독특한 효과를 노린 것이기도 하다. 바로 이 부분이 이 작품을 탁월하게 만들어준다. 그는 근대 도시 전체의 구조 속에서 이 유곽의 구조를 이해할 수 있게 유도한다. 「가외가전」과 「날개」에서 분명히 이러한 관점을 선보였다. 「최저낙원」을 통해서는 이 유곽의 구조를 아예 타락한 여성육체의 구조와 겹쳐놓는다. 마치 대도시의 바벨탑 맨 아래 부분에서 짓눌린 채 파열된 육체처럼 이 밑바닥 세계는 균열되고 더럽혀져 있다. 이상은 마치 「날개」의 18가구 33번지를 세세히 묘사하듯이 그렇게 이 작품을 썼다. 매우 시적인 중의법과 압축 그리고 치환적인 기법을 통해서 말이다.

1

공연한 아궁지에 침을 배알는 기습(奇習)―연기로 하여 늘 내운 방향―머무르려는 성미―끌어가려드는 성미―불연 듯이 머무르르려는 성미―색색이 황홀하고 아예 기억 못하게 하는 질서로소이다.

구역(究疫)을 헐값에 팔고 정가를 은닉하는 가가 모퉁이를 돌아가야 혼탁한 탄산 와사(瓦斯)에 젖은 말뚝을 만날 수 있고 흙묻은 화원틈으로 막다른 하수구를 뚫는데 기실 뚫렸고 기실 막다른 어른의 골목이로소이다. 꼭 한번 데림프스를 만져본 일이 있는 손이 리소-르에 가라앉아서 불안에 흠씬 끈적끈적한 백색 법랑질을 어루만지는 배꼽만도 못한 전등 아래 ―군마(軍馬)가 세류(細流)를 건느는 소리 — 산곡(山谷)을 답사하든 관습으로는 수색(搜索) 뒤에 오히려 있는지 없는지 의심만나는 깜빡 잊어버린 사기로소이다. 금단의 허방이 있고 법규세척(法規洗滌)하는 유백(乳白)의 석탄산수(石炭酸水)요 내내 실낙원을 구련(驅練)하는 수염난 호령이로소이다. 오월이 되면 그 뒷산에 잔디가 태만하고 나날이 거뿐해가는 체중을 가져다 놓고 따로 묵직해가는 윗도리만이 고닯게 남만도 못한 인견(人絹) 깨끼저고리로소이다.[49]

이 시의 3장은 1장의 첫 줄을 이렇게 변주한다.

연기로 하여 늘 내운 방향 — 걸어가려드는 성미 — 머믈르려드는 성미 — 색색이 황홀하고 아예 기억 못하게 하는 길이로소이다. 안전을 헐값에 파는 가가 모퉁이를 돌아가야 최저낙원의 부랑(浮浪)한 막다른 골목이요 기실 뚫린 골목이요 기실은 막다른 골목이로소이다.

이 첫 부분은 도시의 어떤 지저분한 뒷골목을 배경으로 한 것이 분명하다. 그가 살았던 청계천 4가 뒷골목이나 수하동의 다방골 또는 그가 출입한 유곽의 경험 같은 것이 이러한 묘사 속에 결합되어 있는지도 모른다. 어떤 실제 풍경을 묘사했다기보다 그러한 체험을 통해서 성적인 환상과 결합된 독특한 풍경을 하나 만들어낸 것이다.

　이 작품을 읽는 사람들은 저절로 다음과 같은 물음을 떠올리게 될 것이다. 불을 때는 아궁이에서 연기가 나는 방향은 무엇을 의미하는가? 그 속으로 끌려가고 거기 머물려 하는 성미는 무언가? 이러한 것이 어떻게 "색색이 황홀하고 아예 기억 못하게 하는 질서"가 되는가?

　이러한 애매한 표현들을 우리가 제대로 해석해낼 수 있을까? 먼저 이상의 단골메뉴인 '골목'에서부터 풀어보기로 하자. 이 '골목'은 여기서 "막다른 어른의 골목"이라고 했다. 이것은 '유곽'으로 내몰린 어른들의 욕망의 배출구를 가리키는 것이 아닐까? '하수구' 이야기와 한데 엮여서 우리는 이러한 표현을 성적인 욕망의 하수처리장 같은 이미지처럼 떠올리게 된다. 지저분한 환경은 건물과 골목과 그 안의 환경, 육체적인 질병에 이르기까지 널려 있어서 이곳을 중첩된 오염지역으로 생각하게 만든다. 리소르 같은 소독제가 등장하는 것도 따라서 이중적이다. 그것은 주거환경과 여성육체 모두를 소독하는 기호이다. 이러한 지저분한 환경 속에서 펼쳐지는 성적인 장면이 "산곡을 답사하든 습관" 같은 은유법적 서술로 전개된다. 금단의 허방과 법규세척하는 유백의 석탄산수 같은 것 역시 모두 성교를 은유법적으로 서술한 것이다. 창세기 설화에 나오는 금단이나 실낙원 같은 용어를 동원해서 이상은 이 유곽을 묘사했다. 그는 여기서 낙원적 어법을 역설적으로 뒤집어서 전개해 보였다. 에덴동산의 금지된 과일을 따먹는 이야기는 도시의 타락한 낙원에서 벌이는 성적 행위를 은유하는 것으로 바뀐다. 이렇게 2장까지 다 읽으면 첫 부분의 '연기'가 중의법적 표현임을 알게 된다. "연기 속에 정조대 채워" 운운 하는 표현에서 이 시의 첫머리에 나오는 아궁이와 연기는 모두 유곽적 환경과 아울러 여성 성기의 풍경을 묘사한 것이 되기 때문이다. '골목'이란 것도 마찬가지이다. 이렇게 이상은 성적인 풍경과 유곽의 풍경을 한데 합쳐놓았다.

왜 이러한 통합적 이미지를 만들어냈을까? 그는 '금단의 허방'이란 여성성을 근대도시의 가장 밑바닥에서 포착하고 싶었던 것 같다. 이것을 마치 바벨탑 같은 근대의 거대구조 속에서 구조적으로 파악하려고 한 셈이다. 그는 '허방'이나 여러 겹으로 중첩된 '중문' 같은 건축학적 구조물로 여성 성기를 묘사한다. 골목이나 아궁지 같은 표현도 모두 그러하다. 이러한 것의 특징은 모두 반근대적인 특징을 갖고 있다는 것이다. 이 유곽과 겹쳐 있는 여성성은 근대의 바벨탑과 같은 도시에 짓눌려 있는 최하층의 파열된 구조에 속한다. 거기에 또한 그러한 구조물 전체에서 배제되거나 그로부터 탈주하는 자가 몰려든다. 이 최하층의 중첩구조물은 거대한 바벨탑의 껍질의 압력 밑에 놓인다. 그 압력 밑에서 육체의 생식력까지도 그러한 자본주의적 교환관계의 껍질화 운동 속으로 빨려들어간다. 이곳의 여성자궁은 생식력이 박탈된다. 이곳에서 막다른 배출구를 찾아낸 남성은 자신들의 욕망을 추구하지만 이 껍질의 자궁 속에서 결국 '실낙원'의 허망함을 얻게 될 뿐이다. "실낙원을 구련하는 수염난 호령"은 과일을 따먹는 절정의 순간 이후 바로 그 짧은 쾌락의 정점으로부터 추방되는 것을 묘사한 것이다.

　　이상은 단지 유곽의 섹스 장면을 은유법적으로 묘사하는 데 관심이 있었던 것이 아니다. 이 금단의 지역을 답사함으로써 이 '최저낙원'을 묘사하는 것이 근대 전체의 모순을 묘사하는 것과 관련된 것임을 알았던 것 같다. 식민지 최하층의 삶이 바로 여기 있었던 것이다. 그는 자신이 실제 그러한 생활을 했고, 자신의 사상을 품고 그 밑바닥에 추락해 살았다. 그는 「파첩」(1937년 10월에 발표된)이란 시에서 콘크리트 전원으로 이루어진 대도시의 몰락에 대해 노래했다. 마치 찢어진 종잇조각처럼 여러 장으로 나누어 도시적 현실을 비판한 이 시는 9장에서 이렇게 노래한다.

　　　상장(喪章)을 부친 암호가 전류(電流) 위에 올라 앉아서 사멸(死滅)의 '가나안'을
　　　지시한다.
　　　도시의 붕락(崩落)은 아―풍설(風說)보다 빠르다50

그는 만주사변을 향해 가고 있었던 당대의 정치적 분위기를 잘 알고 있었

을 것이다. 그는 다른 글에서 일본군에 대항해 싸운 마점산에 대해서도 말했다. "도시의 붕락"이란 표현에는 이러한 근대적 세계의 파탄된 모습을 예견하는 분위기가 감돈다. 그의 사상은 근본적으로 이러한 근대세계의 모순을 지적한 것이다. 그가 자신의 사상적 방향을 직설적으로 전개하지 못하고, 근대적인 거울세계에 저항하는 시적인 종이들을 제대로 펼쳐내지 못한 채 생활 속으로 뛰어드는 「지비」와 「역단」 같은 시로 전환했다고 해도 이러한 기본적인 사상의 방향을 바꾼 것은 아니다. 그는 자신이 뛰어든 생활 영역, 근대세계의 최하층의 영역에서 바벨탑의 파열음을 들었던 것 같다. 그는 근대 거울세계의 바벨탑에 짓눌린 최하층의 구조물에 그 압력에 의해 껍질화된 최하층 여성의 자궁을 겹쳐놓았다. 그 자궁에서 펼쳐지는 최저낙원의 풍경, 금단의 허방에서 이루어지는 실낙원의 풍경은 근대세계 전체의 이야기이다. 그것은 거울세계 밑바닥에서 그 바벨탑 전체의 기초를 붕괴시키는 파열상을 보여준다. 그곳에서 반근대적인 생식적 풍경이 불과 물의 이미지를 통해서 전개되어 있다. 이 최하층의 미로에서 바벨탑 전체의 껍질을 구조화하는 질서와 법규가 파열되며 무너진다. 이 최저낙원의 여성은 근대세계 구조물 전체 밑에 깔려 있는 희생양이다. 그녀는 도시의 지저분한 설정을 자신의 얼굴로 삼고 있다. 그녀의 이러한 진실은 그러나 이 근대세계 전체를 초극하려는 시인에게는 아무런 얼굴도 갖고 있지 않다.

●

나는 죽는 것일까 나는 이냥 죽어가는 것일까

나의 사상은 네가 내 머리 위에 있지 아니하듯 내 머리에서

사라지고 없다.

帽子 나의 思想을 엄호해주려무나!

나의 데드마스크엔 모자는 필요없게 된단 말이다!

이상, 「1931년(작품제1번)」

역사시대비판의
마지막 시도

7

에피그람적 서사시의
세속적 전환

. 인공세계와 동화세계

이상은 1936년 10월 동경으로 떠났다. 그는 변동림과 결혼한 지 네 달을 채우지도 못하고 그녀의 곁을 떠났다. 그녀와의 관계는 몇 편의 소설과 시를 통해서 간접적으로 추정해볼 수 있지만, 허구적인 그림자를 실제적인 것으로 오해할 여지가 많다. 변동림은 훗날 김향안이란 필명으로 활동했는데, 이러한 오해에 대해 민감한 반응을 보인다. 그녀는 「동해」와 「종생기」, 「실화」 등을 통해서 우리가 생각해볼 수 있는 그녀에 대한 생각을 모두 부정한다. 소설에서 그려진 것처럼 그 둘 사이에 심각한 갈등이 있었다는 것에 대해 그녀는 부인한다. 이상이 자신을 소설 속에서나마 그러한 식으로 그렸다는 것에 대해 자신은 매우 배신감을 느꼈다고 말한다.1 이러한 사정

1 변동림은 후에 수필가로 활동했는데, 화가 김환기와 결혼한 후로는 김동림으로 본명을 바꿨다. 문단에서 활동할 때에는 김향안이란 필명을 썼다. 그녀는 「理想에서 창조된 이상」이란 글에서 이상이 썼던 「종생기」, 「동해」의 내용을 부인했다. 자신이 가지고 있던 그 원고들이 어떻게 발표되었는지 의아해 하면서, 그러한 '잡문'들이 진정한 작품으로 만들어진 것이 아니라고 말했다. "나는 이러한 이상의 글을 싫어한다. 뿐만 아니라, 사람들(독자)은 아내였던 변동림을 의심했다." 하고 원망조로 말한 것이다. 자신들에게 삼각관계 같은 것은 없었으며, 서울에서 멀리 떨어진 교외의 한적한 집에서 그녀는 이상과 결혼해서 "낮과 밤이 없는 밀월을 즐

을 확인한다는 것은 전기적인 측면에서는 중요할지 몰라도 이상의 예술적 성취를 추적하려는 마당에는 그저 주변적인 에피소드에 불과하다. 그는 자신의 주제를 계속 전개시키고 있었고, 그녀와 여러 여인의 각 부분이 소설의 주인공을 형상화하는 데 조금씩 동원되었을 것이다. 단지 자신이 체험한 근대적 현실의 위장과 가면성을 폭로하는 데 초점을 맞추었고, 그가 평소에 겪은 체험을 그러한 초점으로 끌어모았을 것이다. 그러나 그는 분명히 변동림에 대해서는 여전히 '아내'라는 생각을 갖지 못한 것 같다. 그가 금홍에 대해 이야기 한 「지비」에서는 분명히 "어디 갔는지 모르는 아내"라고 썼고, 「봉별기」에서도 그러한 분위기를 짙게 풍기고 있지만, 변동림과 관계된 듯한 이야기인 「생애」(「위독」에 포함된)나 「I WED A TOY BRIDE」, 「동해」, 「종생기」, 「실화」 같은 것에서는 '신부'나 '애인'이란 단어만 동원되기 때문이다. 이것은 금홍과의 동거생활이 길었고(3년 정도) 변동림과의 결혼생활은 짧았기 때문일까? 여기에는 이상의 사상적 관점이 배어 있다고 생각한다. 그는 초창기 시인 「수염」에서 "나의 신경은 창녀보다도 더욱 정숙한(정신적인 면에서) 처녀를 원하고 있었다"라고 했다. 그 이후 그는 계속해서 창녀와 성모의 이미지를 결합시키면서 자신이 추구하던 주제를 계속 발전시키고 있었다. 철저하게 자본주의적 교환관계 속에 돌입해서 자신의 육체를 팔지만 오히려 어떤 면에서는 솔직해진 창녀의 심리와 행동에 그는 주목했다. 이 도스토예프스키적인 추구를 그는 계속 진행시켰다.2 그러나 그는 자신만의 독특한 관점과 방식으로 그 주제를 진행시켰다. 「최저낙원」과도 같은 극한적인 방식을 통해서 타락의 밑바닥 구덩이에 빠진 여성

졌다." 하고 고백했다. 이상은 며칠에 한 번씩 시내에 들어가서 장을 봐왔으며, 소내장 요리를 잘할 정도로 살림을 재미있게 꾸렸다는 것이다. 그러나 그녀는 이상의 그 작품들 때문에 자신의 이미지가 훼손됨으로써 오랫동안 이상을 용서할 수 없었다고 했다(김유중·김주현 편, 앞의 책, 189, 200~201쪽 참조. 본래 김향안의 이 글은 『문학사상』에 1986년 4월부터 다음해 1월까지 연재된 것이다).

의 자궁(생식력)을 구원할 수 있는가에 대해 탐구한 것이다. 마치「광녀의 고백」에서 창녀가 이끌어가는 쾌락의 극점을 통해 그 껍질적인 본질을 폭로한 것처럼 그는 이 철저한 타락과 가장 어두운 절망적 상황 속에서 과연 구원의 빛을 찾아낼 수 있는가를 보고 싶었던 것이다. 그의 이러한 방식을 일종의 역설적으로 뒤집힌 '성배 기사의 모험'이라 부를 수 있을지 모르겠다. 왜냐하면 그 역시 근대적 황무지를 극복하려는 방식을 찾고 있기 때문이다. 모든 창조력의 신성한 근원을 그는 여성의 자궁(생식력)에서 보고, 그것이 근대적 교환관계 속에서 얼마나 황무지적인 타락의 깊은 수렁 속으로 빠져들었는지 탐색하려했다. 이러한 자궁의 교환가치적 타락은 다른 모든 것의 타락을 비추는 거울이었다. 그의 "실낙원을 구련하는 수염난 호령"(「최저낙원」에서) 소리는 그 수렁 속에서 타락한 자궁을 답사하는 기사의 타락한 성행위를 은유한다. 그것은 단지 성행위만을 은유적으로 가리키려 한 것이 아니다. 본래 가장 창조적인 낙원에 해당되어야 할 곳이 어떻게 '실낙원'적 풍경으로 바뀌었는지 알아보기 위해 답사하며 말을 몰아가는 성배기사의 외침 소리를 그것은 들려준다. 거기에는 이상 특유의 곱셈적으로 겹쳐진 풍경3이 있다. 이러한 타락한 기사의 역설적인 성배적 모험을 '달리는 말에 채찍질'한다는 '주마가편'이란 말로 요약할 수 있다. 그에

---

2 도스토예프스키에 대한 이상의 생각은 「날개」의 서문에 잠깐 나온다. 그는 이 19세기적인 사상을 '낭비'인 것 같다고 했지만 실상 그에 대한 자신의 생각은 그렇지 않았다. 그가 창녀와 지하생활적인 이야기에 관심을 두는 것은 기본적으로 도스토예프스키의 영향권에 있다고 볼 수 있다. 그의 친구였던 정인택은 이상이 잘 가던 대한문 앞의 청요리집에 대해 말했다. 그들은 그 집을 '도스또예프스키집'이라고 불렀다고 했다. 기생들이 수발을 들었을 이 요리집에서 이상은 기생들에 대한 자신의 오랜(?) 편력을 시작하지 않았을까? 정인택의 글은 그의 「불쌍한 이상」(『조광』, 1939. 12.)을 보라.

3 이렇게 서로 다른 것들을 겹쳐 놓는 이상의 방식을 우리는 '수염나비'의 이미지에서부터 보아왔다. 나는 이것을 곱셈적인 결합으로 이루어진 제3의 이미지, 또는 그러한 결합을 연금술적으로 이루어내는 '감(실)'의 의미를 따서 '감그림'이라고 부를 것이다. 이 '감'은 서로 휘감고 서로 감추어져 겹쳐진 모습을 만들어낸다.

게는 이 주제가 금홍과의 동거를 끝낸 뒤에도 새로운 신부를 맞고 또 그녀에게서 떠난 동경 시절에까지 이끌고 가야할 궁극적인 주제였다. 그의 마지막 기념비적 작품 가운데 하나가 될 「종생기」에서 그토록 내세운 '산호편'이란 화려한 채찍의 본질은 바로 이러한 것이다. 그가 초창기부터 발전시켜나간 '황'이란 개를 통한 무한정원적 지향을 마지막에는 이렇게 '말'을 통해서 표출했다. 그는 '말〔馬/言〕'을 통해서만이 여러 화려한 전고를 동원하면서, 또한 그 전고를 뒤집으면서 자신의 마지막을 조금은 화사하게 장식할 수 있었으리라. 그는 「실화」에서 말했듯이 어떤 위장할 껍질도 남아있지 않은 자신의 '가난'을 이렇게나마 문식적인 조작을 통해 조금이나마 가려보려 했다. 거기에는 성배기사의 영웅적인 모험이 희극적으로 뒤집힌 모습과 그 모험의 실패에 따른 비극적 모습도 함께 전시되는 것이다.

이 마지막 장은 '거울' 주제와 '꽃' 주제의 종말적인 모습을 통해 이와 같은 이야기들을 전개할 것이다. 그가 거울세계의 찌꺼기가 쌓인 최저낙원의 미로를 거쳐서 말을 달려간 곳은 과연 어디인가? 「위독」 시편을 쓰면서 이제는 이따위 시밖에 써지지 않는다고 한탄하면서 소설이나 쓰겠다고 호언한 다음 그가 달려간 길은 무엇인가? 그는 「지비」 계열 이후 '거울 푸가'의 예술적 가능성에 대한 탐구를 중단하고 뒤로 후퇴했다. 거울세계 속에서 다양한 시적 변주곡을 울리면서 시적인 종이들을 만들어내려던 것에서 물러난 것이다. 그는 「실낙원」의 「소녀」에서 그러한 종이들을 태워버린 후 생활의 세계를 바라보기 시작한다. 아내와의 생활, 가족과의 생활을 자신의 삶과 예술 속에 집어넣기 시작한다. 「지비」 연작과 「역단」과 「위독」에는 그와 관련된 여러 편의 시가 있다. 그러한 흐름의 마지막에, 그가 『삼사문학』에 발표한 「I WED A TOY BRIDE」(1936. 10.)가 놓인다. 변동림과의 이야기가 배경에 놓인 이 시에서부터 우리의 마지막 주

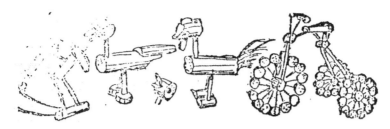

이상이 그린 삽화로 추정되는 장난감 그림. 『시와소설』(1936. 3.)에 실린 박태원의 「방란장주인」 첫 페이지 윗부분의 삽화임. 수수깡을 잘라 만든 장난감을 그린 것인데, 오른쪽에서부터 왼쪽을 향해 자전거·수탉·암탉이 있고, 목마가 이들을 마주보고 있다.

제를 시작해보자. 실제 현실의 그녀를 대상으로 한 것만은 아니라는 사실을 염두에 두고 말이다.

　　이 시는 「1밤」과 「2밤」이란 두 장으로 구성되어 있다. 이 시에서 우리가 주목해야 할 것은 '장난감 신부'라는 말에서 보이듯이, 근대적 현실의 인공적인 세계(장난감과 모조품의 세계)와 동화적인 분위기의 묘한 결합이다.[4] 인공적인 특성에 의해 부각되는 거울세계와 동화적인 것이 환기하는 무한 정원적인 세계가 한데 뒤섞여 있다. 이 색다른 시도를 그는 동경으로 떠나기 전 마지막 작품에서 시도한 것 같다. 정확하게 「위독」의 시편과 선후를 따질 수는 없지만 그의 색다른 시도는 그 이전의 계열과 분명히 차이를 보인다. 그는 「위독」(1936. 10. 4~10. 9.) 이후에 이 작품을 썼을 것이다. 그것은 아마도 「동해」를 탈고한 이후일 것이다.[5] 그는 「위독」 시편에 대해 절망한 후 새롭게 그러한 생활 타령을 극복하고 싶었던 것이 아닐까? 『삼사문

4 이상에게 '장난감'의 세계는 근대적인 인공적 세계를 동화적으로 축소시킴으로써 거기서 실제 세계를 구성하고 이끌어가는 힘들을 박탈한다. 그 대신 아이들의 순진무구한 상상력의 세계 속에서 그것들은 새로운 이야기를 꿈꾸는 재료가 된다. 그의 동화적 분위기는 이렇게 현실의 거울세계(모조품과 인공품적 모방세계)를 아이들의 장난감 놀이 세계로 축소시키고, 동시에 무한한 상상적 우주로 그것을 활짝 열리게 한다.
5 「동해(童骸)」의 제목이 가리키는 것은 이상이 생활 영역으로 발을 들여놓음으로써 동화적이고 시적인 분위기가 사라진 것(즉 해골이 된 것)을 뜻한다.

역시 앞의 그림과 같은 계열의 그림인데, 이것은 『시와소설』 같은 호의 뒷부분에 실린 김유정의 소설 「두꺼비」의 첫 페이지 윗부분 삽화이다. 수수깡으로 만들어진 개들의 행렬인데, 맨 오른쪽의 수캐가 앞의 암캐를 따르고 있다. 그러나 이들의 사랑 행렬은 순탄할 것 같지 않다. 이들 앞에는 해골처럼 생긴 섬뜩한 개가 뼈대를 다 드러낸 모습으로 서 있기 때문이다. 이상은 말라붙은 대지에 미미하게나마 풍요의 생식적인 흐름을 가져올 '실과 같은 동화'라는 이미지를 그려냈다. 그의 장난감 그림들에는 암울한 세상을 견디고 뚫고 가려는 한 가닥 동화 같은 마음이 있다.

학』의 전위적인 패거리에 대해서도 자신만의 독창적이고 참신한 실험적인 모습을 보여주고 싶었던 것은 아니었을까? '장난감 신부'라는 이미지는 그 자체만으로도 전위적인 것을 추구하는 신인이 따라붙지 못할 정도의 압도적인 이미지였다. 그러나 이상은 '장난감'의 세계에 대해서는 이미 오랜 경력을 갖고 있었다. 그는 초기 작품인 「무제─악성의 거울」에서 장난감 집을 등장시켰다. 「날개」에서도 주인공은 아내 방에서 마치 아이처럼 화장도구로 장난을 한다. 이러한 '장난감'의 세계는 어른이 주도하는 근대적 세계를 전도시킨 것이다. 그는 현실에 있는 것을 작게 모방해서 자신의 방안에서 장난하는 아이처럼 그렇게 현실생활을 작게 축소시킨 것 같은 장난감 세계 속에 틀어박혔다. 어쩐지 앞서 논의한 '거울의 거울'이란 주제처럼 보이지 않는가? 장남감의 세계는 어른 세계를 흉내 내는 거울이다. 그것은 아이의 동화적인 영역으로 어른의 세계를 가져온다. 그러나 그것은 여전히 모방된 인공물의 세계를 벗어나지 못한다. 그렇다면 이상은 이미 포기한 '거울푸가'의 주제를 다시 꺼내든 것인가? 이 시를 읽어보면 그렇지 않다는 것을 알 수 있다.

1 밤

작난감신부살결에서 이따금 우유내음새가 나기도 한다. 머(ㄹ)지 아니하여 아기를 낳으려나보다. 촛불을끄고 나는 작난감신부귀에다대이고 꾸즈람처럼 속삭여본다
"그대는 꼭 갓난아기와같다"고……
작난감신부는 어둔데도 성을내이고대답한다.
"목장까지 산보갔다왔답니다"
작난감신부는 낮에 색색이 풍경을 암송해가지고 온 것인지도 모른다. 내 수첩처럼 내 가슴 안에서 따끈따끈하다. 이렇게 영양분내를 코로맡기만 하니까 나는 자꾸 수척해간다.6

이 시는 목가적인 밤을 노래하였다. '장난감 신부'라는 것은 그의 결혼생활을 현실적인 생활 현장으로부터 멀리 떨어뜨리는 시적 장치이다. 어떻게 보면 그는 자신의 결혼에서 그러한 생활의 무게를 덜어버리고 싶었을 것이다. 생활전선에 본격적으로 뛰어들어, 거기서 세속적 성공에 취해본 적이 그에게 있었던가? 그가 그러한 현실 영역의 깊은 곳으로 자신을 내던진다는 것은 선뜻 내키지 않는 일이었을 것이다. 이렇게 생활로부터 거리를 두게 만드는(생활을 파탄시키기도 한) 그의 예술적 태도를 그는 「종생기」에서 '독화(毒花)'란 말로 표현한다. 이 예술적인 꽃의 독기가 지금까지 자신과 가족, 그 주변의 생활을 모두 파괴시켰다고 말했다. 변동림과 정식 결혼한 뒤

에 썼을 이 시에서 신부를 '장난감'으로 표현한 것에서도 우리는 여전히 그가 실제 결혼 생활을 진지하게 바라보지 않고 있다는 것을 알게 된다(아니 그는 결혼과 사랑의 본질에 대해 지나치게 깊이 생각해볼 정도로 너무 진지했는지 모른다). 그는 생활 속으로 자신을 깊이 들이밀지 않으려 했다. '아이들 세계'로의 동화적인 퇴행인 '거꾸로 가기'가 여기 나타난다. 이 동화적 퇴행이 결혼한 신부를 '장난감 신부'라는 말로 묘사하게 했다. 어른들의 세계를 장난감세계로 만들어버림으로써 「LE URINE」의 '실과 같은 동화'라는 순수한 생식력으로 이 차가운 현실 생활의 논리를 헤쳐가려 했을 것이다.

　　촛불을 끄고 자리에 누운 뒤에도 신부에게 "그대는 꼭 갓난아기와 같다" 하는 것도 그렇다. 밤의 어두운 깊이 속으로 들어가면서 신부는 동화의 깊이 속으로 더 내려가게 된다. 그녀를 '나'는 갓난아기처럼 대하고 싶어한다. 신부는 성을 내며 대답함으로써 그러한 동화적 퇴행에 맞선다. 그녀는 목장7 근처까지 산보갔다 온(그래서 신부에게서는 우유냄새가 난다) 이야기를 함으로써 그러한 동화적 밤에 어느 정도 동참하기는 한다. 그녀가 산보하면서 본 풍경을 여기서는 '수첩' 속에 기록된 것처럼 표현했다. 밤은 그렇게 해서 불완전하긴 하지만 목가적인 밤이 된다. 자신들이 연애 시절 데이트 하던 장소인 이 교외 목장의 풍경이 그곳까지 산보하고 온 신부를 통

7 '목장'은 이상에게는 무한정원적 이미지를 갖고 있다. 변동림과 결혼했을 때 이야기라면 이 교외지역은 그 둘이 밀월의 세월을 보낸 곳이다. 변동림은 그녀가 경기여고를 졸업하고 이화여전을 다닐 때 이상이 자신을 기다리던 벌판의 무인지경에 대해 추억했다. 그녀는 학교에서 돌아오는 길에 거기서 기다리는 이상을 만났다고 했다. "만나면 따라서 걷기 시작했고 걸어가면 벌판을 지나서 방풍림에 이르렀다. 거기는 일경도 동족도 없는 무인지경이었다. 달밤이면 대낮처럼 밝았고 달이지면 별들이 쏟아져서 환했던 밤과 밤을 걷다가, 걷다가. 우리들은 뭐 손을 잡거나 팔을 끼고 걸은 것이 아니다. 각기 팔을 내저으며 지극히 자연스러운 자세로 걸었다. 드문드문 이야기를 나누면서, 때때로 내 말에 상은 크게 웃었다. 그 웃음 소리가 숲 속에 메아리쳤던 음향을 기억한다. '동림이, 우리 같이 죽을까?' '우리, 어디 먼 데 갈까?' 이것은 상의 사랑의 고백이었을 거다."(김유중·김주현 편, 앞의 책, 188~189쪽.). 변동림의 회상 속에 나오는 이 목가적이고 낭만적인 밤이야말로 「I WED A TOY BRIDE」의 「1밤」, 「2밤」이란 제목의 배경에 놓여 있는 것이리라.

해서 어둠 속에서 이상의 가슴 속에 안긴다. 그녀가 낮에 보고 온 그 목장
의 풍경을 이상은 마치 수첩처럼 자신의 품속에 따뜻하게 지닌다. 그러나
이 종이 이미지는 아무런 영양가도 없다. 그들은 연애 시절에 낭만적으로
즐겼던 교외 목장 풍경을 추억하면서 살아갈 뿐이다. 그러나 이러한 추억
의 삶도 실제 생활에서는 오래 지속할 수 없다.

2 밤

> 작난감 신부에게 내가 바늘을 주면 작난감 신부는 아무것이나 막 찔른다. 일력
> (日曆). 시집. 시계. 또 내몸 내 경험이 들어앉아 있음직한 곳.
> 이것은 작난감 신부 마음 속에 가시가 돋다있는 증거다. 즉 장미꽃처럼……
> 내 거벼운 무장(武裝)에서 피가 좀 난다. 나는 이 상(傷)차기를 고치기 위하여 날
> 만 어두면 어둔 속에서 싱싱한 밀감(蜜柑)을 먹는다. 몸에 반지밖에 가지지 않
> 은 작난감 신부는 어둠을 커-튼 열듯하면서 나를 찾는다. 얼른 나는 들킨다. 반
> 지가 살에 닿는 것을 나는 바늘로 잘못 알고 아파한다.
> 촛불을 켜고 작난감 신부가 밀감을 찾는다.
> 나는 아파하지 않고 모른체한다.8

이 시의 두 번째 장인 이 부분에서는 생활이 진행될수록 서서히 갈등이 커
진다는 것을 보여준다. 마치 아이의 놀이를 보듯이 그렇게 표현했지만, 이
신부는 「날개」의 아내처럼 신랑을 핍박하기 시작하는 것이다. 그녀는 장난
감 자동인형처럼 자신의 가시바늘을 아무 데나 마구 휘둘러댄다. 일상생활
의 도구인 일력과 시계, 그로부터 거리를 두고 있는 그의 예술적 생활의 상
징인 '시집' 그리고 내 몸속의 경험까지. 그들의 일상적 생활 영역(일력, 시계

가 상징하는)에서부터 '나'의 내면세계 속까지 그녀의 바늘 찌르기는 내 영역 어디에나 미친다. 이상은 「실낙원」의 「소녀」에서 자신의 내면에 깃든 얇은 종이 같은 '소녀'에 대해 말했다. 이 장난감 신부는 마치 '내' 안의 그 '소녀'를 질투하듯이 그녀를 쫓아다니며 찔러대는 것 같다. 그녀는 자신에게 주어진 이 침선(針線) 도구의 본래 용도인 바느질 같은 것에는 애초 관심도 없다. 그녀는 화려한 장미의 나날만을 즐기고 싶어하는지 모른다. 그렇게 안 될 때 그녀 속에서 원망의 가시만이 돋아나게 되는 것이 아닐까? 그녀에게 쥐어진 바늘은 단지 그러한 내면에서 가시 돋친 원망의 감정을 표출하기 위한 도구이다. 이렇게 해서 그녀와 부딪치기만 해도 이상은 가시에 찔린 것같이 된다. 그가 그녀에게 준 여성적 생활도구인 침선 바늘은 이렇게 그것으로 예상할 수 있는 여성적 생활양상을 완전히 뒤집어 보였다. 이 시에서 바늘은 그녀 내면의 가시가 어떻게 작동하는지 드러내준다. "신부의 마음 속에 가시가 돋아있는 증거"를 이렇게 유도해낸 것이다. 드디어 그는 신부의 가시 돋친 정체를 파악하게 된다. 그는 밤에 몰래 그 상처들을 치유하기 위해 싱싱한 밀감을 먹어본다. 그러나 그녀는 어둠을 열어젖혀 그 속에 숨은 '나'를 찾아낸다. 나의 치료제인 밀감까지 찾아내서 빼앗으려 한다. 그녀는 이렇게 '나'를 핍박한다. 마치 히스테리적인 공격적 성향을 가진 여성처럼 그는 신부 이미지를 이렇게 극단적인 모습으로 만든다.

그는 이 시에서 자신의 무한정원적인 목장의 이미지를 잠깐 삽입한다. 그들이 연애하면서 배회하던 교외의 어느 목가적인 풍경을 그러한 무한정원의 흐릿한 추억처럼 연출시킨다. 동화적인 신혼생활 속에 그러한 분위기를 지속시키고자 했지만 그러한 환상은 곧 끝난다. 자신의 '장난감 신부'는 자신의 생각대로 동화적인 존재가 아니었던 것이다. 그녀는 이러한 신혼 놀이에 곧 염증을 내고 마구 히스테리적 신경질을 부린다. 생활의 압박 속에서 그녀는 자신의 반지만 하나 달랑 끼고 지낼 수는 없었다.

이상은 이 시를 통해서 생활 속에서 확인된 독기어린 장미꽃을 하나 그려보인다. 이 꽃은 그가 「종생기」에서 자신의 예술적 꽃에 이름붙인 '독화'('악의 충동'의 꽃인)에 대립하는 것이리라. 그의 마지막 꽃들은 이렇게 '독기어린 꽃'들로 변해버렸다. 이 두 꽃의 대립은 그의 동경 시절의 문학적 주제를 형성시켜준 한 줄기이다. 그는 이 주제를 마지막 작품일 「실화」에서 끝낸다. 거기서 무한정원의 꽃에 대한 탐구의 마지막 모습을 보여준다. 그것은 외국의 낯선 타향 땅에서 춥고 배고픈 방황 속에서 이루어졌다. 그의 '겨울'은 자신의 고향에서 멀리 떨어진 곳에서 그렇게 버림받은 모습으로 끝을 맺었다. 그렇게 쓰러지기 전까지 그는 아직 호기어린 어조로 산호채찍을 휘두르면서 자신을 희대의 탕아로서 또, 그 희극적인 돈키호테적 기사로서 과시하려 했다. 비록 피골이 상접한 비쩍 마른 말이지만 그는 그 말을 달리게 할 자신의 산호채찍을 매우 자랑스럽게 생각하고 있었다.

이러한 주제의 첫 번째에 놓일 소설은 「동해」이다. 이 소설의 여주인공 이름은 임(姙)이다. 변동림의 마지막 글자를 염두에 둔 것 같다. 「I WED A TOY BRIDE」의 여러 부분은 이 소설에서 가져온 것이다. 반지만 끼고 있는 신부는 갓난아기와 같이 우유 냄새가 나고, 그녀 혼자 목장까지 갔다 왔다는 이야기 등이 거의 동일한 어구로 등장한다. 밀감 이야기의 맥락도 비슷하다. 이상은 이렇게 결혼한 신부와 생활 전선으로 뛰어들기 이전의 장면에서 이 소설을 끝낸다. 이 결혼은 아직 완전한 결혼이 아니었던 것이다. 마치 잠시 장난삼아 결혼한 것처럼 불완전하게 묘사된 이들의 신혼생활은 그들 사이에 또 하나의 남자가 끼게 되는 삼각관계의 문제 속에서 증발한다. 결혼의 견고한 성에 아직 진입하지 못한 채 여전히 연애 이야기를 그는 쓰고 있었다. 그는 그 이전에 점차 '생활'의 영역 속으로 진

역사시대 비판의 마지막 시도 ― 에피그람적 서사시의 세속적 전환

지하게 관심을 돌리던 시선에서 이 연애의 복잡한 심리전으로 방향을 바꿨다. 이상의 다른 소설과 마찬가지로 여기서도 무슨 굉장한 소설적 스토리 같은 것을 기대해서는 안 된다. 그는 그저 한 여인의 복잡한 위장술을 추적하는 의처증 환자 같은 모습을 그리기만 하면 되니까 말이다. 마침내 그녀에게서 그러한 부정을 확인하는 것이 중요하다. 생활에 대한 아무런 방도도 마련하지 않고 그저 순수하게 어떤 여인의 사랑을 기대하고, 그녀의 확실한 정절을 확인하려는 이 집요한 욕망 이외에 그에게 남은 것은 아무 것도 없다. 그러나 이 비참한 성배 기사는 끝끝내 '사랑'의 땅에 도달하지 못한다. 그는 단지 이 세상에서 자신이 확인할 수 있는 '사랑의 진실'은 한 조각도 찾을 수 없다는 것을 보여주는 것이 목표일 뿐이다. 바로 그러한 목표를 향해 그는 자신의 말에 채찍을 가한다. 「동해」에서 '주마가편'이란 소제목을 단 부분은 바로 그러한 이야기를 담았다.

> 닫는 말에 한층 채찍을 내리우는 형상. 임이의 적은 보폭이 어디 어느 지점에서
> 졸도를 하나 보고 싶기도 해서 좀 심청맞으나 자분참 걸었던 것인데―

그는 자신의 어린 신부에게서 진정한 애정 같은 것을 희망하지 않는다고 하면서 그러한 것을 확인하려 한다. 얼마 되지 않는 생활비에 대해서 여러모로 집착하는 신부의 모습에서 그는 자신에 대한 무관심을 읽어낸다. 그녀의 그러한 마음을 확인하고 그녀에 대한 복수심에 불타는 것이다. 그 뒤의 이야기는 그녀가 여전히 그와 삼각관계에 놓인 친구 윤에게 기울어져 있다는 것을 확인해가는 과정이다. 이 빤한 줄거리에서 우리가 잠깐 눈여겨보아야 할 대목이 있다. 그것은 바로 장난감 개가 나오는 부분이다.

DOUGHTY DOG

이라는 가증한 작난감을 살 의사는 없다. 그것은 다만 10원짜리 챈지와 아울러 임이의 분간못할 천후(天候)에서 나온 경증(輕症)의 도박(賭博)이리라.9

　　이 장난감 개는 자신이 이 삼각관계에서 판정패를 당했다는 것이 확인되는 순간 처참하게 된 상황에서 탈출구삼아 노는 노리갯감이 된다. 스프링을 감아주면 제 몸집만한 구두 한 짝을 물고 늘어져 흔드는 이 개는 바로 자신의 비참한 행색을 풍자적으로 보여준다. 이 장난감 개는 바로 자신의 목장을 지키는 시적인 개인 '황'의 분신이다. 자신의 무한정원적 사상과 생명력이 이 거울세계의 작은 인공물 속에서 조롱된다. 그는 이 잘 다듬어지지 않은 소설에서 나중에 마지막 힘을 바쳐 쓴 「종생기」의 주제를 예비하는 것에 만족한 것 같다. 그의 편지(1936년 음력 제야에 쓴)에서 그에 대한 암시를 엿볼 수 있다. 거기서 이상은 이렇게 말했다. "조광 2월호의 「동해」라는 졸작보았오? 보았다면 게서 더 큰 불행이 없겠오. 등에서 땀이 펑펑 쏟아질 열작(劣作)이오. 다시 고쳐쓰기를 할 작정이오……그야 「동해」도 작년 6월 7월 경에 쓴 것이오. 그것을 가지고 지금의 나를 촌탁(忖度)하지 말기 바라오."10 아마 그는 「동해」를 고쳐씀으로써 「종생기」를 만들 수 있었을 것이다. '종생'의 주제는 「동해」에서 이렇게 나타났다. 사랑의 패배자로서 그는 이렇게 자신에게 종생을 선언한 것이다.

　　내가 받은 자결의 판결문 제목은
　　"피고는 일조(一朝)에 인생을 낭비하였느니라. 하도 피고의 생명이 연장되는 것은 이 건곤(乾坤)의 경상비(經常費)를 구태여 등귀(騰貴)시키는 것이어늘 피고가

9 전집2, 304쪽.
10 전집3, 256쪽. 이 편지는 『여성』 4권 9호(1939. 6.)에 실려 있는데, 거기서는 위의 "6월 7월 경"이란 부분이 "6월 7일 경"으로 되어 있다. 어떤 것이 더 정확한 것인지에 대해서는 더 생각해보아야 할 것 같다. 이 편지를 쓴 음력제야는 양력으로 1937년 2월 10일인 것으로 전집에서는 밝혔다. 그가 죽기 두 달 전에 쓰인 편지인 셈이다.

들어가고자 하는 쥐구멍이 거기 있으니 피고는 모름지기 그리가서 꽁무니쪽을 돌아보지는 말지어다"11

　　그는 이러한 '고쳐쓰기'를 통해서 한 편의 시와 두 편의 소설을 얻었다. 「I WED A TOY BRIDE」와 「종생기」, 「실화」가 거기서 태어났다. 「I WED A TOY BRIDE」에서 이상은 다시금 동화적인 분위기를 회복해보려 한다. 동화적인 분위기 속에서 시적인 밤의 에스프리를 펼쳐보려 한 것이다. 「종생기」에서 그는 다시금 초검선적인 탄도선을 회복하려 한 듯이 죽음의 세계(유계)를 향해 달려가는 말을 채찍질한다. 거울세계의 최하층에서 좀 더 상층을 향해 떠오르려는 한 모던 걸의 상승적인 물거품(껍질)에 부딪혀 곤두박질치는 이 희비극적 종생기를 그는 써냈다. 「동해」에 나온 '주마가편'의 모티프는 이러한 강렬한 초검선적 운동과 거울세계의 부딪침 속에서 다시 화려하게 꽃피었다. 「실화」에서 이상은 동경이란 더 화려한 근대의 거울세계 속으로 돌입해서 그러한 초검선적인 주마가편의 마지막 여정을 그렸다. 거울세계의 좀 더 상승된 층위에서 그가 뚫고 나갈 안개 속에서 그는 자신의 꽃을 잃어버린다. 이 차가운 물거품의 안개 속에서 그의 내면에 있던 무한정원적인 존재인 '황'은 가련하게 버려진 '이국종 강아지' 같은 신세로 전락한다.

11 앞의 책, 313쪽.

역사시대의 종말, 종생기
서사시적

죽는 한이 있더라도 이 산호채찍은 꽉 쥐고 죽으리라.

—이상, 「종생기」

나는……오늘밤 '로망'을 찾아 어둠과 빛이 무르녹아 흐르는 市街로 향하여
'아방튜르'의 길을 떠났다.
사랑과 영예를 구하여 諸國을 순례하던 중세기의 기사를 본받아.

—김기림, 「밤거리에 집은 우울」

죽은 자들과 함께 그들이 먹는
양귀비를 먹어본 자만이
가장 섬세한 음까지도
다시 잃지 않으리라.

—릴케, 「오르페우스에 부치는 소네트」

. 우리의 신화적 성배 찾기

「실낙원」 이후 시작된 「지비」 계열의 시편은 서로 잘 결합되지 않는 부부나 애인의 문제를 보여준다. 그가 근대적 세계를 상징하는 거울세계의 생활 속으로 진입하려 노력하면 할수록 자신의 사상적 핵심에 놓여 있던 곱셈적 화합이 현실에서는 불가능함을 깨닫게 된다. 그는 「역단」과 「위독」의 시편처럼 그 자신에게조차 스스로 절망적으로 느껴지는 그러한 작품밖에 쓸 수 없었다. 그렇게 절망적인 생활 속에 갇혀버렸다. 아예 생활과 좀 더 깊이 관련되는 소설을 쓰겠다고 김기림에게 고백하지만 「동해」나 「봉별기」 같이 비참한 결과에 그치고 만다. 자신의 사상적인 시적 분위기가 위축된 자리에서 너무나 비참하고 위축된 자신의 형편없는 몰골만을 확인하게 된다. 창작도 무기력해지며 그저 범속한 수준으로 떨어져 통속적인 이야기처럼 보일 뿐이다. 이러한 작가로서의 패배야말로 생활에서의 패배 그 이상으로 뼈아픈 것이었을지 모른다. 너무나 커다란 자존심으로 똘똘 뭉쳐 있는 이 시인에게 그러한 시시한 작품을 만들어낼 뿐인 작가로 보이게 된다는 것은 얼마나 치욕스런 일인가? 그는 생활로 복귀하던 발길을 곧 멈추고 방향을 바꿔버린다. 시적으로 표현된 장난감 신부와의 결혼생활 놀이에도 흥미가 없고, 애정의 삼각관계 속에서 자신의 비참한 처지를 밝히고, 여인의 위장술을 밝히는 소설적인 이야기도 별 의미가 없다. 이제 마지막으로 남은 것은 이러한 비참한 현실에서 빨리 말을 몰아 죽음을 향해 달려가는 것, 그 종생의 길을 화려하게 수놓는 일 뿐이다. 이것만이 현실의 생활인 거울세계 속에 파묻혀 타락한 이 '성배의 기사'를 그 비참한 몰골 속에서 조금이나마 건져낼 수 있는 유일한 길이었다.

「종생기」로부터 「실화」에서 끝나는 이 타락한 시대의 마지막 문학예술적 여정을 나는 우리식으로 쓴 '성배 기사의 세속적 서사시'라는 주제로 살펴보고자 한다. 이상의 '성배'는 그의 사유체계에서는 「각서4」의 '폭통(瀑筒)'에 해당한다. 그것은 초검선적 우주의 에너지로 요동치는 입자와 물결로 가득찬 그릇이다. 「오감도」의 「시제9호 총구」와 「시제10호 나비」는 이 '폭통'의 두 가지 자화상이다. 앞의 시는 자신을 우주적 에로티시즘의 열기로 충만한 그릇처럼 표현했다. 「시제10호 나비」는 거울 속에 갇히고 위축된 모습이지만 그 거울 속 나비는 시인의 입을 통해서 그러한 폭통을 꿈꾼다. 그의 '성배'는 이렇게 가깝고 또 먼 곳에 있다. 즉 그것은 바로 자신 속에 있기도 하지만, 자신을 그러한 그릇으로 만들기 위해 얼마나 먼 길을 헤매야 할지 모르니 말이다.

우리의 고대적 신화 상징 체계에서 '성배' 즉 성스러운 그릇은 과연 무엇이었을까? 중국문화에 지배당하기 전의 역사를 뒤져보면 우리 고유의 정신과 관련된 '황금의 그릇'을 찾아낼 수 있다. 박제상이 지은 것으로 알려진 『징심록(澄心錄)』에 대해 약간의 해설을 덧붙인 김시습의 『징심록추기』를 보면 신라건국설화에 이 '황금의 그릇'인 금구(金甌)가 나온다. 관련 부분을 보자. "역사 기록에 의하면, 혁거세왕이 미천할 때에 신인(神人)이 금척(金尺)을 주면서 이 금척을 가지고 금사발(金甌)을 바로잡으라고 말했다".[12] 이 부분을 번역한 김은수는 금구를 "나라를 비유한 것"이라고 풀이했는데, 이것은 '나라' 자체를 가리키기보다는 '나라'를 다스릴 만한 보기(寶器)라고 해석해야 할 것이다. 중국 고대 우임금이 만들었던 구정(九鼎)[13] 같은 것도 이러한 금구에 해당한다. 고대에는 이러한 솥이나 사발 같은 신

---

12 김시습, 『징심록추기』 제10장/박제상, 『부도지』, 김은수 역해, 한문화, 2002, 168쪽.

13 중국의 성배는 황제 헌원에서 비롯한다. 그는 치우를 물리친 것을 기념해서 수산(首山)의 구리를 캐서 보정(寶鼎)을 만들었다. 그는 솥둘레에 구름을 탄 응룡(應龍)을 새기고 네 귀퉁이에 각종 귀신과 괴수를 새겼다고 한다. 하우씨가 만든 구정(九鼎)에는 당대 최고 기술자인 수(倕)가 자기 손가락을 물고 있는 그림을 새겨 큰 기교를 부리지 말라는 뜻을 알렸다고 한다[황제의 보정에 대해서는 김영구 편역의 『중국의 신화』(고려원, 1987) 118~119쪽 참조. 주의 구정에 대해서는 이석호가 번역한 『회남자』(세계사, 1999) 172쪽을 참조하라].

비로운 그릇이 있었으며, 그 그릇에 담긴 이치를 제대로 깨우치고, 또 그것을 정확하게 다룰 수 있는 자만이 나라를 다스릴 수 있었다. 무한사상의 관점에서 보면 그것은 초검선적 그릇이었던 것이다.

　　이러한 그릇의 기원은 신라 이전 단군시대까지 거슬러 올라가는 것으로 문헌은 전한다. 행촌 이암의 『단군세기』에서 그것을 확인할 수 있다. 그 첫머리에서 이 그릇은 우주적 진리의 표상으로 등장한다. "오호 정치를 다스림은 오로지 그릇이라. 사람은 오로지 이 세상의 도리를 닦아야 하리[嗚呼 政猶器 人猶道]."14 이 구절에 대한 해석은 사람마다 너무 달라서 인용하기 어렵다. 필자가 보기에는 기(器)의 뜻을 제대로 파악하지 못하고, 이 글과 댓구가 되는 "국유형 사유혼(國猶形 史猶魂)"과 연관시켜 문맥을 파악하지 못해 오해된 부분이 많다. 행촌 이암은 고려 말 나라가 혼란에 빠진 원인을 고려인이 나라 역사의 혼을 잃어버려 '참 나'를 찾지 못하고 있는 것에서 찾았다. 나라가 굳건한 형태를 갖추려면 역사의 혼을 되찾아야 한다는 것이며, 『단군세기』는 그러한 역사의 혼을 되찾으려는 작업이었다. 따라서 "政猶器 人猶道(정유기 인유도)"에서 기(器)와 도(道)는 뒤의 형(形)과 혼(魂)에 각기 대응하는 것이다. 여기서 그릇은 나라의 기틀과 제도 형식들(즉 國의 形)을 두루 가리키는 말이다. 그러나 그러한 것들을 하나의 상징적인 그릇을 뜻하는 '기(器)'라는 말 속에 취합했다. 이러한 상징이 가능했던 것은 우리에게 전해오던 '황금의 그릇' 같은 보기(寶器)가 있었기 때문이 아니겠는가.

　　이러한 우리의 황금의 그릇인 금구를 후대의 역사에서는 찾아볼 수 없다. 행촌 이암이 탄식했듯이 우리의 역사와 우리 자신의 정신을 잃어버렸기 때문이다. 모든 제도와 정신을 수입해서 쓰던 마당에 우리의 주체적인 정신으로 무엇인가를 정확하게 헤아리고 다스리는 데 쓰이는 이 황금

14 임승국 역주, 『한단고기』, 정신세계사, 1991, 50쪽.

의 그릇이 공식적인 역사에서는 사라져버린 것이다. 그것은 다만 민간 속에서 흘러온 고대적 정신의 무속적 잔존물 가운데서 희미하게 축소된 모습으로 남아 있다. 그것을 근대에 채록된 무가에서 확인할 수 있다. 영덕 지역 무가인 「오구굿 무가」에는 "검구 안에 영정임네 / 검구 밖에 영정임네" 하는 구절이 나온다. 울진 지역 무가에도 동일한 대목이 나온다. "금구 안에 영정님네요 / 금구 밖에 영정아". '금구'에 대한 해설 부분을 보면 "쇠나 놋쇠 등으로 만든 사발 등속의 그릇"이란 원뜻을 가지며 "징, 꽹과리 등의 무악기(巫樂器)"를 가리킨다고 한다.15 우리는 물론 많은 세월 흘러오는 동안 여러 사정으로 본래의 모습이 변형되었을 가능성을 생각하면서

15 김태곤, 『한국무가집1』, 집문당, 1992, 374쪽. 위 부분의 무가는 250쪽을 보라. 금구에 대한 풀이는 369쪽에 있다.

무가의 '금구'라는 단어를 대해야 할 것이다. 그러나 그것이 구체적으로 무엇을 지칭하느냐의 문제보다 어떤 쓰임새를 갖는가 하는 것이 중요하다. 무가에서 그것은 강력한 정화작용을 보여준다. 영덕의 오구굿에서 그것은 천지 사방의 최고 정령들로부터 하위급 정령들과 부정탄 정령들을 모두 불러모은다. 따라서 이 금구는 정령을 모으는 그릇이며, 거기서 모든 것을 깨

아래쪽에 28수 중 남방7수의 마지막인 장익진 세 별자리가 보인다. 익수 밑에 동구5(東甌5)가 있다. 하늘에 그려진 이 '동쪽그릇'은 우리의 '금구'를 가리키는 것이 아닐까? 남방 하늘을 주관하는 봉황새인 주작의 날개가 활짝 펼쳐친 모습을 그린 익수가 이 그릇에 우주의 기운을 담고 있는 것 같다. 익수 위에는 중앙 황제를 중심으로 조정의 권력구조가 담긴 태미원이 보인다. 그 오른쪽으로 황제 헌원 별자리가 있으며, 왼쪽 위로는 중국의 성배인 주정(周鼎)이 보인다. 주정에는 당대 최고 기술자인 수가 자기 손가락을 물고 있는 그림을 새겨 큰 기교를 경계했다. 공자의 유가사상은 이 주정의 사상에서 흘러나온 것이다.

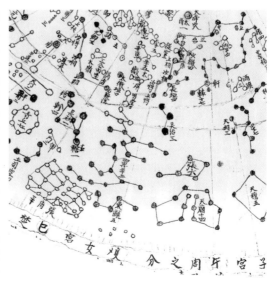

끗하게 정화시키는 그릇인 것이다.

　　이 그릇은 우주의 기운을 담아낼 수 있는 것이어야 했다. 우리는 고대로부터 전해온 천문도에서 우리의 이 잊혀진 그릇과 관련된 별자리를 하나 찾아볼 수 있다. 동양별자리를 그린 「천상열차분야지도」에서 28수 중 익수(翼宿) 밑에는 동구(東甌)라는 별자리가 있다.16 익수는 남방 7수인 주작의 날개부분이다. 오랑캐 별자리인 이 동쪽 사발그릇은 이 날개 밑에서 주작이 물어온 기운들을 담을 것처럼 놓여 있다.

　　이 풍요의 그릇이 우주적 요동들을 대지의 씨앗들 속에 집어넣어준다. 그 씨앗들이 싹을 틔고, 꽃을 피우며, 열매를 맺어 대지를 풍요롭게 하는 것이다. 성배의 기사는 이 비너스(페르세포네)적 그릇을 자신의 창이 꿰뚫을 때까지 수많은 난관을 돌파해야 한다. 그는 자신의 목숨을 희생제물로 바치며 그러한 '죽음을 통한 삶'이란 역설적인 말달리기를 해야 하는 것이다.

. 에피그람적 서사시의 서막

우리는 이상의 마지막 시기를 다루면서 그의 이러한 '성배' 탐구가 세속적인 차원에서 어떻게 그려지는지 알아보기로 하자. 「종생기」와 「실화」는 과연 무엇을 그린 소설일까? 그의 시시껄렁한 연애담처럼 보이는 것에 과연 이러한 성스런 그릇에 대한 탐구 주제가 담겨 있을 수 있단 말인가?

　　그런데 이 작품들은 한마디로 말해서 우리가 흔히 알고 있는 그러

16 『천문유초(天文類抄)』를 보면 이 별자리는 "익이십이성 십팔도(翼二十二星 十八度)" 부분에 이처럼 설명되어 있다. "蠻夷星也 東越 穿胸 南越 芒角動搖 蠻夷叛 金火守之其他 有兵"(이 별은 오랑캐별인데, 동쪽 오랑캐 천흉 남쪽 오랑캐를 가리키는 별이다. 뿔이난 듯 동요하면 이 오랑캐들이 모반할 징조이다. 금성과 화성이 이 별을 지키게 되면 병사가 일어난다). 동구성에 대한 이러한 해설은 물론 중국의 입장에서 서술된 것이다. 그들은 타민족을 좋지 않은 용어를 써서 불렀고, 항상 그들을 복속시켜야 한다는 자기중심적 세계관으로 대했다. 우리의 소중한 별자리가 그들에 의해 이렇게 왜곡된 서술을 담은 것을 우리는 그들의 정신세계와 함께 그대로 받아들였다.

역사시대의 종말, 서사시적 종생기

한 '소설'이 아니다. 기존의 소설 장르 개념으로 다가서면 이 작품에서 전개된 이야기의 실체를 알 수 없다. 이 '소설'들은 현실적인 사물과 사건에 바짝 다가서서 그러한 것들을 꼼꼼히 관찰하거나 묘사하려 하지 않는다. 또 그러한 것의 의미와 법칙을 현실의 세부적인 디테일을 통해 보여주려 하지도 않는다.

흔히 그러한 세속적 현실에 대한 탐구들로 짜여지고, 그에 대한 산문적 표현으로 수놓아진 기존의 근대소설적 지평 위에 그는 태고의 분위기가 감도는 신화적 하늘과 유계(幽界)의 어두운 시적 공간을 광막하게 펼쳐놓고 있었다.

이러한 그의 독자적인 서사시적 공간의 특징과 의미에 대해 먼저 알아보기로 하자. 그의 마지막 소설들은 바로 이러한 서사시적 분위기를 휘감고 세속적 현실 속으로 과감하게 내려간 성배 기사 이야기인 것이다.

이러한 서사시적 분위기는 이미 그의 낯설고 난해한 현대적인 시들 속에 깃들어 있었다. 아직 누구도 꺼내보지 못한 그 낯설은 서사시적 이야기들을 한번 들여다보기로 하자. 그는 자신의 근대초극적인 사상사적 과제를 이러한 시적인 방식으로 일부 해결하려 했다. 거기에는 매우 강력한 역사비판이 있다. 과거의 어떤 시인도 감히 건드려보지 못했을 정도로 매우 장대한 시간의 흐름을 자신의 시 속에 담아내고 있었다. 그것은 너무 압축된 것이어서 지금까지 사람들은 거기 담긴 내용을 쉽게 알아차릴 수 없었다.

나는 그의 「오감도」와 유고작으로 발표된 「실낙원」이 일종의 역사비판적 에피그람으로 구성된 서사시라고 생각한다. 그의 초기 시편인 「삼차각설계도」가 근대초극을 위한 새로운 사상적 관점과 지평을 펼쳐보였다면, 「오감도」와 「실낙원」은 그 새로운 지평으로 나가기 이전의 모든 역사시대를 총괄적으로 압축해서 그것의 종말적인 추락을 그린 것이다. 그는 이렇게 인류 역사 전체에 해당하는 기간을 압축해가면서 태고에서 새로운 창세기적 시대로 건너뛰기를 시도했다.

그는 그의 마지막 작업이었던 「종생기」와 「실화」 이 두 편의 소설에서 이러한 역사시대 비판의 두 측면을 산문적인 차원에서 펼쳐보였다. 그런데 우리는 아직도 이 소설을 지극히 개인적인 사소설 정도로만 읽고 있다. 그러나 그의 이러한 역사비판의 숨겨진 차원을 거기서 드러내게 되면 이러한 기존의 견해는 용납될 수 없게 될 것이다. 그는 과연 이 두 편의 작품을 어떤 양식으로 새롭게 주조해낸 것일까? 이 두 작품의 양식을 묻는 물음은 그 내용에 대한 물음이기도 하다.

이러한 물음에 대답하려면 우리는 그가 「종생기」 이전에 구축해온 에피그람적 서사시(시대를 압축하는 행보로 서술된 서사시)의 진면모에 대해 알아보아야 한다. 이러한 주제에서 우리에게 가장 중요하게 다가오는 시는 「오감도」의 「시제7호」와 「실낙원」의 「자화상(습작)」 그리고 「황의 기 작품제2번」 같은 것이다. 대지의 생명력을 상징하는 독사와 개, 그리고 무덤의 폐허에 놓인 미이라의 데스마스크가 이러한 서사시의 주인공들이다. 이것들은 모두 붕괴된 하늘의 폐허 속에 잠긴 채 지내온 오랜 세월, 즉 역사시대에 대해 말한다. 그 '폐허의 하늘'은 과연 무엇을 말하는 것인가? 거기 파묻혀 오랜 세월 본래의 얼굴이 지워져버린 이 주인공은 과연 어떤 존재인가? 먼저 이 '폐허의 하늘'에 대해 생각해보자. 그것이 이상의 에피그람적 서사시의 서곡을 장식하고 있다.

이상에게는 두 가지 대립적인 하늘 이미지가 있다. 우리가 논의하려는 것은 폐허적 하늘의 이미지인데, 그 반대로 생명력이 넘치는 하늘의 이미지도 존재한다. 그가 시골인 성천에서 느낀 하늘 중에는 그렇게 생명력에 넘치는 것도 있었다. 그것은 대지의 사물들과 뒤섞여서 싱싱한 물결들을 요동치게 했다. 즉 거기에는 우주적 광막함과 신비스런 유현한 깊이에 의해 요동치는 꽃과 바람과 물결의 세계가 있었던 것이다. 평남 성천의 시골에서 느껴보았던 '비단바람'과 그 속의 봉선화와 나비와 누에고치는 그러한 우주적 물결과 함께 요동치는 것들이었다. 「산촌여정」이란 아름다운 수필에서 그는 자연의 그러한 우주적 천짜기를 잠시 펼쳐보였다. 그는 그 시골에서 자신의 몸속에서 별들이 운행하는 소리가 들린다[17]고 할 정도로 우주적 물결을 자신 속에서 느낄 수 있었다. 그는 마치 스쳐지나가듯이 자신의 그러한 생생하고도 빛나는 이미지들을 언뜻언뜻 보여주었다.

그러나 그는 그보다 더 많이 폐허가 된 황량해진 하늘의 모습과 뽑혀진 채 뒹구는 못 같은 별들, 절름거리며 비틀대고, 수없이 찢겨나간 성좌의 미로들을 보여주었다. 「오감도」의 「시제7호」에서 "반산전도(擊散順倒)하는 성좌와 성좌의 천열(千裂)된 사호동(死胡同)을 포도(跑逃)하는 거대한 풍설(風雪)"[18] 부분을 보라. 여기서 '사호동'이란 말은 중국어(백화문)로 '막다른 골목'을 의미한다. 그런데 이상은 그러한 외래어를 그냥 가져왔다기보다 그것에 자신의 새로운 의미를 부여한 것처럼 보인다. 만일 그저 '골목' 정도의 의미만을 노렸다면 구태여 '사호동'이란 중국어를 가져올 필요가 없지 않았겠는가? 일부러 어렵게 보이게 하고 박식을 과시하려 했다면 그는 그저 범속한 기교주의자가 된다. 그러나 그는 한자어에 대해 자주 원문맥을 전도시키는 역설적인 어법을 사용하곤 했다. 그의 「종생기」첫 부분에서 이러한 역설적 전도는 전체 주제와 맞물려 있는 중요한 창작술이었

---

17 이상. 「첫번째 방랑」, 전집3, 188쪽.

18 이 부분을 독자를 위해 현대식으로 풀어본다. "뿌리 뽑힌 채 절뚝거리며 흩어지거나 뒤집혀 뒹구는 별자리들과, 별자리들의 천 갈래로 찢어진 미로같은 골목들을 기어다니며 도망치는 거대한 바람과 눈". 본래 별자리들은 28수(宿)로 표시되는 것처럼 자신의 고정된 자리에 박혀 있다. 사람들은 하늘을 특정한 이야기들을 담은 별자리들을 고정시켜 전체적으로는 거대한 이야기가 담겨 있는 형상으로 파악했다. 그러한 별들의 이야기로 세상의 삶을 포착해서 고대인은 우주적 삶을 살아간 것이다. 이상은 우리 고대의 그러한 우주적 삶이 맞은 파탄을 여기서 말해주고 있다.

다. 여기서도 '사호동'을 단순히 '골목'으로 해석하는 것은 거기 시적으로 풍부하게 함축시킨 뜻을 감소시킨다. 말하자면 이것은 글자 그대로 '천 갈래 만 갈래로 찢겨 죽은 오랑캐의 폐허 같은 별자리'를 의미한다고 해석해야 할 것이다. 이상이 자신의 필명인 하융(河戎)을 '물 속의 오랑캐'라고 풀이한 것도 이와 같은 해석을 가능케 해준다.

이상의 또 다른 가면인 '황(獚)'은 일종의 '땅 속의 오랑캐'라고 할만하다. 1931년 11월 3일에 쓴 「황」에서 그렇게 추론할 만한 약간의 단서를 얻을 수 있다. 거기서 이상의 동물적(대지적 존재를 상징하는) 분신인 '황'은 "고향 얘기를 하듯" 이렇게 말한다. "동양사람도 왔었지.—나는 동양사람의 시체로부터 마침내 동양문자의 오의(娛義)를 발굴한 것이다." 여기서 '동양'이란 동양의 고향(근원)인 '동이(東夷)'를 가리킨 것이지 않을까?[19] 그에게는 줄기차게 무덤 이미지가 등장하는데, 그 중에서 무덤 속 관통의 벽면에 '고대 미개인의 낙서'가 그려진 이야기도 있다. 「얼마 안되는 변해」에서 시적인 짧은 환상적 장면으로 처리한 것이지만, 이러한 이미지를 통해 그는 태곳적 낙원 시대를 지향하고 있음을 보여준다. 이 무덤 이미지는 「무제―고왕의 땀」과 「실낙원」 중의 「자화상(습작)」으로 이어지면서 좀 더 분명하게 동양의 태고적 신화시대를 떠올리게 한다. 태고의 이러한 무덤을 향한 터널은 거꾸로 달리는 기차였다. "기적 일성 북극을 향해서 남극으로 달리는 한대의 기관차"[20]라고 묘사된 이 기차의 진로는 고대적 시공간을 향하도록 뒤집혀 있다.

---

19 물론 이에 대해서는 앞으로 더 많은 논의를 해보아야 한다. 그런데 모더니스트로만 알려져 있는 이상에게서 고대 동양이라거나 민족적 근원을 찾는 것이 허망한 것만은 아님을 몇 개의 텍스트가 말해 준다. 그는 「공포의 성채」에서 "사람들을 미워하고—반대로 민족을 그리워하라, 동경하라" 했으며, "민족에게서 신비한 개화를 기대"한다고 했다(전집3, 200~201쪽). 그는 이 글에서 가축처럼 묶여 있는 가족과 민족을 모두 죽여버린다. 그들이 이러한 가축의 지위를 벗어나서 새롭게 거듭나야 하기 때문이다. 자신의 혈통에 대한 역설적인 사랑을 그는 이렇게 역설적인 방식으로 표현했다.

20 이상, 「얼마 안되는 변해」, 전집3, 143쪽.

이상은 「공포의 성채」에서 그가 살아가고 있는 '당대의 무덤'을 그렸다. 자신의 민족과 가족이 살고 있는 형편없이 낡고 불결하며 어두운 성채는 우리의 암울한 역사 전체를 담은 공간이다. 마치 가축들의 상판처럼 그들은 수동적인 모습으로 갇혀 있다. 그러나 "피는 피를 부르는 철칙"으로 혈통은 굳건하게 이어지고, 먹이와 혼동되는 고추를 악착같이 심으며 그 성에서 끈질기게 존속하는 것이다. "고추는 고등동물—예를 들면 소, 개, 닭의 섬유 세포에 향일성으로 작용하여 쓰러져가면서도 발효했다."[21] 녹슬며 부패의 세월이 집행되는 가운데서도 고추같이 매운 향일성(向日性)을 간직하면서 핏 속 깊이 존속해온 우리 민족의 강인한 생명력을 어두운 색채의 시적 산문으로 그렸다. 이상의 전통주의는 이렇게 깊은 곳에 숨겨져 있고, 찢긴 상처 속에 잠겨 있다.

그는 「황의 기 작품제2번」에서도 「시제7호」와 비슷한 이미지를 보여주었다. "붉은 밤 보랏빛 바탕 / 별들은 흩날리고 하늘은 나의 쓰러져 객사할 광장 / 보이지 않는 별들의 조소(嘲笑) / 다만 남아 있는 오리온좌의 뒹구는 못(釘) 같은 성원(星具) / 나는 두려움 때문에 나의 얼굴을 변장하고 싶은 오직 그 생각에 나의 꺼칠한 턱수염을 손바닥으로 감추어본다."[22] 여기서 우리는 '붉은 밤' '보라빛 바탕' 같은 분위기에서 신화적 전쟁으로 인한 핏빛의 암울한 빛깔로 물든 하늘을 연상할 수 있다. 별들이 흩날리는 하늘의 모습은 「시제7호」의 "반산전도하는 성좌와 성좌의 천열된 사호동"이란 구절을 떠올리게 한다. 이상은 이렇게 폐허로 변한 어두운 하늘에 유독 하나의 별자리 즉 '오리온좌'만을 남겨놓았다. 물론 이 성좌도 '뒹구는 못'처럼 보일 뿐이다. 그것은 하늘의 폐허 속에서 간신히 옹송그리며 얼어붙은 모습으로 남아 있다.

서양식의 이국적 이름으로 남아 있는 이 오리온좌는 이상이 자신의

21 전집3, 202쪽.
22 전집1, 183쪽.

사상(모자) 속에 담고 있는 유일한 별자리인지 모른다. 그것은 그의 무한사상의 표지인 '삼차각'을 떠올리게 하는 별자리이다. 28수 중에서 그것은 서방 7수인 백호 자리의 마지막 별인데, 흔히 백호를 상징하는 별자리이다. 이것의 명칭은 삼수(參宿)인데, 세 개의 별을 이어붙인 별자리 두 개가 연합된 모습이다. 이 별자리 위쪽으로 서방 7수에 들어가는 자수(紫宿)가 있는데 마치 삼각뿔처럼 되어 있다.

그것은 앞으로 새롭게 창조해야 할 하늘의 입구에 그곳을 향한 희미한 약도처럼 걸려 있다. 그는 같은 시의, 위에 인용된 부분 앞에서 이 오리온좌에 대해 다음과 같이 언급했다. "요리인의 단추는 오리온좌의 약도다 / 여자의 육감적인 부분은 죄다 빛나고 있다 달처럼 반지처럼".23 이상은 자신의 동물적 분신인 '황'의 본능적 식욕을 여자 요리사의 이미지를 통해 드러내고 있다. 그녀는 달덩이 같은 얼굴을 하고 있고,24 마치 오리온 별자리를 연상시키는 듯한 단추가 달린 옷을 입고 있다. 그는 이 뒤에 이어서

서방7수인 백호를 대표하는 삼수는 서양 별자리에서는 오리온좌이다. 그 앞에 하늘 개 천구(天狗)성과 시리우스에 해당하는 낭(狼)성이 보인다. 이러한 별들은 물과 강을 뜻하는 수부, 사독, 남하, 북하 등의 별자리들 밑에 자리잡고 있다. 마치 물 속의 오랑캐를 뜻하듯이 낭성과 야계(야생 닭)성 같은 야생의 동물들이 삼성(오리온) 앞에 펼쳐져 있다.

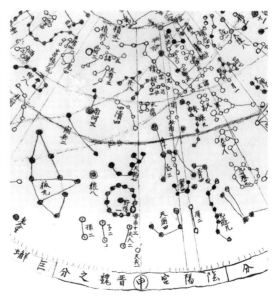

23 앞의 책, 182쪽.
24 그는 "달덩이 같은 얼굴에 여자는 눈을 가지고 있다." 하고 이 시에서 노래했다.

자신의 사상을 가리키는 '모자'에 대해 노래한다. "모자 나의 사상을 엄호해주려무나!" 하고 외친다. 그가 이어서 "별들은 흩날리고 하늘은 나의 객사할 광장"이라고 노래한 것은 바로 이 '사상의 모자'와 관련된다. 그의 모자는 온전한 성좌도로 꾸며진 하늘을 담고 있어야 하는 것이다. 오리온좌의 약도 같은 단추로 채워진 옷을 입은 요리사는 마치 새롭게 꾸며질 풍성한 하늘의 이미지처럼 보인다. 여자의 몸처럼 풍성한 달과 오리온좌는 그러한 새로운 하늘의 입구를 보여주고 있다. 그는 그 입구 뒤의 폐허의 하늘을 누비고, 방황하며, 그것들을 모두 복구할 때까지 자신의 모든 삶을 바쳐야 한다. 자신이 그 하늘에서 객사할 때까지라도 그러한 자신의 사상을 밀고 나가야 하는 것이다.

. 혼돈의 자화상

폐허가 된 하늘에서 뒹구는 못처럼 남아 있는 오리온좌는 그의 사상이 헤매이는 폐허에서 희미한 등불처럼 깜박이고 있다. 이 황무지의 세상을 헤매면서 그의 분신인 '황'은 오리온좌의 약도를 입고 있는 요리사를 좇고 있다. 이상은 분명 오리온좌와 그 앞에서 야생의 들판으로 인도하는 하늘 개인 천구성(天狗星)을 의식하지 않았을까? 이러한 별자리들은 은하수와 그 부근에 걸려있는 수부(水腐), 사독(四瀆), 남하(南河), 수위(水位), 북하(北河) 등과 같이 물과 강에 관련된 별자리들 밑에 놓여 있다.(앞쪽 그림 참조) 그가 자신의 필명을 하융(河戎. 물속의 오랑캐)이라고 지은 것은 이러한 별자리 배치와 혹시 관련이 있었던 것은 아닐까? 그의 작품 곳곳에 천문에 대한 관심이 깊숙이 배어 있다는 사실을 염두에 둘 때 이러한 나의 추정을 지나친 것이라고만 생각할 수 없지 않겠는가?

　　태고 시대 우리의 역사가 담긴 별자리를 추적하려 한 어느 야심

찬 연구자는 오리온좌에서 태고 신화시대의 '형천'의 모습을 보기도 했다. 그는 『산해경』의 '형천(刑天)' 그림을 보고 서양의 영웅인 오리온 별자리 모습을 떠올렸다.[25] 형천은 황제와 싸우다가 목이 떨어져나가서 자신의 젖꼭지를 눈으로 삼고, 커다란 배꼽을 입으로 삼아서 도끼와 방패를 들고 전투의지를 다졌다고 한다. 형천의 이러한 '몸 얼굴'은 이상의 수염나비 이미지와 닮아 있기도 하다. 또 형천은 염제의 신하로서 '부리' '풍년' 같은 음악과 시가를 지었다고 하는데, 이러한 이미지는 혼돈신 제강과 닮은 것이라고 하신은 말했다.[26] 이상의 '수염나비'도 이러한 태초의 혼돈적 이미지를 갖고 있다. 혼돈적인 형천의 모습과 닮은 오리온좌를 이상이 자신의 사상적 안내표지판으로 삼은

『산해경』에 그려진 목이 잘린 형천의 모습. 몸이 얼굴 역할까지 떠맡은 모습이다. 혼돈신인 제강도 머리가 없다는 면에서 비슷하다. 둘 다 음악과 시가를 좋아한다. 이상의 수염나비도 얼굴과 생식기를 결합한 모습이니 이러한 혼돈적 이미지로 볼 수 있다. 죽음과 삶을 넘어선 이 모습은 자신의 목을 자른 황제 헌원보다 더 오래 살았다. 육체와 정신(영혼)이 결합된 상징을 여기서 생각해보자.

25 정태민, 『별자리에 숨겨진 우리역사』, 한문화, 2007, 250쪽 참조.
26 원가, 『중국신화전설1』, 민음사, 2000. 혼돈신 제강(帝江)에 대해서는 20~21쪽, 형천과 황제의 싸움에 대해서는 208~212쪽을 참조하라. 하신의 논의에 대해서는 하신의 『신의 기원』(동문선, 1990, 243쪽)을 보라. 하신은 이 책에서 주로 원시 고대의 태양신 숭배를 추적하고 있다. 그런데 그는 중국신화의 다양한 요소들을 지나치게 자신의 주제인 태양신 숭배로 귀결시키고 있다. 그는 황제 헌원을 태양신으로 설정하고 곤륜산의 이름이 때로는 헌원구, 혼돈산 등으로 나타난 것을 들어 황제헌원이 혼돈씨라고 결론을 내린다. 그는 어떤 산의 명칭이 시대에 따라 서로 다른 사상과 권력의 이름들을 반영한다는 '란드 나마(land nama)'의 원리를 제대로 모르고 있는 것 같다.

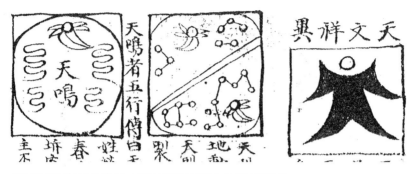

우리에게 전승된 고유의 천문도. 이상은 자신의 자화상에 이러한 본래의 천문적 영상을 담아냈다. 그러한 자화상을 완벽하게 그려낼 수 없었기에 그는 '습작'이란 꼬리표를 제목에 붙였을 것이다.

것도 우연한 일은 아닌 것 같다.

　　이상이 「자화상(습작)」을 "여기는 도무지 어느나라인지 분간을 할 수 없다. 거기는 태고와 전승하는 판도가 있을 뿐이다. 여기는 폐허다." 하고 노래한 것에는 이렇게 과거 동양 역사의 복잡한 사정이 내포된 것처럼 보인다. 그는 자신의 자화상을 태고시대로까지 거슬러 올라가게 하면서, 그 기원적 시기와 종족적 국가적 면모를 정확하게 규정할 수 없었다. '여기는'과 '거기는'을 섞어 쓴 것은 동일한 자화상을 현재와 과거를 통해서 동시에 지칭하고 있기 때문이다. 그는 도무지 '어느 나라'의 모습으로 자신의 모습을 규정해야 할지 분간할 수 없는 혼돈적 모습으로 그리고 있다.

　　우리는 이 시를 위에서 언급한 「시제7호」와 관련시켜 풀어보아야 할 것 같다. 왜냐하면 거기에는 어떤 알 수 없는 태고 신화 시대의 우주적 전쟁이 상징적으로 그려져 있다고 생각되기 때문이다. 나는 「시제7호」의 "성좌의 천열(千裂)된 사호동(死胡同)"이란 구절에서 태고 시대의 신화적 전쟁을 떠올리게 된다. 그것은 어쩌면 태고 시대 오랑캐 신화〔東夷神話〕가 성좌들로 배치되어 그려진 「천상열차분야지도(天象列次分野之圖)」의 괴멸된 모

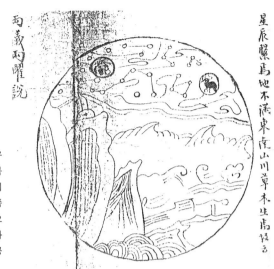

후대에 그려진 우리식 천문도. 우 주기둥인 불주산이 부러져서 서북쪽 하늘이 기울었고 동남쪽 땅이 가라앉았다. 하늘의 별들은 서북쪽으로 운행하고 강물들은 동남쪽으로 흘러가서 그쪽 골짜기는 바다가 되었다. 위 천문도는 그러한 공공신화를 그려놓은 것처럼 보인다.

습이지 않을까?

　　동양의 신화시대에 하늘이 붕괴된 모습은 몇 차례 나타난다. 전반적인 붕괴는 태초에 인간을 창조하기도 한 창조신 여와보천(女媧補天)신화와, 전욱과 싸운 물의 신인 공공(共工)이 불주산(不周山)을 들이받은 신화에서 나타난다.27 이러한 신화들은 홍수신화와도 밀접하게 관련된다. 세상의 혼란한 상황이 이러한 신화에 반영되어 있다. 공공이 불주산을 들이받은 신화에 대해 원가는 이렇게 묘사한다. "서북쪽 하늘이 기울이지면서 원래 전욱이 북쪽 하늘에 고정시켜놓았던 태양과 달, 별들이 그 자리에 그대로 있을 수 없게 되었다. 그것들은 묶여 있던 끈을 풀고 기울어진 하늘을 따라 서쪽으로 달려갔다. 이렇게 해서 늘 대낮이던 곳과 늘 어두운 밤이던 곳이 없어지고 오늘날 우리가 보는 천체의 운행이 이루어지게 된 것이다."28

　　원가의 설명에 따르면 전욱과 공공의 전쟁은 황제와 염제의 전쟁이 후대에 계속 이어진 것이다. 황제는 염제와 싸워 이기고, 그 뒤 도전해온

---

27 전욱과 공공의 싸움에 관한 신화적 이야기는 『열자』의 「탕문편」에 나온다. 이토 세이지는 이 신화를 검토하면서 왕충의 『논형』에서는 여와보천 신화가 공공이 불주산을 무너뜨린 뒤에 나온다고 했다.

28 원가, 앞의 책, 118쪽.

치우를 탁록에서 물리쳤다. 염제의 또 다른 신하인 형천마저 물리침으로써 중원을 완전히 제패했다. 그러나 그 뒤를 이어받은 전욱은 여러 차례 폭정을 행했다. 그는 해와 달, 별들을 북쪽 하늘 한자리에 묶어놓아서 세상을 고통스럽게 했다고 한다. 북방의 수신인 공공은 아마 이러한 폭정에 대항해서 전욱과 싸웠을 것이다. 공공은 우선 전욱의 기둥이었던 불주산을 들이받아 무너뜨렸다. 불주산이 무너지면서 거기 묶인 천체(해와 달 별)가 기울어진 서북쪽으로 운행하기 시작했다. 그때까지 북쪽에 고착된 하늘 때문에 고통을 받던 사람들은 이제 지옥 같은 세상에서 해방이 되었다. 공공은 말하자면 이 세상에서 고통을 몰아낸 구원자였던 셈이다. 원가는 그때 이후 하늘은 지금까지 변하지 않았다고 했다.

황제 헌원의 권력을 계승한 전욱은 공공과의 싸움에서 승리한 것으로 되어 있지만 그의 이미지는 별로 좋지 않다. 그는 하늘과 소통하는 불주산을 독점했으며, 다른 곳의 하늘 사다리인 천제(天梯)들을 모두 끊어버려 하늘과 땅을 소통시키며 살아왔던 세상을 어둡게 만들었다. 그는 그로부터 역사시대의 출발을 알리는 이러한 우주적인 분리를 감행했다. 이제 인간들은 자신들의 지식과 힘으로 모든 일을 해결해 나가야 했던 것이다. 이 거대한 '분리'는 이후 모든 것에서 구분과 구별과 분리를 만들어냈다.

. 역사시대의 하늘 족보

역사는 지겨운 짐이다

—이상, 「회한의 장」

원가의 이 신화적 전쟁 이야기는 중국의 뿌리인 황제 족의 역사적 전개에

한나라 때 산동 지역 무량사 화상석 중의 「제거도(帝車圖)」. 육사현의 설명에 따르면 이 수레의 북두성군은 일반적으로 황제 헌원이라고 알려져 있다고 했다. 이 북두성군은 그 이전에는 헌원이 아니었을 수도 있다. 아마 황제 헌원의 계보가 역사시대를 주도하면서 하늘의 중심 별자리에 까지 헌원을 앉히게 되었을 것이다.

지나치게 정당성을 부여하고 있다. 그가 전해주는 말에 따르면 황제 족에게 염제 족은 줄줄이 패배하는데, 마침내 그들은 모두 변방으로 밀려나거나 어디론가 사라져버린다. 불주산을 무너뜨려서 거기 묶여 있던 하늘의 별들을 해방시켜 주었던 공공도 역시 역사의 변두리로 밀려나 사라진다. 역사시대는 그 후 자신들의 승리 이야기로 꾸며진 천문도를 만들어서 계속 뒷 세대에 전해주었을 것이다. 후대의 천문도를 보면 황제 헌원은 분명한 자취를 하늘에 새겨놓았다. 그의 별자리는 태미원 옆에 길게 뻗쳐있으며, 한나라 시대에 그려진 것으로 보이는 무량사 벽화 중 북두칠성 그림에도 그의 전설이 새겨지게 된다.[29] 그러나 그와 싸웠던 신화적인 영웅들은 하나도 그 하늘의 자리에 오르지 못했다. 치우는, 허진웅에 의하면, 유가 사상이 주류를 이루는 중국에서 오히려 멸시받는 인물이 되었다고 한다.[30]

29 육사현·이적의 『천문고고통설』(자금성출판사, 2000, 98쪽)을 보라. 우리의 별자리도 대부분 이러한 중국식 천문도를 답습했지만 후대에는 약간의 변동이 눈에 띄기도 한다. 『천문대성(天文大成)』의 1권의 「천문전도」를 보면 이 헌원 별자리가 그려져 있지 않다. 또 중국 청나라 강희제 시대에 편찬된 천문도에는 동구(東甌) 별자리가 없다. 이러한 변화들은 천문도를 제작하는 자의 정치적 관점이 작용하고 있다고 생각한다. 만주 족이 지배한 강희제 시대의 천문도는 중화족의 정통사관에서 동쪽 오랑캐로 취급된 부분들을 용납할 수 없었을 것이다.

30 허진웅, 『중국고대사회』, 동문선, 1993, 193쪽.

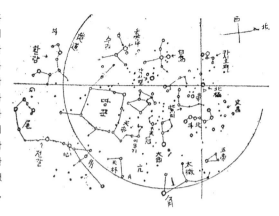

안재홍이 그린 별자리 그림. 안재홍은 중국식 천문도에 서양식을 가미했고, '각시별' '이무기' '수리' '활랑' 같은 우리 고유의 별자리 이름을 덧붙였다. 그가 말한 이른바 칵테일식 별자리를 그려본 것이다. 자세히 보면 천시원 위에 있는 천관(天冠)이란 별자리가 보이는데, 이것은 중국의 천문도에서는 '관삭(貫索)'이라고 부르는 별자리다. 안재홍은 이렇게 여러 변화를 시도했다(안재홍, 「하천성상(夏天星象)」, 『조선일보』, 1935. 8. 28.).

중국의 문물을 본따기에 바빴던 우리가 황제 족에게 패배한 오랑캐의 별자리들을 계속 유지할 수는 없었을 것이다. 특히 유가사상이 우리의 생활 습속 모든 곳까지 속속들이 지배한 조선시대 이후 학계나 정치계에서 그러한 오랑캐의 신성한 정신들을 운위한다는 것은 생각해볼 수도 없었다. 우리에게 공식적으로 남아 있는 별자리 이야기들은 그렇게 해서 주로 중국식 이야기와 그들의 관점으로 정리된 것들뿐이다.

근대 이후는 이러한 중국식 천문도 대신에 서양 천문도가 들어와서 우리는 주로 그리스 신화로 꾸며진 별자리들을 대하게 되었다. 거기에 그들은 근대 과학적인 발전을 기념하듯이 현미경자리와 망원경자리를 덧붙였다. 그 서구의 성좌도는 자기들의 혼돈을 물리친 신화적 서두로부터 근대의 과학적 역사까지로 장식되어 있는 것이다. 이상은 「이상한 가역반응」이나 「1933.6.1」, 「선에관한각서2」 등을 통해서 볼록렌즈적으로 대상을 확대해서 세부에만 집착하는 이 현미경과 망원경의 시선을 비판했다.

그런데 이상이 과연 이러한 고대의 신화적 전쟁을 하늘의 화폭을 통해서 그런 것일까? 그는 황제 족에 패배한 오랑캐족의 신화에 자신의 뿌리를 대고 있었던 것일까?

이러한 나의 추정이 비약만은 아님을 드러내는 여러 편의 시가 있다. 그는 태고시대 이러한 전쟁에 패배한 자의 무덤과 폐허 이미지를 「자화상(습작)」에서 그렸으며, 「무제 – 고왕(故王)의 땅」[31]에서 선사시대처럼 아득한 태고의 이미지들을 그렸다. 예를 들면 거기에는 "선사시대의 만국기처럼 쇠창살을 부채질하는" 양치류 식물이 나오고, "천추의 한을 들길에 물들(이는)" 녹슬은 금환(金環) 같은 태고의 달 이미지가 나오며, "제천(祭天)의 발자국 소리"와 같은 이미지로 태고시대의 어떤 왕을 떠올리게 하고 있기 때문이다. 이 작품에 등장하는 '개'는 이러한 태고의 왕이 존재하는 것처럼 느껴지는 어떤 오랜 건물 뒤뜰에 갇혀 있다. 이 '개'는 앞에서 우리가 '땅 속의 오랑캐'라고 했던 '황(獚)'과 같은 존재이다. 이 태고시대 왕의 불분명한 모습은, 「자화상(습작)」에 등장하는 폐허 속에서 역사의 세월에 마모된 태곳적 존재의 얼굴과도 통한다.

위에 든 시편 중에서 「실낙원」 중의 「자화상(습작)」은 이러한 오랑캐 성좌의 괴멸과 관련되는 가장 중요한 텍스트이다. 그 전문을 보기로 하자.

여기는 도무지 어느나라인지 분간을 할 수 없다. 거기는 태고와 전승하는 판도(版圖)가 있을 뿐이다. 여기는 폐허다. '피라미드'와 같은 코가 있다. 그 구멍으로는 '유구(悠久)한 것'이 드나들고 있다. 공기는 퇴색되지 않는다. 그것은 선조가 혹은 내 전신(前身)이 호흡하던 바로 그것이다. 동공(瞳孔)에는 창공이 응고하여 있으니 태고의 영상(影像)의 약도(略圖)다. 여기는 아무 기억도 유언되어 있지는 않다. 문자가 닳아 없어진 석비(石碑)처럼 문명의 '잡답(雜踏)한 것'이

---

31 이 유고작은 제목이 없는 것이어서 「무제」로 발표된 것인데, 필자가 다른 작품들과 구별하기 위해 「무제 – 고왕의 땅」으로 가제를 붙인 것이다. 이 작품 내용은 전집1(160~161쪽)을 보라.

귀를 그냥 지나갈 뿐이다. 누구는 이것이 '데드마스크'(死面)라고 그랬다. 또 누구는 '데드마스크'는 도적맞았다고 그랬다.

　　죽엄은 서리와 같이 내려 있다. 풀이 말라버리듯이 수염은 자라지 않는 채 거치러갈 뿐이다. 그리고 천기(天氣) 모양에 따라서 입은 커다란 소리로 외우친다 — 수류(水流)처럼."32

여기 그려진 그의 태곳적 자화상은 위에서 말한 태고 신화시대의 몇몇 신화적 전쟁에서 괴멸된 나라의 얼굴처럼 보인다. 그것은 붕괴된 모습이며, 폐허이고, 무덤이다. 오랜 시간을 거치면서 이제는 그것이 도무지 '어느나라'였는지 알아볼 수조차 없게 되어버린 얼굴, 이제는 역사에서 지워지고 잊혀진 그러한 나라의 얼굴이 된 것이다. 승리한 나라의 역사가 하늘의 성좌들에 기록되고, 땅 위의 모든 비문에도 역시 그들의 기록들로 채워지게 되면서 그렇게 그 잊혀진 나라는 어둠 속에 묻혀버렸다. 역사시대 내내 그 태고시대 '어느 나라'의 흔적들은 '역사'의 폭풍과 비바람의 발톱들에 할퀴어 찢기고 파괴되어 흩어졌으며, 마모되었다. 후대의 역사적 문명에 의해 이 분명하지 않은 태고의 어느 나라의 얼굴은 '혼돈'이라 지칭되었다.

　　역사시대를 주도한 세력들에 의해 짓뭉개진 얼굴, 종족과 국가 그리고 문화정신(사상. 예술)의 구체적인 면모가 거의 모두 지워져버린 태초의 '어느 나라'를 이상은 이렇게 자신의 얼굴로 삼은 것이다.33 그가 자신을 '물 속의 오랑캐'인 '하융'으로, 또 '땅 속의 오랑캐'라 불릴 만한 '황'을 자신의 분신처럼 내세운 것은 이러한 신화와 역사에 대한 어떤 철학을 배경에 깔고 있는지도 모른다. 그는 이러한 태곳적 존재를 계승한 자로 자신을

32 이상. 「자화상(습작)」, 온마디, 『조광』, 1939. 2.. 183쪽.
33 이상은 자신의 얼굴과 '어느 나라'를 이렇게 겹쳐놓았다. 그것은 우주적 하늘을 담고 있는 것이기도 하다. 그는 대지에서 자라는 식물과 자신을 동일시하기도 한다. 이러한 사유는 태고 원시시대의 특징이기도 한데, 중국 연운항 지역의 장군애(將軍崖) 암각화에는 사람과 식물이 같은 얼굴을 한 것으로 그려져 있다. 우리나라 반구대 암각화에도 사람과 동물과 식물이 마치 하나의 존재처럼 그려진 형상이 있다.

연운항(連雲港)의 장군애(將軍崖) 암각화. 송조린은 이 선사시대 암각화를 사람과 농작물이 한몸처럼 그려진 것으로 보았다. 그에 의하면 원시인들은 인간의 성애가 종자의 발아와 성육을 촉진시킨다고 생각했다는 것이다(송조린,『생육신과 성무술』, 동문선, 1998, 361쪽). 그러나 우리는 이상식의 관점으로 이 얼굴에 사람과 동식물, 한 종족이나 나라, 그리고 하늘의 별자리들을 한데 합쳐놓을 수 있을 것이다. 이상의「자화상(습작)」은 바로 그러한 얼굴을 그렸다. 우리는 여기서 원시종합적 상상력을 엿볼 수 있다. 이것을 혼돈의 원시태곳적 얼굴이라고 할 수 있지 않을까.

규정한 것이며, 거기서 어떤 정신적 유산을 계승하려 한 것인지도 모른다. 그는 괴멸된 나라의 얼굴을 보여주면서도 그 안에 담겨 있는 소중한 유산의 보존에 대해 노래하고 있는 것이다.

그는「자화상(습작)」에서 자신이 간직한 "태고 영상의 약도"를 유달리 강조한다. 지금까지의 모든 문명을 '잡답한 바람'처럼 스쳐가는 것 정도로 간주하는 것에 반해, 자신의 자화상을 그 태곳적 존재의 영원한 데스마스크처럼 강조하고 있는 것이다. 그 미이라 같은 얼굴은 자신의 표면에 새겨진 글자들을 잃어버렸다. 마치 석비에 새겨진 글자들이 오랜 세월을 거치면서 비바람에 마모되듯이 그것들은 그러한 역사시대 바람에 닳아 없어진 것이다.[34] 이 역사시대의 바람은 오랑캐의 성좌들을 찢어 폐허로 만든 그 역사의 폭풍에서 기원한 것이다. 그것은 역사시대 전체를 관통하는

---

34 이상,「자화상(습작)」의 일부,『조광』, 1939. 2., 183쪽. "문자가 닳아 없어진 석비(石碑)처럼 문명의 '잡답(雜踏)한 것'이 귀를 그냥 지나갈 뿐이다."

바람이다. 오랑캐 성좌의 폐허에 남은 흔적들을 억압하고, 지상에 떨어져 내린 흔적들을 지워가면서 그것은 자신의 애무에 길들은 것들을 어루만진다. 그러나 그러한 역사의 바람 속에서도 이 자화상은 자신의 가장 내밀한 깊이에 있는 기억 속에 '태고 영상의 약도'를 보존해온 것이다.

　패자의 모든 것을 완전히 없애버릴 듯이 불어닥치는 역사의 바람에 맞서서 가장 비밀스런 깊이 속에 간직해온 '태고 영상의 약도'는 과연 무엇이었을까? 그것은 이 시의 전체 제목인 「실낙원」이 암시하듯이 낙원적인 영상이었을 것이다. '태고 영상의 약도'는 그 '낙원의 성좌도'인 것이다.

　이상의 이 시는 이렇게 태고시대 '어느 나라'의 괴멸뿐 아니라 가장 소중한 '낙원의 성좌도'에 대한 기억을 어떻게 보존해왔는가에 대해 노래했다. 그러나 그는 한 걸음 더 나아가서 그러한 보존과 계승의 궁극적인 목표에 대해 노래하고 있다. 그것은 보존과 계승이라는 수동적인 차원을 넘어서서 능동적으로 역사시대를 비판하고 그것을 극복하려는 방향에 대한 것이다. 그의 서사시는 바로 이 부분 때문에 좀 더 강렬한 역동성을 불러일으키고 있다. 우리는 이 '역사비판'에 대해 좀 더 주목해볼 필요가 있다. 왜냐하면 이 부분이 그의 「종생기」와 「실화」에 연결되기 때문이다. 그리고 그것이야말로 그의 근대초극 사상의 내용과 직접적으로 연관된 주제이기도 하다.

　이러한 역사비판은 새로운 세계로 나아가기 위해 디디고 밟고 넘어가야 할 계단이다. 그는 몇몇 시에서 보여준 묵시론적 장면으로 자신의 서사시적 전개를 끝내지 않았다. 그는 새로운 세계를 창조하려는 강렬한 충동을 보여주었는데, 「자화상(습작)」과 「월상」에서 그것을 확인할 수 있다. 그 시들은 짧지만 격렬한 우주창조적 에너지를 그려냈다. 그의 서사시적 역사비판 부분을 본격적으로 보기에 앞서서 바로 이 창조적 측면을 잠간 엿보기로 하자.

이상은 「자화상(습작)」의 마지막 부분에서 매우 중대한 발언을 했다. 거기서 그는 우주적 하늘의 요동과 연결되어 있는 자화상을 그렸다. 그의 입은 마치 하늘의 입이 되어버린 듯이 이렇게 노래한다. "그리고 천기(天氣) 모양에 따라서 입은 커다란 소리로 외우친다—수류(水流)처럼." 그는 시의 마지막 부분에서 마치 '죽엄의 서리'를 털어내듯 자신의 데스마스크에 강렬한 우주적 요동을 담은 것이다. 하늘에서 요동치는 '천기'에 따라 그의 입이 소리치기 시작한 것이다.

이상은 이 시를 「실낙원」이란 큰 제목 아래 다른 여러 편의 시와 함께 실었다. 그런데 이 시 바로 뒤에 마치 이러한 주제를 이어받은 것 같은 「월상」이 있다. 그 시 마지막 부분을 읽어보자. "내 앞에 달이 있다. 새로운—새로운— / 불과같은—혹은 화려한 홍수같은—". 여기서 '천기'는 새로운 달의 불과 물의 거대한 요동으로 표현되었다. 하늘의 천체 가운데서 그는 가장 우리의 삶에 가깝고 오랜 세월 동안 우리의 시적인 분위기를 고양시켜왔던 달의 생명력을 다시 일깨우고 있다. 아마도 '달'을 되살리는 것은 붕괴된 오랑캐의 성좌도 전체를 되살려내는 거대한 우주적 창조작업의 첫걸음일 것이다.

이렇게 이상의 「오감도」와 「실낙원」 시편을 통해서 우리는 거기 새겨진 신화시대의 전쟁으로 인한 괴

달 주위에서 닭과 새, 양과 돼지, 여우 같은 동물 모습의 천기(天氣)를 볼 수 있다. 그 밑의 달은 날카로운 칼날 같은 구름들에 의해 상처받은 모습의 달이 그려져 있다. 이러한 천기에 따라 좀 더 미묘하게 천문을 보는 것이 옛사람들의 초과학적 시선에 의해 가능했다.

멸, 역사시대의 바람에 맞선 생존과 신화적 낙원에 대한 기억의 보존, 그리고 새로운 세계의 창조로 이어지는 거대한 서사시적 화폭을 알게 되었다. 「실낙원」은 이러한 면에서 광대한 시공간을 압축한 거대한 서사시이다. 그 광대한 시공간을 짧은 시형식 속에 요약해서 보여줄 수 있도록 그는 봉우리에서 봉우리로 건너뛰는 짜라투스트라적 행보를 택했다. 그것은 바로 에피그람 형식이다. 그가 개발해낸 서사시는 과거 다른 영웅서사시처럼 숭고한 것들을 찬양하기 위해 위를 올려다보는 관점으로 서술되지 않는다. 오히려 그것은 그와 반대로 파괴되고 붕괴된 것들을 내려다보고, 그러한 세계를 비판하는 봉우리의 관점을 가지고 있다. 높은 곳에서 내려다보면서 광대한 지평을 하나의 시각으로 모으고, 압축하면서 그렇게 폐허의 황무지에 대해서 그는 강력하게 비판적인 말들을 화살처럼 쏘아대고 있다. 그의 역사비판은 그의 자화상이 눈동자 속에 간직하고 있던 태고 하늘의 그 높은 시선에서 나온 것이다.

. 역사시대의 종말, 그 망령과의 마지막 전쟁

이상이 태고 하늘에 새겨져 있던 '낙원의 성좌'의 높이에서 내려다본 역사시대는 이미 종말이 예견되어 있었다. 그는 몇 편의 시에서 그러한 역사의 종말을 노래한다. 그것이 뚜렷하고 확고하게 제시된 것은 「오감도」의 「시제14호」이다. 그는 마치 자신의 서사시적 대단원을 향한 한 클라이맥스를 그린 것처럼 여기서 역사의 망령과의 마지막 전쟁을 다룬다.

그가 오랜 세월 동안 견뎌내야 한 역사시대가 이 시에서는 폐허와 망령처럼 등장한다. 역사시대는 이미 오래전에 폐허가 된 고성(古城)처럼 그려진다. 그 역사시대 전체의 정신이 그 폐허에서 역사시대 전체를 종합한 듯한 망령처럼 나타난 것을 그는 이렇게 보여준다.

고성(古城) 앞 풀밭이 있고 풀밭 위에 나는 내 모자를 벗어놓았다.

성 위에서 나는 내 기억에 꽤 무거운 돌을 매어달아서는 내힘과 거리껏 팔매질 쳤다. 포물선을 역행하는 역사의 슬픈 울음소리. 문득 성 밑 내 모자 곁에 한 사람의 걸인이 장승과 같이 서 있는 것을 내려다보았다. 걸인은 성 밑에서 오히려 내 위에 있다. 혹은 종합된 역사의 망령(亡靈)인가. 공중을 향하여 놓인 내 모자의 깊이는 절박한 하늘을 부른다. 별안간 걸인은 율률(慄慄)한[35] 풍채(風彩)를 허리굽혀 한개의 돌을 내 모자 속에 치뜨려넣는다. 나는 벌써 기절하였다. 심장이 두 낡 속으로 옮겨가는 지도가 보인다. 싸늘한 손이 내 이마에 닿는다. 내 이마에는 싸늘한 손자욱이 낙인(烙印)되어 언제까지 지워지지 않았다.[36]

이상은 위 시에서 이제는 거의 폐허가 되어버린 어떤 고성을 그렸다. 그는 자신의 모자를 풀밭에 벗어놓고 그 고성에 올라간다. 여기서 그가 힘껏 던진 '기억의 돌'은 아마 이 '고성의 역사'였을 것이다. 왜냐하면 그 돌은 날아가면서 추락하는 자의 운명처럼 역사의 구슬픈 울음소리를 들려주기 때문이다. 이상은 그 모든 역사적 시간의 흐름을 단순한 포물선으로 처리한다. 즉 이 고성의 역사는 언제나 그렇게 기하학적인 포물선 운동으로 추락한다. 역사시대(여기서는 낡은 고성이 그것을 상징한다)를 이루는 '돌'은 아무리 멀리 힘껏 던져도 이렇게 뉴턴적인 중력의 법칙에 이끌려 유클릿적인 포물선을 그리며 추락한다. 시간과 공간에 대한 협소한 현실적 규정에 사로잡힌 문명, 그리고 세계를 인간이 주도하고 창조해내는 것으로만 생각하는 역사시대의 문명은 결국 그러한 현실을 지배하는 단순한 법칙에 복종하며 추락한다. 이렇게 추락하는 운명을 이상은 간단한 기하학적 궤적인 포물선으로 형상화한 것이다.

35 김주현은 이것을 '표표(漂漂)한'의 오식으로 파악했는데(전집1, 92쪽) 그보다는 원래 표기대로 해석하는 것이 좋을 것 같다. '율(慄)'은 무서운 대상에 대해 두려워하거나 떨고 오싹하는 모습을 가리킨다. 걸인 같은 망령의 풍채는 섬뜩한 귀기가 감도는 모습으로 포착되어야 이 시의 전체 분위기에 어울린다.

36 이상, 「시제14호」, 온마디, 『조선중앙일보』, 1934. 8. 7.

이러한 추락 현상을 그는 「최후」와 「월상(月傷)」이란 시에서 그렸다. 이 묵시론적 장면들은 역사시대의 종말을 그린 것이다. 이상의 시들은 따라서 태고시대의 거대한 신화적 우주전쟁으로부터 역사시대의 묵시론적 종말까지를 그린 일련의 서사시라고 볼 수 있다. 그는 이 서사시를 하나의 통일된 이야기로 풀어낸 것이 아니라, 여러 개의 단편으로 나눠놓았을 뿐이다.

이상은 「시제14호」에서 이 서사시의 마지막 정신적 전쟁을 다뤘다. 그 전쟁은 태고시대 혼돈적 얼굴의 '어느 나라' 유산을 계승한 자로서 그 모든 역사시대의 바람을 견뎌내고 마침내는 역사의 폐허를 거닐어보는 승리의 순간에 찾아온다. 이상은 자신의 모자37를 폐허로 변한 고성 밖의 풀밭에 벗어놓고 그 성에 올라갔었다. 이러한 행위는 그의 사상이 이러한 역사적 문명과 대립해 있음을 보여주는 것이다. 풀들은 끊임없는 생명력으로 솟구쳐 오른다. 그것은 아무리 힘껏 던져도 땅으로 포물선을 그리며 추락할 뿐인 고성의 역사와 대립해 있다.38

이상은 이러한 고성을 모든 역사시대의 상징물로 만들었다. 이 폐허로 변한 곳에 깃들인 망령은 그의 돌팔매질 때문에 깨어난다. 포물선을 그리며 날아가 추락하는 돌은 구슬픈 울음소리를 냈는데, 그 울음소리를 낸 것은 이 망령이었을 것이다. 이상은 역사들을 종합한 것 같은 어느 걸인처럼 그것을 그렸다. 역사시대는 마치 걸인처럼 후대에 별로 남겨줄 만한 것이 없는 빈털터리 시대로 취급된 것이다. 자신의 이러한 사상에 대해 바로

---

37 이상의 시에서 '모자'는 대개 그의 무한사상을 상징하는 기호이다. 「황의 기 작품제2번」에서 그는 이렇게 노래한다. "모자─나의 모자 나의 병상(病床)을 감시하고 있는 모자 / 나의 사상의 레텔 나의 사상의 흔적 너는 알 수 있을까?"(전집1, 182쪽) 그것은 '나의 병상'(「시제15호」에서는 "죄를 품고 식은 침상에서 잤다."는 표현이 나온다)인 이 근대적 현실을 감시하는 것이며, 내 사상의 표시(레텔)인 것이다.

38 우리가 「종생기」를 뒤에 논의할 때 다루게 될 이상의 초창기 시 「且8씨의 출발」에는 강렬한 생식적인 힘으로 솟구치는 것을 "지면을 떠나는 '아크로바티'(곡예술)"라고 했다. 포물선으로 추락하는 돌과 이 아크로바트적인 곡예술로 솟구치는 풀의 대비법에 대해 생각해보라.

그 역사적 망령이 마지막 싸움을 걸어온 것이다. 위기감을 느낀 그는 "공중을 향하여 놓인 내 모자의 깊이는 절박한 하늘을 부른다." 했다. 역사의 망령은 자신의 고성 폐허에 있던 한 조각 돌(이상이 성 밖을 향해 던진 것이다)을 이상의 모자 속에 던져 넣었다. 이상은 강력한 충격을 받고 이렇게 말한다. "나는 벌써 기절하였다. 심장이 두개골 속으로 옮겨가는 지도가 보인다."

여기서 위기에 빠진 모자의 깊이는 무엇을 말하는 것일까? 그것이 불러댄 '절박한 하늘'이란 과연 무엇일까? 우리는 이상의 마지막 문학적 여정에 놓인 소설들에 다가서기 위해 이러한 물음을 통과해야만 한다. 그것은 그 소설들의 새로운 서사시적 성격을 해명하는 문제가 되기 때문이다. 우리는 이상의 이 독자적인 서사시적 지평을 이해하기 위해 그의 독특한 상상적 시공간을 파악할 수 있어야 한다.

이상의 작품에 나타나는 서사시적 시공간의 특성은 그에게만 나타나는 독특한 '하늘'의 기호들로 파악될 수 있다. 그의 여러 작품을 통해서 그 기호들을 종합해보면 그것은 세 겹의 하늘로 되어 있다. 첫 번째는 태고의 창공이다. 그가 태곳적인 자화상의 눈동자에 담고 있는 '태곳적 영상의 약도'가 바로 그것이다. 이 천상의 약도(오랑캐의 성좌도를 가리킬 것이다)가 펼쳐진 푸른 하늘이 그 여러 하늘 가운데 가장 광막하고 신비롭게 모든 것을 두르고 있다. 그러나 이상은 자신의 태곳적 하늘을 눈동자의 기억 속에 밀폐시켜 간직하고 있을 뿐이다.

그에게 주도적으로 나타나는 것은 이러한 하늘 대신에 폐허가 된 하늘이다. 우리는 이 '폐허의 하늘'을 앞에서 「오감도」 시편들을 통해서 보았다. 거기에는 찢겨진 오랑캐의 성좌들과 폐허에 뒹구는 오리온좌 같은 별들(우리 오랑캐에게는 이국적인 성좌의 별들을 가리킨다), 그리고 그렇게 태고의 하늘을 무너뜨린 여세를 몰아 이 폐허를 누비는 '역사의 폭풍' 같은 것으로 가득 차 있다. 이 거대한 드라마를 그는 「오감도」의 「시제7호」에서 노래했다. 이것은 매우 상징적으로 압축된 서사시이다. 거기에는 신화적인 시대와 역사적인 시대가 벌인 거대한 우주적 전쟁이 새겨져 있다. 그는 이 거대한 하늘의 전쟁터에서 흘러내리는 흙비 때문에 핏빛으로 물든 대지에 한 마리 독을 품은 뱀처럼 강력하게 뿌리박는다.39 이 뱀은 이상의 뇌수와 연관된 것이다. 그의 뇌수는 이 하늘의 전쟁에서 패배한 신화적 성좌들의 빛들을 피뢰침처럼 받아들인 것인데40, 그것을 대지적 생명력을 표상하는 뱀과 나무의 상징 속에 담아 대지에 뿌리박게 한 것이다.

39 "나는 탑배(塔配)하는 독사와같이 지평에 식수(植樹)되어 다시는 기동(起動)할 수 없었더라―천량(天亮)이 올때까지"(「시제7호」끝 부분). 이렇게 독을 품은 뱀처럼 이상은 대지에 강력하게 뿌리박고 폐허가 된 하늘이 다시 복구되기를 기다리고 있는 것이다. 밝은 하늘을 뜻하는 '천량'은 바로 그것을 가리킨다. 여기서 '탑배'라는 말은 탑과 짝이 된 것처럼 나란히 서 있음을 보여준 것인데, 이상은 이 '배(配)'라는 글자에 강렬한 에너지를 담아내고 있는 것 같다. 그것은 신성한 기운으로 가득한 탑과 짝을 이룰 만한 것이지 않을까?

40 「시제7호」의 마지막 부분인 "나의 뇌를 피뢰침삼아 침하반과(沈下搬過)되는 광채임리(光彩淋漓)한 망해(亡骸)"를 참조하라.(전집1, 88쪽)

이렇게 본다면 이상의 「오감도」 중 「시제7호」와 「실낙원」 중의 「자화상(습작)」은 너무나 긴 세월을 다룬 서사시가 되는 것이다. 그것은 신화시대를 끝내고 역사시대를 열어간 전쟁을 다룬 것이며, 거기서 패배한 자의 오랜 시련과 고난, 그리고 새로운 시대를 준비하기 위해 그 모든 것을 견뎌온 쓰디쓴 투쟁의 기록인 것이다.

그렇다면 이상이 절박하게 구했던 새로운 하늘은 과연 무엇이겠는가? 우리는 태고시대의 전쟁에서부터 묵시론적 종말까지 전개되는 이상의 서사시적 대단원에 어떤 하늘이 열리는지 알아보지 못했다. 역사시대의 폐허를 다루면서도 그는 여전히 역사의 망령에 짓눌리는 정신적 전쟁을 매듭

짓지 못한 것이다. 무성하게 자란 풀들의 생식력 위에 놓인 그의 모자가 담아낼 하늘의 성좌도를 그는 우리에게 보여주지 못했다. 그는 그보다 이 마지막 사상 전쟁에 대해 여러 면모로 우리에게 보여줄 것들이 많이 있었다. 어떻게 보면 이러한 면모들 속에 그의 새로운 성좌도의 싹들이 숨겨져 있을지 모른다. 사실 이 정신적 전쟁의 화폭 속에 담겨 있는 묵시론적 종말의 모습들조차 우리에게는 너무나 강렬한 충격이 될 것이다. 그러한 충격으로 우리가 굳건히 서 있다고 생각했던 문명의 발판들이 어떻게 거의 괴멸지경에까지 몰려 있는지 섬뜩한 어조로 그는 노래하고 있기 때문이다.

그가 그려낸 마지막 하늘은 역사시대의 황무지적 종말로 색칠된 것이다. 그것은 뉴턴적인 시각으로 포착된 시계 같은 우주, 즉 중력과 만유인력의 법칙으로 모든 것이 정밀한 기계처럼 작동하는 무미건조한 우주의 황무지를 그린 것이다. 이상은 유클릿과 뉴턴을 역사시대의 마지막 시기, 즉 근대를 기계론적 황무지로 이끌어가는 정신적 표상으로 삼는다. 그는 「선에관한각서2」에서 유클릿의 초점이 인문의 뇌수를 마른풀처럼 태워버린다고 비판했다. 「최후」에서는 뉴턴 사상의 파괴성을 암시한다. 사과 한 알이 땅에 떨어져서 상처를 받은 지구에서는 어떠한 다른 정신도 싹이 트지 않는다고 했다.41 이상은 「1933.6.1」이란 시에서 하늘을 수량적으로만 파악하는 과학자를 등장시킴으로써 근대의 하늘이 어떻게 황량한 모습으로 변하는가를 보여준다.

천칭(天秤) 위에서 30년동안이나 살아온 사람(어떤 과학자) 삼십만개나 넘는 별을 다 헤어놓고만 사람(역시) 인간 칠십 아니 이십사년 동안이나 뻔뻔히 살아온 사람(나)

나는 나의 자서전에 자필의 부고(訃告)를 삽입하였다 이후 나의 육신은 그런 고

41 "사과 한 알이 떨어졌다. 지구는 부서질 그런 정도로 아팠다. 최후. 이미 여하한 정신도 발아(發芽)하지 아니한다."(이상, 「최후」, 온마디, 전집 1. 149쪽). 이 시는 실낙원을 암시하는 부정적인 사과가 등장하는 「각혈의 아침」과 함께 이상의 사진첩에서 발견된 것이다. 따라서 창작 연대가 「각혈의 아침」이 쓰인 1933년 정도로 추정된다.

향에는 있지 않았다 나는 자신 나의 시가 차압당하는 꼴을 목도하기는 차마 어
려웠기 때문에.42

　모든 것을 수량적 단위로만 기계적으로 파악하는 과학자가 여기 등장한
다. 그는 하늘의 별들에 대해서도 수량적인 관점으로만 다가선다. 이상은
1932년에 쓴 「얼마 안되는 변해」에서 이미 별들을 채광학(採光學)적으로
만 파악하는 근대적 인식의 황량함에 대해 말했다. 그는 광석을 채굴하는
채광(採鑛)의 이미지를 이 채광(採光)에 겹쳐놓았다. "문제의 그 별은 광산
(鑛山)이라고 한다."43 하고 썼다. 세균처럼 빽빽한 인원수의 광부들이 채
굴하면서 그 별은 황량해진다. 이상은 이어서 하늘의 별을 이렇게 실용적
인 안목에서 기계적으로 수량화하는 일들이 인간의 사상과 예술을 얼마나
황량하게 만드는지 고발한다. 그의 결합적 상상력44에 의해 별광산을 채굴
하는 이야기는 아무 사상도 없는 기계적인 음악 이야기와 결합하고 있다.
"피곤해빠진 광부들은 채굴용제기계로써 역설적으로 음악의 계통을 상하
게 하였다. / 음악은 사상을 떨어버리고 우곡(迂曲)된 길 위를 질서없이 도
망쳐 다니고 있었다."45
　　이상은 「실낙원」의 「월상」 같은 시에서 황량해진 하늘의 별들과 오
염된 대지를 한데 합쳐서 만신창이가 된 달 이미지를 만들었다. 그는 이렇
게 노래한다.

42 이상, 「1933.6.1」, 『가톨릭청년』 2호, 1933. 7.
43 전집3, 146쪽.
44 그의 결합적 상상력은 그의 문학 전반을 관통하는 가장 근본적인 것
이다. 그것은 아무렇게나 조작해서 강제로 결합하는 식이 아니라, 수염나
비 이미지처럼 서로 주고받는 곱셈적인 결합관계를 지향한다. 이러한 상
상력이 부정적인 것들을 결합할 때에는 그것들의 배타적인 폭력성이 더
두드러지게 보이도록 그러한 것들의 관계들을 서로 이어붙여 눈덩이처럼
불어나게 만든다. 황무지적 별과 그것을 채광하는 기계와 무질서한 음악
을 마구 결합함으로써 그러한 것들의 황량함을 그는 이렇게 증폭시켰다.
45 위의 책, 같은 곳.

일주야나 늦어서 달은 떴다. 그러나 그것은 너무나 심통(心痛)한 차림차림이
었다. 만신창이(滿身瘡痍)—아마 혈우병인가도 싶었다. 지상에는 금시 산비(酸
鼻)할 악취가 미만(彌蔓)하였다. 나는 달이 있는 반대방향으로 걷기 시작하였
다. 나는 걱정하였다—어떻게 달이 저렇게 비참한가 하는—46

그는 이 시에서 "나는 엄동(嚴冬)과 같은 천문(天文)과 싸워야 한다."고 외쳤
다. 근대적인 천문학을 그는 이렇게 별들에 대해서도 기계적으로 측정하는
것에 매달리는 차가운 계산법으로 파악한 것이다. 채광학으로 파악된 별이
란 이해관계를 따지는(즉 광산채굴의 이해관계를 따지는) 계산법에 의해 포착되는
것이 아닌가? 그는 이 시에서 이렇게 말한다. "달은 추락할 것이다. 지구는
피투성이가 되리라. 사람들은 전율하리라. 부상한 달의 악혈(惡血) 가운데
유영(遊泳)하면서 드디어 결빙(結氷)하여 버리고 말 것이다."47

. 역사시대 하늘을 넘어서 – 묵시론적 예언과 전망

「월상」의 이 묵시론적인 우주적 장면은 우리가 앞에서 제시한 이상의 서사
시적 전개의 대단원에 해당한다. 이 서사시적 이야기의 끝 부분에서 이상
은 오랜 세월 동안 승자로 군림해온 역사시대의 처참한 종말을 보여주려
한 것이다. 역사시대의 마지막을 이끌면서 근대과학은 신화시대의 모든 흔
적을 하늘의 우주공간 전체 영역에서도 철저히 추방하려 했다. 하늘에 배
어 있는 신화적인 모든 물기를 바짝 말려버리거나, 또는 차갑게 얼어붙게
만들면서 과학은 전진해 왔다. 그러나 이상에게는 이러한 과학의 발걸음은
결코 우주자연의 진화 방향과 조화되는 방향이 아니었다.48 그것은 우주자

46 이상, 「월상(月傷)」, 『조광』, 1939. 2., 133~134쪽.

47 위의 책, 134쪽.

48 과학의 발걸음은 흔히 군화 이미지로 표상되기도 한다. 「수염」에서는
군대의 행진이 땅을 파열시키는 장면을 그렸다. 그는 근대세계를 표상하
는 거울을 '근대의 군비(軍備)'라고 표현했다. 「오감도」의 「시제15호」의
거울침상에는 꿈의 백지를 더럽힌 "의족을 담은 군용장화"가 나온다. 이
렇게 인공적이고 기계적인 장비들은 단조롭고 단순반복적 동작으로 생명
의 탄력성을 파괴한다.

연에 대해 매우 좁혀진 시각으로 접근하고, 그에 대한 편협한 이해를 바탕으로 전진해온 것이다.

사실 우리는 그러한 과학의 편협한 발걸음이 만들어낸 자연과의 불협화음 때문에 점차 모든 것이 시들어가는 황무지에서 살게 되었으며, 모든 곳이 오염된 시궁창으로 바뀌어가는 지구에서 살게 되었다. 이상의 이 묵시론적인 시는 지금 진행되고 있는 심각한 상황을 미리 내다보았다. 마침내 도달하게 될 종말적인 상황을 미리 예언적으로 보여주고 있었던 셈이다. "달은 추락할 것이다!" 이 한마디의 충격적인 선언은 많은 이야기를 내포하고 있다. 그는 이 "지상최후의 비극을 나만이 예감할 수가 있을 것 같다." 하고 선언했다. 이러한 묵시론적 기록을 그는 단지 자기 혼자 해야 했고, 그 무시무시한 종말적 예감들을 아득한 공포의 심연 속에서 기록해야 했다. 그는 마치 아찔한 높이의 허공에 매달린 줄 위를 걷는 것처럼 추락의 공포를 맛보며, 그 무서움을 견뎌내면서 그 장면들을 기록해야 하는 사명감에 붙잡혀 있었다. 그는 빨리 자살함으로써 이러한 현실에서 벗어나고 싶었지만 죽음을 뒤로 미루면서 이 모든 것을 견디고 바라보며 기록해야 했던 것이다. 이것이 바로 이상이 여러 군데서 말하는 '공포의 기록'인 것이다.

그가 역사시대의 마지막 장에 속하는 근대를 이끌어가는 차가운 과학적 정신에 맞설 수 있었던 것은 이러한 묵시론적 전망이 있었기에 가능했을 것이다. 따라서 그의 서사시는 단지 과거를 회상하는 것으로만 시종하는 기존의 서사시들과 전혀 다른 장르이다. 그의 상상적 시공간은 역사시대를 넘어서 그 이후에 전개될 새로운 시대에 대한 꿈과 예시, 그리고 전망까지 포괄하고 있다. 그것은 태고의 신화시대부터 역사시대를 거쳐 새로운 창세기적 시대까지 연결된 너무나 긴 시공간을 배경으로 하고 있다.

그의 묵시론적 어조는 이 시대에 되살아난 태곳적 신화시대의 자화상에서 흘러나오고 있다.

역사시대에 의해서 패배당하고 찢겨진 성좌들의 자리는 본래 빛나는 자리였다. 그러나 이제 거기서 쫓겨난 채, 마치 사막의 피라미드 무덤처럼 역사의 황무지 위에서 묵묵히 오랜 세월을 견뎌온 태고의 신화적인 뱀이 불길한 예언들을 내뿜는다. 그것은 역사시대를 최종적으로 선도하며 그 마지막 장을 장식하는 과학적 정신들을 불길한 혀로 공격하고 있는 것이다.

이상은 「1933.6.1」에서 과학과 시의 대립을 선명히 하고 있었다. 우주의 모든 별을 과학자들이 수량적으로 파악하면서[49] 하늘을 황량하게 만드는 동안 자신은 그것을 방치한 책임이 있다고 자책한다. 그것을 그는 "나의 시가 차압(差押)당하는 꼴을 목도(目睹)(한다)"했다. 하늘에서 반짝이는 별들은 그 자체만으로도 우리를 황홀하게 한다. 그것은 우주적인 시편들인 것이다. 그러나 과학자들이 그 별들의 밝기를 측정하고 성분을 분석하며, 수량을 파악하면서 그 시편들이 차압되기 시작했다. 이상은 「권태」에서 성천 시골의 하늘에 펼쳐진 별들을 보고 이렇게 말할 수밖에 없었다.

마당에서 밥을 먹으면 머리 위에서 그 무수한 별들이 야단이다. 저것은 또 어쩌라는 것인가. 내게는 별이 천문학의 대상될 수 없다. 그렇다고 시상(詩想)의 대상도 아니다. 그것은 다만 향기도 촉감도 없는 절대권태의 도달할 수 없는 영원한 피안이다. 별조차가 이렇게 싱겁다.[50]

---

49 수량적인 인식은 대상에 대한 가장 표피적인 인식을 뜻한다.
50 이상, 「권태」, 전집3, 117쪽. 성천이야기는 「첫번째 방랑」과 「어리석은 석반」을 저본으로 해서 몇 번 다시 쓰였던 것 같다. 서로 중복되는 모티프가 많고 거의 비슷한 대목들이 그 후의 「산촌여정」과 「권태」에까지 나타난다. 이상은 성천시골 이야기에서 신화시대의 무한정원적 모티프를 한줄기 풀어나갈 수 있는 가능성을 본 것 같다. 「권태」는 1936년 12월 19일 동경에서 쓴 것으로 원고 말미에 부기되어 있다. 「실화」와 「무제 – 궐련

이상은 성천 이야기를 그의 마지막 여정인 동경에서 되새기면서 '절대권태'의 피로에 빠진 자로서 이야기한다. 그의 시가 차압당한 상황은 이미 오래 전에 있었던 일처럼 보인다. 그는 이제 별들이 "시상(詩想)의 대상도 아니다" 하고 선언하고 있는 것이다. 그가 너무나 오랜 역사시대를 견뎌내면서 쌓여온 피로가, 묵시론적 외침에 마지막 힘을 소진한 뒤 한꺼번에 몰려들었는지 모른다.

이상의 마지막 소설들인 「종생기」와 「실화」를 분석하기 이전에 우리는 그의 서사시적 상상계의 양상과 의미를 논해보았다. 그가 자신의 마지막 시기(마지막 예술적 탐구를 위해 '성배기사의 죽음의 달리기'라는 중요한 주제를 제기한)에 이 두 편의 소설을 남긴 이유에 대해서 생각해보지 않을 수 없다. 그는 「종생기」에서 과거 역사시대의 화려한 거울인 한문학적 전고들과 한문학적 수사학을 들고 나왔다. 「실화」에서는 근대의 첨단을 걷는 일본 동경의 중심부를 이야기의 배경으로 삼았다. 이 두 이야기는 그의 서사시적 전개에서 볼 때 역사시대의 본론과 결말에 해당한다고 할 수 있다. 그가 묵시론적인 외침들로 그 종말을 예언한 이 역사시대의 두 부분에 대해서 그는 마지막 정리를 하고 있었던 셈이다. 이 정리를 하면서 서서히 그는 극심한 피로로 인한 '절대권태'의 상태로 떨어지게 되었는지 모른다. 우리는 이 마지막 그의 도전적 주제와 그것을 펼쳐 보인 그의 창조적 장면들에 대해 알아보아야 하지 않겠는가.

. 새로운 서사시적 산문 – 아크로바트의 언어와 격검술의 글쓰기

이상의 산문들은 시적인 우주의 물결들과 함께 춤추는 그러한 언어들로 충만해 있다. 그는 근대적인 산문을 쓰지 않았던 것이다. 그는 니체처럼 모든 것을 한 눈에 내려다볼 수 있는 산봉우리의 사유와 시선을 바랐다. 마치 줄

기러기」 등과 더불어 그의 마지막 시기의 작품인 것이다. 이 세 작품에서 모두 작가의 극심한 피로감을 느끼게 된다는 것을 이 '절대권태'라는 단어와 함께 생각해보자.

위의 곡예사처럼 현실의 일상사들이 까마득히 내려다보이는 공중에 매달려 있었던 것 같다. 그렇게 하늘 높이 솟구친 장대에 줄을 매고, 그 허공의 깊이 속에 자신이 내려다본 현실의 이야기들을 담아낸 것이다.

그의 첫 번째 작품인 「12월 12일」에는 바로 그 줄타기 광대를 자신의 모습으로 표현한 구절이 나온다. 그것은 지금의 서대문구 지역에 있던 연초 전매청 공사 사옥 건설 현장에서 잠시 틈을 내어 메모한 내용처럼 보인다. 거기서 그는 이렇게 썼다.

> 나는 전연 실망 가운데 있다 지금에 나의 이 무서운 생활이 노(繩) 위에 선 도승사(渡繩師)의 모양과 같이 나를 지지하고 있다.51

이 메모는 강렬한 죽음충동의 분위기로 가득 차 있다. 그는 나중에 「공포의 기록」이란 글을 쓰기도 했지만, 이미 여기서부터 그의 작품은 '무서운 기록'이라고 선언된다. 이 세상에서의 삶을 그는 마치 아득한 허공 속의 줄 위에 아슬아슬하게 떠 있는 것처럼 느끼고 있었다. 그는 이 무서움을 기록하지 않으면 안 되는 역사적 짐을 떠맡았다. 이 '세상이란 위태한 줄' 위에서 빨리 뛰어내리고 싶은 그의 죽음충동과 자살에의 갈망은 위기에 빠진 이 세상에 대한 보고서인 '무서운 기록'을 남겨야 한다는 사명감 때문에 뒤로 밀리고 계속 연기된다. 그는 이 메모의 마지막을 자신의 문학행위에 대한 정의로 마감했다. "펜은 나의 최후의 칼이다." 그의 문학 행위는 죽음을 뒤로 미루면서, 이 세상의 무서운 물결들을 감당하고 또 그것들과 대결하며 그것들을 뚫고 헤쳐가야 하는 일종의 문학적 격검술(擊劍術)이었던 것이다.

나는 이 두 이미지, 즉 줄타기의 아찔한 곡예술과 죽음과 함께 이 세상의 무서운 파도 속으로 돌진해가는 격검술이 「종생기」의 독특한 창작술로 나타났다고 생각한다. 아득한 높이의 줄타기는 그가 계속 뒤로 미루고 있는 '죽음을 향한 질주'라는 '종생기'의 주제와 연관된다. 물론 여기서 '죽음'이란 허무주의적이거나 부정적인 것이 아니다. 그는 죽음과 삶의 차이를 푸로톤의 일차방정식52처럼 매우 간단한 공식으로 풀 수 있다고 보았다. 따라서 그에게 '죽음을 향한 질주'는 실은 이 공식을 푸는 것이며, 삶의 복잡하게 얽힌 실타래에 집착하지 않고, 그것을 거시적인 우주적 차원으로 재빨리 풀어내려는 것이었다. 그래서 허공에 걸린 줄타기의 곡예적 언어들이 여기 동원되었다. 나는 「종생기」를 이러한 측면에서 일종의 줄타기 곡예의 에피그람적 서사시라고 부를 수 있다고 생각한다.

그리고 '최후의 칼'인 격검적 글쓰기는 거울들의 언어와 대결하고, 그것들을 완벽하게 뒤집기 위한 전술과 전략을 짜며, 마침내는 적군의 언어들까지 오히려 '나의 풍경'을 구축하는 전쟁에 복무하도록 만드는 그러한 창작기법을 개척하게 했다. 이러한 측면에서 「종생기」는 수사학적 전쟁의 서사시이다.

우리는 이상의 이러한 마지막 작업이 갖는 의미에 대해서 아직 많은 것을 알지 못한다. 그것은 지금까지 연구자들이 서구에서 만들어진 기존의 근대 소설 장르적 관점에서만 그것을 바라보고 이해하려 했기 때문이다. 이제 근대소설적 산문의 지평에서 솟구쳐 올라 그가 아크로바트의 언어와 격검술의 언어들로 헤쳐 간 그러한 시적 산문의 창조적 지대를 우리도 탐색해보아야 할 때가 되었다.

52 이상은 「무제─죽은 개의 에스푸리」(이 제목도 필자가 붙여본 것임)에서 이렇게 말했다. "생사의 초월─존재한다는 것은 생사 어느 편에 속하는 것인가. 그것은 푸로톤의 일차방정식보다도 더 유치한 운산(運算)이었다."(전집1, 154쪽). 여기서 푸로톤은 수소 핵의 양성자이다. 그가 「각서1」에서 "나를 고요히 전자의 양자로 하라" 하고 선언한 것을 상기하면, 이 문제를 풀 수 있을지 모른다. 그에게 죽음이란 이 우주에서 완전히 증발하는 것을 뜻하지 않았다. 우리 눈에 보이지 않는 극미한 원자의 세계가 존재하듯이 어떤 존재의 죽음이란 우리에게 보이지 않는 어떤 다른 상태로 전환된 것이다.

이 시적인 분위기를 부활시킴으로써 그는 생활의 압박감이 몰려왔을 때 그에게 닥쳐온 비참한 상황으로부터 다시 일어설 수 있었다. '장난감 신부'와 결혼한 지 네 달도 채 되지 않아서 그는 생활의 영역으로부터 탈출하기 위해서 동경으로 떠난다. 이 가난한 예술가에게는 가혹한 시련이었던 외지 생활 속에서 마지막 예술혼을 불태운 것이다.

「종생기」는 「지비」 계열의 시가 자신의 문학 영역에 펼쳐놓은 널따란 거울면을 다시 당당하고 화려하게 가로질러 간다. 거울세계의 화려한 꾸밈새로 무장한 정희에게 자신이 처참하게 당하게 되는 순간들을 더 빨리 맞이하기 위해, (그렇게 해서 그녀에 대한 사랑의 참혹한 종말을 맞이하면서 그는 종생한다) 그 채찍질을 해대며 달려가는 것이다. 그러한 채찍질 때문에 그러한 순간에 더 빨리 도달하고, 빨리 그것을 지나쳐 종착지인 죽음을 향해 그것은 마구 달려간다. 이것이 바로 성배 기사의 죽음의 달리기이다.

그는 초창기 시인 「수염」에서부터 성적인 상징과 결합된 그러한 '말'의 이미지를 사용해왔다. 「수염」에서 "수염일 수 있는 모든 것들을 지칭한다"고 함으로써 이미 얼굴과 성기를 합성한 독특한 풍경을 만들어낸다. 거기서 "말과 땀"은 성교 장면을 연상시키면서 차갑게 굳어가는 계절을 뜨겁게 달구는 생식적 분위기를 연출한다. 이후 「실낙원」과 「가외가전」, 「최저낙원」 등으로 이 생식적인 '말' 이미지는 계승된다. '개'와 '뱀' 이미지가 무한정원 그 자체에 더 깊이 속한 것이라면, '말' 이미지는 좀 더 역동적으로 그러한 것을 인간 사회 속에서 펼쳐내는 것이다. 그가 도시의 뒷골목 미로 속에 처박힌 유곽을 그의 작품에 자주 등장시키는 것도 그러한 것과 관련이 있다. 그는 거대한 근대도시 문명의 밑바닥, 차갑고 어두운 지대에 형성된 타락한 '최저낙원'에 들어가 그곳에서 자신의 말을 달린다.

성배의 기사는 이 도시의 음침한 뒷골목의 미로에 빠져 있는, 어둠고 우울한 인공 낙원의 숲속을 헤매지 않으면 안 된다. 이 세상을 풍요롭게 하고 생식하고 번성할 수 있도록 해주는 '자궁'이 그 모든 힘을 잃고 차가운 교환관계의 암흑 밑바닥 속으로 떨어져 내린 곳, 그는 그 어둡고 험난한 지대를 가로질러가야 한다. 거기에서 타락한 여성의 자궁은 수많은 미로와 수많은 껍질로 된 문들 속에 버림받은 채 갇혀 있다. 과연 그 문들을 모두 지나쳐서 그 안에 도달할 수 있을까? 그는 과연 그렇게 황무지화한 것을 구원할 수 있을까? 이러한 질문만이 그가 황무지적인 생활의 영역에서 새롭게 시적인 분위기를 연출할 수 있는 유일한 방식이다. 「최저낙원」은 이러한 주제를 다른 여러 작품들보다 훨씬 난해하고 심오한 방식으로 다룬 것이다. 그것은 이 시대의 얽힌 미로처럼 풀리지 않는 수수께끼적 기호들과 그러한 것들끼리 주고받는 기이한 대화들로 무성하게 얽혀 우리의 접근을 가로막고 있다.

　　이 극도로 타락한 시대를 그려야 하는 소설을 어떻게 이러한 시적인 구원의 방식으로 재창출할 수 있을까? 이러한 물음에 그는 낯선 이국의 땅까지 헤매며 대답할 수 있어야 했다. 「종생기」는 그 차갑게 얼어붙은 거울세계의 황무지를 좀 더 근대화된 동경의 거리 장면으로 채워 넣고, 그 황무지적 깊이 속에 무한정원적인 빛을 비춰보여야 했다. 식민지보다 더 굳건한 거울세계인 동경의 풍경 위를 그러한 무한정원적인 성배의 기사도적 발걸음으로 가로질러가야 한다는 것이 그에게 남아 있는 마지막 과제였다. 이상은 이 궁극적인 과제를 「종생기」에서 이루지 못하고 다음으로 미루고 말았다(그는 계획이 차질이 생겨 이때 아직 동경으로 가지 못했다). 그것은 불완전하게나마 그의 마지막 작품이 된 「실화」에서 비로소 시도된 것이다. 낯선 땅에서 '꽃'을 잃어버린 이야기가 그의 사상적 탐구의 마지막 길을 쓸쓸하게 장식한다. 「종생기」에서 그는 자신의 마지막을 화려하게 장식해보려 필사적으로 노력하지만, 그 뒤는 이렇게 허탈하다.

. 성배기사의 산호채찍 – 역사시대의 족보찢기

그런데 「종생기」에서 성배기사의 말 달리기에 대해 그는 과연 얼마만큼 화려한 장식을 해주었는가? 그것이 그의 사상적 얼굴의 어떤 면을 드러낼 수 있었는가? 그는 여기서 '산호나무로 화려하게 꾸며진 말채찍(산호편)'이라는 독특한 상징을 하나 선보였다. 그것은 바로 그의 독자적인 글쓰기, 즉 마지막 '지상최종의 결작'이 될 「종생기」의 창작술과 내용을 함께 가리키는 것이었다. '지상최종'이란 말 속에 그는 역사시대의 종말적인 상황을 담았다.

그는 자신의 창작술 그 자체 속에 자신의 사상을 집어넣었다. 그것은 한마디로 말해서 역사시대의 거울을 뒤집고 흠집을 내면서, 그 모방과 흉내의 감옥에서 탈출하는 방식이었다. 그는 그렇게 자신의 마지막 작품처럼 '종생기'를 쓰고 있었다. 그것은 어떻게 보면 역사와의 마지막 전쟁을 세속적인 방식으로 풀어본 세속적 서사시가 될 것이다. 「시제14호」에서 보여준 '종합된 역사의 망령'과 벌이는 정신적 전쟁을 일상의 연애담 속에 밀어넣어본 것처럼 「종생기」를 쓴 것이다. 연애 상대인 정희에게 한(漢)나라식 거울과 서양의 근대적 거울 두 개를 뒤집어씌우면서 그 거울세계를 가로질러가는 세속적 모험을 그려본 것이다.

우리는 '거울의 거울'이란 그의 근본적인 주제가 여기서 다시 새롭게 떠오른 것을 본다. 그는 자신의 무덤을 장식해줄 거울 주제의 묘지명을 작성하고 있었던 것이다. 「동해」에서 시작한 그의 '주마가편(走馬加鞭)'이란 주제는 이 작품에서 심화되고 확장되었다. 거울세계의 황량한 들판을 가로질러가는 것, 그 황량한 현실 너머의 유계(幽界)를 향해 나 있는 나비의 길53을 따라 말을 달리는 것이 바로 「지도의 암실」 이후 전개된 주제의 하나이다. 그는 이 마지막 장면에서 화려한 한문학적 전고(典故)들이 비치는 한(漢)나라식 거울들을 동원했는데, 그것은 고대 동양을 통일한 중국의 역사적 전성기를 암시하고 있다. 그가 「종생기」에서 유달리 한문식 어투들을 많이 동원한 것은 이러한 한나라 거울 양식을 깔아놓은 문체인 것이다. 실제 그가 인용한 시들은 당나라 시대의 것들인데, 그것은 중국 역사 시대 가운데 가장 번성한 꽃을 가져와서 그것을 전도시켜버려야 했기 때문일 것이다.

그는 약간씩 틀리게 인용된 전고를 내세움으로써, 즉 역사시대의 거울인 중국 한나라 시대 거울에 흠집을 내면서 유계를 향한 말달리기의 입구를 열었다. 이러한 마지막 글쓰기는, 그의 짧은 결혼 생활 속에서 그를 빨아들이고 옭아매려는 현실의 압박감이 그의 사상과 예술이 서성거리는 꼭대기까지 밀려올라 왔을 때 시작되었던 것 같다. 그는 그러한 압박감으로부터 탈출하기 위해, 막막한 바다 건너편에 놓여 있는, 별 연고도 없는 외지인 동경행을 택했다. 동경으로 가는 통행증을 확보하기 위해 한동안 수속을 밟고, 기다렸으며, 좌절을 맛보기도 했다. 그러한 가운데 「종생기」가 쓰여지고 있었다.

그는 김기림에게 보낸 한 편지에서(아마도 1936년 10월 초순 정도에 보낸 것이리라. 그는 이 편지를 띄우고 얼마 안 있어 동경으로 떠났다. 10월 17일에 떠난 것이다.) 「종생기」를 쓰고 있는 자신의 현황을 알려주고 있다. 이 편지에서 그는 "지상 최종의 걸작 「종생기」를 쓰는 중이오. 형이나 부디 억울한 이 내출혈을 알아주기 바라오!"[54]라고 했다. 여기서 그는 조선일보에 「위독」을 연재 중이라고 했으니, 이 편지는 그 시가 연재되던 1936년 10월 4일부터 9일 사이에 쓰였을 것이다. 그는 「종생기」를 걸작으로 만듦으로써 「실낙원」 이후의 생활 영역에서 맛본 비참한 예술적 공황에서 벗어나고 싶었던 것이리

53 그의 「시제10호 – 나비」의 주제이다.
54 전집3, 246쪽.

라. 이때 그는 계획대로라면 이미 동경에 가 있어야 했다. "지금쯤은 이 이상이 동경 사람이 되었을 것인데 본정서고등계(本町署高等係)에서 '도항불가'의 분부가 지난달 하순에 나렸구려!" 한 부분에서 그러한 그의 계획이 틀어졌음을 알 수 있다. 이때 김기림은 일본 북부에 있는 동북제대에 유학 중이었다. 「종생기」는 이미 마음은 동경에 가 있는 상황에서 쓰여지고 있었던 것이다.

그는 이 소설의 첫머리에서부터 화려한 옛 전고를 등장시킨다. "극유산호(郤遺珊瑚)—요 다섯 자(字) 동안에 나는 두 자 이상의 오자를 범했는가 싶다." 이 첫머리에서부터 그는 동양의 문명적인 꽃으로 행세해 온 한시의 유명한 구절을 빌려온다. 물론 그 특유의 역설과 아이러니를 작동시키면서, 중국의 전고를 떠받들며 상투적인 인용으로 문장을 뒤덮던 과거 선비들의 한계를 뛰어넘는다. 그저 계승하고 이어받는 것은 그에게 용납되지 않는다. 그에게 그러한 흉내와 모방은 자연과 인류의 발전적인 방향에서 받아들일 수 없는 행위이다.

그가 "두 자 이상의 오자를 범했는가 싶다"고 표현한 「종생기」 첫머리 인용부분의 출처는 과연 무엇일까? 그리고 어떤 부분에서 '오자'를 범했을까? 왜 일부러 '오자를 범한 것'처럼 쓴 것일까?

여영택에 의하면 이 부분은 성당(盛唐) 시기의 시인인 최국보의 「소년행」 첫 구절에서 따온 것이다.[55] 그 전문은 이렇다.

遺卻珊瑚鞭	산호채찍을 잃고 나니,
白馬驕不行	교만한 백마가 움직이려 하지 않네.
章臺折楊柳	어쩔거나, 장대에서 버들가지를 꺾으며,
春日路傍情	봄날 길가의 정취 속을 서성거릴 밖에.

55 여영택, 「이상의 산문에 관한 考究」, 『국어국문학』, 1968. 5., 123쪽.

이 '산호편'은 흔히 이 「소년행」형식(고악부의 한 형식)의 시가 소재로 삼은 버드나무 채찍을 대체한 것이다. 본래 왕유의 「소년행」이나 그 이전의 「절양류가사」 같은 시에서는 호탕한 협객('소년'이란 말이 당시에는 이러한 젊은 청년을 가리키는 말이었다)의 의기에 찬 영웅적인 면모를 드러내는 것이 이러한 말[馬]과 버들에 관련된 소재의 주된 역할이었다.

북조 시대 선비족의 노래인 「절양류가사(折楊柳歌辭)」는 그들의 씩씩하고 호방한 모습을 노래한 것이다. 번역된 것만을 인용해보면 다음과 같다. "아득히 맹진강을 바라보니, / 휘휘 늘어진 버드나무. / 우리는 오랑캐 놈들, / 중국 놈들 노래는 알지 못하네. // 용사는 빠른 말(快馬)을 바라고, / 빠른 말(快馬)은 용사를 바라네. 먼지를 일으키며 차고 밟으니, / 그래야 자웅을 겨룰 수 있다네."[56]

왕유의 「소년행」 첫수를 보면 다음과 같다.

新豐美酒斗十千	신풍의 좋은 술은 한 말에 만 닢,
咸陽遊俠多少年	함양의 협객들에는 젊은이도 많다.
相逢義氣爲君飮	만나자 의기 상통하니 함께 술을 마시리,
繫馬高樓垂柳邊	높은 다락 수양버들가에 말을 매어놓고.[57]

왕유의 「소년행」은 이렇게 의기에 찬 젊은 협객들의 풍류적 배경에 말과 버들을 배치했다. 그는 이 시의 다음에서 국경에서 흉노와 싸우는 용맹한 모습과 그들의 아름다운 이름을 찬양했다. "황금안장에 깐깐하게 앉아 흰 화살 깃을 고르어, / 펄렁펄렁 다섯 선우(單于)를 쏘아 죽인다."고.

선우(單于)는 흉노 최고 지도자를 가리키는 말이다. 몽고의 '칸'이나 우리의 '단군' 같은 말일 것이다. 중국은 한무제 때 주변족을 복속시키기 위

56 지영재 편역, 『중국시가선』, 을유문화사, 1989, 150~151쪽.

57 앞의 책, 259쪽.

한 대대적인 전쟁에 돌입해서 흉노와 40년 전쟁을 치뤘다. 그들은 본래 음산산맥에 거처했지만 막북(漠北)으로 쫓겨갔다. 그들이 가장 강성했던 시절의 지도자인 묵특 선우는 중국을 자주 침략했으며, 중국 북방에 있던 동호를 멸망시켰다. 선비족은 이 동호의 한 분파이다. 그들은 대흥안령 산맥 중부와 북부에서 유목생활을 했고, 후에 강성해졌을 때는 부여,예맥과 접경에서부터 서쪽으로 돈황까지 다스렸다.58

　　왕유의 「소년행」은 "다섯 선우를 펄렁펄렁 쏘아죽인다"고 의기에 찬 중국 협객의 당당함을 멋들어지게 표현했지만 실제 흉노와의 싸움이 이 표현처럼 쉽사리 진행된 것은 아니다. 그 전쟁은 40년을 끌 정도로 힘에 벅찬 것이어서 중국 장수 중에는 흉노 쪽으로 도망가버린 사람이 나올 정도였다. 후대에는 계승되지 못했지만, 묵특 선우에게 멸망당한 동호의 분파인 선비족은 한때 부여에서 돈황에 이르는 광대한 제국을 건설했다. 그들의 노래인 「절양류가사」는 이러한 북방유목민족의 당당함을 보여주고 있는 것이다. 이렇게 중국과 오랑캐족이 보여주는 의기와 호방함들이 부딪쳐서 수많은 전쟁으로 이어졌다.

　　그러나 최국보의 「소년행」에 나오는 '절양류'는 선비족의 북방적인 정조나 왕유의 의기에 찬 협객의 분위기로부터 벗어나 있다. 그것은 그보다는 중국적 전통인 '사랑과 이별의 정조'를 가리키는 것 같다. 한나라 때부터 있었던 '절양류'는 이별의 정을 노래했던 곡조라고 한다.

　　이백의 「소년행」에 오면 풍류적인 남아의 낭만적인 놀이를 가리키

---

58 1930년대 말에 만주를 방황했던 백석은 「북방에서」라는 시에서 음산산맥과 흥안령산맥, 거기서 발원해서 흘러가는 아무르와 숭가리 강의 광대한 오랑캐 영역에 얽힌 동아시아 역사를 하나의 자화상 속에 담아 노래했다. 이 시는 어떻게 보면 이상의 「자화상(습작)」과 매우 흡사한 분위기를 갖고 있다. 그에게는 거기서 명멸했던 나라와 종족들이 서로 다른 이름으로 불렸어도 마치 한동네에 사는 이웃이나 형제처럼 삶의 방식과 가치관이 서로 어울리는 하나의 거례였다. 북방을 떠도는 그의 서사시적 자화상은 그들과 하나로 엮어 있던 자신의 모습을 회상하고, 그러한 옛 나라들의 흔적이 모두 사라진 폐허를 방황하며, 잃어버린 자아를 되찾아보려는 광대한 역사탐구와 관련된 것이었다.

기 위해 이러한 것이 좀 더 화려한 모습으로 동원된다. 이백의「소년행」은 최국보의 어정쩡한 풍류를 좀 더 밀어붙인 것처럼 보인다. 이백의「소년행」마지막 구절은 분명히 퇴폐적인 풍류의 모습에 가깝다. "떨어지는 꽃을 다 밟으며 (그는) 어디서 노니는가 / 바로 웃음 치며 들어오는 오랑캐 여인의 주점이라네(落花踏盡遊何處/笑入胡姬酒肆中)".59 이백은 은으로 된 안장과 금의 도시〔金市〕 같이 화려한 어구 뒤에 눈부신 백마를 갖다놓고 이 풍류를 사치스럽게 장식했다.

이상은 최국보의「소년행」첫 구절, 즉 유각산호편(遺却珊瑚鞭)을 따오기는 했지만, 오히려 이백의 퇴폐적 풍류 분위기까지 넘어설 정도로 그 구절을 전도시켰다. 최국보는 화려한 산호채찍을 잃어버린 것을 핑계로 (산호채찍같이 화려한 채찍의 부림을 받지 않고는 자신의 교만한 백마는 한 발자국도 움직이지 않는다는 핑계로) 장대에 머물며 봄날의 춘정을 더 즐기려 한다. 그러나 이상은 산호채찍 그 자체를 풍류로 전환시켰다. 어떻게 그리할 수 있었던가?

이상은 이 구절을 제대로 정확하게 인용하지 못한 어설픈 자의 행태를 보여주었다. 그러나 남들이 볼 때는 유명한 전고를 서툴게 인용한 것처럼 보이지만, 실은 그렇게 보이도록 교묘하게 위장된 창작술을 발휘하는 것이 문제였다. 그는 이러한 창작술을 통해 본래의 텍스트와는 완전히 다른 문맥을 만들어냈다. 그는 여기서 '산호'를 화려한 말채찍 장식품 이상의 것으로 만들었다. 즉 그것은 남자의 성기를 은유하는 기호였던 것이다.

그가 '산호-'라고 한 것은 산호막대기(-)를 뜻한다. 마치 어떤 글자 하나를 생략한 것처럼 보이도록 이렇게 쓴 것은 거기에 풍부한 암시를 담기 위한 것이다. 사람들이 흔히 그 줄표 부분에 채찍을 뜻하는 '편(鞭)'이란 글자가 들어가야 한다고 생각하게 된다. 그러나 이상은 이 구절의 문맥을 뒤집음으로써 독자들의 그러한 생각을 빗나가게 만든다. 그는 자신이 숨

59 앞의 책, 287쪽. 이 부분에 대한 번역은 필자가 새로 해보았다.

겨놓은 수수께끼를 풀어보라는 듯이 '각(卻)' 대신에 그것을 잘못 쓴 것처럼 보이는 '극(郤)'을 가져왔고, 그 위치를 앞으로 바꿔 배치했다. '극유산호-(郤遺珊瑚-)'라는 구절을 그는 이렇게 해서 정체불명의 '-'을 포함한 다섯 자로 구성했다. 따라서 그가 '두 자 이상의 오자'를 범했다고 한 것은 맞는 말이 된다. 즉 두 자의 오자는 '郤'과 '-'이다. 그런데 '두 자 이상'이라고 한 것은 '극'의 위치를 바꾼 것까지 포함시키기 위해서이다. 그것(위치를 바꾼것)은 글자는 아니므로 '두 자 이상'이라는 말을 썼을 것이다. 그러나 이상은 이러한 오류를 보여주는 것으로 그치지 않았다. 그는 자신의 '종생기'를 화려하게 장식할 것으로 믿었던 자신의 산호편인 '극유산호-'에 마지막 예술적 투혼을 담았다. 나는 그것을 '산호'에 그가 함축시킨 성적인 기호를 풀어냄으로써 거기 숨겨진 의도를 간파할 수 있다고 생각한다. 여기에는 분명 화려한 한문학적 수사를 성적인 농담으로 떨어뜨리는 이상 특유의 독특한 어법이 숨겨져 있다. 그리고 그 희극적 농담 속에 역설적으로 자신의 숭고한 사상을 담아낸다는 것이 그의 예술적 목표였을 것이다.

　먼저 '산호-'에 숨겨진 성적 농담에 대해 알아봄으로써 우리는 그러한 이상의 예술적 목표에 다가설 수 있다. 이 성적인 농담의 진실을 알려면 그가 출입한 기생집이나 유곽 같은 퇴폐적 유흥공간에서 '산호'라는 은어가 무엇을 가리키는지 파악해야 한다.

　이능화의『조선해어화사』를 보면 대한제국 시절 황실에서 세운 '수학원(修學院)'의 교관이던 안지정(安之亭)이 쓴『열상규조(列上閨藻)』란 책이 나온다. 이것은 황진이를 비롯한 여러 기생의 시가를 모아놓은 것이다. 거기에 등장하는 앵무(鸚鵡)라는 기생의 시에는 '산호'의 성적인 은유가 매우 풍자적으로 그려져 있다.

녹주는 상 위에서 걷길 싫어하는데

석씨의 산호는 얼마나 자랐나[60]

이것은 자신을 헐뜯었던 석가(石哥)라는 사람에게 원한을 품은 앵무가 그를 골려주려고 쓴 시의 앞부분이다. 석가가 동료들과 함께 술자리를 마련해서 고을 기생 중에 녹주와 옥소를 초대했는데, 앵무는 그것을 미리 알고 이 두 기생을 유인해서 절에 함께 데리고 갔다. 석가는 이 두 기생이 오지 않자 화를 내면서 잔치를 파했다. 앵무는 이 시 한 수를 지어 시단에 부탁하여 시중에 퍼뜨렸다. "석씨의 산호는 얼마나 자랐나" 하는 부분에서 우리는 '산호'가 석씨의 성적 부위를 은유한 것임을 알 수 있다. 아름답고 푸른 옥 같은 기생 녹주(綠珠)가 잔칫상 위를 사뿐사뿐 걸으면서 뭇 남성을 녹이지 못했으니, 돌 같은 석씨의 붉은 산호가 과연 얼마나 커졌겠는가 하고 야유하는 내용이다. 이처럼 멋진 대구 속에 그녀는 짙은 성적 농담을 집어넣은 것이다.

물론 이러한 은유만으로는 아직 '산호'가 정확하게 남성의 성적 부위를 가리키는 은어인지 확인하기 어렵다. 그 뒤에 소개된 소춘풍이란 기생의 시 「고의(古意)」를 보면 '산호'라는 은어가 무엇을 지시하는지 좀 더 분명해 보인다.

바다 속에서 나온 산호,

전체가 붉은 결정체일세.

속도 붉은지 알고 싶어서,

칼 끝으로 모서리를 깎아본다.[61]

---

60 이능화, 『조선해어화사』, 동문선, 1992, 398쪽. 이 부분의 원문은 이렇다. "綠珠不喜瑤步床 石氏珊瑚幾許長".

61 위의 책, 399쪽.

안지정은 여기 이렇게 해설을 덧붙였다. "어떤 사람은 말하기를 소춘풍은 기생으로서 이 시를 지어 사랑해주는 남자에게 뜻을 보인 것이다." 소춘풍은 자신을 사랑한다는 뜻을 전해온 남자의 진실을 확인하고 싶다는 뜻을 이렇게 전한 것이다. 여기서 '산호'는 시적으로는 '남자의 사랑'을 상징하는 것이다. 시의 첫 줄은 성교와 관련된 암시를 보여준다. 우리는 두 번째 행에서 산호가 남성의 마음까지 포함된 사랑의 상징물로 확장된 것을 본다. 아마 소춘풍은 일상적인 은어에서 흔히 쓰이는 '산호'의 남성적 지시체를 이렇게 시적인 화려한 말솜씨 속에 용해시켰을 것이다.

이상은 기생들이 썼던 이러한 '산호'의 은어적 의미에 대해서 잘 알고 있었을 것이다. 초창기 시인 「且8씨의 출발」[62]을 보면 우리의 이러한 추정이 허망한 것이 아님을 알 수 있다. 우리는 이상의 '수염나비'에 대해 이 책의 첫머리에서 논했던 것처럼, 그의 시가 어떤 하나의 개체적 현상들을 지시하는 것이 아니라는 것을 염두에 두면서 이 시를 보기로 하자. 그의 시적 풍경은 그 자체의 논리와 질서를 갖춘 미학적 결정체이다. 그것은 독자적인 것이며, 실제 현실의 개별적인 이미지들을 뒤섞어서 짜여진 복합적인 풍경이다.

「且8씨의 출발」은 균열이 생긴 어떤 농장의 진흙 밭에 한대의 곤봉 (棍棒)을 꽂았다는 것, 그로부터 곤봉이 커지고 수목이 무성하게 자랐다는 신화적인 풍경을 보여준다. 물론 이 신화적 풍경은 메마른 대지에 막대기를 꽂는 행위와 사람의 성적인 행위가 겹쳐져서 만들어진 것이다. 이 신화적 풍경 다음에, 물 속에 있는 것이 아니라 사막 속에 있는 '산호나무'가 등장한다.

사막에 성(盛)한 한대의 산호(珊瑚)나무 곁에서 돌과 같은 사람이 산 장(葬)을 당

역사시대의 종말, 서사시적 종생기

---

62 「건축무한육면각체」라는 제목으로 묶인 7편의 시 가운데 하나이다.
이 시편은 『조선과 건축』 1932년 7월호에 실렸다.

하는 일을 당하는 일은 없고 쓸쓸하게 산 장(葬)하여 자살한다.

만월(滿月)이 비행기보다 신선하게 공기 속을 추진하는 신선(新鮮)함이란 산호
(珊瑚)나무의 음울한 성질을 더 이상 증대하기 이전의 것이다.[63]

만월과 산호의 두 이미지를 초점에 놓고 이 시를 읽어보자. 이상에
게 '달'의 의미는 매우 복합적이다. 그것은 때로는 거울이며, 얼어붙은 황
무지이고, 때로는 여성의 성적 표징이다. 「오감도」의 「시제7호」에서는 양
측의 명경(明鏡)인 달이 특이한 화초이며, 30개의 바퀴[三十輪]를 갖고 있는
수레처럼 묘사되었다. 그 달은 '만신창이의 만월'이 되기도 한다. 이렇게
황량해진 달 이미지는 「월상」이란 시에서 극대화된다. 이상은 근대적인 과
학, 특히 물리학과 천문학이 어떻게 하늘의 모든 풍경을 황량하게 만들었
는지에 대해 끊임없이 말한다. 풍요로운 하늘이 붕괴된 모습은 「자화상(습
작)」에도 있다. 그리고 「황의 기(작품제2번)」에서는 붕괴된 하늘의 폐허
에 뒹구는 못들을 불길한 모습으로 그려냈다. 이 달이 가득찬 '만월'이 여
성의 성적인 풍요를 암시하는 것으로는 「흥행물천사」가 있다. "여자는 만
월을 잘게잘게 썰어서 향연을 베푼다. 사람들은 그것을 먹고 돼지같이 비
만하는 쵸콜레이트 냄새를 방산하는 것이다." 하고 그는 노래했다.[64] 따라
서 우리는 그의 '만월'을 여성의 성적인 에너지로 가득찬 대지적 우주의 상
징으로 간주할 수 있을 것이다. 근대과학과 근대적 상업주의가 그것의 생
식력을 황폐하게 만들었다.

우리는 「且8씨의 출발」을 그저 성적인 농담을 다룬 것으로만 이해
할 수는 없다. 산호나무와 만월은 분명히 성적인 표징들이다. 그러나 그것
들은 또한 근대세계 전체의 삶을 지배하는 황량한 구조를 떠안고 있다. 바
닷속에 있어야 할 산호나무는 이제는 사막 한 가운데에 처해 있다. 만월은

63 김주현은 이 시에 대한 임종국의 번역을 몇 군데 수정했다. 그 텍
스트를 기본으로 나는 현대식으로 다시 수정했다. 여기서 '돝'은 돼지
(豕)이다. 임종국이 '심심하게'라고 번역한 부분은 김주현이 수정한 '쓸
쓸하게'로 바꿨다.

64 전집1, 54쪽.

그렇게 사막화된 이미지로 변하기 이전에는 지구의 모든 것에 생명의 기운을 퍼부어주는 환한 생명의 거울이었을 것이다. 우리나라 여인들은 그 달의 월정을 주기적으로 호흡하는 풍속을 누려왔다. 이상은 위 시에서 그러한 달이 하늘을 떠가는 풍경에서 "비행기보다 신선하게 공기 속을 추진하는 것의 신선함"을 느꼈다. 지구상에 자신의 생명수를 가득 퍼부어주는 이 달의 신선한 비행에 대해 그는 알고 있었던 것이다. 산호나무는 그러한 달의 생명수 속에서 얼마나 화사하게 꽃피웠을 것인가! 이러한 것들이 뒤집힌 상황에서 음울해지고 황량해진 풍경을 이상은 위의 시에서 그렸다. 이 사막에서 자신의 산호나무를 꽃피우게 할 수 있는 신선한 달 같은 것이 더 이상 없을 때 자신을 이 사막 속에 산 채로 매장하는 자살이 운명처럼 다가온다.

　　　　이처럼 이상은 '산호' 혹은 '산호나무'를 자신의 중요한 생식적 상징으로 삼고 있다. 그가 이 산호나무를 일본어 원문에서 "一本の珊瑚木"[65]이라고 한 것도 바로 그 이유에서 나온 것이다. 즉 그것은 남성의 생식적 뿌리[本]인 것이다.

　　　　자 이제 우리는 이상이 「종생기」 첫머리에서 최국보의 「소년행」 첫 구절을 바꿔치기 한 것이 그저 약간의 실수처럼 보이게 하려 한 것만은 아님을 확인할 수 있게 되었다. 독자들에게 보여주는 실수와 오류의 가면은 사실은 매우 정교하게 만들어진 창작품이다. '산호-(珊瑚-)'에서 본래 있던 '편(鞭)'을 빼고 '-'로 대체한 것도 의도적인 것이다. 그것은 말하자면 '일본(一本)' 즉 근원을 의미하는 '한뿌리'를 가리키는 것이지 않을까?[66]

---

65 『조선과 건축』(1932. 7.)에 발표된 일문으로 된 원 시의 해당 부분.
66 산호나무는 많은 수의 무리가 한 몸이 되어 나뭇가지 모양으로 자라는 산호충의 특이한 생태에서 만들어진 것이다. 이러한 면에서 이상의 묘사는 정확한 것이다. 이 산호충은 "뼈대는 부챗살같이 갈라졌고 입과 그 주위의 여덟 깃 꼴 더듬이는 국화꽃과 비슷하다." 부채 이미지를 좋아하는 이상에게는 매우 호감이 갈 만한 소재를 산호는 제공해주는 것 같다. 산호에 대한 이러한 정보는 한글학회의 『우리말큰사전』 '산호충' 항목을 참조했다.

역사시대의 종말, 서사적 종생기

'유각(遺郤)'을 '극유(郤遺)'라고 바꿔치기 한 것도 '태만한 실수'를 가장한 고도의 창작방법이다. '잃다' '버리다'의 뜻을 갖는 '유(遺)'는 뒤로 보내고, 그것을 보조하는 정도의 의미를 갖는 각(郤: '물리친다', '그친다')을 거의 비슷한 글자인 '극(郤)'으로 바꿨다. 이 '극'이란 자는 별로 잘 쓰이지 않는 벽자(僻字)인데, 이상은 여기에 자신의 상상력을 불어넣었다. 이 글자는 '틈', '사이', '벌어져 사이가 난 자리', '뼈와 살 사이' 등의 뜻도 있다. 글자 획으로 보면 계곡(谷)과 언덕(阝)으로 구성된 것이어서 쉽게 여성의 성적인 부위를 연상시키는 글자이다.67 이상은 바로 이러한 성적인 연상작용을 불러일으키도록 이 글자를 그러한 문맥에 배치했으리라. 그는 '극(郤)'자에 포함된 골짜기(谷)와 언덕(阝)을 통해서 여성적인 육체와 대지의 풍경을 합성해 보여주고 싶었을 것이다. 따라서 이 첫 구절은 단순히 오류와 실수로 본래의 시에 흠집을 낸 다소 일그러진 거울상만을 보여주기 위한 것이 아니다. 그는 좀 못난 거울처럼 보이는 듯하면서도 그러한 흉내 내기에서 완전히 탈피한 새로운 창조적 국면을 보여준 것이다. 이것이 그의 새로운 창작방법이다. 그리고 이 '극(郤)'의 언덕을 넘어 골짜기의 관문을 향해 '주마가편'의 채찍질을 하는 것이 이 산호편 창작술로 쓰여지는 「종생기」의 내용인 것이다. 즉 그러한 여성적 대지(郤이 암시하는)를 뒤덮고 있는 과거 문벌의 중국적인 허식의 거울(껍질)들을 넘어서고, 현대의 서구적인 에티켓의 거울(껍질)들을 넘어서면서 생명력의 '골짜기'를 향해 자신의 목숨을 걸고 죽음의 달리기를 감행하는 것이야말로 「종생기」의 진정한 주제이다. 이것을 단지 한 탕아의 풍류행각에 대한 에피소드적 기록이라고 읽는 것은 이상의 이러한 상상력을 따라잡지 못한 독해라고 할 수 있다.

67 우리는 르네 마그리트의 그림 「강간」(497쪽)과 이 극(郤) 자를 비교해볼 수 있으리라. 우리는 이상의 독특한 '수염나비' 이미지에 대해 앞에서 논했다. 얼굴과 생식기가 결합된 이 초현실적 이미지는 얼굴의 기관들을 가리키는 谷(얼굴 容자는 이렇게 만들어진 것이다)과 마치 언덕처럼 나온 여성의 유방과 아랫배를 암시하는 阝을 합성한 郤자의 이미지와 잘 어울린다.

. 이상의 비밀스러운 사랑 이야기

이상의 이러한 창작술의 배경에는 그의 비밀스러운 사랑이 숨어 있었다. 그는 「동해」에서 어떤 규수 작가에 대한 사랑 이야기 한토막을 살짝 끼워넣었다. 한 규수작가를 사랑하고 있다면서 "그 규수작가는 원고 한 줄에 반드시 한자씩의 오자를 삽입하는 쾌활한 태만성을 가진 사람이다."라고 했다. 이 '규수작가'는 박태원이 「이상의 비련」이란 글에서 말한 그 여인이 아닐까?[68] 박태원은 이상과 서로 연애문제로 여러 이야기를 나누고, 상대방이 고뇌에 빠지면 서로 위로하기도 했다. 그러한 가운데 이상은 박태원에게 어떤 여인이 '별로 성실한 시민이 못 되는 당신을 사랑하겠다'는 글귀의 편지를 자신에게 보냈다고 고백하기도 한다. 박태원은 그것을 '매서운 염서(艶書)'라고 했을 정도로 그 여인의 논조는 당돌하고도 도전적인 것이었다. 그것은 한 여인의 심정을 당시로서는 과감하고 솔직하게 드러낸 것이었다. 거기에는 가식적인 꾸밈새가 없었다. 이상도 「동해」에서 "나는 어떤 규수 작가를 비밀히 사랑하고 있소이다 그려!" 하고 고백했으니, 그녀의 이 도전적인 사랑은 이상에게 깊이 받아들여진 것 같다. 이 둘의 사랑은 어떤 사정인지는 몰라도 매우 비밀스럽게 진행될 성질의 것이었다. 박태원은 그 여인이 이름을 밝히면 누구나 다 알 만한 유명한 사람이지만 공개할 수 없으며, 그들이 공개를 원하지 않기 때문에 '영원한 비밀'로 덮어두기로 한다고 말했다. 박태원의 말에 따르면 이상이 변동림과 결혼하면서 그 여인과의 관계는 저절로 끊어진 것 같다. 이 여인의 정체는 이렇게 해서 비밀스런 어둠 속으로 사라졌다.

한때 자기와 긴밀하게 사귄 그 여인의 '경쾌하고도 태만한 작법'(한 줄에 한 자씩의 오자를 일부러 삽입하는)으로 그는 자신의 마지막 작품이 될 수도

68 박태원은 이상의 연애담 한 가지를 전해준다. 그에 의하면 이상에게는 "매서운 염서(艶書)를 보낸 여인(麗人)이 있었다"는 것이다. 그 편지에는 다음과 같은 사연이 적혀 있었다고 한다. "당당한 시민이 못되는 선생을 저는 따르고자 합니다. 아무개." 박태원은 그들이 이 사연을 공개하기를 원하지 않았기 때문에 '영원한 비밀'로 덮어두기로 했다고 사족을 달았다 (박태원, 「이상의 비련」, 『여성』, 1939. 5., 76쪽).

있었을 「종생기」의 첫머리를 장식했다. 가식이 없는 도전적인 사랑, 그리고 일부러 보이려는 듯한 꾸밈새는커녕 태만하게 오류를 범하기도 하는 그녀의 태도에서 그는 깊은 감동을 받은 것이 분명하다. 이 거울세계를 돌파해가는 「종생기」의 창작술은 그러한 도전적이고 꾸밈새를 무너뜨리는 그녀의 사랑의 방식에서 중대한 암시를 받았다. 그는 이러한 방식으로 그녀에 대한 비밀스런 사랑의 추억을 더듬고 그것을 예술적으로 승화시켜 보려 한 것은 아닐까? 만일 그렇다면 그는 자신이 진정 사랑하고 싶었던 여인의 창작기법을 통해서 변동림과의 연애 이야기가 주된 모티프가 되었을 '정희'와의 연애담을 써본 것이 된다. 그 여인의 태만한 기법이 마련해주는 경쾌한 여유로움 속에서 자신의 번잡했던 연애 행각의 마지막 부분을 희극적이고 관조적으로 바라보면서, 그는 자신이 예술적 사상적으로 추구했던 것들을 혼신의 힘으로 여기 담아내고자 했다. 이러한 세속적 연애담 이야기는 이 태만한 작법에 의해 꾸밈새가 뒤흔들리고, 거울상들이 찢기고 뒤집히면서 거울면들을 파열시키는 이야기가 되었다. 그는 그렇게 거울면들에 무수한 틈을 만들어가면서 자신의 무한사상이 흠뻑 배어들도록 이끌었다.

　　　이상의 비밀스럽고 짧았던 연애행각은 당시 세인들의 눈을 피해 주로 서신으로만 이루어졌을지 모른다. 그 서신을 통해 그 연인의 독특한 문체와 사귀게 되고, 그것은 마침내 자신의 문체 속으로 녹아들어 왔을 것이다. 이 비밀스러운 사랑을 담은 '태만한 실수'의 문체는 이제 둘 간의 사랑의 서신이란 개별적 한계를 넘어 예술적인 상승을 이룬 것이다. 그것은 허식적인 거울을 꿰뚫고 달려가는 강렬한 말〔馬/言〕의 채찍질이 되었다. 따라서 거울을 탈출하는 채찍인 산호편은 자신이 써나가는 「종생기」 서두에 놓인 "극유산호-" 바로 이것이었던 셈이다.

지금까지 연구자들은 이 산호편을 두보나 이백의 여러 시편에서 찾아내려 노력해왔다. 그러나 그것은 이러한 이상의 참뜻을 간파하지 못한 결과이다. 김윤식은 이것을 두보의 시「송공소부사병유강동겸정이백(送孔巢父謝病遊江東兼呈李白)」에서 변용된 것으로 보았고, 김주현은 이백의「옥호음」과 관련시키기도 했다. 그러나 그들은 '나는 어마어마한 화족(華族)을 닮기도 해야 한다'라는 소설 속의 말을 너무 곧이곧대로 받아들인 것 같다. "이태백. 이 전후만고(前後萬古)의 으리으리한 '화족(華族)'. 나는 이태백을 닮기도 해야 한다." 그러나 연구자들은 바로 그 뒤에 이상이 붙여놓은 구절을 읽지 못한 것 같다. "그렇기 위하여 오언절구 한줄에서도 한 자(字) 가량의 태연자약한 실수를 범해야만 한다." 그가「종생기」첫머리를 장식한 '산호편'의 창작방법은 이렇게 여기서도 '태연자약한 실수'라는 말로 되풀이 되고 있다. '이태백을 닮기도 해야 한다'라는 말은 그렇게 이태백을 닮은 것 같은 가면을 하나 내세우기도 해야 한다는 말이다. 즉 이태백 이야기를 하려고 서툴게 노력하는 것같이 보이면서도 사실은 자신의 독자적인 이야기를 해야 한다는 것이 여기에 숨겨진 참뜻이다.

.「종생기」의 창작술과 세 가지 서판

그는 이러한 것을 그 바로 앞부분에서 이렇게 말했다. "풍경에 대한 오만한 처신법? / 어떤 풍경을 묻지 않고 풍경의 근원, 중심, 초점이 말하자면 나 하나 '도련님'다운 소행에 있어야 할 것을 방약무인으로 강조한다. 나는 이 맹목적 신조를 두 눈을 그대로 딱 부르감고 믿어야 된다."[69] 그의 산호편 창작방법은 바로 이 부분에서 분명한 개념을 통해 선언되고 있다. 그것은 자신을 둘러싼 풍경 속에 파묻히는 것이 아니라, 그러한 풍경의 근원과 중심으로서의 '자기'를 확인하는 일이다. 그것을 풍경을 주도하는 주체

69 『조광』, 1937. 5., 355쪽.

로서의 '도련님다운 소행'이라고 말하고 있는 것이다. 이태백이나 두보 그리고 최국보 등의 중국적인 풍경들 속에 파묻히는 것은 전혀 '도련님다운' 것이 되지 못한다. 그들을 흉내 내고 또 그들의 어구들에 의존하면서, 우리의 많은 선조들은 충실한 거울이 되려 노력해왔다. 그리고 근대 이후 이 거울의 방향은 서구를 향해 고개를 돌렸을 뿐이다. 이상이 위에서 그러한 거울의 풍경을 질타한 외침을 우리는 아직도 잘 간파해내지 못했다. 풍경의 근원과 중심을 '나 하나'에 두어야 한다는 것은 '나의 풍경'을 만들어내야 한다는 것을 말한다. 그는 이것을 '맹목적 신조'로 믿어야 한다고 외쳤다. 그것을 향한 첫 번째 발걸음이 바로 희극적 전도의 '태만한 실수' 또는 '자진한 우매와 몰각' '태연자약한 실수' 등으로 표현되는 산호편의 창작술인 것이다. 즉 그것은 거울의 풍경을 닮은 것 같으면서도 꼭 실수로 그런 것 같은 오류를 그 풍경에 삽입하는 것이다. 이것은 주인의 뜻과 명령을 성실히 따르는 듯하다가 바보스럽게 방심해서 실수하는 작태를 연출하는 『춘향전』의 방자처럼 보이기도 한다. 그러나 그는 자신 속의 '주인'인 '도련님다운 소행'으로 나아가기 위해 그러한 희극적 전도의 계단을 밟고 올라서야 하는 것이다.

　「종생기」는 이러한 희극적 전도의 계단에 한문학적 전고들을 화려하게 수놓았다. 그는 자신에 대한 일종의 '묘지명(墓誌銘)'으로 이 「종생기」를 쓰고 있는 것이며, '묘지명'이란 아직도 한문학적 체제 속에 남아 있는 부분이기도 하기 때문에 「종생기」는 소설 형식을 띠면서도 이렇게 한문학적 문체들로 뒤덮이게 된 것이다.

　그러나 이 마지막 소설인 「종생기」의 창작술은 그렇게 한문학적 수사학을 전개하는 것으로 그치는 것이 아니다. 위에서 보았듯이 풍경의 근원과 중심을 확보하기 위해 끊임없이 자신을 채찍질하며 나의 도련님다운 주체적 초점을 향해 말을 몰아 달려가야 하는 것이다.

이상은 소설 「종생기」를 이렇게 반사상으로만 존재하는 몰주체적 풍경으로부터 주체의 강렬한 초점을 향해 탈출하는 이야기로 만들었다. 이러한 이야기를 위해 세 개의 서로 다른 서판을 마련하고 그 서판의 기호적 흐름들을 직조(織造)해야 했다. 소설 「종생기」는 주인공인 '내'가 자신의 '종생기'를 쓰는 것에 대한 이야기이다. 그러나 자신의 진정한 '종생기'를 기어코 완성시키지 못하고 '종생'하고 만다는 이야기인 것이다. 따라서 이 소설은 기본적으로는 두 가지 서로 다른 층위의 이야기의 흐름을 담고 있다. 주인공인 '내'가 쓰고 있는 '종생기' 부분이 마치 전체 이야기 흐름의 깊은 곳으로부터 가끔씩 돌출되어 나오는 것처럼 그렇게 전개되고 있다. '나'의 '종생기'는 이 소설의 산호편이 되는 첫 부분 "극유산호-"라는 구절로 처음 돌출된다. 그러나 이 짧은 돌출 부분은 곧 이 부분의 창작방법에 대한 장황한 수사와 설명으로 이어지는 이야기의 본 흐름 속으로 사라진다.

'종생기' 이야기가 다시 돌출하는 것은 이 소설의 두 번째 단락에서이다. 이 부분은 '종생기'에서 봄날 정희와 만났던 이야기의 첫대목을 묘사하기 위해 스케치 식으로 써본 것이라고 할 수 있다.

> '치사(侈奢)한 소녀는', '해동기의 시냇가에서', '입술이 낙화지듯 좀 파래지면서', '박빙 밑으로는 무엇이 저리도 움직이는가 고', '고개를 갸웃거리는 듯이 숙이고 있는데'(이하 생략)70

'종생기'의 두 번째 대목은 이렇게 모두 정희에 대한 묘사들로 이루어져 있다. 위에서 보듯이 그것은 아직 완전한 문장으로 완결되지 못한 상태이다. 이상은 이러한 미완결성을 ' '으로 표시한 것이다. 그는 이 대목 밑에 이렇게 부연했다. "이만하면 완비된 장치임에 틀림없으리라. 나는 내 종생기의 서장을 꾸밀 그 소문높은 산호편을 더 여실히 하기 위하여 위와 같은 실로 나로서는 너무나 과람(過濫)히 치사(侈奢)스럽고 어마어마한 세간사리를 작만한 것이다." 그는 자신의 '종생기'를 엮어내기 위해 '정희'라는 한 소녀에 대한 이야기가 필요했던 것이다. 별 대단할 것도 없는 위와 같은 단편적인 문장들을 가지고 그는 '어마어마한 세간사리'라고 과대 포장한다. 그러나 그는 또 너무 금칠을 하지 않다가는 서툴리 들킬 염려가 있다고 엄살을 부리기도 한다. "그냥 어디 이대로 써〔用〕보기로 하자."라고 함으로써 그의 '종생기'를 써나가기 위한 몇 대목은 미완성된 상태이지만 조금씩 준비된 것임을 드러낸다.

　　이상은 '종생기'를 쓰기 위한 두 가지 측면을 보여준 것인데, 즉 서장을 꾸밀 '소문높은 산호편'이 그 하나이고, 그 산호편을 더 "여실히 하기 위해" 필요한 '정희 이야기'가 바로 또 다른 하나이다. 그런데 '정희 이야기'가 왜 그 '소문높은 산호편'을 여실히 해준다는 것인가? 소설 「종생기」에서 본 이야기의 흐름은 어쩌면 바로 그에 대한 해설인지도 모른다. 정희와 나의 연애담을 '나'의 '종생기'를 쓰기 위한 소재거리로 제공하기 위해 '나'는 열심히 정희와의 이야기를 전해주고 있는 것이다. 그런데 정희와의 연애담은 그저 상투적인 삼각관계 속에서 정희가 '나'를 이용한 이야기이고 '내'가 계속 속아넘어가면서 마침내는 까무라치는 이야기인 것이다. 그런데 이 통속적인 이야기를 이상은 색다른 이야기로 가공했다. 그것이 바로 산호편의 창작방법이다. 우리는 '산호편'이 형식과 내용의 두 측면이 유기적으로 결합된 독특한 창작술을 갖고 있음을 보았다. 그것은 형식적으로는 진짜 거울처럼 보이게 하면서도 사실은 그 거울을 뒤집어놓는 기법이며, 내용적으로는 '극(劇)'과 '산호-'의 상징적 기호가 함축하고 있는 생식적인 주제이다. 마치 한편의 에피그람처럼 이 구절은 '종생기'의 서두에 놓여 있다. 말하자면 '정희 이야기'는 이 짧막한 에피그람을 세상의 삶 이야기로 풀어놓아야 하는 것이다. 따라서 우리는 '정희 이야기'에서 산호편의 형식과 내용을 모두 붙잡아낼 수 있어야 할 것이다.

이렇게 「종생기」 전체를 관통하는 창작술을 염두에 둘 때 비로소 이 소설에서 빛을 발하는 거울 이야기의 새로운 차원이 눈에 들어온다. 이 소설 역시 이상의 상상계에서 본질적인 것으로 작용하는 거울 이야기인 것이다. 그는 면도하는 장면의 거울과, 자신의 두 눈의 명경 같은 거울, 정희가 '나'에게 자신의 솔직한 모습을 바라보라고 강요하는 거울, 정희를 만나기 전에 맵시를 다듬기 위해 찾아간 이발소의 거울, 정희가 자신의 결함을 감출 수 있게 꾸미는 중국식 한경(漢鏡) 등을 이 소설에 깔아놓았다.71

사실 정희의 이 한나라 거울 이야기는 일상적으로 세속화된 역사 이야기이다. 이상이 유별나게 고대 중국의 거울인 '한경'을 등장시킨 것은 이 「종생기」가 사실은 역사시대를 비판하는 서사시적 이야기이기 때문이다. 우리는 앞서 오랑캐의 하늘을 폐허로 만들고, 자신들의 족보를 하늘에 새겨놓은 황제족의 역사시대에 대한 그의 비판을 보았다. 「오감도」와 「실낙원」의 여러 시편은 그러한 역사시대를 비판적으로 내려다보면서 기술한 에피그람적 서사시였다. 정통 화하족이 최초로 통일한 한나라 거울을 등장시킨 것은 이러한 역사시대의 확고한 틀과 그 이후의 융성한 흐름을 암시하기 위해서이다. 그는 '한경'이란 하나의 이미지 속에 이 장대한 역사 이야기를 압축하고, 그것을 자신의 세속적인 일상 연애담 속으로 밀어넣었다. 따라서 정희가 그녀의 얼굴을 꾸미는 한경의 거울 이야기는 그가 전개하는 한문학적 전고들과 함께 짜여지는 역사시대 이야기가 된다. 정통 중국 문화의 꽃이라고 할 수 있는 성당시기의 한시들이 등장하는 것도 이러한 배

71 "웃니는 좀 잇새가 벌고 아랫이만이 고운, 이 漢鏡같이 缺陷의 美를 갖춘 깜쪽스럽게 새치미를 뗄 줄 아는 이 얼굴을 보라."(앞의 책, 361쪽).

경을 갖고 있다.72 문화적으로 복속된 주변국가들에게 당시(唐詩)는 문학의 거울이었다. 그가 '한경'이라는 말로 중국적 정신세계와 그것의 표현인 문학세계 전체를 아우르면서, 이 역사시대의 꽃을 어떻게 처리하는지 알아보는 것이야말로 「종생기」가 의도한 주제를 이해하는 길이 될 것이다.

정희와의 이야기에 등장하는 이 모든 거울을 산호편은 그 채찍에 달린 하나의 끈에 매달아 놓는다. '종생기'를 위해 펼쳐지는 모든 거울 이야기들은 '극유산호-'라는 산호편에 매달린 '거울의 거울'들이다. 산호편의 거울은 최국보로 대표되는 화려한 중국을 반사하는 거울이다. 그리고 동시에 그것에 흠집을 내고 창조적으로 일그러뜨린 거울이다. 거울의 이 두 측면이 정희 이야기의 전체에 반영되고 있다. 따라서 정희 이야기에 등장하는 모든 거울들은 그 자체로 이중적이다. 그것들은 모두 분명 각기 자기 용도에 맞게 놓여 있고, 완벽한 거울 기능을 갖고 있다. 그러나 그러한 완벽한 반사기능을 불안하게 만드는 전체 이야기의 출렁거리는 흐름 속에서 일그러진다.

이러한 불안한 출렁거림을 만들어내는 원인은 어디에 있는가? 그것은 서두의 산호편에 있으며, 거울상에 지배되지 않고 거기서 빠져나가려

72 조셉 니덤이 소개한 당나라 시대의 한 청동거울(銅鏡)에는 동심원들 안에 4신도와 28수를 새기고 가장 바깥 둘레에 다음과 같은 내용의 시를 적었다. "이 거울에는 금성의 덕이 있고, / 백호의 정(精)이 있으며…… / 산천의 신비한 영으로 가득하니…… / 백령(百靈)이 이 거울에서 얼굴을 돌리지 않도록 하고 / 만물이 이 거울에서 상이 반사되는 것을 막지 않도록 하라"(조셉 니덤, 『중국의 과학과 문명』, 이면우 역, 까치, 2000, 126쪽). 모든 신령과 만물을 모두 지배하고 다스리는 이 금성(金星)은 중국 역사시대의 정신을 가리키고 있다. 황제 헌원이 마법을 걸어서 이러한 신이한 것들을 모두 거울 속에 집어넣었듯이, 위의 당나라 거울을 만든 사람도 그렇게 모든 만물과 백령을 거울 속에 붙잡아 넣고 있다. 중국 천문도에서 백호의 대표인 삼수(參宿)는 모든 것을 규율하는 제왕의 추상 같은 법질서를 대변하고 있다. 역사시대는 제왕의 추상 같은 권위와 무서운 권력으로 지배되는 세계를 만들었다. 이상이 뒹구는 못같이 그린 폐허의 오리온좌는 야생의 들판을 향하고 있다. 그것은 자연의 질서와 조화를 이뤘던 오랑캐 문화의 폐허를 지키고 있다.

당나라 시대 청동거울. 중심에서부터 사신도, 12지, 팔괘, 28수를 새겼다. 마지막 칸에는 이 거울에는 금성(金星)의 덕이 있고, 백호의 정(精)이 있다는 구절로 시작하는 한시를 새겼다. 중국적 정신의 표상인 이 거울은 모든 정령과 만물을 복속시키는 기능을 가졌다.

는, 풍경의 근원과 초점에 자신의 중심을 놓으려는 도련님다운 주체의 운동에 있다. 그것은 반사운동과 자의식 사이의 왕복운동 속에서 주체의 초점을 탐구하는 문제였다.

첫 번째 거울인 면도하는 장면의 거울에서부터 이러한 불안한 일렁거림이 거울의 투명한 반사상들을 흐트러지게 한다. 거울을 보고 면도하던 나는 얼굴에 상채기를 내면서 골을 벌컥 내고, 곧 와글와글 들끓는 여러 '나'와 충돌한다. 이 장면은 이 소설에서 처음 등장한 거울장면이다. 이상은 여기에 「종생기」 전체의 화두인 '태만성'의 창작술을 거울 이미지로 선보이고 있다. 말끔하게 꾸며야 할 얼굴에 살짝 자기도 모르게 생채기를 내는 이 장면은 역시 산호편의 창작술에 해당하는 것이다. 그는 거울의 반사상으로 들끓는 수많은 '나' 가운데 하나를 이 생채기의 범인으로 지목한다. 실체를 완벽하게 모사하고 그대로 흉내 내는 듯한 이미지를 만들어내는 거울의 임무는 이러한 혼란 속에서 증발한다.

　이상은 근대적인 현실 속에서 여전히 작동하는 문벌의 문제를 중국식 거울 이미지로 제기하고 있다. 정희는 서구적인 에티켓으로 꾸미며, 자신의 족보에 새겨진 과거의 문벌로 꾸민다.73 그녀는 두 가지 거울을 겹쳐서 지니고 있다. '나'는 그러한 거울에 최대한 닮은 척하면서 그것에 흠집을 내고, 그 완벽한 꾸밈에 태만한 실수와 오류를 만들어내야 한다.

　이렇게 불안한 거울의 줄타기를 하는 것이 「종생기」 본 이야기의 흐름이다. 그러나 이러한 줄타기 자체가 의미있는 것은 아니다. 거기 의미를 부여해주는 것은 산호편의 주제인 생식력의 초점을 향한 말달리기이다. 그것이 이 모든 이야기를 이끌어가는 힘인 것이다. 정희란 존재는 그 생식력의 초점을 감추고 있는 표적과도 같다. '나'라는 성배기사는 그것을 향해 달리는 말이기도 하다. 그러나 그 표적은 이렇게 두 가지 거울을 겹쳐서 뒤집어쓰고 있다. 정희는 당시 현실에서 이상의 실제 연애 상대였던 변동림이나 또 다른 어떤 하나의 여인일 필요는 없다. 그녀들은 '정희'라는 허구적 인물을 위해 어떤 측면에서 소재를 제공해주었을지 모른다. 그러나 이상의 소설을 자신의 수필적인 신변잡담으로 생각하지 않는다면, '정희'는 그러한 어떤 특정한 여인이 될 수 없다. 그것은 당대 현실의 많은 것들을 압축하고 있는 상징적 인물로 보아야 할 것이다.

　이상은 그렇게 구체적인 신변잡담처럼 보이는 일들 속에 자신이 파악한 시대 전체의 진실을 압축해 넣었다. 그러한 현실에 자신의 반사상들을 가득 채워넣는 거울들을 출렁이게 하는 힘으로 뒤흔들면서 말이다. 현실을 구성하는 거울 반사상들의 광학과 그것을 뒤흔들어버리는 '나'의 생식적인 초광학의 부딪침이 없었다면 정희 이야기는 너무나 평범한 통속적

73 우리는 이상의 나비 이미지가 '족보를 찢은 것 같은 나비'와 '신문을 찢은 것 같은 나비'의 두 가지가 있음을 앞에서 보았다. 그가 역사시대를 비판하고 넘어가는 방식은 이 두 가지로 표상된다. 「종생기」에서 정희는 족보인 문벌로 꾸미고 근대적 신문처럼 순간적인 정보와 유행에 민감한 서구적 패션으로 꾸민다. 「종생기」는 정희의 이 두 측면을 주인공이 돌파해가는 이야기이다.

인 삼각관계의 연애담으로 떨어졌을 것이다. 따라서 그의 「종생기」는 단순히 이상 자신에 대한 사소설적인 이야기가 아니다. 그런데 우리는 아직까지 그가 쓴 소설들 속에 나오는 주인공인 '나'를 매우 좁혀진 시각으로 관찰된 김해경의 일상사 이야기로 이끌어가곤 했다. 이제 그의 이야기 흐름의 미묘한 선율적 조직에 깊이 배어들어가면서 그의 소설을 읽어야 할 때가 된 것 같다. 그가 배치한 기호의 깊이들 속으로 들어가서 이야기 속에 숨겨진 기호적 건축물을 탐사해볼 때가 되었다. 그가 '나'와 정희의 문벌(족보)이란 관문, '내' 예술의 아궁이, 그리고 모든 거울의 관문 같은 것들을 꿰뚫고 마침내 도달해야 될 초점에 무엇을 갖다놓았는지 알아보아야 할 때가 되었다. 산호편의 첫 번째 글자인 '극'은 바로 그 초점에 연관되어 있다. 마치 수염나비의 몸통처럼 그것은 거울에 구멍을 뚫어놓고 모든 것을 그 속으로 빨아들이고 있는 것이다.

근대적 풍경의 안개와 파이프의 연기

불타는 내 입에서 솟아오르는

한들거리는 푸른 빛 그물 속에서

그이 넋을 꺼안고 재워주지요.

—보들레르, 「파이프」

. 담배의 '경계 지우기'

「종생기」는 1936년 10월 「위독」이 연재되던 시기(10월 4일에서 10월 8일까지)에 쓰기 시작한 것이다. 그는 이 작품의 말미에 11월 20일(1936년) 탈고한 것으로 기록했다. 이 작품은 이상이 죽고 나서 그 다음 달인 1937년 5월호 『조광』지에 실렸다. 이상은 김기림에게 보낸 한 편지에서 「동해」를 졸작으로 자평하면서, "다시 고쳐쓰기를 할 작정이오."라고 했다. 「종생기」는 그 편지를 띠우기 전에 이미 그러한 시도를 한 작품으로 보인다. 「동해」는 말하자면 「I WED A TOY BRIDE」, 「종생기」, 「실화」 등의 작품을 낳은 원천이었던 셈이다. 이러한 작품이 그의 마지막 도정에 놓여 있다. 「실화」는 작품 속에 전개된 이야기에 12월 23일(1936년)이 언급되어 있기 때문에 그 이후 완성한 것으로 추정할 수 있다. 동경의 겨울이 배경인 이 소설은 이렇게 본다면 그의 최후 작품이 될 것이다. 이 마지막 작품에서 그는 「동해」의 그러한 평범한 수준을 어떻게 극복할 수 있었는가? 「종생기」는 '산호편'에 의한 말달리기의 주제(「지주회시」에서 시작되었던 '죽음'의 힘으로

구본웅, 「우인(友人)의 초상」, 1930년대 중반. 이상이 제비다방 등 사업이 실패한 후 구본웅의 화실에 출입할 때 그려진 것으로 추정됨.

이 세상을 가로질러가는 것)를 보여줌으로써 새로운 예술적 가능성을 다시금 펼쳐 보여준 수작이다. 일종의 묘지명 이야기였던 셈이니, 그것은 아직도 여전히 죽음을 장식하는 데 동원되는 한문학적인 화려한 수사를 가져오지 않으면 안 되었다. 그러나 이상은 그러한 모방적 틀을 비틀어서 역설을 만들고, 장중한 분위기와 화려한 수식을 교묘한 방식으로 뒤집어 보였다.

　　「실화」는 동경의 이야기를 담았다. 경성보다 세련되고 서구적으로 근대화된 도시의 백화점과 카페가 배경이다. 거기서 이상은 유학생 부부(?)인 C군과 C양의 집에서 담배를 피우며, C양이 읽어주는 영어소설을 듣는다. 식민지 경성의 근대보다 훨씬 높은 수준에서 펼쳐지는 근대적 배경 속에 「동해」의 이야기를 풀어놓은 것이다. 「동해」의 마지막 부분에는 아편과 나쓰미깡이 나온다. 그것은 비참해진 자신의 처지를 탈출하기 위한 것으로 제시된 것이다. '아편'은 「실화」에서 담배로 이어진다. 안

에 물이 가득한 '나쓰미깡'은 「실화」에서 거리에 내리는 비와 이상이 흘리는 눈물 같은 것으로 전환된다. 「실화」를 읽기 위해서는 이렇게 동경의 근대적 화려함을 배경으로 그가 담배와 이러한 슬픔의 눈물 이야기를 어떻게 변주했는지 살펴보아야 한다. 그는 「종생기」에서 과거 우리 선조들이 모방한 한문학적 거울(그는 '한경'이란 말을 썼다)세계 즉, 과거의 장중한 화려함의 껍질 세계를 가로질러 갔다. 반면에 「실화」에 와서는 식민지 경성의 근대화를 주도해간 선구적 도시인 동경의 거울세계의 화려함을 가로질러 갔다. 이러한 화려함에 대한 이상의 비판적 인식은 금홍과 헤어진 후 사귄 다른 여인들(좀 더 화려해지려 노력하는)과 대면하면서 만들어진 듯하다. 그는 금홍 시대의 밑바닥 유곽 이야기를 접고, 근대의 밑바닥에서 조금 상승된 영역의 이야기로 나아간다. 근대적인 패션을 한 모던 걸과의 연애담, 그녀들의 교양과 세련된 모습에 이끌리면서도 그러한 껍질의 무의미함을 폭로하지 않을 수 없는 이야기를 하게 되었다. 변동림과 결혼한 이후에도 이 주제는 계속된다. 그녀는 신부였지만 여전히 아내가 아니고, 다른 남자와 복잡한 관계가 청산되지 않은 카멜레온 같은 존재였다. 금홍 시대의 여인보다 훨씬 지적이면서도 교묘한 위장술을 구사하는 이러한 존재와의 연애담은 「동해」로부터 시작된 것 같다.

　　그는 「최저낙원」의 거울 찌꺼기 세계로부터 좀 더 나은 생활을 위해 상승을 하지 않으면 안 되었다. 그러나 「지비」 계열의 종착점인 「역단」과 「위독」에서 그러한 상승적 행로의 탐구는 끝난다. 생활 속으로 들어가기 위한 방향이 이 계열이었는데, 이러한 것들은 「실낙원」 이후 시적 에스푸리가 꺼져버린 것 같은 무기력한 모습만을 남겼다. 그는 새로운 연애담에서 활로를 찾기 시작하지만, 「동해」에서 그것은 너무 참담한 지경을 보여주고 만다. 삼각관계에서 비참한 패배자의 몰골만을 확인해가는 과정을 그린 이러한 것으로는 자신의 독자적인 풍모가 별로 드러나지 못한 것이다.

　「종생기」는 다시금 이상의 극단적인 상상력과 역설적인 방식을 교묘하게 작동시킨 것이다. 그것은 '산호편'으로 상징되는 화려한 탕아의 고전적 풍류를 부각시키고, 동시에 그것을 형편없는 지경으로 추락시켜가면서 죽음을 향해 달려가게 하는 것이다. 「실화」에서 그는 식민지 경성과 동경을 긴밀히 연관시킴으로써 근대세계의 화려함을 증폭시키는 쪽을 택한다. 경성과 동경의 경계선을 지우는 방식으로 자신의 연애담을 좀 더 화려한 거울세계 속으로 밀어넣는다. 그는 '담배'를 통해서 이러한 방식을 성취할 수 있었다. 담배 연기 속에서 거울세계의 여러 경계선이 흐물흐물 힘을 잃고 서로 겹쳐지며, 결국 하나의 얇은 평면을 이루게 된다. 「실화」에서 모든 것은 점차 실체를 잃고 지워지거나 하나의 껍질처럼 된다. 이상은 동경의 거울을 묘사함으로써 이러한 황량한 풍경을 만들어냈다. 그의 '담배'는 어떻게 그러한 위력을 발휘할 수 있었는가? 그것은 그러한 껍질적인 세계를 하나의 평면으로 정리하면서 어디로 사라져가는가?

　「실화」에서 '담배'는 C양이 읽어주는 소설 주인공이 제일 좋아하는 기호품으로 등장한다. 사실 이 주인공은 바로 '이상' 자신이다. 영어소설인데도 그 줄거리는 바로 이상 자신의 연애담인 것이다. 바로 여기에 이 소설의 첫 번째 숨겨진 비밀이 있다. "언더-더 윗취-시계 아래서 말이예요-파이브타운스-다섯개의 동리(洞里)란 말이지요 — 이 청년은 요 세상에서 담배를 제일 좋아합니다 — 기-다랗게 꾸부러진 파잎에다가 향기가 아주 높은 담배를 피어 뻑뻑 — 연기를 품기고 앉었는 것이 무엇보다도 낙(樂)이었답니다." 이 영어소설을 독해하는 것이 아마 C양의 과제였던 것 같다. 이상은 마치 가정교사처럼 그러한 영어 해석에 도움을 주었는지도 모른다. 실제 이 비슷한 일이 있었는지도 모르지만, 그러한 것은 모두 이상의 형편에 맞게 변형된다. 이상은 그녀가 읽는 소설 줄거리를 자신이 꿈꾸는 연애담으로 바꾼다. 그가 꿈꾸던 연애, 함께 정사(情死)할 수 있는 사랑의 대상을 찾는 것, 이러한 것이 '영어소설'의 줄거리로 되어버렸다. 그런데 첫 머리에서 그녀가 읽어주는 부분은 동경에 와 있는 이상의 처지와도 겹쳐 있어서 이 '영어소설'은 이상의 연애담과 당시 그가 처했던 상황 같은 것을 모두 합성한 것이기도 하다. 말하자면 그것은 그저 하나의 '소설'적 장치에 불과한 것이다. 그가 실제로 꿈꾸고 체험한 것이 이러한 화려한 '영어소설'의 껍질 속으로 들어가버렸다.

　　　이러한 것을 이상은 '파이브타운스'(다섯 개의 동리)와 '파이프가 탄다'라는 것을 교묘하게 결합시킴으로써 이룰 수 있었다. 시계 아래에서의 파이브타운스(다섯 개의 동리)라는 것은 사실 실제 가능한 일이 아니다. '파이브타운스'는 그저 담배를 태우다 몽상에 빠져 담배가 다 탄 것도 모르고 계속 피우고 있는 장면을 환기시키기 위한 것이다. '파이프가 탄다'는 것이 위 구절의 숨은 의미이다. "선생님-뭘-그렇게 생각하십니까-네-담배가 다 탔는데-아이-파잎에 불이 붙으면 어떻게 합니까-눈을 좀-뜨세요 이야기는-끝났습니다 네- 무슨 생각 그렇게 하셨나요." C양의 이러한 말에서 그러한 정황을 연상할 수 있다. "시계 아래서"라는 것은 바로 이렇게 담배가 다 타들어갈 정도로 '담배'의 몽상에 몰입하는 이상의 주제를 부각시키기 위한 것이다. 시계는 바로 거울세계의 상징적 기호이다. C양의 목소리를 이상은 "값비싼 시계 소리처럼 부드럽고 정확하게 윤택이 있고―피아니시모-꿈인가. 한 시간 동안이나 나는 스토-리-보다는 목소리를 들었다."라고 했다. 영어소설을 읽는 이 모던 걸의 목소리는 '값비싼 시계소리'처럼 정확하고 윤택이 있다고 한 것이다. 그는 동경에서 유학생 부부집의 모던 걸 C양의 시계 같은 목소리를 통해서 자신의 연애에 대한 몽상을 하고 있었던 것이다. 이 더욱 상승된 거울세계 속에서 그는 「동해」의 연애담을 되살려내 배치한다. 「동해」의 '임이'는 여기서는 '임(姙)이'가 되었다. 그는 '연이'의 부정을 캐내는 대목을 지루하게 되풀이한다. 그러나 경성의 이러한 이야기는 모두 동경의 이야기 속으로 빨려들어 온다. 자신을 초대한 C양과 C군의 관계는 사실상 그가 경성에서 함께 지낸 '연이'와 자신의 관계와 같다. C군은 C양을 아내라고 생각하는데, C양은 그러한 말에 성을 내는 것이다. 그녀는 마치 '연이'처럼 잠시 아내 역할을 하고 있을 뿐인 존재인 것이다. 그 뒤에 이러한 C양과 연이에 대한 서술은 서로 경계선이 없이 이어져 있다. C양이 학교에서 아무도 모르게 성적인 방종을 저지르는 것을 서술하면서 곧 이어 그 주인공의 이름은 '연이'로 바뀐다. 이상은 이러한 연이의 부정 이야기를 죽 서술하다가 다시 C양의 이야기로 돌아온다. 이 두 여성 사이에 경계선은 없다. 그 둘이 경성과 동경에 따로 떨어져 있지만 그러한 공간적인 분리가 이상의 담배 연기로 인해 지워진다. 이들은 몽환적인 합성품이 된다.

여성의 이러한 합성 뒤에는 남성의 합성이 있다. 별로 존재가 눈에 띄지도 않는 C군은 조선곰방대를 피우고, 이러한 C양을 데리고 살며 자기 아내라고 소개한다. 사실 그는 이상의 또 다른 거울상이다. 이상은 '연이'의 부정을 확인한 이후, 생활에 뜻을 잃는다. 자신을 별로 만류하지도 않는 연이를 두고 동경으로 떠나온 것이다. 그는 울화병에 들 것 같은 마음을 억제하기 위해 줄담배를 핀다. 이 담배의 몽상 속에서 태어난 것이 C군과 C양이다.

이상은 12월의 동경거리를 더 멀리 있는 런던의 이미지와 합성하기도 한다. 이미 경성에서부터 시작된 자욱한 안개 이미지가 떠올린 '런던'은 동경에서도 이어진다.74 그는 비에 젖은 동경의 거리를 비틀거리며 방황한다. 이 배회하는 장면에서 이상은 백화점과 카페의 풍경을 갖다 놓았다. 특이하게도 그는 이러한 장면들에 '4'라는 숫자를 배당했다. 그는 최후의 돈 20전을 던져 『타임스판 상용 영어 4천자』라는 책을 산다. "사천자(四千字)— / 사천자라면 참 많은 수효다. 이 해양(海洋)만한 외국어를 겨드랑에 낀 나는 서뿔리 배고파할 수도 없다. 아—나는 배부르다"[75] 이렇게 사천 자로 된 책을 산 후 그는 일본 전통 가무단인 '진따'의 슬픈 '가각풍경(街角風景)'을 그린다. 그런데 이 진따는 네 사람으로 조직된 것이다. "왜? 이 네사람은 네사람이 다 묘령(妙齡)의 여성들이드니라. 그들은 똑같이 진홍색 군복과 군모(軍帽)와 '꼭구마'를 장식하였드니라."[76] 이상은 자신의 시와 소설에서 절대 이러한 숫자를 대수적인 것으로 쓰지 않기 때문에 이러한 숫자는 상징적인 의미를 갖고 있을 것이다. 이상은 이것으로 일종의 극단적인 역설적 의미를 나타내려 한 것 같다. 자신의 마지막 남은 돈을 굶주린 상태에서 영어단어 4천자에 투자했다니, 이러한 어처구니없는 일이 있는가? 이러한 일은 이상이 별로 돈도 없는 배고픈 처지에서 일본 동경으로 달려온 것과 마찬가지 상황을 보여준다. "해양만한 외국어"에 달려든다는 것은 무엇인가. 그가 일본 땅에 뛰어든 것은 바로 낯선 언어의 바다 속으로 몸을 던지는 것과 같다. 그 외국어는 자신의 생각과 마음을 제대로 표출할 수 없는 언어이다. 그는 이 낯선 땅의 차가운 도시 거리에서 거울처럼 뒤집힌 방위학에 사로잡힌다. 여기서의 '4'란 것은 뒤집힌 4이다. '4'란 숫자는

---

74 안개 낀 런던의 이미지는 이미 『혈서삼태』(1934)에서 선보였다. "소하가 퍽 보편적인 열정을 얼른 단편으로 사사오입식 종결을 지어버릴 수 있는 능한 수완이 있는데 반대로 나에게는 런던시가(倫敦市街)에 끝없이 계속되는 안개와 같이 거기조차 컴마나 피리어드를 찍을 재주가 없습니다. 일상생활의 중압이 이 나에게 교양의 도태(淘汰)를 부득이하게 하고 있으니 또한 부득이 나의 빈약한 이중성격을 '지킬박사'와 '하이드 씨'에서 '하이드 씨'와 '하이드 씨'로 이렇게 진화시키고 있습니다."(『신여성』, 1934. 6., 80쪽). 이상은 이미 거울세계의 유리의 기압을 이렇게 안개의 기압으로 바꾸어서 표현하고 있다. '일상생활의 중압'은 런던시가의 안개가 갖는 압력에 해당하는 것이다.

75 전집2. 344쪽.

76 위의 책. 345쪽.

.468

77 「선에관한각서2」는 1+3의 다양한 배치를. 「각서6」은 4의 방위학과 역학을 논했다. 「각서7」에서 그는 사각형을 '나의 이름'이라고 했다. 「첫번째 방랑」에서 어느 낯선 곳에의 '십자로'를 등장시킨 것도 4에 관련된다. 이러한 4의 기호를 통해서 그는 많은 것들을 이야기하고 싶었던 것 같다.

본래 그에게는 자신의 모든 것을 함축한 수이다.77 소백화점 앞에서 백화점 대목을 위해 북과 소고, 클라리넷과 코넷을 연주하는 네 명의 묘령의 여성 풍경에 대해 이상은 "그것은 슬프다 못해 기가 막히는 가각풍경이다."라고 했다. 이 묘령의 여성들은 선조의 유행가를 군대식 복장을 한 채 연주하고 있다. 상업적인 선전용 악대를 위해 조직된 이 네 명의 여성은 자신의 본질과는 너무나 다른 껍질을 뒤집어쓰고 있다. 먼 선조의 노래와 군대식 복장의 이 기묘한 결합 속에 갇혀 있는 그녀들은 슬프다 못해 기가 막힌 모습을 보여준 것이다. 이상은 이렇게 거대한 상업주의의 물결이 가득 차 있는 해양 같은 동경의 거리에서 비참한 배고픔을 느낀다. 「건축무한육면각체」의 「MAGASIN」에서 상업적인 백화점 건물에 스며 있는 악무한적인 '사각형'에 대해 말했듯이, 이 싸늘한 동경의 거리에서 작동하는 '4'도 그러한 상업적 악무한의 얼굴임이 분명하다.

이상의 발걸음은 점점 더 자욱해지는 안개 속을 마치 미지의 도시인 런던처럼 느끼며 걷는다. 법정대학의 한 친구가 그 안개 속에서 갑자기 나타나 그를 '엠프레스' 카페에 데려간다. 그는 커피를 마시며 모차르트의 교향곡 41번 「목성」을 듣는다. "나는 몰래 모차르트의 환술(幻術)을 투시하려 애를 쓰지만 공복(空腹)으로 하여 저윽히 어지럽다." 하고 그는 썼다. 이 어린애 같은 음악가의 발랄하고 경쾌하고 희극적인 음악의 깊이에는 비애가 짙게 흐르고 있다. 이상은 '4'라는 숫자 뒤에 '1'을 배치한 의미에 대해 깊이 성찰하고 있지 않다. 곧 그는 신주쿠 거리의 'NOVA'라는 카페로 간다. 이 카페의 웨이트리스인 나미꼬는 노라와 콜론타이 같은 현대적 여성이다.

그녀는 "극작가 Y군과 4차원 세계의 테마를 불란서 말로 회화한다."라고 했다. 여기서의 '4차원'도 실제 사차원 이야기를 가리키는 것은 아니다. '4' 그것은 본래 이상에게는 완벽한 꽉 찬 숫자를 상징하는 것이지만 '숫자의 방위학'에서처럼 방향을 잘못 향하면 '악무한적인 사각형'의 거울세계만을 가리키게 된다. 나미꼬의 4차원 이야기도 그렇다. 그들이 불란서말로 대화하듯이 외래적인 지식을 나불거리는 모습은 이상에게는 단지 거울적인 흉내 내기와 유행적 모방의 세계 이외에 아무것도 아니다.

이상은 이 가장 번화한 거리의 한 카페에서 정지용의 시를 패러디하면서 자신을 묘사한다. 자신의 실체성을 자신만의 독자적인 언어로 바로 묘사할 수 없는 거리, 단지 타자의 거울에 비춰봄으로써만이 비로소 자신의 존재를 확인할 수 있는 그러한 안개처럼 불투명한 영역 속에 그는 들어가 앉게 된 것이다. 그러나 그는 시적인 거울(그가 좋아했던 정지용의 시편들)을 들이대면서 간신히 숨을 쉬었다.

> 마담은 루파시카, 노-봐는 에스페란토 헌팅을 얹인놈의 심장을 아까부터 벌레가 연해 파먹어 들어간다. 그러면 시인 지용이어! 이상은 물론 자작(子爵)의 아들도 아무것도 아니겠습니다그려.[78]

정지용의 「카페 프란스」가 여기서 패러디되어 있다. 동경의 신주쿠 거리에 있는 카페 노바는 정지용의 '카페 프란스'와 이렇게 겹쳐 있다. 화려한 동경의 카페는 서구적인 풍경을 모방하며 국제적인 모습을 띤다. 그 안에서 식민지의 한 초라한 지식인의 모습은 더욱 초라하게 위축된다. 그가 여기서 자신의 '사상'의 철퇴를 이 화려한 근대의 선구적인 지식인 세계에 내려뜨려주겠다고 호언한 것은 얼마나 허황된 꿈이었겠는가! 이 초라한 행색

78 앞의 책, 346쪽.

의 식민지인을 누가 상대나 해주겠는가? 이 소설의 8장은 일본의 한 지식인 청년과 대면해서 무엇인가 대화를 해보려 노력한 모든 시도가 좌절된 것을 그린다. 그는 일고의 휘장에 망토를 두른 그 청년에게 패배한다. 그는 미동도 하지 않았던 것이다. 거기서 이상은 정지용의 '말' 이미지를 빌려와서 자신을 묘사할 수밖에 없었다. "당신의 텁석뿌리는 말을 연상시키는구려. 그러면 말아! 다락 같은 말아! 귀하는 점잖기도 하다마는 또 귀하는 왜 그리 슬퍼 보이오? 네?"[79] 먼 타국의 낯선 거리에서 그는 이렇게 자신의 태생도 모르고 떠도는 '다락 같은 말'의 이미지로 남게 되었다. 높은 키에 무엇인가 잔뜩 담고 있는 것 같은 '다락'에는 그의 사상이 들어 있었다. 그러나 그 사상의 '말(언어)'들은 어둠 속에 처박혀 있다.

그는 이 화려한 근대의 거리에서 더 고압적인 거울의 압력에 짓눌린다. 식민지 경성에서 자신을 괴롭히던 일들로부터 탈출하듯이 떠나왔건만, 이 동경의 거리에서 그러한 괴로움은 오히려 증폭된다. 그에게 점차 모든 것을 시야에서 가려버리는 안개의 압력은 경성이나 동경 그 어디에서도 런던을 향해 있는 것처럼 더욱 증폭될 것이다. 그는 이 동경의 거리에서도 나미꼬 같은 여자의 껍질적인 얼굴만을 본다. 동경의 지식인에게도 역시 그러한 껍질은 더욱 강력한 가면으로 씌워져 있다. 그는 여기서도 악무한적인 사각형의 껍질 세계를 탈출할 수 없다. 그는 신주쿠 역 플랫폼에서 갈바를 모르며 헤매다 C양이 준 흰 국화 한 송이를 잃어버린다. 경성에서 온 유정(김유정)과 연이의 편지를 받고 떠오르던 향수와도 같은 그 꽃은 새벽의 그 역전에서 사라졌다. 그는 마치 '이국종 강아지'처럼 거리를 헤맨다.

그의 마지막 소설에서 성배 기사의 역설적이지만 화려하고, 또 모험적이며 역동적이던 말은 초라하고 쓸쓸한 모습으로 전락한다. 자신이 감추고 있던 그 드높은 무한사상의 높이와 깊이와 폭에 대해 한마디도 꺼낼 수 없이, 마치 그러한 것을 모두 높은 다락에 처박아 둔 것처럼 그렇게 슬프고 지친 모습으로 낯선 동경 거리를 헤맸다. 그의 초창기 시에서 그래도 자신의 무한정원적인 목장의 분위기를 계속 어느 정도 유지하고, 자신 속에서 그에 대한 염원을 향수처럼 불태우던 '황'이란 개의 분신도 여기서는 한 초라한 '이국종 강아지'로 전락한다. 이 거리에서는 경성의 '화원시장'을 거닐면서 이상을 역설적인 삶으로 이끌어가던 그러한 역도병적 힘도 없다. 이상은 이러한 풍경 모든 것을 하나의 화폭으로 만들었다. 경성과 동경을 하나의 화폭으로, 그리고 만일 그가 런던을 가게 된다면 역시 그것도 하나의 화폭이 되도록 그렇게 했다. 바로 이러한 '경계 지우기'는 이 소설의 첫머리에 나오는 '담배 파이프'의 역할이다. 그에게 '담배'란 과연 어떤 것이었기에 근대의 이러한 여러 화폭, 근대의 서로 상이한 수준으로 인식되는 이러한 장면을 건너뛰게 했을까? 그에게 처음부터 무한사상에 대한 탐구에 추진력을 붙여준 이 담뱃불은 과연 무엇인가? 이러한 것에 대해 잠깐 생각해보자. 그러면 아마도 그의 마지막 시였다고 생각할 수도 있는 「무제 ─ 궐련 기러기」를 「실화」와 대응시키면서 우리의 이야기를 끝낼 수 있을지도 모른다.

. 파이프의 기호학

우리는 이상의 이 마지막 작품에서 경성과 동경의 이야기 전체를 아득한 몽상과 슬픔으로 가득 채운 연기와 안개에 대해 논하지 않을 수 없다. 이 서로 대립적인 뜨겁고 찬 미립자의 세계에 대해서 말이다. 이상은 자신의 둘레를 뜨거운 연기로 계속 채움으로써만 안개 속에 쌓여 있던 이 근대 도시에 대해, 그 속에서 길을 잃고 헤매는 자신의 허망한 삶에 대해 말할 수 있었다. 이 마지막 풍경에는 김기림이 「쥬피타 추방」에서 그린 이상의 모습이 담겨져 있는 것처럼 느껴진다. 이상은 끊임없이 파이프 담배를 피워 대면서 차가운 안개 속에서 자신의 무한적인 아우라를 발산하려 했다. 이 담배 파이프 연기의 후광에 의해서만 동경에서 그의 몽상과 이야기가 전개될 수 있었다. 그는 '다락 같은 말'의 이미지를 동경의 중심부 카페에서 선보였다. 자신의 사상이 담겨 있어야 할 어두운 '다락'은 「쥬피타 추방」이나 「실화」에서나 다같이 이 차가운 근대적 도시에서 별로 환영받지 못한다. 동경이란 도시는 경성보다 훨씬 화려하고 번잡하며, 런던에 가깝게 근대화된 곳이었다. 이 거리에서 '다락 같은 말'이란 표현은 어딘가 구닥다리 냄새가 난다. '다락'도 그렇고 '말'도 그렇다. 이상이 「종생기」에서 산호채찍을 휘두르며 말을 달리는 이야기를 화려하게 전개할 수 있었던 것은 중세기적 전고들과 경성의 외곽들(유서깊은 절을 포함한)을 돎으로써 비로소 가능할 수 있었다. 그러나 그 화려한 산호채찍과 관련된 주마가편 이야기가 이 초근대화된 동경의 중심부에서는 아무 소용도 없게 된다. 그것은 모든 화려함을 잃고 그저 구닥다리로 전락한 '다락' 같은 존재가 되는 것이다.

　　그러나 이상이 정지용의 「말」에서 "검정콩 푸렁콩을 주마"라는 표현을 아름다운 우리 말솜씨라고 칭찬한 것(그것도 두 번씩이나)에는 이유가 있었다. 그가 '엉아'라는 어감을 사랑한 것도 그렇다. 이러한 둥근 음(ㅇ)에 대한 집착 이면에는 분명히 「선에관한각서1」의 무한구체가 자리잡고 있다. 특히 '검정콩'과 '푸렁콩'의 이미지 속에서 그는 자신의 무한구체를 떠올리지 않았을까? 정지용은 노래했다. "말아, / 다락 같은 말아, / …… / 검정콩 푸렁콩을 주마"라고. 시골에서 자란 정지용에게 '다락'은 친밀한 공간이었을 것이다. 대개 옛날식 집구조로 볼 때 부엌의 낮은 천장은 다락의 공간을 머리에 이고 있었다. 안방에서 밑으로 향한 문은 부엌으로, 위쪽 문은 다락으로 연결되어 있다. 그 컴컴한 다락에 쟁여둔 많은 물건은 부엌에서 쓰이는 것, 혹은 그 밖의 다른 살림살이이었을 것이다. 다락의 바닥은 대개 부엌의 천장이다. 나는 어릴 때의 내 시골집을 떠올리면서 그러한 다락과 부엌의 향수에 젖어보곤 한다. 우리의 모든 살림살이가 그 두 곳에 있었다. 우리를 먹여 살리기 위해 활동적인 것은 부엌에 그리고 이제 조금 뒤로 물러나거나 언젠가 다시 쓰이기 위해 저장될 것은 다락에 배치된다. 이 서로 떼려야 뗄 수 없는 두 공간의 멋진 어울림은 근대 도시 공간에서 사라졌다. 이상이 「실화」에서 차가운 안개와 비 속의 동경 거리에서 자신의 모습을 '다락 같은 말'로 표현한 것은 얼마나 아득한 외로움을 담고 있는가. 그것은 고향의 부엌에서 지피는 열기와 냄새 같은 것으로부터 얼마나 멀리 떨어져 있는가(사실 그의 무한사상의 표현인 검은 구체는 모든 것이 곰셈식으로 요리되는 부엌이며 아궁이이기도 한 것이다). 이상은 그렇게 철저하게 자신의 근원으로부터 멀리 떨어져 자신을 따뜻하게 해줄 모든 것을 박탈당한 고립된 존재를 그린다. 그 '다락 같은 말'의 이야기를 전개시킬 수 있었던 힘인 담배 파이프의 '연기'가 없었다면 이 차가운 거리의 풍경 속에서 자신의 그러한 모습을 그려낼 수 없었을 것이다. 그의 담배 파이프는 일종의 부엌 아궁이와 굴뚝의 역할을 한 것은 아닐까? '담배' 파이프는 「종생기」의 산호채찍보다 더 강렬한 예술적 기호였던 것이 아닐까?

우리는 여성의 성적 풍경에 관련된 산호나무와 산호채찍보다 더 화려하게 그의 마지막을 장식한 '파이프'의 기호학에 대해 더 알아보아야 한다. 여기에는 긴 대롱을 흘러가는 '연기의 폭포' 같은 이미지가 있다. 마치 오래 전에 사라진 것 같은 선사시대의 식물과 나무의 영혼(그림자) 같은 이미지가 여기에 있다. 「황」에서 보듯이 이상은 담배를 필 때마다 자신의 뜨거운 호흡을 통해서 그러한 이미지를 숨 쉬었던 것이다. 나는 이러한 이미지의 기원에 놓인 무한정원적인 분위기를 일단 추적해보겠다. 이상에게

박태원의 소설 「딱한 사람들」(『중앙』, 1934. 9.)에 그린 이상의 삽화. 그림 왼쪽 밑에 이상의 필명인 '하융'을 뜻하는 '융(戎)' 자가 보인다. 이때 이상은 「오감도」의 좌절을 딛고 『중앙』의 같은 지면에 「소영위제」라는 시를 발표했다.

'담배'는 무한정원을 떠올리게 할 수 있었던 가장 강렬한 매체였다. 그것은 그의 총독부 기수 시절부터 분명한 흔적을 가지고 있다. 그에 대해 우리는 그의 문학청년 시절 동성애적 벗이던 문종혁의 증언과 함께 알아보기로 하자.

담배 파이프에 대한 이상의 기호는 각별한 것이다. 그는 궐련과 파이프 담배를 분명히 구별한다.[80] 그의 시와 소설 그리고 수필 속에서 그러한 구별에 대한 흔적을 분명히 간파할 수 있다. 이러한 구별은 특히 파이프 흡연이 갖는 상징성 때문에 더 강조되어야 마땅하다. 물론 이러한 구별이 일상적인 흡연의 의미에까지 반드시 적용되는 것은 아니다. 단지 이상의 독특한 기호에 대해 말하고자 하는 것이다.

그는 파이프 흡연에서 오는 몽환적인 경지에 깊이 빠져들어서 그것을 통해 자신의 상상세계 속에서 펼쳐지는 환각적인 경지를 즐겼음에 틀림없다. 「실화」의 몽환적인 구성은 그것을 증명해준다. 그렇다면 왜 파이프 담배 흡연을 통해서만 그는 그러한 경지에 올라갔을까? 파이프란 무엇인가?

우리는 이미 이상의 담배 습관에 대한 몇몇 증언을 알고 있다. 그 중에서 문종혁의 증언과 임종국의 글에 주목할 만한 것이 있다. 임종국은 이상의 총독부 기사 시절 이야기를 들려준다. 이상은 일본인 상사들이 지켜보는 가운데 일은 않고 항상 먼 산만 쳐다보며 담배를 태우기 일쑤였다. 그

80 위 그림은 박태원의 「딱한 사람들」(『중앙』, 1934. 9.)에 이상이 그린 삽화이다. 그림 속에 '하융'을 뜻하는 '융(戎)' 자가 낙관처럼 그려져 있다. 이 그림에서 이상은 궐련과 파이프를 모두 그렸다.

의 상관이던 일본인 과장이 산더미 같은 서류를 맡기면서 제때 처리하지 못하면 해직시켜버리려 했지만, 이상은 그만이 사용하는 무슨 암호 같은 것을 이리저리 맞추더니 금방 해치웠다. 이후 그 과장은 이상을 신임해서 그가 관방 회계과로 자리를 옮길 때 이상을 데리고 갔다. 이상은 그러나 거기서도 항상 담배나 피우면서 허구한 날 '심심해죽겠다'는 말만 내뱉었다는 것이다.[81] 임종국의 글에서 이상의 흡연 습관이 매우 강력한 것이었음을 알 수 있다. 그는 남들처럼 상관이나 동료의 눈치를 보지 않고 흡연을 즐겼다. 이때 그는 그 공상의 시간을 자신의 상상세계를 계속 구축해가며 무엇인가 탐구하는 데 보내지 않았을까? 그가 산더미 같은 서류를 순식간에 해치울 수 있었던 것은 그러한 탐구 결과 생긴 특별한 능력에서 나온 것이 아닐까? 보통 사람이 사용하는 수학적 방식을 초월한 자기만의 독특한 방식을 창안해낸 것은 아닐까? 마치 학창 시절 수학시간의 문제풀이를 순식간에 해치워 선생을 놀라게 한 게오르그 칸토어처럼 말이다. 임종국이 전해준 "그만이 사용하는 무슨 암호 같은 것"의 정체(그러한 일거리를 순식간에 처리할 수 있도록 해준)를 우리는 확실히 알 수 없다. 그것은 그의 동료조차 알지 못한 어떤 독자적 수식체계였을 것이다. 이러한 일이 1929년 4월에 총독부 건축과에 취직된 후 1930년 각혈 현상을 보일 때까지(임종국이 증언한 부분은 여기까지이다)와 그 이후 1933년 퇴직할 때까지 볼 수 있었던 일이었을 것이다. 「삼차각설계도」는 1931년에 발표된 것인데, 이러한 시들을 이해에 줄줄이 쏟아낸 것을 보면 그 전에 이미 비슷한 시를 많이 써왔거나, 그에 대한 머릿속 작업이 상당히 진행되어 왔다고 보아야 한다.[82]

　　총독부 기사 시절의 일화 속에서 '담배'와 '암호'라는 두 가지 인상

---

81 임종국, 「이상의 생애와 일화」, 『이상전집』, 문성사, 1966, 354~355쪽.

82 문종혁은 1931년 그림공부를 위해 일본에 갔다가 이듬해 봄에 서울로 다시 돌아와 이상과 합류했다고 한다. 그는 이상과 같은 방에서 두 달 동안 생활했다. 이때 문종혁은 이상이 밤낮 시작(詩作)에 파묻혀 있던 모습을 보았다. "이상은 피골이 상접한 상태에서도 밤낮 가리지 않고 시작(詩作)에 파묻혀 있었다. 밤중에 깨어나보면 그는 이불 속에 엎드려 여

적인 측면을 그의 중대한 사상적 작업과 관련시켜 볼 만하다. 그의 줄기찬 '담배'는 그저 무료하게 시간을 때우는 심심풀이 행위였다기보다 상상적인 세계에서 혹은 관념적인 차원에서 여러 생각을 전개하거나 진척시킨 촉진제였을 것이다. 실제로 담배는 그처럼 사유를 촉진시키고 활성화시켜준다는 보고가 있다.[83] 담배 없이는 한 줄의 글도 쓸 수 없었던 프로이트의 경우에도 그랬다. 그에게 한꺼번에 많은 량의 일을 처리할 수 있게 해준 '암호 같은 것'은 그가 그렇게 발전시킨 사유의 결정체에서 나온 수확물이지 않았을까? 우리는 「삼차각설계도」에서 이상이 펼쳐낸 사유의 폭이 얼마나 놀라운 수준인지 보았다. 근대적인 수량적인 논리 위로 날아올라 그러한 지평을 조소하며 내려다본 그로서 이러한 일을 손쉽게 처리할 수 있는 독특한 방식이 있었다고 해도 별로 놀라운 일은 아니다. 1930년에 각혈을 하게 되었다는 증언은 문종혁도 전해주고 있어서 거의 확실한 것 같다. 그가 취직한 지 1년 밖에 안 된 시점에서 그의 폐를 망가뜨린 어떤 일이 진행되어 온 것이다. 그것은 그에게 닥친 과도한 업무량이라기보다(그는 너무 손쉽게 그것들을 처리했다) 담배와 그 안에 내포된 그의 사상적 탐구에 기인했을 것이다. 이러한 과도한 사유와 거기 추진력이 된 담배 때문에 그의 폐가 망가진 것은 아닐까? 각혈을 한 다음 해인 1931년에 쏟아낸 방대한 작업을 보면 이러한 우리의 추정이 어느 정도 타당해 보인다. 그는 이해에 이미 자신의 거대한 사상적 작업 속에서 경이롭게 발견한 어떤 것에 대해 기뻐했다. 그러나 곧 이어서 그러한 것을 계속 추진할 수 없게 좌절시키는 것에 대한 두려움, 자신이 발견한 사상과 현실의 틈바구니에 끼인 자신의 슬픔까지도 이야기하고 있었던 것이다.[84]

전히 무언가 끄적거리고 있었고, 때로는 변소에 가서 문을 활짝 열어놓고 앉아 야반 삼경 달을 바라보며 시상(詩想)에 잠기곤 한다."(임종국 편, 위의 책, 295쪽). 이러한 문종혁의 회상을 통해 짐작컨대 이상은 자신의 사상적 작업을 시적으로 풀어내는 일에 고심참담하며 매달려 있던 것 같다.

[83] 볼프강 슈벨부쉬, 『기호품의 역사』, 이병련 역, 한마당, 2000, 125·127~129쪽 참조.

[84] 이에 대해서는 그의 「황」(1931년 작)을 보라.

18세 때부터 같은 집에서 생활한 문종혁은 이상의 담배 습관에 대해서 주목할 만한 발언을 남긴다. 문종혁은 이상의 수필 「혈서삼태」에 '욱'이란 이름으로 나오고, 다른 작품에도 몇 번 나온다. 「혈서삼태」에서는 그와의 동성애 비슷한 관계에 있었던 것을 '오스카 와일드'라는 표제 아래 다룬다. 문종혁은 이상이 18세 때부터 시를 열심히 짓고 있었다고 증언했다. 습작기였겠지만 그의 청년기에 시작된 문학적 열정을 한 토막 전해준 것이다. 그는 「담배와 우인상」이란 소제목으로 이상의 흡연에 대한 이야기를 전해준다. 거기서 그가 주목한 것은 구본웅의 「우인상」이란 그림과 「실화」에 나오는 담배 피는 장면이다. 파이프 담배가 등장하는 이 그림과 소설을 들면서, 그는 이상에 대한 자신의 기억을 수정하지 않을 수 없었다. 그는 본래 이상이 담배를 잘 피우지 않았으며, 나중에 술자리에 한해서 촌부인네처럼 궐련을 피웠다고 알고 있었기 때문이다. 그의 기억을 되돌아볼 때 이상은 학창 시절과 25세 전후까지는 담배를 피우지 않았다는 것이다. 술자리에서 어쩌다 필 때에도 "엄지와 식지 끝으로—흡사 옛날 촌부인네들이 궐련을 피우는 것 같이—쥐고서 담배를 빨아 입술을 똥그랗게 하고 싱겁게 연기를 내뿜는 것이었다."[85]고 했다. 이렇게 자신의 기억 속에서는 흡연에 숙달된 이상의 모습이 없었다. 그러나 「실화」와 구본웅의 「우인상」을 보고서 자신의 이러한 생각을 수정하게 되었다. 그는 구본웅이 초창기에는 야수파적인 강렬한 색채와 날카로운 선을 선보였다가 그 뒤에 부드럽고 어두운 특징을 보이는 쪽으로 바뀌었다고 했다. 이러한 이유로 필치가 부드럽게 느껴지는 「우인상」은 이상이 동경으로 가기 직전에 그려진 것이 아닐까 추정했다. 그렇다면 이상이 동경에서 쓴 소설 「실화」에 나오는 파이프는 구본웅의 「우인상」에 그려진 바로 그 파이프일지 모른다. 김기림의 「쥬피타 추방」에서 "빼여문 파이프가 자주 거룩지 못한 원광을 그려 올린

85 문종혁, 「몇 가지 이의」, 『이상시전작집』, 이어령 편, 갑인출판사, 1978, 300쪽.

다.” 하고 묘사한 이상의 모습은(그것이 동료에게 익숙한 그의 일상적 모습이었을 것이다) 구본웅이 그린 것과 거의 같은 모습이 된다.

어찌 보면 이러한 이상의 초상화는 바로 이상 자신이 바라는 것이었다. 그에게 「실화」에 등장하는 “기다랗게 꾸부러진 파이프”는 바로 자신을 진정한 시인으로 드러내려고 의도적으로 배치한 것이다. 그것은 흔히 ‘담배의 시인’으로 알려진 공초 오상순의 짧은 파이프[86]가 갖는 의미와는 차원을 달리하는 것이다. 궐련이나 그것을 끼워 피우는 대(竹) 파이프, 혹은 오동(梧桐) 파이프로 피우는 것이 어떻게 멋쩍은 것인지 그는 「첫번째 방랑」이란 수필에서 이처럼 지적한다.

그는 흔해 빠진 여송연 한 개비를 나에게 권했다.

나는 그것을 피우리라. 이미 이 야행열차 속에 10년 전의 그 커다란 잎 그대로의 칙칙한 연기를 볼 수는 없다. 그들은 먼 조상의 담뱃대를 버리고 우습기 짝이 없는 궐련(卷煙) 피우는 대(竹), 또는 오동(梧桐) 파이프를 입에 물고 있다. 그들 중 누군가는 그 맛의 미흡함과 자신의 어지간히 큰 덩치에 비해 파이프가 너무나 작은 멋쩍음으로 해서 눈에서 주루루 눈물마저 흘리고 있는 것이었다.[87]

---

[86] 청동문학회에서 펴낸 『시대고(時代苦)와 그 희생』의 표지 그림을 보면 ‘색즉시공’이란 표제 밑에 머리를 밀고 짧은 담뱃대를 손에 들고 있는 오상순의 초상화가 그려져 있다. 이 책에 실린 김춘수의 「大道는 無門이다」라는 글에 공초 선생의 끽연 습관을 소개하고 있다. “공초 선생의 끽연은 유명하지만, 나는 그때 항간의 소문들이 낭설이 아닌 것을 알게 됐다. 호주머니의 담배가 떨어지자, (그 호주머니란 필자와 공초 선생님의 그것이다. 왜냐하면 花龜 화백(강신석 화백을 말한다)께서는 파이프 담배만을 피우신다. 그런데 공초선생께서는 파이프 담배는 절대로 피우시지 않으신다.) 공초 선생님과 나는 탁자의 재떨이와 홀 바닥을 샅샅이 뒤졌다. 꽁초를 주위 모았더니 호주머니에 그득히 쌓였다.”(청동문학회 편, 『시대고와 그 희생』, 한라출판공사, 1979, 49쪽.). 오상순은 「허무혼의 선언」(『폐허』 창간호)에서 불교적인 허무에 대해 노래했다. 구름의 생성과 변화, 소멸을 보면서 그는 “오! 나도 너와 같이 죽고 싶다.”라고 외쳤다. 이러한 불교적 허무혼과 구름처럼 순식간에 사라지는 짧은 담뱃불에 대한 오상순의 탐닉은 깊은 관련을 갖고 있었던 것 같다.

[87] 이상, 「첫번째 방랑」, 전집3, 184쪽.

이 글에서 이상은 분명하게 긴 파이프를 선호하고 있다. 여송연이나 궐련, 또는 짧은 파이프를 통한 흡연 같은 것에 대해 그는 유머 섞인 어조로 비난하고 있다. "먼 조상의 담뱃대"처럼 긴 담뱃대만이 그에게 만족을 줄 수 있을 것이다. 그는 그러한 파이프를 애용하게 되는데, 그것은 물론 그가 「실화」에서 보여준 것 같은 '길게 구부러진 파이프'이다. 「첫번째 방랑」은 그가 제비다방 경영에 실패하고 거의 파산상태에서, 자신을 얽어매는 모든 것으로부터 탈출하듯이 성천을 향해 떠날 때의 상황을 그린 것이다. 그는 막상 이 여행에서 우연히 합석한 동반자가 내민 여송연 이외에는 거의 담배를 피우지 않았던 것 같다. 성천기행의 또 다른 글인 「어리석은 석반」에서 그는 이렇게 말한다.

> 이 지방에 온 후, 아직 한번도 담배를 피지 않았다. 장지(長指)의, 저 로서아(露西亞) 빵의 등어리 같은 기름진 반문(斑紋)은 벌써 사라져 자취도 없다. 나는 약간 남은 기름기를 다른 편 손의 손톱으로 긁어버리면서, 난 담배는 피지 않습니다 하고 즉답(即答)할 때의 기쁨을, 내심으로 상상하며 혼자 유쾌했던 것이다. 요즘 나의 머리는 명료하다곤 말할 수 없으나 적어도 담배 연기만을 제외한 명료만은 획득하고 있음을 자부한다.88

우리나라에서 가장 품질 좋은 담배인 성천초89로 유명한 성천에 와서 오히려 그는 자신의 뿌리 깊은 흡연벽에서 빠져나온 것 같은 이 역설적인 풍경을 보여준다. 모든 음식이 짜기만 한, 마치 여러 소금의 유형에 불과한 것 같은 이 가난한 지역의 시골음식을 먹으면서 그에 대해서도 그는 "이건 바로 생명을 유지하는 데 목적을 두고 있는 완전한 쾌적 행위이다." 하는

88 전집3, 162쪽.
89 유득공에 의하면 조선후기 이래 성천초(成川草)는 금사연(金絲煙)이라 불릴 정도로 유명했다고 한다. 홍이섭의 「담배쇄설」을 보면 중국의 '담배' 어원 중에 '금사초(金絲草)'라는 것이 있는 것을 보아 그 말이 우리에게 수입되었는지 모르겠다(홍이섭, 「담배쇄설」, 『조광』, 1941. 8., 203쪽 참조).

역설적 표현을 쓰고 있다. 다른 글에서는 싫어하는 음식의 맛을 탐식하며 맛본다는 역설에 대해 말하기도 한다.[90] 그는 서울에서 파산한 상태의 모든 혼란스러움을 팽개치고 이 성천 시골로 도망왔다. 여기 사는 사람처럼 생명을 유지한다는 최소한의 삶에 대해 그는 곰곰이 생각해본다. 자신의 담배를 치워버리고(흡연은 생존이 문제되는 마당에서는 사치스러운 일이다), 이 시골사람의 삶과 그들을 둘러싼 황량한

장 콕토, 「아편 피우는 남자」, 1930.

자연을 살펴본다. 그에게 몽상적이고 관념적인 차원에서 전개되던 무한사상, 즉 사상적으로, 시적으로 탐구되고 마침내 발견되었던 무한사상은 생생하게 육박해오는 이 가난한 시골 풍경과 대면하게 되었다. 이 시골의 현실에 광대하게 스며 있는 절망과 그 속에서의 한 가닥 희망이란 이중주로 그것은 새롭게 변주된다. 그것은 고되고 슬프고 때로는 아름다운 현실과 자연의 여러 이미지를 흡수하면서 이전까지의 관념적인 차원을 벗어나게 된다. 그는 이 가난한 시골에서 키우는 개조차 별로 먹을 것이 없어서 굶주리는 상황을 보았다. 사람의 모습도 거기서 크게 벗어나지 못한다. 거기서 작열하는 태양은 황금색으로 반짝이지만 그것은 숨막히는 열기만을 내뿜는다. 죽음보다 적막한 이 시골에서 그는 "크나 큰 불안의 전체적인 음향"을 듣는다. 이 소리 없는 소리를 들으며 그는 이렇게 고백한다. "모든 나의 지식은 망각되어 방대한 암석같은 심연에 임하여, 일악(一握)의 목편(木片)만도 못하다."[91] 한때 자신의 야심과 꿈을 키워준 지식, 그리고 마침

90 「날개」 서두의 다음과 같은 부분을 보라. "그대는 이따금 그대가 제일 싫어하는 음식을 탐식하는 아이러니를 실천해보는 것도 좋을 것 같소. 위트와 파라독스와……". (전집2, 253쪽)

91 위의 책, 169쪽.

내 발견한 거대한 자신의 사상에 대한 벅찬 감격, 그 사상이 만들어낸 새로운 지식. 이 모든 것이 이 성천의 불길한 거대한 정적, 불안한 음향 속에서 한 조각 나무조각만도 못하다는 것을 그는 뼈저리게 느끼게 된다. "이제 지상에 무슨 일이 일어나지 않으면 안 된다." 하면서 그는 자신의 속에 깃들어 있던 자연적 생명력으로서의 개인 '황'의 주제를 이 시골 풍경 속에 전개시킨다. 그는 황량해진 대지에 "불륜의 구멍을 뚫(어서)"[92] 대지의 에로티시즘을 회복시키고자 한다. 그의 몽상 속에서 시골의 떠도는 개들은 지구에 뚫린 그러한 깊은 구멍 속에서 나온 것처럼 보인다. 그 개들끼리 서로 모여들어 음란할 정도로 성적인 풍경을 연출하도록 함으로써 이상은 이 황무지 같은 세계에 풍요로운 생명들을 뒤덮어줄 에로티시즘을 비록 몽상적인 수준에서이지만 회복시키고자 한다. 그는 이 시골의 황무지적 상태를 더 가속시킬 것 같은 공포스러운 공기 속에서 '계시의 종잇조각'처럼 떠도는 흰나비의 이미지를 보여준다. 이 가냘픈 몽상적인 종잇조각의 날개에 쓰인 것은 무엇일까?

그에게 '나비'는 「오감도」의 「시제10호 나비」에서처럼 밀폐된 감옥 같은 황량한 공간의 벽을 찢어 그로부터 빠져나갈 수 있도록 해주는 틈이다. 그러나 그것은 아직 거울세계의 벽들을 완전히 붕괴시킬 만큼 그 틈을 확장시키지는 못한다. 그의 나비는 단지 '계시의 종이조각'으로 나타나는데, 그것은 미래의 종말적인 파국을 예기하고 있기 때문이다.

그가 성천 관련 수필에서 보여준 나비는 이 '계시의 종이조각' 같은 나비 이외에도 '족보를 찢은 것 같은 나비'와 '신문을 찢은 것 같은 나비'가 있었다. 이러한 것들은 모두 「시제10호 나비」에서 파생된 것들이다. 그의 이러한 '종이'들은 모두 일관되게 너무나 좁혀진 세계를 상징한다. 얇다란 평면의 세계에 갇힌 세계, '족보'와 '신문'은 그러한 세계의 두 가지 양상이

92 앞의 책, 170쪽.

다. 그에게 이 두 기호는 역사시대의 두 가지 면모를 암시하는 것이다. 역사시대의 두 방향은 종적인 시간의 축과 횡적인 공간의 축으로 작용하면서 자신들의 배타적인 권력과 논리의 좁혀진 세계를 구축해왔다. 그것은 기원을 거슬러 올라가면서 자신들의 '피'와 '뼈'의 족보를 구성해왔으며, 근대에 와서는 수많은 정보들을 치밀한 성찰이나 별 통찰력도 없이 재빠르게 확산시킴으로써 천박한 정보의 그물망으로 이뤄진 드넓은 세계를 구축했다. 역사시대는 권력적 소수로부터 대중이 반란을 일으킴으로써 민주적으로 발전된 것처럼 평가되어 왔다. 그러나 이상의 역사비판적인 시각으로 보면 이러한 발전도 '역사적 한계' 내에서의 발전으로 생각될 수 있을 뿐이다.

　　'족보'와 '신문'은 이러한 역사시대의 한계를 적절히 요약해서 두 가지 서로 다른 평면적인 속성을 표현한 기호이다. 그러한 기호들은 역사시대의 출발점에 있는 오염된 근원에서 흘러나온 것들로 더럽혀져 있다. 즉 '족보'는 신화시대의 전쟁을 통해서 '낙원의 성좌도'를 폐허로 만들어버린 주역들의 혈통을 계속해서 떠받들고, 그들이 계속해서 이 세상을 지배하도록 만드는 문서인 것이다.93

　　황제 헌원과 그 후계자인 전욱은 혼돈적인 신화적 얼굴들(형천과 공공으로 대표되는)94을 퇴치하면서 역사시대의 서장을 열었다. 그러나 전욱의 통치에서 보듯이 그는 하늘의 별들을 자신이 지배하는 불주산의 기둥에 묶어놓았고, 세상에 여기저기 퍼져있는 하늘다리인 천제(天梯)95를 모두 끊어놓

---

93 물론 여기서 '족보'가 우리 선조가 꾸며온 실제적인 '족보'를 가리키는 것은 아니다. 이상의 어법을 나는 상징적 기호로 대하고 있는 것이다.
94 혼돈적 얼굴은 서로 구분된 것처럼 보이는 것들이 사실은 유기적으로 소통관계 속에 놓인 전체임을 보여주는 것이다. 형천은 얼굴과 몸을 합친 모습으로, 공공은 한군데 묶인 하늘의 별들을 운행시켜 세계 전체를 돌게 함으로써 그러한 혼돈적 정신을 표상한다.
95 천제란 하늘로 오르는 사다리를 말한다. 신화시대에 곤륜산 꼭대기의 건목(建木)이나 다른 여러 산들의 특이한 나무들이 그러한 샤먼적 비행을 위한 우주목 기능을 했다. 『산해경』을 보면 무함산의 무녀들도 수시로 하늘을 오르내렸다고 한다.

았다. 우주자연과 소통적인 흐름을 끊거나 억압함으로써 인간들의 지식과 힘으로만 전개되는 역사시대를 열었다. 그렇게 해서 이제 모든 사람을 제왕의 권력과 문서화된 법에 의존해서 살아가게 만들었다. 세상은 이러한 권력의 법질서에 묶여 평면화되었다. 이상의 에피그람적 서사시가 함축하는 역사시대 비판에는 이러한 이야기들을 담을 수 있다. 그의 '족보'는 바로 이러한 역사권력의 중심세력들을 확고하게 계승시키는 것이며, 그들의 법질서를 계속 전승시키는 기반으로 작동하는 것이다. 이러한 '족보'가 민주화되고 사회주의화되었다고 해서 사라진 것은 아니다. 그것은 다른 방식(즉 민주적, 사회주의적 방식)으로 작동하고 있을 뿐이다. 역사시대의 권력은 그렇게 변화된 구조 속에서 자신의 새로운 족보를 구축해놓고 있는 것이다.

그렇다면 '신문'[96]이란 기호는 역사시대에 대한 어떤 비판을 담고 있는가? 그것은 파편적인 정보들이 빠르게 미끄러질 뿐인 평면적 유통을 비판한 것이다. 이상은 초창기 시 「파편의 경치」에서부터 근대의 파편화된 세계인식을 시적 주제로 삼았다. 눈앞에서 전개된 사건과 사물에 대해 편협하게 집착하는 즉물적인 태도들이 넘쳐나면서 근대 이후 사람들은 무수한 정보의 홍수 속에 빠졌다. 이러한 정보들은 때로는 별 근거도 없이 퍼지는 소문에 가까운 것도 있고, 단지 사람들의 흥밋거리를 위해 조작된 것도 많았다. 민주적인 자유로움과 대중적인 수량적 가치가 앞장서면서 신중하고 성찰적인 느림보 생각들은 이러한 정보의 시장터에서 더 이상 찾아보기 어렵게 되었다. 너무 많은 이야기들이 있지만 사실 별 내용은 없으며, 그렇게 많은 진실도 없다. 수량적으로는 엄청나게 팽창했지만 그러한 것들의 수준과 질을 평가하면 별로 남을 게 많지 않을 것이다. 이렇게 정보의 빠른 유통 속도를 이상은 '신문'이란 평면도에 담았다. 그 평면은 그 위에 그저 잠시 나열되었다가 사라져버리는 덧없는 장소였다. 곱셈적인 결합으로

96 이 '신문'도 실제 신문을 가리키는 것은 아니다. 그는 근대의 속도를 비판하기 위해 미처 깊이 성찰하지 못하고, 반성하지 못하며, 전체적인 관계 속에서 충분히 포착되지 못한 단편적 정보들을 상업적으로 재빨리 유통시키는 것에 대해 비판하기 위해 '신문'이란 기호를 택한 것이다.

서로 이끌려 생식적으로 불어나며, 유기적 전체성을 갖게 되는 '이야기'는 거기서 탄생되지 못했다.

우리는 이러한 정보의 유통속도가 빛의 속도로 움직이는 인터넷 시대에 살고 있다. 그렇다고 해서 그러한 '신문'의 평면적 속성이 극복되는 것은 아니다. 이상에게 '빛의 속도'인 광속은 표면적인 속도에 불과한 것이다. 그의 근대성 비판은 이 지점에서 '파편화'에 대한 비판과 연결된다. 현미경과 망원경이란 근대의 광학적 도구들은 근대적 인식론을 비판하기 위해 동원된다. 그러한 것들은 대상의 한 부분을 세부적으로 확장시켜 눈앞에 세운다. 그러나 세부적인 것들을 종합하는 능력을 점차 잃어버리게 만드는 것이다. 세부적으로 바라본 것들을 파악하는 데 도취된 정신은 '구별'하는 능력을 확장시키는 가운데, 서로 떨어져 있는 현상들의 내밀한 연관성을 파악할 능력을 상실한다. 그것은 세부적인 조각들을 이어붙여 보려 하지만 그렇게 이어진 것들은 유기적 전체가 되지 못하고, 엉성한 조합물로 그치고 만다. 이렇게 보면 이상의 '신문' 기호는 그의 '볼록렌즈' 기호와 상당히 맞닿아 있다. 그것은 세부적인 파편더미들로 가득차 넘쳐나는 근대 세계의 표상이다. 그러나 이 넘침은 표피적인 세계의 홍수인 것이다.

이상의 '족보'와 '신문'은 이렇게 해서 역사시대의 두 가지 평면적 양상을 상징하는 훌륭한 기호가 된다는 것을 알 수 있다. 그것을 찢어서 만들어진 것 같은 나비는 이중적이다. 즉 어떻게 보면 그것은 자신의 재료인 '족보'와 '신문'을 닮아 있다. 그러나 그 평면을 찢음으로써 그것은 다른 차원의 우주적 요동들을 받아들이도록 그 평면에 틈새를 벌리고 있는 것이다. 그의 나비들은 바로 이러한 측면에서 카오스적 지평을 넘어서 있다. 즉 그것은 역사시대의 한계를 뛰어넘어 평면에 차원 증대를 가져오는 틈들을 확장시키고 요동치게 하는 것이다.97

그러나 이상은 이러한 차원증대를 향한 나비의 틈들을 파국적인 나비효과로까지 밀어붙이지 못했다. 단지 그러한 파국을 예시할 뿐인 '계시의 종이조각' 같은 나비를 그려냈을 뿐이다. 그것은 식민지의 한 변두리 시골 구석에서 너무나 가냘픈 창백한 날개를 팔랑거리며 방대한 암석 같은 심연 위를 날고 있을 뿐인 것이다.

이러한 성천의 비참한 풍경은 이상이 이미 「황」을 쓴 시기에 자신의 사상에 다가든 두려움과 슬픔을 멀리 도망친 곳에서 오히려 좀 더 생생하고 절실하며, 광대한 것으로 뼈저리게 확인한 것에 불과하다. 그렇다고 여기서 표출된 자신의 지식에 대한 무기력감이 자신의 사상적 본질까지 무력화시킨 것은 절대 아니다. 그것은 오히려 역설적으로 자신의 사상적 방향이 이러한 비참한 현실을 구하기 위해서 얼마나 중요한 것인지 보여주었다. 그것에 비추어 볼 때 식민지의 황량한 현실은 얼마나 더 사람과 자연의 생명력을 절망적인 구렁텅이로 빠뜨리는지를 확인시켜준 것이다.

여기서 이상은 황무지적인 대지의 깊이 속에서 솟아나온 소중한 향기인 '마늘'을 찬양하고,98 지구의 깊은 구멍에서 솟아나온 것 같은 개들을 보여주었다. 그것은 대지가 꿈꾸는 희망적 이미지로 그려냈다. 이 여성적 깊이에서 솟구치는 대지의 에로티시즘이야말로 그의 무한호텔(무한정원) 사

97 이 책의 서두에서 이상의 이러한 나비 이미지가 김동인의 소설 「태평행」의 카오스적 나비에 그 뿌리를 대고 있음을 밝혔다. 거기서 나는 김동인의 파괴적인 나비효과의 반대편에 놓인 대동강의 흐름에 대해 분석하지 못했다. 사실 김동인의 「태평행」이란 제목은 그러한 자연의 생명력 있는 흐름을 암시한 것이다. 이상은 김동인의 카오스적 나비를 교묘하게 가공했다. '종이찢기'라는 독특한 방식으로 그는 새로운 나비 이미지를 만든 것이다. 이것은 「시제10호 나비」에서 최초로 만들어진 복합적인 나비이다. 거기서 이상은 감옥 같은 벽과 거울을 겹쳐놓음으로써 벽지가 찢긴 모습의 나비 이미지와 자신의 거울 속 수염과 입으로 된 나비 이미지를 합성할 수 있었다. 찢어진 벽지와 수염은 강렬한 생식력의 파동을 담아낸다. 그 양 날개 사이의 틈은 갇힌 평면에 구멍을 낸 다른 차원으로의 통로이자 입구이다. 그가 그 구멍을 통해서 강렬하게 내뱉었던 말들을 우리는 얼마나 이해했던가?

98 "마늘—이 토지의 향기를 빨아 올린 귀중한 것이다."(이상, 「어리석은 석반」, 전집3, 164쪽).

상이 성천 풍경에서 자신을 좀 더 구체화시킨 것이라고 하겠다. 「어리석은 석반」 첫 부분에서 묘사했듯이 손가락에 러시아 빵의 반점 같은 색깔이 물들 정도로 흡연한 사치스런(?) 습관을 버리고 이렇게 시골의 황량한 가난에 동참했다. 그 후 서울에 돌아가서 다시 들게 된 파이프는 그러한 대지의 깊은 구멍과 그로부터 솟구치는 향기를 담아냄으로써 그의 흡연 풍경을 대지적 에로티시즘의 차원에서 새롭게 연출하는 도구가 되지 않았을까? 이처럼 절망적인 인간의 삶과 황량한 자연 속에 깊은 구멍을 뚫고 거기서 생명수를 길어 올리려는 이 강력한 긍정적 정신에는 현세에 대한 어떠한 허무주의도 깃들어 있지 않다.

따라서 이상의 파이프 담배는 우리가 앞에서 잠시 언급한 공초 오상순의 궐련과 전혀 다른 것이다. 그는 그러한 담배의 허무주의, 불교적인 공(空)과 무(無)의 허무주의에 빠져들지 않았다.99 바로 이 부분에 이상의 동양정신이 획득한 독자성이 있다. 그는 많은 지식인이 흔히 되돌아간 방식으로, 동양 고대의 주도적 정신이었던 불교나 도가사상 혹은 고대 유가 사상인 주역사상이나 중세의 성리학 같은 것에 빠져들지 않았다. 그의 사상을 서구의 전위적 사조의 영향이나 모방으로 이해하는 관점, 또는 이러한 고전적 동양주의로 바라보려는 시도는 본질에서 완전히 빗나가는 것이 될 것이다. 그의 감실은 그러한 고전적인 동양 사상의 탑이나 사당 혹은 방장(方丈) 속에 자리잡지 않았다. 「황」에 나온 "동양문자의 오의"는 그러한 것과 상관없는 자리에 있다.100

그가 당당하게 빼어문 파이프는 그러한 허무주의적 교리(불교)나 세속초월적 자연주의(도교), 음양오행 사상(유교) 등에서 벗어나서 독특한 사

99 우리는 이 책의 마지막 부분에서 그의 마지막 운명을 그 짧은 궐련(卷煙)과 연관시켜 다룰 것이다. 자신의 외로운 죽음에 가까이 다가섰을 때 비로소 그에게 이 짧은 담뱃불의 비애가 다가왔던 것이다.
100 그에게 자신의 사상적 비밀을 담고 있는 '동양문자'란 그러한 고전적 사상들과 관련된 그러한 문자가 아니다. 그것은 그와 자신 속의 원시적 생명력인 '황'을 통해서 혈연적으로 계승한 것 같은 원시적 토템기호들과 관련될 것이다. 문자가 역사의 비바람에 닳아 없어진 석비(石碑)처럼(「자화상(습작)」을 보라) 거기에는 확인할 수 없는 상형문자들이 존재

상의 향기를 피워 올린다. 김기림은 이상에 대한 추도시인 「쥬피타 추방」에서 재치 있게 이상의 평소 역설적이고 유머러스한 습관을 본뜬 듯한 독특하고 인상적인 장면으로 그려낸다. 그는 "빼여문 파이프가 자주 거룩지 못한 원광을 그려 올린다." 하고 묘사한다. 여기서 우리는 불교적 후광을 멋지게 패러디한 이미지를 볼 수 있다. 이 담배 연기로 만들어진(따라서 세속적 차원을 초월한 빛인 붓다의 광배를 희극적으로 흉내 낸듯한) 간다라적 원광은 이 시만이 포착해낸 이상에 대한 탁월한 이미지이다. 담배라는 반 금욕주의적 기호품이 어떻게 이처럼 신성한 것으로 될 수 있단 말인가? 이것은 기존의 문명사상과 종교적 차원에서는 해결될 수 없는 문제이다. 이 쥬피타-이상의 간다라적 통합에는 많은 비밀이 스며 있다. 이상은 자신의 사상적 추구와 발견에 이르도록 촉진시킨 힘, 촉매제이자 황홀한 채찍이던 이 담배 속에 많은 것을 집어넣었다. 그것은 무한의 공간 속으로 빨려가는 유한의 물결이었다. 유한한 물질 속에 깃들어 있는 무한의 향기이기도 했다. 그의 파이프는 자신의 몸속에 뚫린 구멍 속에 그 무한의 향기를 집어넣어준다. 그 파이프 구멍 자체는 대지의 구멍과 자신의 몸의 구멍을 모두 하나로 잇는 길고 무한한 에로티시즘적 대롱이 된다. 이 우주목적인 수액의 통로를 통해서 우주적인 향이 피어오른다. 이 향기에 취함으로써 그는 마치 남아메리카의 와라오족 샤먼처럼 황홀경 속에서 '하늘다리'를 올라갈 수 있었을 것이다?101 그가 연기로 된 그 '하늘다리'를 통해서 들어간 감실이 바로 그의 무한호텔에 있는 하나의 방인 것이다.

　　유한한 물질적인 것은 결국 사라지며, 현세의 모든 삶도 그렇게 부

한다. 하늘의 별들, △ ▽ □ ● 등의 시적 기하학적 기호, 뱀과 개와 고양이와 나비, 그리고 원숭이와 앵무새, 사람의 신체 기관들⋯⋯. 이 모든 것이 원초적인 토템적 상형이며, 원초적인 기호들이다. '천기(天氣) 모양에 따라서 입으로 외우친다'는 구절에서 '천기 모양'도 그의 담배 연기와 함께 원초적 문자기호를 형성한다. 그는 '동양'이란 말을 이러한 것들과 연관시켰을 것이다.

101 피터 T 퍼스트, 『환각제와 문화』, 대원사, 1992, 54쪽 참조. 베네수엘라 지역에 살았던 와라오족 샤면은 시거를 피우며 삼키는데, 담배에 의해 가벼워지면 황홀경 속에서 담배연기로 만들어진 하늘다리를 건너 천

.488

질없이 무(無)로 흘러가버린다는 불교적 허무주의에 이상은 빠져들지 않았다. 여기에 그의 무한적 사유의 특징이 있다. 물질적 소멸은 좀 더 광대한 창조적 우주의 숨쉬기일 뿐이다. 그에게 흡연이란 이러한 우주적 숨쉬기를 연습하는 것이 아닐까? 그는 죽음을 새로운 방식으로 보려했음이 틀림없다. 죽은 것은 그저 허무로 돌아간 것이 아니다. 물질적인 차원이 소멸된 존재들은 다른 차원으로 넘어간다. 그것들은 이 세계에서는 사라진 것처럼 보이지만 여전히 다른 차원에서 다른 방식으로 존재한다. 그렇게 우주의 좀 더 광대한 영역 속에 죽음의 세계는 포괄된다. 「황」에서 양치류 식물처럼 나선형으로 소용돌이치는 담배 연기가 환기시키는 풍경은 바로 그러한 것이다. 이미 너무나 오래 전에 사라져버린 원시고대적인 양치류의 숲, 그 죽음의 숲은 다른 차원에서 여전히 존재한다. 이상은 '황'이라는 원초적 생명력을 통해 그러한 원시적 풍경을 그리워한다. 그에게 죽음은 자신의 무한적인 사상에서 벗어나 있는 황량한 이 고통스러운 현실에서 빠져나갈 수 있는 탈출구이다. 죽음은 무한호텔 속에 있는 그 원시적 낙원의 정원으로 그를 이끌어갈 것이다. 그가 그러한 무한정원(무한호텔) 사상을 탐구하도록 채찍질한 그 채찍이 이제는 그 정원을 향한 죽음의 길로 내닫도록 사정없이 그를 내리친다. 「종생기」에서 그가 꽉 쥐고 있는 산호채찍은 바로 그것이다. 그의 죽음에 대한 기록은 한편으로는 매우 우울하고 어둡지만, 그의 사상적 측면에서까지 그러한 것은 아니다. 그가 필사적으로 그에 대한 이야기에 문학적으로 몰입한 것은 바로 그 때문이다. 그것은 허무주의적인 이야기가 아니다.

상계에 오른다. 거기서 샤먼은 존경스런 큰 신령에 다가간다고 한다. 와라오족은 그곳을 자기들이 죽은 후에 돌아갈 집으로 여겼다. 나는 윌버트의 한 논문에서 운 좋게도 담배 연기로 된 다리 그림을 찾아낼 수 있었다. 뱀이 어떤 구체(과일)를 물고 있는 탁자에는 네 개의 판이 있고, 그 위에는 화살과 활이 놓여 있다. 이것을 원형의 방들이 둘러싸고 있으며, 그 가운데 통로를 담배 연기가 흐르고 있다. 연기의 다리 주위에는 담배 꽃들이 줄을 지어 피어 있다(Wilbert, House of the Swallow-Tailed Kite, Gary Urton ed. *ANIMAL MYTHS AND METAPHORS IN SOUTH AMERICA*, Univ. of Utah Press, 1985. 161쪽).

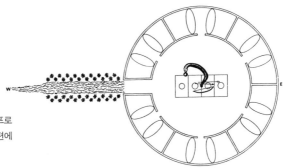

노엘 디아즈, 「담배연기의 로프로
만들어진 다리」. 연기다리 양편에
담배 꽃들이 늘어서 있다.

　　그가 죽은 뒤에 이러한 원시적 낙원에 대한 꿈이 배어 있는 한 편의
시가 확인되었다. 1939년도에 발표된 「자화상(습작)」은 태고의 그러한 낙
원적인 영상을 간직한 채 이 현실에서 점차 죽음으로 침몰해가는 자화상을
그렸다. '피라미드' 같은 코가 있는 폐허 같은 풍경, 황량한 사막처럼 펼쳐
진 이 죽음의 나라를 그는 자신의 얼굴 모습으로 그렸다. 그의 얼굴은 빛보
다 빠른 꿈의 방사선을 통해 그러한 태곳적 세계의 풍경을 담고 있었다. 그
러한 무한정원을 담아낸 그의 얼굴, 그의 시선(수많은 하늘을 담아낸 무한원점)에
는 그러한 낙원의 하늘이 응고되어 있다. 물질적인 논리의 홍수 속에서 그
러한 무한적인 낙원의 풍경은 폐허 속에 묻혀 있었다. 마치 태고의 비밀을
담고 사막 속에 파묻혀 있는 피라미드처럼 말이다. 사실 이렇게 부정적으
로 묘사된 '자화상'에서 우리는 무한사상의 휘황한 빛을 획득한 감실 속의
'쥬피타-이상'을 떠올려 볼 수 있다. 이 쥬피타는 파이프를 빼어문 채 담
배 연기의 무한구름으로 된 원광을 머리 위에 두른다. 그것이 바로 무한사
상의 낙원적인 표상이다. 담배 연기는 쥬피타의 얼굴에 있는 구멍들을 정
화시키기 위해 대지의 구멍 속에서 솟아오른 것이다. 그 에로티시즘의 뜨
거운 열기가 얼굴의 모든 구멍을 꽉 채워 황홀하게 했다. 그의 얼굴을 감싼
원광이 우주적 무한을 숨쉬고 무한한 영상을 담게 된 것은 당연한 일이다.

콧구멍으로는 '유구한 것'이 드나들게 되고, 눈에는 우주의 별로 가득 찬 태고 하늘의 영상이 축소된 모습으로 깃들어 있었다.[102] 이러한 얼굴이야말로 그가 「자화상(습작)」이나 「자상」에서 말했듯이 '어떤 나라'가 되지 않겠는가! 그래서 그는 비록 폐허가 되어 묻혀버렸지만 이 얼굴의 풍경에 대해 "여기는 도무지 어느 나라인지 분간을 할 수가 없다"한 것이다.

. 요리사 천사의 불과 궐련의 종생기

아마 초창기 시에서 가장 은밀하게 담배의 성적인 이미지를 보여준 것은 「파편의 경치」와 「▽의 유희」일 것이다. 이 시들은 그의 작품 가운데 발표된 것만으로 보면 세 번째로 쓴 것이다. 원고 말미의 기록만으로 보면 「각서1」의 전반부(100개의 구체가 그려진 먹좌표와 세 개의 명제)가 1930년 5월 31일로 첫 번째 작품이 된다. 「신경질적으로 비만한 삼각형」이 바로 그 다음날 쓴 두 번째 작품이다. 「이상한 가역반응」이란 시와 함께 실린 것(위 두 시도 포함된다)은 모두 6월 5일 쓴 것이다. 이 작품군이 세 번째 쓰인 것이다. 따라서 이러한 시들을 우리는 이상의 가장 초창기 작품으로 인정할 수 있다. 이 중에서 '담배'가 언급된 것은 「파편의 경치」이다. 이상은 여기서 "전등이 담배를 피웠다"고 표현한다. 그는 여성 성기를 상징하는 '슬리퍼'를 등장시키면서 "나는 유희한다 / ▽의 슬립퍼어는 과자(菓子)와같지 아니하다 / 어떠하게 나는 울어야 할 것인가" 하고 노래한다. 이러한 문맥에서 "전등이 담배를 피웠다" 하는 표현은 분명 성적인 은유이다. 이 '전등'은 「▽의 유희」에서 또 다시 나오기 때문에 우리는 이 두 시를 연관시킴으로써 더 이성적인 문맥을 구체적으로 알 수 있다. "슬립퍼어가 땅에서 떨어지지 아니하는 것은 너무나 소름끼치는 일이다 / ▽의 눈은 동면(冬眠)이다 / ▽은 전등을 삼등태양(三等太陽)인줄 안다". 이상에게는 이후에도 인공적인 태양

---

[102] 이렇게 시인의 눈은 우주적 영상을 축소시키는 오목렌즈이다. 우리는 「삼차각설계도」(「각서6」)에서 이상이 오목렌즈를 새로운 휴머니즘의 주관적 체계로 정의한 것을 보았다.

이미지가 많이 나온다. 이 뜨겁게 달구는 '태양'이 '전구'와 연관됨으로써 여기서는 성적으로 흥분된 남성 성기를 연상하게 된다. 「파편의 경치」에서 "담배를 피웠다"는 것은 뜨겁게 달궈진 흥분된 성기를 가리키고 있다. 「▽의 유희」에서 이 표현은 전구의 필라멘트 부분과 연관되어 이렇게 서술된다. "여기는 굴뚝 꼭대기냐 // 나의 호흡은 평상적이다 / 그러한데 탕그스텐은 무엇이냐 / (그무엇도 아니다) / 굴곡한 직선 / 그것은 백금과 반사계수가 상호동등하다". 전구가 태양처럼 뜨겁게 될 수 있는 것은 필라멘트가 달궈지기 때문이다. 위에서 '탕그스텐'은 바로 그 부분을 말한다. 이상은 바로 그 부분에 대해 "굴곡한 직선"이라고 표현한다. 바로 이 모순된 표현 속에 이상의 사상적 측면이 들어 있다. 이것은 이미 앞에서 한번 논한 초검선과 관련된다. 우리는 「각서4」에 나오는 "탄환이 일원도(一圓壔)를 질주했다(탄환이 일직선으로 질주했다에 있어서의 오류등의 수정)" 하는 표현이 어떤 의미를 담고 있는지 말했다. '탄도선'에 대한 논의에서도 이러한 문제에 대해 이야기했다. 대체로 이러한 것들은 근대적인 유클릿적 기하학과 뉴턴적 물리학의 한계 너머에 있는 운동을 가리킨다. 그것은 아직 초검선적 운동을 정확히 포착한 것은 아니다. 우리는 바로 이러한 측면에 주목할 때 이상의 첫 번째 작업 즉 「각서1」의 무한좌표(100개의 무한구체와 세 개의 명제)의 선명한 모습을 떠올리게 된다. 그는 자신의 이 첫 번째 작업을 완성시키지 못한 채 그것에 미달된 세계에 대해 노래할 수밖에 없었다. 「신경질적으로 비만한 삼각형」과 「파편의 경치」, 「▽의 유희」등 삼각형을 주제로 한 것은 모두 무한구체에 대한 이야기를 잠시 젖혀두고 그로부터 추락된 세계에 대해 노래한 것이다. 이미 이상은 처음부터 이렇게 종이와 거울의 세계로부터 출발한 것이다. 「▽의 유희」는 바로 '종이'와 '거울'의 평면적 존재에 대해 노래한 것이다. "종이로 만든 배암을 종이로 만든 배암이라고 하면 / ▽은 배암이다". 이 시의 첫 부분은 이상이 그 뒤로 펼쳐내는 '종이' 세계의 출발점을 보여준다. 슬리퍼가 땅에서 떨어지지 않는 것이 너무나 소름끼치는 일이라고 한 것도 그러한 평면바닥에 밀착된 것을 가리킨다. 이러한 평면성은 대개 그의 거울 시들에서 볼 수 있듯이 차갑게 냉각된 세계의 특징이기도 하다. "▽의 눈은 동면(冬眠)이다"라고 한 것에서 우리는 차가운 냉각된 이미지, 성적으로 별로 흥분하지 않고 일종의 기계적인 반응에 그치는 것을 연상할 수 있다. 슬리퍼가 땅의 평면에서 떨어지지 않는 소름끼치는 일은 그러한 냉담한 반응을 은유적으로 표현한 것이다. 자신의 흥분된 성기인 '전등'을 '삼등태양' 정도로 안다는 것도 그러한 냉각된 여자의 반응을 풍자적으로 묘사한 것이다. 이상은 이 시에서 전구 속에 달궈진 필라멘트의 텅스텐을 "굴곡한 직선 / 그것은 백금과 반사계수가 상호동등하다" 하고 표현했다. 이 수수께끼 같은 말은 무엇을 의미하는가? 여기에는 이상이 파악한 두 가지 운동 역학이 있다. '굴곡한 직선'은 단지 비유클릿 기하학만을 가리키는 것이 아니다. 거기에는 역학적 운동이 가미되어 있다. 용수철 형태의 필라멘트 속을 전기가 흐르며 빛을 낸다. 그 전기의 가장 빠른 (직선적) 운동은 비틀리며 휘어지는 곡선을 따라 움직인다. 역학의 본질을 그는 이렇게 비유클릿적인 형태로 파악하고 있다. 그 다음 표현은 전기가 빛으로 변하는 것에 대한 것이다. '백금'인 플라티나(플라티늄의 복수)는 이상의 친구 김기림의 시에서도 흔히 볼 수 있는 당대의 최첨단 용어이다. 김기림은 그것을 태양의 이글거리는 빛 이미지와 연관시켰다. 정지용도 「바다」 시편에서 바다 한 가운데서 바라본 태양을 '백금 도가니'에 비유했다.[103] 그 시대에 '플라티나'는 카페 이름으로도 쓰였다. 이상은 텅스텐을 백금과 반사계수가 동등한 것이라고 표현하는데, 이것은 텅스텐을 이처럼 당시 널리 인기 있게 퍼져 있던 백금(플라티나)의 이미지로 끌어냄으로써 전구의 태양 이

103 정지용의 「갈메기」와 「바다7」을 보라. "해는 하늘 한 복판에 백금 도가니처럼 끓고, 똥그란 바다는 이제 팽이처럼 돌아간다."(「갈메기」, 『조선지광』 80호, 1928. 9.) "정오 하늘 / 한 한가운데 돌아가는 태양, / 내 영혼도 / 이제 / 고요히 고요히 눈물겨운 백금 팽이를 돌니오."(『신소설』 5호, 1930. 9.) 김기림은 이렇게 노래했다. "가을의 태양은 '플라티나'의

미지를 강조하기 위한 것이다. 그는 '반사계수'란 말을 씀으로써 '거울' 이미지를 추가한다. 즉 전구는 완전한 태양이 되지 못하고, 거울 평면의 가짜 태양정도(여기서는 삼등태양)의 지위에 머물러 있어야 했던 것이다. 이상은 이렇게 성적인 은유를 모두 종이와 거울, 그리고 삭막한 인공적 일상물 속에 가둬버린다. "전등이 담배를 피웠다"는 표현은 비록 해학적인 것이긴 해도 그러한 거울세계 속에서 생식력을 돋우려 노력하는 눈물겨운 이미지를 보여주는 것이다. 그는 "어떠하게 나는 울어야 할 것인가"라고 외칠 수밖에 없었다. 성적인 불감증의 사막화가 광범위하게 퍼져 있는 세계 속에서 그는 생명력 넘치는 그러한 울음을 뱉어낼 방도를 찾지 못한다. 이렇게 황무지적인 세계를 어떻게 가로질러 갈 것인가에 대해 그는 처음부터 운명적인 물음표를 던졌다. "그런데 나는 캐라반이라고. / 그런데 나는 캐라반이라고."(「신경질적으로 비만한 삼각형」의 마지막 구절) 그는 막막한 사막을 가로질러 가는 낙타 대상(隊商)으로 자신을 인식한 것이다. 이 낙타 이미지는 「지도의 암실」에서도 나타난다. 그는 이 삭막한 거울세계 속에서 몸부림치며 자신의 삶을 그 위에 일기로 써대는 종이들, 그리고 거울세계를 형성하는 이 종이들을 모두 낙타에게 먹인다. 그 낙타는 과연 이상을 어떤 오아시스로 데려갈 수 있을 것인가?

　　「실화」를 분석하면서 우리는 이상의 담배가 경성과 동경, 그리고 런던 같은 근대 도시의 냉각된 공간을 모두 합성시킬 정도의 몽환적인 힘을 가져온 것임을 보았다. 그의 파이프 담뱃불은 이 차가운 세계 전체를 내려다 볼 정도로 높이 비상할 수 있는 힘을 그에게 주었던 것이다. 그는 거울세계 전체를 모두 하나로 통합시켜 내려다 볼 정도의 '오감'하는 시선을 확보할 수 있었다. 파이프의 담뱃불은 그렇게 냉각된 거울세계 너머로 시인

연미복을 입고서 / 피빠진 하늘의 얼굴을 산보하는 / 침묵하는 화가입니다."(「가을의 태양은 '플라티나'의 연미복을 입고」(조선일보, 1930. 10. 1.) 김기림은 정지용의 '백금 도가니'를 의식한 듯 '백금 바구니'란 말을 쓰기도 했다. "넓은 바다는 태양의 놀이터―그는 아낌없이 그의 백금 바구니를 바다의 푸른 치마폭 위에 쏟아놓았소."(「바다의 즉흥시」(「전원일기의 일절」, 『조선일보』, 1933. 9. 7.~9. 9.) 중의 한 단편]

텅스텐 원자를 확대한 모습. 일종의 텅스텐 만다라이다. 이 극미한 세계 속에는 서로 공명하면서 에너지와 정보를 주고받는 거대한 우주의 모습이 담겨 있다.

을 비상하게 한다. 그의 파이프는 대지의 아궁이를 연상시킬 정도로 강렬하게 불을 때고 있는지도 모른다. 아궁이와 거기서 솟구치는 연기의 이미지를 그의 담배 파이프가 흡수했다.

이제 그의 '담배'가, 이 남성적인 쾌락적 도구가 어떻게 여성 자궁의 이미지와 겹치게 되는지 알아보아야 할 때가 되었다. 바로 이 부분에서 그의 '담배' 기호가 시적인 화려한 얼굴을 드러낸다. 이 부분이야말로 이상의 예술적 본질에 해당하는 것이기도 하다. 그는 창녀와 다른 몇몇 여인과의 성적인 관계와 연애 관계, 사랑의 문제에 대해 논했지만 이러한 것이 모두 단지 그의 개인적인 취향과 그의 세속적인 욕망추구 등으로 끝나지 않게 되는 것은 바로 이러한 우주적, 대지적 생명력에 대한 탐구 속에 그러한 것을 겹쳐놓았기 때문이다. 그의 성적인 탐색 행위와 그에 대한 경험담, 성적 농담 같은 것은 단지 말초적인 쾌락주의적 탐닉에서 나온 것이 아니다. 우리는 그의 첫 번째 시인 「각서1」의 전반부 즉 100개의 구체와 세 개의 명제를 언제나 그의 본질에 깔아놓아야 한다. 두 번째 시들인 삼각형 관계 시의 성적인 기호들은 그가 처음부터 이미 무한정원적인 곱셈(羃에 의한 羃)의 우주적 영역이 붕괴된 현실에서 출발했음을 보여준다. 냉각된 거울세계에서 뜨거운 성적 교환관계는 사라진 것이다. 이 성적인 곱셈의 불가능은 곧 이 세계에 존재하는 다른 모든 것의 황무지적 성격을 가리킨다. 성적인 기호는 그 모든 것의 중심에 놓인 가장 본질적인 기호인 것이다. 따라서 그가 이렇게 처음부터 들이댄 성적인 기호를 그의 동경시절 마지막 작품에까지 이끌어간 것이 별로 이상하게 보이지는 않을 것이다. 그가 「종생기」에서 자신을 '탕아'라고 내세우는 것도 무슨 그러한 화려한(?) 경력을 과시하기 위한 것도 아니다. 그러한 것도 모두 이 황무지 위에서 생식력적인 성배를 찾아 이리저리 헤매는 기사를 풍자적으로 전도시켜 보인 축제적 이미지일 뿐이다. 이 다소 희극적인 돈키호테적 기사의 '말'은 처음부터 성적인 생식력의 땅을 찾아 헤매고 있었던 것이다. "나의 신경은 창녀보다도 더욱 정숙한 처녀를 원하고 있었다. // 말(馬)- / 땀(汗)-"(「수염」에서). 삼각형 관련 시편과 같이 발표된 이 시 역시 그러한 성적인 풍경을 노래하고 있다. 여성 성기를 '아메리카의 수족관'이라고 표현한 이 시에서 이상은 그 음울한 수족관 같은 풍경 속에서 성행위를 한 것을 이 두 마디 말로 표현했다. 그에게 '말'은 처음부터 이렇게 성적인 지대를 답사하고 탐색하는 행위였다.

  이상이 자신의 얼굴을 성적인 여성 성기와 합성한 그림은 「수염」이 처음이다. "눈이 존재하여 있지 아니하면 아니될 처소(處所)는 삼림(森林)인 웃음이 존재하여 있었다"라고 이 시의 첫 부분은 노래한다. 이상은 「종생기」의 첫머리에서 그가 오자를 범했다고 하면서 쓴 '극(郤)' 자를 이러한 상상력의 연장선에서 성적인 풍경을 암시하는 것으로 만들었을 것이다. 이 글자는 계곡과 언덕의 이미지를 불러일으킨다. 마치 마그리트의 그림을 연상시키는 듯한 이 얼굴과 성기의 합성 그림은 매우 독특하며 독창적인 것이다. 마그리트는 「강간」이란 그림에서 여성의 얼굴에 그녀의 성기 부분을 배치했다. 이상은 그러한 풍경을 '삼림의 웃음'으로 처리해서 매우 해학적인 모습으로 만들었다.

이렇게 이상의 '수염'은 언제나 이중적인 곱셈적 이미지가 된다. 그것은 얼굴과 성기의 곱셈이며, 남성과 여성의 곱셈이다. 이제 담배 파이프가 어떻게 해서 아궁이의 이미지를 갖게 되는지 말할 수 있을 것이다. 「최저낙원」에서 이상은 바로 그 수염의 이미지를 이중적인 것으로 사용하

르네 마그리트, 「강간」, 1945. 이 얼굴은 형천의 모습과 반대이지만 또 닮았다. 이상의 극(郤)이란 글자를 이 그림과 연관시켜보라. 마그리뜨는 상처받은 육체성에 대한 집착을 보이려 했지만, 거기에 이상의 수염나비 정신을 가미하면 이 마그리트의 가면 뒤에서 웃음이 폭발할 것처럼 느껴진다.

면서 '아궁이' 역시 그렇게 이중적인 기호로 만들었다. 어느 유곽지대의 복잡하고 지저분한 골목 풍경을 떠올리듯이 그려낸 이 시의 도입부는 은밀하게 성적인 풍경들을 암시하기도 한다. 오히려 이것을 성적인 것을 가리키는 은유법이라고 말하기 보다는 그 둘(유곽풍경과 성적 풍경)이 곱셈식으로 결합된 풍경이라 파악해야 할 것이다. "공연한 아궁지에 춤을 배앝는 기습(奇習)─연기(煙氣)로 하여 늘 내운 방향". 여기서 '아궁이'와 '연기'는 유곽의 지저분한 풍경이며, 동시에 거기서 탕아의 눈앞에 전개되는 성적인 풍경이기도 하다. 이상이 오자를 범하면서 쓴 '극(郤)' 자는 바로 그러한 풍경을 암시해준다. 이러한 성적인 암시를 생각하면서 이것이 초검선적 상상력 속

에서 어떻게 선사시대의 식물적 이미지로 변주되는가 알아보자.

> 내가 피우고 있는 담배 연기가, 바람과 양치류(羊齒類) 때문에 수목(樹木)과 같
> 이 사라지면서도 좀체로 사라지지 않는다.
> …… 아아, 죽음의 숲이 그립다 …… 개는 안팎을 번갈아가며 뒤채어 보이고
> 있다. 오렌지 빛 구름에 노스탈쟈를 호소하고 있다.104

이상은 1931년 11월 3일에 이 시를 썼다. 「삼차각설계도」를 발표
한 것이 10월 달이니 그 뒤 한 달도 안 되어서 쓴 것이다. 그는 여기서 "발
견의 기쁨은 어찌하여 이다지도 빨리 발견의 두려움으로 또 슬픔으로 전환
한 것일까" 하고 탄식한다. 그는 「삼차각설계도」의 감격을 별로 길게 누려
보지도 못하고 이렇게 빨리 절망의 구렁텅이 속으로 빠져들었던 것 같다.
냉각된 극지의 세계를 상징하는 시계와 '아문젠 옹(翁)의 식사' 같은 것들
로부터 이 시는 시작한다. 「광녀의 고백」처럼 이 얼어붙은 극지와 같은 세
계는 이상의 문학 도처에 깔려 있다. 그의 문학적 계절은 주로 이러한 '겨
울'에 집중되어 있다. 위의 시 「황」에서 그에게 다른 계절은 없는 것이나 마
찬가지이다. "우울이 계속되었다. 겨울이 지나고 머지 않아 실(絲)과 같은
봄이 와서 나를 피해갔다." 그에게 거울세계의 본질적인 계절은 '겨울'이
다. 나머지 다른 계절은 단지 껍질적인 위조계절이다. 봄이 되어도 "꽃이
매춘부의 거리를 이루고 있다." 하는 표현처럼 진정한 봄의 생명력은 존재
하지 않는다. 이러한 인공적이고 껍질적인 계절의 이미지는 다채롭게 나타
난다. 이상의 문학적 주제는 따라서 이러한 거울세계의 '겨울'을 극복하고
진정한 '봄'을 맞는 것이다. 그러한 봄을 위해 그는 불을 피워야 한다. 「황
의 기(작품제2번)」은 바로 그러한 '겨울'과 '봄'의 드라마를 보여준다. 그

는 "그림달력의 장미가 봄을 준비하고 있다"고 했다. 이 달력이 지시하는 봄은 「황」에서와 마찬가지로 껍질적인 봄이다. 그러나 이상은 진정한 봄을 위해 무엇인가 해야 한다. 그는 이렇게 노래한다.

바람 사나운 밤마다 나는 차차로 한 묶음의 턱수염 같이 되어버린다

한줄기 길이 산을 뚫고 있다

나는 불꺼진 탄환처럼 그 길을 탄다

봄이 나를 뱉어낸다 나는 차가운 압력을 느낀다

듣자 하니—아이들은 나무밑에 모여서 겨울을 말해버린다

화살처럼 바른 것을 이 길에 태우고 나도 나의 불행을 말해버릴까 한다

한 줄기 길에 못이 서너개—땅을 파면 나긋나긋한 풀의 준비—봄은 갈갈이 찢기고 만다.105

이상이 자신의 '목장'(우리의 개념으로는 무한정원)을 지키는 개를 '황'이라고 이름붙인 것은 1931년 11월 3일이다. 이 '황'은 이상 속에 여전히 살아 있는 무한정원적 생명력이었다. 겨울세계의 차가운 겨울을 맞아서 그는 자신 속의 '황'의 생명력을 계속 유지하고 분출시킨다. 그것만이 그에게 남은 유일하게 의미 있는 삶이었다. 그는 담배 연기로서, 때로는 자신의 턱수염으로서 그러한 생명력의 분출을 보여준다. 「작품제3번」은 자신의 신체 각 부분, 즉 팔과 손톱, 모발, 살갗, 수염 같은 것을 파편적으로 보여준다. 그는 그러한 것을 어떻게 다시 강렬한 생명력으로 통합시킬 것인지 묻는다. 잘려진 모발을 땅 속에 "식목한다"고 하면서 자신이 지구에 다시 뿌리박고 싶다는 욕망을 강력하게 나타낸다. 그는 "용수(榕樹)처럼 나는 끈기 있게 지구에 뿌리를 박고 싶다"라고 말한다. 그는 이 시에서 유일하게 이

차가운 거울세계의 겨울이 끝났을 때에 대한 이야기를 한 토막 남긴다. 자신의 거대한 사상을 자신의 희망과 함께 겨울의 땅 속에 묻었다. 진정한 봄을 기다리면서 말이다.

> 바람은 봄을 뒤흔든다 그럴 때마다 겨울이 겨울에 포개진다
> 바람 사이사이로 녹색 바람이 새어나온다 그것은 바람 아닌 향기다 나는 나의
> 모든 것을 묻어버리지 않으면 아니된다 나는 흙을 판다
>
> 흙속에는 봄의 식자(植字)가 있다
>
> 지상에 봄이 만재(滿載)될 때 내가 묻은 것은 광맥(鑛脈)이 되는 것이다
> 이미 바람이 아니불게 될 때 나는 나의 행복만을 파내게 된다[106]

「황」의 계열의 마지막 시편인 이「작품제3번」은 이렇게 이상의 작품에서 유일하게 희망을 노래한 시이다. 봄이 오지 못하도록 봄을 뒤흔들며 바람이 불지만 그러한 바람 사이에서 '녹색 바람'이 새 나온다고 그는 노래한다. 그것은 녹색의 향기, 아직 오지 않았지만 언젠가는 도래할 봄의 향기이다. 겨울의 바람 속을 뚫고 그 희망의 메시지가 그에게는 전해져온 것이다. 그는 자신의 모든 것을 땅 속에 묻는다. 진정한 봄을 맞았을 때 자신이 파묻은 것이 소중한 광맥으로 자라나기를 바라면서 말이다. 이 시의 마지막에서 그는 자신의 수염에 대해 노래한다. "남자의 수염이 자수(刺繡)처럼 아름답다 / 얼굴이 수염 투성이가 되었을 때 모근(毛根)은 뼈에까지 다다라 있었다." 이렇게 그는 수염의 식물적인 이미지를 통해서 자신 속의 대지적 생명력에 대해 노래할 수 있었다.

그는 자신의 신체를 이렇게 식물화함으로써 대지적 이야기를 신체 속에서 전개시킬 수 있었다. 「황」에서 담배 연기는 이러한 대지의 이야기를 원초적인 생명력이 가장 충만했던 선사시대의 숲에 대한 이미지로 이끌어갔다. 바로 황의 목장이며 정원인 그 원초적인 낙원의 숲 이야기는 다른 방식으로도 전개되었다. 성경식의 에덴동산 이야기로 말이다. 그는 자신의 늑골과 폐 같은 것 속에서 그러한 성경적 설화방식을 전개시킨다. 「작품제3번」의 후속작이라고 볼 수 있을 만한 「각혈의 아침」(1933년 1월 20일 쓴 것으로 부기되어 있다)은 자신의 폐결핵 이야기를 절묘하게도 성경식 이야기로 바꾸어 놓은 수작이다.

이 시는 대략 세 가지 이야기가 중첩된 것이다. 하나는 에덴동산의 '사과' 이야기, 다른 하나는 예수의 고난과 구세주 예수를 부인한 베드로의 이야기, 그리고 자신의 폐결핵 이야기가 바로 그것이다. 그는 이러한 것을 모두 본래의 문맥에서 완전히 뒤집힌 모습으로 결합시킨다. 에덴의 생명 과일은 인공적인 냉각된 사과로 변했다. 고난 받는 예수의 십자가는 페인트 칠한 십자가로, 성베드로는 고무 전선으로 진맥하는 의사로 변했다. 여기서 이상은 매우 절묘한 상상력을 펼친다. 자신의 폐결핵 균을 가브리엘 천사균이라고 하며, 자신의 폐 속엔 '요리사 천사'가 있다고 한 것이다. 결핵으로 피를 토해내는 자신의 병을 이렇게 우주적 풍경으로 바꾼 것이다. 자신의 폐결핵은, 이 냉각된 우주를 다시 데우고 요리하기 위해 요리사 천사가 폐 속에서 불을 때고(다른 곳에서 그의 폐는 풀무질을 하기도 한다) 요리하기 때문에 생긴 현상인 것이다. 자신은 바로 그러한 요리이다. 자신이 매달린 십자가가 바로 그 폐 속에 있다. 그런데 자칫 환상적인 낭만주의적 장면이 될 수도 있었을 이러한 장면을 이상은 희극적으로 처리한다. 그는 병과 신화를 뒤섞으면서 거기 인공의 조미료를 가미한다. 페인트 칠한 십자가, 요리사, 사이비 의사 베드로 같은 것이 이 거대한 낭만주의적 화폭을 아이들 장난처럼 우스꽝스럽게 만들어버린다. 이상은 이 매우 역동적이고 복합적인 화폭의 중심에 자신의 폐병과 호흡과 담배를 갖다놓는다. "담배 연기의 한 무더기 그 실내에서 나는 긋지 아니한 성냥을 몇 개비고 부러뜨렸다. 그 실내의 연기의 한 무더기 점화되어 나만 남기고 잘도 타나보다 잉크는 축축하다".107 이 부분은 첫줄과 함께 다시 읽어야 한다. "사과는 깨끗하고 또 춥고 해서 사과를 먹으면 시려워진다 / 어째서 그렇게 냉랭한지 책상 위에서 하루 종일 색깔을 변치 아니한다. 차차로 — 둘이 다 시들어 간다." 이렇게 뜨거움과 차가움의 대립이 여기서는 사과와 담배로 나타난다. 자신의 폐 속에서 벌어지는 고난의 십자가와 요리사 천사의 요리에 관련된 사건은 이 우주적 두 기운의 싸움을 구체적인 이야기로 확장시켜 보여준 것이다. 이상은 이 시의 한 구절에 이렇게 우주적 전쟁의 현장을 촉발시킨 한 발의 총알을 보여준다. "나의 호흡에 탄환을 쏘아넣는 놈이 있다".108 이 구절에 그의 많은 상상력이 압축되어 있다. 그는 그의 신체 중심부인 폐에서 벌어진 이 우주적 전쟁의 의미를 보여주고 싶었다. 그것은 자신이 성경식으로 말해서 이 세상을 구원할 불세출의 그리스도가 된다는 가정에서 생긴 것이다. 그는 "내가 가장 불세출(不世出)의 그리스도라 치고"라고 말했다. 어떻게 보면 그의 '담배'는 이미 폐병에 걸려 있는 그에게 암적인 것이지만 여전히 이러한 '그리스도'적 상징을 유지시킬 수 있는 수단이었는지 모른다. 호흡할 때마다 마치 탄환에 맞은 것처럼 폐에서 각혈을 해도, 그는 그 속에서 끓고 있을 물과 요리를 소중하게 유지하고 지속시키지 않으면 안 될 것이다. 담배는 그러한 불을 계속 태우기 위해, 요리사 천사의 불을 계속 유지시켜주기 위해 필요한 것이었다.

이상은 「실화」를 쓰면서 시계와 담배를 대비시킨다. 시 「각혈의 아

---

107 이상, 「각혈의 아침」, 앞의 책, 193쪽.
108 위의 책, 194쪽.

침」에서는 차갑게 얼어붙은 사과와 담배가 대비적인 이미지로 나온다. 「실화」에서는 사과 대신 시계가 등장한 것이다. 이 소설에서 시간의 흐름은 담배 연기의 몽환적인 분위기 속에서 완전히 해체되어 있다. "꾸부러진 파이프에다가 향기가 아주 높은 담배를 피어 뻑-뻑- 연기를 풍기고 앉았는 것이 무엇보다도 낙(樂)이었답니다"라는 이 소설 속에 나오는 어떤 소설의 한 구절인 윗 대목은 바로 이상에게 해당되는 것이다. 그의 '구부러진 긴 파이프'는 앞에서 본 것처럼 무한정원적인 풍경에 대한 강렬한 향수였다. 그것은 자신 속에서 갈등하고 부딪히는, 어떤 힘들 간의 전쟁의 모습을 띠기도 한 폐결핵의 우주적 의미를 지탱하기 위한 불길이기도 하다. 그의 담배는 모든 성적인 은유적 기호를 이끌며 무한정원의 새로운 도래를 위해 달리는 성배기사의 유일한 동반자였다. 그것은 우주적 아궁이의 불을 계속 지피면서 이 추운 겨울을 날 수 있게 해주는 작은 안식처이기도 하다. 그 연기들은 원초적 생식력을 불러일으키는 여성의 음모와 선사시대의 양치류(이끼류) 식물의 영혼 같은 이미지로 나타나기도 한다. 그러한 모든 것 속에서 담배 연기는 '초검선적인 연기의 폭포' 같은 이미지를 감추고 있다. 이상에게 담배 연기는 바로 그 자신의 사상적 이미지였던 셈이다.

그가 작은 크기의 담배에 대해 노래한 것이 그가 죽은 다음 해인 1938년 10월에 『맥』이란 잡지에 실렸다. 거기서 우리는 그의 담배가 바로 생명력으로 타오르는 마음 그 자체임을 알게 된다. 그것이 다 타면 마음의 생명력은 사라진다. 그것이 바로 그의 진짜 죽음이다.

르네 마그리트, 「알퐁스 알레에 대한 경의」, 1964. 물의 생명력을 뜻하는 물고기는 타들어가는 담배와 마치 한몸처럼 결합되어 있다. 물 속과 허공이 합쳐 있을 것 같은 시적인 공간 속에 떠 있는 이 '물고기 담배'를 물 속의 오랑캐인 하융, 즉 우리의 이상에게 바치면 어떻겠는가.

내 마음에 크기는 한개 궐련(卷煙) 기러기만하다고 그렇게 보고,

처심(處心)은 숫제 성냥을 그어 궐련(卷煙)을 부쳐서는

숫제 내게 자살을 권유(勸誘)하는도다.

내 마음은 과연 바지작 바지작 타들어가고 타는대로 작아가고,

한개 궐련(卷煙) 불이 손가락에 옮겨 붙으렬적에

과연 나는 내 마음의 공동(空洞)에 마지막 재가 떨어지는 부드러운 음향을 들었더니라.

처심은 재떨이를 버리듯이 대문 밖으로 나를 쫓고,

완전한 공허를 시험하듯이 한마디 노크를 내 옷깃에 남기고

그리고 조인(調印)이 끝난 듯이 빗장을 미끄러뜨리는 소리

여러번 굽은 골목이 담장이 좌우 못보는 내 아픈 마음에 부딪쳐 달은 밝은데

그 때부터 가까운 길을 일부러 멀리 걷는 버릇을 배웠드니라.[109]

이상은 우리가 앞에서 말한 자신의 담배에 대한 기호를 여기 한 마디로 압축한다. "내 마음의 크기는 한개 궐련 기러기만하다"라고. 여기서 '기러기'는 '길이'의 방언이다(어떤 방언에서는 '기럭지'라고도 한다). 파이프 담배 대신이 작은 크기의 담배인 궐련을 피우는 것에 대해 그는 다른 글에서 못마땅한 어조로 말했다. 그만큼 그는 여유롭게 그리고 끊임없이 지속되는 담배의 향연(香煙)을 즐기고 싶었을 것이다. 자신의 모든 사상과 그에 관련된 상상적 기호가 담긴 담배는 바로 이상 자신의 마음과도 같았을 것이다. 그의 진정한 마음은 담배가 탈 동안만 존재했던 것은 아닐까? 이 시의 주인공인 '처심'은 마치 다른 인물의 이름처럼 되어 있지만 실은 이상 자신의 마음이다. "처심은―숫제 내게 자살을 권유하는도다"라는 것은 '그 스스로 자신

에 대해 자살을 권유한다'고 해석되어야 한다. 그의 동경시절에 자신의 무한적 사상에 대한 염원을 끝없이 불태워 이 차가운 겨울을 나게 해줄 담배만이 유일한 마음의 동반자처럼 남아 있었을 것이다. 그 담배의 마지막 한 개비가 남아 있었을 때 그는 이 시에 대한 착상이 떠오른 것이 아닐까? 이 한 개비 담배가 다 타고 그 마지막 재가 떨어진다. '나'는 이제 '처심'의 문 밖으로 쫓겨난다. '처심'은 거울세계 속에 자신의 거처를 마련해 거기 마음을 두고〔處心〕 살아보려는 그러한 결심을 가리킨 것인가? 이 시를 이상은 언제 쓴 것일까? 『맥』의 편집인은 이 유고를 어디서 어떻게 얻었는지 말하지 않았다. 그러나 그의 담배에 대한 집요한 집착과 그것에 부여된 중대한 의미를 추적해본 우리로서는 이 시를 마지막 시기에 배정하고 싶은 생각이 든다. 「실화」를 끝내고 그는 마지막으로 이 시를 쓴 것은 아닐까? 그의 마지막 시적인 '종생기'로서 말이다.

물 속 오랑캐의 비단정원 째기

폐병에 걸린 몸을 이끌고 낯선 타국의 중심부를 헤매며, 이상은 자신의 예술과 사상에 대한 마지막 열정을 모두 소진시켜버렸다. 그의 폐 속에 있던 '요리사 천사'의 불은 꺼졌다. 그의 무한사상의 향기를 피워 올린 쿨련의 마지막 불도 꺼져버렸을 때 그를 아꼈던 문단의 벗들은 조촐한 추도식을 베풀었다. 한때 서정주와 함께 이상의 집을 방문하고 밤새워 거리를 누빈 이성범은 애도시에서 "제논의 화살에 맞은 그의 심장에선 피가 흘렀다"[110] 하고 노래했다. 김기림은 추도시에서 쥬피타의 자리에 이상의 정신을 올려놓고자 했다. 그러나 애도의 기간이 끝나면서 그의 문학 속에 잠겨 있던 사상의 강렬한 향기는 곧 파묻힌다. 후에 이상을 계승하거나 그의 문학에 대해 언급한 사람들은 주로 그의 현대적 기교와 기이한 행태, 나르시즘 등에 주목했을 뿐이다.

　　나는 이 책에서 폐허처럼 남아 있는 이상의 광대한 사상적 지평을

---

110 이성범, 「이상 애도」, 『자오선』, 1937. 11.

여기저기 탐색해보려 했다. 그러한 과정에서 그의 거울 이미지는 나르시즘이 아니며, 그의 괴벽은 남들에게 보여주기 위한 가장이나 제스처가 아님을 알았다. 그러한 것은 모두 그의 사상과 그것을 실천하려는 삶이 현실 속에서 발현된 한 양상이었다. 그의 난해한 기교 역시 현실의 질서에 묶인 언어와 기호와 담론을 그가 돌파하려고 몸부림치는 모습에서 나온 것에 불과했다. 따라서 우리는 아직 그의 진정한 기교에 대해서 본격적으로 논의해보지도 못한 셈이다.

나는 이 책을 마무리하는 자리에서 그가 음악적인 표제를 단 「작품 제3번」이란 시의 한 구절을 음미하고 싶다. "흙 속에는 봄의 식자(植字)가 있다. // 지상에 봄이 만재(滿載)될 때 내가 묻은 것은 광맥이 되는 것이다 / 이미 바람이 아니불게 될 때 나는 나의 행복만을 파내게 된다". 그가 문학에 뛰어들었던 초창기에 쓴 이 시에서 마치 먼 미래를 내다보고 쓴 듯한 이 구절은 그의 시 가운데 가장 희망에 찬 것이다. 그는 얼어붙은 겨울의 공기 속에서 이렇게 뜨거운 희망의 말을 내뱉었다. 우리는 지금까지, 말하자면 이상이 파묻은 것들을 캐내고 있었던 셈이다. 그는 겨울에 겨울이 포개진다고 위 시에서 말했는데, 그 겨울의 갈피갈피에서 새어나오는 향기로운 녹색바람을 알고 있었다. 그가 그 바람의 실들로 짜여진 새로운 계절의 천들에 대해 노래하지 않았다고 말할 수 있을까?

적어도 그에게는 그러한 상상력이 존재하고 있었음이 확인된다. 그는 성천에 갔을 때 그 시골의 공기 속에 그러한 생명의 천이 가득 깔려 있음을 느꼈다. "생비린내 나는 공기가 유동하면서, 넋을 녹여낼듯한 잔물결의 바람이 가벼운 비단바람을 흔들어 일으켰다."[111] 하고 썼다. 성천의 하늘에서는 이 '비단바람'이 만들어지고 있었다. 그가 이 가난하고 황량한 식민지의 변두리에 있는 시골의 공기 속에서 여전히 붙잡을 수 있었던 이 무

111 이상, 「어리석은 석반」, 전집3, 171쪽.

한정원의 아름다운 표상은 싱싱한 비단 바람의 천으로 짜여진 것이다.

그의 시학은 이렇게 생성적인 힘으로 가득찬 것을 지향하고 있었다. 그는 초창기 「조감도」의 시편에서 "실과 같은 동화"에 대해 말했다. 신성한 미소를 띠고 황량한 대지 위를 움직이는 이 초검선의 실은 성천의 황량함 속에서도 비단바람의 정원을 짜내고 있었다. 우리가 파내야 할 것들은 바로 이러한 생성의 시학이다. 자연의 생명력을 분출시키는 이 시학은 우리의 미래 시학이 되어야 할 것이다. 그는 "대자연은 천고(千古)에도 결코 늙어 보이는 법이 없다."[112] 했다. 이상이 파악한 이러한 자연의 생명력은 그의 시학에서 매우 공격적인 모습을 취한다. 그는 「선에관한각서4」에서부터 「총구」를 거쳐 「무제－쿌런기러기」에 이르기까지 '탄환'의 이미지를 깔아놓는다. '탄환'은 그의 상상력 속에 내면화된 것이다. 그것은 때로는 폭포의 격렬한 흐름이나 시인의 입에서 분출하는 홍수 같은 말, 때로는 태고의 숲을 떠올리게 하는 담배연기의 흐름으로 나타난다. 그러나 이 어느 것도 단순히 기하학적인 포물선을 그리는 실제 총탄의 탄도선과 닮아 있지 않다. 그의 총은 그러한 기계적 장치가 아니다. 이 공격적인 운동선은 근대 물리학의 선명한 궤적을 뒤흔들고 파열시킨다. 「선에관한각서4」의 폭통(瀑筒) 이미지는 바로 그러한 파열을 넘어선 새로운 역학적 운동을 담고 있다. 「오감도」의 「시제9호 총구」와 「시제10호 나비」는 그러한 이미지를 이어받아 새롭게 전개한 것이다. 우리는 앞의 시에서 우주적인 무한 에로티시즘의 황홀한 열기가 그의 몸에 가득차면서 갑자기 총신과 총구의 이미지가 선명해지는 것을 느끼게 된다. 그 황홀의 극점에서 폭발했을 때 이상은 자신의 입에서 무엇인가를 쏘았던 것이다. 우리는 이러한 총과 탄환의 이미지가 그가 근대문명의 군비(軍備)라고 말한 거울에 대해서도 성큼 다가섰던 것을 알고 있다. 그는 「오감도」의 「시제15호」에서 거울을 향

112 이상, 「첫번째 방랑」, 앞의 책, 190쪽.

해 총을 발사한 것이다.

자연의 군대 이미지를 그는 성천의 풍경에서도 유감없이 발휘한다. 「산촌여정」에서 대담한 호박꽃을 향해 날아든 꿀벌을 그는 스파르타식 병사처럼 묘사했다. 그 뒤에 나오는 청동호박은 새로운 세대인 젊은 용사의 굵직한 팔뚝을 기다리는 것 같다고 했다. 그리고 갑옷과 투구가 부딪치는 소리가 나는 옥수수 밭과, 거기서 나오는 개들의 행렬을 마치 코사크 군대의 관병식(열병식)을 보는 것처럼 묘사하기도 한다.

「첫번째 방랑」을 보면 이 성천 풍경에는 '언덕 가득한 콩밭'이 푸른 하늘에 잇닿아 보일 정도로 펼쳐져 있기도 하다. 옥수수와 호박과 콩은 아메리카 원주민 인디언들에게는 세 자매 식물이었다.[113] 그것들은 서로를 돕는 식물이어서 같이 있을 때 더 왕성하게 자란다. 이상은 이들 가운데 옥수수와 호박에서 자연의 도전적인 이미지를 뽑아냈다. 특히 옥수수밭을 묘사한 부분은 대지의 생식력을 상징하는 개들의 행렬을 덧붙임으로써 자연의 강렬한 군대 이미지를 배가시켰다.

이러한 자연의 공격성과 연관된 것 가운데서도 가장 아름다운 모습이 촌처녀들의 야습(夜襲)에서 보인다. 성천 처녀들은 한 밤중에 조밭을 짓밟고 그 너머에 있는 뽕밭을 향해 달려간다. 누에를 먹이기 위한 뽕 잎을 따기 위해서 처녀들은 이렇게 한 밤중의 공격을 감행한다. "야음을 타서 새악시들은 경장(輕裝)으로 나섭니다. —자외선에 맛있게 끄슬린 새악시들의 발이 그대로 조이삭을 무찌르고 '스크람'입니다."(「산촌여정」) "야음을 타서 마을 아가씨들은 무서움도 잊고, 승냥이보다도 사납게 조밭과 콩밭을 짓밟았다. 그리고는 밭 저쪽 단 한 그루의 뽕나무를 물고 늘어졌다. —처녀들은 죽음보다 누에를 사랑했다."(「첫번째 방랑」)

이상은 이 처녀들 앞에서 길 잃은 아이가 되어버렸다고 고백한다.

113 스티븐 해로드 뷰너, 『식물의 잃어버린 언어』, 박윤정 역, 나무심는 사람, 2005, 262쪽.

자신의 모든 지식이 목장 풀과 봉선화 향기로 가득한 그녀들의 체취 앞에서 무력해졌기 때문이다. 그는 자신의 두뇌가 "어젯 날 신문처럼 신선함을 잃으며 퇴색(했다)"[114]고 했다. 생밤처럼 신선한 뇌수를 갖고 있으며, 대추처럼 푸르고 세피아처럼 검붉은 성욕을 갖고 있는 그녀들은 경성의 패션에도, 근대 도서관의 책들에도 오염되지 않았다. 이 촌처녀들이 키우는 누에들은 자신들의 입에서 토해낸 실로 집을 짓고 그 속에 잠든다. 이상은 처녀들이 이 누에고치의 비단열매를 따는 아름다운 장면을 보았다. 그 성스러운 화폭을 피에타에 비유한 것은 그가 처음부터 문학의 성스러운 꼭짓점에 올려놓았던 영원한 여성성인 성모의 이미지를 거기서 발견했기 때문이다. 누에들은 죽음의 잠을 통해 그 비단열매들을 세상에 제공한 것이며, 성모 같은 처녀들은 누에의 죽음을 슬퍼하며 그 순백의 아름다운 고치들로 장식된 성스런 우주나무의 황홀경 속에서 그 열매를 거둬들인 것이다.

이상은 자신의 수염나비 이미지가 지향하는 한 꼭짓점을 거기서 보았던 것이 아닐까? 마치 자수(刺繡)처럼 아름답다고 표현한 자신의 수염은 「시제10호 나비」에서처럼 죽음의 세계인 유계(幽界)에까지 이어진 실들로 만들어졌을 것이다. 그의 나비는 현실의 벽들을 찢어버리는 공격성을 갖고 있었다. 그러나 성천의 처녀들은 가장 아름다운 실들로 휘감긴 열매를 만들어낼 수 있었다. 그의 공격적인 사상이 도달한 지점이 여기 있다. 이러한 자연의 아름다운 천짜기들이 그가 도달하고자 한 목표였다고 생각한다.

이상은 그림을 그리면서 하융이란 호를 썼다. 그는 자신의 호를 '물속의 오랑캐'란 뜻으로 풀이한다. 그의 문학 전반에서 그는 얼어붙은 물의 이미지 속에 그를 가뒀다. 이제 그 물을 얼어붙게 한 옛 문명의 대표자 헌원 황제(黃帝)와 그 계승자인 서구 근대론자의 문명적 마법이 풀릴 때가 되었다. 이상은 물 속의 존재인 하융으로 다시 떠올라서 그의 봄을 맞이하게

---

114 이상, 「어리석은 석반」, 전집3, 172쪽.

될 것이다. 우리는 단지 그 나비와 담배, 수염과 연기의 이미지들이 공격적으로 돌파해간 길들을 따라가면서 그가 성천의 풍경을 통해 자아낸 비단바람의 정원으로 나아가기만 하면 된다. 거기서 하융이 피운 고대스러운 꽃들의 향기가 어떤 것이었는지 맡아보기로 하자. 하늘의 모든 별의 약도가 거기 어떻게 그려져 있는지 살펴보기로 하자. 우리는 앞에서 이러한 하융의 사상을 초검선 만다라꽃의 상징적 기하학적 도상으로 집약시켜 보았다. 그러나 그것이 이상이 말하고자 한 '실과 같은 동화'의 모든 이야기를 담아낼 수는 없을 것이다. 나비와 잠자리, 까마귀와 뱀의 초검선적인 끈들이 광대한 토템의 신화적인 세계 속에 파묻힌 수많은 이야기를 이제 막 펼쳐놓기 시작하고 있다. 이 끈들의 기하학은 미시적이고 거시적인 우주의 생명운동을 새로운 차원에서 포착할 풍부한 상징들을 보여줄 것이다. 미래의 수학과 미래의 물리학이 이 초검선 만다라 꽃의 우물 속에서 솟구쳐오를 것이다.

●

참고문헌

『김기림 전집』, 심설당, 1988.

김기림 편, 『이상선집』, 백양당, 1949.

김기림, 『바다와 나비』, 신문화연구소, 1946.

──, 『태양의 풍속』, 학예사, 1939.

김소운 편역, 『乳色の雲』, 河出書房, 1940. 5.

김용직 편, 『김소월 전집』, 문장, 1982.

김유중·김주현 편, 『그리운 그 이름, 이상』, 지식산업사, 2004.

김주현 주해, 『이상문학전집』, 소명, 2005.

김태곤, 『한국무가집1』, 집문당, 1992.

김택규, 『한국농경세시의 연구』, 영남대출판부, 1991.

김학동, 『김기림 평전』, 새문사, 2001.

닐 콕스, 『입체주의』, 천승원 역, 한길 아트, 2003.

더글러스 호프슈태터, 『괴델 에서 바흐』, 박여성 역, 까치, 2006.

레베카 솔닛, 『걷기의 역사』, 김정아 역, 민음사, 2003.

레비 스트로스, 『슬픈 열대』, 박옥줄 역, 한길사, 1998.

로 뒤카, 『영화세계사』, 황왕수역, 시청각교육사, 1980.

로렌스 M. 크라우스, 『거울 속의 물리학』, 고수영 역, 영림카디널, 2007.

Robert Hughes, *THE PORTABLE PICASSO*, Universe Publishing(NY), 2003.

로빈 로버트슨, 『융과 괴델』, 이광자 역, 몸과 마음, 2005.

르 코르뷔지에, 『도시계획』, 정성현 역, 동녘, 2003.

리오넬로 벤투리, 『미술비평사』, 김기수 역, 문예출판사, 1988.

리처드 만키에비치, 『문명과 수학』, 이상원 역, 경문사, 2002.

마르크 알랭 우아크냉, 『수의 신비』, 변광배 역, 살림, 2006.

마샬 버만, 『현대성의 경험』, 윤호병 역, 현대미학사, 1999.

Mihaly Hoppal, Cosmic Symbolism in Siberian Shamanhood, Juha Petikainen ed.
    SHAMANHOOD SYMBOLISM AND EPIC, Academiai Kiado, Budapest,
    2001.

박제상,『부도지』, 김은수 역해, 한문화, 2002.

Benjamin Walter, *GESAMMELTE SCHRIFTEN* Band1-2, Suhrkamp, 1974.

보르헤스,『상상동물 이야기』, 남진희 역, 까치, 1994.

볼프강 슈벨부쉬,『기호품의 역사』, 이병련·한운석 역, 한마당, 2000.

부루스터, 기셀린 편『예술창조의 과정』, 이상섭 역, 연세대출판부, 1980.

사나다 히로코,『최초의 모더니스트 정지용』, 역락, 2002.

샤를르 보들레르,『악의 꽃』, 정기수 역, 정음사, 1969.

샤먼 앱트 러셀,『꽃의 유혹』, 석기용 역, 이제이북스, 2003.

샬로트 슬레이,『개미』, 문명진 역, 가람기획, 2005.

『서정주문학전집』, 일지사, 1972.

세르기우스 골로빈,『세계 신화 이야기』, 이기숙·김이섭 역, 까치글방, 2001.

손세관,『도시주거형성의 역사』, 열화당, 1993.

수잔 벅 모스,『벤야민과 아케이드 프로젝트』, 김정아 역, 문학동네, 2004.

스티브 코츠·커트 존슨,『나보코프 블루스』, 홍연미 역, 해나무, 2007.

스티븐 스트로가츠,『동시성의 과학, 싱크』, 조현역 역, 김영사, 2005.

스티븐 해로드 뷰너,『식물의 잃어버린 언어』, 박윤정 역, 나무심는 사람, 2005.

스티븐 F. 아이젠만,『고갱의 스커트』, 정연심 역, 시공아트, 2004.

시와노 히사오,『마리로랑생의 생애 무지개 위의 춤』, 박연숙 역, 근역서재, 1982.

신범순,「실낙원의 산보로 혹은 산책의 지형도」,『이상, 문학연구의 새로운 지평』, 역락, 2006.

───,「원초적 시장과 레스토랑의 시학」,『한국현대문학회 12집』, 2002. 12.

───,「이상문학에 있어서의 분열증적 욕망과 우화」,『국어국문학』103호, 1990. 5.

───,「축제적 신시와 처용신화의 전승」,『서울대학교 국어국문학과 2006년 2학기 "한국근대
　　　　문학의 정체성" 강의교재』.

───,『바다의 치맛자락』, 문학동네, 2006.

아지트 무케르지,『탄트라』, 김귀산 역, 동문선, 1995.

Andrei A. Znamenski, *SHAMANISM IN SIBERIA*, Kluwer Academic Publishers, 2003.

알렉산더 쿠퍼,『신의 독약』, 박민수 역, 책세상, 2000.

Alxexei Oklandnikov, *ANCIENT ART OF THE AMOUR REGION*, Aurora Art
　　　　Publishers, Leningrad, 1981.

애머 악첼,『무한의 신비』, 승영조·신현용 역, 승산, 2005.

에이드리언 길버트·모리스 코트렐,『마야의 예언』, 김진영 역, 넥서스, 1996.

원가,『중국신화전설1』, 전인초·김선자 역, 민음사, 2000.

『육당전집』, 현암사, 1975.

육사현·이적, 『천문고고통설』, 자금성출판사, 2000.

Wilbert, House of the Swallow-Tailed Kite, Gary Urton ed. *ANIMAL MYTHS AND METAPHORS IN SOUTH AMERICA*, Univ. of Utah Press, 1985.

이광연, 『피타고라스가 보여주는 조화로운 세계』, 프로네시스, 2006.

이능화, 『조선해어화사』, 동문선, 1992.

이바스 피터슨, 『무한의 편린』, 김승욱 역, 경문사, 2005.

이어령 편, 『이상시전작집』, 갑인출판사, 1978.

이주형, 『간다라미술』, 사계절, 2003.

이필영, 『마을 신앙의 사회사』, 웅진출판, 1995.

이활, 『정지용·김기림의 세계』, 명문당, 1991.

일연, 『삼국유사』, 이민수 역, 을유문화사, 1978.

임승국 역주, 『한단고기』, 정신세계사, 1991.

임종국 편, 『이상전집』, 문성사, 1956.

자크 브누아 메샹, 『정원의 역사』, 이봉재 역, 르네상스, 2005.

장 콕토, 『阿片』, 學大口堀 역, 第一書房, 1936.

잭 씨 엘리스에, 『세계영화사』, 변재란 역, 이론과실천, 1993.

정지용, 『문학독본』, 박문출판사, 1948.

——, 『산문』, 동지사, 1949.

『정지용 시집』, 시문학사, 1935.

정태민, 『별자리에 숨겨진 우리역사』, 한문화, 2007.

정호완, 『우리말로 본 단군신화』, 명문당, 1994.

제이 그리피스, 『시계밖의 시간』, 박은주 역, 당대, 2002.

제임스 글리크, 『카오스』, 박배식, 성하운역, 동문사, 1993.

James George Frazer, *TOTEMICA*, Macmillan and Co. Limited, 1937.

조셉 니덤, 『중국의 과학과 문명』, 이면우 역, 까치, 2000.

조셉 캠벨, 『신화의 이미지』, 홍윤희 역, 살림, 2006.

——, 『원시신화』, 이진구 역, 까치, 2003.

존 브리그스, 데이비드 피트, 『혼돈의 과학』, 김광태·조혁 역, 범양사, 1990.

존 캐스티·베르너 드파울리, 『괴델』, 박정일 역, 몸과마음, 2002.

지영재 편역, 『중국시가선』, 을유문화사, 1989.

찰스 사이프, 『0을 알면 수학이 보인다』, 홍종도 역, 나노미디어, 2000.

청동문학회 편, 『시대고와 그 희생』, 한라출판공사, 1979.

케이스 데블린, 『수학의 언어』, 전대호 역, 해나무, 2003.
콜럼 코츠, 『살아있는 에너지』, 유상구 역, 양문, 1998.
크리스토브 르페뷔르, 『카페의 역사』, 강주헌 역, 효형출판, 2002.
크리스틴 글레드 힐 편, 『스타덤과 욕망의 산업1』, 박현미·조혜정 역, 시각과 언어. 1999.
Claude Lévi-Strauss, *STRUCTURAL ANTHROPHOLOGY* Volume 2, The Univ. of
　　　　Chicago Press, 1983.

팰레 유어그라우, 『괴델과 아인슈타인』, 곽영직·오채환 역, 지호, 2005.
폴 뒤 부쉐, 『바흐, 천상의 선율』, 권재우 역, 시공디스커버리, 2005.
프리드리히 니체, 『선악의 피안』, 김훈 역, 청하, 1987.
───────, 『짜라투스트라는 이렇게 말했다』, 최승자 역, 청하, 1992.
플라톤, 『티마이오스』, 박종현, 김영균 역, 서광사, 2000.
플로라 그루, 『마리 로랑생』, 강만원 역, 까치, 1994.
피에르 덱스, 『창조자 피카소』, 김남주 역, 한길아트, 2005.
피터 T. 퍼스트, 『환각제와 문화』, 김병대 역, 대원사, 1992.
필립 그랭베르, 『프로이트와 담배』, 김용기 역, 뿌리와이파리, 2003.

하신, 『신의 기원』, 동문선, 1990.
한스 외르크 바우어 외, 『상거래의 역사』, 이영희 역, 삼진기획, 2003.
허진웅, 『중국고대사회』, 동문선, 1993.
호르헤 루이스 보르헤스, 『바벨의 도서관』, 김춘진 역, 글, 1992.

　　　이 외 개별 논문들과 『개벽』, 『문예공론』, 『문장』, 『민성』, 『삼천리』, 『신동아』,
　　　『신시대』, 『신여성』, 『여원』, 『월간중앙』, 『인문평론』, 『조광』, 『조선과 건축』,
　　　『조선일보』, 『조선중앙일보』, 『중앙』, 『폐허』 등의 참고 잡지에 대한 자세한
　　　서지정보는 생략한다.

● 찾아보기

책명 / 작품명

ㄱ ─────────────

「가구의 추위」 43
「가로의 SOS」 110
「가외가전」 111, 113, 114, 379
「가을의 태양은 '플라티나'의 연미복을
    입고」 494
「가정」 376
『가톨릭청년』 38, 86
「각혈의 아침」 43, 59, 360, 429, 501, 503
「갈메기」 493
「강간」 497
「강물의 무한한 노래」 239
「개미푸가」 323∼325, 327
「거울 속의 동물들」 338
「거울」 85, 342, 364
「거울푸가」 326
「건축무한육면각체」 84, 85, 111, 249,
    271, 288, 469
「게르니카」 120
「계고차존」 149
「고의(古意)」 446
「골고다의 언덕」 57
「골고다의 예수」 57
「공동묘지」 47
「공포의 기록(서장)」 366
「공포의 기록」 20, 113, 435
「공포의 성채」 49, 50, 409, 410
『과학개론』 37
「과학과 비평과 시」 37

「광녀의 고백」 135, 137, 190, 250, 251,
    253, 378, 388, 498
「권태」 145, 284, 318∼320, 433
『기상도』 46, 357
「기상도1」 97
「기차」 98, 113
「꽃나무」 85, 346∼348, 353, 356, 360

ㄴ ─────────────

「나비와 바다」 31, 330
「날개」 25, 29, 30, 88, 89, 91, 93, 94,
    145, 167, 198, 199, 263, 317, 353,
    350, 360, 364, 375, 379, 388, 391,
    394, 481
「내과」 59
『논형』 415
「뉴턴」 333

ㄷ ─────────────

「단군론」 149
『단군세기』 403
「단발」 92, 93, 94, 127, 360
「담배쇄설」 480
「담배와 우인상」 478
「대도는 무문이다」 479
『도덕경』 216
「'동양'에 관한 단장」 58, 263
「동해」 90, 145, 147, 386, 387, 390,
    396∼399, 401, 439, 451, 462∼464
「두꺼비」 391
「딱한 사람들」 475

ㄹ —————————————
「라보엠」 62
「LE URINE」 106, 133, 151, 147, 189,
    222, 251, 235, 304, 334, 336, 393

ㅁ —————————————
「MAGASIN」 111, 252, 254, 269,
    273~276, 296, 298, 303, 312, 469
「마나오투파파우」 266
「말」 93, 94, 96, 118, 119, 125
「면경」 342, 363~366, 369
「명경」 334, 341, 342, 356, 357, 367,
    369
「목성」 469
「무소뿔의 여인」 309
「무제」 419
「무제 – 고왕의 딸」 104, 105, 348, 409,
    419
「무제 – 궐련 기러기」 433, 472
「무제 – 악성의 거울」 391
「무제 – 육면거울방」 326
「무제 – 죽은 개의 에스푸리」 189, 198,
    211, 242, 436
「문화 운명」 58
「미래투시기」 236, 238

ㅂ —————————————
『바다와 나비』 46
『바다와 육체』 29, 31
「바다7」 493
「바다의 나비」 47, 319, 329, 330
「바다의 아침」 330
「바다의 즉흥시」 494
「방랑장주인」 390

『바벨의 도서관』 236
「바벨탑」 275~277, 282
「백주」 364
「병든 장미」 72
「BOITEUX BOITEUSE」 49, 260
「보통기념」 43, 111, 363
「봉별기」 26, 128, 179, 279, 299, 300,
    360, 387, 401
『부도지』 402
「불쌍한 이상」 388
「붉은 울금향과 '로이드 안경'」 236, 337

ㅅ —————————————
「산」 58, 263
「산유화」 299
「산책의 가을」 346
「산촌여정」 34, 178, 318, 346, 351, 356,
    357, 367, 408, 433, 509
『산해경』 220, 413
『삼사문학』 74, 375, 389, 390
「▽의 유희」 25, 373, 491, 492
「삼차각설계도」 24, 28, 64, 84, 85, 134,
    142, 143, 145, 147, 148, 194, 213,
    217, 222, 224, 242, 248, 249, 253,
    271, 288, 305, 310, 344, 346, 371,
    406, 476, 477, 491, 498
『상상동물 이야기』 339
「상형문자」 330
「생애」 364, 387
『세계신화이야기』 105
「선에관한각서」(「각서」) 24, 25, 135, 141,
    142, 153, 156, 158, 178, 180, 188,
    201, 205, 213, 214
「선에관한각서1」(「각서1」) 29, 35, 135,

148, 156, 194, 196, 201, 233, 234, 271, 288, 350, 473, 491, 492, 496

「선에관한각서2」(「각서2」) 156, 271, 418, 429

「선에관한각서3」(「각서3」) 183, 228, 230~232, 271

「선에관한각서4」(「각서4」) 186, 310, 402, 492, 508

「선에관한각서5」(「각서5」) 145, 147

「선에관한각서6」(「각서6」) 152, 161, 196~199, 223, 491

「선에관한각서7」(「각서7」) 148, 161

「소녀」 240, 340, 348, 360, 365~367, 369, 375, 389, 395

「소년행」 441~444, 449

『소동물지』 119

「소설가 구보씨의 일일」 70

「소영위제」 364, 475

「쇠바퀴의 노래」 72

「수염」 21, 25, 387, 431, 437, 496

「수인이 만들은 소정원」 336

「술집의 카니발」 121

「Study for Guernica」 120

「슬픈 이야기」 346

「습작 쇼오윈도우 수점」 259, 296, 311

『시대고와 그 희생』 479

『시문학』 69

「시민행렬」 97

『시와소설』 390, 391

「시의 제작」 330

「시제10호 나비」 179, 239, 299, 330, 340, 341, 402, 482, 486, 508, 510

「시제14호」 189, 350, 424~426, 439

「시제15호」 337, 341, 363, 431, 508

「시제1호」 111, 117

「시제3호」 331, 332

「시제4호」 287, 289, 290, 331

「시제7호」 49, 260, 290, 291, 311, 332, 407, 408, 410, 414, 428, 448

「시제8호」 290, 291

「시제9호 총구」 151, 402, 508

「식당」 98

「신경질적으로 비만한 삼각형」 25, 222, 251, 491, 492, 494

「신체제 하의 예술과 방향」 41

「실낙원」 34, 43, 240, 246, 340, 342, 346, 348, 360, 362, 363~367, 369, 375, 389, 395, 401, 406, 409, 419, 422~424, 428, 430, 437, 440, 457

「실화」 57, 94, 95, 117, 126, 128, 249, 273, 320, 326, 360, 386, 389, 396, 399, 401, 405, 407, 422, 433, 434, 438, 462~465, 472, 474, 475, 478~480, 494, 502

「12월 12일」 198, 214, 269, 353, 435

「십자가 위의 예수—하이퍼큐브의 육체」 136

ㅇ ─────────────

「아름다운 조선말」 118

「I WED A TOY BRIDE」 364, 387, 389, 393, 396, 399, 462

「알퐁스알레에 대한 경의」 503

「애욕」 216

「어리석은 석반」 216, 318, 367, 433, 480, 486, 487, 507

「얼마 안되는 변해」 24, 64, 75, 194, 256, 269, 272, 294, 296, 300, 305, 351,

409, 430
「여인의 초상」121
「여행」90, 91
「역단」364, 376, 383, 389, 401, 464
『열상구조』445
『열자』415
「영변가」300
「예측 가능성: 브라질에 있는 나비 한 마리의
　　날갯짓이 텍사스 주에 토네이도를
　　일으키는가?」35
「오감도 작자의 말」83, 85
「오감도」26, 34, 38, 45, 49, 82~89, 91,
　　111, 117, 151, 189, 202, 219, 239,
　　260, 288, 289, 290, 299, 305, 311,
　　317, 330, 331, 336, 340, 341, 343,
　　352, 358~360, 363, 402, 406~408,
　　423, 424, 427, 428, 430, 448, 457,
　　475, 482, 508
「오구굿 무가」404
「오구굿」142
「오딧세이」336
「AU MAGASIN DE NOUVEAUTE」250
「오빠, 이상」45, 64, 358
「옥호음」453
「우인상」478
「운동」151, 251~254
「월상」43, 362, 363, 365, 422, 423,
　　426, 430, 431, 448
「위독」37, 38, 347, 349~351, 362, 389,
　　390, 401, 440, 462
「유리창」47
「유선애상」239
「육자배기」300
「육친의 장」365

「2밤」390, 393
「理想에서 창조된 이상」386
「이상의 모습과 예술」31, 47
「이상의 비련」451
「이상의 생애와 일화」77
「이상의 일」270
「이상의 편모」83
『이상전집』45, 47
「이상한 가역반응」188, 271, 418, 491
「이인」251
「1밤」390, 393
「잃어버린 원광」99, 102, 107

ㅈ ──────────────

「자상」23, 360, 491
「자취」98
「자화상(습작)」49, 52, 143, 179, 227,
　　246, 341, 344, 350, 362, 365, 407,
　　409, 414, 419, 420, 421, 422, 423,
　　428, 448, 490, 491
「자화상」123, 124, 364
「작품제3번」499~501, 507
「작품1931년(작품제1번)」239
「적멸」43
「절벽」347, 348, 350, 351, 356, 357,
　　360
「절양류가사」442, 443
「정식」364
『젖빛의 구름』47, 65
「제거도(帝車圖)」417
「제2차 세계대전」56
「조감도」38, 85, 106, 135, 147, 151,
　　222, 251, 271, 289, 303, 508
『조선과 건축』84

「조선시의 반성」 39

「조선은 메나리 나라」 300

『조선중앙일보』 38, 85

『조선지광』 69, 118

『조선해어화사』 445

「종생기」 87, 128, 129, 134, 135, 249,
    320, 360, 386, 387, 389, 392, 396,
    398, 399, 401, 405, 407, 422, 434,
    436~441, 449, 450, 452~460,
    462~465, 489, 496

『중앙』 118

「쥬피타 추방」 46, 47, 51, 52, 56, 57, 65,
    73, 89, 96~98, 103, 107, 115~117,
    264, 330, 472, 473, 478, 488

「쥬피터」 326

「지나간 여인에게」 100

「지도의 암실」 21, 84, 199, 367, 371,
    374, 377, 378, 439, 494

「지비」 350, 364, 367, 375, 376, 383,
    387, 389, 401, 437, 464

「지비 - 어디갔는지 모르는 아내」 364

「진단0:1」 287, 288, 290

『징심록』 402

『징심록추기』 402

『짜라투스트라는 이렇게 말했다』 87, 188

ㅊ ─────────

「且8씨의 출발」 447, 448

「창세기」 44

「'창세기'와 '주남' '소남'」 40

「1931년(작품제1번)」 49, 85, 213~215,
    228, 271, 340

「1933.6.1.」 284, 418, 429, 433

「천상열차분야지도」 405, 414

「첫번째 방랑」 191, 304, 317, 318, 353,
    365, 433, 479, 480, 509

「청동」 58

「청령」 151, 353, 356, 357, 367

『청색지』 48

「초침」 330

「초혼」 299

「최저낙원」 378~380, 387, 388, 437,
    438, 464, 497

「최후」 43, 260, 360, 361, 426, 429

「최후의 억만장자」 83

「추구」 364

「추방」 48

「추방된 쥬피터」 47

『춘향전』 454

「츄피타 추방」 64

ㅋ ─────────

「카페 프란스」 69, 71, 76, 93, 470

「콘트라푼크투스」 322

「콜롱브의 사이렌」 120

ㅌ ─────────

「태평행」 27, 32, 33, 34, 179, 240, 486

『티마이오스』 232

ㅍ ─────────

「파사겐베르크」 103

「파이프」 462

「파첩」 111, 382

「파편의 경치」 25, 373, 483, 491, 492

「폭포」 187

「풍운의 새로운 세계」 56

ㅎ ───────────────

「해저문 나라」 299, 300

「허무혼의 선언」 479

「혈서삼태」 360, 468, 478

「화로」 376

「황」 85, 103, 197, 215, 217, 242, 271,
    346, 348, 409, 474, 477, 486, 487,
    489, 498, 499~501

『황금가지』 174

「황의 기(작품제2번)」 20, 85, 191, 215,
    259~261, 310, 333, 407, 410, 448,
    499

「회환의 장」 416

「휴업과 사정」 84

「흥행물천사」 135, 140, 251, 253, 447

인물 / 용어

ㄱ ─────────────

가을 268
간다라 488
간다라 양식 264
갈릴레오(갈릴레이) 164, 339
감실 348
감침 225, 226
거꾸로 가기 298, 305, 365, 367
거꾸로 걷기 294, 296, 297
거꾸로 달리기 296
거꾸로 살기 190, 192, 193, 322, 325,
  327
거울무한 31, 248, 311, 352
거울세계 268
거울푸가 190, 193, 249, 254, 322, 327,
  328, 331, 392
검줄 133, 175, 176, 183
고갱(폴) 263, 267
고결한 야만인 265
고흐(빈센트 반) 353, 354
과학적 합리주의 37
과학주의 39
광선 305
괴델(쿠르드) 132, 133, 145, 146, 289,
  290
구본웅 478
구인회 238, 242, 358, 359
구조적 휴머니즘 266
구조주의 268
금홍 300, 358, 387, 389, 464
김광현 21
김기림 21, 24, 29~32, 37~39, 43,

45~49, 51, 53, 54, 56~62, 65,
  67~69, 74, 77, 79, 82, 89, 90,
  96~98, 103, 104, 106, 107,
  111~113, 115, 136, 203, 235, 236,
  239, 241, 252, 253, 263, 264, 267,
  268, 319, 320, 329~331, 349, 350,
  357, 359, 401, 440, 462, 472, 488,
  506
김동인 32, 33, 35, 27, 179, 240, 486
김문집 113
김소운 23, 47
김소월 126, 299
김수영 186, 187
김시습 402
김옥희 23, 63, 358
김유정 391
김춘수 479
김향안 386
김환기 386

ㄴ ─────────────

나르시즘 191, 506
나비 239
나비끌개 35
나비수염 179
나비효과 27, 35
낭만주의 299~301
낭만주의자 158
노라 469
노마디즘 192
노자 216
뉴턴(아이작) 43, 152, 153, 160, 165,
  166, 277, 286, 333, 339, 363, 425,
  429

뉴턴주의자 286
뉴턴적 물리학 492
니덤(조셉) 458
니체(프리드리히 빌헬름) 24, 87, 102, 188

ㄷ ——————————

다락 96, 98, 117, 118, 125, 126, 471,
    473, 474
다빈치(레오나르도) 164
다윈(찰스) 202
달리(살바도르) 136, 309, 450
대동아공영권 264
대조 122
데카르트(르네) 195, 196
도스또예프스키집 388
도스토예프스키 387, 388
돈키호테적 496
동경 128, 264
동양주의 264, 265
들뢰즈(쥘) 36
리베라(디에고) 49, 50

ㄹ ——————————

라캉(자크) 36
랭보(아르튀르) 62, 263
러셀(샤먼 앤트) 34, 289
레비스트로스(클라우드) 265~268
로랑생(마리) 118~126
로렌츠(콘라드) 35
록펠러 67, 275
록펠러의 정원 275
루소(앙리) 121, 122, 263, 265, 267, 268
르 코르뷔지에 107, 108
클레르(르네) 83, 136

리듬 122
리만(게오르그 프리드리히 베른하르트) 140
릴케(라이너 마리아) 190

ㅁ ——————————

마그리트(르네) 497, 503
마티스 123, 124
만다라 183~186
만주사변 60
말 121
맹거 스폰지 255, 257
먹 202
먹좌표 29, 32, 35, 201, 230
모차르트 326, 469
무한 140, 148, 149, 154~156, 167,
    266, 276, 310
무한감옥 285
무한거울 327
무한공간 207
무한공간 328
무한과일 200
무한광선 155
무한구체 170, 194, 206, 207, 214,
    223~225, 227, 232, 259, 262, 323,
    473
무한급수 235, 351
무한기하학 283
무한껍질 285
무한낙원 213
무한다각형 164
무한다면체 164
무한사각운동 255
무한사각형 273
무한사상 27, 32, 34, 35, 306, 347, 349,

471, 481, 490
무한사유 267, 272
무한에로티시즘 134
무한소 164
무한속도 156
무한수의 영역 289
무한수학 201, 210, 283
무한에로티시즘 250
무한우주 193, 306
무한원점 137~141, 160, 161, 198, 206,
　　207, 227, 259, 283
무한육면각체 262, 269, 274, 282, 285,
　　286, 296, 298
무한장미 301
무한적 사유 263, 285, 286, 489
무한적 우주 283
무한정수 180, 181, 182
무한정원 125, 140, 147, 148, 152,
　　193~195, 202, 203, 208, 210, 214,
　　215, 217, 230, 232, 234, 238, 240,
　　246, 247, 249, 252, 259, 262, 271,
　　272, 274, 283, 285, 288, 290, 298,
　　301, 304, 317~320, 329, 346, 347,
　　351, 352, 356, 395, 399, 486, 496,
　　503
무한정원 사상 489
무한정원적 풍경 503
무한좌표계 323
무한한 반사공간 294
무한한 반사상 328
무한호텔 201, 223, 233~235, 238, 239,
　　241, 242, 246, 248, 259, 262, 283,
　　285, 288, 290, 298, 317, 320, 329,
　　486

문종혁 21, 32, 33, 34, 45, 62, 123, 124,
　　475~478

ㅂ ─────────────

바벨탑 277, 289
바흐 133, 322, 326
박제상 402
박태원(구보) 38, 43, 70, 83, 113, 136,
　　216, 234, 235, 239, 241, 359, 451,
　　475
반 고흐 124, 102
버만(마샬) 99
버선본집 30, 176
벤야민(발터) 99~102, 113
변동림 64, 386, 387, 389, 392, 393, 451
보들레르(샤를 피에르) 71, 116, 90, 91,
　　99~102, 106, 108, 109, 190, 330,
　　462
보르헤스(호르헤 루이스) 233, 235, 236,
　　268, 338, 339
부루종족 300
부루종족의 역사 300
불안정성 정리 132
브라크(조르주) 121
브르통(앙드레) 102
블레이크(윌리엄) 72, 333
비유클릿적 기하학 493
빈 서클 289

ㅅ ─────────────

사각형의 원운동 296
사람주의 159
사회주의 278~281
산호 채찍 134

삼차각 28, 180, 195, 213, 214, 217,
    218, 223~227, 237, 243, 248, 252,
    411
삼차각 설계도 27, 210, 233
삼차각 안경 236~238, 241, 242
삼차각 왼뿔 309
삼차각 왼뿔 빛다발 307
삼차각 좌표계 196
상대성원리 159
생-존 페르스 120
샤머니즘 105
서정주 23, 115, 269, 270, 506
석가 446
성배 117, 388, 397, 401, 402, 405, 406,
    437, 471
성천기행 216
세바스티 개미 322, 323
세잔(폴) 122, 125
세잔주의 122
소춘풍 446, 447
소크라테스 164
수염나비 23, 26~28, 30, 34, 388, 413,
    447
슈나이더(마이클) 218
스펜더(스티븐) 330
스펭글러(오스왈드) 42
시뮬라르크 193, 268
시인 116
신사임당 354

ㅇ ─────────────────

아라공(루이) 102
아리스토텔레스 155, 339
아무르 비너스띠 223

아무르의 비너스 띠 170~172
아이젠만(스티븐 F.) 266
아인슈타인(알버트) 152, 159
아폴리네르(기욤) 119, 121, 122, 316,
    365
악무한 262, 298
악무한 가상 285
악무한적 극한 328
악무한적 깊이 331
악무한적 성격 268
악무한적 형상 263
악무한적인 사각형 269
안지정 445, 447
안티 휴머니즘 370
야수파 121, 124, 125, 263, 478
에로티시즘 129, 151, 207, 243, 487,
    488, 490, 508
에셔(모리츠 코르넬리스) 134, 276, 282,
    322, 323, 327
에코(움베르트) 268
에피그람 형식 424
에피그람적 서사시 405, 436, 457, 484
역주행선 305
오감도 371
오르페우스 216
오상순 479, 487
옥상정원 269
왕유 442, 443
우로보로스 뱀 229
우주목 488
우주뱀 170, 180, 182
우주뱀 초검선끈 229
우주장미 301, 304
원광 264

원시상태의 인간 265
원시주의 121, 263, 265
원시주의 예술 122
원용석 316
원초적 생명력 121
유목주의 192
유물론 212
유클릿 166, 186, 188, 219, 224, 277,
    429
유클릿주의자 286
유클릿적 기하학 152, 277, 492
육면거울방 325
이광수 40, 41
이능화 445
이백 443, 444, 453
이성범 506
이승만 23
이암(행촌) 403
이태백 453
이태준 38, 83, 359
이필영 133
이활 47, 65, 319
임종국 475, 476
입체주의 122

ㅈ ─────────
자본주의 278, 280~282
장 콕토 90, 98, 112, 113, 121, 161, 162,
    226, 228
전등형 28, 147, 161, 162, 164, 167,
    212, 213, 232~224
전욱 483
전체주의 273, 278, 280
정육사탕 28, 186

정인택 48
정지용 21, 25, 38~44, 53, 69~73, 93,
    94, 118, 119, 125, 202, 235, 239,
    328, 470, 473, 493
제3의 휴머니즘 266
제국주의 263, 273, 279
제논 155, 197, 286
제비다방 62, 63, 124, 125, 216, 252,
    316
조감도 371
조선미술전람회 23
조용만 22
존 브리그스 285
좌표 202
주마가편 397
진화론 203
짜라투스트라 24, 288, 424
쪽거리 29, 182
쪽거리 운동 27

ㅊ ─────────
창세기 40
초검선 27, 28, 133, 142, 149~153,
    157, 160, 165~168, 178~188, 190,
    192~195, 200, 205~212, 219, 232,
    233, 247, 248, 252, 253, 259, 298,
    305, 402, 503, 511
초검선 끈 229
초검선 만다라 234
초검선적 걷기 294
초검선적 그릇 403
초검선적 우주 238
초검선적 휴머니즘 319
초인 24

초현실주의 141
최국보 441, 443, 444, 449
최남선(육당) 149
치사(侈奢) 21, 178

ㅋ

카스트 273~275, 281, 324
카오스 27~29, 31, 32, 34, 35, 182, 339
카오스적 나비 486
칸토어(게오르그) 152, 167, 201, 476
캠벨(조셉) 303
케플러(요하네스) 339
코르테스 50
콜론타이(알렉산드라) 469
키푸 169~172, 180

ㅌ

타히티 신화 266
탄도선 186, 351, 365
탈구조주의 268
탈근대 268
톰슨(J.A.) 37
투르게네프(이반 세르게예비치) 23, 24

ㅍ

파시즘 48
포스트모더니즘 192, 193, 268, 370
폭동 28, 185, 186, 402
푸가 133, 323
푸로톤 436
프랙탈 29, 32
프레이저(제임스 조지) 174, 215, 216
플라톤 163~165, 180, 183, 232
플로라 그루 120

피에르 덱스 121, 122
피카소(파블로) 121~123
피타고라스 216, 218

ㅎ

하웅 216
하융 21, 22, 216, 217, 340, 420, 475,
    503, 510, 511
하이퍼큐브 136, 234, 235, 254
하쿠슈 71
함대훈 112
해체 268
해체주의 192, 193, 268, 370
호프슈태터 322, 323
홍사용 299, 300
홍이섭 480
황 125, 190, 215, 217, 389, 398, 399,
    409, 411, 412, 419, 420, 472, 489,
    499
황두권 47
황제 483
황진이 445
훤원 404, 483
휴머니즘 142, 156, 162, 201